배롱나무처럼 붉은색

강미강 장편소설

2

배롱나무처럼 붉은색 2

초판 1쇄 찍은 날 | 2025년 12월 15일
초판 1쇄 펴낸 날 | 2022년 12월 30일

지은이 | 강미강
펴낸이 | 서경석

편 집 | 배현아, 손다인

펴 낸 곳 | 도서출판 청어람

주소 | 서울 구로구 디지털로 272 한신IT타워 404호 (우) 08389
전화 | 02-6956-0531 팩스 | 02-6956-0532
E—mail | roramce@naver.com

ISBN 979-11-04-03385-8 04810
ISBN 979-11-04-03383-4 (SET)

배롱나무처럼 붉은색

강미강 장편소설

2

목차

3부. 술래잡기 (2) ·· 007

4부. 신씨 성의 비 ·· 088

자미 이야기 ·· 189

연씨 이야기 ·· 258

5부. 폭군 ·· 397

신비 이야기 ·· 482

최종장. 배롱나무처럼 붉은색 ·· 570

특별 외전. 구름에 가린 빛 ·· 596

작가 후기

참고 문헌

3부
술래잡기 (2)

무작금은 큰맘 먹고 여태 생각만 하던 일을 해냈다. 걸어서 부왕께서 계신 대전까지 간 것이다.

"기체후일향만강하신지 여쭈옵니다."

병석에서 지내는 동안에는 내시를 보내 대신 문후 올렸다. 비로소 몸이 다 나아 멀쩡한 아들 노릇을 하려니 감회가 새로웠다.

"…정녕 쾌차하였구나."

생환한 아들을 맞이하는 왕의 반응이 격했다.

"반드시 다시 일어서는 날이 오리라 믿어 의심치 않았느니라."

용안을 타고 용루가 콸콸 흘렀다.

눈물 젖은 부왕의 뺨이 핼쑥했다. 많이 여윈 느낌이었다. 빛깔도 누렇게 뜬 데다가 입술은 건조하게 트고 갈라졌다.

"소자가 불효하여 줄곧 아바마마를 직접 섬기지 못하였사옵니다."

무작금이 말했다.

“하온데 금일 뵙는 용안이 평온치 못하시니 마음이 무겁기가 곱절이옵니다.”

“아, 신경 쓰지 마라.”

왕은 무덤덤하게 어수를 내저었다.

“가을 내내 천식과 두통에 시달려 기력을 좀 잃었을 뿐이다.”

그것은 평소 왕이 지닌 지병이었다. 만성적인 치통과 더불어 제법 오랜 세월 부왕을 괴롭혔던 것으로 안다.

“대수롭지 않게 여겼더니 기허증(氣虛症, 무기력함)으로 번지다가 등창(등에 나는 종기)까지 생겨서 고생깨나 했지만.”

“소자는 미처 몰랐사옵니다.”

“일부러 알리지 않았다. 딱히 의관을 접하지도 않았고.”

왕이 미소 지었다.

“한창 낫는 중인 너한테 액이 미칠까 저어하였거든.”

그러면서 연상에 놓인 물 주전자를 잡았다.

“요즘 갈증이 심해서 좀 귀찮구나.”

“소자가 올리겠사옵니다.”

무작금은 황급히 나섰다. 왕은 아들이 따라준 물 한 잔에 지나치게 감동했다.

“오른손이 전처럼 움직여서 다행이다.”

문득 왕이 가리켰다. 마비 증상이 풀린 뒤로 꾸준히 재활한 덕분에 무작금은 양손을 무리 없이 썼다.

“국본이 행여 바른손을 평생 사용하지 못할까 걱정했거늘….”

“망극하옵니다.”

“아, 그렇지! 마침 할 이야기가 있었는데 잘 됐다.”

벌컥벌컥 잔을 비우고서 왕이 운을 띄웠다.

"올해 나례는 예년보다 열흘 빨리 치를 것이다."

"으레 제석(除夕, 섣달그믐) 전날 밤에 행하지 않사옵니까?"

"관상감과 성수청에서 올해만 이례적으로 서두르자더라."

왕이 미간을 찡그렸다.

"연말에 내가 재액을 맞을 운수가 있어 위험하다는구나. 가을부터 유난히 골골거리는 까닭도 그래서라는데."

어깨를 으쓱하더니 그는 물을 한 잔 더 마셨다.

"하여 바삐 궁중에서 구나(驅儺, 귀신을 쫓음) 의식을 치러야겠다더군."

애초에 무작금은 그런 쪽은 썩 믿지 않는 성향이다. 하지만 임금의 안위를 걱정하는 데에 반문할 순 없다.

"우선 나례부터 벌이고, 섣달그믐 당일에는 따로 제례를 올리겠다던데…."

왕이 대수롭지 않게 말했다.

"뭐, 알아서 할 테지."

"소자가 신경 써 살피겠사옵니다."

자질구레한 부분까지 챙기기에 부왕은 너무 바쁘고 성실하다는 사실을 잘 알았다.

"큰아들이 있어 든든하구나."

왕은 빙그레 웃었다.

"요사이 내가 추진하는 일이 한 가지 더 있는데 아느냐?"

"무엇이옵니까?"

"세자빈을 책봉할 생각이다."

불편해서 무작금은 무릎을 들썩였다.

"아바마마의 옥체가 평온치 못하시온데 그런 사소한 일에…?"

"내 몸이 멀쩡하지 않기에 더더욱 추진하는 것이다."

왕이 단호하게 고개를 저었다.

"재액을 맞더라도 손자는 보고 죽어야지 않겠느냐?"

"하여튼 망측하시옵니다."

세자가 삐죽거리자 왕은 핼쑥한 낯이 환해지도록 웃음을 터트렸다.

"심중에 정해둔 규수가 있다."

왕이 말했다.

"처음부터 네 짝으로는 그만한 사람이 없다고 여겼지."

희한할 만큼 옥음이 낮게 가라앉았다.

"다만 진실로 믿고 널 맡길 만한 처녀라는 확신을 구하고 싶었어. 하여 모진 시험을 내렸는데…."

왕의 눈빛도 불안정하게 흔들렸다.

"예상을 뛰어넘는 기량으로 통과하더라."

무작금은 의구심을 품었다.

"대궐에 계신 아바마마께서 어떻게 여염의 규수를 시험하셨나이까?"

"글쎄, 흔히 삼간택이라고 하지."

왕이 손가락 세 개를 꼽았다.

"…그와 비슷한 나만의 방식대로 했달까."

다만 그 손가락이 무엇을 가리키는지는 설명하지 않았다.

"네 마음에도 쏙 드는 반려가 될 것이다."

대신, 왕은 힘주어 장담했다.

"너는 이 나라를 다스리고, 그 처녀는 널 다스린다면…."

의미심장한 안도감이 뒤따랐다.

"내 어깨에 짊어진 짐을 넘겨도 안심할 수 있겠지."

"아바마마, 대관절 무슨 일을 벌이신 것이옵니까?"

반면 무작금은 불안해졌다.

"곧 알게 될 것이다."

조용히 왕은 매듭지었다.

"묵은해가 저물고 새로운 태양이 뜰 때를…."

왕은 물을 한 잔 더 마셨다. 갈증으로 타들어 가는 것이 정녕 그의 목뿐인지는 불명확했다.

"자, 난 이제 정무를 봐야겠다."

그러고는 특유의 성실한 습관대로 자세를 바로잡았다.

"옥체 미령하오신데 좀 쉬지 않으시고요?"

"임금에게 휴식은 사치이니라."

따뜻하나 단호한 말투였다.

"왕업王業이란 본디 바쁘고 고독한 것이지."

부왕께서 해석하시는 왕업의 의미는 무작금의 생각과 전혀 달랐다. 그렇지만 무작금은 굳이 반박하지 않았다.

그저 부왕이 스스로 자처한 분주함과 고독 속에 파묻히도록 내버려 둔 채, 약간의 회의감만 품고 물러났다.

모처럼 잔치를 맞아 궁중 분위기가 떠들썩해졌다.

무수리들이 부뚜막이며 축사(畜舍, 가축을 키우는 우리)의 오물을 싹 긁어냈다. 궁인들은 티끌 하나 남지 않도록 세간을 박박 문질러 닦았다.

흰머리 성성한 중신들도 유학서를 던져놓고 덩실덩실 춤을 추었다.

하지만 무작금은 연회 전까지는 신세가 고달팠다. 몸이 낫자마자 왕세자의 책무에 짓눌렸다.

부왕께서 자리에 누웠다 일어났다 편찮으시니 응당 과중할 수밖에 없었다.

무작금은 종일 예복을 차려입고 종묘니 선정전이니 신나게 끌려다녔다. 시강원과 환관들이 달달 외우라고 윽박지른 예법과 의례 절차를 아주 질리도록 써먹었다.

"…벌써 해 질 녘이군."

온종일 시달린 무작금은 잔뜩 뿔이 났다.

"후원에는 당최 언제 간단 말이냐."

밤하늘을 화려하게 장식할 불꽃놀이만 애오라지 믿고서 사모관대를 갖춘 늙다리들과의 시간을 견뎌냈다. 슬슬 좀이 쑤셨다.

"이제 사정전思政殿만 행차하시면 끝납니다."

환관이 부루퉁한 무작금을 살살 달랬다.

유학자들의 성토로 규모가 매년 줄고 있지만, 사정전에서 벌어지는 한마당이야말로 나례 축역逐疫의 백미다.

멀리서 화포火砲를 세 방 터트리는 쩌렁쩌렁한 소리가 시작을 알렸다.

퉁소 연주와 북소리 사이로 깃발이 나부꼈다. 붉은 옷과 두건으로 치장한 진자(侲子, 악귀 쫓는 어린아이)들이 방상시를 도와 액을 쫓는 연극을 벌였다.

황금색 눈이 달린 탈을 쓴 방상시가 창과 방패를 들고 모습을 드러냈다. 허공에 대고 뭔가를 쫓아내는 시늉을 했다. 진자들은 채찍과 빗자루를 들고 거들었다.

연습을 많이 했는지 능청스러웠다. 관중 사이에서 웃음이 터졌다.

관중이라? 무작금은 무심코 시선을 돌렸다.

사정전의 대나(大儺, 나례)에는 아무나 참석할 수 없다. 조정과 관아의 나례와 구별되는 지엄한 왕실의 의례인 까닭이다.

이날만은 운신이 제한된 내명부의 아녀자들도 사정전 마당에 설 수 있다.

과연 저만치서 지켜보는 귀부인들이 있었다. 너울(상류층 여성의 얼굴을 가리는 얇고 검은 깁)을 써서 옥안만은 가렸다.

그사이에 그녀가 있었다.

딴에는 슬쩍 구경 나온 여관女官들 사이에 끼어들었나 본데, 지체 높은 여인들처럼 가리지 않은 얼굴이 뽀얗게 빛나 두드러졌다.

참 이상하다.

비천한 의녀의 업을 온몸으로 짊어졌는데도, 꼬장꼬장한 사대부의 피를 물려받았다는 여인들 사이에는 끼지도 못하는데도….

그럼에도 불구하고 신비는 주위를 둘러싼 숱한 여인 중에서도 가장 고귀해 보였다.

단순히 빼어난 용모 때문만은 아니었다. 타고난 분위기 자체가 남달랐다.

무해한 호기심으로 반짝이는 눈동자와 분수를 잘 지키는 사소한 언동 하나하나에서 기품이 묻어났다.

그녀가 아무리 되바라진 척하고 실없이 굴어도 감출 수 없는 본질이었다.

바로 그때, 그녀의 고개가 돌아갔다.

시선이 신명 나게 춤추는 광대들을 떠났다. 마찬가지로 어디에 있든 바로 알아볼 수 있다는 듯 무작금에게로 향했다.

두 사람은 눈이 마주쳤다.

그녀는 섣달그믐을 기념하는 나례 때 만나자는 약속을 지켰다. 그렇다면 이제는 무작금이 지켜야 할 차례였다.

동시에 입증해야 할 순간이기도 했다.

***

"…곧 저하의 차례이옵니다."

환관이 넋 빠진 무작금의 옆구리를 쿡 찔렀다.

방상시와 진자들이 물러나고 왕이 조용해진 마당 중앙에 섰다. 상선의 부축을 받아 내디디는 걸음이 쇠약해 보였다.

성수청의 국무당이 황토우黃土牛 네 마리를 담은 소반을 어전에 올렸다. 나례 때 귀를 쫓기 위해 바치는 제물이다.

옛날에는 생닭을 잡았었는데, 가엾게 여긴 어느 임금에 의해 흙으로 빚은 짐승을 대신 쓰는 것으로 바뀌었다고 한다.

국무당의 자분자분한 목소리가 들렸다. 축문을 읊는 것 같았다. 운율에 맞추어 음성이 점점 장엄해졌다.

좌중의 적막한 분위기 속에 불안함과 초조함, 경외감이 섞이기 시작했다.

"주상전하께 올리소서."

불쑥 환관이 크고 묵직한 칼을 내밀었다.

무작금은 얼떨결에 받아 부왕에게 올렸다. 왕이 황토우를 벴다. 붉은 선혈 대신 흙 부스러기가 튀었다.

퉁소가 울부짖었다. 물러났던 방상시와 진자들이 다시 나와 처용무를 추기 시작했다. 귀신을 쫓는 춤이다.

"훌륭하도다."

처용무가 끝나자 왕이 말했다. 흥분감으로 용안이 붉었다.

"올해 일정이 의례와 달라 급하게 준비하느라 힘들었을 텐데, 정성이 가상하다."

임금의 칭찬에 광대들이 무릎을 꿇었다. 어전에 천인을 내세울 순 없으므로, 분장한 환관과 소환(小宦, 어린 내시)이었다.

"…망극하옵니다만 주상전하."

덕담이 이어지기 전에 무작금은 틈을 잡았다.

"좋은 날을 맞이하여 소자, 청이 있사옵니다."

왕은 깜짝 놀라는 눈치였다.

"아니, 무슨 일이냐?"

"다름이 아니오라…. 소자가 삼전(三殿, 임금·대비·중전을 아울러 이름)께 춤을 올릴 수 있도록 윤허하여 주소서."

잠깐 정적이 흘렀다.

"지난 나례 때, 할마마마께서는 처용무 추는 솜씨가 동궁전의 실력에 미치는 자가 없어 아쉽다고 말씀하셨사옵니다."

무작금은 도산대비를 향해 슬쩍 고개를 숙였다. 비록 너울에 얼굴을 감추었으나, 그 존재감만은 백 명의 사내보다도 짙었다.

"올 한해 몸져눕느라 소자가 불효하였사온데, 삼전의 보살핌 덕에 회복하였나이다."

무작금이 말했다.

"하오니 온전한 모습을 보여드려 보은하고자 하옵니다."

"뜻은 갸륵하다만…."

왕은 난색이었다. 아들의 저의를 순수하게 신뢰하지 못하는 눈치였다.

"가납하시지요, 주상."

도산대비가 나섰다.

"세자가 얼마나 깨끗이 나았는지 보고 싶습니다."

솔직히 선선히 동의할 줄은 몰랐다. 오히려 노여워하실 줄 알았다.

무작금은 너울에 가려진 조모의 노회한 시선을 응시했다.

문무에 힘써야 할 세자로서 가무와 향락에 심취하였다는 평판이 무섭지 않으냐? 삼사의 대간들이 눈을 세모꼴로 뜨고 덤벼들 텐데 겁도 아니 나느냐?

도산대비가 던질 법한 여러 가지 꾸짖음이 떠올랐다. 하지만 그 상상의 훈계를 헤치고 나니 조모의 진짜 저의가 보였다.

이 자리에서 네가 허릅숭이가 아니라고 증명해 봐라.

지엄해야 마땅할 왕실의 적장자라고 매혹해 봐라.

조모의 들리지 않는 부추김이 무작금의 핏줄에 음험하게 엉겨 붙었다.

야박하게 내쳐진 어미의 피가 흐르는 그 혈관에 말이다.

그리 뛰어나진 않으나 딱히 모자람도 없는 국본.

평범한 듯싶지만 가끔은 어딘지 싸한 구석이 느껴진다고 모두가 입을 모으는 세자.

도산대비는 그 겉가죽을 들춰 시험하고 싶어 했다. 꿰뚫어 보려고 휘하의 궁녀까지 들이밀어 보았으나 여전히 헷갈리는 모양이다.

"…실수하면 안 된다."

마지못해 자리를 내어주며 부왕이 속삭였다.

"모두가 보고 있으니까."

무작금도 빙 둘러싼 왕후장상을 바라보았다.

중궁과 후궁, 대군과 군, 공주와 옹주, 종친과 정승, 환관과 궁인….

어미를 잃고 두 다리마저 망가진 채 슬피 울던 저를 구경하며 불쌍하다고 쏘삭이던 입술들이었다.

"염려 마소서."

더 이상 무작금은 두렵지 않았다.

첫 소절을 입술에 머금었다. 청명한 미성을 일구고, 버들가지처럼 유려한 동작을 탄생시켰다. 그러자 천하가 곧 그의 소유가 되었다.

처용무는 본디 재물이 많이 들어가는 춤이다. 춤사위 한 번 휘두를

라치면 오방색이며 꽃가지를 써서 화려하게 치장해야 하는 탓이다.

하지만 무작금에게는 어떤 꾸밈도 필요치 않았다.

흰 얼굴이 꽃처럼 발갛게 물들었다. 꽃가지와 열매 장식 따위가 부럽지 않을 만큼 잘생긴 이목구비가 도드라졌다. 팔만 한 번 뻗어도 칠보七寶를 두른 양 후광이 비쳤다.

탄성이 쏟아졌다. 아니, 혼이 쏙 빠져 저도 모르게 흘리는 탄식에 가까웠다.

심금을 울리는 노랫소리에 궁녀들이 흘린 눈물은 최고의 찬사였다.

개중에서 무작금의 마음을 끈 반응은 단연 박수 소리였다.

그 의녀가 열렬히 손뼉을 치고 있었다.

춤추기는 개뿔 거짓부렁 아니냐면서 믿지 않을 땐 언제고, 모종의 감격으로 발갛게 물든 두 눈으로 저를 보고 있었다.

신묘하게도 다른 무엇보다 그 조그마한 손바닥이 만들어내는 찬사에 가슴이 들뜨고 넋이 붕 떠올랐다.

덕분에 무작금은 한 동작도 틀리지 않았다.

심지어 그의 본질은 망가지기 이전보다 더 완벽해져 있었다.

"과연 따를 자가 없을 솜씨다."

환호성이 잦아들 즈음 부왕이 탄복하였다.

무작금은 도산대비를 보았다. 얼굴을 감춘 조모는 고개를 끄덕였다. 마지못한 인정의 표현이었다. 이에 모두가 무릎을 꿇고 세자를 칭송하였다.

그리하여 무작금은 무력하게 나가떨어졌던 자리를 완벽하게 탈환하였다.

사정전의 의례가 파하자 추적추적 비가 내렸다. 그래도 불꽃놀이는 예정대로 진행하려는 낌새였다.

후원의 나무에 불씨 주머니가 잔뜩 걸렸고, 소주방에서 지져온 전 냄새가 먹음직스레 진동하였다.

북적북적한 와중에 무작금은 교태전 북쪽, 다경각多慶閣 너머 새카만 나무 아래에 서 있었다.

"…세자저하!"

만나야 할 사람이 있었다.

"갑자기 찾으시어 깜짝 놀랐사옵니다."

이정이었다.

"한동안 소인을 통 찾지 않으시어 근심하였사온데…."

그녀는 생전 처음 만나는 사람처럼 무작금을 응시했다. 기대하는 티를 내지 않으려고 애쓰면서 말이다.

"이토록 늠름하게 행차하시니 소인은 감격을 금할 길이 없사옵니다."

"너를 보아야만 했다."

환하게 웃으려다가 이정은 흙 묻은 그의 손을 발견했다.

"어쩌다 더럽히셨나이까?"

수파(手帕, 손수건)로 닦아주려는데 뿌리쳤다.

"슬슬 마음을 정리할 때가 되었거든."

흠뻑 물을 머금은 그의 눈동자는 그윽하기가 잔월과 같았다. 그러나 이내 수선화처럼 함초롬하던 눈가에 붉은 기가 비쳤다.

"그 지환을 보여다오."

무작금은 흙이 묻지 않은 왼손을 내밀었다.

"내가 연정의 증표로 준 밀화지환 말이다. 잘 지니고 있겠지?"

노란 가락지의 존재를 떠올리는 이정의 반응이 굼떴다.

"지금은 없사옵니다. 소중한 물건이라 처소 깊숙이 감췄나이다."

"내가 항상 몸에 간직하라 했을 텐데?"

"행여 잃어버릴까 두려워서…. 송구하옵니다."

"하면 지금 처소로 가서 가져오너라."

이정의 숙인 얼굴에서 당혹감이 스쳤다.

이내 그녀의 초조한 시선이 무작금의 등 너머를 흘끔거렸다. 국무당과 성수청의 무녀들이 푸닥거리를 준비하는 방향일 터였다.

성상의 재액과 살을 풀어주고자 도산대비가 주관하는 의식이다.

"망극하오나 바른대로 고하겠나이다."

이정이 마른침을 삼켰다.

"한동안 그 지환을 늘 몸에 지니고 다녔사온데, 그러는 바람에 자전의 눈에 띄고 말았사옵니다."

침착한 척해도 공손히 포갠 그녀의 두 손이 떨렸다.

"자초지종을 아신 도산대비께선 사치스럽기가 궁인의 분수에 지나치는 물건이라며 거두셨나이다."

이정은 무릎을 꿇었다.

"소인을 부디 용서하소서."

"참 이상하구나."

무작금이 고개를 비뚤게 기울였다.

"네 말이 사실이라면…. 왜 자전께선 진즉 동궁전으로 달려와 내 종아리를 때리지 않으셨을까?"

"예?"

"내가 너한테 거짓말을 했다."

표정에 미동도 없이 밝혔다.

"그 밀화지환은 어마마마께서 남겨주신 물건이 아니다."

"분명 폐비의 유품이라 하셨잖아요?"

"거짓말이라니까. 그건 할마마마께서 내 두 돌 때 하사하신 가락지다."

무작금이 생긋 웃었다.

"할마마마께서 친히 마련하신 선물도 못 알아보실 눈썰미는 아니시지."

이해하지 못한 이정은 눈만 깜빡였다.

"하물며 당신께서 하사하신 왕실의 보물을 하찮은 궁녀에게 덜컥 주었다면, 노발대발하시어 내 상투부터 잡아채셨을 분이고."

마침내 그가 교활한 핵심을 짚었다.

"자전의 심중에 어디 켕기는 구석이 있지 않고서야, 여태 나를 가만히 둘 리 없으셨겠지."

"어째서 소인에게 거짓말을 하셨사옵니까?"

이정이 더듬더듬 반문했다.

"시험이었다."

무작금이 대답했다.

"그리고 너는 통과하지 못했어."

그가 흙 묻은 오른손을 내밀어 꽉 쥐고 있던 주먹을 펼쳤다.

"이게 진짜 내 생모의 유품이다."

자결하기 직전 숙원 허씨가 보내온 허름한 붓꽂이, 볼품없는 눈속임의 밑바닥에 숨겨두었던 폐비의 유품이었다. 유난히 빛깔이 진한 산호 가락지였다.

배롱나무처럼 붉은색이었다.

실로 무작금이 가장 좋아하는 색깔이었다.

"줄곧 내가 틀어박힌 병상에 숨겨두었지만…."

무작금은 손바닥에서 폐비의 산호 가락지를 빙그르르 굴렸다.

"몸이 나아 움직이면서부터는 어미께서 나를 낳으신 교태전이 보이는 이 땅에 묻어두었지."

매우 고생스럽고 조마조마했으되 그 자신에게 의미 있는 행동이었다.

"…너에게 준 노란 지환은 할마마마께 바쳤겠지?"

무작금이 날카롭게 물었다.

"그래서 지금 네 품에 없는 거고?"

"아니옵니다."

무의미하게도 이정은 부정하며 버텼다.

"처음 널 만났을 때가 떠오르는구나."

무작금이 중얼거렸다.

"미리 준비한 핑계가 있지만 어차피 통하지 않을 테니 바른대로 고하겠다고 말했었지."

움찔하는 낌새로 보아 그녀도 기억하는 눈치였다.

"…단순히 네 얼굴이 폐비와 닮았다는 사탕발림에만 혹한 게 아니었다."

그가 말했다.

"첫 만남 때문에라도 기대가 생겼었지. 하여 한동안 네가 진짜이기를 간곡히 바랐어."

"세자저하…."

"단 하나라도 진실한 모습을 보여봐라."

끼어들 틈을 주지 않고 무작금이 말했다.

"미리 준비한 핑계는 어차피 통하지 않으니까 바른대로 고하란 말이다."

"…맞사옵니다."

체념한 낯으로 이정이 대답했다.

"여태 소인은 도산대비전의 뜻대로 움직이는 꼭두각시였나이다."

"그래서 할마마마께서 내게 들려주고 싶은 이야기만 쏘삭였느냐?"

무작금은 덤덤하게 물었다.

"저하께오서 자전께 보여주고 싶은 이야기도 들어드렸지요."

이정이 노련하게 받아쳤다.

"예, 소인은 저하께서 폐비의 유품이라며 주신 가락지를 곧장 도산대비께 올렸사옵니다."

무작금이 예상한 대로였다.

"도산대비께서는 폐비의 유품이라는 말에 초조해하시다가, 그 가락지가 실은 마마께서 하사하셨던 것임을 금세 알아보셨나이다."

이정이 말했다.

"다만 어릴 때 일이라 저하께서 착각하셨겠거니 짐작하셨으며, 어차피 추궁할 수도 없다며 잠자코 계셨사옵니다."

"하지만 그 밀화지환은 거둬가신 것이냐?"

"그러하옵니다."

슬쩍 이정이 시선을 피했다.

"그 가락지를 미끼로 시험할 사람이 있다고 말씀하시면서요."

"누구를?"

"정확히는 모르오나 아마도…. 그 의녀를 심중에 두신 것 같았사옵니다."

그 의녀. 항상 간결한데도 무겁게 지칭되는 존재다.

"…도산대비께서는 섬기기 어려운 분이시옵니다."

이정이 절박하게 이어갔다.

"소인은 갖가지 애매한 하문과 옳은 답이 아니라는 꾸짖음, 언제든 수틀리면 당하는 무안과 당장 밟혀 죽어도 무방하다는 업신여김 속에서…, 평생 길들었나이다."

"하여 줄곧 내 편인 척하면서 자전의 편에 섰느냐?"

"셈한 값이 확실했으니까요."

이정이 웃었다.

"저하께서 무미건조하게나마 속삭이시는 밀어에 흔들릴 때가 많았사옵니다."

웃음치고 메마른 감정이었다.

"하지만 사내가 주장하는 사랑은 불완전하지요. 썩 믿음이 가질 않고요. 설령 진실이라 한들 식어버리면 끝 아니옵니까?"

특유의 두통에 시달릴 때 짓는 표정이었다.

"반면 자전의 총애는 굳건하였나이다. 왕실의 큰어른으로 군림하시는 한, 그쪽에 충성하여 해를 입을 여지는 없었지요."

"그래서 나와 할마마마 사이에서 양다리를 잘 걸쳐놓았다고?"

"만일 저하께서 소인의 입장이셨다면 아니 그러셨겠나이까?"

의표를 찌르는 반문이었다.

"이는 시험이었으며 소인은 통과하지 못했다고 말씀하셨사옵니다."

이정이 무작금의 손바닥에 놓인 산호 가락지를 응시했다.

"소인과 그 의녀 사이에서 저울질하셨다는 뜻 아니시옵니까?"

호락호락한 궁인은 아니었다.

"다만 소인이 모르는 것은…. 그게 어떤 저울질이었냐는 부분이지요."

"너는 무엇 때문에 나와 자전 사이에서 저울질했지?"

"후궁 첩지와 안락한 노후 보장 때문이지요."

이정은 흔들리지 않았다.

"너의 이유가 훨씬 낫겠다."

무작금은 허탈했다.

"난 진짜를 원한다는 허상 때문에 저울질했으니까."

"소인은 끝내 가짜였사옵니까?"

대답할 가치도 없는 질문이었다.

"…그 의녀는 진짜이옵니까?"

때문에 이정은 질문을 바꿨다.

"아닐 텐데요."

이정은 자포자기한 고백에서 맹렬한 공격으로 태도를 전환했다.

"설마 그 의녀는 저하께 상처 주지 않을 사람이라고 여기시는 것이옵니까?"

조롱하듯 코웃음을 쳤다. 다분히 의도적이었다. 그의 태도가 변한 이상 그녀도 다른 행동을 취해 동요시키려는 전술이었다.

"…그 의녀에게는 분명 숨기는 구석이 있사옵니다."

이정이 굳게 말했다.

"도산대비께서 친히 캐보셨는데도 행적을 찾을 수 없었사옵니다. 한낱 천인의 인적을 그렇게까지 단단히 봉인하는 경우는 없나이다."

기세를 잡은 셈이다.

"궁중에서는 누구에게나 속셈이 있사옵니다."

이정이 교활하게 쏘삭였다.

"한데 그토록 수상쩍은 계집이 과연 저하께 안전한 사람이겠사옵니까?"

"…전혀 안전하다고 생각하지 않는다."

잠자코 듣던 무작금이 말했다.

"그 의녀는 사탕발림이나 위선을 떨지 않아. 오히려 내가 싫어하고 두려워하는 일을 강요하면서 꾸짖고 등 떠밀지."

제 가슴을 차지한 신비로운 존재를 곱씹었다.

"붙잡는 대로 잡혀주면서도 괜한 짓을 한다며 투정하고, 그러다가 마음 바뀌면 언제든지 훌쩍 떠나 버릴 것처럼 두루뭉술하기까지…."

떠올릴수록 미소마저 피어올랐다.

"진짜 같으면서도 가짜 같은…. 그토록 신비한 사람이기에 난 도무지 안전할 수가 없어."

그의 심장은 어미를 닮아 유약하고 물색없다.

그의 사랑은 어미를 닮아 찬 바닥에 내동댕이쳐져 잔혹하게 짓밟히고도 남을 만큼 질척였다.

"그래서 여태 부정하려고 애썼고, 네가 시험에 통通하길 바랐다."

무작금이 말했다.

"네가 할마마마의 귀에 오만가지를 다 속닥이더라도, 내 생모의 것이라 말한 그 지환만은 넘기지 않고 잘 지켰으면…."

이루어지지 않은 가정이 그의 입속에서 형체 없이 이지러졌다.

"그랬다면 끝내 그 의녀에게 향하는 마음을 인정하지 않을 핑계가 생겼을 텐데."

무의미한 가정 대신, 눈앞의 현실을 마주했다.

"더는 부정할 여력이 없어."

무작금이 말했다.

"사랑이 결코 안전할 수만은 없는 것이라면 감수해야겠지."

스스로 뱉고도 참 무서운 과제였다.

"…적어도 소인은 저하와 비슷한 부류이옵니다."

이정이 마지막 패를 꺼냈다.

"하여 저하를 이해하는 사람이옵니다."

놀랍게도 옳은 표현이었다.

저의를 숨긴 사탕발림. 계산을 거듭하며 양다리를 걸친 저울질. 사랑이라는 낱말을 거래로 정의하는 냉정함. 원하는 바를 정확히 알고 목표하는 맹목성까지….

무작금은 도산대비가 동궁전에 들이밀 궁녀로 왜 하필 이정을 선택했는지 이해했다.

그것은 어미와 닮지도 않은 얼굴 때문이 아니었다.

오히려 무작금과 닮은 모난 마음 때문이었다.

"나와 비슷한 사람은 필요 없다."

무작금이 한 걸음 물러섰다. 이미 다 젖은 어깨를 추적추적 내리는 빗물로 또 적셨다.

"…그건 혐오스러울 뿐이니까."

그러고는 속으로 천 번도 더 곱씹은 자기혐오와 함께, 마침내 이정이로부터 완전히 돌아서 버렸다.

***

무작금은 눈에 띄지 않기 위해 변복했다. 파란 두루마기를 걸쳤다. 어린 내시가 가지고 놀던 탈을 빼앗아 얼굴도 감췄다.

경회루로 갔다. 본디 연회를 크게 벌이기 위해 만들어진 누각이다. 특히 바다 건너에서 사신이 올 때마다 북새통을 이룬다.

오늘 밤에도 불꽃이 펑펑 터지기를 기대하며 다들 모인 통에 야단스러웠다.

한데 샅샅이 훑어도 군중 속에 그 의녀는 없었다.

아까 처용무가 끝나고서 어디로 갔을까?

무작금은 초조하게 주변을 두리번거렸다. 목멱산을 바라보는 방향에 뭇 여인들이 모여 있었다.

가만 보니 도산대비와 성수청의 무녀들이었다.

다수의 관심이 불꽃놀이에 향하는 동안, 따로 중요한 의례를 치르려는 모양이었다.

바로 씻김굿과 살풀이다.

원래 한 해가 저무는 시기에 음기가 제일 강하다고 들었다. 한데 올해 연말에는 임금께서 재액을 당하실 흉운마저 깃들었다나.

하여 이례적으로 품을 많이 들인 낌새였다. 흰머리 성성한 국무당이 직접 옷을 갖춰 입고 무구巫具까지 들었다.

"…설마 저기에 있을까?"

탐탁잖아도 무작금은 지푸라기를 잡았다.

고민 끝에 즐겁고 낭만적인 불꽃놀이로부터 돌아섰다. 대신 요란한 장구와 쟁을 좇아갔다.

굿판 한가운데에서 국무당이 제문 비슷한 것을 외우고 있었다. 그 주변을 둘러싼 무녀들의 입술도 쉴 새 없이 무엇인가 중얼거렸다.

그리고 도산대비는 맨 앞줄에 자리 잡고 앉아 손으로 염주를 문지르는 중이었다.

살금살금 무작금은 어두운 나무 그늘을 틈탔다. 무아지경에 빠진 여인들 한 명 한 명을 살폈다.

그러다가 비로소 자칫 놓칠 뻔한 한 사람을 찾아냈다.

목멱산의 어둠이 짙게 내려앉은 응달에 그 의녀가 숨어있었다.

그 의녀를 제외하고는 전부 배경으로 흐려졌다. 무작금은 조용히 다가가 아무런 경계도 취하지 않은 손목을 덥석 잡았다.

"깜짝이야!"

신비는 놀라서 펄쩍 뛰었다.

"뭐 하는 놈팡이냐?"

그러더니 팔을 홱 휘둘러 뿌리쳤다.

"나다."

뒤늦게 무작금은 저가 탈을 썼음을 떠올렸다. 그러자 신비가 눈을 가늘게 뜨고 탈바가지에 뚫린 구멍 사이를 흘겼다.

"나요?"

오만한 음성을 알아들었을 터였다.

"저하께서 정녕 살 만하신가 봅니다."

이내 신비는 혀를 내둘렀다.

"걷고 춤추는 걸로도 모자라 탈바가지까지 쓰고 나돌아다니시네."

"네가 시키는 대로만 하는데도 불평이냐?"

무작금이 말했다.

"방구석에서 그만 굴러다니라기에 걷고…."

"안 그랬으면 천년만년 병상에 나자빠져 계셨을 테니까요."

"거짓부렁 아니냐며 믿지 않기에 춤추고…."

"세상에 누가 춤으로 도산대비 마마도 울린다는 말을 믿겠나이까?"

사이사이 끼어드는 그녀의 말대꾸를 꿋꿋이 무시했다.

"입증해 보라는 말에 미복微服까지 갖추고 이렇듯 오지 않았느냐."

"뭔가 더 있사옵니까?"

신비가 눈썹을 추켜세웠다.

"처용무를 추는 모습을 보여주시려고 굳이 나례 때 만나자고 말씀하신 줄로만 짐작했는데요."

"당연히 그것만으로는 부족하지."

무작금이 고개를 저었다.

"…자리를 옮겨야겠군."

다시 그녀의 손목을 덥석 잡았다.

"남녀가 유별하다는데 어딜 자꾸 잡으시옵니까?"

"넌 여인이 아니라 소와 닭이라면서?"

새침하게 받아치며 무작금은 신비를 잡아끌었다. 영문을 몰라 투덜거리는 소리를 한 귀로 흘리며 그는 앞장섰다.

한적한 곳으로. 안전한 어둠의 품으로. 둘만 있을 수 있는 곳으로.

굿판에서 멀지 않은 곳에 으슥한 정자가 있었다. 귀신이 나온다는 둥 시시한 괴담이 돌아 인적이 끊긴 곳치고 전망이 좋았다. 층고가 높아 계단을 한참 올랐다.

“너무 높이 오르시는 건 무리이옵니다.”

습관처럼 신비는 그를 걱정했다.

“괜찮다니까.”

“그래 놓고 편찮으시면 또 바닥에 누워서 패악을 부리실 거잖아요?”

“패악이라니…. 왕세자를 상대로 단어 선택 한번 봐라.”

무작금은 혀를 끌끌 찼다.

“사실인 걸 어쩐답니까.”

“숨차니까 조용히 좀 따라와라.”

논리에서 밀린 그는 으름장으로 응수했다.

참으로 힘들게 정자에 올랐다. 막상 눈앞의 절경과 마주치자 신비의 불평도 쏙 들어갔다.

인왕산과 북악산이 어우러지고, 아래 펼쳐진 호수는 청명했다. 탁 트인 시야에서 어둠은 아주 작은 훼방만 놓았다.

“불꽃놀이 보기에는 경회루가 명당이라더니….”

신비가 난간을 잡고 몸을 앞으로 뺐다.

“진짜 명당은 아는 사람만 아는가 봅니다.”

“뭐, 그렇지.”

무작금은 콧대를 높였다.

“한데 명당 타령하면서 왜 정작 굿판을 기웃거렸느냐?”

“그냥…. 불꽃놀이는 눈속임이고 저 살풀이굿이 진짜라는 생각이 들어서요."

장구 소리에 맞춰 덩실덩실 춤추는 국무당을 내려다보며 신비는 중얼거렸다.

"제법 눈치가 빠르군."

무작금은 혀를 내둘렀다.

"관상감에서 아바마마께서 액운을 맞이하실 운수가 끼었다나 뭐라나 했다더라. 하여 나례 일정이 바뀐 것이다."

"…그렇사옵니까?"

자못 신비는 불길한 표정을 지었다.

"설마 너도 무속을 믿느냐?"

무작금이 코웃음 쳤다.

"투미한 다른 여자들처럼?"

"여자들은 소중한 사람을 걱정하는 마음으로 무속에 기대는 것이옵니다."

신비는 퉁명스럽게 반박했다.

"아무리 사내들이 그 정성을 하찮게 여기더라도요."

"다른 사내들이야 어떤 마음으로 하찮게 여기는지 모르겠다만…."

한결 진지하게 무작금이 말했다.

"난 아무리 기도해봤자 하늘은 결코 들어주지 않는다는 걸 알고서부터 하찮게 여기게 되었지."

"…그건 그렇사옵니다."

신비가 씁쓸하게 웃었다.

"하늘은 소인의 기원 역시 들어주신 바 없사옵니다."

그녀의 시선이 새카만 밤하늘을 향했다. 반짝이는 별을 헤아렸다. 별자리를 그려보는 것처럼 동공이 흔들렸다.

"저기, 북두칠성이 있사옵니다."

그러다가 손가락으로 광활한 자리를 가리켰다.

"언제나 똑같은 자리에 있는 붙박이별이지요."

무작금은 하늘을 바라보지 않았다. 오로지 신비만을, 하얗게 쏟아지는 별빛으로 젖은 그녀의 얼굴만을, 물끄러미 응시했다.

"북두칠성은 붙박이별을 하나로 묶은 자미원紫微垣 중에서도 가장 밝으니, 별들의 임금인 자미대제紫微大帝라 불린답니다."

그의 시선을 아는지 모르는지, 신비는 신나서 별자리에 몰두했다.

"자미紫微는 왕의 빛깔이요, 자미궁紫微宮은 상제께서 기거하시는 궁전이고요."

"그래, 지상의 지존께서 계시는 경복궁과 창덕궁 또한 그러한 별들의 형상을 본떠 지었지."

천천히 맞장구치다가 불쑥 허를 찔렀다.

"나야 국본이라서 천문학을 배웠다지만…. 너는 어디서 배웠느냐?"

"어릴 때 큰오라버니가 가르쳐 주었사옵니다."

"…오라비?"

"잡학 다식한 사람이었거든요."

"어디 있는데?"

마찬가지로 관노 신세겠거니 짐작했다. 접때도 그녀는 잠결에 오라비를 찾았던 것 같다.

"글쎄, 소인도 모르옵니다."

신비는 풀이 죽었다.

"소식 끊긴 지 오래라 죽었는지 살았는지…."

"그리우냐?"

"그럼요. 가족이니까요."

선뜻 대답했지만 이내 그녀는 말을 바꿨다.

"…가족이었으니까요."

과거의 관계로 고쳐졌기에 더욱 서글펐다.

"가족이라…?"

무심코 무작금이 중얼거렸다.

"사실 난 잘 모르겠다."

"가족에 대해서요?"

"그래. 지체 높은 집안에서는 태어나서부터 유모의 젖을 물고 그 손에 길러지지. 형제들은 대개 경쟁 상대일 경우가 많고."

그가 말했다.

"더군다나 난 갓난아기 때 자주 앓았다. 생모가 폐위될 적에도 정승의 사저에서 피접 중이었어. 줄곧 유모의 손에서 컸지."

무의식적으로 그는 주먹을 쥐었다.

"…한데 왜 난 어미를 떨쳐내지 못할까?"

"그게 바로 가족이옵니다."

신비가 조용히 화답했다.

"머나먼 거리와 심각한 결점에도 불구하고 영원히 마음에서 떨치지 못할 사이랄까요."

충격이었다. 궁중에서는 다들 폐비가 내쳐져 마땅한 사람이라며 묵인했다.

심지어 친아들인 자신조차 어미를 변명의 여지가 없는 죄인이라 여겼다.

한데 오로지 눈앞의 이 의녀만은 그러지 않았다.

도리어 무작금이 가장 듣고 싶던 말까지 손쉽게 짚어냈다.

"…오늘 너에게 보이고 싶은 것은 멀쩡하게 회복해 춤추는 내 모습이었다."

마침내 그는 마음을 먹었다.

"예, 자랑하신 대로 정말 잘 추시던데요."

신비가 감동받은 척 웃었다.

"용모만 기생오라비 같으신 줄 알았는데, 춤 솜씨는 기생오라비 뺨을 치고도 남겠더이다."

"뭐?"

기분이 나빠야 하는지 좋아야 하는지 무작금은 헷갈렸다.

"소인이 술자리에 강제로 불려 다니는 통에 기생을 제법 만나봤거든요."

신비가 어깨를 으쓱했다.

"개중에 저하처럼 춤과 노래로 다른 사람을 울리는 경지에 이른 사람은 한 명도 없었사옵니다."

"…음, 그래?"

무작금은 칭찬에 솔깃했다.

"뭐, 양반이 천금을 준대도 술 한 잔 따라주지 않는 장안 최고의 기녀라면 다를지도 모르겠사옵니다만…."

어쭙잖은 관기들로 이 나라 기생 전체를 대표하기는 좀 그렇다고 생각했는지 신비가 중얼거렸다.

"아무튼 그만큼 세자저하의 솜씨에 탄복했다는 말씀이옵니다."

"가무는 비천한 재주지."

하늘 높이 띄워주는 칭찬에 슬슬 쑥스러웠다.

"국본의 자질이라기에는 더더욱 물색없고."

"에이, 소인의 생각은 다르옵니다."

불쑥 그녀는 괴상한 주장을 했다.

"왜 춤과 노래로 심금을 울리는 재주가 비천해야 하옵니까?"

자못 의연한 의문이기도 했다.

"어째서 사람의 목숨을 살리는 의술도 비천해야 하고요?"

미처 생각하지 못한 동병상련에 무작금은 깜짝 놀랐다.

"가지각색으로 다양한 소질을 두고 귀천을 나누는 건 옳지 못하옵니다."

신비는 굳게 말했다.

"옳지 못한 관습이라면 마땅히 바뀌어야 하고요."

"글은 아니 읽어도 된단 말이냐?"

멀거니 그가 물었다.

"아, 당연히 읽어야지요. 사람이 일단 뭘 읽어야 머리가 틔든가 말든가 하지 않겠나이까."

그녀는 샐쭉하게 대꾸했다.

"다만 당장 모두가 믿는 상식이라고 하여 반드시 옳은 것만은 아닌 것 같사옵니다."

도로 신비의 시선이 밤하늘로 향했다.

"소인은 타인의 관점으로 스스로 정의하고 싶지 않사옵니다."

폐부를 찌르는 한 마디였다.

"부디 저하께서도 그리하지 마소서."

"그래, 정녕 옳지 못한 관습이라면 마땅히 바뀌어야지."

무작금의 눈이 붉게 빛났다. 애석하게도 청아할 만큼 올곧은 신비의 눈빛과는 사뭇 달랐다.

피바람을 머금고 벌겋게 타오르는 불길처럼 형형했다.

"…내가 전부 바꿔버려야지."

그때, 마침내 고대하던 불꽃이 펑 터졌다.

이 나라의 불꽃놀이는 바다 건너 대국에서조차 혀를 내두를 만큼 크고 화려하다.

아니나 다를까, 처음 터진 불씨에 이어 연속으로 펑펑 터지며 밤하늘에 수를 놓는 광경이 장관이었다.

"참으로 아름답사옵니다."

넋을 잃은 신비가 속삭였다.

"살아서 다시 한번 나례를 보는 날이 올 줄이야…."

"다시 한번?"

그 속에서 무작금은 단서를 찾았다.

신비가 얼굴을 붉혔다. 화려하게 터지는 불꽃이 얼굴을 물들여서만은 아니었다. 분명 허를 찔려서였다.

"…아직도 묻지 않으시옵니까?"

입술을 달싹이더니 그녀가 물었다.

"저하께서도 소인의 미심쩍은 구석을 진즉 느끼셨을 텐데요."

"그렇지."

결정적인 부분을 물을 때마다 교묘하게 회피하는 습관.

알맹이에 비해 실없이 구는 겉껍데기.

시종일관 비천하다고 주장하지만 도무지 그렇게 느껴지지 않는 언동.

온전한 행적을 추적할 수 없는 과거.

그리고 무엇보다 한바탕 내기와 사연을 거치고도 결코 알려주지 않는 진짜 이름까지….

"상관없다."

무작금이 말했다.

그는 여태 쓰고 있던 탈바가지를 벗었다. 꽁꽁 감추었던 표정이 드러났다.

펑펑 터지는 불꽃은 그의 하얀 뺨마저 물들였다. 속절없이 사랑에 빠진 얼굴이었다.

"네가 어떤 사람이고, 뭘 숨기고 있든지…."

대신, 우스꽝스러운 탈바가지로 신비의 얼굴을 덮어주었다.

감추고 싶은 만큼 감추도록. 숨기고 싶은 만큼 숨기도록.

"내 이름은 무작금이다."

그는 다시 마음을 먹었다. 삼천포로 빠진 대화를 원래 궤도로 되돌렸다.

"…그리고 오늘 너에게 주고 싶은 것도 하나 있다."

오른손을 내밀어 펼쳤다. 산호 가락지를 쥐고 있었다.

"내 어미가 궁궐을 떠나기 전에 남긴 진짜 유품이다."

신비의 눈동자가 흔들렸다.

"잿빛 일색이던 내 세상에 나타난 너는 붉게 빛나는 사람이다."

그녀의 손에 이끌려 목숨을 구한 순간을, 더 나아가 삶의 의지를 되찾은 과정을 곱씹었다.

수천 번을 떠올려도 질리지 않는 격정이 가슴을 뒤흔들었다.

"그러니 이 가락지는 너에게 어울린다."

한데 신비는 선뜻 받지 않았다. 오히려 묵묵부답이었다. 탈바가지에 미처 감춰지지 못한 눈망울만 서글펐다.

"받아라. 주섬주섬 모아둔 젓니보다는 좋은 선물 아니더냐?"

머쓱해진 무작금이 농담을 덧붙였다.

"…정씨 나인에게 하사하신 가락지와는 무엇이 다르옵니까?"

신비가 조용히 물었다.

"진실로 생모의 유품이라면, 한순간의 감정에 혹해 습관처럼 주위의 미천한 여자에게 내던지지 마시옵소서."

그녀는 무작금이 내민 손을 도로 접어 밀었다.

"좀 더 소중히 여기소서."

"저울질하려는 게 아니다!"

다급히 그가 말했다.

"…그래, 저울질했었던 건 맞다."

마지못한 인정으로 다시 문두를 열었다.

"내가 밑 빠진 독과 같은 인간이라서 그랬다."

"밑 빠진 독이라니요?"

"가슴에 아무리 물을 부어도 결코 채울 수 없는 결핍이 있다는 뜻이다."

무작금은 씁쓸하게 설명했다.

"…그래서 두려웠다."

제 가슴에 뚫린 구멍을 마주하기란 쉽지 않은 일이다. 공허한 빈 공간을 채우기 위해 그는 그저 분투해왔다.

"애초에 물을 붓지 않으면 된다고, 그러면 절대 채워지지 않는다는 진실 자체를 외면할 수 있다고…. 그렇게 평생 살아올 뿐이었지."

그럼에도 불구하고 무작금은 굳게 먹은 마음을 다잡았다.

"한데 너를 만났다."

그가 한 발짝 다가섰다.

"부족하고 유치한 내 모습에 굴하지 않고 넌 끊임없이 물을 부었어."

그녀가 한 발짝 물러서지 않기에 거리가 가까워졌다.

"그래서 이정이에게 가락지를 줬다. 도망치고 싶어서. 인정하고 싶지 않아서."

"효험이 있었사옵니까?"

신비는 무표정으로 물었다.

"아니."

무작금은 고개를 저었다.

"그랬는데도 난 새벽이면 너를 봤어. 심지어 네가 탕약을 들이밀기도 전에…. 풀잎에 맺힌 이슬에서 말이야."

그가 말했다.

"항상 내가 볼 수 있는 곳에 있었지. 하루도 빼놓지 않고."

이윽고 백기를 든 미소로 번졌다.

"해가 뜨면 사라지리라 믿고 아무리 말썽부리고 투정하여도, 다음날 새벽이면 포기하지 않고 또 풀잎에 맺혔지."

불쑥 무작금이 힘주어 말했다.

"애초에 이정이에게 준 가락지는 가짜였다."

"가짜라니요?"

"여차하면 믿어줄 테니까 진짜인 척 날 속여달라는 시험이었지."

"한데 믿어줄 만한 진짜가 아니었사옵니까?"

"그래. 역시나 나처럼 결핍으로 가득 찬 가짜일 뿐이었다."

참으로 역설적인 표현이었다.

"하면 소인은 진짜이옵니까?"

이번에도 신비는 속을 알 수 없는 표정으로 물었다.

"모르겠다."

무작금은 솔직히 대답했다.

"넌 진짜이면서도 가짜 같고, 가짜이면서도 진짜 같으니…. 정녕 모르겠어."

도통 풀리지 않는 눈앞의 수수께끼를 용감하게 응시했다.

"그렇지만 이 안에 크고 조용한 나무가 있다는 것만은 안다."

그가 신비의 가슴께를 짚었다.

"무조건 내게 맞춰주지는 않지만 날 비웃지도 않아. 달래주면서도 아첨하지는 않아. 너 자신만의 올곧은 생각이 있지."

나풀거리는 옷고름을 스치는 손길이 꼭 쥠쥠 쥐는 아기의 손 같았다.

"내 안에 뚫린 구멍을 막아주고 지탱해 줄 것 같아."

동시에 절박하게 움켜쥐는 사내의 손이기도 했다.

"너는 내 인생의 제일 좋은 부분이다."

하여 고백으로 이어졌다.

"어쩌면 유일하게 좋은 부분일지도 몰라."

습관적인 두려움에 매몰되기 전까지는 그랬다.

"하지만 너무 가까이 가면 내 속에서 활활 타는 큰불이 옮겨붙겠지."

무작금이 중얼거렸다.

"…제일 좋은 부분은 늘 먼저 망가지고 불타니까."

눈을 꼭 감은 그는 무척 연약해 보였다.

"나무를 성실하게 잘 돌보시면 되옵니다."

잠시 고민한 끝에 신비가 말했다.

"설령 저하의 불이 옮겨붙으면 타죽기 전에 불을 꺼주시면 되고요."

간결한 대답에서 무작금은 희망을 찾듯 눈을 반짝였다.

"저하께서 도망가거나 회피하지 않으시면, 나무도 끈질기게 자리를 지킬 것이옵니다. 불에 그슬리더라도 다시 푸른 잎을 피우겠지요."

신비는 그 희망에 화답했다.

"하오면 가장 좋은 부분은 망가지지도 불타지도 않을 것이옵니다."

"…얼굴을 보고 싶다."

무작금은 금방 저가 씌운 탈바가지가 거슬렸다.

그녀의 얼굴 역시 마찬가지로 팡팡 터지는 불꽃에 물들어 붉어졌는지 알고 싶었다.

"아까는 상관없으시다면서요?"

"그래도 밤이 곱지 않으냐."

바투 다가갔다. 서로의 발끝이 부딪혔다.

"이토록 고운 밤이라서, 네 얼굴이 보고 싶다."

그녀의 얼굴을 감춘 탈을 조심스럽게 어루만졌다.

"벗겨도 괜찮겠느냐?"

"아니 되옵니다."

"어째서?"

"모르옵니다. 어쨌든 싫습니다."

앙탈을 부렸지만, 곱디고운 밤과 청명한 사내의 시선에 신비는 결국 고집을 꺾었다.

움켜쥔 손에서 힘을 뺐다. 무작금은 천천히 탈을 위로 올렸다.

달빛이 밝았다. 팡팡 터지는 불꽃은 더 밝았다. 신비의 얼굴이 뽀얗게 드러났다.

눈이 마주쳤다.

하지만 무작금의 시선은 신비의 눈에서 오래 머물지 않았다. 조금 아래로 옮겨갔다. 앙다문 입술을 보았다.

그는 고개를 숙이고 싶었다. 천천히 다가갈수록 그녀의 눈동자가 요동을 칠 터였다. 그렇지만 곧 눈꺼풀 아래로 감출 것이다.

그러면 그도 눈을 감을 테고, 입술이 닿으리라.

부드러울 것 같다. 실컷 음미해야지. 더 길어졌다간 큰일 날 것만 같은 기분이 들 때까지….

다만 그 전에 우선할 일이 있었다.

"이게 내가 너한테 입증하는 방식이다."

무작금은 산호 가락지를 신비의 약지에 끼웠다. 놀랍게도 꼭 맞았다.

가락지는 제 역할을 하자 비로소 보화처럼 영롱하게 빛났다.

"내 곁에 있어라."

어리고 나약한 짐승이 매달리듯 신비를 끌어안았다.

"내가 도망칠 곳은 너밖에 없으니까."

그녀는 안전한 둥지이자 유일한 집이었다.

"언제든 네가 밟고 지나갈 밑바닥이요, 네가 죽도록 원망할 하늘이 될 것이다."

그가 호소했다.

"네가 내 옆에 있어야 할 이유를 계속해서, 어떻게든 만들어 낼 것이야."

아름다운 눈망울에서 눈물이 흘렀다.

"내가 미워서라도 못 떠나도록 만들게. 그러니 넌 날 버리지 마라."

그의 밀어는 달콤하지 않았다. 여유도 없었다. 연약하고 조급했다.

하여 아름다운 껍데기에 걸맞지 않도록 추하고 절박했다. 속에 든 망가진 부분만 여실히 노출했다. 아무리 강자인 척해도 그녀 앞에선 속절없는 약자였다.

"…소인은 포기하는 법을 모르옵니다."

마침내 그녀가 말했다.

"하오니 두려워하지 마소서."

실로 충분한 대답이었다.

그가 고개를 숙였다. 바라보기 위해서가 아니었다.

입을 맞추기 위해서였다.

이번에는 눈을 감았다가 뜨면 사라질 순간이 아니었다. 어쩐지 불안한 미래를 담보하는 행위였다.

두렵고 혼란스러운 마음속에서도 더운 숨결이 오갔다. 더군다나 암만 아닌 척해도 사시나무처럼 손이 떨렸다.

달빛을 받아 하얗게 빛나는 살결. 덜 여문 몸의 선을 따르는 근육. 옷깃으로 가리지 않아 청초하게 드러난 목덜미. 절박하게 움켜쥐는 손아귀.

뜨거운 순간 속에서는 제 모습마저 새삼스럽고 낯설었다.

그리고 모든 열화가 소강될 때까지, 겨울비는 그치지 않았다.

"…침전으로 가자."

촉촉이 내리는 빗속에서 불꽃놀이는 이지러졌지만, 마지막 남은 불씨만은 살리고 싶어 그가 속삭였다.

"오늘 밤 비구름에 가려진 달을 함께 찾으며…."

"아니 되옵니다."

그러나 그녀는 불씨를 흙으로 조용히 덮듯 말허리를 잘랐다.

"그럴 수 없다는 거 잘 아시지 않사옵니까."

신비는 그의 입맞춤과 품으로부터 한 걸음 물러섰다.

"국본이 병이 낫자마자 천한 계집부터 품으면, 조정 중신들이 벌떼같이 일어나 꾸짖을 텐데요."

"난 신경 안 쓴다."

맹렬하게 선언해도 그녀는 안도하지 않았다. 그저 고개만 저었다.

"…진짜 이유가 무엇이냐?"

단순히 체면을 걱정하는 거절이 아님을 깨달았다.

"내가 도망가거나 회피하지 않으면 네 가슴의 나무도 끈질기게 자리를 지킬 거라면서?"

"그렇사옵니다."

신비의 얼굴에서는 썩 동요가 비치지 않았다.

"저하께서 곁에 있어 달라고 부탁하셨던…. 의녀로서 말씀이옵니다."

"의녀로서만?"

"예, 여인이나 첩이 아닌 의녀로서만요."

침착한 그어진 선을 무작금은 느리게 이해하였다.

"병자는 사내로 보지 않는다고 했었지."

그가 주먹을 꽉 쥐었다.

"…나는 너에게 아직도 돌봐주어야만 하는 병자일 뿐이더냐?"

"아니옵니다."

신비는 쓴웃음을 지었다.

"병자가 아닌 사내이시기에 저하의 품과 입맞춤에 유혹되어 버린 것이옵니다."

"그렇다면 왜…?"

"여기서부터는 저하의 문제가 아니옵니다."

그녀가 의연하게 말했다.

"오롯이 소인의 문제이옵니다."

그리하여 무작금에게 넘어갔던 공은 다시 신비에게 돌아왔다.

신비는 무심코 그에게 휩쓸려 버린 자신을 비난했다.

입맞춤이 싫지는 않았다.

세자는 시종일관 떼쓰던 어린아이에서 어른이 되었고, 마침내 그녀의 견고한 성을 함락할 만큼의 사내로 성장했다.

꼭꼭 여민 옷깃 아래 속살을 훑고, 꽉 동여맨 옷고름을 풀어 내리는 것만 같던 그의 시선은 더 이상 허상이 아니었다.

마음만 먹으면 현실로 옮기기에 충분한 힘이 생겼다.

응당 신비는 압도되었다. 속절없는 정염으로 숨을 헐떡이고, 알 수 없는 욕망에 벌거벗었다.

하지만 바로 그 성장 속에 거슬리는 부분이 있었다.

어른이고 사내라지만 세자는 여전히 어린아이였다. 껴안는 품은 조급했고, 맹목적으로 갈구하는 애정은 고집스러웠다.

제 마음을 인정하고 싶지 않아 행한 저울질의 본질은 버림받는 것에 대한 두려움이었다.

버림받는 것을 두려워하는 까닭은 인생의 좋은 부분은 항상 망가지고 불타 버리기 때문이었다.

하여 그는 눈물을 보였다.

바닥에 엎드려 옆에 있어 주기를 갈망하는 피학자이면서도, 동시에 죽도록 원망할 대상이 되겠다며 가학자를 자처했다.

어떻게든 제 곁에 있을 이유를 만들겠다는 선언에는 비뚤어진 구석이 여실했다.

세자의 육신이 낫고 나니, 그보다 더 심각한 마음의 병이 여실히 보인다.

참으로 모순적이라서 그는 위험하다.

스스로 말마따나 밑 빠진 독이다. 그런 사람에게 계속 물을 부어줄 순 있겠지만, 퍼부을 물마저 바닥날 때는 어떻게 될지 두렵다.

"…잠시 지녀본 것만으로 좋았사옵니다."

신비는 그가 끼워준 산호 가락지를 손가락에서 빼냈다. 붉은색 밀어에 흔들리는 마음을 다잡았다.

"하오나 정녕 받들 순 없나이다."

미련이 전혀 없다고 말한다면 거짓말이었다.

오히려 신체 한 군데가 뜯겨나가는 것과 같은 통증이 손끝에서 전신으로 퍼져나갔다.

이는 면천의 기회와 그에 딸린 좋은 혼처를 사양할 때와는 또 다른 고통이었다.

어쩌면 제 것이 될 수도 있었던 좋은 것들을 넘어서, 감히 제 것이 된다면 이루 말할 바 없이 망극한 것들을 떨쳐내는 행위였다.

그래도 신비는 기어코 가락지를 세자에게 돌려주었다.

"저하께서는 국본이시고, 후일 나라의 주인이 되실 분이옵니다."

신비가 말했다.

"하오나 신비라는 비천한 인생의 주인만은 되실 수 없사옵니다."

"그게 무슨 뜻이냐?"

"오로지 소인만이 그 주인이 되겠다는 말씀이옵니다."

투쟁심을 희석하였어도 엄연한 선언이었다.

"소인에게 면천의 기회가 주어졌을 때를 기억하시옵니까?"

"그래, 아바마마께서 널 양인으로 삼아 의관 박치수와 혼인시키시겠다고 하셨지."

"이상하지 않사옵니까?"

행여 누가 들을세라 그녀는 속삭였다.

"천인 여자는 업을 지고 홀로 설 수 있지만…."

그만큼 위험한 의문이기 때문이다.

"정작 양인 여자는 삼종지도三從之道로써 아버지를 따르고, 지아비를 따르고, 아들을 따르지 않고서 혼자 설 순 없다는 것이…."

"그야 아녀자를 보호하려는…."

무심코 반박하려다가 세자는 멈칫했다. 어쩌면 제 대답이 신비를 만족시키지 못하리라는 것을 깨달았기 때문일는지도 모르겠다.

"일전에 소인이 아뢰었지요."

삼켜진 낱말의 침묵 속에서 신비가 이어갔다.

"돌로 쌓은 탑 위에 올라 본 적이 있다고요."

"한데 그게 삽시간에 와르르 무너지는 바람에 정상에서 굴러떨어졌다고 했었지."

"예, 진창에서 뒹굴었더니 사람의 인생은 덧없다는 생각밖에 남지 않았다고요."

"하지만 무엇을 빗대는 표현인지는 끝까지 가르쳐주지 않았다."

세자가 날카롭게 물었다.

"네가 숨긴 곡절이 내 곁에서 여인일 수 없다는 이유와 관련이 있다면…."

"알려드리겠사옵니다."

신비는 선선히 끄덕였다.

"아직 이른 것 같아 망설였지만, 더 미루는 것도 기약이 없으니…."

그녀는 불꽃놀이가 파하자 슬슬 어수선해지는 저 너머를 곁눈질했다.

"또한 소인의 사연을 다 아시면 저하께서도 이해하실 것이옵니다."

화려한 절경이 이지러진 밤하늘은 새까맣고 적막했다. 펑펑 터지는 불씨에 현혹되어 우러러봤던 사람들의 관심이 뚝 끊긴 탓이었다.

"소인이 다른 사람에게 인생을 종속시키려 하지 않는 까닭을요."

신비가 말했다.

"그걸 위해서 면천을 사양했고, 감히 지금 저하의 호의마저 받들지 않았으니까요."

에두른 거절이 윤곽을 드러내는 바람에 그를 자극했다.

"난 너를 내 인생에서 좋은 부분이라 하였다."

그녀가 물러선 만큼 세자가 한 걸음 다시 다가갔다.

"…너에게 나는 그러하지 않더냐?"

"소인에게도 저하는 좋은 부분이시옵니다."

신비는 희미하게 미소 지었다.

"다만 좋은 부분일 뿐, 전체로 확대할 순 없다는 뜻이옵니다."

모처럼 그의 허점을 찌를 수 있었다.

"소인이 저하의 인생에서 좋은 부분에 지나지 않는 것처럼요."

살짝만 비틀었을 뿐인데 함의가 달라졌다. 세자는 얼굴을 붉혔다.

하나 주워 담지 못할 만큼 명백하게도 그가 먼저 한 말 그대로였다.

"너 스스로 인생의 주인이 되겠다고 했지…?"

반격하기 위해 세자는 그녀의 주장을 되새겼다.

"…내가 억지를 쓴다면?"

마음이 급해 파훼할 편법부터 찾았다.

"그럴 수 있다는 걸 알지 않느냐."

그의 말이 옳았다. 다가오고 골려달라고 너그럽게 허용한 다음에, 언제든지 밀쳐내며 벌을 줄 수 있는 사내였다.

세자가 손을 뻗었다. 씌워주었던 가면을 도로 벗겨버린 만큼이나 강력한 힘을 쥐고 있었다.

희고 기다란 손끝이 신비의 턱선을 어루만지고 목덜미로 미끄러졌다. 그러더니 목을 감싸는 옷깃에 애를 태우듯 머물렀다.

정염은 습관이 되었다. 노골적인 눈빛과 그보다 직접적인 접촉 한 점에 활활 불타올랐다.

꽉 동여맨 매듭 아래 고요한 동산과 골짜기까지 질주하는 열화로 번졌다.

무심코 신비는 숨을 헐떡였다.

세자도 그걸 느꼈다.

"…저하께서는 더 이상 어리광 부리는 아이가 아니시옵니다."

방어적으로 옷고름을 움켜쥐며 신비가 다시 물러섰다.

"정녕 억지를 쓰신다면 제일 좋은 부분이 망가지고 불탄다는 걸 아실 텐데요."

그의 속말을 취하여 제 것으로 삼았다.

"저하의 맹목적인 불이 옮겨붙을 테니까요."

과연 세자가 멈췄다.

제아무리 강한 힘을 지녔던들 연약한 사내에 불과했다. 강박적인 두려움에 시달리는 어린아이를 아주 떨쳐내지 못했다.

"먼저 저하께 아뢸 이야기가 있사옵니다."

덕분에 신비는 본래 거절의 궤도로 돌아왔다. 가면을 벗고도 마지막까지 숨긴 사연을 수면 아래에서 건져냈다.

"좋다."

마침 세자에게도 호기심이 있었다.

"먼저 듣겠다. 하지만 듣고서도 이해할 수 없다면 물러서지 않을 것이다."

더군다나 그는 거절의 궤도라고 여기지 않는 것 같았다. 자신에게 유리한 방향으로 받아들일 준비가 충분히 되어 있었다.

"여기서는 안 됩니다. 준비할 시간도 필요하고요."

신비는 목소리를 낮추었다.

"사흘 뒤에 적당한 핑계로 소인을 동궁전으로 불러주소서."

"사흘이나 기다리라고?"

세자는 조바심을 냈다.

"예, 사흘이옵니다. 항상 저녁 탕약을 올리던 그 시간이면 좋겠나이다."

그래도 신비는 못을 박았다.

"…잊지 마소서. 사흘 뒤 저녁이옵니다."

재차 강조하는 표정마저 숙연했다. 그러고서 신비는 떠들썩한 파장 분위기에 섞여 사라졌다.

***

신비는 높다란 정자에 세자를 홀로 남겨두고 달음박질쳤다.

"어디를 다녀오느냐?"

내의녀 자희가 도끼눈을 떴다. 이런 흥겨운 날에도 약방에서는 자비 없이 직숙을 시켰다.

"분주한 날이니 자리를 비우지 말라니까."

"다들 불꽃놀이 보느라 바쁜데 바쁠 일이 뭐가 있다고요?"

신비는 뻔뻔하게 반박했다.

"아까도 항아님들이 몰려와서 죽을 뻔했느니라."

자희가 눈을 치떴다.

"쥐불놀이하다가 다쳤다는 둥 북새통이었다고."

"아, 궁녀들끼리 한다는 '쥐부리 글려' 말씀이지요?"

"그래, 그 바람에 화상에 바르는 고약을 다 써버렸다."

자희가 텅 빈 약통을 툭 던졌다. 지은 죄가 있는 신비는 눈치껏 자청했다.

"문합文蛤과 산자고山慈姑를 빻을까요?"

"이따가 해라."

무뚝뚝한 표정으로 자희가 침구를 챙겼다.

"일단 나랑 잠깐 어디 좀 가자."

"분주한 날이니까 자리 비우지 말라면서요?"

"네가 언제부터 내 말을 그렇게 잘 들었다고."

일리가 있는 일침이었다.

목적지는 한때 감빈방이라 불렸던 처소였다. 그 주인인 감빈 남씨가 소의로 강등되면서부터는 뭐라고 불러야 할지 붕 떠버린 전각이기도

했다.

오랜만에 와서 그런지 모양새도 이전과 달랐다.

처소에 둘러친 가시울타리가 흉흉했다. 후궁이 사실상 금족령에 처한 탓에 인적이 끊겨 방치된 분위기도 짙었다.

"…갑자기 여기는 왜요?"

으스스해서 신비는 떨었다.

"초저녁에 또 발작을 일으키셨거든."

자희의 설명은 간결했으나 신비는 찰떡같이 알아들었다.

"약을 올리고 두 시각 정도 지났으니, 한 번 더 살펴봐야겠다."

가까스로 두 의녀는 가시울타리를 비집고 들어갔다.

남씨는 흰옷을 입고 있었다. 모처럼 보는 얼굴이 자못 처량했다. 처소에 발이 묶인 이후로 많이 여위었다.

"…그 의녀로구나."

느릿하게 남씨는 신비를 알아보았다.

"그간 무탈하셨사옵니까?"

동궁전의 화재 이후로 처음 보는 셈이다. 신비가 영 멋쩍은 인사를 올리려는데 남씨는 고개를 가로저었다.

"난 괜찮다. 하나 나라에 재액이 들어 걱정이다."

"재액이라니요?"

무심코 반문했는데 자희가 옆구리를 쿡 찔렀다. 장단을 맞추지 말라는 경고였다.

"시월에 발이 세 개 달린 암탉이 나타났었다."

남씨는 속사포처럼 중얼거렸다.

"요계妖雞는 흉조이거늘…."

"그 일은 조정에서 주상전하의 과오로 결론지었나이다."

자희가 엄한 말투로 일갈했다.

"일전에 도산대비께서 불사佛事를 크게 벌이셨사옵니다. 내명부 전원이 참석했고요."

나라에서는 관습과 실생활에 다른 무엇보다 유학을 정착시켜야 한다는 기조다.

"주상전하께서 불교를 용인하시고 여자들이 떼 지어 모이도록 윤허하셨으니, 하늘이 노해 민가에 흉조를 내렸다고 합니다."

"그런 식으로 신료들이 윽박지르니 전하께서는 마지못해 백기를 드셨겠지."

남씨가 쏘아붙였다.

"…내 생각에는 대비마마의 판단이 옳아. 궁중에 모이는 기운이 영 좋지 않아."

하지만 금세 두려움이 도졌다.

"무슨 수를 써서라도 몰아내야만 해."

남씨는 덜덜 떨리는 어깨를 움켜잡았다.

"분명히 무슨 일이 생길 텐데…."

"맥후를 짚어보겠나이다."

자희는 아랑곳하지 않고 후궁의 소매를 걷었다.

"목멱산 아래에서 대비마마와 국무당이 푸닥거리하는 중이지?"

남씨는 절박하게 물었다.

"어떻더냐? 축원의 규모가 작아서는 효험이 없을진대…."

"몰래 구경했는데 몹시 성대하고 화려했사옵니다."

신비가 달랬다.

"국무당이 작두도 탄다던데요."

세자에게 휘말리지만 않았으면 끝까지 지켜보았을 텐데. 좀 아쉬웠다.

"잘 끝나면 다행이겠지만…."

창 너머 고요한 밤하늘을 응시하는 남씨의 시선이 불길했다.

"맥박이 아까보다 평온하시옵니다."

오가는 대화를 무시하며 자희는 진맥을 마쳤다.

"침수 드시기 전에 약재를 한 첩 더 복용하소서."

얼른 약통까지 탁 닫았다.

"…잠시 들어가겠사옵니다."

그때였다. 누군가가 들어왔다. 입은 복색으로 보건대 성수청의 무녀 같았다.

"속히 대전으로 납시어 주상전하의 곁을 지키셔야 할 것 같사옵니다."

헐레벌떡 뛰어왔는지 무녀가 숨을 몰아쉬었다.

"무슨 일이냐?"

남씨는 불안감을 못 숨겼다.

"…국무당이 급사急死하였사옵니다."

성수청 무녀의 대답에 모두가 얼어붙었다.

"죽었다고요? 아까까지만 해도 펄쩍펄쩍 뛰며 푸닥거리하던데요?"

깜짝 놀란 신비가 무심코 반문했다.

무녀의 시선이 흘끔 그녀를 향했지만, 도로 남씨에게 굳게 붙박였다.

"나라에서 으뜸가는 무당이 굿을 하다가 죽었다는 뜻이냐?"

침착하게 남씨가 하문했다.

"도무(跳舞, 뛰면서 춤을 춤)하다가 망아(忘我, 의식을 초월해 극치에 이름)에 도달해 작두에 올랐는데, 돌연 고꾸라져 죽었사옵니다."

무녀가 끄덕였다.

"…살殺이라도 맞은 것처럼?"

남씨는 발이 세 개 달린 암탉 따위는 상대도 안 될 괴변인 양 중얼거렸다.

"작두대신을 내려받은 이가 작두에서 변을 당했다고?"

이내 그녀는 아까보다 심하게 떨기 시작했다.

"해괴하기가 지나치다. 이는 틀림없는 재액이야."

급히 염주를 꺼내더니 움켜쥐었다.

"국무당은 연로하였사옵니다."

꺼림칙한 가운데 자희만 이성을 챙겼다.

"육체적으로 힘든 의례를 치르다가 지쳐서 갑자기 변을 당해도 이상하지 않을 만큼 노쇠했다는 말씀이옵니다."

사위스러운 분위기를 무마했다.

"시신을 검시하면 대강 까닭을 알 것이옵니다."

"아니야, 이건 분명히…!"

그래도 남씨는 사시나무처럼 떨었다.

"대전으로 가소서. 의무를 다하셔야 하옵니다."

성수청 무녀가 단호하게 재촉했다.

"간택되어 입궁하신 연유를 잊지 마소서."

남씨가 짐짓 무녀를 노려보았다. 하지만 이내 체념한 듯 끄덕였다.

"알고 있다."

옷매무새를 고치는 남씨에게 떠밀려 자희와 신비는 그녀의 처소에서 물러났다.

"…다 무슨 일이랍니까?"

약방으로 돌아가면서도 어리벙벙해 신비가 물었다.

"소격서와 성수청을 비판하는 유학자들의 의견에도 일리가 있다니까."

자희는 콧방귀를 뀌었다.

"노상 미신에 목을 매고 앉았으니…."

이윽고 내의원에 당도하자 정말로 국무당의 시신이 놓여 있었다.

흰 천으로 얼굴을 덮어두었다. 그동안 아픈 사람과 죽은 사람을 제법 접했어도, 오늘처럼 꺼림칙한 적은 없었다.

"이튿날에나 지침이 내려올 거다."

침착하게 자희가 말했다.

"허황한 분위기에 휩쓸리지 말고 정신 똑바로 차려라. 금일 당직 의녀는 너고, 오늘 밤은 아직도 길게 남았으니까."

그러고는 마찬가지로 직숙 중인 의관과 심각하게 의논하며 저쪽 방으로 가버렸다.

혼자 남자 더욱 심란해졌다.

신비는 시신에 다가갔다. 덮은 흰 천을 살짝 끌어 내렸다.

몰래 구경했던 대로, 신명나게 춤을 추던 노인의 얼굴이 맞았다.

다만 굳어버린 표정에 남은 것은 무아지경이 아닌, 죽음보다 짙은 공포심이었다.

한참 응시하다가 신비는 도로 천으로 망자의 얼굴을 덮었다.

역시, 느낌이 좋지 않았다.

세자에게 하필 사흘을 말미로 요구한 까닭이 있다. 바로 만덕이 직숙을 서는 날을 노리기 위해서였다.

드디어 오늘, 신비는 먼저 퇴청하였다.

만덕과 함께 머무는 초가삼간이 유독 황량하게 느껴졌다. 그래도 해 질 녘까지 또 기다려야 했다.

일단 시래기로 국을 끓여 먹었다. 보리쌀을 꼭꼭 씹으며 마지막까지 망설였다.

그렇지만 세자와 이미 약속했다는 사실 쪽으로 마음의 추가 기울었다.

바깥에 완연한 어둠이 내려앉았다. 혜민서 근방에 모여 사는 다른 의녀들도 전부 잠들었을 만한 시간이었다.

조심스럽게 뒤뜰로 갔다. 옹기종기 모인 장독대 중에서 제일 크고 묵직한 간장 독을 번쩍 들어 치웠다. 그 아래 흙을 손으로 팠다.

가능한 한 조용히 파려고 낑낑 애써도 소음이 생겼다. 추운 날씨에 땅이 얼어붙은 까닭이었다.

이래서 반드시 만덕이 없는 날이어야만 했다. 만약 있었다면 잠들었더라도 깨어나 무슨 짓을 하느냐고 물었을 터였다.

그러기를 얼마나 애썼을까, 마침내 신비의 손끝에 익숙한 감촉이 걸렸다.

처음 한양에 발을 디딘 날에 꽁꽁 묶은 보자기였다.

매듭을 끌렀다. 흔히 여자들이 윗도리로 입는 적삼 한 벌과 낡은 책 한 권이 나왔다.

"이걸 내 손으로 꺼내는 날이 정말 올 줄이야…."

신비는 착잡하게 중얼거렸다.

그리고 아무 일도 없었던 것처럼 흙을 도로 덮고 장독대를 정리했다.

이윽고 동이 트자 직숙을 마친 만덕이 돌아왔다. 비몽사몽 지친 상태라 괜히 제 발 저린 신비를 미심쩍게 여기지도 않았다. 곧장 이불을 덮고 잠들었다.

신비는 옷과 책을 잘 챙겨 집을 나섰다.

종일 내의원에서 종종거리며 세자와의 약속 시간을 기다렸다.

약속한 밤이 올수록 초조했다. 어수선한 약방 분위기도 알아차리지 못할 지경이었다.

의관과 의녀들이 삼삼오오 모여 심각하게 속닥이는 것 같은데, 관심이 생기지 않았다.

한데 아무리 기다려도 동궁전으로부터 전갈이 오지 않았다.

으레 저녁 탕약을 올리던 시간이 지나고, 삼경이 깊어지다가, 마침내 새로운 해가 밝을 때까지….

끝내 세자는 신비를 부르지 않았다.

***

사흘 후에 불러달라는 의도가 잘못 전달되었을까?

아니면 세자의 마음이 바뀌어 버린 걸까?

약속이 깨지고 이튿날 동이 틀 때까지 신비는 골몰했다. 하지만 상대의 본심을 알 수 없는 한 명쾌한 결론이 나오지 않았다.

바보같이 바리바리 챙긴 짐 때문에 공연히 더 허탈했다.

그대로 차갑게 얼어붙은 땅 아래 묻어두었어야 했다. 물색없는 실망감은 자책으로까지 번졌다.

"다들 모여 봐라."

구석에 숨어 부족한 수면이나 만회하려는데, 갑자기 어의녀가 목청을 높였다.

하릴없이 신비는 졸린 눈을 비비고 다른 의녀들과 함께 약방 한가운데에 모였다.

"…주상전하의 옥체가 몹시 미령하시다."

이내 어의녀가 엄숙하게 운을 뗐다.

"가을부터 죽 이래저래 앓으셨는데, 간밤에 어환御患이 급속도로 악화하였어."

근심 어린 표정이 잇따랐다.

"이미 세자저하께서 어전을 지키고 계신다."

"저하께서, 어젯밤부터요?"

저도 모르게 신비는 불쑥 물었다. 햇병아리가 끼어들어 괘씸한 눈치였지만 어의녀는 고개를 끄덕였다.

"그래, 동궁전을 비우고 밤새 대전에서 머무셨다."

왜 세자가 약속을 어겼는지 알겠다.

갑자기 부왕을 병구완하느라 발이 묶인 것이다.

이 나라의 모든 자식에게는 효심으로써 부모를 극진히 섬길 의무가 있다. 국본이라고 예외는 아니다.

아니, 오히려 제 새끼손가락을 잘라 약을 달여서 으뜸가는 효자임을 주장해도 모자랄 노릇이다.

"때맞춰 세자저하라도 쾌차하시어 참 다행이지."

어의녀가 한숨 쉬었다.

"두 분이 동시에 편찮으셨으면 종묘사직에 암운이 드리웠을 테니까."

"주상전하께서는 어디가 미령하신데요?"

만덕도 끼어들었다. 임금을 사모하는 마음은 남들보다 한참 떨어지니 순전히 호기심일 터였다.

"상감마마의 어환은 극비사항이다!"

어의녀가 펄쩍 뛰었다.

"아무에게나 알려주지 않는다고!"

내의원 제조와 부제조, 어의와 어의녀 정도가 아니면 대전의 병상에 기웃거릴 수 없으니 그럴 만도 했다.

"저렇게 경거망동하지 말라는 뜻에서 불러 모은 것이다."

어의녀는 만덕을 효수로 삼았다.

"주제넘게 알려고 하지 마라. 외인에게 함부로 쏘삭이지도 말고. 혓바닥 간수를 똑바로 못 하면 경을 칠 것이야."

어의녀가 엄하게 이어갔다.

"국운이 걸린 중대 사안이다."

어린 의녀들은 눈알을 도르륵 굴리며 시선을 교환했다. 떠들고 싶어 좀이 쑤시는 눈치였다.

"주상전하께서 차도를 보이실 때까지 각자 소임을 다하도록."

어의녀는 극도로 말을 아끼며 해산시켰다. 어린 의녀들은 냉큼 삼삼오오 모였다.

"…아무튼 눈치껏 넙죽 엎드려 있으면 된다는 뜻이지?"

신비가 물었다.

"도대체 어떤 어환일까?"

만덕이 포기하지 않고 중얼거렸다.

"궁금해 죽겠네."

"보통 사람들은 임금께서 편찮으시면 걱정부터 한대."

신비가 혀를 끌끌 찼다. 분명 일전에도 이 비슷한 이야기를 한 적이 있다.

"나 말고도 걱정할 사람이라면 쌓였을 텐데, 뭐."

역시나 만덕은 인정머리 없이 대꾸했다.

"항아님들이 하시는 이야기를 좀 주워들었는데…."

어린 의녀 중 콧잔등에 주근깨가 난 아이가 운을 뗐다.

"그저 그런 병이 아니래."

"하면 뭔데?"

"…궁중에 강한 귀鬼가 있대. 원래도 있었는데 요사이 점점 더 강해진다나."

주근깨 난 의녀가 목소리를 낮추었다.

"국무당이 그걸 다스리려고 살풀이굿을 했는데, 그 귀가 국무당이 모시는 작두대신보다 강해서 변을 당한 거래."

어린 의녀들은 일제히 숨을 헉 들이마셨다.

"그리고 살풀이에 실패하는 바람에 임금께 기어코 액운이 닥쳤다고…."

"미치겠네. 귀신이 임금님을 잡는다고?"

불온한 이야기가 끝나기도 전에 만덕이 잘랐다.

"왜, 아예 우리 일도 저승사자더러 대신해달라고 하지?"

그러고는 더 들을 가치도 없다는 듯 홱 돌아서서 가버렸다.

"하여튼 재는 또 혼자 잘났지!"

흥미진진하다가 산통 깨진 어린 의녀들이 투덜거렸다.

"…귀신은 뭐 하나. 만덕이부터 좀 잡아가지."

구시렁거림만 이어져서 더는 건질 만한 게 없었다.

오후쯤 이르자, 신비도 궁중의 뒤숭숭한 분위기를 생생하게 알아차렸다.

갖가지 소문이 난무했다. 귀신과 액운에 관한 추측이 뒤섞인 불길한 추측이 망령처럼 떠돌았다.

비단 약방의 투미한 의녀들만 떠드는 게 아니었다.

궐 안 전체가 술렁였다. 아무리 잡도리해도 사위스러운 기류가 가라앉질 않았다.

"도대체 무슨 일이람…?"

귓가에 몰려드는 한바탕 소문에 질려버린 신비는 아연실색했다.

뭐가 되었든 간에, 약방에서 죽여야 할 시간이 많았다. 신비는 엉덩이 무겁게 앉아 약재를 다듬었다.

의관들이 웬 곡절로 청심연자음淸心蓮子飮을 자주 달이는지, 차전자(車前子, 질경이과에 속하는 약초)를 종일 덖어도 모자랐다.

"청심연자음은 준비되었느냐?"

한창 주걱을 휘두르며 씨름하는데 어의가 문지방을 넘으며 물었다.

"예, 영감. 금일 저녁 처방분까지 마련하였습니다."

내의녀 자희가 대답했다. 아무렴, 아까부터 속도를 더 내라며 차전자를 덖는 신비의 옆구리를 찔러댔다.

"그 정도로는 부족하다. 더 많이 달여라."

의녀들의 손놀림을 흘끔 보더니 어의가 고개를 저었다.

"그리고…."

이어서 그의 시선이 한구석에 모인 어린 의녀들을 훑었다.

"의녀 신비가 누구냐?"

대뜸 호명 당한 신비는 놀라서 펄쩍 뛰었다. 필시 어의가 독심술을 부려 불평 섞인 마음을 읽어낸 게 틀림없다.

이목이 집중하는 바람에 조심스레 한 손을 들고 앞으로 나서는 걸음마저 멋쩍었다.

"나와 함께 대조전으로 가자."

위아래로 신비를 훑어보더니 어의가 말했다.

"넌 시약청侍藥廳에 배속되었다."

의약청議藥廳과 시약청은 내의원처럼 상설 관청이 아니다. 으레 임금이나 왕비가 위중하면 세워진다. 병환을 집중적으로 보살피기 위해서다.

이에 속한 의관과 의녀는 궁중에 직숙하며 혹시 모를 상황에도 기민하게 대처해야 한다.

"주상전하께서 특별히 너를 지명하셨다."

"…예에?"

그저 어리둥절하여 신비는 입을 헤 벌렸다.

"한낱 수련 중인 여의女醫를 찾으시는 까닭이야 도통 모르겠지만…."

전달하는 어의 역시 이해를 못 하겠다는 눈치였다.

"청심연자음을 챙겨라."

이내 그가 재촉했다.

"어서 따라오래도!"

하릴없이 신비는 탕약을 챙겨 일어섰다.

대조전으로 갔다.

"시약청에서 입진하옵니다."

희미하게 왕의 화답이 새어 나왔다. 궁인들이 문을 열었다.

병자는 몰골이 말이 아니었다.

눈에 띄게 여위고 초췌했다. 시시각각 다가오는 죽음에 발목 잡히기 직전이었다. 익히 알던 용안과는 아예 딴판이었다.

곁에는 세자가 있었다. 당연히 한시도 쉬지 않고 부왕을 간병하는 중이었다. 날밤을 새운 탓인지 그의 아름다운 옥안도 푸석했다.

"너는…!"

그는 탕약 소반을 들고 와 어의와 함께 바닥에 엎드린 신비를 알아보았다.

"과인이 일부러 불렀다."

건조하게 갈라진 입술로 왕이 말했다.

"주변에 전전긍긍하는 사람들만 모여 있으니 숨이 막혀서 말이다."

"하오나 아바마마…."

"목이 타서 죽겠다."

왕은 더 듣지 않겠다는 듯 막았다.

"어서 청심연자음을 젓수소서."

어의가 안달하며 화답하였다.

"연일 갈증을 호소하시니 오미자탕五味子湯과 청심원淸心元도 곧 진어하겠나이다."

신비는 어의의 눈짓을 좀 늦게 알아차렸다. 그나마 밑바닥에서 구른 눈치가 있어 놓치지는 않았다.

무릎으로 기어 감히 성상의 바로 옆까지 갔다.

탕약을 올리자 세자가 부왕 대신 받았다. 두 사람의 손끝이 살짝 닿았다.

마지막 수수께끼만 남긴 지난 밤의 기억, 한순간 열화와 같았던 입맞춤의 추억이 선연히 살아났다.

세자가 나지막이 숨을 헐떡였다. 신비의 얼굴은 살짝 상기되었다.

어길 수밖에 없었던 약속의 아쉬움이 느껴졌다.

그렇지만 이번에도 지속할 수 없는 접촉이었다.

이내 세자는 탕약 대접을 온전히 넘겨받았다. 조심스럽게 약그릇을 부왕의 입술에 대고 기울였다.

왕은 급하게 한 대접을 비웠다.

"그래, 뾰족한 해법을 찾았는가?"

빈 그릇을 받잡고 신비가 뒤로 물러서자 그가 하문하였다.

"이 흉측한 놈을 다스릴 방도 말일세."

그러면서 자리옷 윗도리를 훽 제쳤다.

"…처음에는 아무렇지 않더니 점점 견디기가 힘들군."

왕의 배꼽 밑에 작은 덩어리가 불룩 솟아 있었다. 벌겋게 성난 빛깔로 미루어 통증이 무척 심할 것 같았다.

종기일까? 신비는 흔하고도 치명적인 병증을 먼저 떠올렸다.

"예, 마침 종친 중에 비슷한 병증을 오래 앓은 이가 있어 물었사온데…."

어의가 아뢰었다.

"딱히 치료법은 없고, 수철(水鐵, 무쇠)과 천년와(千年瓦, 기와)를 불에 구워 문지르면 좀 낫다고만 대답하였사옵니다."

비록 목소리가 점점 기어들었지만 말이다.

"십오 년간 앓으면서 그렇게 버텨왔다고…."

"치료할 방도가 없다…?"

왕이 씁쓸하게 되뇌었다.

"그게 다요?"

대신 세자가 날을 세웠다.

"전하께서 이토록 힘들어하시는데 그걸 말이라고 아뢰고 앉았소?"

"소, 송구하옵니다…."

어의가 쩔쩔매며 이마를 바닥에 처박았다.

"의관을 탓하지 마라."

너그럽게 왕이 아들을 저지했다.

"똑같은 병으로 골골대면서도 십오 년을 살았다는데 이 아비도 괜찮겠지, 뭐."

"아니옵니다. 이름난 치종의(治腫醫, 종기 전문 의원)를 물색하여 진맥케 하소서."

세자는 낙관적인 예상을 받아들이지 않았다. 어의가 동조했다.

"예에, 예, 여항에까지 수소문해보겠사옵니다."

"…혹 너는 아는 바 없느냐?"

갑자기 왕이 화살을 돌렸다.

"일전에도 신묘한 방법으로 다 죽어가던 옹주를 살려내지 않았더냐.”

그의 화살촉은 정확히 신비를 향했다.

“황감하오나 종기는 섣불리 손대선 안 될 위중한 병증이옵니다.”

신비는 화들짝 놀라 손사래 쳤다.

“소인이 감히 세 치 혀를 놀리겠나이까.”

“어허, 한양 밖에서 알음알음 떠도는 비법이 있을 터.”

왕은 호락호락 물러서지 않았다.

“안다면 고하여라. 다 죽어가는 사람 구하는 셈 치고.”

“아바마마께서는 어찌 자꾸 망극하오신 말씀을 하시옵니까?”

세자가 나무라도 왕은 아랑곳하지 않았다.

하릴없이 신비는 생각에 잠겼다.

종기는 귀천을 가리지 않고 발병할 만큼 흔하다. 동시에 귀천을 가리지 않고 목숨을 앗아갈 만큼 치명적이기도 하다.

하여 지방 관아에서 머물던 시절에 이를 다스리려는 갖가지 창의적인 노력을 많이 목격했다.

개중에는 효험이 있는 방도가 있었다. 청간탕淸肝湯을 복용하자 석문혈(石門穴, 아랫배의 혈자리) 근처에 돋았던 종기가 가라앉은 아녀자도 있었다. 상륙(商陸, 자리공의 뿌리)으로 뜸을 뜨자 종기의 심이 녹았다는 사내도 있었다.

하지만 반대로 효험은커녕 사람만 잡는 방도도 많았다. 물에 빠져 지푸라기라도 잡는 심정으로 위험한 처치를 받았다가 명을 재촉하기도 부지기수였다.

신비는 최대한 기억을 솎아냈다. 나중에 임금의 병증을 악화시켰다는 책임을 뒤집어쓰지 않을 정도로 안전한 처방을 골랐다.

“…병상에서 착의하시는 의복과 덮으시는 이불을 삶으소서.”

여러 날 누워 얼룩이 묻은 이불보를 흘끔 보았다.

"또한 전하께서도 하루 두 차례씩 더운물로 옥체를 씻어내소서."

"뭐라고?"

왕이 고개를 갸우뚱했다.

"뜨거운 물로 신체와 주변을 청결하게 다스렸을 때 종기가 나아지는 경우를 더러 보았사옵니다."

목욕을 자주 하면 사람의 기운이 빠져나간다는 까닭으로 꺼리는 풍습이 있다.

특히나 겨울철일수록 심하다. 한기를 잘못 접했다가 병이 날세라 염려하는 것이다.

하지만 때때로 신비는 깨끗하지 못한 환경이야말로 병자의 상태를 악화시킨다는 의심을 지울 수 없었다.

"수라상에서 기름진 반찬을 덜어내는 것도…."

하나 더 떠올리는데 가로막혔다.

"허어, 듣지 못한 것으로 여기소서!"

옆에서 어의가 펄쩍 뛴 것이다.

"겨울에 의복을 완전히 탈의하면 풍병(風病, 풍기)이 들어 병이 생기옵니다."

숨도 쉬지 않고 그가 닦달했다.

"하물며 더운물로 자주 목욕하면 사람의 진액津液이 빠지고 원기가 손상되어 도리어 옥체에 해롭사옵니다."

안타깝게도 이마저도 썩 온건한 처방으로 받아들여지지 않는 모양이었다.

"비천한 간병의가 멋모르고 아뢴 말씀이니 무시하소서."

퇴짜를 맞은 신비는 무안해서 입을 다물었다. 이 나라에서 으뜸가는 의원이라는 어의에 맞서 내세울 만한 의견도 아니었다.

"…배짱 하나는 좋다."

문득 왕이 중얼거렸다.

"예에?"

"솔직히 과인은 네가 끝까지 얼버무리며 대답을 피할 줄 알았다."

그는 뜻 모를 표정으로 신비를 물끄러미 응시했다.

"감히 어환에 대해 논한다는 것은 크나큰 책임이 수반되는 일이니까."

설마 그 무게를 모르지는 않았겠거니 확신하는 눈치였다.

"설마 진심으로 고민하며 아뢸 줄이야…."

"저 의녀는 항상 그랬사옵니다."

불쑥 세자가 한 마디 얹었다.

"그리하여 후정의 갓난아기를 구하고, 얼굴이 곪도록 분칠하던 수빈을 치료하고, 누워서 응석이나 부리던 소자마저 기어코 일으켜 세우지 않았사옵니까?"

왕이 빙그레 웃었다.

"…네 말이 옳다. 과연 저 의녀는 항상 그랬다."

"예, 소자는 아옵니다."

세자가 굳게 말했다.

"저 의녀는 항상 옳은 이야기를, 더없이 용감한 방식으로 아뢴다는 사실을요."

"…믿는다는 뜻이냐?"

"그러하옵니다."

단단한 대답에 왕의 동공이 살짝 흔들렸다. 희한하게도 의구심이나 불안감이라기보다는 안도감에 가까운 표정이었다.

"하면 아비 역시도 저 의녀를 믿어야 한다는 뜻이냐?"

그래도 말미에 덧붙인 하문은 시험과도 같았다. 이대로 두면 안 될 것 같아 신비가 황급히 말문을 열었다.

"저기, 망극하오나 소인은…."

"예, 그러하옵니다."

그러나 이번에도 세자는 드레지게 긍정하였다.

마치 그녀 자신보다도 더 그녀를 믿는다는 듯한 신뢰감으로 충만하였다.

"내 아들이 누군가를 이렇게까지 믿는 일은 흔치 않은데…."

왕이 말했다.

"네가 아주 대단한 일을 해냈구나."

그것은 감탄이었다. 안도감이었다. 동시에 모종의 인정과도 같았다.

신비는 자신을 향한 그 뒤섞인 감정을 온전히 이해할 수 없었다.

"…어지럽군."

하지만 그의 시선에서 해답을 찾기도 전에 왕이 풀썩 무너졌다.

"앉아있을 기력이 없어."

세자가 휘청거리는 부왕을 붙잡았다.

"서둘러 청심원淸心元을 진어해야겠다."

혼비백산한 어의가 다그쳤다.

"얼른 약방에 가서 받아와라."

냉큼 신비는 내달렸다.

이윽고 어환은 악화일로였다.

여러 달 동안 왕은 이질痢疾을 비롯해 각종 질병을 앓았다.

특히나 젊은 시절부터 골머리 썩은 치통 때문에 곡래소거산哭來笑去

散을 곧잘 복용했다.

워낙 성실한 성정 때문에 아픈 티도 안 내고 정무를 보아 심각하게 불거지지 않았을 뿐이다.

이런 와중에 괴이한 부종浮腫까지 겹쳐 용태가 썩 좋진 않았지만, 왕은 이러구러 정무를 충실하게 보았다.

한데 금세 그마저도 불가능해졌다.

보다 못한 도산대비가 종묘사직과 명산대천에 기도하게끔 명했다. 죄수들도 석방했다. 세자는 아예 동궁전을 떠나 부왕의 곁을 지켰다.

그렇게 하루가 또 지났다.

어환이 진실로 위독해지자 종재宗宰와 시신侍臣이 모두 모여 궐정에서 문안하였으나, 중궁이 번거롭게 하지 말라는 전교로써 물리쳤다.

종기를 잘 다스리기로 이름난 의원도 들었지만 딱히 성과가 없었다.

왕은 도산대비와 중궁을 차례로 찾았다. 흐느낌이 병풍을 뚫고 새어 나왔다.

그리고 마침내 왕은 삼정승을 부르고 세자에게 청정聽政을 맡겼다.

"우리도 마음의 준비를 해야겠네."

어의마저도 백기를 들었다.

"아무래도 상감마마께서는…."

차마 입에 올릴 수 없는 짐작만 흩어졌다.

"가서 전하께 약을 올려라. 아직도 갈증을 호소하신다."

마지막이라도 편안하기를 바라는 양 어의가 말했다.

"전하께서 네가 올려주기를 바라신다더라."

다만 그 마지막에 자신을 또 지목했다는 사실에 신비는 조마조마했다.

감히 받잡지 아니할 수 없는 어명이었다. 지금까지와는 또 다른 불안감을 껴안은 채 신비는 약사발을 챙겼다.

다시 한번, 대조전으로 향했다.

오시午時였다. 한낮인데도 대조전은 서리로 뒤덮여 있었다. 마당에 들어서는 순간부터 섬뜩하였다.

흐리고 어둑한 하늘에서 흩날리는 냉기가 칼날처럼 살갗을 찔렀다. 독약처럼 스며들어 우울함으로 중독시키는 것만 같았다.

흰 바닥에 뚜벅뚜벅 남는 발자국마저 낙인처럼 느껴졌다.

오뉴월에 서리가 내린다 한들, 이처럼 한스럽지는 않을 터였다.

"…탕약을 진어하옵니다."

가슴 속까지 스며드는 냉기를 애써 무시하며 신비는 문간에 엎드렸다.

"가까이 오라."

눈 밑을 새카맣게 물들인 왕이 손짓했다.

"청심연자음清心蓮子飮이냐?"

간병하던 세자가 반색했다. 이미 왕이 여러 차례 갈증을 호소한 모양이다. 과연 그가 약대접을 기울이자 왕은 벌컥벌컥 마셨다.

"…훨씬 낫구나."

면포로 갈라진 입술을 닦아주자 왕이 중얼거렸다.

"세자는 승정원에 다녀와라."

입가심까지 마친 왕은 불쑥 줄곧 곁을 지켜온 세자에게 명했다.

"영상領相에게 내린 교지에서 다시 확인할 부분이 있다."

일부러 아들을 물리려는 기색이 역력해 세자는 당황했다.

"내시를 시키겠사옵니다. 소자가 어찌 어전을 비우겠사옵니까?"

"아주 잠깐일 뿐이다."

왕이 말했다.

"더군다나 의녀가 대신 곁을 지키니 괜찮겠지."

그래도 세자는 머뭇거렸다.

"네 입으로 믿는 사람이라고 하지 않았더냐?"

쐐기까지 박으니 더 버틸 재간이 없었다.

"하오시면 서둘러 다녀오겠사옵니다."

무릎을 꿇고 절을 올리는 모양새가 조급했다.

"무슨 일이 생기거든 속히 바깥에 알려라."

마지막으로 신비에게 당부하고 세자는 물러갔다.

"…참 대견하지 않으냐?"

둘만 남자 왕이 적막을 깼다.

"거동도 못 하던 세자를 걱정하던 게 엊그제 같은데…. 이제는 저토록 의젓하게 아비를 돌보니 말이다."

"실로 그러하옵니다."

신비는 선선히 수긍했다.

"…그래도 세자를 부탁한다."

힘없이 왕의 옥음이 내려앉았다. 목청을 높일 수 없으니 가까이 오라는 손짓도 이어졌다.

"저 아이는 너에게 좋은 면을 보여줬을 테지."

신비는 왕의 바로 옆에 무릎을 꿇고 앉았다.

"…하지만 그게 전부는 아니다."

왕의 목청이 위험스러울 만큼 절절 끓었다.

"세자에게는 제 생모를 닮아 나쁜 기질이 있어. 동시에 제 생모처럼 그걸 잘 감출 줄도 알지."

너무나 직설적으로 튀어나온 폐비의 존재에 신비는 깜짝 놀랐다.

"…그들에게는 좀처럼 헤아릴 수 없는 어둠이 있느니라."

"어둠이라니요?"

"아무리 채우려 해도 결코 채울 수 없는…. 밑 빠진 독이랄까."

소스라치게 놀란 나머지 신비는 법도를 잊고 임금을 마주 보았다.

"이런, 이미 너도 살짝 엿본 게로다."

왕이 숨넘어갈 기세로 기침하느라 잠깐 멈추었다.

"그들은 제 어둠에 대해 항상 핑계를 댄단다. 자신을 이렇게 만들었다며 남을 탓하지. 구원자를 갈구하면서도 막상 다가서면 겁을 먹거나 밀어내기도 하고."

"하여 폐비를 내치셨사옵니까?"

마찬가지로 단도직입적으로 물었다.

"…그리고 목숨을 거두셨나이까?"

순간 다 죽어가던 왕의 눈에서 번쩍 불꽃이 튀었다.

"궁중에서는 다들 폐비가 쫓겨난 뒤로 시름시름 앓다가 제풀에 죽었다고만 말하더이다."

신비는 평정을 잃지 않았다.

"하오나 소인은 쭉 알고 있었사옵니다."

그녀의 가슴에는 어떤 위험에도 굴하지 않는 크고 단단한 나무가 있었다.

"주상전하께서 아드님의 생모에게 사약을 내리셨다는 것을요."

왕은 놀란 척도 하지 않았다.

"그래."

담긴 무게에 걸맞지 않게 짧은 수긍이었다.

"왜, 넌 폐비를 불쌍히 여기느냐?"

왕이 쓰게 웃었다.

"한때는 나도 그랬다. 그 여자가 불쌍했어. 불쌍한 만큼 사랑했다.

또한 사랑한 만큼 미웠고."

구구절절한 사연을 돌아보듯 왕의 눈동자가 흐려졌다.

"그 여자를 내친 것은 후회하지 않아. 하지만 세자를 보위에 올리는 것은…."

마지막의 마지막에 이르러서도 그는 무척 복잡한 표정이었다.

"다행히 세자가 너에게는 진심이다."

희한하게도 왕은 다른 구석에서 위안을 찾았다.

"그 애는 어려서부터 뭐 하나에 진득하게 마음 써본 바 없는데 말이야. 항상 가식적으로 좋아하는 척만 했지. 그마저도 금방 질리거나 허무해했고."

왕이 물끄러미 신비를 응시했다.

"너밖에 없다."

병색 짙은 눈이었다.

"나는 세자에게 왕업王業을 물려주기로 했다. 그 애는 이 나라를 다스릴 것이고, 너는 그 애를 다스려야 할 것이다."

"당치 않으시옵니다."

신비는 고개를 저었다.

"소인은 소와 닭이나 다름없는 천비이옵니다."

"아니다."

왕도 보란 듯이 고개를 저었다.

"너는 신병선의 여식이지."

삭아버린 아비의 이름이 내리꽂히자 신비는 사시나무처럼 떨었다.

"…알고 계셨사옵니까?"

"그래, 처음부터 알았다."

왕이 말했다.

"난 신병선을 무척 아꼈다. 영민하고 우직한 선비였지."

과연 신비가 기억하는 부친의 모습과 일치했다.

"하지만 바로 그 점이 문제였어. 끝까지 고집을 꺾지 않고 내 뜻에 맞서 싸웠으니까."

"그래서 삭탈하고 귀양보내어 사사하셨지요."

신비는 조용히 매듭지었다.

"…과인을 원망하느냐?"

왕이 이미 답을 안다는 듯 물었다.

"한때는 그랬사옵니다."

굳이 거짓을 고하지 않았다.

"하오나 언젠가부터 그런 마음은 잊었사옵니다."

"어째서?"

"원망과 복수심은 자기 자신만 괴롭힐 뿐이라는 걸 깨달았기 때문이옵니다."

신비가 말했다.

"하여 다른 사람으로부터 입은 해악 대신, 은혜만을 기억하기로 결심했나이다. 또한 그 은혜를 본받아 베푸는 데에서 여남은 삶의 의미를 찾기로 했사옵고요."

"…역시 너는 신병선의 여식이로구나."

창백한 용안에서 미소가 피어올랐다.

"내 눈은 틀리지 않았어."

왕이 속삭였다.

"아주 옛날부터 난 신병선의 여식을 세자의 반려로 점찍었지."

"그렇지만…."

"아니, 괘씸죄로 그이를 내친 뒤에도 마음은 변하지 않았다."

어떻게 반박할지 안다는 양 왕이 선수 쳤다.

"하여 내 뜻대로 진행할 삼간택을 마련했지."

왕이 검지를 꼽았다.

"천비로 만든 것."

연이어 두 번째 손가락을 꼽았다.

"의녀로 선발하여 궁중에 불러들인 것."

마지막 손가락이 뒤따랐다.

"세자를 간병할 의녀로 지명한 것."

진정 삼간택이라기에는 너무나 지독한 방식이었다.

"하여 누구도 소인의 과거를 간파할 수 없게끔 인적을 꽁꽁 감춰두셨사옵니까?"

혼란스러워 묵은 의문부터 꺼냈다. 왕은 고개를 끄덕였다.

"도대체, 왜 그렇게까지…?"

비로소 본질적인 의문까지 터졌다.

"세자를 다스리려면 그 아이의 어두운 뿌리까지 이해해야 하기 때문이다."

왕이 말했다.

"그 아이는 왕이 될 사내다. 그런 사내에게는 믿을 만한 반려가 필요한 법이고."

언짢은 기색이 스쳤다.

"무릇 여자란 교활한 족속이라 사내를 쉽게 속이지. 하니 후비로 삼으려거든 규방에서 끌어내 철저히 파헤치고 시험해야만 해."

신비는 숨이 턱 막혔다.

"다행히도 넌 가시를 숨기기는커녕 있는 가시마저 뽑아낼 심성을 지녔더구나."

왕의 의도를 짐작한 탓이다.

"…끔찍했던 내 반려와는 다르게 말이야."

아니나 다를까, 그는 폐비를 가리켰다.

"세자와 사사로이 연분緣分을 맺었다는 나인을 투기하고 안달하기는 커녕, 도리어 현숙한 처신으로 세자의 마음을 끌어오고 행실을 다스렸지."

그 부분이 제일 흡족하다는 눈치였다.

"넌 모든 것을 잃었는데도 굴하지 않았어. 한결같이 성실하고 묵묵하게, 치욕을 삼키고 본래 신분마저 잊으면서…."

왕이 말했다.

"너는 과인의 예상을 아득히 넘어서는 사람이었다."

큰 그림을 이해하자 신비는 저도 모르게 눈물을 흘렸다.

"…너야말로 틀림없는 세자빈이다."

콸콸 흘러내리기 전에 옷소매로 거칠게 닦았다.

"소인은 원치 않은 시험이었고, 받들지 않을 통通이옵니다."

신비가 말했다.

"임금님의 작은 입김에 풀썩 무너진 과거는 이미 잊었사옵니다. 소인이 지녔던 모든 것이 얼마나 허망했는지도 뼈저리게 배웠나이다."

"정확히 무엇을 배웠느냐?"

"본디 소인은 그저 한 사내의 딸이었사옵니다."

그녀는 과거를 직시했다.

"아비의 영달榮達 덕분에 귀한 대접을 받았고, 아비의 패망 때문에 덩달아 나락으로 굴러떨어져 천대받았나이다."

자의라고는 한 순갈도 보태지 않았음에도, 타의로 결정되는 인생이었다.

"하오나 지금은 다르옵니다."

신비는 입술을 깨물었다.

"비록 비천하나 스스로 이름으로써, 재주로써, 업業으로써, 설 수 있사옵니다."

받아들일수록 결심은 확고해졌다.

"소인의 인생을 대신 결정 지을 또 다른 사내는 원치 않사옵니다."

"…그게 군왕이 될 사내라도?"

왕은 믿지 않았다.

"아니, 모름지기 여인의 인생은 아비를 따르고, 지아비를 따르고, 아들을 따르는 삼종지도三從之道로써 완성되는 법이다."

애초에 믿으려 하지 않았다.

"과인은 유교遺敎를 남길 것이다."

그가 완고하게 고개를 저었다.

"신병선을 복권하고 그 여식을 왕후로 삼도록…."

"예, 소인은 신병선의 여식이옵니다."

신비는 왕의 선언을 제 무기로 삼았다.

"끝까지 고집을 꺾지 않고 전하의 뜻에 반할 수 있사옵니다."

"글쎄."

하지만 왕의 방패에 무력하게 가로막혔다.

"난 너한테 이 고약한 시험의 굴레에서 벗어날 기회를 줬었다."

"예?"

"면천하고 시집가서 편히 살라고 하지 않았더냐?"

과연 그런 적이 있었다.

"한데도 넌 마다하고 세자의 곁에 남았지."

용안에서 재차 확신이 번뜩였다. 신비는 여태 그의 마음에 들 만한 짓만 골라서 했다.

설령 정반대 의도를 품었더라도 말이다.

"너는 진실로 세자빈의 재목이다."

손등에서 찬 감촉이 느껴졌다. 병자의 여윈 옥수가 신비의 손을 잡아 쥔 것이다. 죽음을 목전에 둔 절박한 손길이었다.

"너는 세자에게 측은지심과 패기를 일깨워 주었어. 그 아이를 도왔다고."

뿌리치기가 두려울 만큼 얼음장이기도 했다.

"네 덕에 아비로서 한시름 덜었다."

왕이 말했다.

"그리고 임금으로서도…."

점점 옥음이 잦아들었다.

"…네가 못 하면 아무도 못 한다. 오직 너뿐이다."

그 말을 끝으로 왕이 심하게 기침했다. 너무 춥다며 으슬으슬 떨었다. 다시금 갈증도 호소했다.

신비는 금침을 끌어 올려준 후 머리맡에 둔 자리끼를 내밀었다.

한데 왕은 더 이상 그녀를 보지 않았다.

"…오랜만입니다."

그는 허공을 보며 속삭였다.

"가까이 오세요."

왕이 팔을 뻗었다. 신비의 눈도 그의 시선을 좇았다.

아무것도 없었다. 그런데도 무언가 있는 것 같았다.

공기가 스산해졌다. 어디선가 구중궁궐 특유의 불온한 바람 소리가 들렸다.

칼바람이 창을 때리는 와중에, 허공에서 사박사박 치맛자락 밟히는 소리도 들렸다.

시각으로 못 느끼는 것을 촉각으로, 청각으로 느꼈다. 속이 울렁거렸다.

"가까이, 더 가까이…."

이미 왕의 눈은 홀린 듯 초점을 잃었다.

"중전…."

갑자기 용안이 뒤틀렸다.

"…이 지긋지긋한 계집!"

표정도 옥음도 노기를 띠었다. 질리고 질려서 오만 정이 다 떨어진 것을 산산조각으로 부수고 싶어 하는 눈빛이었다.

끝난 관계 뒤에 미련 하나 없이 오직 미움만 남긴 자의 울화통이었다.

"…죽여도 죽질 않으니 내 손으로 친히 끝내주마!"

힘없이 누워있던 왕이 벌떡 몸을 일으켰다. 그러곤 허공에 어수를 휘둘렀다.

왕의 분노에 못지않은 또 다른 분노가 느껴졌다. 목청이 찢어지게 깔깔 웃는 여자의 웃음소리가 귓전을 때렸다.

신비의 눈앞이 뒤집혔다.

울렁거리다 못해 토악질이 났다. 도저히 견딜 수가 없어 눈을 감고 귀를 막았다. 비명을 질렀다.

그때, 장지문이 거칠게 열렸다. 세자와 내시들이 헐레벌떡 뛰어들었다.

"어서 아바마마를 모셔라!"

세자가 신비를 껴안아 일으켰다. 이윽고 시약청의 관료들이 몰려들고, 신비는 바깥으로 떠밀렸다.

잘된 노릇이었다. 달아나고만 싶었다.

그리하여 눈을 허옇게 뒤집고 경기하는 왕의 모습을 마지막으로,

신비는 서리로 뒤덮인 대조전을 떠났다.

***

임금이 서른여덟에 승하하였다.

성군이었다. 학문을 좋아하였고, 유교를 숭상하여 이단을 물리쳤다. 공검하고 효심 어린 성품까지 빠질 구석이 없었다.

새삼스레 무작금은 임금의 아들이라는 질곡의 세월을 돌이켜보았다.

다행히 이제는 임금의 아들이 아니다.

그 자신이 임금이다.

무작금은 앞으로는 침묵하지 않겠다고 결심했다.

두 다리가 부러졌답시고 나약하게 자포자기하는 대신, 도리어 다른 이의 다리를 부러뜨릴 만큼 강해지겠다고 다짐했다.

"…여기 계셨사옵니까?"

그의 등 뒤에서 문이 열렸다. 삼정승이었다.

"절차가 끝나지도 않았는데 상주가 자리를 뜨는 경우는 없사옵니다!"

인정전에서 을시乙時에 습(襲, 시신을 닦고 수의를 입히는 장례 절차)을 하였다. 백관이 나아가 곡을 하였다.

이어서 전(奠, 제사)을 하려는데, 돌연 왕세자가 밖으로 나가 버렸으니 다들 우왕좌왕했을 터였다.

"어서 돌아가시지요!"

우의정이 타일렀지만 무작금은 미동도 하지 않았다. 그러자 안달복달하며 좌의정이 거들었다.

"인군(人君, 임금)의 일은 필부匹夫의 것과는 다르옵니다. 속히 돌아가소서."

그 설득은 마음에 들었다. 임금은 보통 사람과 달라야 한다는 표현에 진실로 흡족했다.

그래서 무작금은 고개를 끄덕였다. 아름답게 미소까지 지었다.

그 바람에 도리어 공기는 더 스산해졌다.

당분간 무작금에게는 인내심이 더 필요했다. 아직 어리벙벙한 햇병아리에 불과했다. 해를 거듭하여 군왕의 권력이 강해지기를 기다려야 했다.

익을수록 고개를 숙이는 벼처럼 처신했다.

무작금은 대행왕을 기리기 위해 절에서 재齋를 지내야 하느냐는 물음에 친히 대답하지 않았다.

대신, 내합(內閤, 비빈의 거처)의 고견을 구했다.

웃전의 기를 살려주고, 불사를 다루는 민감한 문제에 있어 어른의 말씀을 따른다는 명분을 동시에 잡는 좋은 처신이었다.

곡을 할 때면 눈물을 콸콸 쏟았고, 웃전들에게 죽을 드시라 청하면서도 본인은 애통하다며 굶었다.

상喪이 있고 사흘 뒤에는 밥을 먹게 하라는 유교遺敎를 따르라는 주청이 올라오고서야 못 이기는 척 수라상을 받았다.

사간원에서 어의가 약을 잘못 써서 임금께서 승하하셨으니 극형에 처하라고 주청했을 때도 마찬가지 태도를 고수했다.

"대행 대왕께서는 약리에 밝으시어 스스로 탕제를 복용하셨소. 병이 위중해지고서야 의원이 진맥하게끔 윤허하셨고."

사실 임금이 승하할 때마다 노상 벌어지는 책임 묻기였다.

"애매한 죄를 물을 순 없으니 정승들과 의논하겠소."

겸손하게 한 발짝 물러섰다.

"대고大故를 당하면 반드시 약을 쓴 자를 벌하는 전례가 있사옵니다."

과연 얼마 지나지 않아 의정부議政府와 육조에서 나섰다.

"비록 지금 약을 잘못 쓴 증거를 찾지 못했어도 벌주어야 마땅하옵니다."

무작금은 순순히 가납하였다.

"어의를 비롯한 뭇 의관을 서리書吏로 삼으라."

어차피 형식상의 단죄다. 지금 당장 어의를 물러나게 해도, 얼마 지나지 않아 적당한 핑계로 복귀시키면 그만이다.

이러한 그의 모습에 신료들은 안도하는 눈치였다.

젊은 신왕의 성정이 언뜻 거칠어 보였는데, 다행히 중신들의 고견에 귀를 기울이는 모습은 대행 대왕과 닮았다고 여겼다.

덕분에 연말연시의 혼란한 정국은 마무리되었다.

그렇지만 여전히, 무작금은 창덕궁에서 즉위한 이래 정신이 하나도 없었다.

오늘도 마찬가지였다.

해가 저물 시각인데 종잇장에 깔려 죽을 판이었다.

지금 손에 쥔 것은 재해에 관한 서계였다. 서산과 당진에서 지진이나 복구와 구호가 계속 진행 중이었다.

"…재수 없게 하필 즉위하기 직전에 지진이 났단 말이지."

다 읽은 종잇장을 빨리 쳐내며 무작금은 중얼거렸다.

"다음은…."

선왕의 묘지문墓誌文이었다. 다 작성했으니 확인해 주십사 올린 모양이다.

부왕의 찬란한 생애와 슬하의 허다한 자식들에 대해 줄줄이 적혀 있었다.

글씨를 너무 읽어 아린 눈을 문지르다가 뺨을 짚었다. 뭔가 거슬렸다.

더듬어 보니 역시나 면창(面瘡, 얼굴의 부스럼)이었다.

어려서부터 툭하면 얼굴에 부스럼이 나서 고생깨나 했다. 과로하는 바람에 요사이 또 활개 치는 중이다.

"귀찮게, 정말…."

더 심해지기 전에 바삐 치료를 받아야 한다. 툴툴거리다가 문득 무작금은 멈칫했다. 손가락으로 선왕의 묘지문 중 한 구절을 짚었다.

그의 뿌리에 관한 대목이었다. 자신이 누구의 아들이며 손자인지 시시콜콜 설명하고 있었다.

무작금은 잠시 고민했다.

"밖에 있느냐."

목청을 높이자 내관이 즉시 들어왔다.

"승정원에 가서 물어라."

무작금은 선왕의 묘지문을 보였다.

"여기, 내 외조부의 존함이 잘못 적힌 게 아니냐고 말이다."

짧은 기다림 끝에 승지들이 입시하였다.

"잘못 적힌 것이 아니옵니다, 전하."

서로 살살 눈치를 보다가 결국 승지 한 명이 운을 뗐다.

"판봉상시사 연이견延弛畎은 주상전하의 외조부가 맞사옵니다."

조심스러운 접근이었다.

"그자는 주상전하의 생모이신 폐비 곡산 연씨의 부친이기 때문이옵니다."

"…과인의 사친이라."

무작금도 이미 다 아는 이야기였다.

하지만 대외적으로 선왕의 금언령에 의해 일절 모르는 것으로 되어 있으니, 한 번은 짚고 넘어가야 할 문제였다.

"지금 대비마마께서 내 생모가 아니라는 뜻이오?"

친어미의 존재는 그가 지닌 패였다.

비록 아직은 어떻게 써야 이득일지 확신이 서지 않는다지만 말이다.

"그러하옵니다."

승지가 차라리 사라지고 싶은 듯 엎드렸다.

"폐비 연씨는 전하를 생산했지만, 죄를 지어 기해년에 폐출되었고…."

점점 목소리가 기어들었다.

"이후로도 뉘우침이 없어 임인년에 사사(賜死, 사약을 내려 죽임)하였사옵니다."

"…뭐라 하였소?"

순간 무작금은 하늘이 무너지는 소리를 들었다.

"내 생모는, 내쳐진 뒤 시름시름 앓다가 졸한 게 아니오?"

상식이 뒤집히는 소리이기도 했다.

"아바마마께서…."

무작금은 주먹을 꽉 쥐었다.

"아바마마께서 내 어미를 죽이셨단 말이오?"

"임금으로서 죄인을 벌하신 것이옵니다."

승지들이 항변했다.

여인으로서 질투한 죄. 며느리로서 도산대비를 불손하게 대한 죄. 정궁으로서 후궁들을 모함한 죄. 신민으로서 감히 지존이신 지아비를 원망한 죄….

익히 들은 어미의 죄상이 낱낱이 올랐다.

"…다들 물러가시오."

무작금은 더 듣고 싶지 않았다.

“선왕께서는 향후 백 년간 폐비에 대해 거론하지 말라는 유교를 남기셨사옵니다.”

“그러하옵니다. 선친의 유지만은 필히 지키소서.”

빗발치는 훈계에 그는 주먹으로 연상을 쾅 내리쳤다.

“혼자 있고 싶으니 물러가라 하였소!”

화들짝 승지들은 뒷걸음질 쳤다.

그러나 막상 혼자 있자 무작금은 오히려 미쳐버릴 것 같았다.

분명 부왕께서는 폐비가 근심에 시달리다가 파리해져 졸하였다고 말씀하셨다.

비단 일개 궁녀인 이정의 주장만은 아니었다. 혹 명나라 황제가 묻거든 그렇게 대답하라고 전교한 기록이 남아있다.

정녕 폐비가 극악무도한 죄인이었다면 굳이 둘러댈 필요가 있었을까?

왜 거짓말을 하셨을까?

“아바마마께서….”

무작금은 혼란스러웠다.

“어마마마를….”

비현실적인 현실이었다.

이미 다 안다고 심드렁하게 여겼을 때 가해진 기습공격이었다. 한 번은 짚고 넘어가야 할 문제가 아니라, 백 번을 짚어도 모자랄 문제였다.

“내 아비가 내 어미를 죽였어…!”

눈물이 터졌다. 단전 깊은 곳에서 슬픔이 치솟아 콸콸 쏟아지는 용루가 되었다.

오랫동안 해답 없는 그리움이라는 둑에 막혀 있었기에 폭발적이었다.

홀로 익사하기 전에 그는 지푸라기를 찾았다.

바로 그 의녀였다.

신비는 요사이 제 앞에 코빼기도 비추질 않았다. 더 이상 간병할 까닭이 없으니 당연한 노릇이었다.

더군다나 무작금도 몹시 바빠 그녀를 찾아 서성거릴 틈이 없었다.

"할 이야기가 있다고 했었는데…."

불발로 그친 약속을 떠올렸다. 그 기억은 그녀가 단호하게 뿌리치기 전에 성사되었던 입맞춤을 반드시 동반하고 만다.

그녀에게는 연정이 아닌, 그저 동정심이었을까?

죽은 어미의 가락지까지 내밀며 애원했기에 차마 뿌리치지 못하고 받아주었을 뿐인가?

"…먼저 아뢰어야만 한다는 이야기가 도대체 뭐였을까?"

그것을 들었다면 그 의녀의 본심을 깨달을 수 있었을까?

하필 약속의 날, 부왕의 간병에 발이 묶이지 않았더라면….

"백 상궁 밖에 있느냐?"

슬피 울던 그는 소매로 용안을 닦았다.

"내 얼굴에 또 부스럼이 났으니 약방을 입진시켜라."

평생 달갑게 여긴 적이 없는 지병이건만, 오늘만은 반가웠다.

"동궁 시절에 날 간병한 그 의녀를 대령하도록."

적어도 그녀를 불러들일 좋은 핑곗거리였다.

지금 당장 신비가 필요했다.

그녀의 감정은 연모가 아니라도 좋았다. 동정심이나 연민, 어쩔 수 없는 책임감이나 의무감이라도 좋았다.

그저 옆에서 위로만 되어준다면.

혼자서는 도무지 헤쳐 나갈 수 없는 어둠에서 빛이 되어준다면.

"망극하오나 그 의녀는 없사옵니다."

심상찮은 용안을 살피던 백 상궁이 아뢰었다.

"내의원에서 물러난지라…."

"의녀 신비를 이르는 게 맞느냐?"

"예, 선왕께서 승하하시면서 어의와 시약청의 의관이 몇 명 물러나지 않았사옵니까."

무작금은 귀를 의심했다.

"당연히 어의녀를 비롯해 어전에 입진했던 의녀들도…."

"그렇지만 겨우 간병의였다!"

"소인이 알기로 그 의녀가 마지막으로 선왕께 약을 올렸사옵니다."

분명 무작금도 기억했다. 사실상 신비를 마지막으로 본 순간이기도 했다.

"하여 책임을 면하기가 어려웠을 것이옵니다."

"…그 의녀를 어디로 보냈다더냐?"

무작금은 조급하게 선회했다.

"잘 모르겠사온데…. 일단 알아보겠사옵니다."

임금이 황망할수록 가시방석인 백 상궁은 일단 달랬다. 그러고는 허둥지둥 수소문하러 내달렸다.

다시 혼자가 되었다.

아니, 다시 술래가 되었다.

무작금은 평생에 걸친 술래잡기를 마주했다.

그는 항상 도망치면서 누군가가 자신을 붙잡아주기만 기다렸다.

하지만 막상 그런 사람이 나타나자 갈팡질팡했다. 두려움은 어릴 때 만들어진 습관이었다.

사랑하는 만큼 버림받을까 무서웠고, 믿은 만큼 배신당할까 겁났다.

그는 용서하는 법을 잘 모른다. 속마음을 털어놓는 방법은 더더욱 모른다.

그래도 그 의녀를 믿고 싶었다. 전부 털어놓고 싶었다. 위로받고 싶었다.

"…그렇지만 지금 내 곁에 없잖아."

물색없는 감정이 뒤엉켜 유치한 투정으로 터졌다.

꼭 까닭 모르게 어미를 잃은 어린 원자 시절로 돌아간 것 같았다.

두 다리가 부러져 침전에 붙박였던 세자 시절로 돌아간 것도 같았다.

"나는 또 혼자잖아…."

더 이상 술래잡기는 하기 싫다.

무작금의 마음은 조용히 침몰했다.

붙박이별조차 보이지 않는 어두운 바다로, 아비가 어미를 죽였다는 냉혹한 심연으로, 계속해서 빨려 들어갔다.

결국 그날 밤, 무작금은 수라를 들지 않았다.

4부
신씨 성의 비

임금께서 승하하시면 어환을 책임졌던 자들에게 책임을 묻는다.

중차대한 실수가 아니고서야 사람의 명운은 하늘의 뜻에 달려 있고, 의술을 펼치는 입장에서도 어쩔 수 없음을 다들 알고 있다.

하여 잠깐 한직으로 물러났다가 복귀하는 게 통상적인 의례라고 한다.

"…어의 영감께서는 서리로 물러나셨다."

의관 박치수가 말했다.

"내의원 제조와 부제조 영감의 사정도 다르지 않고…."

하고 싶은 말이 따로 있는데 망설이며 질질 끄는 기색이었다.

"어의녀도 혜민서로 물러나 한동안 초학의녀를 훈육하기로 했다."

"저는요?"

신비는 치수의 부담감을 덜어주었다.

"마찬가지로 물러나야겠지요?"

"너 같은 간병의녀한테까지 책임을 묻는 건 좀 아니라고 말씀 올려봤지만…."

치수는 한숨을 쉬었다.

"대행왕께 마지막으로 탕약을 올린 사람이 너라서…. 어쩔 수 없구나."

"괜찮습니다."

선왕과 독대한 덕분에 제 인생에 숨은 비밀 한 가지를 알게 되었다.

지금까지 걸어온 굴곡의 여로가 모종의 시험이었다는 진실까지도.

자신을 기어코 아들과 짝지어주겠다던 유교나마 선왕의 죽음과 함께 허무하게 흩어져서 다행이라고 믿기로 했다.

신비는 분명히 선언했다.

돌로 쌓은 탑 위에 있었지만 임금의 작은 입김에 풀썩 무너져버렸다고.

정상에서 굴러떨어져 진창을 뒹굴었더니 사람의 인생은 덧없다는 생각밖에 남지 않았다고.

그래서 누군가의 딸로 정의되고 종속되었던 과거는 잊겠다고.

제 인생을 대신 결정지을 또 다른 사내는 원치 않겠다고.

비록 비천하더라도 스스로 이름으로써, 재주로써, 업業으로써, 미래를 바라보며 걷겠다고.

"이제는 활인서로 좀 보내주시렵니까?"

제 선언의 무게를 덜기 위해 너스레를 떨었다.

"뭇 어리석은 의녀들이 불평하지만, 활인서가 나쁜 곳은 아니지."

치수가 옅게 미소 지었다.

"내의원처럼 대접이야 못 받겠지만…. 실력을 쌓기에는 훨씬 좋고."

사실 만덕이 같은 사람한테나 통할 위로였다. 활인서는 가난하고 아픈 백성들이 몰려드는 곳이라 으레 기피 부서로 꼽히기 때문이다.

"아무렴요, 제가 복이 터졌습니다."

신비는 명랑하게 웃어버렸다. 기왕 이렇게 되었다면, 보다 도움이 절실한 병자들에게 헌신하며 보람을 찾는 인생도 나쁘지 않을 터였다.

"뭐, 다행이라고 해야 할까, 넌 활인서로 가는 게 아니다."

그런데 치수가 고개를 저었다.

"처음에는 일손이 부족한 네 고향으로 내려가 한동안 외방의녀로서 봉죽하게끔 조처하라는 지시가 내려왔지만…."

"제 고향이라니요?"

"장단(長湍, 오늘날 경기도 파주) 아니더냐?"

"…그곳은 제 고향이 아닙니다!"

대번에 신비는 얼굴이 파랗게 질렸다.

"그냥 관비로서 배속된 곳일 뿐입니다!"

"왜 그러느냐?"

여간해선 능청맞은 신비의 평소 모습과 달라 치수는 당황한 눈치였다.

"어린 시절을 보낸 곳인데 그립지 않으냐?"

"…별로 좋은 기억이 없습니다."

신비는 초조하게 입술을 깨물었다.

"하물며 관비였던 저를 지독하게 괴롭히던 사람이 한 명 있었습니다."

끔찍한 과거가 떠올랐다.

"지금쯤 시집갔더라도 지역 유지의 딸이라서 인근에 살고 있을 것입니다. 절대로 다시 마주치고 싶지 않습니다."

신비의 어깨가 덜덜 떨렸다.

"무슨 말인지 알겠다."

연민 어린 시선으로 치수는 물끄러미 보았다.

"걱정하지 마라. 처음에는 그렇게 정해졌었는데, 곧 윗선의 뜻이 바뀌어 새로운 지시가 내려왔거든."

"하면 다른 데로 가는 겁니까?"

"그래, 넌 나와 함께 명나라로 간다."

신비는 말문이 막혔다.

"아, 아니, 그런 뜻이 아니다!"

치수가 낯부끄러운 오해라도 살세라 화들짝 손사래 쳤다.

"황제에게 우리 임금께서 승하하셨음을 알릴 부고사訃告使를 꾸리는 중이다."

"사절단이라면 으레 당상관이 맡을 텐데요."

신비가 말했다.

"원래 의관도 따라갑니까?"

"당연하지. 통역할 역관에다가 그림으로 기록을 남길 화원까지…. 줄줄이 따라간단다."

치수가 끄덕였다.

"다만 이번 부고사 때는 나한테 특별한 임무가 주어졌다."

"무엇입니까?"

"세자저하께서, 아니, 이제는 주상전하시지."

어색한 듯 치수가 고쳤다.

"아무튼 동궁 시절부터 용안의 창진(瘡疹, 종기와 부스럼이 일어나는 병)으로 고생깨나 하셨다는 사실을 아느냐?"

"몰랐습니다."

멀끔하고 아름답기만 한 용안에만 익숙했다.

"몇 년 전에 동궁전의 창진을 잘 고쳤다고 선왕께서 뭇 의관에게 말과 목면木綿 따위를 하사하신 적이 있다."

치수가 설명했다.

"그 뒤로 괜찮으셨는데…. 선왕의 병구완에 매진하시고 또 갑작스레 즉위하시다 보니 요사이 또 면창(面槍, 얼굴의 부스럼)의 기운이 보이더구나."

"심하십니까?"

한동안 그를 만나지 못한 신비는 걱정스럽게 물었다.

"병증이 심할 때는 심하시지. 돋아났다가 가라앉기를 반복하거든."

"뿌리를 뽑을 방도를 찾으시려는 겁니까?"

"그래, 기왕 부고사로 나가는 김에 귀한 약재를 구해보기로 했다."

어쩐지 신비는 마음이 무거워졌다.

"옆에서 거들어줄 의녀가 필요한데…. 다들 사신단에 합류하기를 기피해서 말이다."

"왜요?"

"먼 길을 떠날뿐더러 한겨울이라 땅이 얼어서 여정이 무척 고될 테니까."

치수가 난처한 듯 뒷덜미를 문질렀다.

"내의녀들끼리 미루고 미루다가 끝이 없더니만…. 마침 약방에서 물러나야 하는 너한테 몫이 넘어갔구나."

"알겠습니다."

신비는 덤덤하게 받아들였다. 뭐가 되었든 장단으로 가는 것보다는 낫다.

"정 그렇다면야 가야지요, 뭐."

"멀쩡한 장정도 나가떨어질 만큼 험한 길이다."

치수가 묵묵히 경고했다.

"하지만 내가 옆에서 최선을 다해 살펴주겠다고 약조하마."

그리고 다정한 맹세도 덧붙였다.

"주부 나리께서는 분명 그러고도 남으실 분이지요."

올곧은 호의가 고마워서 신비는 미소 지었다.

"다녀오면 시일이 꽤 많이 흘러있을 텐데…."

어째 마음에 걸리는 눈치로 치수가 중얼거렸다.

"그렇겠지요. 제가 다녀오는 동안…."

이내 신비도 동조했다.

"주상전하께서는 성군이 되어 계셨으면 좋겠습니다."

앞서 몇 번 내뱉은 소망이었다. 정작 다리 부러진 세자는 전혀 믿지 않았지만 언제나 진심이었다.

나중에, 그녀가 돌아와서 미처 못 한 이야기를 전하는 날에는…. 결국 그도 이해할 것이다.

그것이야말로 신비가 숨긴 마지막 비밀이었다.

"…제가 바라는 것은 그뿐입니다."

무심코 신비는 하늘을 바라보았다. 겨울 하늘이 맑고 깨끗했다.

배롱나무가 붉게 물들고 복숭아나무 가지에 열매가 맺히는 여름까지는 한참 남은 시절이었다.

결정되고 나니 일사천리였다. 짐 꾸러미를 단출하게 챙긴 신비는 내의원 마당에서 작별 인사를 나누었다.

내의녀 자희가 퍼붓는 잔소리 사이로 다른 의녀들은 동정심과 안쓰러움, 연민, 섭섭함 따위를 내비쳤다.

마지막으로 만덕의 차례였다.

"너랑 오래 떨어지는 거 싫어."

아침밥을 먹을 때까지도 말이 없던 그녀가 비로소 볼멘소리했다.

"어쩔 수 없잖아."

신비는 일부러 쾌활한 척했다.

"귀찮은 사람 없어지니까 자유나 만끽해. 그놈의 거창한 의서인지 뭔지도 조용히 잘 쓰시고."

"차라리 외방의녀로 두어 달 나가 있으면…."

만덕은 말려들지 않았다.

"주상전하께서 무슨 수를 써서라도 널 도로 내의원으로 불러들여 주셨을 것 같은데."

오히려 대뜸 허를 찔러 들어왔다.

"넌 그분과의 사이에 아무 일도 없다고 말했고, 난 알겠다고 했지만…."

벗의 목소리가 낮게 가라앉았다.

"사실은 그렇지 않잖아."

몹시 날카로운 지적이었다.

"무슨 일이 있었잖아?"

만덕은 속삭이다시피 물었다.

"이제 세자저하조차 아니야."

신비를 바라보는 시선은 절박했다.

"왕세자와의 사이에 무슨 일이 있었던 것보다, 상감마마와의 사이에 무슨 일이 있는 게 훨씬 더 위험하다고."

"…맞아."

하릴없이 신비는 편리한 거짓말과 애매한 진실을 거둬들였다.

"무슨 일이 있었어."

비록 정확히 설명할 순 없지만, 믿을 수 없이 좋은 기회에서 시작해 술래잡기로 일단락지은 사연들이었다.

"그래서 한동안 멀리 떠나는 것도 괜찮겠다는 생각이 들어."

"뭐?"

"네 말대로 이제는 왕세자가 아니고 임금이시니까…."

신비도 그 무게를 정확히 이해했다.

"다음에 날 찾으실 때는 또 다른 무슨 일이 일어날까 봐."

"알았어."

문자 그대로만 듣는 성격이라 이해를 잘 못했을 텐데, 이번에도 만덕은 더 이상 묻지 않았다.

"네가 그렇다면 그렇게 알고 있을게."

역시나 그녀는 항상 그랬다.

"빨리 다녀 와. 너 없으면 난 혼자니까."

참으로 본인다운 인사를 끝으로, 만덕은 신비의 어깨를 꽉 끌어안고 놓아주었다.

드디어 신비는 익숙한 둥지로부터 돌아섰다.

임금께 하직 인사는 꿈도 못 꾸었다. 형식상의 절차라지만 일단 선왕의 승하에 책임을 지고 물러나는 입장이니까 말이다. 쫓겨나다시피 떠나는 편이 체면치레에 좋았다.

등 뒤로 멀어지는 궁궐을 자꾸 돌아보면서, 신비는 두 사람 사이에 수없이 오간 기류를 떠올렸다.

흐지부지하게 가라앉을 때가 많았다. 그러나 노골적으로 숨을 헐떡여야만 하는 순간도 있었다.

마음은 이미 정했다.

사내로서의 그를 받아들임으로써 제 운명을 종속시키는 것은 싫다. 미련이 남더라도 그를 밀어내고 스스로 운명을 개척하기로 했다.

그럼에도 불구하고 신비는 두려웠다.

자꾸만 약해지는 마음이 문제였다. 그의 눈물과 애원에 휩쓸려 입맞춤을 허용하고 말았다.

밤을 함께 보내자는 응석을 뿌리칠 수 있었던 까닭은 오직 하나, 먼저 해야 할 이야기가 있기 때문이었다.

그마저도 없었다면 그녀는 진즉 인생의 허망함을 깨닫고도 옷고름을 풀어 내렸을지 모른다. 자기 자신을 그의 소유로 온전히 내어주었을지도 모른다.

한데 더 큰 문제는 그의 힘이었다.

그는 눈빛만으로도 그녀의 거추장스러운 의복을 전부 벗겼고, 꼭꼭 숨긴 속살을 어루만졌다.

속이 덜 자란 어린아이라서 맹목적이라고 생각했던 불씨는, 막상 그가 사내로 자라나자 더욱 집착적인 열화로 번지고 말았다.

하물며 이제 그는 왕의 아들조차 아니다.

그 자신이 왕이다.

자칫하면 다음번에는 손가락에 끼워주는 소중한 가락지나, 뿌리치기에는 매혹당해버린 입맞춤 정도로는 끝나지 않을 것이다.

***

막상 여로에 오르고 나서는 뭘 생각할 겨를도 없었다. 걷는 길이 무척 고생스러운 탓이었다.

한양을 떠나 목적지에 당도하는 데에만 한참 걸렸다. 한겨울이라 땅이 얼어 지체한 데다가, 낮이 짧고 밤은 길어 또 늦어졌다.

이토록 어렵게 명나라 땅을 밟았건만, 막상 예정된 체류 일정은 길지 않았다.

때문에 높으신 분들끼리 중요한 일 보시는 동안에도 의관 박치수는 마음이 급했다.

"황실의 태의(太醫, 궁중 의사)에게 직접적으로 면창에 대해 물을 순 없어."

치수가 말했다.

"자칫 우리 임금님의 어환이 외부에 노출될 테니까."

객쩍은 헛기침까지 했다.

"명나라 사람들은 눈치가 빠르거든. 한데 나는 남을 잘 속이거나 둘러대는 데에는 소질도 없으니…."

"하면 어떡하시게요?"

"물밑에서 조용히 움직여야지."

신비는 치수를 따라 수도의 이름난 약재상을 둘러보고, 북적이는 서사에서 침구서를 몇 권 얻었다.

명의라고 손꼽히는 의원도 만나보았다. 통역 덕분에 더듬더듬 이해하기로는 꽤 괜찮은 제법製法을 배웠다.

부산스럽게 종종거리며 며칠을 보냈다. 그리고 오늘은 뒷골목의 허름한 약재상을 돌아볼 계획이었다.

바깥에 나가려고 눈에 띄지 않는 옷가지로 미복微服하는데, 불쑥 뜻밖의 손님이 찾아왔다.

"…조선에서 여의女醫가 왔다는 소식을 들었습니다만."

중년의 여관女官이었다.

이국적인 방식으로 머리를 손질하고 옷가지를 걸쳤는데, 희한하게도 조선말에 능숙했다.

"난비蘭妃께서 한번 만나보고 싶다 하십니다."

신비는 영문을 몰랐지만 치수는 깜짝 놀란 눈치였다.

"예, 물론 명을 받들어야지요. 잠시만 기다려주십시오."

그러더니 허둥지둥 신비를 옆으로 잡아끌었다.

"너 혹시 난비께서 어떤 분이신지 아느냐?"

"모르겠는데요. 혹시 황제의 후궁입니까?"

어리둥절한 표정을 보고 치수는 조급하게 설명했다.

"그래, 옛날에 공녀로 선발되어 이국땅을 밟으신…. 우리나라 사람이시다."

"예에?"

"도산대비마마의 이모님 되시는 분이다. 하여 조정에서는 사신단이 떠날 때면 항상 난비께 바칠 선물을 따로 챙기지."

하긴, 요즘에는 거의 사라진 풍습이지만, 옛날에는 양반가에서도 공녀를 선발했었다고 들었다. 그렇게 떠나면 고국으로 돌아오는 길은 요원했다나.

"이제 난비께선 연치가 많으시어 건강이 좋지 못하다는 이야기를 들었다."

치수가 기다리는 여관을 흘끔 곁눈질했다.

"…아마 그래서 고향의 의녀를 찾으시는 거겠지."

연민 어린 표정을 지은 치수는 침구를 챙겨주었다. 성심껏 살펴드리라며 신신당부했다.

그러고는 혼자 바깥을 둘러보겠다며 역관을 데리고 나갔다.

신비는 여관을 따라갔다. 깊은 내전으로 접어들수록 궁방의 장식이 화려하고 장엄하기가 오금이 저릴 지경이었다.

이윽고 커다란 침상에 누운 노파가 보였다. 질곡의 풍파에 시달린 듯 왜소하고 섬약했다.

"…고향 사람이구나."

엉거주춤 인사 올리는 신비를 보고 그녀가 빙그레 웃었다.

"너와 같은 이를 뭐라고 하더라?"

다만 고국을 떠난 지 오래되어 언어를 많이 잊었나 보다. 말씨가 퍽 어눌했다.

"의녀이옵니다."

"그래, 의녀…."

꼭꼭 씹어 삼킬 양 난비는 그 낱말을 곱씹었다.

"부탁할 일이 하나 있느니라."

오래 끌지 않고 그녀는 본론으로 들어갔다.

"내 조카님께서 또 귀한 삼蔘을 보내주셨는데…."

그녀가 말하는 조카란 도산대비였다. 왕실의 큰어른인 도산대비의 이모를 챙기기 위해 사신단이 모국의 특산품을 진상한 모양이다.

"약으로 달여 먹기는 싫구나."

난비가 주름진 입술을 오므렸다.

"처녀 때 어머니께서 삼으로 해주시던 음식이 있었는데…."

주르륵 눈물도 흘렀다.

"늙어 죽을 때가 되었는지, 그 맛이 어른거린다."

"망극하오나 어떤 음식이었는지요?"

연민으로 신비가 물었다.

"검은 꿀에다가 삼을 졸여서…?"

기억이 흐린지 자신 없는 말투였다.

짧은 묘사였지만 신비에게는 짐작 가는 구석이 있었다. 필시 조청으로 만든 정과正果일 터였다.

삼으로 만든 정과는 궁중 제례 때 올릴 정도로 귀하고 맛이 좋다.

주로 반가의 음식으로 꼽히는 통에 신비도 먹어본 지 한참 되었다.

"부엌만 빌려주시면 소인이 한번 만들어보겠사옵니다."

어떻게든 되겠거니 제안했다.

"하오나 삼을 복용하셔도 괜찮은 병환이신지요?"

대개 조선의 삼은 만병통치약처럼 여겨지지만, 당연히 병증에 따라 가려 먹어야 옳다.

금방 신비를 데리러 왔던 여관이 처방문 비슷한 글월을 훑어보더니 말했다.

"아주 좋으실 거란다."

그렇다면야 주저할 까닭이 없다.

신비는 차근차근 우선순위를 가렸다.

일단 조청이 문제다. 찰기장을 쪄서 냉수와 엿기름에 버무려야 하는데, 필요한 재료가 많고 손이 너무 간다. 무엇보다 제대로 숙성시키려면 시간도 엄청 든다.

하지만 용케 구할 곳이 있었다.

엊그저께 낮이었나, 서장관(書狀官, 사신단 중 외교 문서를 기록하는 임시 벼슬)이 집에서 바리바리 싸 온 조청에다가 떡을 찍어 먹는 모습을 보았다.

찾아가서 사정을 설명하니, 서장관은 부랴부랴 남은 것을 전부 내어주었다.

궁방에 딸린 부엌에서 삼을 다듬었다. 감히 만지기가 두렵도록 최상품이었다.

깨끗하게 손질하여 끓는 물에 삶은 뒤 어슷하게 썰었다. 그러고는 조청을 붓고 아궁이의 작은 불로 천천히 졸였다.

물기가 사라지면서 삼의 표면이 검고 반들반들하게 빛났다.

"…송구하옵니다."

일단 완성하였으니 난비의 안전에 올렸다.

"시간과 재료가 충분했으면 좀 더 맛있게 만들었을 텐데…."

맛이 깊게 배도록 기다리질 못했다. 해주고도 욕을 먹을까 봐 걱정이었다.

"아니다."

덜덜 떨리는 손으로 난비는 젓가락을 잡았다.

"급하고 부족한 이 맛이 맞아."

한 입 먹고서 그녀는 또 눈물을 비쳤다.

"공녀로 끌려오기 전날, 우리 어머니가 해주신 그 맛이다."

허겁지겁 집어 먹는 정과가 눈물에 젖었을 텐데, 병환이 깊어 통 못 잡수셨을 핼쑥한 얼굴에선 화색이 돌았다.

덩달아 서글픈 마음에 신비도 눈시울을 훔쳤다.

"어째서 이 늙은 몸을 따라 우느냐?"

"소인도 죽은 어미 생각이 나서 그만…."

"그러고 보니 이상하구나."

난비가 갸우뚱했다.

"의녀라면 비천한 사람일 텐데, 반가의 음식을 잘 안다니 말이야."

잠시 망설였지만 어차피 평생에 딱 한 번 스쳐 갈 인연이라 솔직히 대답했다.

"…소인은 반가에서 태어나 그 음식을 먹다가 비천한 사람이 되었나이다."

"어쩌다가?"

"아비가 임금님의 진노를 사 정배定配되니, 그 처자식도 노비가 되었지요."

여태 가슴 밖으로 꺼내놓지 않은 진실이었다. 시답잖은 행실을 눈속임 삼아 감춰온 비밀이기도 했다.

"…여인의 인생은 사내에 의해 결정되기 마련이지."

난비는 이해한다는 듯 한숨 쉬었다.

"내 오라비는 영달을 위해 누이 한 명을 공녀로 보냈으면서, 기어코 나까지 이국땅을 밟도록 떠밀었느니라."

"자매가 계셨사옵니까?"

"그래. 나보다 먼저 황제의 측실이 되었고, 섬기던 황제가 승하하자 순장되었다."

신비는 소름이 돋았다.

"…내 비록 비단옷을 둘렀으나 너와 처지가 다르랴?"

과연 아무 말도 할 수 없었다.

"그나마 난 여기서 작은 공로를 세워 예우받고, 고향에는 날 생각해 주는 피붙이가 있어 여생이 마냥 고독하지는 않지."

허망한 탄식이 이지러지자 난비는 다시 운을 뗐다.

"내 조카님을 아느냐?"

"도산대비마마라면…. 예, 감히 배알한 적은 있사옵니다."

신비는 뒷덜미만 문질렀다.

"저, 망극하오나 도산대비께 소인의 이야기는 전하지 말아주시면…."

"뭔가 사정이 있나 보구나. 알았다."

껄끄러움을 눈치챈 난비는 적당히 화제를 돌렸다. 도산대비의 안부며 조선 왕실에 대해 이것저것 물었다.

"서신을 읽을 때마다 내 조카님은 늘 손자를 걱정하더구나."

그러다가 문득 덧붙였다.

"…손자가 제 어미를 너무 닮았다고 말이야."

속절없이 신비는 입술을 깨물었다. 하지만 이어지는 난비의 한탄은 도산대비의 의견에 동조하는 질시나 경멸이 아니었다.

"난 항상 조카님더러 며느리를 너무 밉게 보지 말라고 충고했었는데…."

도리어 동정에 가까웠다.

"원치 않는 곳에 시집가서, 원치 않는 자리에 앉는 무게는 내가 잘 알지."

문득 난비가 물었다.

"너는 새 임금 역시 배알한 바 있느냐?"

"그러하옵니다."

"비천한 업을 진 계집이 대비에 이어 군왕까지 만나보았다…?"

대번에 그녀의 눈빛이 노련하게 변모했다.

"네가 보기엔 어떻더냐?"

난비는 더 이상 병약한 노파처럼 보이지 않았다. 아무렴 산전수전을 다 겪은 황실의 후궁이었다.

"내 조카님께서 그토록 사랑하고 걱정하는 손자는, 어떤 왕이지?"

"선왕께서 승하하시고 급히 떠나오느라 어떤 임금이신지는 미처 알지 못하옵니다."

다행히 신비는 대처할 줄 알았다.

"다만 어떤 사내이신지는 아옵니다."

요점을 회피하면서도 적당히 그럴듯한 대답을 골랐다.

"…겉으로는 여리기가 바람에 흔들리는 버들잎처럼 보이시지만, 속은 백 번을 담금질한 쇠보다도 강인한 분이시옵니다."

신비는 그를 떠올렸다.

혼란스럽고 새침 떠는 겉모습을. 어려서부터 홀로 인고의 세월을 견디며 활활 키워온 가슴 속 어두운 불꽃을.

"언뜻 칭찬처럼 들리지만 사실 꼭 그렇지만은 않군."

난비는 쉽게 간파했다.

"넌 임금을 잘 아는구나. 그리고 잘 아는 만큼 두려워하고 있어."

노회한 시선이 신비를 굽어보았다.

"…하지만 왜?"

그것만은 차마 대처하기 어려운 하문이었다.

신비의 곤궁한 묵묵부답이 길어지자 난비는 다 먹은 정과 그릇을 밀어냈다.

"한 가지만 말해주자면…."

약 봉투를 펼치며 그녀는 중얼거렸다.

"어떤 사내를 잘 안다고 확신할 때는 그 주변에 있는 여인들을 조심하거라."

"…예?"

"보통 여자들은 자기 자신을 위해서 싸우지는 않아. 하지만 사내를 위해서라면 물불을 가리지 않고 달려들지."

난비가 탕제의 쓴맛을 우물거렸다.

"특히나 사내를 숭배하고자 마음먹은 여자들일수록 더한 법이고."

그러고는 빙그레 웃었다.

"네가 두려워하기에 하는 말이다. 으레 사내를 두려워할 줄 아는 여자들은 같은 여인을 경계하는 법은 또 모르거든."

그녀가 기침을 쿨럭이는 바람에 수수께끼는 거기서 끊어졌다.

"내 오늘 너에게 은혜를 입었으니…."

그리고 곧 또 다른 이야기가 이어졌다.

"어떻게 보은하면 좋을꼬?"

당치않으시다는 겸손한 답변을 앞세웠지만 실랑이가 길어졌다. 결국 더 이상 사양하는 것이 무례일 지경에 이르렀다.

"정 그러시면 망극하옵니다만…."

조심스레 신비는 소망을 입에 담았다.

"혹 소인이 황실에서 쓰는 의서를 한 권 얻을 수 있을는지요?"

"의학서를 달라?"

"예, 면부의 병증을 치료하는 방법에 대한 책이면 특히 좋을 것 같사옵니다."

"어째서?"

"소인이 주로 궁중 약방에서 병자를 돌보건대, 얼굴의 뾰루지 따위로 고민하는 궁인들이 많아서요."

적당히 둘러대자 의심을 사지 않았다. 난비는 흔쾌히 반닫이의 책을 내밀었다.

"측실들 사이에서 전해지는 미용법이니라."

죽 넘겨보니 환부와 약재, 고약에 대한 설명과 그림이 가득했다. 미용법치고 염증이나 화상을 다루는 제법도 꽤 자세했다.

"젊은 시절에야 자주 들여다봤지만 이제는 부질없어서…."

난비는 굽은 어깨를 으쓱했다.

"한데 정녕 겨우 그 정도로 만족하느냐?"

고개 숙여 인사하는 신비를 물끄러미 보던 그녀가 말했다.

"더 좋은 것도 있는데."

패물과 보화를 가리켰다.

"어차피 난 죽을 때 싸 들고 갈 수도 없는 것들이다."

"소인 역시 마찬가지이옵니다."

신비가 말했다.

"비천한 인생에 값비싼 물건은 아무런 의미가 없사옵니다. 하오니 차라리 지식으로 머리를 채워 죽는 순간까지 지니고 가겠나이다."

"처신이 무척 아름답다."

난비는 탄복한 눈치였다.

"네 아비의 이름이 무엇이냐? 네 어미는 누구의 여식이었고?"

하여 연이어 하문했다.

"본디 한양에서 이름난 집안의 규수였다면 내 기억할 수도 있을 터."

"소인은 과거를 잊었나이다."

신비는 고개를 저었다.

"앞으로는 스스로 바람처럼 살다가 족적 하나 남기지 않고 사라지고 싶을 뿐이옵니다."

"…아까 내 손윗누이가 순장 당했다고 말했지."

나름대로 난비는 그 선언을 해석했다.

"사실 내 손윗누이는 황제를 따라 죽고 싶지 않아 했단다. 오히려 연로한 노모를 돌보며 여생을 마치게끔 고국으로 돌려보내달라고 애원했어."

더욱 소름 끼치는 내막이었다.

"한데도 기어코 교수형 한 뒤 순장해버렸단다. 그러고는 멋들어진 시호(諡號, 죽은 사람의 공덕을 찬양하는 이름)나마 내려주었지."

난비는 쓰게 웃었다.

"…넌 영리하구나. 이름을 남기는 여자는 이름을 남기지 못하는 여자보다 불행할 수 있다는 진실을 깨달았으니까."

그녀는 지나간 시절을 골똘히 궁리하는 눈치였다.

제 역할을 다했다고 판단한 신비는 조용히 절을 올리고 물러났다.

반나절 내내 신비는 새로 얻은 의서를 읽었다. 찬찬히 들여다볼수록 배울 것이 많았다.

"소득이 많았다!"

날이 저물자 바깥에 나갔던 의관 박치수가 돌아왔다. 그는 기분이 좋아 보였다.

"주상전하의 면창에 이로울 치료법을 여러 가지 익혔으니 개중에서 하나는 통하겠지!"

"실은 저도 한 가지 알아냈습니다."

신비는 낮에 있었던 일을 대강 설명했다.

"여기를 보십시오."

포상으로 받은 의서를 펼쳤다.

"면부에 붉고 진물이 나는 환부가 생겼을 때, 웅황해독산雄黃解毒散을 따뜻한 물에 타 얼굴을 씻고서 선응고善應膏를 붙이면 효험이 좋답니다."

치수는 가리키는 구절을 찬찬히 읽었다.

"어환에도 효험이 있지 않을까요?"

"분명 일리는 있지만…."

그는 꺼림칙한 표정을 지었다.

"내의원에서 주로 처방하는 십선산十宣散이라든가, 탁리소독산托裡消毒散에 비하면 센 약재라서 탐탁잖다."

"잘못 처방했다가 오히려 악화될까 봐서요?"

치수가 끄덕였다.

"그렇다면 조심하는 편이 낫지요. 아무래도 주상전하의 용안이니…."

얼른 신비는 의서를 덮었다.

"다른 제법을 많이 알아내셨다니 다행입니다."

치수를 전적으로 신뢰하는 그녀는 의심하지 않았다.

"…오늘 밤에 황제가 우리 사신단에게 베푼다는 연회는 기억하느냐?"

이윽고 치수가 머뭇거리며 새롭게 운을 뗐다.

"예, 물론이지요."

신비는 뚱하게 대꾸했다.

"정녕 저까지 참석해야 합니까? 어차피 기녀들이 시중을 들 텐데요?"

여기까지 와서 술자리를 강요받을 줄 몰랐다고 하면 순진한 척일 터였다.

사실 황궁까지 오는 길에도 위험한 순간은 많았다.

사신단 중에 용렬한 사내가 두엇 있었다. 언 몸을 녹일 한 잔의 술마저도 꼭 계집이 따라주기를 바랐다.

다만 치수가 번번이 끼어들어 막아준 덕분에 잘 피했다.

"미안하다. 이번만은 나도 손을 쓸 수가 없구나."

안타깝게도 그의 신묘한 호의는 거대한 벽에 가로막힌 모양이었다.

"황제의 뜻이라서…. 조선의 여인이 궁금하다더라."

신비는 눈앞이 아찔했다.

"그래도 내 최선을 다해 중간에서 끊어주마."

치수가 달래듯 덧붙였다.

"여차하면 작은 소동을 일으켜서라도 주위를 돌려…."

"그러지 마소서. 위험합니다."

신비는 마음을 다잡았다.

"하물며 우리 임금님께서 즉위하시고서 외교에 첫발을 내디디시는 자리이옵니다. 한낱 천비 때문에 망쳐선 아니 되옵니다."

"…나한테는 천비인 네 마음도 주상전하의 거조만큼이나 중요하다."

뜻밖의 밀어에 신비는 얼굴을 붉혔다. 그가 중요하다고 말해준 마음이 간지러웠다.

"아, 아니, 그런 뜻이 아니고…."

뒤늦게 그가 무마하려 애썼으나 소용없었다.

"…그래, 그런 뜻이 맞다."

치수의 얼굴은 신비보다 훨씬 벌겋게 익었다.

"하지만 못 들은 척해라. 설령 그런 뜻이더라도…. 그렇게 받아들이지 마."

끝내 횡설수설하더니 그는 훌쩍 자리를 피했다.

신비는 펄떡거리는 가슴부터 안정시켰다. 그러고 나서 연회인지 처형장인지에 나아갈 준비를 했다.

깨끗하고 단정하지만 색감이 어두운 옷가지를 골랐다. 민낯에 분칠은 하지도 않았다. 낯에는 웃음기 대신 울상만 걸쳤다.

슬슬 해가 저물 시각이 되자 신비는 깊게 한숨을 쉬었다. 자존심을 내려놓기 위해서였다.

"…조선의 여의를 찾으러 왔습니다만."

한데 다시금 예상치 못한 손님을 맞았다. 오전에 왔던 중년의 여관이 재차 문을 두드린 것이다.

"난비께서 미처 못다 한 용무가 있어 부르십니다."

"혹시 어디가 미령하시답니까?"

신비는 깜짝 놀랐다.

"아까 삼을 잘못 복용하시어 병환이 나빠지신 거라면…."

"따라와 보면 압니다."

난비의 여관은 질주하는 불길한 예상을 툭 잘라냈다.

"어, 그런데 저는…."

신비는 우물쭈물했다. 이미 다들 연회에 참석할 준비를 마쳤다.

"난비께서는 황실에서 존경받는 어른이십니다."

여관이 말했다. 그 엄숙한 한 마디 안에 짐작조차 할 수 없는 격동의 세월과 다사다난한 역사가 담겨 있었다.

"그런 분께서 오늘 밤 여의가 필요하다고 말씀하시니, 천자(天子, 황제)께서도 조선 사람에게서 은혜를 구할 수 있다면 다행이라고 허하셨습니다."

뭐가 되었든 신비에게는 크나큰 도움이었다.

"정 그러하다면 얼른 가보아라."

영문을 모르는 사신단의 높으신 나리들도 일단 등을 떠밀었다.

안도감을 숨기며 신비는 여관의 등을 따랐다. 오전에는 낯설게 느껴졌던 길목이 지금은 반갑게 다가왔다.

이윽고 커다란 상 앞에 앉은 노파가 보였다.

더 아프거나 위독한 모습은 아니었다. 도리어 훨씬 생기 있어 보였다.

"아침에는 너한테서 고향의 찬을 대접받았으니…."

난비가 상에 가득 차려진 음식을 가리켰다.

"저녁에는 내가 타향의 찬으로써 대접하고자 한다."

진수성찬이었다. 늘어진 그릇 가득 평생 듣도 보도 못한 음식이 즐비했다. 놀라서 손사래 쳤더니 난비는 웃었다.

"…내 비록 비단옷을 둘렀으나 너와 처지가 다르랴?"

앞서 그녀가 했던 말인데 지금 반복하니 전혀 다르게 들렸다.

"같은 처지의 사람들끼리는 서로 도와야지."

비로소 신비는 원치 않는 자리에서 빠져나올 수 있도록 난비가 일부러 핑계를 만들어 주었음을 깨달았다.

"황감히 받들겠나이다."

감히 숟가락을 들었다. 타향의 음식인데도 노비로 나가떨어지기 전날까지 맛본 어미의 손맛과 같았다.

그래서 참으로 따뜻한 끼니였다.

이러구러 시일이 흘러 체류 마지막 날에 이르렀다. 사신단은 환대하고 잘 돌봐준 황제에게 하직 인사를 올렸다.

이윽고 희망찬 귀향길이 펼쳐졌다.

돌아가는 데에 또 품이 들었다. 바리바리 챙긴 짐이 너무 늘어나서 문제였다. 더욱이 완전히 날씨가 변모한 계절도 한몫했다.

그래도 우여곡절 끝에 신비는 다시금 그리운 한양 땅을 밟았다.

어느덧 모국의 시간은 훌쩍 흘러있었다.

***

창덕궁 인정문仁政門으로 갔다. 부고사를 따른 모든 사람이 임금께 인사를 올리기로 했다.

왕이 한 사람도 빼놓지 말라고 신신당부했다기에 한낱 의녀까지도 포함이 되었다. 무척 이례적이었다.

신비는 당상관부터 죽 늘어선 행렬의 맨 끝에 섰다. 빽빽이 늘어선 관모에 가려 막상 용안은 보이지도 않을 것 같았다.

"주상전하 납시오!"

기다림 끝에 붉은 여輿가 보였다. 즉시 무릎을 꿇었다.

여가 꽃잎처럼 내려앉자 임금의 어혜御鞋가 천천히 땅을 밟았다.

익히 알던 왕이 아니라서 신비는 새삼스레 놀랐다. 진정 묵은해가 저물고 떠오른 새해처럼 찬란히 빛나는 신왕이었다.

흰 자리옷을 입고 무력하게 동궁전에 붙박여 있던 모습이 아니었다.

찬란하게 빛나기가 이 대지의 지존이라고 선언했다. 특유의 분위기마저 극대화되었다.

그가 등장하는 순간, 모든 소음이 멎고 공기가 스산해졌다.

실로 그는 더 이상 세자가 아니었다.

의문의 여지가 없는 임금이었다.

곧 맨 앞줄이 소란스러워졌다. 이번 부고사를 이끈 높으신 분이 무언가를 아뢰는 듯했다.

하례를 올리고 더불어 껄껄 웃는 소리가 들렸다. 황제로부터 받아온 선물을 하나하나 내보이는 것도 같았다.

"…다들 고생이 많았군."

이윽고 왕이 말했다.

놀랍게도 그의 걸음은 앞줄에서만 머물지 않았다. 뒤쪽으로 한 줄씩 친히 거닐었다. 성은이 망극해서 조아리는 얼굴들을 샅샅이 살폈다.

마침내 왕이 맨 뒷줄에 다다랐다.

그가 다가올수록 신비는 마른침을 삼켰다. 고개 숙인 시야에 땅이 보였고, 그 땅을 밟는 임금의 신발이 보였다.

그러나 어혜는 오래 머물지 않았다. 애달픈 듯 망설이지도 않았다. 얕은 발자국만 남겨 놓은 채 빙그르르 돌아섰다.

본디 그가 있어야 할 맨 앞줄로.

신비가 선 뒷줄에서는 감히 올려다볼 수도 없는 가장 높은 어좌로.

"…바보같이."

신비는 자조적으로 중얼거렸다.

잠깐이었지만 미증유의 이별이었다. 그리고 이미 마음을 정하고서도 그녀는 흔들리고 있었다. 그를 뿌리치려고 애쓰면서도 내심 붙잡아주기를 바라는 꼴이었다.

일전의 깨달음이 옳았다.

그가 제 인생에 나타남으로써 그녀는 어린아이가 되어버렸다. 급기야 그의 어리광마저 닮아버린 모양이다.

붉은 여는 도로 임금을 태우고 떠났다. 알현하는 의례가 파하자 다들 본래 자리를 찾아 미련 없이 흩어졌다.

하지만 신비는 어디로 가야 할지 몰라 마지막까지 남았다.

이역만리에서 지낼 때보다, 지금 더 그가 멀게 느껴지기 때문이었다.

부고사를 따라 험난한 외국까지 다녀온 공로를 인정하여, 사환의녀로서 다시 내의원에 입직하라는 분부가 있었다.

어린 의녀들은 사람 얼굴 보자마자 선물 가져왔느냐고 보챘다.

반면 내의녀 자희는 타국에서까지 행여 사고라도 쳤는지 꼬치꼬치 캐물었다.

제일 악질은 만덕이었다. 반갑다고 인사하기도 전에 외국에서 배워 온 의술을 전부 털어놓으랍시고 야단이었다.

"그래, 오랜만에 봐서 나도 반가워. 만덕아."

신비가 비꼬았다.

"아, 우리 사이에 그딴 입바른 소리가 무슨 소용이야?"

기껏 인사치레해도 만덕은 튕겼다.

꼬박 한나절을 시달렸다. 명나라에 체류하는 동안 어깨너머로 배운 것들을 몽땅 쏟아냈을 때야 만덕은 만족했다.

"별일 없었지?"

그러기를 마침내 정상적인 안부 묻기에 도달했다.

"응. 어의 영감께서는 서리로 물러나셨다가 고작 보름 만에 복귀하셨어."

마지막으로 신비가 내민 의서를 뒤적거리면서 만덕은 대답했다.

"도산대비께서 편찮으셨거든. 그러자 주상전하께서 삼대三代를 내려온 의원이 아니면 그 약을 복용해선 안 된다는 둥 핑계를 대며 어의 영감을 내의원에 입직시키셨지."

"어의녀께서는?"

"두 달 전에 돌아오셨어."

만덕이 어깨를 으쓱했다.

"그마저도 혜민서에서 초학의녀들을 가르치는 게 더 편하다고 버티다가 마지못해 끌려오느라 늦어진 거야."

선왕의 승하에 책임을 졌던 모든 이가 진즉 제 자리를 찾은 모양이다.

"내가 제일 늦었네."

신비가 복잡한 심경으로 중얼거렸다.

"…저기, 왕실에는 별일 없었어?"

머뭇거리며 운을 띄웠다.

"주상전하께서는…?"

"정확히 뭘 알고 싶은데?"

실로 의표를 찌르는 질문이건만 대답할 엄두가 안 났다.

"전하께는 딱히 별일 없었어. 즉위한 이래 정신이 하나도 없으셨으니까."

성질 급한 만덕은 알아서 말했다.

"근데 희한하게도 칭찬은 자자해."

"웬 칭찬? 전하께서 나라를 곧잘 다스리신다고?"

만덕은 뚱하게 끄덕였다.

"노신老臣과 간관에게 귀를 기울이시고, 빈민을 두루 구제하시며,

백성의 송사訟事를 친히 판결하여 억울함을 풀어주신 적도 있으시대."

"정말?"

"가끔 경연(經筵, 임금의 공부 시간)을 빼먹으시거나 말을 타러 다니시는 게 흠이라나."

"그 정도야 뭐…."

신비는 어깨를 으쓱했다.

"요즘 간관들은 별것도 아닌 일까지 지적하고 훈계한다던데."

"그건 그래. 선왕께서 성정이 너그러워 한없이 받아주셨더니 선을 여러 번 넘었지. 새로운 임금께도 아마 똑같이 굴 테고."

잠시 만덕은 생각에 잠긴 눈치였다.

"…한데 넌 알고 있었어?"

"뭘?"

"주상전하께 폐서인된 생모가 따로 있었다는 거."

신비가 움찔해서 대충 얼버무리자 만덕이 말했다.

"폐비의 기일에 소찬素饌이라도 챙겨주라고 사옹원에 전교하셨다나 봐."

참 가슴 아픈 어명이었다.

생모가 죽고서 기일이 몇 번이나 돌아왔어도, 아무도 챙겨주지 않았다는 사실을 왕이 항상 마음에 담아두었다는 뜻이니까.

"곧 있으면 방치된 폐비의 묘를 이장하고 사당도 새로 세우실 것 같다더라."

만덕이 어깨를 으쓱했다.

"한데 반발이 심해서 과연 될지 모르겠대."

"왜?"

"선왕께서 폐비에 대해서는 향후 백 년간 논하지 말라고 생전에 못을 박으셨다나."

가슴이 먹먹해졌다.

"근데 만덕이 너, 내가 없는 사이에 귀가 좀 밝아졌다?"

기분을 들키지 않으려고 신비는 너스레를 떨었다.

"주변 멍청이들 떠드는 소리가 들리더라."

만덕이 콧방귀를 뀌었다.

"노상 들러붙어서 촉새처럼 떠들던 네가 없어지니까 말이야."

"내가 왜 촉새야?"

신비는 어이가 없었다.

"지금만 봐도 우리 둘 중에서 밑도 끝도 없이 떠드는 쪽은 너잖아."

"아니거든."

대번에 만덕은 눈을 치떴다.

"…내가 숙직하는 밤에 주상전하께서 찾아오신 적이 있어."

하지만 곧이어 묘한 표정을 지었다.

"너에 대해 하문하시더라."

속절없이 신비의 가슴은 쿵 내려앉았다.

"네가 어딜 갔냐고, 왜 고향으로 내려가지 않고 뜬금없이 사신단을 따라갔냐고…. 한참을 닦달하셨어."

"뭐라고 아뢰었어?"

"난 잘 모르니까 네가 돌아오면 하문하시라고 했지, 뭐."

만덕은 부루퉁했다. 어전에서도 얼마나 뻗댔을지 알만했다.

"…하지만 전하께서는 널 부르지 않으실 거고, 무슨 일이 일어나지도 않을 거야."

불쑥 그녀는 한양을 잠시 떠나기 전에 남겨두었던 쟁점을 고스란히 되살렸다.

"무슨 뜻이야?"

"궁궐 안에 오랫동안 비어있던 전각이 시끌시끌하던데."
"내전 있는 쪽 말이야?"
"그래. 소문으로는, 주상전하께서 새로이 후궁을 맞이하기 위해 보수하시는 거래."
순간 신비는 마른침을 삼켰다.
"여태 장가를 안 드셨으니 교태전은 비어있지만…."
만덕이 중얼거렸다.
"뭐, 어떤 사내든 평생 그런 식으로 살지는 않는 법이니까."
분명 선왕의 삼년상이 끝나면 오래 미뤄두었던 왕후 간택을 추진할 것이다.
다만 이에 앞서 그가 먼저 움직였다니 기분이 이상했다.
"후궁을 맞이한다면…?"
신비는 물색없는 감정을 감추며 물었다.
"아마 그 나인이겠지."
만덕은 대수롭지 않게 대꾸했다.
"예전부터 전하의 정인이라나 뭐라나, 소문이 많았던 항아님."
아마도 도산대비의 궁녀, 정가 이정을 가리키는 것 같았다.
그의 저울질은 끝나지 않았던 걸까? 저도 모르게 힐난 섞인 의문을 품었다.
그러나 사실 신비에게는 마음이 상할 자격조차 없었다.
그가 고백과 함께 내민 가락지를 돌려주었고, 여인이 아닌 의녀로서만 곁에 있겠노라 못을 박은 쪽은 그녀 자신이기 때문이다.
"잠깐만…. 이건 뭐야?"
신비가 골몰하는 사이, 의서를 훅훅 넘겨보던 만덕이 한 구절을 짚었다.

"면부에 붉고 진물이 나는 환부가 생겼을 때, 웅황해독산雄黃解毒散을 따뜻한 물에 타 얼굴을 씻고서 선응고善應膏를 붙이면 낫는다고?"

업의 특성상 한자를 많이 알아 쉬이 읽었다.

"아, 맞아. 외국 사람들이 보는 미용서래."

신비는 황궁에서 얻어온 의서를 새삼스레 흘끔거렸다.

"당장 해봐야겠어."

반짝 만덕이 눈을 빛냈다.

"안 그래도 요즘 달거리 때가 되니까 미칠 노릇이었거든."

그녀의 얼굴은 항상 붉은 자국과 쭉 짜면 흘러내리는 고름으로 성할 날이 없다.

으레 여인들처럼 티 없이 맑은 피부를 흠앙하는 성격이 아닐지라도 응당 괴로울 터였다.

"근데 그 제법은 너무 강해서 탈이 날 수 있대."

신비는 주워들은 대로 십선산과 탁리소독산이 어떻다는 둥 덧붙였다.

"누가 그래?"

"박치수 주부 나리."

"다른 사람도 아니고 박 주부께서 그리 말씀하신다면야…."

불신에 찬 눈빛을 지웠어도 만덕은 망설였다.

"그래도…."

그녀는 제 얼굴에 오돌토돌하게 돋은 뾰루지를 매만졌다. 벌겋게 익어 곧 터질 것 같았다.

하나가 터진 자리에는 두 개가 더 생긴다는 잔인한 현실이 그녀를 고민하게 만들었다.

"역시, 징험(徵驗, 시험)해볼래."

만덕이 의서를 움켜쥐고 벌떡 일어섰다.

"야, 큰일 나면 어쩌려고?"

덩달아 일어서며 신비는 기겁했다.

"약재는 또 어디서 구하고?"

"여염의 약재상에 들르면 되지."

노파심 섞인 만류에도 불구하고 만덕은 뛰쳐나가 버렸다.

하여튼 한 번 뭔가에 꽂히면 저돌적이라고, 신비는 혀만 내둘렀다.

***

밤마다 신비는 웅황에다가 껍질을 깐 파두와 유향, 몰약을 섞어 약을 만들었다.

만덕은 일말의 두려움도 없이 그것을 환부에 바르고 문질렀다. 정녕 효과가 있을지는 한 보름 두고 봐야 알 터였다.

한편, 내의원 분위기는 크게 달라진 게 없었다.

소소한 변화 정도야 있었다. 익히 알던 간병의 두어 명이 마흔 살 직전에서야 쌓은 경력을 인정받아 내의녀로 올라갔다나.

"너희도 좀 심기일전해라."

안타깝게도 내의녀 자희는 그걸 잔소리 소재로 선택했다.

"평생 간병의녀로 살 테냐?"

둥글게 늘어선 어린 의녀들의 태반이 한 귀로 듣고 흘리는 중이었다. 당연히 신비도 마찬가지였다.

"아니, 평생 그렇게 살 수도 없지. 마흔 살이 넘을 때까지 뚜렷한 재주가 없으면 관비로 도로 강등되니까!"

신비는 제 저고리에 일어난 보푸라기를 무척 흥미롭게 여겨 잡아 뜯었다.

"신비 너한테 하는 말이니라."

옆통수에도 눈이 달렸는지 대뜸 자희가 눈을 치떴다.

"아, 저는 마흔 살 되려면 한참 멀었거든요."

신비는 무람없이 맞받았다.

"그리고 열심히 해본답시고 이역만리까지 다녀왔잖아요. 기특하게 여기지는 못하실망정…."

투덜거리다가 등짝을 철썩 맞았다.

"요 깐족거리는 주둥이가 없어서 좋더니만!"

자희는 학을 뗐다.

"에이, 제가 있으니까 좋으시면서 괜히 앙탈 부리십니다."

느물거리다가 신비는 등짝을 한 대 더 맞았다.

"헛소리할 기운 있으면 가서 뽕나무 잎이나 뜯어 와라."

자희가 씩씩거렸다.

"박치수 주부 나리께서 상회수(桑灰水, 뽕나무 잿물)가 필요하시단다."

허드렛일이라도 잔소리를 듣는 것보다는 낫다. 냉큼 신비는 바구니를 챙겨 뛰쳐나갔다.

궐 안에서는 눈만 돌려도 뽕나무가 보인다지만, 임금님의 관상용으로 심은 것은 함부로 건드리면 안 된다.

후원 숲길 너머 깊숙한 자리에 약재용을 따로 심어두었다.

태청문太淸門을 지나 높은 지대로 올라갔다. 인적이 끊긴 숲길은 으슥했다. 노랑지빠귀가 지저귀는 소리마저 울적했다.

그래도 고즈넉한 풍경이었다. 햇살이 맑고 날씨가 포근해 산책하기에 좋았다.

슬슬 뽕나무가 보였다. 몰골이 삐죽삐죽했다. 잎과 껍질이 벗겨졌다가 새싹이 나는 모양이었다.

남아나지 않을 만도 하다. 뽕나무는 쓸모가 많기 때문이다.

두통과 체기를 가라앉히는 효과가 있고, 입병과 눈병에도 좋다.

특히 가지나 뿌리를 태워서 낸 재에 물을 부으면 상회수(桑灰水, 뽕나무 잿물)가 되는데, 그걸로 종기를 씻고 찜질하면 가라앉는다고 배웠다.

신비는 소매를 걷어붙이고 뽕나무와 씨름했다. 너무 어린잎은 내버려 두고 파랗게 익은 잎만 골라냈다.

그러기를 한창 골몰하다가 문득 인기척을 느꼈다.

아니, 정확히는 개 짖는 소리가 들렸다.

금군禁軍조차 쉬이 순찰하지 않을 만큼 후원 너머 깊은 숲속이다. 혹시 떠돌이 들개가 궐 담을 넘고 흘러 들어왔는가 의아했다.

신비는 동작을 멈추고 귀를 기울였다. 한 마리가 아니었다. 여러 마리였다.

그걸 알아차렸을 때는 개떼가 이미 시야에 들어온 뒤였다.

신비는 동물을 좋아하는 편이지만, 눈앞의 녀석들은 마당에서 꼬리를 흔드는 얌전한 강아지가 아니었다.

덩치가 크고 이빨이 사납게 두드러진 사냥개였다.

컹컹 짖으며 달려오는 광경이 살벌해 신비는 얼어붙었다.

"…앉아!"

그때, 웬 사내의 명령이 벼락처럼 내리꽂혔다.

질주하던 사냥개들이 곧장 엉덩이를 땅에 붙였다. 그러고는 다음 명령에 대한 기대감으로 눈을 반짝이며 주인을 응시했다.

"…세자저하?"

신비 역시 개들의 주인을 알아보았다.

선왕의 병상에서 마지막으로 만났을 때와는 모습이 좀 달랐다.

잘생긴 얼굴 한쪽을 거의 덮을 만큼 커다란 습포(濕布, 약에 적신 헝겊)

를 붙여둔 것은 이해할 만했다.

용안에 부스럼이 생겼다고 들었다. 외국의 치료법까지 알아볼 정도라면, 증상이 가볍지는 않을 터였다.

병증을 달래기 위해 평시에도 약을 듬뿍 머금은 습포를 붙이는 모양이다.

한데 검은 말에 올라탄 그의 모습은 한없이 낯설었다. 방구석에서 생떼나 부리던 어린아이는 온데간데없었다.

젊은 왕은 키가 컸다. 넓은 어깨와 얇은 허리는 희고 곱상한 얼굴과 잘 어울렸다.

잘 그린 수묵화처럼 애수 젖은 눈빛에서는 언뜻 위험스러운 붉은 기가 감돌았다. 가볍게 철릭을 걸친 맵시만으로도 곤룡포를 차려입었을 때 못지않게 임금다웠다.

"음, 아니, 이제는…."

생각이 거기까지 이르자 신비는 실수를 깨달았다. 정녕 그는 세자가 아니었다.

"…주상전하!"

신비는 얼른 흙바닥에 무릎을 꿇었다.

"너는 여기서 무얼 하느냐?"

안장에 앉은 채로 왕이 내려다보았다. 사뭇 놀랍고 의아한 기색이었다.

"약재를 취하는 중이었사옵니다."

그의 시선이 뽕나무의 잎과 가지, 뿌리로 가득 찬 바구니를 훑었다.

순간적으로 놀라움을 대체할 다른 강렬한 감정이 용안을 스친 것도 같았는데, 그는 더 이상 아무 말도 하지 않았다.

침묵이 마냥 길어졌다.

"어, 전하께서는 무얼 하시옵니까?"

임금의 거조擧措를 여쭙는 것은 주제넘지만, 그의 의미심장한 시선과 묵묵부답에 지쳐 도리가 없었다.

"사슴을 쫓는 중이다."

마지못한 기색으로 왕이 중얼거렸다.

"…아바마마께서 기르시던 녀석이 있어서."

왜 선왕이 기르던 사슴을 쫓을까? 다소 석연찮은데 신비는 영문을 몰랐다.

"아, 다리가 다 나으면 말과 사냥개를 끌고 산을 달리고 싶다셨지요?"

뭐가 되었든 일단 비위를 맞추었다.

"그거 보십시오. 소망하신 대로 되셨지요? 즐거운 일만 생각하며 재활에 전념하면 된다고 소인이 장담하지 않았나이까."

열심히 들뜬 목소리를 내는데 왕의 반응은 뚱했다.

"그래."

도로 불편한 침묵이 내려앉았다.

"의녀 신비가 성상을 오랜만에 뵙사옵니다."

신비가 막연히 상상한 재회는 이런 게 아니었지만, 주어진 상황 속에서 최선을 다하려는 시도를 포기하지 않았다.

"그간 별고 없으셨는지요?"

뭐라고 말할 듯 입술을 달싹이다가 왕은 미간을 찡그렸다.

"…이만 물러가라."

명백하게도 더는 대화하고 싶지 않다는 표현이었다.

"어, 소인이 물러가라고요?"

신비는 멀거니 되물었다. 한창 뽕나무와 드잡이하는 중인데 도대체 어디로 물러가라는 건지 모르겠다.

애초에 개를 한 무더기 끌고 와서 멀쩡하게 일하는 사람 옆구리를 찌른 쪽은 그가 아니었던가?

"아, 예, 뭐…. 알겠사옵니다."

밑바닥 신세에 별수 없다. 신비는 절을 올렸다. 그러고는 반쯤 채운 바구니를 주섬주섬 챙기고 뒷걸음질 쳤다.

숲에서 빠져나가는 길을 찾으며 그녀는 생각했다.

떠나있는 동안 그의 성격이 변해버린 걸까?

뭐, 전에도 썩 인격자는 아니었다. 오히려 어리광쟁이에 가까웠다. 그래도 그 유치한 일면을 응시하면 답이라도 나왔다.

한데 지금은 전혀 모르겠다.

아파서 죽는 한이 있어도 탕약은 마시기 싫으니 썩 물러나라던 예전 심보와 비슷한 것도 같은데….

부러진 다리가 멀쩡하게 붙은 지금에 와서 또 그래야 할 까닭이 있을까?

어쩌면 그의 마음이 식었는지도 모르겠다.

서로 못 본 시일이 길었다.

그사이에 미완성으로 끝난 입맞춤의 책장을 덮어버렸는지도.

새롭게 펼칠 책장을 찾는 와중에 이미 끝난 사연의 주인공이 나타나 질척거리니까 귀찮아졌는지도.

하긴, 성상께서 후궁을 들이실 것 같다는 이야기를 들었다.

그토록 난리법석을 떨었던 이정이라는 나인을 품으려나 보다.

아니면 양손의 저울질 끝에 아예 비어버린 자리에 새로운 여자를 맞이할 수도 있다.

어느 쪽이든 가능할 터였다. 이제 그는 어느 콧대 높은 여인이 웃고름을 단단하게 묶었던들, 손가락만 탁 튕기면 풀어 내릴 수 있는 임금이니까.

눈가가 서글프게 젖었다.

물색없는 노릇이었다. 오로지 의녀로서만 그의 곁에 있겠다고 마음먹은 쪽은 자신이었으니 말이다.

신비는 얼른 소매 끝으로 눈물을 지웠다.

"…멈춰라!"

그때였다. 등 뒤로 거친 말발굽 소리가 들렸다. 화들짝 돌아보니 고삐를 쥔 왕이 그녀를 쫓아 달려오고 있었다.

"당장 거기 서라고!"

왕이 고삐를 잡아당겨 말을 세우는 동시에 안장에서 뛰어내렸다. 그러고는 달리다시피 성큼성큼 다가와 신비의 손목을 잡았다.

"너! 감히 어딜 가느냐?"

놀랍게도 그는 복장이 터져 죽겠다는 낯이었다.

"물러가라면서요?"

신비는 얼빠지게 반응했다.

"나한테 인사도 없이…."

"금방 의녀 신비가 성상을 오랜만에 뵙는다고 인사 올렸는데 무시하셨잖아요?"

슬슬 왕이 젊은 나이에 매병(呆病, 치매)이라도 걸렸는지 의심스러웠다.

"사람 속을 다 뒤집어 놓고는 나타나서 태평하게 한다는 소리가 뭐?"

어차피 그는 신비의 무람없는 반문을 듣지도 않았다.

"소망하는 대로 되셨어?"

아니다. 그는 전혀 다른 이야기를 하는 중이었다.

“그래, 날 내팽개치고 멀리 가버리니까 좋더냐?”

온전한 작별도 없이 이루어진 이별에 앙심을 품고서.

“잘난 박치수 나부랭이랑 죽이 아주 잘 맞았느냐고!”

비로소 신비는 아까 그가 왜 그렇게 무뚝뚝하게 굴었는지 깨달았다.

기껏 귀환 인사를 올리랍시고 인정문까지 불러놓고 알은체도 하지 않은 까닭 역시 이해했다.

그는 완전히 삐친 것이다.

“너 지금 속으로 내가 삐쳤다고 생각하고 있지?”

왕이 물었다. 하여튼 눈치 하나는 빠르다.

“아닌데요.”

“나 안 삐쳤다!”

습관처럼 냉큼 부정했지만 씨알도 안 먹혔다.

“화가 났을 뿐이다!”

“그게 뭐가 다른지…?”

무심코 구시렁댔다가 상대의 표정을 본 신비는 얼른 입을 다물었다.

“너, 어떻게 그럴 수 있느냐?”

그러자 왕이 기세를 높였다.

“멀리 간다는 인사도 없이 날 혼자 버려두고선….”

다만 대중없는 분노는 펑 터지지 못하고 연약한 나무람으로 이지러졌다.

신비는 그의 입장에 서보았다.

만성적으로 회피를 일삼는 성격에 기껏 용기를 쥐어짜 연심을 고백했다.

하지만 이 대중없는 계집이 입맞춤은 허용해놓고, 품에 안기기는 또 거부했다.

어머니의 유품이라며 내민 선물도 쳐냈다. 먼저 해야 할 이야기가 있다는 둥 선소리를 주절대면서 말이다.

하면 어디 한번 들어보마 약조했더니, 돌연 붙잡아 올 수도 없이 먼 길로 튀어버렸다.

과연 삐칠 만도 하다.

안 그래도 유치한 성격에 앙심을 품을 만도 하고.

"소인은 전하께서 혼자가 되도록 버리지 않았사옵니다."

차근차근 풀어나갈 몫은 신비에게 있었다.

덩치만 컸지, 실상은 앙탈하는 어린아이를 달래는 심경으로 접근해야 할 터였다.

"선왕께서 승하하신 게 소인의 잘못이었나이까?"

"그건 아니지."

즉각 왕은 고개를 저었다.

"하온데도 조정에선 약방이 책임을 져야 한다기에 소인은 물러났사옵니다."

"…그렇지."

"기왕 물러나는 김에 의관을 따라 외국에 가서 약재를 조사해오라기에, 또 시키는 대로 했사옵고요."

"싫다고 했어야지!"

이번에는 그가 수긍하지 않고 끼어들었다.

"그렇게 멀리 안 간다고, 고향으로 내려보내 달라고 했으면…."

"그랬으면 곤장밖에 더 맞았겠나이까?"

신비는 손쉽게 생떼를 격파했다.

"소인은 전하처럼 존귀한 존재가 아니옵니다. 설령 싫어죽겠고 원하지 않는 일이라도, 위에서 하라면 해야 하옵니다."

너무나 옳은 소리라서 왕은 말문이 막혔다.

"그나마 다행이라면, 싫어 죽겠거나 원하지 않는 일은 아니었다는 것이옵니다."

"날 두고 떠나서 좋았다는 뜻이냐?"

"관비 시절을 보낸 장단으로 돌아가느니, 전하의 어환을 치료하는 데에 보탬이 될 수 있어 좋았다는 뜻이옵니다."

신비는 차분히 반박했다.

"그래도…."

"장단에는 관비였던 소인을 지독하게 괴롭히던 사람이 있었나이다."

어떻게든 떼를 쓰려는 그를 곧장 막아섰다.

"하여 거기로는 절대 돌아가고 싶지 않았사옵니다."

"뭐라고?"

"아무리 오랜 세월이 지났더라도…. 차마 소인이 감당할 수 없는 감정의 골이 남았기 때문이옵니다."

"…누구냐?"

흠칫 놀란 왕은 금방과는 또 다른 분노로 물었다.

"도대체 누가 널 그렇게 괴롭혔느냐?"

"옛날 일이옵니다."

신비는 되새기고 싶지 않았다. 과거의 잔상이 뇌리만 스쳐도 모골이 다 송연했다.

"감당할 수 없는 마음의 상처가 남았다며?"

왕은 그녀가 무의식적으로 떠는 어깨를 놓치지 않았다.

"예, 하오나 결국에는 새살이 돋을 것이옵니다."

신비가 말했다.

"소인은 복수심을 곱씹는 대신, 복숭아를 받고 오얏을 나눠주는 사람이 되기로 결심했으니까요."

더 끌수록 좋을 구석이 없는 화제에서 벗어나 본래 궤도로 돌아왔다.

"하여 소인은 그동안 잘 지냈다고 아뢰는 것이옵니다."

뒤늦은 인사를 올리듯 신비는 허리를 숙였다.

"전하께서도 다시 해보시지요."

그러고는 명랑하게 덧붙였다.

"의녀 신비가 성상을 오랜만에 뵙사옵니다. 그간 별고 없으셨는지요?"

꼭 어린아이 하나를 어르고 달래 키워내는 기분이었다.

"…정녕 당해낼 재간이 없군."

다행이라면 이 커다란 어린아이가 마지못한 척 녹아내렸다는 점이다.

"난 전혀 잘 지내지 못했다."

잔뜩 삐친 가면 아래로, 연약한 민낯이 빼꼼 드러났다.

"…네가 옆에 없었으니까."

한때는 서로 동질감을 느낄 때도 있었다.

그는 막강한 군왕의 권력을 계승하기 위해 벼랑 위 시험대에 서 있었고, 그녀는 밑바닥에 엎드린 계집이었다.

이제 그 동질감은 사라졌다.

그는 더 이상 시험대에 설 필요가 없었다. 진실로 태산의 정상에 우뚝 서서 아래를 내려다보는 만인지상의 지존이다. 그리고 그녀는 여전히 밑바닥에 엎드린 계집이다.

한데도 막상 두 사람의 관계는 변하지 않았다.

그가 제아무리 국본이라도, 더 나아가 지존이라도….

이 밑바닥에 엎드린 계집 하나만은 어쩔 수 없었다.

그래서 그는 스스로 태양이라는 사실조차 잊고, 대신 한 송이 규화葵花가 되어 오히려 그녀의 햇살을 갈구하였다.

흉포한 사냥개들을 앞서 달리던 우두머리의 위세마저 잊고, 갓 알을 깬 병아리가 되어 어미 닭을 추종하였다.

"행여 다음에 또 날 두고 도망간다면…."

왕이 말했다.

"무슨 수를 써서라도 반드시 붙잡아 올 것이다."

유효한 선전포고처럼 들렸다. 그리고 어쩐지 그의 불안감이 근거 없는 집착처럼은 느껴지지 않았다.

심지어 신비조차도 까닭 모를 예감이 들었다.

언젠가 자신이 그로부터 도망칠 일이 생긴다면, 그가 맹렬하게 뒤쫓아 올 것 같다는….

"붙잡아다 어쩌시게요?"

공연한 기분을 지우기 위해 농을 던졌다.

"모른다."

그가 말했다.

"아무튼 내 옆에 있어라."

왕이 눈시울을 붉혔다.

"내가 솔직하게 대할 수 있는 사람은 오직 너뿐이니까…."

"오직 소인만이 전하의 망가진 모습을 죄다 봐서요?"

부디 눈물이 되지 않기를 바라는 마음으로 신비는 너스레를 떨었다.

"…그래."

슬쩍 눈을 치떴지만, 그는 토라지진 않았다.

"오직 너만 나의 번드르르한 겉껍데기 속 추하고 모난 알맹이를 다 아니까."

도리어 그가 진지하게 받아들이는 바람에 농담은 퇴색되고 말았다.

"모나신 것은 맞사오나…."

신비가 한 걸음 다가섰다.

"추하지는 않사옵니다."

그녀가 단호하게 말했다.

"지존이기 전에 사람이시옵니다. 그리고 본디 사람이란 그럴듯한 얼굴로 전혀 그럴듯하지 않은 속내를 감추는 법이옵구요."

농을 거두고 진지하게 화답하는 태도에 왕은 도리어 부끄러워했다.

"위로하려거든 모나지도 않다고 해야 하는 거 아니냐?"

"소인은 양심이 있어서 그런 거짓말까지는 못 하겠사온데요."

한결 가벼워진 분위기를 타고 신비는 까불었다.

"전하께서도 양심이 있으시다면 스스로 모난 성정은 좀 인정하셔야…."

"잘 나가다가 꼭 초를 치는구나."

왕이 투덜거리자 신비는 웃음을 터트렸다.

"잘하셨사옵니다."

"뭐를?"

"지금의 재회가 아까 저기서 한 재회보다는 낫사옵니다."

새삼스레 왕은 상황을 둘러보았다.

외딴 풍경에 드리운 짙은 녹음. 얌전히 앉아 꼬리를 흔들며 미묘한 관계의 두 사람을 지켜보는 개와 말. 순간 격분해 뒤따라와서는 붙잡은 손목까지….

"그렇군."

진실로 어쩔 수 없다는 듯 그 역시 피식 웃고 말았다.

"퉁퉁 불어 터진 국수처럼 삐친 표정보다는 웃는 용안이 잘 어울리시옵니다."

이번에도 속절없이 신비는 그의 웃음을 좋아했다.

"아무리 그래도 그렇지, 임금더러 불어 터진 국수가 뭐냐?"

"먼저 의녀한테 불어 터진 국수라 하셨기에 듣고 배웠나이다."

신비는 무람없이 받아쳤다.

"좋은 것은 안 배우고 꼭…!"

왕이 눈을 흘겼다.

"그렇지만 용케 아첨은 하는구나. 지금 내 몰골은 분명 흉측할 터인데."

"어째서요?"

"떡하니 붙인 흉물이 보이지 않더냐?"

왕은 용안의 절반을 가린 습포를 가리켰다.

"소인이 환부를 보도록 윤허하소서."

이역만리에서 제법을 찾아 전전긍긍했지만, 막상 그 어환을 본 바 없어 여쭈었다.

"안 된다."

왕은 싫은 티를 냈다.

"너무 못생겨서 보여주고 싶지 않다."

"전하께선 백날 잘생기셨으니 하루쯤은 못생기셔도 괜찮사옵니다."

신비는 능구렁이처럼 달랬다.

"흠! 그래?"

하여튼 우습게도 그는 홀랑 넘어왔다.

"하긴, 내 얼굴이 박치수 나부랭이보다 훨씬 낫지?"

"여기서 주부 나리는 또 왜 나온답니까?"

신비는 쓸모없는 경쟁심을 귓등으로 흘리며 용안의 습포를 거두었다.

"…괜히 의관을 외국까지 보내신 게 아니셨나 보옵니다."

울긋불긋한데다가 고름이 꽉 찬 환부를 본 신비가 중얼거렸다.

"그러게 보이기 싫다니까."

심각한 그녀의 반응에 왕이 얼른 얼굴을 습포로 덮었다. 감추려고 용쓰는 태도에서 조바심이 느껴졌다.

그게 그의 본질이었다.

겉으로는 잘생기고 잘난 척을 열심히 해도, 속으로는 행여 누가 번드르르한 겉껍데기 속 추하고 연약한 알맹이를 꿰뚫어 볼세라 겁내는 것이다.

이는 곧 버려지는 것을 겁내어, 차라리 먼저 버리고자 하는 필사적인 회피로 이어졌다.

"내 얼굴은 됐다."

차마 그 본질을 덧들일 수 없어 망설이는 사이, 왕이 선수 쳤다.

"…우리, 해야 할 이야기가 있지 않더냐?"

"그날, 내가 약조를 지키지 못했지."

왕은 사흘 뒤에 불러주면 비밀을 가르쳐주겠다고 다짐한 그 약속을 가리켰다.

"아바마마의 용태가 갑자기 악화하여 자식 된 도리로 병상을 지켜야만 했다."

"알고 있사옵니다."

짐작이 옳았다는 안도감으로 신비는 끄덕였다.

"다시 약속을 잡아도 괜찮겠느냐?"

앞세우는 질문에는 조바심이 섞여 있었다.

"네 마음이 변하지 않았다면…."

"전하의 성심은 변치 않으셨사옵니까?"

불쑥 신비가 물었다.

"후궁을 맞이하실 예정이라고 들었사옵니다."

"…뭐?"

왕은 금시초문이라는 반응이었다.

"오래도록 묵힌 전각을 보수하는 중이라면서요? 후궁을 들이기 위해서라는 소문이 자자하던데요."

"무슨 그런…!"

벌컥 따지려다 말고 그는 오묘한 표정을 지었다.

"그런 소문을 듣고 넌 아무렇지 않으냐?"

"예?"

"우리 사이에는 이제…, 내가 너에게 고백한 연심과 입맞춤이 있는데."

그는 싱거운 신비의 표정을 서운한 듯 응시했다.

"정녕 아무렇지 않으냐?"

"소인이 투기하기를 원하시옵니까?"

"아니, 투기까지는 아니더라도…."

왕은 불편한 표정을 지었다. 투기라는 낱말에 필연적으로 동반하는 어미의 존재가 거슬리는 모양이다.

"그래도…. 아주 조금쯤은…?"

우물쭈물 흐리는 말끝에서 간절한 바람이 묻어났다.

"내 마음은 변하지 않았다."

이내 그는 훨씬 명확하게 우길 만한 감정을 꺼냈다.

"넌 내 인생에서 좋은 부분이다."

이제는 임금이 된 사내의 입술에서 흘러나오기에 선언의 무게가 더욱 무거웠다.

"넌 좋은 부분을 전체로 확대하지 못한다 해도…. 난 억지를 부릴 수 있다."

"정녕 전하의 불을 옮겨붙여 소인을 파괴하고 싶으시옵니까?"

그래도 신비는 그 무게를 똑바로 직시했다.

"소인의 마음도 변치 않았다는 뜻이옵니다."

당연히 설명하기 전에 그는 알아들었다.

"…너는 나를 연모하지 않느냐?"

그렇기에 종전의 질문을 보다 핵심적인 의문으로 탈바꿈시켰다.

"마찬가지로 변치 않았다는 너의 마음은 나와 다르더냐?"

신비는 입술을 깨물었다.

연심이라 일컬어야 할지 줄곧 자문해 왔는지도 모르겠다.

처음 그에게서 동정심을 느꼈을 때부터, 그보다 강렬한 투쟁심을 느꼈을 때부터, 그리고 모든 감정이 속살과 다리 사이의 열망으로 번져 숨을 헐떡일 때부터….

그렇지만 답을 내리기 전에 반드시 짚어야 할 문제가 있다. 하여 들끓는 의혹 속에서 번번이 헤매기만 했다.

그는 미처 모르는 것이다.

그가 수틀리기도 전에 회피해버리는 것처럼, 그녀도 자칫 강렬하게 일어날 법한 감정을 미리 억누른다는 것을.

얼핏 달라 보이지만 결국 서로 비슷한 방어기제를 지녔다는 사실을.

"…먼저 전하께 아뢸 이야기가 있사옵니다."

신비는 다시금 수면 아래를 짚었다.

"잘 알겠다."

한데 왕은 그녀의 묵묵부답을 성급하게 결론지었다.

용안이 도로 퉁퉁 불었다. 간신히 달랬더니 도로 삐쳐버린 꼴이다.

"넌 나와 같은 마음이 아닌가 보다."

"전하, 일단 먼저 들어주시면…."

"하면 네 소원대로, 내 오늘 밤에라도 궁녀에게 승은을 주어 후궁으로 삼아야겠다."

하물며 또 익숙한 회피 습관을 꺼내 들었다.

그가 붙잡았던 손목을 놓았다. 비록 손자국은 남지 않았으되 남긴 체온만은 여실했다.

그러고는 도로 말에 올라타 사냥개들을 이끌고 떠나버렸다.

밤새 신비는 잠을 이루지 못했다.

같은 달을 맞이한 그 시각에, 왕이 정녕 호언장담한 대로 다른 여자를 품에 안았을지 생각했다.

그리고 그딴 생각에나 골몰하는 자기 자신을 한심하게 여겼다.

이러구러 새벽닭이 울자 억지로 눈을 붙이려던 것조차 포기하고 일어났다.

대신 공연히 장독대 근처를 어슬렁거렸다. 파헤쳤다가 외국행에 오르기 직전에 다시 묻어둔 것들이 그대로였다.

"…뭐해?"

마찬가지로 홰치는 소리에 깬 만덕이 눈을 비비며 나왔다.

"간장독 끌어안고 청승 떨어?"

눈치 없고 찬바람만 쌩 부는 만덕의 성격에 고맙기는 처음이었다. 하여튼 행간이라고는 전혀 못 읽는 물음에 신비는 천연덕스럽게 대꾸했다.

"그래, 모처럼 감성 돋아서 그런다. 왜."

"웬 감성?"

시답잖은 소리에 만덕은 혀를 끌끌 찼다.

이내 만덕은 물동이를 길어와 얼굴을 씻었다. 간밤에도 부스럼에 약을 바르고 잤다.

"만덕아, 너 면부가…!"

한데 세수한 벗의 얼굴을 본 신비는 깜짝 놀랐다.

"왜, 뭐가 달라졌어?"

대번에 만덕은 눈을 번뜩이더니 경대를 들여다보았다.

"…정말 효험이 있네!"

마침내 그녀도 신비와 똑같은 광경, 고질병처럼 시달리던 고름과 종기가 한결 가라앉은 제 얼굴을 마주했다.

"네가 명나라에서 가져온 의서가 정말로 통한 거야!"

만덕은 환희에 차 외쳤다.

"그러니까. 솔직히 반신반의했는데…."

신비는 혀를 내둘렀다.

만덕이 약을 바른 처음 며칠 동안에는 고름이 줄줄 터져 나왔다. 그런데다가 가려워 죽겠다기에 걱정이었다.

한데 선응고를 서너 번 갈아붙이자 나날이 차도가 보였다.

노상 벌겋게 성나있던 면부의 종기가 희게 가라앉은 것이다.

꽉 차올라 몸부림치던 고름도 사라졌다. 심지어 하나가 터진 자리에 두 개가 생긴다는 법칙마저 깨졌다.

진실로 만덕의 피부는 깨끗하게 치료되는 중이었다.

"내 일지가 어디 있지?"

냉큼 만덕은 방을 뒤져 붓과 서첩을 찾아냈다.

"고름이 빠진 자리에는 쌀알 크기의 작은 구멍이 두 개 남고…."

그녀는 치료 과정까지 꼼꼼히 기록했다. 장차 의서인지 뭔지를 쓰겠다더니, 제 육신마저 바치며 불태우는 셈이다.

"여전히 고름이 차 있는 종창腫脹은 개암 열매 정도 크기로 줄어들었다…."

연신 경대를 들여다보며 그녀는 중얼거렸다.

"…아주 좋아!"

마침내 서첩을 탁 덮으며 만덕은 흡족해했다.

활기찰수록 도리어 성가신 벗과 함께 출청했다.

한데 내의원 분위기는 또 만덕과 정반대였다. 실내에도 먹구름이 낀 양 우중충했다.

어의를 비롯한 의관들과 의녀들이 심각하게 얼굴을 맞대고 있었다.

개중에서도 제일 죽상은 놀랍게도 의관 박치수였다.

"저기, 괜찮으시옵니까?"

머뭇거리며 신비는 다가갔다.

"안색이 영 안 좋으신데…."

"…주상전하의 어환이 더 심각해졌다."

치수가 다소 절망적으로 화답했다.

"도통 차도를 보이시지 않아."

"명나라에서 제법을 여러 가지 배워오셨잖아요?"

"그래, 벌써 세 가지를 다 썼는데…. 하나도 듣지 않았다."

도성으로 귀환할 때만 해도 그는 왕을 치료할 수 있겠다며 기뻐했었다.

한데 이제 보니 그때의 희망찬 전망은 물에 씻은 듯 사라지고 없었다.

"정확히 어떤 제법들이었습니까?"

"일단 면창을 다스리는 혈에 침을 놓은 후 상회수로 환부를 씻었지."

치수가 메마른 손으로 제 턱을 초조하게 문질렀다.

"그러고 나서 처음에는 석회망초(石灰芒硝, 황산나트륨류 광석)로부터 얻은 한수석 가루를 썼다."

찬 성질로써 열과 염증을 가라앉히는 약재다.

"한데 썩 신통치 않기에 호동나무의 눈물에서 얻은 호동루胡桐淚 가루로 처방을 바꿨고…."

마찬가지로 성분이 차가워 열독에 효험이 있다.

"그래도 차도가 보이지 않기에 마지막으로 웅황雄黃 가루를 올렸지."

웅황 가루는 앞선 두 가지와 달리 성분이 따뜻하며 독이 있다. 일말의 독성이 종기의 독을 녹일 수도 있으니, 분명 시도할 만했다.

"역시나 허사였습니까?"

"그래. 심지어 그 셋을 동시에 처방하기까지 했지만…."

절레절레 치수는 고개를 저었다.

신비는 그가 틀렸다고 생각하지 않았다. 이역만리까지 가서 임금의 체질과 현실성을 고려해 엄선한 처방이었다.

다만 그럼에도 불구하고, 사람마다 피부와 체질이 달라서인지 왕에게는 통하지 않았을 뿐이다.

"나 때문에 약원의 입장까지 무척 곤란해졌다."

치수는 난처한 기색이었다.

"이러다가는 아무래도…."

"…주부 나리."

불길하게 속삭이려는 찰나, 내의녀 자희가 바투 다가왔다.

"그래, 어전에 입진할 시각인가?"

애써 어두운 낯을 지우고 치수가 벌떡 일어섰다.

"예. 한데 그전에…."

자희는 약원 바깥문을 흘끔거렸다.

"도승지께서 오셨습니다. 주부 나리를 찾으십니다."

시선을 따라가고 보니, 위엄 있어 보이는 사내가 내의원 제조며 부제조, 어의와 함께 서 있었다.

"역시…."

대번에 치수는 사색이 되었다. 하지만 평소와 다를 바 없이 우직하고 올곧은 얼굴로 일어섰다.

“걱정이다.”

치수의 뒷모습을 보며 자희가 중얼거렸다.

“곧 파직되실 것 같은데…. 설마 귀양까지 가진 않으시겠지?”

“예에?”

신비는 깜짝 놀랐다.

“기껏 나라에서 재물을 들여 의관을 등 따숩고 배부르게 외국까지 보냈는데 소득이 없으면….”

자희는 혀를 끌끌 찼다.

“당연히 등 따숩고 배불렀던 사람이 책임져야 하지 않겠느냐?”

“그렇지만 주부 나리께서는 최선을 다하셨는걸요?”

“누가 그걸 알아주겠느냐? 안 그래도 세상 사람들은 의원이라면 뚝딱 병을 치료해 주기만 바라는데.”

응당 신비는 말문이 막혔다.

“기대에 못 미쳤을 때 값을 크게 치르는 게 우리의 업이지.”

자희는 씁쓸하게 덧붙였다.

“아무튼 마침 잘됐다. 네가 먼저 대전에 입진해라.”

돌연 자희가 태도를 바꿨다.

“용안을 살펴보고 아침 약을 발라 드릴 시각이거든.”

“어어, 정말 제가요?”

어전에는 당연히 어의와 어의녀가 입진해야 한다.

아니면 박치수처럼 동궁 시절부터 왕을 보필하는 데에 특화된 의관이라거나.

“상감마마께서 너한테는 곁을 주시지 않더냐?”

자희의 시선이 묘했다.

"그러니까 네가 먼저 가서 전하를 좀 달래 보렴. 이따가 승정원과 내의원 제조께서 어전에 입시하기 전까지…."

어두운 경고가 따라붙었다.

"주부 나리께서 무사하시려거든, 주상전하께서 조정의 뜻에 맞서 최대한 보호해주셔야만 할 테니까."

이는 분명 치수를 위해 할 수 있는 일이었다.

이미 치수가 여러 차례 자신을 도와준 데 대한 작은 보은이라도 될 수 있다면….

"알겠습니다."

신비는 의연하게 받아들였다. 유감스럽게도 전날 왕과의 재회가 썩 아름답게 마무리되지 못했지만 말이다.

"저기, 혹 간밤에 궁녀가 승은을 입었다든가…. 그런 소문은 없습니까?"

"뭐?"

자희는 뜬금없다는 반응이었다.

"주부 나리 좀 도우라니까 웬 자다가 봉창 두드리는 소리야?"

"아니, 그러니까 다 이유가 있어서 두드리는 봉창인데…."

되지도 않는 설명을 하려고 용쓰다가 등짝만 맞았다.

***

이른 시각인데 왕은 진즉 기침한 기색이었다. 기 빨리도록 빼곡한 상소문을 읽는 중이었다.

"의녀 신비가 상감마마께 문후 여쭈옵니다."

용안이 썩 좋지 않았다.

환부를 다스리기 위해 낯의 반쪽을 덮은 습포야 그렇다 쳐도, 찌푸린 이마와 불그스름한 눈가에서는 피로감이 묻어났다.

접때 만덕의 이야기가 옳았다.

즉위한 이래, 젊은 왕은 꽤 성실하게 국정을 이끌어왔다.

그는 새벽 일찍부터 정무를 봤다. 스스로 나태해질 것을 경계한다는 뜻을 여러 차례 조정에 내비쳤다.

심지어 선왕 치세 말년 해이해진 사가독서(賜暇讀書, 전도유망한 젊은 관료에게 휴가를 주고 독서당에서 학문을 닦게 함) 등 좋은 제도도 제대로 시행하라고 명했단다.

간혹 잔머리를 굴려 경연 정도는 빠진다지만, 애초에 신하들에게 훈계를 들으라는 취지의 경연을 좋아할 임금은 없으니 큰 흠결은 아니었다.

내심 걱정했음에도 그는 임금 노릇을 곧잘 했다. 덕분에 신비는 참 다행이라고 생각했다.

"네가 웬일이냐?"

그는 구구절절한 종잇장에서 눈을 뗐다.

"어의와 박치수는 어디 가고?"

"음, 분주한가 보더라고요."

적당히 둘러대려다가 실수했다. 약방에서 임금의 병을 살피는 것보다 더 중한 일이란 없을진대 말이다.

"하긴, 좀 바쁠 필요가 있겠지."

다행히 왕은 부정적으로 듣지 않았다.

"지긋지긋한 면창이 낫질 않으니까."

다만 약간 다른 방향으로 심통이 난 눈치였다.

"그리고 그 때문에 또 빌미를 잡혔으니, 원!"

"빌미를 잡히다니요?"

"조만간 대간(臺諫, 사헌부와 사간원의 언관)들이 난리를 칠 거다."

"무엇을 주청하려는데요?"

"백성의 고혈이 들어간 만큼의 성과를 내지 못하는 의관 박치수를 파직하라는 것이지."

"주부 나리께서는 최선을 다하고 계시옵니다."

"의관 나부랭이한테 억하심정을 품은 게 아니다."

왕은 자희와는 사뭇 다른 의견을 피력했다.

"…나를 꺾고 싶어서 건수를 잡는 것이지."

"전하를요?"

"내 아바마마께서는 본디 국본으로 탄강하지 않으셨다. 그냥 종친에다가 차남이셨지."

복잡한 이야기의 문두가 열렸다.

"한데 어쩌다 보니 임금으로 즉위하셨다."

그나마 길고 다사다난한 사연은 함축했다.

"보위에 오르신 것까지는 좋았는데…. 아무래도 정통성이 좀 떨어지니까 신경이 곤두설 때가 많으셨다."

"어떻게요?"

"부족한 근본을 만회하기 위해 항상 성실하고 정진하는 임금을 자처하셨어. 신료들이 불손해도 참는 너그러운 군왕이셨고."

왕이 혀를 끌끌 찼다.

"그러다 보니 관대한 임금에 익숙해진 신료들이 선을 넘는 경우가 많았지."

"선을 넘다니요?"

"노상 잔소리를 일삼다가 실수하면 맹비난을 가하고, 잘해도 트집을 잡았지. 그래도 아바마마는 전부 참으셨어."

이내 그가 주먹을 꽉 쥐었다.

"…한데 이제는 나한테까지 그런 임금이 될 것을 요구하는 중이다."

신비도 얼핏 주워들은 이야기가 있었다.

바로 지금 왕의 치세는 줄다리기의 연속이라는 소문이었다.

대간들은 군약신강君弱臣強을 꿈꿨다. 새로운 임금을 선왕처럼 성실하고 져주는 임금으로 만들고자 하였다. 그래서 즉위하고서부터 충돌이 잦았다.

"어리석기는! 난 아바마마와 달라."

과연 왕은 분통을 터트렸다.

"교태전에서 탄강한 적장자라고!"

모후가 폐비라는 약점조차 물리칠 완벽한 정통성이었다.

"감히 날 입맛대로 길들이려 하다니…."

비로소 대간이 왕을 꺾고 싶어 한다는 말씀의 의미를 헤아렸다.

"…이는 곧 위上를 가벼이 여기는 습관이 아닌가?"

순간 왕의 눈이 붉게 빛났다. 오금이 저리도록 형형한 빛깔이었다.

"음, 전하를 어떻게 못살게 굴었는데요?"

일단 좀 달랠 요량으로 신비는 더듬더듬 물었다.

"즉위한 이래 내가 하는 일마다 사사건건 트집을 잡는 중이지."

왕이 분기탱천했다.

"아바마마의 묘호(廟號, 임금의 시호)를 정할 때도, 힘겨루기할 속셈으로 기껏 내가 고른 글자를 반대하더라."

그가 이를 갈았다.

"여태 무시당했던 폐비의 기일을 챙기고 소찬(素饌, 고기가 없는 소박한 반찬)이나마 올리도록 명했을 때도 발작하더니만…."

신왕이 뿌리를 높여 위상을 다잡는 일이야 색다를 게 아니다. 한데도 대간들은 격렬하게 반대한 모양이다.

당신의 사후에도 결코 폐비를 높이지 말라던 선왕의 뜻에 반하는 행동이라는 명분을 내세우면서 말이다.

"그래도 난 기어코 아바마마의 묘호를 내 뜻대로 정했다."

왕이 말했다.

"또한 아예 내 모후인 폐비를 추존하고 버려진 묘소를 천장(遷葬, 묘를 이장함)하라고 명했지."

반대당할 때마다 보란 듯이 더 세게 나갔다는 뜻이다.

"…괜찮으시겠사옵니까?"

신비는 걱정이 앞섰다.

"뭐, 대간들에게는 선왕의 유지라는 강력한 명분이 있지."

정통성이 바르게 선 강한 임금으로 발돋움하는 데에 가장 큰 장애물이, 바로 부왕의 유언이라는 모순만은 어쩔 수 없는 셈이다.

"…하지만 난 내 어미의 아들이다."

왕이 울컥했다.

"십수 년째 방치된 폐비의 묘소를 둘러본 내시가 고하더라. 봉분이 허물어져 해골이 삵에게 먹힐 지경이라고…."

분노 사이로 끔찍한 슬픔이 보였다.

"아들인 나마저 모른 척한다면, 도대체 누가 그 불쌍한 여자를 챙겨주겠느냐?"

신비는 입술을 깨물었다.

"설령 반대하면 용서 없이 참하겠다고 경고해도 들어먹지를 않더라."

곧 왕은 허탈하게 웃었다.

"폐비의 신주와 사당을 새로 세우는 문제로 쭉 설왕설래하는 중이거든."

조정의 강력한 저항 수단인 집단 사직이 이미 여러 차례 반복되었다고 한다.

임금에게 언관言官의 집단행동은 크나큰 부담이다.

자칫 국정이 마비되고 암군으로 낙인찍히기 쉽다. 사직을 거두고 돌아오라 애원하는 것만으로도 왕권은 추락하기 십상이다.

"마음대로 하라지!"

소모적인 언쟁에 왕은 진저리쳤다.

"찍어 눌러 봤자 결국 난 강력한 군왕이 될 테니까."

서슬 퍼런 그 다짐은 소망이자 예언이었다.

"다만 아직은 하나를 얻으려면, 다른 하나를 내어주어야 할 만큼 약한 임금이지."

흉흉하던 기세가 한풀 꺾였다.

"지지부진한 폐비의 추승 문제를 내 뜻대로 끌고 가려면…. 적어도 다른 부분은 져주는 시늉이라도 해야 해."

"어환을 못 고치는 박치수를 파직하라는 주청을 받아주셔야 한다는 말씀이지요?"

신비는 요점을 이해했다.

"…어쩌면."

왕은 거칠게 눈가를 문질렀다.

"왜, 박치수를 흠모하는 너에게도 가혹한 처사겠느냐?"

불쑥 그가 맹렬한 시선을 쏘았다.

신비는 잠시 고민했다.

보은하기 위해서라도 당연히 치수의 편을 들고 싶었다. 부디 그를 보호해달라고 간청하고 싶었다.

하지만 잠깐 사이에 알게 된 왕의 고뇌에도 공감했다. 그는 어미를 잊으라고 강요하는 세상에서 외롭게 버티고 있었다.

"예, 그렇사옵니다. 가혹하옵니다."

이내 신비는 느끼는 그대로 대답했다.

"하오나 소인은 주상전하 역시 걱정하고 있사옵니다."

무릎으로 기어가 용안의 환부에 덮어둔 습포를 뗐다. 왕은 내키지 않는 표정이었으되 거부하지는 않았다.

전날보다 예후가 안 좋았다.

신비는 상회수를 묻힌 천으로 우둘투둘 돋아난 종기를 살살 문질렀다. 고름이 꽉 차서 벌겋게 성난 것을 가라앉힐 요량이었다.

"…똑같구나."

왕이 중얼거렸다.

"아픈 날 보살피는 너의 손길."

그리웠다는 듯한 속삭임이었다. 물색없게도 신비의 가슴마저 간질거렸다.

"…간밤에 궁녀에게 승은은 아니 입히셨사옵니까?"

그 바람에 미처 정돈하지 못한 감정을 내비쳤다. 질투라는 납작한 낱말로 정의하여도 할 말이 없었다.

"승은은 무슨…."

먼저 으름장을 놓을 땐 언제고, 그는 혀를 내둘렀다.

"됐다! 여자는 한 명만으로도 머리 터지겠다."

그러고는 새치름하게 덧붙였다.

"내 팔자에는 기껏해야 죽어도 날 사내로 안 보겠다는 의녀 하나뿐일 테지."

"소인이 언제 그랬나이까?"

투정을 부린다면야 차라리 편했다.

"오히려 감히 전하를 사내로 보는 바람에 그 품과 입맞춤에 유혹되어 버렸다니까요."

"유혹된 여인치고 넌 너무 싱겁다니까."

그가 평온을 가장한 신비의 얼굴을 못마땅하게 흘겼다.

"…무슨 생각을 하는지 도통 모르겠단 말이다."

"본디 다른 사람의 생각은 알기 힘든 법이옵니다."

"그렇지만 넌 내가 무슨 생각을 하는지 훤히 들여다보면서…."

왕이 얼굴에 약을 발라주는 그녀의 손을 붙잡았다.

"불공평하다."

절박한 시위나 다름없었다.

비록 왕이 눈치채지 못했더라도, 신비 역시 초조했다.

그녀의 나약한 가슴은 갈팡질팡하는 중이었다.

더 이상 다른 사내가 제 운명을 좌우할 수 없도록 혼자 서겠다고 다짐했다.

그러면서도 한편으로는 이대로 그가 자신을 잡아주기를 바랐다.

그의 손아귀가 거친 만큼 따뜻하기 때문이다.

그녀의 인생은 정상과 밑바닥을 오가고도 희망을 완전히 버리지 못했기 때문이다.

약을 바르던 손길은 멈췄고, 두 사람이 얽힌 긴장감은 팽팽했다.

어떤 식으로든 깨뜨릴 수 있었겠지만, 정작 문밖의 고함으로 부서질 줄은 몰랐다.

"…주상전하!"

훼방꾼은 대전의 환관이었다.

"약원이 입시를 청하옵니다."

"들라 하라."

마지못해 신비의 손을 놔주는 어수에 미련이 짙었다. 그래도 왕은 성가신 일부터 빨리 치워버리겠다는 눈치였다.

승정원의 승지들이 내의원 제조, 부제조와 함께 들어왔다.

그 뒤를 어의를 비롯한 의관들이 따라왔다. 개중에서도 잔뜩 긴장한 표정의 치수가 보였다.

신비는 한 걸음 물러나 무릎을 꿇었다.

사내들이 둘러앉아 어환을 살폈다. 차분하게 어의의 진맥도 들었다.

치수의 제법을 쓰기 전과 용태가 달라진 바 없다는 결론이 나오자, 물꼬가 터졌다.

"…어환의 예후를 두고 상소문이 올라왔사옵니다."

도승지가 종잇장을 펼쳤다.

"외국의 제법을 시행한 지 여러 날이 지났음에도 차도가 없어 참담하옵니다."

챙겨온 상소문을 좔좔 읽어 내렸다.

"재물을 들여 의관을 외국에 보내고 약재까지 구해왔사온데, 국고에 손실만 입힌 꼴이옵니다."

가만히 듣던 용안이 점점 험악해졌다. 이를 눈치챘는지 낭독하는 음성도 기어들었다.

"이는 약원의 잘못이오니 의관 박치수를 파직하고 엄벌하소서…."

"또 대간臺諫이 올린 상소겠지?"

이윽고 왕은 눈을 치떴다.

"가납하지 않겠소."

그는 완고하게 덧붙였다.

"내의원과 주부 박치수는 과인의 병을 고치기 위해 성심을 다하고 있소. 죄과를 묻는다면 부당한 처사가 될 것이오."

"망극하오나 전하…."

도승지는 혈기 왕성한 청년 임금의 심기를 건드리지 않으려고 애썼다.

"고혈이 들어간 만큼의 성과를 내지 못하는 의관이라며 비판이 자자하옵니다."

죄인처럼 엎드려 듣던 치수가 움찔했다.

"정녕 백성의 고혈에 가슴 아파 주청하는가?"

왕이 냉소 지었다.

"내가 즉위하고서 하는 모든 일에 토를 다는 꼴을 보아서는…."

눈마저 위험스럽게 빛났다.

"단지 임금을 훈계하고 꼭두각시처럼 부릴 핑계는 아니고?"

"대간들에게 명분이 있는 한, 계속 물고 늘어질 것이옵니다."

굴하지 않고 도승지는 설득했다.

"하물며 한 부분도 전하께서 굽히지 않으신다면…. 대간 역시 다른 부분에서 수그리지 않을 것이옵니다."

아까 왕이 신비에게 내비친 불안감과 상통하는 조언이었다.

하나를 얻으려면 다른 하나는 내어주어야 한다.

폐비의 문제에서 유리해지려면 적어도 다른 문제에서는 불리해져야만 한다.

정치는 명분 싸움이자 협상의 과정일 때가 많다.

강력하지 못한 임금에게는 더더욱 그렇다.

"…주상전하, 부디 소신을 벌하소서."

치수가 괴괴한 무언을 깼다.

"신이 어환을 치료하겠다며 쓴 방법이 전부 통하지 않았사옵니다."

그는 이마를 바닥에 대고 주청했다.

"명백한 죄과이오니, 어리석은 신으로 인해 더는 근심하지 마소서."

반면, 왕의 용안에서는 갈등의 기색이 역력했다.

이러쿵저러쿵 불평한다지만 실상 왕은 치수를 많이 아꼈다. 국본이 아닌 병자로서 은혜도 입었다.

하지만 그렇다고 해서 발목이 잡힐 순 없는 것도 사실이다.

임금의 궤적에서 폐비는 중요한 문제이다. 자식의 입장에서도 비참하게 죽은 어미는 간곡한 문제이다.

"과인은…."

어수선한 갈등 끝에 마침내 그의 추가 한쪽으로 기울었다.

"…아니옵니다."

바로 그때, 신비는 단호하게 끼어들었다.

"아직 제법은 한 가지가 더 남아있사옵니다."

왕과 박치수 둘 중 어느 한쪽도 포기하지 않는 방법을 알기 때문이다.

"어환을 치료할 수 있사옵니다."

신비가 선언하자마자 벙찐 침묵이 내려앉았다.

일제히 쏠린 시선에서는 어린 의녀 따위가 있는 줄도 몰랐다는 당혹감이 묻어났다.

"어허! 한낱 의녀가 어전에서 경거망동을!"

제일 먼저 어의가 펄쩍 뛰자 곧 비난이 줄지었다.

"…일단 들어보겠소."

움츠러드는데 왕이 방패막이를 자처했다.

"그래, 무엇이냐?"

그의 눈빛에서 신뢰가 느껴졌다. 부왕의 안전에서 이 의녀를 믿는다고, 그러니 다른 사람들도 믿어야 한다고 주장하던 날과 같았다.

"웅황해독산雄黃解毒散과 선응고善應膏를 쓰는 것이옵니다."

덕분에 신비는 용기를 잃지 않았다.

"이 또한 부고사를 따라갔다가 배운 제법이옵니다."

그녀는 흘끔 치수를 곁눈질했다.

"다만 주부 박치수는 자못 염려하는 마음에 차마 어환에 쓰지 아니 하였사옵니다."

치수는 금시초문이다가 천천히 이해하는 표정이었다.

"당연히 쓰면 아니 되지!"

알아서 설명하려는데 어의가 성질 급하게 끼어들었다.

"약방에서 처방한 전례가 없는 약재들이옵니다. 주로 십선산이나 탁리소독산을 쓰기 때문이옵니다, 전하!"

어의는 목청을 높였다.

"다른 부위도 아니고, 용안에 함부로 쓸 순 없사옵니다!"

"이미 징험하였사옵니다."

신비는 파고들 틈을 찾아냈다.

"비婢 만덕이 주상전하와 같은 창瘡을 앓았사온데, 효험이 있었사옵니다."

"아니, 정말이냐?"

다행히 그 말에는 어의도 솔깃하였다.

"만덕을 친히 보시면 가납하실 것이옵니다."

신비는 승부수를 던졌다.

"즉시 만덕을 대령하라."

응당 왕은 주문했다.

갑자기 불려 왔는데도 만덕은 당황하지 않았다. 대뜸 높으신 분들의 관심이 쏟아지는 와중에도 특유의 뻣뻣한 태도가 그대로였다.

"…소인은 줄곧 면창을 앓았고, 갖가지 방도를 써도 효험이 없었나이다."

더군다나 그 높으신 분들이 저 자신을 실험 대상으로 삼은 병증의 경과를 묻자, 만덕은 도리어 신이 났다.

"그러다가 이달 열한 번째 날에는 웅황해독산을 따뜻한 물에 타 환부를 씻고 또 선응고를 붙였사옵니다."

"어떻더냐?"

"고름이 많이 나오며, 가려워서 긁고 싶었사옵니다."

만덕은 스스럼없이 민낯을 보였다.

"한데 서너 번 갈아붙이자 점점 나아졌나이다. 이제는 얼굴에 작은 구멍이 두 개 남고, 남은 결핵은 개암 열매 크기로 줄었사옵니다."

"…이 의녀의 주장이 옳사옵니다!"

치수가 깜짝 놀라 맞장구쳤다. 노상 벌겋게 성난 만덕의 피부에 익숙했기에 특히나 실감했다.

"시진(視診, 눈으로 진단함)만으로도 병증의 예후가 좋아 보입니다."

과연 어의를 비롯한 의관들은 희게 가라앉은 만덕의 얼굴에 감탄하느라 바빴다.

"그렇다면야 진실로 제법이 한 가지 더 남은 셈이로군."

왕이 두둔하듯 선언했다.

"…과인은 이 의녀를 믿소."

한결같은 신뢰가 일렁였다.

"춘궁 시절부터 줄곧 과인을 구해준 사람이라오."

온갖 사연으로 견고하게 쌓은 믿음이라 결코 무너질 것 같지 않았다.

"모두가 과인을 포기할 때조차 말이오."

마침내 왕이 쐐기를 박았다.

"이 의녀가 말하는 처방을 써서 병이 낫는다면 어찌 좋지 않겠소?"

그래도 망설임이 앞섰다.

"망극하옵니다만 전하…."

개중에서도 치수는 특히 저어하는 기색이었다.

그가 우려하는 부분은 자명했다. 아무리 입증된 제법이라도 병자의 예후나 체질에 따라 달라지기 십상이다.

치수가 쓴 다른 방법이 무효했던 것처럼 말이다.

더군다나 치료할 대상이 임금이라면, 약간의 변수도 허용되지 않는 법이다.

한데 신비가 그 책임을 묻는 찰나에 막아섰다. 단순히 의관이 밥값을 못한다는 책망을 떠나, 임금과 신료들의 힘겨루기에 끼어든 셈이다.

자칫 일을 그르쳤다가는 신비도 덩달아 화를 입을 것이 자명했다.

아니, 오히려 더 심하게 값을 치를 터였다.

"소인 역시 주부 박치수와 함께 타국에서 어환을 다스릴 제법을 배워왔사옵니다."

그래도 신비는 흔들림 없는 의지로 선수 쳤다.

"비록 비천하더라도 마지막까지 소임을 다할 수 있도록 윤허하소서."

"…박치수와 함께 책임지겠다는 뜻이냐?"

용안에 두려움 한 자락이 내려앉았다.

"그러하옵니다."

같은 공포심을 공유하면서도 신비는 명운을 걸었다.

진실로 왕과 박치수 둘 중 어느 한쪽도 포기하지 않는 방법은 이뿐이다. 성급하게 저질렀을지언정 후회는 없다.

그러자 희한한 일이 벌어졌다.

궁지에 몰린 의관을 구하려는 어린 의녀의 용기가 주변을 고무시킨 듯했다.

처음 신비가 입을 열 때만 해도 살벌하게 날 선 분위기였는데, 어느새 부드럽게 흐무러졌다.

“흠흠! 만일 먹는 약이었다면 타국의 것을 함부로 취할 수 없겠사오나….”

아니나 다를까, 어의가 말문을 열었다.

“겉에 바르는 약에다가 효력까지 있다면야, 써도 무방할 것 같사옵니다.”

그의 판단이 우호적으로 뒤집혔다. 신비는 안도감을 느꼈다.

“이 의녀가 말한 약에 딱히 독성이 없다면야….”

이내 도승지도 거들었다.

“하오면 신들 역시 써도 된다고 사료 되옵니다.”

내의원 제조와 입을 모아 수긍하였다.

“좋소.”

왕이 드레지게 화답했다.

“아뢴 대로 하리라.”

그리하여 최종적인 어명이었다.

***

“내가 정말 너 때문에 못 살아!”

등짝을 후려치는 만덕의 손이 또 매웠다.

“도대체 왜 그렇게까지 하는데?”

“아, 기껏 좋은 일한 사람을 왜 때려?”

기시감을 느끼며 신비는 요리조리 몸을 비틀었다.

"너 같은 밑바닥 계집애가 애써봤자 아무도 알아주지 않는데, 어디가 좋은 일이냐니까?"

"아니, 누군가는…."

"그러니까 누가?"

만덕이 또 말을 홱 잡아챘다. 신비는 비빌 언덕을 찾았다. 만덕의 광포한 힐난에 맞서 제 편을 들어주기를 바라며 치수를 흘끔 보았다.

"…넌 위험한 일을 벌였다."

애석하게도 치수는 기대를 저버렸다.

"그냥 내가 책임지고 물러나도록 두었어야지."

선행을 베풀 때마다 욕을 먹는다니 세상 참 말세다.

"어전에서 책임을 운운하였으니 행여 잘못되면 이제는 너까지…."

치수는 참담한 기색이었다.

"나리께서는 이미 여러 차례 저를 구해주셨습니다."

한결 신비가 진지하게 응수했다.

"그러니 저는 언제나 나리의 편에 설 겁니다."

포기할 줄 모르는 정직한 눈빛 앞에서 치수의 동요마저 마비되었다.

"…아니, 난 한 번도 널 제대로 구해준 적 없다."

하나 그는 씁쓸하게 중얼거렸다.

"한심한 서얼 출신 의관 나부랭이라서 말이다."

놀랍게도 이제는 분한 기색이었다.

"여인을 구해주지 못할뿐더러 그 치마폭에 숨는 놈팡이마저 되었으니…."

도저히 지워지지 않는 낯빛을 옷깃으로 숨긴 채, 치수는 성큼 돌아서서 가버렸다. 당치 않은 그의 자책에 신비는 마음이 아팠다.

"하여튼 겸손한 것도 병이야."

같은 광경을 두고 만덕은 훨씬 인간성 없이 평가했다.

"됐어! 주부 나리는 내버려 둬."

만덕은 신비의 옆구리를 쿡 찔렀다.

"넌 빨리 약부터 만들어. 그게 제일 중요하잖아."

적어도 일리 있는 지적이었다.

"…걱정하지 마."

더 나아가 웬일로 격려까지 곁들였다.

"주상전하의 어환에도 통할 거야."

만덕은 굳게 장담했다. 다른 무엇보다 그게 참 힘이 되었다.

해가 저물었다. 신비는 치수와 대전으로 향했다. 걷는 내내 치수는 말이 없었다. 불편한 동행이었다.

"외용약을 진어하옵니다."

문간에서 절을 올린 치수와 신비는 다시 임금을 배알하였다.

"아, 옛날 생각이 다 나는군."

왕은 춘궁에서 그들을 맞이하던 시절로 돌아간 양 냉소적인 환대로 반겼다.

"마침 습포를 갈아주기를 바라던 참이오."

그는 제 얼굴의 반을 덮은 습포를 찜찜하게 가리켰다.

"아까부터 따갑고 화끈거려서."

"하오시면 낮에 이 의녀가 아뢴 대로 새로운 약을 쓰겠나이다."

치수는 신비에게 맡겼다. 제법을 알아내고 징험까지 해본 그녀를 믿겠다는 신뢰의 표현이었다.

신비는 따뜻한 물에 미리 만든 웅황해독산을 탔다. 그걸 깨끗한 천에 묻혀 용안의 환부를 닦았다.

한데 가까이에서 보는 용안이 좀 마음에 걸렸다.

핼쑥한 기색이 여실했다. 눈 아래에 검은 그늘이 짙고, 원래도 희었던 피부는 창백할 지경이었다.

"…망극하오나 전하, 전보다 여위셨사옵니다."

"입맛이 없어서 그렇다."

왕이 말했다.

"임금 노릇이 쉬워야 말이지."

"뭐가 그렇게 어려우신데요?"

"너도 낮에 보지 않았느냐."

왕은 실소를 터트렸다.

"뭐, 편전에서 벌이는 기 싸움에 비하면야 그 정도 실랑이는 양반이지만."

껍데기뿐인 웃음 끝에 한숨이 잇따랐다.

"게다가…."

왕이 옥음을 낮추었다.

"아비가 어미를 죽였음을 알고도 멀쩡하게 밥이 넘어가면 정상이 아니겠지."

대수롭지 않은 척 뱉었으나 이것이야말로 정녕 그가 하고 싶었던 말일 터였다.

"네가 없는 동안 진실을 한 가지 알게 되었거든."

"진실이라니요?"

"내 생모는 궁에서 내쳐진 상심으로 앓다 죽은 게 아니라, 아바마마께서 내리신 사약을 마시고 죽었다더라."

과연 서글플 만큼 정확했다.

"어떻게 아셨사옵니까?"

신비는 조심스레 물었다.

"임금이라서 저절로 알게 되더구나."

왕은 자세히 설명하고 싶지 않은 눈치였다.

"너한테 이야기하고 싶었는데…."

대신, 가장 필요할 때 옆에 없었던 것에 대한 원망을 한 자락 내비쳤다.

"됐다. 너로서도 어쩔 수 없는 일이었으니까."

다행히 전날의 재회가 충분히 그를 어르고 달랜 모양이다. 그는 유치할 만큼 맹목적인 투정을 부끄럽게 여기고 삼켰다.

"한데 넌 놀라는 눈치가 아니구나?"

문득 왕이 기민하게 덜미를 잡았다.

"반응이 덤덤해. 꼭 임인년에 폐비를 사사했다는 사실을 진즉 알고 있었던 것 같다."

신비는 대답을 망설였다. 여남은 이야기를 전부 털어놓을 때가 조만간 오겠지만….

"흠! 환부에 충분히 스며들었다."

다행히 마침 치수가 끼어들었다. 화제가 영 위험한 쪽으로 흘러가는 걸 막아주려는 눈치였다.

"이제 용안에 약을 도포해라."

군말 없이 신비는 역시나 미리 준비해 온 선웅고 그릇을 집어 들었다. 숟갈로 떠서 환부에 되직하게 얹은 후 습포를 붙였다.

노련하지는 못했다. 손끝이 약간 떨렸다.

여기에 왕의 병환과 치수의 운명, 그리고 자기 자신의 명운까지 걸려있다는 무거운 책임을 새삼스레 느꼈다.

"며칠 지나서 차도가 보일 것이옵니다."

무마하기 위해서 신비는 쾌활한 척했다.

“걱정하지 마라.”

왕은 제 살결에 전해지는 미약한 동요를 놓치지 않았다.

“설령 이 방도마저 효과가 없더라도….”

그가 굳게 장담했다.

“내가 널 지켜주마.”

“전하….”

“그래, 이제는 날 전하라고 부르지.”

왕이 평소답지 않은 능청을 부렸다.

“세자도 아닌 무려 임금이 널 지켜준다는데 무엇이 두렵겠느냐?”

그러더니 또 새침하게 굴었다.

“뭐, 정 잘못된다면 치수 저 친구만 옷을 벗기면 되겠지.”

흘끔 그가 치수를 곁눈질했다.

“이래저래 괘씸하던 차에 잘됐구나.”

심술궂은 농담에 쐐기까지 박았다.

“아니 그렇소?”

“물론이옵니다, 주상전하.”

치수는 진지하게 대꾸했다.

“모든 죄과는 신에게 있으니, 혹 효험이 신통치 않더라도 부디 이 한 몸만 벌하시고 노여움을 푸소서.”

“하여튼 한결같군.”

왕은 혀를 끌끌 찼다.

“농을 던지면 좀 알아들으라니까.”

“소신이 어찌 감히…?”

“말을 말아야지, 원.”

겸손의 극에 달한 치수의 항변이 구구절절 이어지자 왕은 진절머리를 냈다.

"…송구하옵니다."

문득 신비는 한숨을 쉬었다.

"넌 또 뭐냐?"

왕이 눈썹을 추켜세웠다.

"소인의 잘못이옵니다."

신비는 왕 역시 불안해한다는 사실을 깨달았다.

제 얼굴에 발리는 약이 다소 꺼림칙할 만했다.

또한 잠시 중단되었으나 이번 처방의 결과에 따라 조정에서의 언쟁이 더욱 맹렬하게 번질 수 있다고 근심도 할 터였다.

한데도 그는 자신을 지켜주겠다고 했다.

잘못되더라도 치수에게만 벌을 주자며 어색하나마 너스레를 떨었다.

"명색이 의녀라면서 병자를 안심시키지는 못할망정 도리어 불안하게 만들다니…."

의술을 펼치는 사람으로서는 최악이다.

"새삼스럽게 뭘?"

다행인지 불행인지 왕은 피식 웃었다.

"원래도 넌 날 불안하게 만드는 의녀였다."

"예에?"

"왜 아니었겠느냐."

왕이 혀를 끌끌 찼다.

"걷지 못해 뒤쫓아갈 수도 없는 사람을 놀리질 않나, 빨리 일어나서 사내 구실 하랍시고 윽박지르지를 않나, 허구한 날 박치수 나부랭이를 칭찬하며 속을 박박 긁지 않나…."

하나하나 꼽는 손가락에 유치한 앙심이 묻어났다.

"그것도 모자라서 국본의 체면을 무릅쓰고 기껏 연심까지 고백했더니 쌩 튕기기나 하고…."

곧 그 앙심은 어른스러운 생각으로 성장했다.

"아니, 다시 보니 넌 날 불안하게 만드는 여인이었구나."

의녀와 여자 사이에는 큰 차이가 있다는 듯한 말투였다.

"어차피 넌 날 항상 불안하게 만들었으니까…."

왕이 어수를 뻗었다. 약을 바르고 물러나려는 신비의 손등을 살짝 건드렸다.

멋대로 어딜 다녀왔느냐며 확 부여잡던 접때의 손길과는 달랐다.

"이번에도 개의치 말고 너 하고 싶은 대로 해라."

이해할 수 없는 의중을 묻듯 조심스러운 접촉이었다.

"난 다른 무엇보다 포기하지 않으려고 용쓰는 네 모습에…."

다만 차마 말을 끝맺지 못하고 얼굴을 붉혔다.

참으로 그의 위로는 이상했다. 유치하면서도 어른스러웠다. 하여 위안이 되었다.

덕분에 신비도 말꼬리를 덥석 잡고 장단을 맞추었다.

"반하셨다고요?"

"반하기는, 누가!"

"소인이 불안하게 만드는 여자라면서요?"

신비는 일부러라도 더 까불었다.

"낯부끄러운 말씀을 잔뜩 하셨으면서 뭐가 또 부끄러우시다고…."

"나가."

모처럼 왕은 비장의 패를 꺼냈다.

"아, 용안에 약 바르는 중인데 어딜 가라고요?"

"이미 치덕치덕 떡칠을 해놨잖으냐."

낯간지러움과 골남 그사이 어딘가에서 그는 허우적댔다.

"나가라고."

"싫사옵니다."

"뭐, 싫어?"

"개의치 말고 소인이 하고 싶은 대로 하라면서요?"

신비는 아예 무람없이 뻗댔다.

"포기하지 않으려고 용쓰는 소인의 모습에 반하셨다고…."

"아, 아니라고! 나가라니까!"

결국 그녀는 학을 떼며 파르르 골내는 왕에 의해 내쫓기고 말았다.

옥신각신하는 두 사람 사이에 끼어 민망함을 감추지 못하던 치수 역시 애꿎게 함께 쫓겨났다.

쾅 닫힌 장지문 너머로 왕이 구시렁대는 소리가 흩어졌다.

"…난 너만이 전하를 웃게 만든다고 생각했다."

왕의 투덜거림이 멀어질 즈음, 치수가 말했다.

"그래서 전하께 네가 특별한 사람일 수밖에 없다고 여겼고."

어쩐지 그는 말없이 걷던 아까보다도 더 심란해 보였다.

"한데 지금 보니까…. 전하 역시 너를 웃게 만드는구나."

불쑥 신비는 정곡을 찔렸다.

"그래서 너에게 전하도 특별한 사람이더냐?"

결코 대답할 수 없는 질문이었다.

막상 질문을 던지는 치수 역시 대답을 바라지 않는다는 느낌이 들었다.

그 대답은 지금까지처럼 거절 아닌 거절이 아니라, 명확한 거절이 될 테니 말이다.

"금방 전하를 가까이서 접해보니, 여위셨을 뿐만 아니라 미열도 좀 있으셨습니다."

신비는 손쉽게 말을 돌렸다.

"따로 약을 처방할 정도는 아니고…. 대전 지밀방에 일러 해열에 좋은 국화차나 진어하라고 귀띔하겠습니다."

적당한 핑계와 함께 자리를 떠났다.

반면 치수는 신비가 황급히 떠난 그 자리에 꽤 오랫동안 홀로 서 있었다.

***

당장 괄목할 만한 성과 없이 지나가는 나날은 폭풍전야와 다름없었다.

왕에게는 더 이상 다른 사람을 안심시키기 위해 농을 던질 겨를이 없었다.

그의 일과는 동궁 시절과는 비교도 안 될 만큼 분주하고 빼곡하며, 또한 치열했다. 조정에서의 끊이지 않는 실랑이가 왕의 피로를 가중시켰다.

오늘도 입씨름이 길어지는 모양이었다.

약을 진어할 시각이 되어 대전을 찾아갔는데, 아직 승지와 사관이 들어있으니 대기하라고 했다.

"…사람에게는 아비만 있는 것이 아니오!"

벽을 타고 왕의 고함소리가 들려왔다.

"어미가 없으면 태어날 수도 없고, 젖이 없으면 자랄 수도 없소!"

격노한 옥음이 온 전각을 뒤흔들었다.

"비록 생모에게 허물이 있을지언정 과인이 어찌 그 은혜를 잊겠소?"

또다시, 폐비의 추숭 문제를 두고 부딪히는 모양이었다.

"부모의 은혜가 똑같이 중한 줄로 알고, 다시는 이런 상소를 봉입하지 말라!"

기다리는 치수와 신비는 못 들은 척 딴청을 피울 따름이었다. 하지만 듣지 않으려고 애써도 저절로 들려왔다.

"…주상전하께서 품으신 애모의 정은 망극하옵니다. 하오나 효도는 정으로만 해선 아니 되옵니다. 반드시 예의禮義에 맞추어야 하옵니다."

보이지 않는 누군가가 왕에 맞서 주청하였고, 또 다른 목소리들이 통촉하시라는 읍소와 함께 잇따랐다.

"선왕의 뜻을 따르시고 그릇된 거조가 없도록 하소서."

호소가 끝나기가 무섭게 재차 반박하는 왕의 음성이 들렸다. 이번에는 격분하여 뭉개지는 통에 알아듣기가 힘들었다.

가시방석에서 한참을 더 기다렸다. 결국 다 늦은 저녁에서야 약원의 진맥을 받겠다는 어명이 떨어졌다.

비로소 알현하니 풀 죽은 용안이 보였다. 맹렬하게 분노를 태우고 재만 남았다.

치수가 먼저 왕을 진맥했다.

"…금일도 미열이 있으시옵니다."

왕은 대답하지 않았다.

"미약하나마 눈병의 조짐도 보입니다."

또 묵묵부답이었다.

"가슴의 화기 탓에 옥체의 기운이 나빠지고 계시옵니다. 저번처럼 울체가 쌓이기 전에 마음을 좀 가라앉히셔야…."

굴하지 않고 치수가 덧붙였다.

"…과인에게는 죽은 어미를 기릴 효심조차 허용되지 않는가?"

간신히 열린 입이건만, 딴소리만 나왔다.

"어째서 뜻대로 할 수 없는가?"

더없이 위험한 울분이었다.

"…소인이 어환을 살펴보겠사옵니다!"

머뭇거리는 치수 대신, 신비가 끼어들었다.

이제야 그녀를 발견했다는 듯 왕의 눈에 생기가 돌았다.

하지만 오늘따라 유독 커다란 근심 탓에 그 미약한 빛은 곧 죽어버렸다.

"환부가 가려우시옵니까?"

용안에 붙인 습포를 거두며 신비는 일부러 쾌활하게 여쭈었다.

"간혹 그렇다."

"잘 되었사옵니다. 독이 순탄하게 빠져나가나 봅니다."

힘없는 대꾸에도 신비는 명랑함을 고수했다.

드러난 환부를 살폈다. 얼핏 보기에는 악화한 것 같았다.

새로운 처방을 쓴 뒤로 용안의 종기가 더 성이 났다. 고름이 가득 찼으며 위협적일 만큼 벌겋게 익었다.

예상한 대로라서 신비는 걱정하지 않았다.

만덕의 경우와 같았다. 그녀 역시 도리어 병증이 심해지는가 싶다가 확 좋아졌으니 말이다.

"차도가 있느냐?"

치수가 초조하게 물었다.

"좀 더 두고 봐야 할 성싶습니다."

신비는 신중하게 처치를 마무리했다.

"일단 저녁을 젓수셔야 하니까 물러가겠사옵니다. 안 그래도 석수라 때가 한참 지난 것 같사온데…?"

바깥에서 식어가는 수라상을 두고 전전긍긍하던 백 상궁을 봤다.

"생각 없다."

왕은 단칼에 잘랐다.

"옥체의 기운을 함양하셔야지요, 전하."

"밥은 됐다니까."

신비가 달래도 재차 그는 거절했다.

"그냥 내 곁에 더 있어 주면 안 되겠…."

어리광을 부리려다가 말고 왕은 멈칫했다. 모르긴 몰라도, 음울하고 자기 혐오적인 생각에 잠긴 게 분명했다.

"…아니다. 오늘처럼 한심한 사내로서는 네 곁에 있고 싶지 않다."

한심하신 게 하루 이틀 일도 아니라는 둥 너스레를 떨려고 했는데, 유난히 풀이 죽은 그의 모습 때문에 입이 떨어지질 않았다.

"혼자 있고 싶다."

끝내 왕은 고립을 자처하였다.

"…걱정이다."

하릴없이 약원으로 돌아가는 길에 치수가 중얼거렸다.

"가슴에 자꾸 울화가 쌓이면 어떤 식으로든 터지기 마련인데…."

과연 그 어수선한 통찰은 신비마저도 불안하게 만들었다.

이틀이 지난 아침. 새벽닭이 울기도 전에 약방은 뒤집혔다.

임금께서 몹시 편찮으시다는 전언이 날아들었다.

버선발로 내달렸다가 돌아온 어의의 진맥에 의하면, 인시(寅時, 새벽 3시에서 5시)부터 열이 펄펄 끓고 맥을 못 춘단다.

"…그리고 전하의 용안이!"

어의는 혼절하기 직전이었다.

“용안의 환부에서 고름이 콸콸 쏟아지는데 어쩌면 좋으냐?”

모두의 시선이 신비에게 내리꽂혔다. 비난으로 변모하고도 남을 관심이었다.

“정상적인 반응입니다.”

신비는 뚝심을 잃지 않았다.

“만덕이의 경우로 짐작해 보건대, 나아가는 과정입니다.”

“징험할 적에 고열 증상도 있었느냐?”

“그건 아닙니다만….”

다행히 짚이는 구석이 있었다.

“아마 면창의 치료와는 별개의 증상일 겁니다.”

“…너와 박 주부는 따라오너라. 함께 어전에 입진 해야겠다.”

어의는 한숨을 쉬었다.

“…자전께서 기다리시니 직접 아뢰어야 할 것이다.”

호랑이굴에 제 발로 찾아가자는 권유였다.

대전으로 갔다. 내시가 일단 의녀만 들어가라며 막아섰다. 지금 도산대비가 구슬발을 거두고 친히 손자를 살펴보는 중이란다.

의관들은 장지문 밖에서 무릎을 꿇고 기다렸다.

“…의녀 신비가 성상과 자전을 뵙사옵니다.”

신비만 홀로 내실에 발을 디뎠다.

침상에 누운 왕을 직접 보자 어의의 아연실색이 이해되었다.

용안이 열로 발갛게 들떠 있었다. 붉은 입술에서는 연신 신음이 새어 나왔으며, 아예 정신을 못 차렸다.

환부에서는 면포로 계속 닦아내도 무효할 만큼 고름이 새어 나오는 중이었다.

“…얼추 들었다.”

왕의 머리맡에 앉은 도산대비가 운을 띄웠다.

단순히 할머니여서 자리를 지키는 게 아니다.

왕후와 국본이 없는 지금, 심신이 미약한 임금을 대신할 결정권을 지닌 왕실의 큰어른이기 때문이다.

"주상의 면창을 치료하려고 새로운 제법을 썼다가 이 지경이 되었다면서?"

서슬 퍼렇기가 서릿발이었다.

"심지어 그 제법을 주장한 이는…. 한낱 의녀인 너라고?"

"위해를 가한 것이 아니옵니다."

신비는 겁먹지 않았다.

"차도를 보이는 중이시옵니다. 종기가 터지고 그 심까지 다 녹으면…."

"열이 펄펄 끓지 않느냐?"

"용안의 환부와 고열은 별개의 증상이옵니다."

찰나에 신비는 판단했다.

"웅황해독산과 선응고를 처방하기 전부터 주상전하께오서는 체중 감소와 미열 증상을 보이셨사옵니다."

"처방하기 전부터?"

"예, 즉위하신 이래 쭉 마음고생하셨으니까요. 가슴의 화기로 옥체의 기운 자체가 쇠하여…."

"주제넘게 지껄이는구나."

도산대비가 가로막았다.

"넌 의관이 아니다. 하다못해 내의녀도 아니지."

맹렬한 질책이었다.

"그저 약간의 공로와 그보다 큰 사사로운 감정 덕분에 분수에 넘치는 소임을 맡은 하룻강아지일 뿐이다."

힐난마저 비수처럼 날아 꽂혔다.

"그래, 한동안 부고사를 따라 먼 길을 다녀왔지?"

"그러하옵니다만…."

"네가 떠나도록 손 쓴 사람이 나였다."

불쑥 도산대비가 고백했다.

"너를 향한 주상의 관심을 도로 빼앗아 볼 요량이었느니라."

그러고 보니 부고사를 따를 때, 처음에는 외방의녀로 물러나도록 결정이 났는데 돌연 윗선의 뜻이 바뀌었다고 했다.

도산대비가 개입한 결과라면야 없을 일도 아니다.

여전히 임금을 염두에 둔 장기판을 몰래 굴리고 있었나 보다.

"…한데 네가 궁을 비운 동안에도 주상의 마음은 요지부동이었어."

도산대비가 말했다.

"마음이 떠난 이정이에게든, 손만 뻗으면 닿는 다른 궁녀들에게든…. 일절 눈길을 주지 않았지."

물색없게도 신비는 안도감을 느꼈다.

"주상이 타인에게 그렇게까지 집착하는 모습은 처음이었다."

도산대비가 목소리를 낮추었다.

"…연정 때문일까?"

하문이 아니었다. 이미 그녀는 알아서 답을 정했다.

"아마도 그렇겠지. 하여 그때부터 내 염려의 방향이 바뀌었다."

무슨 이야기가 나올지 알 것 같았다.

"…주상이 진실로 생모를 닮은 구석을 보였으니까."

아니나 다를까, 신비는 움찔했다.

"폐비는 여인으로서의 감정에 탐닉한 나머지 본분을 잊었지."

쫓아낸 며느리를 회고하는 눈빛은 냉정했다.

"왕비로서의 덕목을 내팽개쳤고, 지아비의 사랑만을 갈구하며 사시사철 집착했으며, 첩들을 모함하는 데에 골몰했다."

도산대비가 분개했다.

"주상 역시 마찬가지야. 인정에 이끌려 눈이 멀었어."

"송구하오나 마마…."

항변하려 했으나 그녀는 받아주지 않았다.

"주상은 네가 뛰어난 의녀라서 치료해달라 명한 게 아니다."

대신, 열이 발갛게 올라 끙끙 앓는 손자를 질타했다.

"…환심을 사고 싶은 여인이기에 분수에 넘치는 일인 줄 알면서도 맡긴 게지."

도산대비는 고개를 저었다.

"한낱 의녀를 믿고 신성한 옥체를 해할 결정을 감행하다니…! 이 나라 종묘와 사직을 위태롭게 한 꼴이지."

후사가 없는 임금이 갑자기 승하하기라도 하면 벌어질 풍파였다.

"…처음 네가 내 손자의 마음을 사로잡았을 때는 호기심이 생겼다."

노회한 옥안에 생경한 감정이 비쳤다.

"내가 베풀겠다는 호의를 거절했을 때는 제법이라고 여겼고."

손주를 쥐락펴락할 수족이 되어 달라는 회유와 함께 내민 밀화지환을 거절했을 때를 가리켰다.

"그러다 보니 난 네가 꽤 괜찮은 사람이라는 결론에 이르렀지."

도산대비는 신비를 똑바로 응시했다.

"하나 그렇다고 해서…."

쓴웃음을 동반하는 시선이었다.

"주상의 심연에 자리 잡은 모든 문제가 해결되는 것은 아니다."

과거가 망령처럼 일렁였다.

"생전부터 이미 성군이라 칭송받았던 선왕의 성총이, 폐비의 심연을 보듬을 순 없었던 것처럼…."

이윽고 그녀는 그 웃음마저도 지웠다.

"네 입으로 말해보아라."

그러고는 다시 한번 폐부를 찔렀다.

"주상이 너를 믿고 처방을 맡긴 까닭은 정녕 네가 뛰어난 의녀여서냐?"

재차 내리꽂는 비난이기도 했다.

"아니면 주상에게 너를 향한 사심이 있어서였느냐?"

신비는 감히 아뢰지 못하고 머뭇거렸다.

"그래, 대답 못 할 줄 알았다."

도산대비가 싸늘하게 일갈했다.

그녀는 걷어서 밀쳐둔 구슬발을 다시 드리우고 얼굴을 감췄다.

그러자 문이 열렸다. 꿇어앉아 기다리던 승지들과 의관들이 보였다.

"의녀 신비를 끌어내라."

도산대비가 목청을 높였다.

"…분수도 모르고 약을 잘못 쓴 죄를 극형으로 다스리리라!"

서릿발 섞인 명에 모두가 얼어붙었다.

"이번 어환을 책임진 의관은 신이옵니다."

오직 박치수만이 곧장 맞섰다.

"하오니 죄과는 신에게 있사옵니다."

"아, 아니옵니다, 대비마마!"

놀랍게도 어의 역시 전전긍긍하며 나섰다.

"어의인 신이 의관과 의녀를 외국에 보냈고, 그 제법을 취하여 처방하는 데에 동조하였나이다. 부디 신을 책하여 주시옵소서."

"…물론 경들의 책임도 따로 물을 것이오."

구슬발 뒤에서도 도산대비의 기세가 서슬 퍼랬다.

"이 의녀에게 합당한 벌을 내린 다음에 말이오."

험상궂은 비자들이 들이닥쳤다. 신비는 양팔이 붙잡힌 채 일으켜 세워졌다.

"…어마마마."

그때, 사경을 헤매던 왕의 입술이 움직였다.

"어마마마, 소자는…."

조용한 흐느낌이었다. 그렇지만 열에 들뜬 숨결과 흩어지기 전에 모든 사람의 귀에 박혔다. 삽시간에 좌중이 창백하게 질렸다.

"어마마마!"

아무리 간곡하더라도 고열로 인한 헛소리에 불과했다.

한데도 왕의 무의식적인 호소가 신비에게는 경종을 울리는 소리처럼 들렸다.

신비는 그의 연약한 속성을 응시했다.

새침하고 까칠하며 때로는 독단적인 겉껍데기 속에 쥐면 부스러질 것만 같은 알맹이가 있다.

왕 본인은 그것을 추하다고 여겼다. 아무리 물을 퍼부어도 채울 수 없는 밑 빠진 독이라고 칭했다.

하여 꽁꽁 싸매고 감추며 결코 껍데기 밖으로 드러내지 않았다.

신비는 그런 그를 보호하고 싶었다.

유치한 어리광으로 눈속임한 본질이 너무나 안쓰러웠기 때문이다.

껍데기가 깨지고 다칠 때마다 혼자서 허물어진 조각을 주워 모아 누덕누덕 기워놓고 부리는 허세야말로, 알맹이를 지키려는 처절한 몸부림에 불과했다.

그리고 신비는 더 나아가 생각했다.

가만히 있으면 세상은 늘 자신이 틀렸다고 믿게 하려 애쓴다. 스스로 의심하고 자책하다가 꺾이기를 종용하는 셈이다.

하지만 신비는 알았다.

아무리 스스로 의심하고 자책하더라도 꺾여선 안 된다는 것을.

옆에서 아무리 틀렸다고 말해도 자신은 틀리지 않았다는 것을.

"…자전의 하문에 감히 대답을 아뢰겠사옵니다."

그래서 신비는 붙잡힌 손아귀를 뿌리쳤다. 강인한 의지가 샘솟아 자기 자신의 두 발로 일어섰다.

그렇게 일어서서 자신과 자신을 믿어준 왕을 위해 버티기로 결심했다.

"소인은 뛰어난 의녀이옵니다."

처음으로 신비는 인정했다.

"초학의녀들 중에서도 장원의 성적을 거두었기에 내의원에 봉죽하는 간병의녀에 봉해졌사옵니다."

모자란 척이나 실없는 행세로 감추지 않았다.

"일찍이 선왕의 후궁들과 그 아기씨의 병환을 단독으로 치료하였사옵니다."

감빈 남씨와 지빈 정씨, 수빈 엄씨를 하나씩 꼽았다.

"춘궁 시절 주상전하를 간병하여 다시 걸으시게끔 섬겼으며, 화재로부터 전하를 구명한 바도 있사옵니다."

꼽을수록 스스로를 향한 믿음이 견고해졌다.

"선왕께서도 승하하시던 날까지 소인이 어전을 지키도록 친히 지명하셨나이다."

그리하여 결론에 이르렀다.

"소인은 어떤 사내의 딸이나 아내로서 어전에 서지 않았사옵니다."

왕과 다를 바 없이, 그녀 역시 모종의 껍데기로 제 알맹이를 열심히 감추느라 여태 회피하기만 했던 결론이었다.

"오직 신비라는 이름으로 어전에 섰나이다."

신씨 성의 비는 당당하게 말했다.

"따라서 주상전하께서 소인에게 처방을 맡기신 까닭은…. 소인이 뛰어난 의녀이기 때문이옵니다."

이는 왕의 가슴에 간곡한 사심이 있을지언정 결코 가릴 수 없는 진실이다.

신비는 더 이상 자기 자신을 의심하지 않았다.

"…지금 이 방자한 언행을 책임질 수 있겠느냐?"

도산대비가 싸늘하게 하문했다.

"예, 소인은 의녀의 업을 지고서부터 매일 매 순간을 책임졌나이다."

역시나 신비는 겁내지 않았다.

"하오니 마마께서는 부디 소인을 믿고 기다려 주시옵소서."

도산대비로부터 어쩔 수 없는 탄복의 기색이 비쳤다. 신비가 선택을 두려워하지 않는다고 말했을 때 내비쳤던 찬사와 같았다.

"…도무지 믿을 수가 없군."

아니나 다를까, 그녀는 일전과 같은 반응을 보였다.

"정녕 비천한 계집의 기개란 말인가?"

내실에 사람이 가득한데도 쥐 죽은 듯한 침묵이 내려앉았다.

승지부터 의관들, 내시와 상궁에 이르기까지 아무도 입을 열지 못했다. 신비조차도 마찬가지였다.

도산대비의 결정만을 기다렸다.

"…좋다."

그러기를 마침내 도산대비가 말했다.

"너에게 하루 말미를 더 주겠다."

신비는 망극하게 받아들였다. 다소 촉박하지만 고열로 앓는 왕의 상태를 보아선 어차피 더 끌 수도 없다.

"한데도 주상이 병상에서 못 일어난다면…."

도산대비가 구슬발 너머로 흐릿하게 보이는 사내들을 훑어보았다.

"…경이 면창의 치료를 주관한 의관이라 하였는가?"

그리고 한 사람 지목하였다. 고개를 수그린 치수였다.

"이 의녀에게 치료를 일임해도 괜찮겠나?"

"신비는 뛰어난 의녀가 맞사옵니다."

치수는 명징하게 화답하였다.

"뿐만 아니라 계속해서 스스로 걸을 길을 선택하는 의녀이기도 하옵니다."

이번에도 그는 우직한 신의로써 신비의 편에 섰다.

"자전께서 의녀 신비에게 기회를 주신다면 그저 감읍할 따름이옵니다."

"…참 신기하구나."

도산대비는 눈을 가늘게 떴다.

"이 의녀에게는 접하는 모든 사람을 탄복시키는 재주가 있으니 말이야. 선왕과 그 후궁들에다가 이렇게 앓아누운 주상, 그리고 경과 같은 의관까지…."

믿기지 않는 눈치였다.

"심지어 내 이모님마저도…."

이역만리에서 맺은 짧은 인연이 신비의 뇌리를 스쳤다.

"…하나 어환을 다루는 문제다."

이내 도산대비는 온정적인 낯을 거뒀다.

"내일 이 시각까지 주부 박치수를 하옥하여라."

대신 엄정하게 명했다.

"의녀 신비가 주상을 고치지 못하면 함께 단죄할 것이다."

기개를 부린 만큼 반드시 증명해 내라는 겁박이었다.

치수는 신비를 바라보았다. 원망이나 두려움, 불안감 따위를 전혀 내비치지 않았다.

그는 순순히 내시들에게 이끌려 퇴장하였다.

침전에는 왕과 신비 둘만 남았다.

면창에는 종전과 같은 처방을 유지했다. 지난 입진 때 용안에 붙인 선응고를 거두지 않았다. 그대로 두어 약효가 마저 스며들도록 했다.

고열은 다른 문제였다.

필시 별개의 증상이겠지만, 면부의 종기로 인해 기가 허해졌을 가능성도 크다.

하여 목맥반木麥飯을 썼다. 물에 잘 말아서 뜨거운 입술 사이로 조금씩 삼키게끔 유도했다.

남은 것은 왕이 스스로 이겨내는 일뿐이다.

신비는 왕의 흉골에서 움푹 들어간 전중혈을 눌렀다.

약간 딱딱했다. 의식이 없는 입술에서 옅은 신음도 흘러나왔다. 화병으로 번질 화기가 쌓인 것이다.

그가 울체에 약한 체질이라는 걸 잘 알았다.

겉으로는 멀쩡한 척해도, 거듭되는 울분과 슬픔 따위로 속을 썩이는 사내다. 몸을 가눌 수 없을 지경에 이르도록 말이다.

"…소인의 이야기를 먼저 들어주겠다고 약조하셨지요?"

의식을 잃은 그가 들을지는 모르겠지만 속삭였다.

"다 듣고 나시면 아마 깜짝 놀라실 것이옵니다."

그러고는 머리 꼭대기와 미간 사이에서 교차하는 백회혈을 문질렀다.

"두 다리가 부러진 동궁이셨던 전하와 햇병아리 의녀였던 소인이 만나기 한참 전부터…."

백회혈을 지나 바로 옆에 있는 사신총혈도 꾹 눌렀다.

"어떤 인연이 있었는지 아신다면요."

신비는 제 뺨을 타고 흘러 왕의 턱으로 방울방울 떨어지는 눈물을 깨달았다. 실로 어리석은 감정이었다.

"소인이 진즉부터 얼마나 다 털어놓고 싶었는지…."

얼른 닦아버렸다.

"동시에 또 얼마나 영영 털어놓고 싶지 않았는지…."

켜켜이 쌓인 한을 풀어내려면 그깟 눈물로는 부족하기 때문이다.

"전하께서 배롱나무처럼 붉은색을 말씀하실 때마다 어째서 소인의 마음이 흔들릴 수밖에 없었는지까지도…."

대신 신비는 웃었다. 왕의 손목 안쪽 내관혈을 세게 지압하면서 억지로라도 웃었다.

"하오니 속히 깨어나시옵소서."

간곡한 소망을 전하기에 더 어울리는 낯이었기 때문이다.

밤새도록 신비는 왕의 곁을 지켰다.

또한 소망했다. 그가 헤매는 꿈의 색깔이 유약하게 일그러진 자기혐오의 회색빛이 아니기를.

여름을 기다려 배롱나무 가지에서 핀 한 송이 꽃잎이 얼마나 희망찬 붉은빛이었는지 잊지 않기를.

때문에 그가 스스로 이겨내기를 바라는 밤은 참으로 길고 어려웠다.

그녀가 불구덩이에서 대신 구해줄 수 있었던 밤보다 훨씬 더.

이튿날 약속한 시각이 되자 도산대비는 득달같이 행차하였다. 그러고는 전날과 다를 바 없이 눈을 꼭 감고 누워있는 손자를 발견했다.

"…장담한 바를 지키지 못했느냐?"

응당 도산대비는 날카롭게 반응했다.

"축시(丑時, 새벽 1시에서 3시)부터 옥체의 열이 점점 내려갔사옵니다."

신비가 대답했다. 밤새도록 병자와 씨름하느라 기진맥진했지만, 정신만은 또렷했다.

"이제는 미열만 남으셨나이다."

"하지만 의식이 없지 않으냐?"

"곧 깨어나실 것이옵니다."

불신에 찬 시선에 신비는 용안의 환부를 덮은 면포를 걷어냈다.

"보소서."

고름이 빠진 자리에는 쌀알 크기의 조그마한 구멍만 남았다.

심지어 왕은 만덕이보다 예후가 훨씬 좋았다. 고름이 찬 종창腫脹이 하나도 남김없이 사라진 것이다.

왕은 여전히 관옥같이 잘생긴 용모 그대로였다.

"고름이 다 빠지고 심이 녹으면서 부스럼도 한결 나아지셨사옵니다."

신비는 진이 다 빠진 와중에도 안도감으로 미소 지었다.

이에 기세를 누그러뜨린 도산대비가 조심스레 왕의 머리맡에 앉았다.

"…주상!"

가만히 불러 보았지만 손자의 잠든 용안에는 동요가 없었다.

"정녕 쾌차한 것이 맞느냐?"

도산대비는 또 조바심을 냈다.

그녀의 견고한 안면에 균열이 일어났다. 마냥 엄정하고 냉철하다고 여긴 낯빛 아래로 걱정이 보였다.

그녀에게도 손주를 사랑하는 알맹이와 그걸 감추는 모종의 껍데기가 있는 모양이다.

"…주상전하."

이번에는 신비가 천천히 몸을 숙여 왕의 귓가에 속삭였다.

나지막한 부름이 그녀가 지닌 배롱나무 꽃가지 향과 함께 그에게 닿았다.

그러자 왕이 눈을 떴다.

마치 그녀의 목소리만이 너무나도 확실하고 강력한 주문인 것처럼.

***

의식을 차린 왕은 회복 속도가 빨랐다.

깨어나자마자 속미음 한 그릇을 뚝딱 비우더니, 어의의 진맥을 받고 탕약과 꿀배차도 마셨다.

침전의 틈을 막아 찬 바람을 막고, 양기를 보하는 음식을 연이어 진어하였다.

곧 화기가 쏠리고 울체되었던 기운이 진정되었다. 남은 미열까지 깨끗하게 떨어졌다.

다음날 동이 트자 왕은 세숫물로 씻고 상투를 틀었다. 경대를 들여다보니 용안이 깨끗하기가 예전과 같았다.

이윽고 그는 익선관과 용포를 갖추고 편전에 나아가 백관의 하례를 받았다.

본격적으로 정무를 살피기에 앞서 그는 어환을 치료한 의관들에 대한 공로부터 정리했다.

그러기를 정오 무렵, 과연 내의원에는 어명을 받든 도승지가 찾아왔다.

"이번에 시종侍從한 의관들을 치하하여…."

도승지는 약방 앞마당에서 임금의 뜻을 대독하였다.

"의관 송훈에게 말 한 필과 마장馬粧 한 부를 내린다."

어의 영감이 성은을 받들고 절을 올렸다. 불과 그저께까지만 해도 죽을상이었다는 게 믿기지 않도록 신난 표정이었다.

"의관 박치수는 한 자급(資級, 품계의 등급)을 더한다."

치수도 임금께서 계신 방향으로 절을 올렸다. 옥에서 하룻밤 보냈다가 풀려난 사람치고 안색이 좋았다.

"주부에서 한 자급을 더하면…. 판관(判官, 종5품의 관직)이 되시겠네!"

만덕이 신비의 옆구리를 찌르며 속삭였다.

"저렇게 젊은 나이에 흔치 않은 출세지."

다른 의관과 의녀들도 비슷하게 여기는 눈치였다. 주변에서 시기와 선망이 넘실거렸다.

"또한 사령使令 장중림에게는…."

그 밖의 썩 관심 없는 인물들에게까지 작은 포상이 돌아갔다. 누구는 아마(兒馬, 망아지)를 받고, 또 누구는 목면을 몇 필 챙겼다.

도승지가 줄줄 읊는 명단이 슬슬 지겨워질 즈음, 신비는 오늘 하루 할 일을 궁리하기 시작했다.

일단 아까 병자에게 쓴 면포를 두드려 빨아야 한다. 핏자국은 빨리 안 지우면 성가셔지니까. 그리고 잔소리 쏟아지기 전에 차풀차도 덖어서 손질을….

"마지막으로 간병의 신비를 치하한다."

한데 불쑥 도승지의 입에서 제 이름이 튀어나왔다. 딴생각으로 흘러가던 그녀의 의식이 덥석 붙잡혔다.

"일찍이 선왕 때부터 세운 공로와 어환을 잘 알고 헤아리는 기민한 재주를 인정하여…."

하물며 분에 넘치는 칭찬으로 문두가 열렸다.

"어전의 야다소반과(夜茶小盤果, 저녁 식사 후 먹는 야참)를 살피고, 침수 전 점혈點血과 명약命藥을 전담하는 내의內醫로 삼는다."

하릴없이 신비는 입을 떡 벌렸다.

"…내의녀라고요?"

경악하며 되물었지만 다른 의녀들의 폭발적인 반응에 묻혔다.

"신비가 내의녀라고?"

"세상에, 우리 중에서 제일 먼저…."

"약방에 찾아오는 병자들 죄다 잡는 거 아니야?"

"에이, 생긴 건 저래도 신비가 솜씨는 좋잖아…."

온갖 잡소리가 순식간에 터졌다. 내의녀 자희가 사납게 쉿 소리를 내어 틀어막았다. 그러고는 빨리 예를 갖추라며 신비의 등까지 떠밀었다.

"서, 성은이 망극하옵니다."

떨떠름하게 신비는 교지를 받들었다.

소임을 마친 도승지는 내의원을 떠났다.

한동안 다른 의녀들이 신비를 둘러싸고 호들갑을 떨었다. 기강을 잡던 자희마저도 신비의 얼떨떨한 얼굴에 한 술 얹었다.

"내 제자라면 당연히 이 정도는 해야지."

기특한 기색이었다.

"언제는 마흔 살 전까지 특기도 못 찾고 쫓겨날 거라면서 저주하시더니…?"

손바닥 뒤집듯 바뀐 평가에 신비는 혀를 내둘렀다.

"앞으로 처신이나 똑바로 해라."

자희는 못 들은 척했다.

“나와 다른 내의녀들 얼굴에 먹칠하지 말고.”

“하긴, 이제 우리 서로 같은 급이 되었지요.”

깐족거렸다가 신비는 등짝을 얻어맞았다.

“네가 주상전하를 백 번쯤 살려도 나와 같은 급이 될 리는 없느니라.”

손은 매워도 자희는 영락없이 기쁜 낯이었다. 후일 차비대령의녀의 칭호까지 넘겨줄 날을 기대하는 눈치였다. 하여튼 솔직하지 못하다.

떠들썩하게 굴던 다른 의녀들이 슬슬 관심을 잃고 떠났다.

신비는 만덕에게 다가갔다. 벗을 보기가 민망하고 면목 없었다.

“…미안해.”

신비는 뒷덜미를 문질렀다.

“사실 나 혼자서 주상전하의 면창을 고친 게 아닌데….”

애초에 제 몸을 제물 삼아 징험해 보겠답시고 나선 만덕이 아니었다면 불가능했을 일이었다.

“됐어. 난 얼굴에서 부스럼이 사라진 걸로 만족해.”

만덕은 어깨를 으쓱했다.

“…애초에 그 제법을 찾아낸 사람은 너야.”

또한 진지하게 덧붙였다.

“네가 다른 이의 응달을 굽어볼 줄 아는 사람이라서 찾아낸 거고.”

저가 말하면서도 만덕은 콧방귀를 뀌었다.

“의녀에게는 의술보다 인정이 더 필요하다잖아.”

뼈아프게 장원을 놓친 어느 날의 시재를 떠올리는 모양이다.

“만약 외국의 후궁이 나더러 고국에서 먹은 삼이 그립다고 징징댔다면….”

만덕이 중얼거렸다.

"난 그래서 뭐 어쩌라는 거냐고 심통 부리다가 곤장이나 맞았을걸."

은근히 그녀는 자기객관화가 잘 되었다.

"시시하게 미안하다는 소리 따위 하지 마."

그녀는 힘주어 일갈했다.

"신비 네가 세운 공이 맞으니까."

"…고마워."

덕분에 신비는 뛰어난 의녀라고 자칭한 데에 부끄럽지 않은 사람이 되겠다는 의지를 재차 다질 수 있었다.

"그리고 네 말이 또 하나 옳았어."

문득 만덕이 중얼거렸다.

"너 같은 비천한 계집애가 애써 봤자 누가 알아주겠냐고 했었잖아."

당연히 신비도 선행을 베풀 때마다 얻어먹은 욕을 기억했다.

"그런데 온 세상이 모를지언정 결국 누군가는 널 알아보더라."

웬일로 만덕은 피식 웃었다.

"어쩌면 네가 희한할 만큼 빛나는 사람이라서 그런 걸지도…."

옛날에 꽃길에서 나가떨어진 천비를 알아준 사람이 한 명 있었기에, 오늘날 신비는 오얏을 나눠주는 사람이 되었다.

그리고 신비가 나눠준 오얏이 누군가에게는 복숭아가 되어 또 다른 사람에게 전해진다면….

분명 꽃길보다도 값진 길을 걸을 터였다.

그래서 이 순간, 조리 없는 만덕의 칭찬이 내의녀라는 감투보다도 좋았다.

밤이 깊었다. 신비는 대전으로 갔다. 이미 기미상궁이 소반을 준비해 기다리고 있었다.

보자기를 벗기자, 수라간에서 솜씨 부려 만든 녹말병(菉末餠, 녹두 녹말로 만든 묵)과 율란(栗卵, 꿀에 조린 밤), 조란(棗卵, 꿀에 조린 대추)이 드러났다.

기미상궁이 먼저 맛을 보고 왕에게 올렸다. 신비는 달여온 오미자차를 더하며 말했다.

"율란과 조란은 괜찮습니다만, 부디 녹말병은 삼가소서."

"왜?"

"녹두는 성질이 차가워 양기를 보하시는 데 해가 될까 저어되옵니다."

"그래, 어차피 오늘은 뭘 먹을 기분도 아니니다."

왕이 상을 물리쳤다. 손대지도 않은 야참은 아마 대전 궁인들이 나누어 먹을 것이다.

"맥후를 짚어보겠나이다."

"잠깐만."

왕이 내실에 들어선 환관과 상궁에게 눈짓했다. 망설이는가 싶더니 다들 조용히 문을 닫고 나갔다.

단둘뿐이다. 과거를 반추하는 익숙한 적막감이 내려앉았다.

"저녁에 드는 내의녀로 삼았더니 대하기가 편하구나."

왕이 옅게 웃었다.

"훼방꾼 없이 둘만 있을 핑계로 좋다."

"그래서 소인에게 감투를 씌우셨사옵니까?"

신비는 왕의 손목과 목덜미의 맥을 짚고 헤아리며 물었다.

"네가 그 정도 감투 쓸 자격은 되겠지."

쾌활한 듯싶더니 문득 그는 목소리를 낮추었다.

"…앓는 동안 꿈에서 어마마마를 보았다."

"그러신 것 같았사옵니다."

"포근한 꿈이라서 그대로 머물고 싶었지만…. 너를 위해 깨어나야겠다는 생각이 들더라."

왕이 속삭일 때마다 울대가 요동쳐서 맥박을 헤아리기 어려웠다.

"지켜주겠다고 약조했으니까."

결국 신비는 진맥을 포기하고 물러서려고 했다.

"맥후는 평온하신 것 같사오니…."

한데 왕이 거두려는 그녀의 손을 붙잡았다.

"사실 난 이번 일로 확신했다."

"확신하시다니요?"

"…넌 의녀가 어울리는 사람이라고."

"어째서입니까?"

"누군가를 구원할 때 가장 빛나기 때문이다."

몇 차례고 언급했던 붉은색을 갈구하듯 왕의 눈동자가 일렁였다.

"그런 너를 여인으로서 내 곁에 두고 싶은 마음은…. 욕심일까?"

갈구는 점점 체념으로 가라앉았다.

"내 욕심이 너를 빛바랜 껍데기로 만든다면…."

속절없이 신비는 그의 무언에 동조하였다. 다만 각자의 고민만 짙게 묻어나는 침묵은 오래 지속되지 않았다.

불쑥 왕이 품을 뒤적여 뭔가를 꺼냈다.

"저번 날에 영상(領相, 영의정)이 이걸 내게 올리더라."

곱게 접은 종잇장이었다.

"아바마마께서 승하하시기 직전에 맡기신 유지라더군."

신비는 덜컥 가슴이 내려앉았다.

"본디 당신의 삼년상이 끝날 때 편전에서 공개하도록 신신당부하셨다는데…."

왕의 눈이 어둡게 빛났다.

"요사이 영상이 노쇠하여 매병(呆病, 치매) 증세가 나타나는 통에 아바마마와 약조한 날까지 못 버티겠다면서, 나한테 일찍 넘겼다."

"…어떤 글월인지요?"

얼추 짐작하기에 신비의 목소리는 떨렸다.

"임인년에 파직하고 사사한 우승지右承旨 신병선을 복관하고, 그 여식을 후비后妃로 삼으라는 명이다."

아니나 다를까, 짐작한 그대로였다.

"이를 의아하게 여겨 아바마마의 명으로 승정원에 따로 봉인되어 있던 신병선의 인적을 살펴보았더니…."

왕의 눈동자가 등불처럼 흔들렸다.

"내가 익히 아는 신씨 성의 비가 따라 나오더구나."

숙명의 지점에서 마주친 신비의 눈동자도 마찬가지였다.

"…네가 정 의녀이기를 원한다면 이것은 찢어 없애겠다."

왕이 절박하게 속삭였다.

"그렇지만, 난 도무지 곡절을 모르겠다."

드디어 때가 되었다.

"…소인의 이야기를 들어주겠다고 하셨지요."

신비는 치마폭에 숨겨온 보따리를 꺼냈다.

"전하께서는 오늘 두 사람의 이야기를 듣게 되실 것이옵니다."

"두 사람?"

"예, 하오나 일단 소인이 한 사내의 딸이요, 또 다른 사내의 아내로 낙점되었던 시절의 이야기가 먼저이옵니다."

장독대 아래에서 한 번 파냈다가 다시 묻었으면서, 다시금 기어이 파낸 진실이었다.

“소인의 진짜 이름은….”

혼란스러운 왕의 시선과 함께 신비는 자신을 옭아맨 매듭을 먼저 풀었다. 그리고 아득한 과거로 빠져들었다.

“…자미紫薇이옵니다.”

4부. 신씨 성의 비
자미 이야기

장안 최고의 며느릿감이라 불리는 규수가 있었다.

열 손가락 안에 꼽히는 명문 사대부의 고명딸이었다.

부친은 과거 장원급제 후 탄탄대로를 거쳐, 왕명을 출납하는 승정원에서 우승지로 지내는 신병선이었다.

모친은 대군의 딸로서 작호까지 받은 왕실의 혈통이었다.

그러한 집안 배경에 자색까지 빼어나니 금상첨화였다.

새카만 머리카락은 옻을 칠한 양 반들반들 윤기가 흘렀다. 뽀얀 살결은 얼음으로 짠 비단 같았다. 커다란 두 눈은 총기로 반짝였으며, 꽃송이 같은 입술은 호기심으로 달싹였다.

탐스러운 평판을 좇아 모두가 야단이었다.

솜씨 좋다는 중매쟁이가 바깥문을 기웃거렸다. 다른 양반댁에서는 신호만 주면 혼담을 넣으려고 전전긍긍했다. 나라님마저 눈독을 들이

신다는 둥 호사가들은 떠들었다.

이 모든 영광의 중심에 선 이름은 자미였다.

한양 한복판에서도 제일 좋은 터를 차지한 신씨 집안은 댓바람부터 들썩였다. 덩달아 잠이 깬 자미는 몸종이 내미는 아침상을 받았다.

"오늘 무슨 날이야?"

꿩고기와 떡이 잔뜩 들어간 장국을 보고 자미가 갸웃거렸다.

"안택굿을 한답니다요."

터주신을 위로하고 집안의 신령님들께 평안을 비는 굿이란다.

"무당이 벌써 장구치고 춤추고 난리 났대요."

"굿을 왜 하는데?"

"몰라요. 내년에 대감마님께 액운이 심하게 들었다나 뭐라나…."

몸종은 집안에 행사가 있을 때마다 조바심을 냈다.

"곧 해가 바뀐다고 안방마님께서 쭉 근심하셨잖아요."

"음, 어머니는 어디 계셔?"

"삼각산으로 가셨어요. 거기에 신당이 있으니까."

"나도 갈래."

"아이고, 시집도 안 간 처녀는 그런 데 기웃거리는 거 아니에요."

금세 다 먹은 그릇을 챙기며 몸종은 덧붙였다.

"특히나 우리 아기씨처럼 장안 최고의 며느릿감이라고 불리는 규수라면 더더욱!"

자랑스러운 기색이었다. 주인이 잘나갈수록 그 시비가 콧대를 세우는 법이다.

부산스레 아침상을 물리는 동안, 자미는 얼굴을 씻고 치마저고리를 새로 입었다.

옷매무시를 막 마칠 즈음 문이 열렸다. 여종이 세숫물을 치우러 온 게 아니었다.

"…우리 호박 아기씨는 세숫대야를 두고 고사라도 지내느냐?"

열린 문틈으로 빼꼼 고개를 들이민 사람은 큰오라비 근호였다.

"아침부터 왜 시비를 거십니까?"

자미는 눈을 흘겼다.

"내가 언제 시비를 걸었다고?"

"멀쩡한 누이더러 호박이라고 부르셨잖아요."

천연덕스러운 대꾸가 괘씸했다.

"소녀더러 호박이라 부르는 사람은 근호 오라버니밖에 없습니다."

"그래서 이 오라비는 너한테 특별한 사람이지?"

기적의 논리에 어이가 없었다. 하지만 근호는 재미있다는 양 껄껄 웃었다.

"바깥에서 부리는 소란은 신경 쓰지 마라."

이내 근호가 한결 진지해졌다.

"연말 분위기 타고 점쟁이가 어머니께 안 좋은 이야기를 했나 보더라."

"아버지한테 액운이 꼈다면서요?"

"액운은 무슨…."

못마땅하다는 듯 근호는 혀를 찼다.

"요즘 무섭도록 잘나가기만 하신다."

"어떻게 잘나가시는데요?"

"주상전하의 총애가 무척 깊어 어전에서 아버지를 끼고 사신단다."

근호가 명랑하게 말했다.

"그 바람에…."

문득 그의 표정이 어두워졌다.

"네 신변과 관련된 일이니, 너도 알아둬야겠지."

"뭔데요?"

"새해가 밝으면 아마 원자 아기씨께서 왕세자에 책봉되실 거다."

근호는 임금님께서 준비하시는 낌새라고 말했다.

"하면 동궁전의 납빈(納嬪, 왕세자가 아내를 맞이함)을 위해 금혼령도 내려올 텐데…."

납빈이 뭔지는 몰라도 동궁전과 금혼령은 들어본 바 있다.

"우리 집에서도 처녀단자處女單子를 올립니까?"

새삼스레 집안의 유일한 여식은 자신뿐임을 깨달았다.

"하! 처녀단자를 올린다고?"

근호는 웃음을 터트렸다.

"우리 아버지께선 장원급제를 두 번이나 하신 분이고, 어머니께선 대군大君의 따님이시다."

집안의 자랑거리인데도 썩 으스대는 기색은 아니었다.

"단순히 처녀단자를 올리는 수준이 아니야."

오히려 근심하는 눈치였다.

"이미 네가 세자빈에 내정되었다는 소문이 파다해."

"예에?"

"뭐, 원래도 삼간택은 요식에 불과하지."

당장은 호기심이 앞섰다.

"원자 아기씨는 어떤 분인데요?"

"효심이 깊고 행동거지가 바른 분이시다."

근호는 온건하게 운을 뗐다.

"다만 한 가지…."

영 찜찜한 기색이더니만 그는 고개를 훌훌 저었다.

"아니다. 내 주제에 뭘 알겠느냐."

문득 근호가 장난스러운 표정을 지었다.

"뭐, 확실한 것은 용모가 무척 잘생기셨다는 점이다."

"거짓말이지요?"

자미는 불신으로 화답했다.

"여기 계시지도 않은 분한테 아첨이 심하십니다."

"허, 진짜라니까! 나도 사내가 아름답다는 생각은 처음 했다."

그래도 자미는 콧방귀만 뀌었다.

"우리 호박 아기씨는 지아비가 생긴다는데 설레지도 않느냐?"

"누가 벌써 지아비입니까? 소름 돋게."

짓궂게 방정 떠는 오라비에게 자미는 툴툴거렸다.

"그리고 왜 자꾸 소녀를 호박이라 부르십니까?"

"못생겼으니 호박이라 부르지."

근호는 어린 누이의 뺨을 쿡 찌르며 자부락거렸다.

"네 나이가 무척 어리다는 핑계로 빠지면 좋으련만…."

그러나 짓궂은 골림 속에서 또 근심이 묻어났다.

"…그런 행운은 쉬이 일어나지 않지."

"왜 간택에서 벗어나는 게 행운입니까?"

자미는 의아했다.

"여식이 귀해지면 그 아비와 오라비들도 품계가 오르고 덕을 본다던데요?"

좋아서 팔짝 뛰어도 모자랄 판이다.

"멀리서 보면 황송하고 기쁜 일이지."

근호는 씁쓸하게 말했다.

"하지만 가까이에서 봐도 과연 그럴까?"

슬슬 오라비가 근심을 넘어 두려워한다는 느낌까지 들었다.

"…왕실은 다가갈수록 달리 보이는 곳이거든."

영문 모를 한숨만 길게 메아리를 남겼다.

근호는 용케 명랑한 척 대화를 매듭지었지만, 자미는 하루종일 기분이 이상했다. 회색 안개가 스멀스멀 몸을 감싸는 느낌이랄까.

혹 집안에 무당을 들여서일까?

공연한 시름에 사로잡혀 있으려니 밤이 되었다. 아버지가 퇴청하셨고, 어머니도 집에 돌아오셨다.

저녁 문후를 여쭈러 안방에 들렀다.

"…끝이 좋지 않았습니다."

"무슨 말씀입니까, 부인?"

문 너머로 부모님의 소곤거림이 들렸다.

"굿을 하던 중에 무당이 나동그라지더니, 도저히 풀 수 없는 살이라며 뒷걸음질 쳤습니다."

어머니의 목소리에 공포심이 서려 있었다.

"미안하다면서 영험한 스님을 대신 추천하던데…."

"나는 괜찮습니다, 부인."

"아닙니다. 내일 다녀와 보겠습니다."

그마저도 자미가 문을 열고 들어가자 뚝 끊어졌다.

두 분 다 자미 앞에서는 별말씀하지 않으셨다. 잘 자라는 인사만 어색하게 건네셨다. 어린 딸자식과 나눌 만한 이야기는 아니라고 생각하시는가 보다.

싱숭생숭한 채 잠들었더니 악몽을 꿨다. 자미는 가위에 눌리면서 깨어났다.

식은땀을 닦았지만 해가 뜨려면 한참 남았다. 몸종마저 옆에서 세상모르고 쿨쿨 잠들어 있었다.

자미는 살금살금 근호의 방으로 숨어들었다.

"어이쿠, 간 떨어지겠네!"

이불을 들추며 쿡 찌르자 오라비는 놀라서 깼다.

"인기척 좀 내라. 안 그래도 흉한 날이라 귀신인 줄 알았다."

"다 큰 장정이 귀신은 무슨…."

"너도 무서워서 온 거 아니냐?"

"소녀는 여아니까 당연히 무섭지요."

뻔뻔하게 받아치자 근호는 웃었다.

"…또 악몽을 꿨느냐?"

오라비는 익숙하게 옆자리를 내주었다. 자미는 쪼르르 파고들었다.

"기분이 이상합니다."

자미는 낯선 진심을 꺼냈다.

"조만간 나쁜 일이 생길 것만 같은…?"

"삿된 소리 말고 별이나 봐라."

말허리를 자르더니 근호가 창 너머를 가리켰다.

"저 별자리가 무엇인지 기억나느냐?"

일곱 개의 별이 국자 모양이었다.

"북두칠성입니다."

"그래, 언제나 같은 자리에 있는 붙박이별 중 하나지."

"붙박이별들을 하나로 묶어 이르기를…."

"옳지, 자미원紫微垣이라 한단다."

"북두칠성은 자미원 중에서도 가장 밝아 별들의 임금인 자미대제紫微大帝라 불린다면서요?"

근호가 끄덕였다.

"또한 자미紫微는 왕의 빛깔이요, 자미궁紫微宮은 상제께서 기거하시는 궁전이란다. 하여 지상의 임금께서 계시는 대궐 또한 그 형상을 본떴지."

"…혹시 소녀의 이름도?"

"어머니께서 너를 잉태하셨을 적에 북두칠성을 치마로 받아내는 꿈을 꾸셨다."

근호가 대답했다.

"고단한 지존을 보듬는 궁전처럼 현부賢婦가 되라는 뜻에서 너의 아명을 지으셨고."

"거창하네요."

자미는 혀를 내둘렀다.

"이름값을 해야 할 텐데요."

"필시 그럴 것이다. 넌 장안서 으뜸가는 규수니까."

근호는 단호하게 말했다.

"얼굴 곱지, 총명하지, 집안 좋지…. 어디 내놔도 모자람이 없어."

낯이 다 간지러웠다.

"정녕 네가 장차 동궁을 섬기게 된다면, 분명 그분을 성군으로 만들 것이다."

도무지 잠자코 들을 수가 없었다.

"호박이라 부르실 땐 언제고요?"

"천하에서 오직 이 오라비만 널 호박이라 부를 수 있으니까 어쩔 수 없지."

역시나 또 어이가 없어서 자미는 웃어버렸다.

"더는 나쁜 꿈을 꾸지 말고 자라, 호박 아기씨야."

그는 어린 누이의 등을 토닥였다.

"…내 목숨을 걸고서라도 반드시 널 지켜줄 테니까."

"눈이 안 보입니다."

"뭐?"

"감동의 눈물이 앞을 가려서요."

근호가 킬킬 웃었다.

반짝이는 별을 이불 삼아 덮고, 따뜻한 오라비의 품을 동무로 삼아, 자미는 천천히 잠에 빠져들었다.

"…오라비 속상하니까 조금만 천천히 자라다오. 알겠느냐?"

잠결에 마지막으로 들었다.

덕분에 자미는 이번에는 악몽을 꾸지 않고 이튿날 아침까지 달게 잤다.

***

섣달그믐날이었다. 올해도 궁중에서 액운을 쫓고 새해를 맞이하는 나례를 베풀기로 했다. 매년 어머니는 초청되어 입궁하였다.

"올해는 너도 함께 가자."

다만 권유는 뜻밖이었다.

"…아니, 꼭 함께 가야만 할 것 같구나."

의미심장하게도 어머니의 눈이 반짝였다.

나례가 열리는 밤은 통금이 제한적으로 해제되었다. 대낮처럼 불빛이 훤하고 인파가 북적였다.

자미는 시전에 죽 늘어선 장난감에 홀렸다. 어머니는 음전한 규수라면 행실을 바로 해야 한다며 장옷만 단단히 여며주었다.

하지만 성화에 못 이겨 엽전을 치르고 작은 나무 공 하나를 사줬다.

공을 통통 튀기며 처음 발 디딘 궁궐은 재미있었다. 귓가에 울리는 풍악이 아름답고, 춤추는 사람들이 쓴 탈은 알록달록했다.

개중에서도 백미는 밤하늘을 수놓는 불꽃놀이였다. 명당을 차지하려고 다들 엎치락뒤치락 난리였다.

한데 희한하게도 어머니는 구석 자리로 딸을 이끌었다.

"저기가 더 잘 보일 텐데요."

자미가 안달했다.

"곧 영감마님께서 오실 거다."

"아버지도 잘 보이는 자리를 좋아하시겠지요!"

재차 투정했지만 어머니는 들어주지 않았다.

명당이 아니라도 불꽃은 그럭저럭 보였다. 펑펑 터지는 빛깔을 보노라니 자미는 불평마저 잊었다. 그저 절경에 넋이 빠졌다.

"…때가 되었습니다, 부인."

한창 절정으로 치닫는데 뒤에서 아버지가 다가왔다. 아침 일찍 출청하실 때처럼 사모관대를 단정히 갖추셨다.

어머니는 초조하게 고개를 끄덕였다.

"자미야, 잠깐 따라오너라."

그러자 아버지가 불꽃놀이에 몰입한 딸만 슬쩍 끌어당겼다. 떠들썩한 인파를 빠져나갔다.

"어디 가시는데요?"

아버지는 대답하지 않았다. 한데 태도가 매우 괴상했다. 얼굴이 파랗게 질려서는 관모 아래로 흐르는 땀을 자꾸 닦았다.

"더우세요?"

한겨울에 별꼴이었다.

"아니다, 아니야…."

아버지는 앓는 소리만 냈다.

그러더니 또 갑자기 걸음을 멈추었다. 아버지의 시선은 저만치 어둠이 내려앉은 나무 사이에 붙박여 있었다.

"…자미야, 너 잠깐 여기 서 있어라."

반면 자미의 눈에는 아무것도 보이지 않았다. 불빛은커녕 인기척조차 없었다.

"아비가 돌아올 때까지 기다리렴."

"소녀 혼자서요?"

"잠시 다녀올 곳이 있단다."

"무서운데요."

자미는 으슥한 응달을 넘겨보았다.

"안다."

아버지는 미간을 찡그렸다.

"그래도 혼자서 가만히 여기 있어라."

반문이 통할 것 같지 않았다. 아버지는 평소와 달리 강압적이었다. 곡절을 차분히 설명하지도 않았다.

"알겠습니다."

영문이야 모르겠다만, 자미는 아버지를 믿었다.

"정 원하신다면요."

아버지는 어린 딸의 꿋꿋한 미소를 안쓰럽게 응시하더니 어디론가 사라졌다.

홀로 남은 자미는 정말로 시키는 대로 했다.

어깨를 쫙 펴고 허리를 곧추세웠다. 시선은 새카만 어둠의 정면에 두었다. 턱은 살짝 끌어당기고, 입술은 벌어지지 않도록 다물었다.

양갓집 규수다운 정자세였다.

그대로 서서 움직이지 않았다.

맹렬한 찬바람이 살갗을 할퀴어도, 저만치서 까닭 모를 희미한 소리가 들려도, 짙은 어둠 속에서 누가 튀어나올세라 두려워 가슴이 쿵쿵 뛰어도….

"…정녕 아무도 없느냐!"

그러나 낯선 목소리가 불쑥 귓전을 때렸을 때는 심장이 멎을 뻔했다.

저만치서 걸어오는 한 소년이 보였다.

은사를 박은 두툼한 호건을 쓰고, 푸른 두루마기를 입은 꼬마 도령이었다.

자미와 또래였는데 용모가 몹시 빼어났다.

얼굴이 희고 입술은 붉었다. 눈매가 그윽하고 콧대는 오뚝했다. 까닭 모르게 스산한 풍모는 덤이었다.

아마도 마찬가지로 나례에 초청받아 온 사대부가 자제일 터였다.

"아지!"

소년이 적막 속에서 두리번거렸다.

"백 상궁!"

예민한 미성이 허공을 찔렀다.

"춥고 무섭단 말이야!"

돌아오는 대답이 없자 소년이 작은 주먹을 꽉 쥐었다.

"…날 혼자 두지 말라고!"

단순히 두려움만으로 보이지는 않았다. 소년은 어둠 너머에서 도사리는 것, 어둠보다도 더 깊은 어떤 심연을 피하고 싶은 눈치였다.

"어마마마!"

그러다가 마지막으로 갈구한 대상은 좀 희한했다.

"…어마마마."

다른 사람들을 찾을 때와 달리 체념으로 흩어졌기에 더욱 그랬다. 자미는 소년의 눈가에 언뜻 맺힌 눈물을 발견했다.

공포심 때문이 아니었다. 분명 그보다 훨씬 처연한 감정의 발로였다.

소년이 얼른 눈가를 훔쳤기에 더욱 확신했다.

"길을 잃으셨습니까?"

보다 못한 자미가 손에 쥔 작은 초롱과 함께 다가갔다.

"누구냐!"

소년은 갑작스럽게 조우한 빛을 이질적으로 여겼다.

"궁궐이 워낙 넓어 미아가 되셨지요?"

자미는 선심을 썼다.

"곧 있으면 제 부친께서 오실 겁니다. 여기서 함께 기다렸다가 도움을 청하시지요."

"난 미아가 아니다."

얄궂게도 소년은 썩 고마워하는 눈치가 아니었다.

"집에서 길을 잃는 바보가 세상에 어디 있다고…."

오히려 씨근덕거렸다.

"넌 어느 궁방의 궁녀냐?"

위아래로 훑어보던 눈빛이 순간 호기심으로 변모하였다.

"잠깐, 아니야, 바깥사람 같은데…?"

"무슨 바깥이요?"

"하긴, 오늘 같은 날이라면 충분히 흘러들어올 만하지."

소년은 자미의 반문을 듣지도 않고 중얼거렸다.

"외인外人과 접하는 건 처음이군."

희한한 생물이라도 관찰하는 듯한 시선이 거북했다.

"넌 여기서 혼자 무얼 하느냐?"

그러다가 소년은 대뜸 질문을 바꿨다.

"부모님을 따라 나례를 구경하러 왔다가…."

박력에 밀려 자미는 곧이곧대로 대답했다.

"볼일 보고 오실 동안 여기 있으라기에 기다리는 중인데요."

"몸종도 없이 혼자?"

소년이 미간을 찡그렸다.

"네 아비의 이름이 무엇이냐?"

대놓고 하대하는 빳빳한 태도가 슬슬 성가셨다.

"그러시는 그쪽은 뭔데요?"

"…그쪽?"

"부친의 존함이 어찌 되시기에 청승맞은 처녀 귀신처럼 밤길을 헤맨답니까?"

"청승맞은…. 뭐?"

소년은 기가 막힌 듯 혀를 찼다.

"감히 성상의 휘를 여쭈다니…. 외인은 원래 겁이 없나?"

불편한 기색으로 그가 얼버무렸다.

"난 바깥에서 온 사람들이 여기서 보격구(步擊毬, 걸어 다니면서 공을 치는 놀이)를 한다는 소리를 듣고 왔다."

소년이 새삼스레 주변을 둘러보았다.

"한데 공놀이는커녕 정신 차리고 보니 궁인들까지 다 사라지고 없더라."

"왜 보격구 하는 무리를 찾아왔는데요?"

"그야 나도 끼워줄 수 있나 싶어서지."

선망과 미련이 엿보였다.

"내 또래와 어울리고 싶었는데…."

아무래도 희망이 없자 소년이 어깨를 축 늘어뜨렸다.

"뭐, 설령 찾아냈어도 나와 놀지는 않았겠지. 잘못 건드렸다가는 사돈의 팔촌까지 목이 날아갈 텐데…."

"들쑤셨다간 큰일 나는 벌집이라도 되십니까?"

"게다가 난 만날 앓아눕느라 노는 방법도 모르니…."

소년은 자미의 핀잔을 듣지도 않았다.

"이렇게 재미없고 딱한 놈이랑 어울려 놀 사람은 아무도 없다."

지독하게 외로운 한탄이었다.

"하면 저랑 놀면 어떻습니까?"

친구가 필요해 보였다. 심성이 착한 자미는 선뜻 손을 내밀었다.

"마침 여기 또래도 있고, 공도 있는데요."

자미는 아까 어머니한테서 기어코 뜯어낸 공을 자랑스레 내보였다.

"…여자랑 공을 친다고?"

"왜, 아니 됩니까?"

소년은 머뭇거렸다. 붙잡아주기를 간절하게 바라면서도 내심 저항감을 느끼는 눈치였다.

"흥, 겁나나 보네."

자미는 약 올리듯 긁었다.

"하긴, 기생오라비처럼 생겨서 공놀이는 무슨…."

"겁나긴 누가 겁나!"

재까닥 소년은 미끼를 물었다.

"그리고 칭찬은 하도 들어서 씨알도 안 먹히니까 아첨하지 마라."

"웬 아첨?"

"나더러 기생오라비라면서?"

소년은 뻔뻔했다.

"곱상하니 잘생겼다는 뜻이잖아!"

"뭐래, 허여멀겋고 비리비리하다는 뜻이거든요!"

옥신각신하다가 결국 소년이 핏대를 세웠다.

"오냐, 어디 제대로 한번 겨뤄보자!"

"아, 좋습니다! 처참하게 깨질 준비나 하시지요."

두 사람은 씩씩거리며 굴러다니는 나뭇가지를 주웠다. 나름대로 장시(杖匙, 격구에서 쓰는 나무 채)를 마련한 셈이었다.

거기까지는 좋았다.

문제는 둘 다 격구를 해본 적이 없다는 사실이었다.

나뭇가지로 애꿎은 공을 때리고 굴리며 우물쭈물했다. 그러다가 시원찮은 나무 공이 깨져서 두 쪽으로 갈라졌다.

"…역시 난 안 되는가 보다."

삽시간에 소년이 시무룩해졌다.

"평생 병상에서 홀로 썩을 팔자군."

"에이, 공은 버렸지만 또래는 아직 남아있잖아요."

괜히 안쓰러워서 자미는 명랑하게 수습했다.

"다른 놀이를 합시다."

"됐다."

솔깃했으면서 소년이 또 튕겼다.

"아, 만난 것도 인연인데 놀자고요. 재미있을 겁니다."

성가셔도 한 번 더 보챘더니 그가 안달 나지 않은 척 물었다.

"무슨 놀이?"

자미는 곰곰이 생각했다.

인연이라는 낱말의 의미와 거기에 얽혀 하늘과 땅이 뒤집힐 운명도 모르고서 호의를 내밀었다.

"…술래잡기!"

그리하여 그녀의 빛이 그의 어둠에 최초로 내려앉은 순간이었다.

태어나서 빛을 처음 마주하는 사람처럼 소년은 얼빠지게 물었다.

"술래잡기?"

"딱 좋잖아요. 맨몸으로도 때우고."

으쓱거리다 문득 자미는 노파심이 들었다.

"술래잡기가 뭔지는 아시지요?"

햇볕 한 번 안 쬔 무말랭이처럼 생겨서 혹시나 싶었다.

"설마 모르겠느냐!"

소년은 발끈했다.

"왜 어린아이 취급하는 것이냐?"

"어린아이를 어린아이로 대해야지 뭐 어떡합니까?"

자미는 몰래 까치발을 들어서 소년보다 키가 더 큰 척했다.

"두고 봐라. 내 금방 아바마마처럼 커질 테니까!"

덩달아 소년도 까치발을 들며 용썼다.

"우리 아바마마께서 얼마나 큰지 넌 모르지?"

"…아바마마?"

낯선 낱말에 자미가 갸웃거렸다.

"아, 아, 아무튼, 네가 먼저 술래해라!"

뜨끔한 표정으로 소년이 허둥대더니 달음박질쳤다.

"어디 한번 날 잡아보라고!"

"너무 멀리 가지는 마세요!"

꽁무니에 대고 자미가 외쳤다. 소년은 성난 목소리로 화답했다.

"어린아이 취급하지 말라니까!"

그렇지만 영락없는 어린아이였다. 달려도 꼭 잡힐 만한 여지를 남겼다.

자미는 뒤에서 쫓아가는 척하다가 홱 방향을 틀어 그를 덮쳤다.

한두 번 당했으면 대처할 법도 한데, 소년은 자꾸 일부러 잡히고 싶은 사람처럼 미적거렸다.

"…잡았다!"

이번에도 자미는 손으로 소년의 등을 쳤다.

"너 의외로 발걸음이 재구나."

소년은 부루퉁하게 중얼거렸다.

"어떻게 그리 귀신 같이도 쫓아오느냐?"

자미는 킬킬거릴 뿐 비법을 알려주지는 않았다.

"단념하시지요."

대신 약을 올렸다.

"어디로 가든, 어디에 숨든…. 어떻게든 쫓아가서 잡아낼 거니까요."

"정말?"

한데 소년의 반응이 희한했다.

약이 오르기는커녕 오히려 싫지 않은 눈치였다. 마치 평생 누군가가 자신을 붙잡아주기만을 바란 것처럼 말이다.

"음, 이제 제가 도망갈 겁니다."

까닭을 모르는 자미는 천진난만하게 말을 돌렸다.

"난 술래하기 싫어."

소년이 중얼거렸다.

"행여 널 못 잡을까 봐 조마조마하다."

"그게 묘미지요."

자미는 까르르 웃었다.

"절대 못 쫓아올 곳으로 갈 테니까 어디…."

"싫어, 그러지 마라!"

소년의 낯이 창백해지더니 조급하게 나섰다.

"꼭 내가 잡을 수 있게…."

그러다가 돌부리에 걸려 넘어지고 말았다. 뛰려다가 말고 자미는 깜짝 놀라 소년에게 다가갔다.

"괜찮으십…, 아!"

한데 소년의 까진 무릎이 문제가 아니었다.

"버, 버, 벌레다!"

소년이 넘어지는 발길에 흙이 차여 땅이 파였다. 징그러운 형상이 꾸물꾸물 기어 나왔다.

"꼴에 여인이라고 벌레는 무서워하는구나."

소년은 의기양양하게 벌레를 잡아 눈앞에 들이댔다.

"아, 하지 마시라고요!"

자미는 펄쩍 뛰었다.

"또 건방지게 굴면 아주 혼내줄 테다."

실컷 승리감을 느꼈는지, 소년은 만족하며 벌레를 짓눌러 죽이려 했다. 자미는 황급하게 만류했다.

"잠깐만, 죽이지 마십시오!"

"징그럽고 보기 싫다며?"

"그렇다고 죽일 것까지는 없습니다."

자미는 원래 자리에 벌레를 넣어주라고 채근했다. 못마땅하지만 소년은 시키는 대로 했다.

"여기는 이 녀석의 집인데 우리가 침범한 것입니다."

원래 있던 모양대로, 자미는 벌레를 흙으로 덮었다.

"한낱 미물의 집이라도 함부로 들쑤셔서는 아니 됩니다."

다시 파헤쳐지지 않도록 꾹 눌러주기까지 했다.

"…외인은 참 괴상하군."

소년은 물끄러미 자미를 바라보았다.

"궁중에서는 사람이 귀신처럼 사라져도 눈 하나 깜짝 아니하는데…."

시선 속에 슬픔이 깃들어 있었다.

그 사연이 궁금했지만 자미에게는 궁금증을 풀 기회가 없었다.

"…아기씨."

두 꼬마에게 훼방꾼이 나타난 탓이었다.

연두색 옷을 입은 사내가 홀연히 나타나 소년을 불렀다. 어른인데 턱에 수염이 한 올도 없어서 이상했다.

"그만 침소로 돌아가시지요."

"날 두고 어디 갔다가 이제 나타나서 잔소리냐?"

소년은 반항적으로 대꾸했다.

"싫다. 더 놀다 가련다."

"대전의 분부이옵니다."

수염 없는 사내가 고압적으로 덧붙였다.

"…알겠다."

소년은 움찔하더니 떼를 쓸 엄두도 안 나는 양 중얼거렸다.

떨어지지 않는 걸음을 억지로 돌리려다가 말고, 소년은 아까 두 쪽으로 쪼개진 나무 공을 주워들었다. 그러고는 소중한 기념품처럼 챙겼다.

"망가졌는데요?"

자미가 어정쩡하게 배웅하며 물었다.

"아니야. 망가지지 않았어."

소년은 입술을 꾹 깨물며 도리질 쳤다.

아까처럼 지독하게 외롭고 친구가 필요해 보였다. 하여 자미는 다시 손을 내밀었다.

"좋습니다. 그걸 보면서 벗과 공을 친 날을 잊지 마시던가요."

"…벗?"

소년의 동공의 희망처럼 흔들렸다.

"예, 나중에 다시 만날 때 알은체하려면…. 지나가다가 우연히 만나서 공을 친 사이보다는 벗이 낫잖아요?"

"다시 만날 수 있어?"

"어디로 가든, 어디에 숨든…. 어떻게든 쫓아가서 잡아낼 거라니까요."

자미가 천진하게 웃었다.

"…고맙다. 날 잡아줘서."

소년은 조그마한 손으로 나무 공을 꽉 쥐었다.

"이 어두운 밤에 네 빛을 발견해서 행운이었구나."

그러고는 얌전히 수염이 없는 사내를 따라 원래의 어둠 속으로 조용히 사라졌다.

자미는 다시 혼자 남았다. 그래도 소년이 남긴 온기 덕분에 더는 무섭지 않았다.

"…한데 우리 아버지는 언제 돌아오신담?"

능청스럽게 혀를 끌끌 찰 여유도 있었다.

"어린 여아가 무척 신묘하군."

바로 그때였다.

소년이 사라진 어둠 속, 나무 사이에서 낯선 사람이 걸어 나왔다.

키가 무척 크고 토끼 귀처럼 기다란 모자에, 붉은 옷을 입은 사내였다.

"필시 무섭고 어리둥절했을 텐데도, 가장의 명에 우선 순종하는 태도가 첫째요….”

사내가 자미를 훑어보며 말했다.

“사내를 예우하고 싹싹하게 대접하는 성품이 둘째라….”

그러더니 곧 까닭 모를 미소를 지었다.

“오늘 본 두 가지 풍모가 남다르군.”

누구시냐고 물으려는 찰나, 뒤에서 공손히 따라 나오는 아버지가 보였다.

“여식의 나이가 어떻다고 했지?”

“원자 아기씨와 동년생이옵니다.”

정체 모를 사내가 묻자, 아버지는 공손히 대답했다.

“멀리서 지켜볼 때도 행동거지에 품위가 있더니만…. 가까이서 보니 자태가 무척 곱소.”

“망극하옵니다.”

“장안 최고의 며느릿감이라더니 헛소문은 아니었구려.”

어쩔 줄 모르고 아버지는 허리를 깊게 숙였다. 무심코 자미도 흙바닥에 엎드려 절을 올렸다.

“과인이, 흠! 내가 누구인지 아느냐?”

사내가 질문하는 상대가 바뀌었다.

“모르겠습니다.”

“당상관의 여식이 누구인지도 모르는 이에게 절을 올리느냐?”

“비록 소녀가 모르는 분이오나 아버지께서 공손하게 대하시는 모습을 보았으니, 자식으로서 마땅히 따라야지요.”

“현답이로다.”

이제 사내는 더없이 만족하는 기색이었다.

“좋다. 내 너에게 하문할 것이 있느니라.”

사내는 잘 정돈된 턱수염을 문질렀다.

"…아까 만난 아이가 어떻더냐?"

그 잘생기고 예민한 소년을 가리키는 뜻임을 천천히 깨달았다.

"음, 재미있고 즐거웠지만…."

영문을 모르면서도 자미는 착실하게 대답했다.

"어쩐지 가여웠습니다."

"가여웠다고?"

"실상 다른 감정에 사로잡혀 있으나, 당장은 눈앞의 어둠에 겁먹은 척 스스로 속이는 것 같았기 때문입니다."

"…생각지도 못한 의견이구나."

사내는 묘한 표정을 지었다.

"그저 두려움 때문만이 아니라면…. 저 아이가 어떤 감정에 지배당하고 있다는 뜻이냐?"

"거기까지는 모르겠습니다."

생판 모르는 사이니 당연하다.

"다만, 옆에서 누군가가 도와주면 좋을 것 같습니다. 온전히 감정을 직시할 수 있도록요."

"그래서 네가 어울려 준 게냐?"

"뭐, 친구가 되어서 나쁠 건 없으니까요."

어린 자미는 천진난만하게 생각했다.

"하면 앞으로도 네가 도와줄 수 있겠느냐?"

붉은 옷의 사내가 눈을 번뜩였다.

"만약 너와 저 아이가 같은 길을 걷는 사이가 된다면 말이다."

"물론입니다. 최선을 다해 돕겠나이다."

괴상한 질문에 자미는 갸웃거렸다.

"벗이 되기로 했으니까요."

"네가 도우면 저 아이는 나아지겠느냐?"

사내의 질문이 꼬리를 물었다.

"…그렇지는 않사옵니다."

"어째서?"

"사람은 결국 스스로 이겨내야 할 몫이 있는 법입니다."

자미는 단호하게 말했다.

"그러니 무엇이든 스스로 해내야만 유효할 것입니다."

"저 아이 스스로 이겨내야 한다…?"

왠지 사내는 전혀 불가능한 일이라고 여기는 기색이었다.

"그래도 소녀가 약조할 순 있습니다."

자미는 천진난만하게 선언했다.

"벗이니까 끝까지 옆에서 돕겠다고요."

특유의 선한 마음씨 때문이었다.

"절대로 포기하지 않고요."

자신이야말로 스스로 운명에 족쇄를 채우는 줄도 모르고서.

"…절대로 저 아이를 포기하지 않고 돕겠다고?"

사내의 굳은 얼굴에서 미심쩍은 희망이 번뜩였다.

어쩌면 그 역시 저 소년만큼이나 어둠을 비춰줄 한 줄기 빛을 찾아 다녔는지도 모를 노릇이었다.

"…과연 놓치고 싶지 않은 규수란 말이지."

수염을 쓸며 사내가 중얼거렸다.

자미는 어린아이였다. 이 뜬금없는 시험의 향방도, 너무나 흡족하게 바라보는 사내의 시선도, 불안함을 겸허하게 감추는 아버지의 표정도…. 무엇 하나 제대로 이해하지 못했다.

그저 아주 오랜 세월이 흐르고서야, 이날 만난 붉은 옷을 입은 사내가 임금이었음을 깨달았을 뿐이다.

그리고 깨달았을 때는 이미 늦은 뒤였다.

***

새해가 밝고서 한동안은 별일이 없었다.

아버지를 향한 임금님의 총애는 한결같이 깊었고, 장남인 근호 역시 덩달아 승승장구했다.

덕분에 곳간은 마를 날이 없고, 단란한 기와집을 우러르는 칭송도 그치질 않았다.

연말부터 이어진 걱정이 무색했다. 늦봄까지도 영 꺼림칙해하시던 어머니도 비로소 긴장을 풀고 명랑하게 지내셨다.

하지만 미처 몰랐을 뿐, 운명은 교활하게 다가오는 중이었다.

그리고 모두가 방심했을 때 갑자기 문을 두드렸다.

자미는 운명의 그날을 정확히 기억했다.

대체로 아침은 평이하게 흘러갔다. 홰치는 소리를 듣고 깨어나 아침을 먹고, 얼굴을 씻고, 간단한 글자를 배우고, 자수를 놓았다.

한데 정오 넘어갈 즈음, 천지가 송두리째 뒤집혔다.

"…아이고, 안방마님! 이를 어쩌면 좋습니까!"

한창 바늘을 붙잡고 씨름하는데 바깥이 소란스러웠다. 깜짝 놀란 자미는 반짇고리를 내려놓고 문을 열었다.

"어쩜 이럴 수가…."

어머니가 마당에 주저앉아 울먹이고 계셨다.

고귀한 혈통에 부끄럽지 않도록 체면과 품위를 지키는 일에 평생 헌신하신 분이 치맛자락에 흙을 묻히시다니?

"…자미야."

어린 딸자식을 발견하자, 생선의 눈처럼 죽었던 어머니의 안구에 총기가 약간 돌아왔다.

썩 좋은 징조는 아니었다.

박복한 운명이 비단 그녀 자신에게만 국한된 것이 아니라는 동병상련의 암시일 뿐이었다.

"잘 들어라, 자미야."

어머니는 시비들을 물리쳤다. 자미만 데리고 방으로 들어가 문을 꼭 걸어 잠갔다.

"아무래도 영감마님께…, 일이 생긴 것 같구나."

아버지를 남처럼 일컫는 목소리가 몹시 떨렸다.

"그렇게 만류해도 듣지 않으시더니…."

왈칵 터진 눈물로 어머니는 흐느꼈다.

"무슨 일입니까?"

불안감에 질식하던 자미가 용기 내어 물었다.

"…몇 년 전에 중전마마께서 폐출되어 궐 밖으로 나오셨단다."

"임금님께서 왕비님을 쫓아내신 겁니까?"

"그래. 한데 영감마님께서는 그때 주상전하의 뜻을 반대하셨어."

"어째서요?"

"시부모를 모시고 자식을 낳아준 조강지처를 내치는 일은 옳지 못하다고 믿으시니까."

"당연하지요. 아버지 말씀이 옳습니다."

무심코 자미가 거들었다.

"그럴지도 모르지."

어머니는 허탈하게 웃었다.

"하지만 상감마마께서는 그렇게 생각하지 않으셨어."

곧 웃음기는 사라졌다.

"그 일로 영감께서는 주상전하의 노여움을 샀지만…."

구체적인 이야기를 삼켰어도 암시하는 바는 짙었다.

"워낙 성총이 깊어 무사히 넘어갔다."

"다행이었네요."

"…한데 이번에는 그러지 못할 것 같다."

어머니의 얼굴이 창백하게 질렸다.

"요전날 주상전하께서 폐비를 사사하라 명하셨거든. 궁에서 내쳐지고도 뉘우칠 줄 모르는 죄인이라면서."

임금이 죄인에게 사약을 내려 죽이겠다는 뜻이다.

"이에 영감마님께서 또 반대하며 맞서셨다."

어머니가 한숨 쉬었다.

"하긴, 폐비의 신세가 딱하기는 하지…."

폐비는 슬하에 소생을 두 명 두었다고 한다.

한 명은 갓난아기 대군이었는데, 폐비가 폐출되고서 며칠 후에 졸하였다.

다른 한 명은 원자 아기씨인데, 지극히 편찮으셔서 사가에서 피접 중이란다.

"영감께서는 이런 와중에 어찌 그 생모를 죽일 수 있겠느냐고 주청하시더라."

자미의 귀에는 다시금 옳은 의견으로 들렸다.

"그렇지만 성심이 워낙 완고하시어 받아들여지지 않았단다."

어머니가 말했다.

"주상전하께서는 너그럽고 인자하신데, 폐비의 문제에 한해서는 절대 자비심을 보이지 않으시거든."

"어째서요?"

"글쎄…. 아무튼, 반대소를 올리던 다른 사람들은 점차 뜻을 꺾었단다."

"아버지께서는 꺾지 않으셨군요?"

자미가 익히 아는 부친은 그런 사람이다.

강직하고 한결같은 직선이요, 한 번 마음 먹으면 절대 포기하지 않는 대쪽이다.

"그래."

반면에 어머니는 쉽게 체념하는 편이다.

"임금께서 폐비를 사사하심은, 곧 아버지가 아들의 어머니를 죽이는 패륜이니 끝까지 불가하다고 버티시다가…."

마저 잇지 못하고 어머니는 두 손에 얼굴을 파묻었다.

"…주상전하께서 노하셨다."

흐느끼는 잇새로 공포심이 쏟아졌다.

"정녕 크게 진노하셨어!"

"아버지는 어떻게 되셨습니까?"

자미는 입술을 깨물었다.

"파직당하고 멀리 섬으로 정배定配 되셨다."

"귀양 가셨다면 금방 되돌아오실 수도 있잖아요?"

"아니야."

어머니는 고개를 저었다.

"머지않아 사약을 받으실 거다."

"설마요."

절망의 물에 빠진 자미는 주섬주섬 지푸라기나마 잡았다.

"아버지께서는 좋은 집안에서 태어나 장원급제를 두 번이나 하신 분이고, 어머니는 대군의 따님이신데…."

한때는 당연히 고아한 난초라고 여겼지만, 하룻밤 새 시든 지푸라기였다.

"우리는 지존께서 군림하시는 땅에서 살고 있단다."

어머니에게는 차마 그 지푸라기를 잡아볼 여력도 없었다.

"임금님의 진짜 분노 앞에선 올바른 명분이든, 번드르르한 허울이든, 아무것도 버티지 못해."

허망한 패배감만 여실했다.

"하물며 그런 지존께서 맏아들의 생모까지 죽이시는 마당에…. 네 아버지가 쓴 감투나, 내 혈맥에 흐르는 왕실의 피가 무슨 소용이겠느냐?"

어머니는 자미 역시 패배하고 무너지도록 기다렸다.

"오라버니들은요?"

과연 현실을 직시할수록 수렁이었다.

"마찬가지로 파직당해 유배지로 갔다."

부친을 따라 조정에 출사한 자식들까지 전부 끝장난 것이다.

"어미에게 하직 인사 올릴 틈도 없이…."

메마른 어머니의 뺨에 눈물이 흘렀으나 오래가지는 않았다.

"…이제 너와 나의 차례다."

규방에도 당면한 몫이 있기 때문이다.

"주상전하께서 영감마님의 죄를 역률逆律에 준하여 다스리시는 것 같다."

"대역죄로 취급하신다면…!"

비로소 자미는 어머니가 왜 흙바닥에 주저앉았는지 이해했다.

너무 심한 처사다.

대역죄는 이 나라에서 지을 수 있는 가장 중한 죄다. 으레 높으신 정승의 집안마저 순식간에 풍비박산이 날 만큼 엄벌한다고 들었다.

"으레 양갓집 부인들끼리 하는 이야기가 있지."

어머니는 힘없이 중얼거렸다.

"조정에 출사한 사내가 목숨을 잃고 나면, 그를 섬기던 여자들은 목숨만 빼고 모든 걸 잃은 채 계속 살아가야 한다고…."

한때는 괴담이었을 그 말은 현실이 되었다.

"설마 내 이야기가 될 줄은 몰랐구나."

어머니의 마지막 한탄은 바깥의 소란에 묻혀버렸다.

견고한 대문을 함락시키려는 사람들과 이를 막으려는 시비들이 뒤엉켜 다퉜다.

어머니는 싸우지 않았다. 걸어 잠근 빗장을 풀었다.

금군들이 들이닥쳤다. 규방을 넘지 못하는 그들을 대신해 신분 높은 여자를 포박한다는 의녀도 보였다.

그리고 지금까지 자미가 알던 세상은 끝났다.

집안의 가장인 신병선이 유배지에서 사약을 받았다. 아들들은 산골짜기 여기저기로 뿔뿔이 흩어졌다.

집안의 안주인과 고명딸, 배냇짓이나 하는 막내아들은 노비가 되어 장단(長湍, 오늘날 경기도 파주 인근) 관아로 보내졌다.

자미는 더 이상 이 나라 최고 명문가의 규수가 아니었다. 장안에서 으뜸으로 꼽는 며느릿감도 아니었다.

그저 비천한 관비였다.

참 이상했다. 아버지가 존귀할 때는 바란 적 없는 대접까지 받았는데, 반대로 아버지가 몰락하자 역시나 원치 않은 멸시의 늪에 빠졌다.

정작 자신은 변한 구석 없이 그대로일뿐더러, 이 모든 상황에 숟가락을 얹은 적도 없는데 말이다.

좌절감이 들었다.

제 존재는 남의 인생에 끌려가거나, 보상으로 주어지는 꼭두각시와 다름없었다.

여자의 인생은 원래 아비를 따르고, 지아비를 따르고, 아들을 따르는 법이라는 이치만으로 납득하려니 도리어 더 슬퍼졌다.

한데도 자미는 아직 전부 잃은 게 아니었다.

박탈당할 자아가 하나 더 남아있었다.

"…다음, 이름이 무엇이냐?"

새로이 배속된 노비의 인적을 정리하던 아전(衙前, 지방 관아의 하급 관리)이 물었다.

당상관댁 규수 시절에는 듣도 보도 못한 무례한 말투였다.

"신가 자미라고…."

어물어물 말을 높이려는데 그마저도 잘라 먹혔다.

"아이고, 거창하기도 해라."

아전은 귀찮다는 듯 붓을 홱 튕겼다.

"어차피 신씨 성의 관비니까…. 신비愼婢!"

그의 눈빛은 아버지나 오라버니들처럼 자상하지 않았다. 험상궂고 냉정했다.

그저 밑바닥에 선 계집을 업신여기는 사내의 시선이었다.

"생년은 어찌 되느냐?"

"병신생丙申生입니다."

갈기갈기 찢긴 자존심을 감추기 위해 자미는 품속의 아우를 꼭 끌어안았다. 어머니에게는 갓난쟁이 자식을 챙길 기력조차 남지 않았다.

아전은 그 미약한 자기방어 행위마저 야멸치게 바라보았다.

이러구러 차례가 끝났다. 다음 지시를 기다리는 동안, 자미는 쏟아지는 관심을 느꼈다.

모두가 그녀를 가리키며 입방아를 찧었다.

다들 임금님께서 너무 가혹하시다고 혀를 찼다.

너그러운 성군이신데 왜 폐비와 관련된 문제에서는 자비가 없으신지 모르겠다고도 했다.

그러나 다수의 동정심만으로 엎질러진 물을 돌이킬 순 없었다.

아니, 주워 담는 시늉조차 허용되지 않는 밑바닥만이 기다리고 있었다.

***

으레 관아의 여종은 허드렛일을 도맡는다. 주로 물을 긷고, 밥과 차를 준비하고, 대청마루를 닦았다.

자미와 어머니는 육방(六房, 지방 관아의 행정기구) 관리들의 안식구를 시중들게 되었다.

수령(守令, 지방 관아의 장)과 향리들에게는 부인이며 딸이 있으니 필요한 일이었다.

솔직히 다른 고역에 비하면 나쁘지 않았다. 당장은 천인 신세라도, 곧 한양으로 돌아갈 양반으로 여겨졌기 때문이었다.

고관대작은 임금의 노여움을 사더라도, 금방 복관 되는 경우가 비일비재하다.

하여 척을 졌다간 후일 난처해질 수 있다며 조심스레 대할 만도 했다.

개중에서도 특히 수령은 사대부 가족의 몰락을 착잡하게 여겼다.

"나한테도 딱 너만 한 딸자식이 있거늘…."

같은 사족士族으로서 동병상련을 느낀 모양이었다.

"네 부친께서는 고매한 선비셨다."

너그럽게도 수령은 자미를 위로했다. 양반들은 군왕에게 맞설지라도 끝까지 신념을 지킨 아버지의 모습을 흠앙하는 듯했다.

"궂은일은 피하도록 도와주마."

상당한 선심이었다.

한데도 어머니는 받아들이지 못했다.

"나는 부영대군釜嶺大君의 딸이니 곧 임금의 손녀다."

어르고 달래도 꼼짝하지 않았다. 망부석처럼 앉아 핏줄의 자부심만 중얼거렸다.

"비천한 관비의 일을 할 순 없어."

다른 사람 같았으면 진즉 멍석말이를 당했을 터였다.

하지만 어머니가 하도 당당하게 뻗대니 관아의 모든 이가 압도되었다.

고귀한 왕족에게 억지로 천역을 시켰다가 나중에 복관이라도 된다면…. 꺼림칙해서라도 강요하지 못할 만했다.

그러나 황당해서 얼떨결에 베푼 호의인 만큼 시간문제였다.

세상에는 눈칫밥이 있다. 지방 관아처럼 작고 결속된 사회라면 더더욱 그랬다.

어떻게든 어머니의 외골수 언동을 만회하지 않으면, 대가를 치를 터였다.

하여 자미는 자존심을 몽땅 버렸다. 갓난쟁이 아우를 업고 온종일 종종거렸다.

수령의 부인이 얼굴 씻을 물을 덥혔다. 규방을 찾는 손님들에게 낼 밥상과 다과를 차렸다. 여인들이 벗어 내놓는 빨랫감을 두드리고 문질렀다.

"부끄러운 줄 알아야지."

늦은 저녁 녹초가 되어 방에 돌아갈 때마다 어머니는 힐난했다.

"반가의 규수가 손에 물을 묻히다니…!"

자미에게는 반박할 체력도 없었다.

"윤호한테 젖이나 물려주세요."

대신, 내내 업고 있던 막내아우를 어머니에게 넘겼다.

"배를 곯아 계속 울었습니다."

"지체 높은 부인은 수유하지 않는 법이다."

어머니는 울다 지친 늦둥이 자식의 뺨을 어루만지면서도 고집을 부렸다.

"유모를 불러야지."

"더 이상 윤호에게는 유모가 없잖습니까."

현실을 회피하는 어머니에게 자미는 간청했다.

"제발 벌써 포기하지 마세요. 소녀와 윤호에게는 어머니가 필요합니다."

그래봤자 어머니는 요지부동이었다. 하릴없이 자미는 아우를 도로 업고 젖동냥하러 다녔다.

다행히 수령의 자식을 돌보는 유모가 도와줬다. 그녀는 아우에게 젖을 물리면서, 아마 어머니는 자식을 먹이고 싶어도 젖이 돌지 않았을 거라고 귀띔했다.

어머니의 표면적인 고집 아래 더 깊은 절망이 있을 수도 있겠거니 짐작하자 안쓰러웠다.

본인 말마따나 애초에 대군의 딸로 태어난 분이다. 수치스러운 새 환경에 적응하기 어려울 터였다.

"이렇게나마 가족과 함께 있으니 감사해야지…."

자미는 산으로, 섬으로, 뿔뿔이 흩어져 귀양 간 오라비들을 떠올리며 밤하늘을 하염없이 보았다.

근호 오라버니가 가르쳐준 별자리가 제자리를 지키고 있었다.

관아의 안식구들은 대부분 착한 사람들이었다. 긍휼히 여겨 상냥히 대해주었다.

그러나 딱 한 명, 예외가 있었다.

바로 이방의 딸이었다.

이방 노형식은 수령 다음으로 실권자였다. 아니, 임기가 끝나면 떠날 수령과 달리 토박이라서 입김이 더 셌다.

비록 중앙의 사족에는 못 미치더라도, 고을 백성들이 쩔쩔매는 향리로서 위세가 높았다.

때문에 이방의 딸 역시 콧대가 높았다.

그녀는 흔히 언주 아씨라고 떠받들렸다.

관아를 제집처럼 드나들고, 관비를 수족처럼 부렸다. 아비의 감투를 빌려 쓰고 횡포를 부리는 꼴이었다.

안타깝게도 그런 언주 아씨가 요사이 점찍은 상대는 자미였다.

"…네가 한양에서 새로 왔다는 관비구나?"

첫 대면부터 조짐이 영 별로였다.

"장안에서 이름깨나 날렸다더니…."

자미를 샅샅이 훑던 그녀의 작은 눈이 심술궂게 빛났다.

"별것도 아닌 계집애네."

안광에서 투미한 시기심이 비쳤다.

바로 그때부터 갖가지 악랄한 괴롭힘이 이어졌다.

매를 때린다든가 육체적인 학대는 아니었다. 너그러운 수령 몰래 일을 벌이느라 교묘하게 사람의 피를 말렸다.

언주 아씨는 툭하면 트집을 잡았다.

자미가 널어둔 빨랫감을 진흙탕에 내동댕이쳤으며, 마시고 싶다기에 떠온 물은 바닥에 엎었다. 심심하니까 노래 부르고 춤춰보라며 억지를 쓰고선 조롱했다.

그녀는 모두가 보는 앞에서 면박을 주고, 무릎 꿇리고, 얼굴에 오물을 던졌다. 모욕감을 주려고 작정한 것 같았다.

"…별것도 아닌 년이 재수 없게!"

습관처럼 언주 아씨가 자주 내뱉는 비난에 정답이 있었다.

그녀는 장안에서 이름깨나 날렸다는 여자를, 저가 빌린 알량한 권력으로 깔아뭉갤 수 있답시고 으스댔다.

마치 그렇게 하면 제 값어치가 높아지기라도 할 것처럼.

덕분에 자미는 눈에 띈다는 이유만으로 타인의 시기와 질투, 혐오를 살 수 있다는 사실을 태어나서 처음 배웠다.

일방적인 무안과 조롱이 이어지자, 동조하는 사람들까지 생겼다.

줏대 없이 언주 아씨의 의견을 답습하며 툭툭 던지는 다른 목소리들도 자미의 가슴에 비수를 꽂았다.

몰락한 양반.

관비보다 못한 병신.

이미 버린 자존심의 부스러기가 약간 남아있었나 보다.

아니면 물정 모르는 화초라서 자존심을 제대로 버릴 줄 몰랐던가.

아무렇지 않은 척 버티는 마음이 이토록 괴로우니 말이다.

"…내 저고리를 빳빳하게 다려 놓으라고 했을 텐데?"

그렇지만 오늘도 자미는 목숨만 빼고 모든 것을 잃은 삶을 마주했다.

언주 아씨가 반듯하게 개킨 옷가지를 내동댕이치며 또 시비를 걸었다.

"구겨졌구나."

언주 아씨가 웃었다. 미소인데도 불쾌했다. 외양마저도 모난 성품만큼이나 잘못 만들어진 사람처럼 보였기 때문이다.

그녀는 나이가 자미보다 많은데 체구는 훨씬 작았다. 어린아이처럼 조그만 손발은 노숙하고 거무스름한 얼굴에 걸맞지 않았다.

"인두를 가져와라."

옹졸하게 벌어진 입술 사이로 누런 아랫니가 보였다.

"다듬이질하는 방법을 가르쳐주게."

작은 동공에는 악의가 꽉꽉 들어찼다.

"못생긴 낯가죽부터 쫙쫙 펴줄까?"

지글지글 끓는 인두보다도 그녀의 질시 어린 시선이 더 이글이글 불탔다.

자미는 겁먹지 않았다. 스스로 못생기지 않았음을 알았다.

되바라지게 떠들어봤자 언주 아씨는 진짜 저지를 배짱도 없는 겁쟁이라는 사실 역시 알았다.

하여 무표정으로 언주 아씨를 응시했다.

"…별것도 아닌 년이 재수 없게!"

과연 언주 아씨는 분해서 발을 굴렀다.

"아이고, 그쯤 해두십쇼, 언주 아씨! 원님께서 아시면 큰일 납니다요!"

인두질은 심하다고 생각했는지, 웬일로 언주 아씨의 몸종이 옆에서 말렸다.

"아, 그래! 네 어미가 무슨 대군의 후손이라면서?"

유감스럽게도 언주 아씨의 비뚤어진 심성에 기름을 끼얹은 셈이었다.

"그래서 궂은일 못한답시고 뻗댄다지?"

언주 아씨가 히죽거렸다.

“가서 끌고 와라. 버르장머리를 고쳐놓게.”

불길한 예감이 들었다.

이윽고 어머니가 계집종들에게 붙들려 왔다. 집에 들이닥친 금군을 맞이할 때만큼이나 저항하지 않았다.

“더는 양반도 아닌 주제에 특별 대접을 바란다면서?”

언주 아씨는 불쾌하도록 작은 체구로 어머니를 내려보았다.

“…나는 대군의 딸이고 임금의 손녀요.”

어머니는 현실을 또 외면했다.

“비천한 일은 하지 않소.”

“놀고 앉았네. 뒤를 봐주는 원님만 믿고서 이러느냐?”

언주 아씨가 코웃음 쳤다.

“수령은 길어야 오 년 채우면 떠나는 법.”

그리고 한 걸음 어머니에게 다가갔다.

“뜨내기 원님 말고, 우리 같은 토박이 아전들한테 잘 보여야 할 텐데.”

겁박이나 다름없었다.

“네 년들은 본디 양반이었다고? 죽어 나자빠진 지아비가 복관 되면 꽃가마 타고 한양으로 돌아갈 거라고?”

동시에 밑바닥으로 떨어진 귀부인을 조소하는 희열이었다.

“그래서 어쩌라고? 우리 텃밭에 있으면 우리 법을 따라야지.”

언주 아씨가 콧김을 뿜었다.

“내일부터는 다른 관비들처럼 물을 긷고 밥을 지어라. 알겠느냐?”

어머니는 대답하지 않았다.

“알겠느냐고 물었다.”

그래도 묵묵부답이었다.

"…싸리나무가 필요하겠군."

언주 아씨가 싸늘하게 중얼거렸다.

주변에서 말려도 소용없었다. 언주 아씨는 어머니의 옷고름을 잡아 뜯었다. 맨어깨를 싸리나무 회초리로 사정없이 후려쳤다.

자미는 어머니가 포기하지 않기를 바랐다.

맞서 싸울 용기가 없다면, 살아남는 용기라도 부리기를 원했다.

시키는 대로 하겠다는 둥 굴복하여 모면하면 될 텐데. 그리고 나중에 정말 신분을 회복하면 보란 듯이 되갚아 주면 될 텐데.

하지만 어머니는 그냥 포기했다.

날아드는 매를 고대로 맞았다. 차라리 지아비처럼 죽기를 바라는 것 같았다. 목숨만 빼고 모든 것을 잃는 삶보다는 죽음이 낫다고 생각하는 모양이었다.

적어도 죽음은 자존심을 지키기 쉬운 방법이다.

반면에 삶은 자존심을 지키기 어려운 방법이다.

"…어머니를 용서하십시오, 아씨!"

그래서 포기하지 않은 자미가 대신 또 자존심을 버리고 무릎을 꿇었다.

"어머니의 몫만큼 쇤네가 일하겠습니다!"

"빌려면 진즉 빌었어야지!"

언주 아씨가 자미에게도 싸리나무를 휘둘렀다.

"저까짓 게 잘났답시고 빳빳하게 굴더니만!"

자미는 왼쪽 뺨이 찢기고 나동그라졌다.

매질은 수령의 부인이 소란을 깨닫고 놀라 끼어들었을 때야 간신히 멈췄다.

관비를 가혹하게 대한 언주 아씨는 크게 꾸중 듣고 근신했다.

하지만 어머니가 입은 치명상을 돌이킬 순 없었다.

그날 이후로 어머니는 기력이 쇠하였다. 밤잠을 못 이뤘다. 밥과 국을 전혀 삼키지도 못했다.

그리고 곧 조용히 숨을 거두었다.

"여기 오고서 달포도 채 못 버텼구먼."

"어린 자식들만 남기고 허망하게 죽다니…."

싸늘한 주검을 수습하던 관비들이 속삭였다.

쉽게 포기한 어머니는 흙으로 돌아갔지만, 포기하지 않은 자미는 여전히 살아야 했다.

"…이제 정녕 우리 둘뿐인데."

영문도 모르고 배냇짓 하는 막내아우를 비탄 속에서 끌어안았다.

이 어린 것을 위해서라도 결코 포기하면 안 되겠지만….

자미는 앞날이 막막했다.

반드시 누이를 지켜주겠다던 근호 오라버니의 맹세가 떠올랐다. 결연한 의지와 굳은 장담에도 불구하고 끝내 지키지 못한 약속이기도 했다.

"과연 나는 널 지킬 수 있을까?"

그래서 자미는 더욱 자신감을 잃었다.

***

불행은 잔혹하게 연쇄한다.

동냥젖으로 이러구러 먹이던 아우가 아팠다. 안색이 파랗고 입술이 오므라진 채 헐떡였다. 억지로 입을 벌리니 좁쌀같이 하얀 점이 보였다.

때마침 관아는 술렁이는 중이었다. 보름 전에 수령의 처가 몸을 풀었는데, 갓난아기가 허약해서 고을 의원이 곧잘 드나들었다.

다행인지 불행인지, 수령의 자식도 자미의 아우와 증세가 비슷했다.

지푸라기라도 잡는 심정으로 자미는 수령의 처가 머무는 별채를 기웃거렸다.

문지방에 구멍을 뚫고 훔쳐보니, 고을 의원은 아기에게 희한한 처방을 내렸다.

얼마 지나지 않아 갓난쟁이의 오므라진 입술이 벌어지고 울음이 터졌다. 소생한 것이다.

힘차게 젖을 빠는 수령의 자식을 보며 자미는 희망을 품었다. 등에 업은 제 아우도 고칠 수 있을 터였다.

"…나리, 쇤네의 아우도 좀 살펴봐 주십시오!"

자미는 치사의 말을 잔뜩 듣고 나오는 의원에게 냉큼 매달렸다.

"원님의 자제분처럼 무척 아픕니다."

의원은 남루한 자미의 행색을 보고서 뿌리쳤다. 그래도 자미가 굽실굽실 비위를 맞추자 병든 아우를 살펴보았다.

"이미 손쓸 시기를 놓친 것 같은데…. 일단 바늘과 박하즙이 있어야겠군. 물론 꿀과 백강잠도…."

의원이 처방을 중얼거렸다.

"잠깐 여기 있어라."

그는 약재를 찾으러 갔다. 자미는 아우를 등에 업은 채 발만 동동 굴렀다. 기다리는 시간이 천년 같았다.

"흠! 네가 신비라고 불리는 아이가 맞느냐?"

한참 만에 되돌아온 고을 의원은 대뜸 괴상한 질문을 던졌다.

"예, 그렇습니다만…."

가만 보니 그의 낯빛이 달랐다. 아까는 좀 귀찮은 기색이었다면, 지금은 대단히 꺼림칙한 표정이었다.

"네 아우는 손 쓸 수 없겠다."

그러고는 절망적인 선언을 했다.

"약재가 워낙 귀하고 비싸서 천인에게는…."

"값을 치르겠습니다!"

주머니를 다 뒤져도 엽전 한 푼 없지만 자미는 다급하게 약속부터 앞세웠다.

"값이 문제가 아니다. 채취하는 과정 자체가 어려워서…."

우리나라에서는 아예 구할 수 없어 외국에서 오랜 시간에 걸쳐 들여오는 경우가 많다는 둥, 의원은 연신 어물거렸다.

"하면 쇤네가 어떻게 하면 되겠습니까?"

자미는 또 불길한 예감이 들었다.

"무엇이든 하겠습니다!"

"…아니, 아무것도 하지 않아도 된다."

의원은 고개를 저었다.

"약재는 귀해서 비천한 사람에게 막 쓸 수 없어."

"잠시만요. 제발…!"

눈앞이 노래졌다. 근호 오라버니와 함께 짚던 별은 보이지도 않았다. 끔찍한 절망만이 밤하늘보다도 더 어둡게 내려앉았다.

의원은 자미를 야멸치게 쳐냈다.

"날 너무 원망하지 마라."

그대로 떠나려니 양심에 찔렸는지, 그가 슬쩍 실토했다.

"…이방의 따님이신 언주 아씨께서 신씨 성의 관비에게는 쌀 한 톨도 베풀지 말라고 하셨다더라."

자미의 귀에 언주 아씨, 그 음험한 이름이 화살처럼 꽂혔다.

"우리 같은 백성들한테는 원님보다 아전이 더 무섭다. 한번 눈 밖에 나면 고을에서 살기가 팍팍해지거든."

잘 알지 않느냐며 중얼거리더니 기어코 의원은 떠나버렸다.

하늘이 무너지는 기분이었다.

염치 불고하고 수령에게 부탁해 볼까? 사정을 설명하면 식솔까지 횡포를 부리는 아전을 꾸짖어 주지 않으실까?

그렇지만 원님도 무사히 임기를 마치기만 바랄 텐데, 겨우 관비 때문에 육방과의 마찰을 감수하실까?

사면초가에 몰린 자미는 울었다. 수천 갈래의 눈물로 아우를 살릴 수 있다면 좋으련만….

애통하게도 눈물에는 아무런 힘도 없었다. 언제나 그랬다.

"누나가 미안해, 윤호야…."

결국 아우는 포대기에 싸인 채 죽었다.

자미는 그 아이가 아버지와 오라버니들처럼 사내로 장성했다면 어땠을지 궁금해하며 여생을 살아야 할 터였다.

그 의문에는 갓난아기에게 배부르게 젖을 먹이거나, 아프지 않게 약을 먹이지 못했다는 자책감이 항상 동반할 터였다.

비관적인 고통 뒤에는 증오가 휘몰아쳤다.

임금님을 원망했다. 아버지와 어머니에게 화가 났다. 그리고 언주 아씨는 갈가리 찢어발기고 싶었다.

저를 불행의 구렁텅이에 몰아넣은 모든 존재가 여덟 지옥에 떨어져 영원히 불타기를 바랐다.

이제 자미에게는 포기해선 안 될 이유가 남지 않았다.

오로지 포기하고 싶다는 체념만 남았다.

자미는 부엌에서 작은 칼을 하나 몰래 챙겼다.

누군가를 해치고 싶었다. 차마 그럴 배짱이 없다면 자기 자신이라도 해치고 싶었다.

그냥 어떤 식으로든 끝나기를 바랐다.

이 간절한 소망을 실제 행동으로 옮기기 전까지는 애써 감정을 감췄다. 슬픔과 증오를 무표정 아래 묻어두었다.

일부러 고된 일을 자처하며 분주하게 지내기까지 했다.

오늘은 수령의 부인이 시킨 심부름이 있었다.

관청 바깥으로 나가 참나무길을 따라 걸으면 초가집이 한 채 보일 거라고 했다.

그 집의 주인에게 전해주면 된다면서 보자기 두른 작은 바구니를 내밀었다.

"…건네만 드리고 곧장 돌아와야 한다."

어째 수령의 부인은 초조한 기색이었다.

"혹여 무언가를 물으시더라도…. 아무런 대꾸도 하지 마라."

무슨 곡절이냐고 굳이 묻지 않았다. 자미에게는 궁금할 의욕조차 없었다.

군말 없이 바구니를 챙겨 길을 나섰다. 일러준 대로 걷다 보니 정말 집 한 채가 보였다.

사실 말이 좋아서 집이지, 다 쓰러져 가는 폐가나 다름없었다. 담벼락은 허물어졌고, 지붕은 무너지기 일보 직전이었다.

귀인이 거처할 만한 곳은 아니었다.

"저기, 계십니까?"

그래도 자미는 공손하게 기척을 냈다.

“…누구냐?”

찢어진 장지문 너머로 여자의 목소리가 들렸다. 상투적이지만 은쟁반에 옥구슬이 굴러가듯 고운 미성이었다.

“관청에서 원님의 명을 전하러 왔습니다.”

삐걱 안채 문이 열렸다.

쭈뼛쭈뼛 고개를 들이밀었다가 자미는 눈이 멀어버릴 뻔했다.

흰옷을 입은 여자가 있었는데, 용모가 충격적일 만큼 아름다웠다. 뿜어내는 후광이 실로 태양에 버금갔다.

하얗고 수척한 안색은 한 송이 처연한 수선화요, 길고 가냘픈 팔다리는 낭창거리는 버들가지였다.

앙다문 입술은 장미 꽃잎을 머금은 양 붉었다.

얼굴의 균형을 기가 막히게 잡아주는 콧대는 하늘을 숭상하는 누각처럼 오뚝했다.

“아….”

모든 소음이 멎도록 스산한 정적 속에서, 자미가 뱉은 찬미 어린 감탄만 울려 퍼졌다.

진실로 눈앞의 여자는 멀쩡한 세간 하나 없어 휑뎅그렁한 방을, 오직 스스로 존재감으로 지배하고 있었다.

“관아에서 왔느냐?”

여자는 수줍어하거나 괴란쩍게 굴지 않았다. 오히려 자주 겪어본 반응인 양 태연했다.

“예, 예에…. 원님께서 이걸 드리라고….”

주섬주섬 자미는 바구니를 내밀었다.

그런데 여자는 선물을 쳐다보지도 않았다. 그저 자미의 얼굴만 물끄러미 응시하였다.

그 시선에서 석연찮은 감정이 묻어났다.

"너, 이름이 무엇이냐?"

수령의 부인이 절대 말을 섞지 말라고 신신당부했다. 그렇다고 면전에 대고 묻는데 무시할 순 없다.

"신비라고 합니다."

"아니, 진짜 이름이 무엇인지 물었다."

진짜 이름. 그것은 목구멍에 박힌 가시와 같았다. 거슬리지만 뱉어낼 순 없다.

어느새인가 신씨 성의 비라는 호칭에 길들어 버린 탓이다.

"…하긴, 거리낄 만도 하지."

여자는 씁쓸하게 웃었다.

"나도 폐비라 불리기 전의 이름은 가물가물하거든."

"…폐비라고요?"

화용월태花容月態의 미색에 홀려버린 와중에도 한 낱말이 가슴에 박혔다.

"설마, 살아계셨습니까?"

무심코 반문했다가 자미는 입을 틀어막았다. 무례한 언사였다.

꼭 망령을 만난 기분이었다. 폐비의 사사를 반대하다가 아버지가 개털이 되셨으니, 당연히 그녀도 진즉 목이 날아갔으리라 여겼다.

"보다시피 살아있다."

폐비는 마음 상한 기색이 아니었다.

"…아직은."

불길한 덧붙임인데도 희한하게 홀가분해 보였다.

자미는 혼란스러웠다. 폐비를 지키려던 사람들의 희생을 딛고 살아남아 다행이랍시고 천연덕스러운 걸까?

하긴, 천하에 둘도 없는 악처惡妻라고 익히 들었다.

정녕 아버지는 이런 여자를 위해 집안을 풍비박산 내고, 당신의 목숨까지 바쳤을까?

"소녀의 이름은 신가 자미이옵니다."

모처럼 자미는 반가의 규수답게 말했다. 빼앗기고 박탈당한 그 자아가 어떤 의미인지 알아주길 바라서였다.

"역시…. 우승지 신병선의 여식이구나."

그녀가 중얼거렸다.

"네 모친은 부영대군의 따님이라 따로 작호까지 받았지. 궁중에 외명부 부인들을 초청할 때마다 만났었다."

비로소 자미는 석연찮은 시선의 의미를 깨달았다.

"덕분에 네 이야기를 많이 들었다. 과연 네 모친보다는 부친을 더 닮은 것 같구나."

태연함과 씁쓸한 웃음, 홀가분한 표정 뒤에 숨긴 그녀의 진짜 감정은….

"…설마 이 밑바닥에서 만날 줄이야 몰랐지만."

슬픔과 고통, 분노와 체념으로 얼룩진 동병상련이었다.

망령이나 소문이 아닌, 실체로서의 폐비 연씨가 온전히 모습을 드러낸 순간이었다.

공연한 전율로 신비는 손을 떨었다.

"소녀가 있는 곳은 진실로 밑바닥이옵니다만…."

욱해서 말문을 열었으나 폐비가 가로챘다.

"내가 있는 곳은 밑바닥이 아니라고 말하려는 것이냐?"

"…비록 폐서인廢庶人이나 노비는 아니시고, 자식과 떨어지셨으나 여전히 국본의 생모시옵니다."

자미는 꿋꿋하게 반박했다.

"같은 처지라고 볼 수 없사옵니다."

동병상련이라는 감정을 허락하고 싶지 않아서였다. 그녀에게는 전부 자기연민에 불과할 테니 말이다.

"밑바닥이 싫으냐?"

폐비는 어린 여아의 치기 어린 반발을 생경하게 받아들였다. 속을 알 수 없는 표정으로 해괴한 질문을 던진 것이다.

"당연하지요."

어이가 없다 못해 자미는 당황했다.

"나는 별로 싫지 않아서."

폐비는 비현실적으로 온화한 낯이었다.

"어째서입니까?"

자미는 영 이해가 안 갔다.

"모두가 요부이자 악처요, 나라의 죄인이라고 손가락질하는 폐서인이 되셨사온데요."

"…적어도 여기서는 자유니까."

"예에?"

"태산의 꼭대기에 머물 때는 늘 숨이 막혔거든."

다만 그 얼굴 아래 언뜻 현실적인 흔적이 보였다.

"…넌 주상전하가 어떤 분이신지 전혀 모르겠지."

빛바랜 감정의 잔여물이랄까. 한창 피가 흐르다가 가까스로 딱지가 앉고 떨어져 거뭇하게 남은 흉터와 같았다.

"뭐, 나한테는 이 밑바닥의 자유도 얼마 남지 않았다."

그녀는 창 너머를 흘끔거렸다.

"머지않아 어명이 당도할 테니까."

"중전마마로 복위시킨다는 어명 말씀이옵니까?"

"아니, 날 죽일 사약 사발이 날아올걸."

자미는 말문이 막혔다.

"폐위되고서 처음에는 자수궁에서 머물렀단다. 그러다가 도성에서 멀리 떨어지도록 몇 차례 배소를 옮겼지."

대수롭지 않게 폐비가 덧붙였다.

"더 떠밀려 갈 일은 없다. 여기가 내 무덤이 될 테니까."

자미는 어떻게 반응해야 할지 몰랐다.

"수령이 왜 나한테 이런 것을 보내겠느냐?"

폐비는 심부름으로 자미가 가져온 바구니를 가리켰다.

"내가 곧 죽을 사람임을 알고서 측은히 여겨 은혜를 베푸는 거다."

그러고는 덮은 보자기를 홱 젖혔다.

"…복숭아로군."

과연 분홍빛 탐스러운 과실이 서너 개 담겨 있었다. 단내가 훅 풍겼다.

"나한테는 아들이 두 명 있는데, 첫째가 나를 똑 닮았단다."

폐비가 미소 지었다. 아까보다 훨씬 따뜻한 웃음이었다.

"그 애는 태어날 때부터 몸이 약하고 입이 짧았지."

그녀의 큰아들이라면 아마 원자 아기씨일 터였다.

"한데 골골 앓느라 투정하는 와중에도 복숭아를 먹고 싶어 했어. 어린아이가 단내를 맡았으니 당연하지."

폐비가 복숭아의 부숭한 겉껍질을 어루만졌다.

"그렇지만 난 쫓겨나는 날까지 한 번도 그 애한테 복숭아를 주지 않았어."

"어째서이옵니까?"

"아이가 어리고 약할수록 조심히 먹여야 하는 음식이라고 배웠거든."

그녀가 말했다.

"대비마마께서 복숭아를 접하면 가렵고 붓는 체질이라서 더욱 꺼려졌고."

조모의 체질을 아들도 물려받았을까 봐 걱정했다는 뜻이다.

"…더군다나 난 어린 자식한테 아픔은 항상 숨겨야 한다고 가르쳤어."

문득 폐비의 눈시울이 붉어졌다.

"너의 아픔은 곧 약점이 된다고. 왕실에서는 누구에게도 약점을 들키면 안 된다고…."

차라리 눈물로 흘려보내면 덜 아릴 것 같은 감정이 넘실거렸다.

"살아남는 데에 급급해서 그랬는데, 지금 돌이켜보니 후회스럽더구나."

폐비가 속삭였다.

"발버둥 친 결과가 고작 이렇다면…. 내 자식한테는 솔직하게 투정하고, 어리광 부리고, 우는 법을 가르칠걸."

꽉 막힌 탄식이 새어 나왔다.

"인생의 쓴맛 말고, 다디단 단맛만 맛보게 해줄 것을…."

이윽고 폐비는 우는 대신 웃었다.

"그러니 너에게는 복숭아를 주마."

탐스러운 과실이 담긴 바구니를 내밀었다.

"쉽고 편한 죽음에 비해 삶은 훨씬 어렵고 고단하지."

놀랍게도 그녀는 자미와 같은 생각을 하고 있었다.

"곧 죽어서 끝날 나와 달리, 넌 더 많은 날을 살아야만 할 테니까."

"…하여 단맛을 주시는 것이옵니까?"

"그래. 네 인생에도 쓴맛은 이미 충분해 보인다."

사양해야 하는데 뜻대로 되지 않았다.

자미는 배가 고팠다.

반가의 온실에서 끌려 나와 화초가 아닌 잡초가 되었다. 당면한 굴욕과 수치심 때문에 허기도 점점 자라났다.

눈치와 함께 얻어먹는 조밥 한 덩이로는 해결되지 않는 굶주림이었다.

아버지가 몰락하고, 오라비들과 헤어지고, 어머니가 사멸하고, 아우를 가슴에 묻은 뒤로 더욱 걸신들렸다.

자기 자신이라도 먹어 치워야만 텅 빈 뱃속의 비명을 달랠 수 있을 것만 같았다.

한데 뒤웅박 신세가 된 이래 처음으로, 단내를 맡았다.

온전한 위로의 복숭아 향이었다.

"소녀는…."

스스로 무슨 말을 하고 싶은지 모르겠다.

품에 숨기고 있던 작은 칼이 무력하게 툭 떨어졌다.

끝내 아무도 해치지 못한 채 날이 무뎌진 증오심과 함께.

자미는 복숭아를 껍질째로 덥석 물었다. 부드러운 과육이 흐무러지고 다디단 즙이 샘솟았다. 주룩주룩 흐르는 눈물과 섞여 살짝 짠맛도 났다.

꿀꺽 삼키고 하나 더 허겁지겁 먹었다. 체면도 없이 계속해서 먹었다.

지금까지의 허기를 보상받기 위해서.

다시 한번, 포기하지 않을 의지를 되찾기 위해서.

"…미안하다."

물끄러미 지켜보던 폐비가 말했다.

"우승지 신병선은 고결한 선비였다. 변명할 권리가 없는 여자의 편에 끝까지 섰으니까."

의미심장한 표현이 잇따랐다.

"그런 네 아버지의 희생 덕분에, 진즉 죽었어야 했던 나는 시간을 좀 벌었지."

개똥밭에서 구르더라도 이승이라서 좋다는 표정은 아니었다.

"조만간 기어코 사약을 받을 테지만…."

비록 지체되었더라도 저승행은 확정되었다고 여기는 눈치였다.

"약간의 말미가 생긴 덕에 내 인생을 차분하게 정리할 수 있었어."

역설적이지만, 죽음을 기다리는 중이기에 의연한 기색이기도 했다.

"…하지만 나 때문에 넌 전부 잃었지."

허겁지겁 복숭아를 먹는 자미를 향한 눈빛에서 자책감이 보였다. 면목 없다는 듯 폐비는 고개를 떨구었다.

"예, 그렇사옵니다."

자미는 끄덕였다.

"하오나 덕분에 잃어버렸던 것 중 한 가지는 되찾았사옵니다."

"무엇을?"

"소녀 자신이옵니다."

복숭아의 마지막 한 점을 의연하게 삼켰다.

"증오하고 복수하는 사람이 되지 않겠사옵니다."

그리고 마침내 무슨 말을 하고 싶은지 깨달았다.

"대신, 오늘 받은 이 복숭아를…. 다른 사람들한테 오얏으로 돌려주는 사람이 되겠나이다."

자미는 임금님처럼 가혹하게 굴고 싶지 않았다.

어머니처럼 쉽게 포기하고 사랑하는 사람들을 등지고 싶지 않았다.

언주 아씨처럼 과시적인 열등감에 사로잡힌 괴물도 되고 싶지 않았다.

"여태 다른 사람들로 인해 산 정상에 섰고, 밑바닥에 주저앉았사옵니다."

비로소 그녀는 과거로부터 완전히 벗어났다.

"하나 오늘 스스로 두 발로 일어섰으니 다시는 포기하지 않을 것이옵니다."

아까까지만 해도 첫인상만으로 눈이 멀어버릴 뻔한 사람은 자미였다.

"…너한테는 빛이 있구나."

한데 이제는 폐비 쪽에서 눈이 부셔 맥을 못 추었다.

"찬란한 붉은색으로 망가진 것들을 어루만질 만한, 그런 빛."

마치 그녀조차 망가진 존재여서 속절없이 이끌린다는 표정이었다.

그때부터 자미는 폐비의 배소에 드나들었다. 원님이 심부름을 곧잘 시켜 핑곗거리가 좋았다.

주로 함께 간식을 나눠 먹었다. 폐비는 늘 간소하나마 먹음먹이를 따로 빼두었다.

한창 성장할 시기인데 먹는 양이 턱없이 부족한 데다가, 그마저도 언주 아씨 탓에 빼앗기는 자미로서는 감읍할 노릇이었다.

이따금 글씨도 배웠다. 폐비의 집에는 세간이 하나도 없었지만, 용케 허름한 궤짝과 바싹 마른 붓이며 책 두어 권 따위는 있었다.

"이래서 생활은 가능하시옵니까?"

하루는 멀쩡한 살림살이 하나 없는 꼴을 보고 물었다.

"원래 이 지경까지는 아니었다."

폐비는 태연하게 대답했다.

"한데 얼마 전에 도둑이 들어서 싹 다 털어가는 바람에…."

"아녀자가 머무는 집인데 너무 위험합니다!"

자미는 아연실색하며 바깥을 가리켰다.

"담벼락이 폐가처럼 허물어져 있으니 그렇지요. 얼른 손을 봐야 합니다."

"안 그래도 수령이 여자 혼자 사는데 도둑도 드나들고 위험하니, 집을 보수해 주시라고 상소를 올렸단다."

폐비는 어깨를 으쓱했다.

"하지만 주상전하께서 저가 방비를 못 해 도둑맞은 걸 과인더러 어쩌라는 것이냐며 거절하셨어."

아무리 갈라섰어도 아이들 엄마인데 참 야박하다.

"그냥 대충 지내야지, 뭐."

폐비는 애초에 기대도 안 한 모양이었다.

"어차피 사약을 마시고 죽으나, 도둑의 칼에 찔려 죽으나…. 매한가지 아니냐?"

괴악한 농담으로 지은 매듭이 석연찮았다.

대관절 궁궐에서 지낼 때 무슨 사연이 있었는지 궁금했지만 캐묻기에는 멋쩍었다.

사실 자미는 고양이도 죽일 만한 호기심 때문에 이 관계를 망치고 싶지 않았다.

폐비는 먼저 포기하고 떠나버린 어머니와 달랐다.

의젓한 버팀목이었다. 자신을 이해하는 유일한 존재였다. 피차 괴로운 처지이기에 기댈 수도 있었다.

그래서 어린 자미에게는 폐비가 필요했다.

하지만 옅은 행복만이 허락된 시절에는 반드시 결말이 있기 마련이다.

이 미묘한 관계의 끝은 사약 사발이 당도한 임인년 여름이었다.

***

덥고 습한 여름날이었다.

흥건한 목덜미를 훔치며 다듬이질하려는데, 불쑥 언주 아씨가 나타나 쌓아놓은 다듬잇감을 홱 밀쳐 무너뜨렸다.

전날 비가 많이 와서 바닥이 질퍽질퍽했다. 웅덩이에 빠진 옷가지에 진흙이 묻었다.

"싹 다시 빨아야겠네?"

언주 아씨는 빙글거리더니 덜미가 잡히기 전에 도망갔다.

자미는 애써 좋게 생각했다. 요 며칠 폐비를 만날 핑계가 없었는데, 빨래하러 냇가에 가는 길에 들를 수 있겠다고.

익숙한 길목을 내달렸다. 금세 허물어진 담벼락과 귀신 나오는 폐가처럼 으스스한 집이 보였다.

웬일로 폐비는 마당에 나와 있었다. 우중충한 하늘을 바라보는 중이었다.

희한한 노릇이었다. 평소에는 소박맞은 여자답게 어두침침한 방구석에 은둔하는데 말이다.

"…저기, 괜찮으시옵니까?"

자미는 인사치레도 잊고 대뜸 물었다.

"바람을 쐬고 싶어서."

"날씨도 별로인데요?"

천천히 돌아보는 폐비의 표정이 이상했다. 후련함과 시원함, 원망과 분노. 양립하기 어려운 감정들이 뒤섞였다.

"방금 너그럽게도 수령이 미리 알려주었단다."

잠시 침묵하던 폐비가 운을 뗐다.

"좌승지가 한양에서 오는 중인데 늦어도 신시申時 전에는 여기에 도착할 거라고."

자미는 감을 잡았다.

"그래, 임금께서 날 사사하시려는 거겠지."

묻기도 전에 폐비는 답을 주었다.

"오늘이 내 인생의 마지막 날이라니…."

복잡한 시선이 허공을 맴돌았다.

"여태 죽을 날만 기다렸는데도 허망하다."

"아닐 수도 있지 않사옵니까?"

자미는 시원찮은 위로를 앞세웠다.

"임금님께서 용서해 주신다는 어명일지도…?"

"그럴 일은 없다."

과연 폐비는 혹하지 않았다.

"…주상전하의 용서 따위 바라지도 않고."

흰 소매 아래로 꽉 쥔 주먹이 보였다.

"어쩌다가 미움을 사셨나이까?"

비로소 자미는 예의를 잊고 직설적으로 물었다.

"임금님께서 왜 조강지처를 쫓아내는 것으로 모자라 죽이려고까지 하시는데요?"

"글쎄…."

기나긴 사연에 압도당한 듯 폐비는 중얼거렸다.

"너도 그랬지. 난 요부이자 악처요, 죄인이라고 손가락질당하는 여자라고."

그땐 말이 너무 심했다. 한데 자미가 사죄하기도 전에 폐비에게서 폭력적인 패배감이 번뜩였다.

"…내가 아무리 해명해도 세상은 들어주지 않았어."

그녀가 옷고름에 달린 은장도를 쥐었다.

"내 인생의 마지막 장까지 전하께서 덮게 하느니, 차라리 스스로 끝내는 게 낫다."

작은 칼집에서 뽑힌 날이 섬뜩하게 빛났다.

반사적으로 자미는 폐비를 붙잡았다.

엉겨 붙어 옥신각신하다가 은장도가 미끄러졌다. 폐비의 손이 깊게 베이고 피가 흘렀다.

"여태 죽음을 기다렸다고 해서 그걸 원한 것은 아니시지 않사옵니까?"

황급하게 자미가 외쳤다.

"사실은 삶을 원하시잖아요. 죽음보다 훨씬 어렵고 고단하더라도요."

폐비의 움직임이 멎었다. 더 이상 다투려 들지 않았다.

"정녕 오늘이 인생의 마지막 날이라면…. 원하지 않는 일은 행하지 마소서."

침묵은 동조와 같아 서글펐다.

"소녀가 듣겠사옵니다. 아무도 들어주지 않았다던 이야기를, 온 세상을 대신해 전부 들어드리겠나이다."

"…정녕 그리할 테냐?"

피투성이가 된 폐비가 처연하게 물었다.

"사내에게는 무시당하고, 사내를 숭배하는 여자들에게는 매도당한 이야기인데도?"

자기 파괴적인 욕망마저 숙연한 절망으로 가라앉았다.

"예, 설령 그보다 더 딱한 이야기라도 듣겠사옵니다."

"…네 말이 옳다. 실은 난 살고 싶었어."

다친 손으로 그녀는 가슴팍을 부여잡았다.

"여기서 포기하면 전하를 도와드리는 꼴이나 다름없겠지."

하얀 적삼에 피가 잔뜩 묻었다.

“그분의 어수에 피를 묻혀야 해. 내 죽음이 전하의 삶에 남도록.”

스스로 할 수 있는 최선의 투쟁처럼 보였다.

“죽어도 죽은 것이 아니요, 살아도 산 것이 아닌 채로 영원히…!”

활활 타오르고 남은 애증의 잿더미인 것도 같았다.

“…우리가 처음 만났을 때를 기억하느냐?”

폐비는 따라오라며 방으로 들어갔다.

도둑이 드나들어 텅 빈 방에 유일하게 남은 허름한 궤짝이 있었다. 뚜껑을 열자 곰팡내가 훅 풍겼다.

“나는 진즉 죽었어야 했는데, 네 부친이 시간을 벌어준 덕분에 인생을 정리할 말미를 얻었다고 했었지.”

물론 자미는 기억했다.

“…세상은 주상전하의 입장만 들었다. 그건 아마 역사가 될 테지.”

궤짝 속을 더듬던 폐비가 엉성하게 엮은 책 한 권을 꺼냈다.

“하여 나는 내 입장을 적었단다. 절대 역사가 되지 못할 이야기를….”

그녀는 심장처럼 그것을 움켜쥐었다.

“원래는 종잇장에 털어놓은 것만으로 후련하여 죽기 전에 불태우려 했다.”

곧이어 자미에게 내밀었다.

“이젠 생각이 바뀌었다. 네가 읽어다오.”

폐비는 메마른 입술로 속삭였다.

“읽고서 전부 믿지 않아도 좋다. 동정을 바라지도 않아.”

어째서인지 그녀는 이미 죽은 사람처럼 보였다.

“다만 미약하게라도 네 가슴 한구석이 동요한다면…. 결코 잊지 말거라.”

아니, 한이 남아 구천을 떠도는 혼령처럼 아스라했다.

"…왜 내가 이 밑바닥에선 자유롭게 숨 쉬었다고 했는지를."

자미는 조심스럽게 그녀의 기록을 받았다.

"밑바닥에 나가떨어지고서야 두 발로 일어섰다는 너 역시 자유롭기를 빌마."

눈물을 머금은 폐비의 눈동자가 빛났다. 물에 젖은 조약돌 같았다.

"그게 내가 신병선의 딸에게 베풀 최선의 보답이겠지."

작별 인사였다. 한 마디의 안녕을 입에 올리지 않았더라도.

"때마침 날 찾아와 줘서 고맙다."

폐비는 창 너머를 흘끔거렸다. 언제 흙바람을 일으키며 나타날지 모를 말발굽 소리를 기다렸다.

"이제 가라."

아무래도 홀로 마지막을 받아들이려는 것 같았다.

"절대 뒤돌아보지 마라."

그 중의적인 주문을 존중해 자미는 폐비를 과거에 남겨두고 떠났다.

적어도 그녀의 기록을 읽기 전까지는 그랬다.

정오가 지나자 고을은 쥐 죽은 듯 고요해졌다. 그리고 곧 임금께서 죄인 폐비 연씨를 사사하셨다는 포고가 팔도에 나붙었다.

자미는 받아온 글월을 차마 펼쳐볼 생각도 못 하고 슬피 울었다.

"기분이 어때?"

이럴 때마저도 언주 아씨는 가만히 놓아두지 않았다.

"폐비가 죽었으니…."

그녀는 자미의 눈물 자국에 의기양양했다.

"네 아비도 쓸데없는 일에 목숨 걸다가 개죽음당한 꼴이잖아."

노골적인 조소에 자미는 울음을 그쳤다. 슬픔을 공유할 가치도 없는 상대였다.

"옳지, 너 외방의녀를 따라갔다 와라."

언주 아씨는 대번에 감정을 추스르는 자미를 괘씸하게 여겼다.

"마지막 남은 동아줄마저 썩어버린 꼴을 똑똑히 확인하려무나."

또 무슨 심술을 부리려는 모양이었다.

주로 고을에서 병자를 돌보는 외방의녀가 폐비의 시신을 수습하려고 대기 중이었다.

일손을 돕기에는 너무 어려 보인다며 외방의녀는 난색을 지었지만, 언주 아씨에게는 씨알도 안 먹혔다. 자미도 데려가라고 마구 떠밀었다.

하릴없이 자미는 외방의녀를 따라 폐비의 거처로 갔다.

아침에 왔을 때와는 분위기가 딴판이었다. 숨죽이며 은둔하던 생명력마저 사라지자 영락없는 폐가였다.

그리고 폐비는 마지막으로 자미를 만났던 방 안에 누워있었다.

얼핏 보아서는 조용히 잠든 것 같았다. 그녀의 얼굴은 여전히 아름다웠다. 살결은 희고 입술은 붉었다.

그렇지만 마지막 확인을 위해 맥을 짚은 외방의녀는 혀를 끌끌 찼다.

"가엾게도…."

자미의 희망을 꺾는 최종 선언이었다.

"방이 너무 덥지?"

외방의녀가 꽉 닫힌 창을 열었다. 과연 구들장을 지옥처럼 덥혀 놔서 공기가 텁텁했다.

"사약은 마신다고 바로 죽는 게 아니라서."

"…예?"

"사람 목숨은 질기거든."

외방의녀가 퍼덕이며 더운 공기를 밀어냈다.

"문을 막아 가두고 바닥에 불을 잔뜩 땐단다. 죄인의 몸에 열이 오를수록 약 기운도 빨리 도니까."

자미는 아연실색했다.

"…고통스러우셨을까요?"

"아무래도. 뭐, 이만하면 양반이지."

"어째서요?"

"군불을 때고도 약효가 신통치 않으면 죄인의 목을 졸라 죽인다더라. 어명을 완수해야 하니까."

외방의녀는 어깨를 으쓱했다.

"이분께서는 그런 비참한 신세는 안 겪으셨잖아."

여름이라서 부패가 빠를 테니 서둘러 수습하자고 외방의녀가 소매를 걷어붙였다. 적신 천으로 망자의 얼굴을 닦았다.

"…희한하네. 피를 흘리셨나?"

그러다가 폐비의 적삼에 묻은 혈흔을 발견했다.

"이따가 염습殮襲은 하겠지? 혹시 모르니까 깨끗한 옷으로 갈아입히자."

슬슬 굳어가는 폐비의 몸에서 적삼을 벗기더니, 나중에 모아서 불태워야 한다며 한쪽으로 밀었다.

분주함을 틈타 자미는 폐비의 적삼을 몰래 챙겼다. 어머니의 비녀와 막내아우의 배냇저고리처럼 유품으로 간직하고 싶었다.

아무리 애써도 기억은 결국 희미해진다는 사실을 잘 알기 때문이다.

"사약을 마시기 전에 유언을 남기셨대."

마침내 시신을 들것에 올린 뒤 흰 천으로 덮으며 외방의녀가 말했다.

“임금님이 주로 행차하시는 길목에 묻어달라고. 그렇게라도 나중에 성군이 되신 아드님을 보고 싶다고….”

외방의녀는 눈물을 글썽였다.

“비록 죄인이라지만…. 참 안타깝지 않니?”

하릴없이 자미도 울었다. 아우를 가슴에 묻을 때처럼 수천 갈래의 눈물을 흘렸다.

그렇지만 눈물에는 아무런 힘도 없었다.

역시나 그랬다.

여기서 자미의 이야기는 끝났다.

사실은 살고 싶었다던 여자의 죽음에 삼 일을 울었다. 그러고 나서 폐비가 남긴 글월을 읽었다.

비로소 왜 밑바닥에선 자유롭게 숨 쉬었다고 말했는지 이해했다.

그때부터 철저히 신비의 이야기를 시작했다.

그러자 운명이 알아서 이끌었다.

마침 어린 관비를 선별해 의녀로 양성하겠다는 공고가 내려왔다. 태생적으로 총명하고 성실하여 일등으로 선발되었다.

본격적인 공부와 수련을 위해 한양으로 올라가면서, 언주 아씨의 마수로부터도 벗어났다.

다년간의 힘든 과정이 이어졌다. 특출하지 않기 위한 노력이 수반되었기에 더욱 쉽지 않았다.

고만고만한 계집애들 사이에서 양반 출신임을 들켜서 득 될 구석도 없거니와, 잘나서 눈에 띈다는 이유만으로 얼마나 큰 미움을 살 수 있는지 뼈저리게 배운 탓이다.

하여 익은 벼보다도 더 수그렸다.

털털한 척 너스레를 떨었다. 어리석은 척 선소리를 일삼았다. 얕잡아 보여도 웃어넘겼다. 장난인 척 선을 그었다.

괴롭지는 않았다.

오히려 인내심과 연민을 배워 단단해졌다. 목표를 정하고 성취하면서 성숙해졌다.

그리하여 밑바닥의 삶이 싫지만은 않다는 생각에 이르렀다.

마치 상대가 전혀 공감하지 못할 줄 알면서도 그렇게 말했던 폐비처럼.

초학의를 끝낼 즈음에는 반드시 내의원으로 가겠다고 마음먹었다.

한때 자신의 반려가 될 뻔했던 원자 아기씨이자, 훗날 보위에 오를 왕세자께서 궁궐에 계시기 때문이었다.

그가 바로 폐비의 아들이었다.

단맛은커녕 쓴맛밖에 주지 못했다던 아픈 자식이었다.

복숭아의 단맛은 일종의 부채감으로 남았다.

신비로서 일어선 오늘날, 누군가에게 오얏을 주어 되갚는다면 그 상대는 반드시 폐비의 아들이어야 했다.

하다못해 먼 발치에서라도 그가 걷는 길을 바라보고 싶었다.

품에서 떼어 놓고 온 아들이 장차 성군이 되기를. 성군이 된 자식이 지나가는 모습을 볼 수만 있다면 외진 길목에라도 묻히기를….

폐비가 남긴 유언이 가슴에 박힌 가시로 남았다.

그 가시의 이름은 무작금이었다.

그래서 포기할 수 없었다.

신비는 늘 만덕에게 일등을 양보해 왔다. 타고난 척하지만 실상 만덕은 누구보다도 노력하는 의녀라는 사실을 알기 때문이었다.

사실 일등도 모자라 이등에 삼등, 십등까지도 양보할 때가 많았다. 관심을 사고 싶지 않아서였다.

하지만 내의원에 봉죽할 사환의녀를 선발하는 시재에서만큼은 양보하지 않았다.

미심쩍은 박수갈채를 감수하고서 약방에 입성하였다.

진실로 제 삶을 송두리째 뒤집어엎은 임금님께서 계신 궁궐이었다.

그리고 마침내 두 다리가 부러진 세자를 만났다.

***

긴 이야기는 두 사람 다 잘 아는 대목에 이르렀다.

"…처음에는 믿을 수 없이 좋은 기회라고 생각했사옵니다."

우련한 과거로부터 빠져나오며 신비가 말했다.

"진짜라고 믿기에는 너무나 말도 안 될 정도로 좋은 기회라고요."

옳은 의심이었다.

그 기회는 실상 거대하고 음흉한 시험이었다. 선왕의 유지는 폐비의 유언과 상충하였다.

마치 생전 그의 입장이 폐비의 입장과 정반대였던 것처럼.

"…왜 진작 털어놓지 않았느냐?"

왕이 하문하였다.

아니, 무작금이 물었다.

"그 나무 공, 정말 소중히 간직했다."

꽉 쥔 그의 주먹이 사시나무처럼 떨렸다.

"한데 어느 날 할마마마께서 치워버리셨어."

그가 씁쓸하게 덧붙였다.

"어마마마께서 남기신 물건이라서 내가 아끼는 거라고 착각하셨거든."

"눈앞에서 없어졌는데도 잊지 않으셨사옵니까?"

"당연하지. 망가진 게 아니라고 했잖아."

무작금이 옛날처럼 입술을 깨물었다.

"진즉 털어놨다면 내가 어떻게든 너를 도왔을 텐데…."

"다시 만났을 때, 전하께서는 누군가를 도우실 만한 상황이 아니셨나이다."

신비는 고개를 저었다.

"신체가 병들어 와병 중이셨고, 마음에는 그보다 더한 병이 깃들어 계셨지요."

"그렇지만…."

"그때 소인이 과거를 운운하며 급하게 다가갔다면, 과연 전하께서는 믿어주셨을까요?"

회의적인 의문에 무작금은 순순히 수긍하였다.

"…아니었겠지."

"예, 도리어 날을 세우며 밀쳐내셨을 테지요."

경험이 쌓인 신비는 너털웃음을 지었다.

"소인으로서는 전하의 마음을 열고 다가가는 일이 우선이었사옵니다."

"…무엇을 위해서?"

문득 무작금이 물었다.

"넌 면천을 사양하고 승은도 물리쳤다."

갑작스레 마주한 진실에 무척 혼란스러운 기색이었다.

"더군다나 족적 없이 살다가 홀연히 떠나고 싶다고까지 했어. 정상에서 굴러떨어져 진창을 뒹굴고 나니 인생은 덧없다는 생각뿐이라면서…."

"예, 대신 늠름한 국본처럼 바르게 걸어 후일 용상까지 이르는 모습을 보여달라고 아뢰었지요."

신비는 끄덕였다.

"또한 이루고 싶은 일이 있어 그 외의 사연에 골몰할 겨를도 없다고 말씀드렸고요."

평생 누구도 연모하지 않겠느냐는 질문에 대한 답이었다.

억지로라도 연모하게 만들면 어떻겠냐는 생떼를 불러일으킨 선언이기도 했다.

"네가 이루고 싶다던 일은…."

무작금 역시 무척 옛날처럼 느껴지는 두 사람 사이의 사연을 기억했다.

"내 병을 고치고 무사히 성군이 되는 모습을 지켜보는 것이랬지."

입바른 소리가 아니었다. 거짓말도 아니었다.

"…이제 전하께서는 또 다른 이야기를 알게 되실 것이옵니다."

신비는 하나의 이야기를 하는 동안 제쳐두었던 보자기의 매듭을 풀었다.

"하면 여남은 수수께끼마저 풀 수 있으시겠지요."

안에서는 책과 옷이 나왔다.

"전하께서는 지금까지 부친의 입장만 들으셨사옵니다."

신비는 낡아버린 책을 더듬었다. 엉성하게 엮은 속에 담긴 것은 건조한 역사가 아니었다. 흥미 위주의 자극적인 야사도 아니었다.

도리어 글자로 풀어헤친 한 여자의 상처였다.

심지어 그 한 사람만의 사연도 아니었다. 여자의 인생은 오로지 그 한 사람만의 것이 아닌 경우가 많다.

"하오니 이번에는 모친의 입장을 들으실 차례이옵니다."

신비가 말했다.

"비록 전하께서는 모후에 대해선 더 이상 알고 싶지 않다고 말씀하셨지만…. 그래도 일단 들어주셨으면 하옵니다."

"어마마마께서 남긴 책이로구나. 아까 네가 말했지."

번뜩 무작금이 눈치챘다.

"예, 다만 수수께끼의 풀이라고 하여 반드시 정답은 아니옵니다."

"무슨 뜻이냐?"

선뜻 건네지 못하고 신비의 손끝이 주저했다.

"선왕의 이야기 속 폐비는 한없이 포악한 악처였듯이…."

신비는 망설이며 속삭였다.

"폐비의 이야기 속 선왕 역시, 지금까지 전하께서 아시던 부왕과는 전혀 다를 수 있사옵니다."

"…너는 어느 쪽을 믿느냐?"

무작금이 그녀의 의견을 신뢰하듯 구했다.

"쭉 폐비의 이야기를 믿었사옵니다."

솔직하게 신비는 대답했다.

"하오나 막상 궁궐에 와서 겪어보니…. 그 믿음이 흔들리는 때도 있었나이다."

"어째서?"

"사람에게는 한 가지 단면만 있는 게 아니라서요."

신비가 한숨 쉬었다.

"암군에게 아첨하는 간신도 자식에게는 정직하라 가르치고, 열 사람을 베어 죽인 무뢰배도 흙발에 밟힌 꽃을 보고 눈물짓지요."

세상에는 타인의 입체성을 이해하지 못하는 사람이 많다. 그러나 신비는 양면성과 이중성까지도 꿰뚫어 볼 줄 알았다.

정상에서 밑바닥으로 굴러떨어진 대가로 얻은 안목이다.

"하여 폐비의 유지를 무작정 전하께 올리는 게 옳은 일인지 확신이 없었사옵니다."

실로 망설임의 근원이었다.

"그럼에도 불구하고 결심을 세운 까닭은…."

신비는 심호흡했다.

"첫째로는 전하께서는 제법 괜찮은 임금이시기 때문이옵니다."

이역만리로 떠났다가 돌아온 이래, 젊은 왕의 치세를 향한 칭찬을 여럿 들었다.

인간적인 수준의 성실함. 깨나 준수한 판단력. 정도를 지키는 근검함. 양보하고 협상할 줄 아는 통치력. 후하다고 여겨질 만큼의 애민 정신.

어딘지 모르게 거칠고 불안하다는 단점을 상쇄할 만한 장점들이었다.

"둘째로는 전하께서 소인이 전하의 인생에 나타난 것이라 말씀하셨기 때문이옵니다."

제 인생에 그가 나타난 것이라 말하였으나, 그가 정반대라고 고집스레 고쳤다.

단순히 관찰자로서 바라보기에는 너무나 깊게 관여했다고도 지적하면서.

"그리고 셋째로는…."

신비는 마른침을 삼켰다.

"자식에게는 부모 양쪽의 입장을 듣고 판단할 권리가 있다고 생각하기 때문이옵니다."

그 무게를 깨달은 용안이 경직되었다.

"…다만 하나만 약조하소서."

"무엇을?"

"마지막 장을 덮으시고 나면, 반드시 소인에게 감정을 나누시겠다고요."

제 결정을 후회하지 않기를 바라며 신비가 간청했다.

"절대 속으로 삭이지 않으시겠다고요."

혼자 삼킬 때마다 얼마나 많은 울체가 쌓여 그를 괴롭혔는지 잘 알았다.

"도대체 왜 그렇게까지…?"

무작금은 의아하다 못해 자못 겁이 나는 눈치였다.

"약조하소서."

재차 신비는 약속부터 요구했다.

"슬프시거든 소인의 품에서 우시고, 분노하시거든 소인에게 화풀이하시겠다고요. 전하의 감정이 어떻든 소인과 함께 헤쳐 나가시겠다고요."

"무슨 이야기가 쓰여 있기에 이러느냐?"

"읽어보시면 아옵니다."

신비는 대신 설명하지 않았다. 선연한 글자 그대로 받아들이길 바랐다.

"제발 절대 혼자 삭이지 않겠다는 약조만 해주소서."

"…알았다."

마침내 무작금이 고개를 끄덕였다.

그리고 세월에 묵어 빛바랜 책의 첫 장을 펼쳤다.

4부. 신씨 성의 비

연씨 이야기

연씨는 어려서부터 혼자 있는 걸 좋아했다. 조용히 상상을 탐닉하며 양갓집 규수에게 주어진 것보다 훨씬 넓은 세상을 그려냈다.

그러나 유감스럽게도 가난은 고독마저 앗아갔다.

연씨의 아버지는 청렴만이 자랑이던 분이셨다. 남들이 보기에 그렇게 깨끗하고 호인일 수가 없었다.

하나 연씨의 생각은 달랐다.

자식에게는 설령 입방아에 오를지언정 식솔들 배는 안 곯길 가장이 더 필요했다.

그런 아버지가 일찍 돌아가시자 집안 사정은 더욱 어려워졌다. 연씨는 어머니와 함께 궂은일을 해야만 했다.

"넌 자색이 출중하니 걱정이 없단다."

삯바느질에 손이 부르튼 연씨의 어머니는 종종 말했다.

"정승댁 며느리가 되고도 남지."

좋은 곳으로 시집가서 다 쓰러진 집구석을 일으켜 주길 바라는 눈치였다.

오라비들 출사를 돕고, 친정에 떡고물도 좀 날라주고….

"군자는 지나친 미인을 삼가는 법이라서 좀 걱정이지만."

간혹 간곡한 희망 뒤에 말씀을 바꿀 때도 있었다. 어머니는 원체 성정이 심약했다.

연씨의 혼기가 차자 어머니는 본격적으로 혼처를 물색했다. 때로는 실망하고 또 때로는 자존심을 다쳤다.

"주상전하의 후궁을 간택하는데, 네 처녀 단자도 올라갔단다."

그러다가 예상치 못한 자리를 덥석 물어오셨다.

"생전 네 아버님께서 조정에 허투루 출사하셨던 것은 아닌 게지."

어머니는 두려움과 기대감 사이에서 갈팡질팡했다.

"하여 대비께서 한번 널 보고자 하신다."

대개 사대부가에서는 여식을 왕실로 시집보내려 하지 않는다. 일단 들여보내면 안에서 무슨 일을 겪는지 알 수 없기 때문이다.

하물며 정궁도 아닌 후궁 자리다.

아마 잘난 집 규수들이 거절하고 남은 자리를, 시켜주신다면야 망극하다고 굽실굽실할 집 딸들에게 떨궜을 터였다.

청렴하다는 평판만 가졌을 뿐, 찢어지게 가난한 연씨의 집안 수준에 딱 맞았다.

아마 왕실의 큰어른인 도산대비도 같은 생각이었을 터였다. 절하는 연씨를 맞이하는 표정이 시큰둥했다.

하지만 곧 정면으로 연씨를 본 도산대비는 넋을 잃었다.

"여식이…, 아주 어여쁘군."

호랑이처럼 무섭고 추상같은 위엄에 금이 갔다.

사실 연씨를 처음 본 사람들은 대부분 그렇게 반응했다.

그녀의 겉가죽이 기적의 산물이라도 된다는 양 홀렸다. 동시에 흠 하나라도 찾아야만 안도하겠다는 듯 샅샅이 훑어보기도 했다.

"흠흠! 하기야 예로부터 딸은 높은 곳으로 시집 보내고, 며느리는 낮은 곳에서 데려오랬으니…."

도산대비는 겸연쩍게 체면을 챙겼다.

"기왕 낮은 곳에서 데려올 며느리라면 겉보기라도 좋아야지."

자존심을 추스르겠답시고 던진 언사가 심술궂었다.

"여인의 용모가 지나치게 빼어나면 탈이 나는 법일진대."

또한 야살스레 덧붙였지만 연씨는 아랑곳하지 않았다.

타인의 미모가 장점이 되는 걸 유독 못 견뎌 하는 사람들이 은근슬쩍 깎아내리는 경우는 늘 있었다.

"차분한 편인가 보구나."

이만큼 후려쳤는데도 침착한 연씨를 보고 도산대비가 눈을 가늘게 떴다.

"원체 숫기가 없고 말수가 적사옵니다."

옆에서 연씨의 어머니가 무마했다.

"…정녕 무슨 생각을 하는지 잘 모르겠군."

도산대비는 물끄러미 연씨를 응시했다. 겁을 주고 싶은 것 같았다.

감히 자전을 똑바로 응시해선 안 된다는 법도에도 불구하고 연씨는 흘끔 그녀를 보았다. 찰나에 눈이 마주쳤다.

"빤한 것보다야 낫겠지."

놀랍게도 도산대비는 미소 지었다.

"여태 훤히 들여다보이는 여자 일색이었으니까."

다음 날, 연씨의 곳간에는 왕실에서 내렸다는 면포綿布와 정포(正布, 베), 쌀 따위가 가득 쌓였다.

연씨가 간택되어 대내로 들어간다는 뜻이었다.

과정은 일사천리였다. 딸을 시집보내면서 행색이 초라할세라 전전긍긍하던 어머니는, 기어이 없는 세간을 털어 혼수를 약간이나마 마련했다.

"가난한 집에서 태어나 고생 많았다."

분과 연지를 발라 단장한 연씨를 배웅하며 어머니는 산호 가락지를 내밀었다. 그것만은 오로지 딸을 위해 구했다면서.

"여태 해준 게 없어서 미안하다."

가락지는 붉은색이었다.

눈물이 가득 맺힌 어머니의 눈가처럼. 연씨가 미처 내비치지 못한 피눈물처럼.

가례를 치를 때 왕을 처음 만났다.

고귀한 지존답게 맵시는 고상했다. 잘생기고 못생기고를 떠나, 선한 호인의 인상이었다. 깜짝 놀랄 만큼 키도 컸다.

다만 어두운 등불 아래 책을 읽는 습관 탓에 눈이 나쁜 모양이었다. 왕은 앞을 보려고 미간을 연신 찌푸렸다.

키가 너무 크다 보니까 자세가 안 좋아 등이 굽었고, 목은 거북이처럼 쭉 뺐다.

더군다나 왕의 표정은 뚱했다. 보잘것없는 집안에서 온, 저보다 나이도 더 먹은 여자한테는 썩 관심이 없어 보였다.

중궁전과 금슬이 썩 좋은 편이 아니라는 풍문을 듣건대, 취향이 까다로운 모양이었다.

연씨는 기분이 묘했다.

임금님이라는 막연하고도 거대한 존재는 실체가 되자 그냥 평범한 사람이었다.

때문인지 이상하게 죽은 아버지가 생각났다.

집 밖에선 잘하고 집안에선 못한 전형적인 양반.

당신 체면 세우느라 아내와 자식들을 빈곤 속에 내몬 가장.

딸내미는 어미 팔자를 닮는다더라. 고을 노파가 덕담이랍시고 툭 뱉은 말이 마침 떠올랐다면…. 너무 예민한 탓일까?

"아…!"

가례 절차에 맞춰 연씨가 얼굴을 가리던 커다란 소매를 내린 순간, 무심코 왕이 탄성을 내뱉었다.

시큰둥하던 용안에 화색이 돌고, 넋 나간 입은 헤 벌어졌다.

예상을 벗어나지 않는 반응이었다.

그때부터 왕은 어디 한군데 고장 난 사람처럼 굴었다.

남은 가례 절차 내내 허둥대더니만, 초야를 치르던 밤까지도 삐그덕거렸다.

흰 자리옷을 입고 마주 앉았는데 왕은 연씨를 쳐다보지도 못했다.

익선관과 곤룡포를 거둔 그는 영락없이 긴장해서 벌벌 떠는 소년이었다.

종일 고되고 복잡한 예절에 시달린 연씨는 미칠 지경이었다. 천근만근 묵직한 피로감으로부터 당장 해방되고 싶었다.

"…저, 저기!"

기다리다 못해 눈꺼풀이 감기려는 참이었다.

"새로이 후궁을 간택했다고 들었을 적에는 크게 기대하지 않았소."

덥석 왕이 연씨의 손을 붙잡았다.

"과인보다 나이도 많고, 일찍이 부친을 여의어 모자람이 많은 규수라기에…."

연씨는 심기가 거슬렸다.

나이가 많다는 부분 말고, 부친을 운운하는 대목 때문이었다.

그동안 아버지를 여의어 모자람이 많다고 생각해본 바 없었다.

오히려 연씨의 인생은 아버지가 살아 계셨을 때 모자랐다. 어머니가 채워주려고 혼자서 용써도 소용없었을 만큼.

"한데 이토록 빼어난 사람일 줄이야!"

알아차리지 못한 왕은 그저 감탄했다.

"숙의(淑儀, 내명부 종이품 후궁)처럼 고운 여인은 태어나서 처음 봤소."

"망극하옵니다."

연씨는 그가 내린 첩지에 익숙해지려고 애썼다.

"본디 지나친 미인은 군자에게 해악을 끼친다고 배웠지만…."

공손한 말씨에 고무된 왕이 당당하게 덧붙였다.

"과인이 숙의를 엄히 다스리리다. 군자의 뒤에 서기에 부끄러움 없이 현숙한 측실이 되도록 잘 가르치겠소."

미색이 뛰어나다는 이유로 질시 당하고 깎아내려진 경험은 많다.

반면, 어여쁘다는 까닭만으로 선뜻 호의를 베푸는 상대도 꽤 있었다.

그런데 이런 경우는 처음이다.

아름다움을 모자람과 동일시하여 굽어보는 잘난 척이라니.

천성적으로 아름답지 못한 사람들은 이런 식으로 제 부족한 용모를 보상받는가 보다.

"…이런, 고생해서 손이 거칠군."

문득 왕이 붙잡은 손을 매만졌다. 굶주림을 면하려고 어머니와 베를 짜다가 굳은살이 박인 자리였다.

연씨는 반사적으로 몸을 뒤로 뺐다.

"부끄러워하지 마시오."

왕은 놔주지 않았다.

"만일 가난한 집에서 자랐다는 숙의의 손이 고왔다면, 젊은 여인이 허영심에 들떴다고 여겨 꾸짖었을 거요."

연씨는 다독이는 말투 속의 우월감을 알아차렸다.

"과인은 지존으로서 헐벗은 백성을 가엾게 여긴다오."

이 짤막한 대화로써 왕은 서로 가까워졌다고 생각한 눈치였다.

아까보다는 덜 떨리는 손으로 새로 맞이한 후궁의 옷고름을 풀었다.

애석하게도 연씨는 전혀 그와 가까워졌다고 여기지 않았다.

예쁜 얼굴은 사흘이면 질린다는 속설을 곧잘 들었다.

은근히 미인을 시샘해 하는 소리가 아닐까 싶었는데, 후궁이 되고서부터 연씨는 거기에 희망을 걸었다.

관심이 식은 첩으로 적당히 지내기를 바랐다.

한데 왕이 계속 성가시게 굴었다.

차라리 좋아 죽겠다고 치댔으면 나았겠다. 하지만 그러는 대신, 왕은 후궁이 먼저 곰살궂게 다가오길 바랐다.

점잔을 빼며 주변을 맴돌았다. 연씨의 눈길에 목말라하면서도 저가 우위에 있어야 한다고 여겼다.

"의복이 해졌군."

더군다나 친하게 다가온답시고 곧잘 또 심기를 거슬렀다.

환심을 사려고 칭찬만 해도 모자랄 판에 약점을 들추었다.

"터진 솔기를 여러 번 꿰매 입는 검소함이 숙의의 얼굴보다 더 예쁘구려."

하긴, 딴에는 칭찬이랍시고 건네는 말은 더 지독했다.

곧 죽어도 위에 서서 아랫사람을 갸륵하게 봐준다는 모양새였다.

연씨는 모멸감을 느꼈다.

궁핍한 과부 어머니가 최선을 다한 옷, 스스로 궁상맞게 꿰맨 자국을 감추며 속으로 반감만 쌓았다.

반응이 영 신통치 않자, 때때로 왕은 선물을 주는 식으로 우회하기도 했다.

중궁전의 의복을 짓다 남은 자투리 옷감. 수라상에 올렸다가 남은 간식. 물에 씻어 재사용하다가 너덜너덜해진 종잇장….

하나같이 가난한 집구석에서 온 여자라면 황송히 여겨 마땅한 허섭스레기였다.

당연히 연씨는 전부 거절했다.

"역시 숙의는 청렴함을 배운 여자답소!"

그리고 또 당연히 왕은 칭찬했다. 실로 천연덕스러운 외골수였다. 이미 상처 난 연씨의 자존심에 자꾸 소금을 뿌렸다.

언제부터인가 연씨는 숨 쉴 때마다 가슴이 답답해졌다.

***

툭하면 골골 앓던 중전이 국본을 생산하지 못하고 일찍 승하하였다.

나라의 근심도 깊어지는 이때, 연씨의 달거리가 끊겼다. 이어서 헛구역질하고 입맛이 당겼다.

회임이었다.

적막한 가슴을 낯선 환희로 두드리는 손님이었다. 태중의 작은 홀씨라도 자신을 많이 닮았으리라는 직감이 들었다.

외로운 궁중에 온전한 제 편이 생긴 것만 같았다. 모처럼 기뻐서 연씨는 웃었다.

"…웃는 얼굴이 곱소."

마침 곁에 있던 왕은 감격하여 중얼거렸다.

"여태 숙의의 웃음을 얻으려고 별짓을 다 하다가 포기했거늘…."

급기야 용안이 발개지더니만 실없이 따라 웃기까지 했다.

"옛 성현께서 왜 미인의 웃음은 군자를 현혹한다고 말씀하셨는지 비로소 이해하겠소."

왕은 한껏 들떴다.

"꾸밈없이 소박한 차림새에 미소 한 자락만 얹어도, 비단과 보석을 두른 다른 여인들보다 빛나는군!"

찬물을 끼얹지만 않았으면 좋았을 터였다.

즉시 연씨는 웃음기를 거뒀다. 무뚝뚝하고 말수가 적은 평소의 얼굴로 돌아갔다.

"…이런, 과인의 칭찬에 부끄러워 또 스스로 경계하는군요."

왕은 그른 방향으로 해석했다.

"마음가짐이 깊고 고요하니 성품이 아름답기가 빼어난 용모 못지않소."

그러고는 잠시 침묵했다. 혼자서 골똘히 고민하는 눈치였다.

"…중전이 졸하고서 곤위가 비었지."

이윽고 왕이 중얼거렸다.

"유서 깊은 가문에서 새롭게 간택할까 고민했지만…."

그의 시선이 미처 부풀지 않은 연씨의 복부를 훑었다.

"교태전의 새 주인을 찾은 것 같소."

연씨를 왕후로 삼겠다는 뜻이었다.

기쁜 마음에 그냥 하는 말씀인가 싶어 바라본 용안은 더없이 진지했다.

애초에 왕은 감정이 앞선답시고 허언하는 성격도 아니다.

"…앞으로는 과인이 더더욱 단속해야겠지."

다정한 말씨 속에 또 일방적인 판단과 우월감이 섞여 있었다.

"여인이 번듯한 지위에 올라 너무 많은 것을 가지면, 허영심을 품고 권세의 유혹에 휩쓸리기 마련이거든."

왕은 악의 없이 웃었다.

"가뜩이나 숙의는 출신이 빈한하지 않소?"

연씨의 속이 메슥거렸다.

"…예, 맞사옵니다."

입덧 때문만은 아니었다.

"신첩은 본디 덕이 없을뿐더러, 과부의 집에서 자라나 보고 들은 것은 더더욱 없나이다."

부들부들 떨리는 손으로 주먹을 꽉 쥐었다.

"하여 주상전하의 거룩하고 영명한 덕에 누를 끼칠까 무척 두렵사옵니다."

들쑤셔진 자존심을 지키는 방법은 오로지 거절뿐이었다.

"부디 뜻을 거두어 주소서."

"아, 이렇게 현숙할 데가 있나!"

안타깝게도 그녀의 사양은 왕의 가슴에 더욱 불을 질렀다.

"행여 흔쾌히 받들면 어떻게 타이를까 걱정했는데…. 공연한 우려였소."

덥석 그가 연씨를 끌어안았다. 빠져나가려고 몸을 비틀었으나 왕은 손쉽게 저지했다. 겸손한 앙탈이라고 여기는 눈치였다.

결국 그날 밤, 연씨는 먹은 것을 전부 게워 내고 말았다.

기어이 중전으로 책봉된 연씨는 교태전에서 아들을 낳았다.

왕은 기뻐서 어쩔 줄 몰랐다. 오매불망 기다리던 원자元子였다.

아기를 조심스럽게 이불보에 싸 둥개둥개 어르는 용안에 행복감이 만개하였다.

반면 연씨는 다른 의미로 기뻤다.

"아…!"

산고 끝에 발갛고 쪼글쪼글한 갓난쟁이를 가슴에 안은 순간, 연씨는 저도 모르게 감탄하였다.

처음으로 다른 사람들처럼 상대의 아름다움에 홀린 것이다.

커다란 눈망울과 오물거리는 붉은 입술, 길쭉하게 뻗은 팔다리와 어딘지 모를 서늘한 기운까지…. 아들은 영락없는 그녀의 분신이었다.

단연 연씨는 사랑에 빠졌다.

"너는 궁핍한 선비의 자식이 아니라 왕가의 적장자다."

그리고 사랑하는 존재에게 고독과 자존심마저 갉아먹는 가난을 물려주지 않아서 다행이었다.

"…적어도 나처럼 살지는 않겠지."

그 부분에서만은 왕에게 감사하자고 마음먹었다.

아니, 연씨는 왕실에 온 이래 한없이 침잠하던 마음을 고쳐먹자고 다짐했다.

연약한 자식을 지켜주고 싶었다. 행복하게 만들고 싶었다. 그러기 위해서는 그녀 자신부터 강해져야만 했다.

하지만 참으로 어려운 단꿈이었다.

출산이 연씨의 신체를 망가뜨렸기 때문이다.

온종일 두통이 심했다. 밤에는 잠을 설쳤다. 뼈마디가 쑤시고 아랫도리에서는 피가 흘렀다. 점점 볕을 쬐러 나가는 일조차 어려워졌다.

제 몸 하나 간수가 안 되니 무기력해졌다. 연씨는 매일 아침 우울 속에서 눈을 떴다. 걷고 일어나야 할 이불이 천근처럼 느껴졌다.

"산후 회복이 너무 더디시옵니다."

진맥하던 의녀가 말했다.

여자의 몸에 타격을 주는 출산을 견뎌낼 만큼 건강하지 못한 것 같다고 했다. 성장기에 충분한 영양을 섭취하지 못한 탓이라고.

이번에도 지긋지긋한 가난이 문제라는 뜻이었다.

설상가상으로 어린 원자까지 병치레가 잦았다. 힘차게 젖을 빠는 날보다 골골거리는 날이 훨씬 많았다.

"내 잘못일까?"

때때로 연씨는 고열에 시달리는 아들을 안고 자문하였다.

가난은 물려주지 않았으되 가난의 상흔이나 다름없는 병약함을 물려준 건 아닐까?

"이제부터 너를 무작금(無作金, 무작쇠)이라 불러야겠다."

초명을 비천하게 지을수록 자식이 장수한다는 믿음이 있다. 보잘것없는 연씨는 거기에라도 희망을 걸었다.

처음에 왕은 연씨가 지은 아들의 아명을 탐탁잖게 여겼다. 왕실에서는 원자를 '백돌이'라고 불렀다.

하지만 연씨가 간곡하게 청하자 결국 윤허했다.

"…하긴, 비천한 이름에 대해서는 중전이 더 잘 아시겠지요."

왕은 연씨의 젖은 뺨을 토닥였다.

"여염의 빈한한 집에서 자란 사람이니까."

곧이곧대로 듣고 싶어도 연씨는 예민해졌다.

번번이 속을 긁는 언사에는 정녕 악의가 없을까? 가난한 사람 특유의 자격지심 때문에 혼자 꼬아서 듣는 걸까?

반박할 수 없는 앙심만 자꾸 똬리를 틀었다.

왕은 여러 후궁을 거느렸다. 궁녀가 곧잘 승은을 입었지만, 애초에 후궁으로 간택되어 입궁한 여자들도 많았다.

아들의 사주팔자를 걱정하는 도산대비 때문이었다. 그녀는 늘 아들도 지아비처럼 요절할세라 전전긍긍했다.

하여 제왕의 사주치고 모자란 부분을 삼합三合이나 육합六合이 든 상대와 짝지어 주면 보완할 수 있다고 믿었다.

덕분에 후궁이 줄줄이 늘었고, 개중에는 특출한 이들이 있었다.

출중한 집안에서 온 문씨. 저기 어디 한미한 부서에서 궁인으로 지내다가 승은을 입은 정씨. 대대로 종실과 사돈을 맺은 집안 출신이라는 엄씨….

연씨는 개의치 않았다.

아니, 비록 궁핍하더라도 반가 여인의 도리는 잘 배워왔다고 증명하기 위해 더욱 아무렇지 않은 척했다.

하지만 원자가 아프자 상황이 달라졌다.

"전하께서 늦으시는구나."

오늘도 연씨는 앓는 아기를 안고 발을 동동 굴렀다. 해산한 이후로 손목과 허리가 끊어지게 아파도 유모에게만 맡기지 않았다.

"아무래도 처방을 바꾸셔야 할 것 같은데…."

"망극하옵니다만…."

본방나인 허옥이 난처한 낯으로 답했다. 사가에서부터 따라온 몸종이라서 신의가 있는 사람이었다.

"전하께서는 지빈궁에 납셨다고 하옵니다."

처음 듣는 소식은 아니었다. 하나 이 순간에는 쌓이고 쌓인 앙금이 무너졌나 보다.

연씨는 울 기력도 없어 입술만 달싹이는 원자를 보았다. 그리고 의문을 품었다.

어떻게 고통스러운 부인을 외면할까?

어떻게 아픈 자식을 두고 첩질이나 할까?

연씨는 얄팍한 사랑의 실체를 응시했다.

아내가 성치 않은 몸으로 아픈 아들까지 돌보는 내내 바깥에 뿌려지는 홀가분한 욕정의 씨를 이해하려고 애썼다.

그래봤자 결코 이해할 수 없다는 결론에 도달했다.

"…이것은 투기인가?"

연씨는 숨죽여 자문하였다.

아니다. 이것은 분노다.

왕은 그녀를 백정이 손질해 파는 고깃덩어리로 취급했다. 종류별로 늘어놓고선 제일 마음에 드는 걸로 골라 먹을 것 중 하나로 전락시켰다.

만약 선택받지 못한다면 다른 여자들에 비해 먹음직스럽지 않은 잘못이라고 자책하게끔 종용했다.

하지만 왕은 착각했다. 틀에 끼워 맞힌 대로, 연씨는 청렴한 선비의 딸이었다.

가진 것이라곤 자존심밖에 없다는 뜻이다. 달리 가질 것이라곤 하도 없어서 말이다.

한데도 그는 연씨가 딱 하나 지닌 자존심을 망가뜨리고 조롱했다.

그래서 미치도록 화가 났다.

"…중전, 원자의 용태는 어떻습니까?"

다음날에야 왕은 나타났다. 곤룡포 자락에서 다른 여자의 냄새를 태연자약하게 풍겼다.

"아무래도 창진瘡疹인 것 같지요?"

왕이 조심스럽게 원자의 뺨을 쓸었다.

"소격서와 제산에도 기도를 올리라고 명하기는 했는데…."

변명 아닌 변명은 연씨의 귀에서 흘러나갔다.

억지로 자존심을 죽이고, 자아를 인내심의 규방에 가두느라 귀 기울일 여력이 없었다.

"…중전?"

이내 미심쩍게 여긴 왕이 그녀를 보았다.

연씨도 그를 보았다.

그러자 서로 다른 감정만이 공중에서 헛되이 부딪혔다.

***

"…중전은 왜 과인을 볼 때마다 낯빛이 온화하질 않습니까?"

언제부터인가 왕이 나무라기 시작했다.

"도리어 후궁들이 더 살가우니, 중전은 모범이 되지 못하는 셈입니다."

어린 자식이 죽을까 두려워 아내가 우는 동안, 그는 웃고 애교 부려줄 여자를 찾은 게 참 자랑거리라고 연씨는 생각했다.

우거지상인 아내와 달리 즐겁고 명랑한 첩.

그들은 바로 지빈 정씨와 수빈 엄씨였다.

연씨는 후궁들을 대할 때마다 까닭 모를 불쾌감과 수치심을 곧잘 느꼈다.

처음에는 괜찮았다.

그들은 비루한 양반의 딸이라기에 따분하고 못난 곰탱이를 상상하다가, 막상 무비일색無比一色의 연씨를 보자 턱이 떨어졌다. 연씨의 서늘한 분위기에 기가 죽기도 했다.

하지만 궁리 끝에 방법을 찾았다. 지빈 정씨와 수빈 엄씨는 말수가 적고 잘 웃지 않는 연씨에 비해, 쾌활하고 싹싹한 면모를 부각했다.

문제는 거기서 그치지 않았다는 점이다.

그들은 연씨의 웃음을 시샘하고 눈물에는 웃었다. 연씨보다 어린 나이를 과시했다. 동시에 필연적인 연씨의 신체적 변화를 지적했다.

"살집이 제법 붙으셨사옵니다, 중전마마."

지빈 정씨는 회임과 출산으로 몸이 불어난 연씨에게 자꾸 지적했다.

"얹은머리를 더 크게 올리시는 편이 좋겠사옵니다."

수빈 엄씨는 역시나 회임과 출산으로 머리가 한 움큼씩 빠진 연씨의 정수리를 가리켰다.

그들은 말이 많고 오지랖이 넓었다. 얄팍한 심성으로 짝짜꿍이하며 남의 약점을 농담인 척 후벼 팠다.

기어코 연씨의 얼굴, 몸매, 나이, 성격 등 모든 자질을 스스로 혐오하게끔 만들었다.

점점 연씨는 자신이 전처럼 아름답지 못하다고 생각하기 시작했다.

솔직히 미모가 큰 권력은 아니었다. 다만 빈한한 처지에 조금이나마 당당할 수 있는 받침대 정도는 되었다.

그마저 잃어버리면 연씨는 또 자존심을 다칠 터였다.

하여 연씨는 끼니를 걸렀다. 시린 뼈마디를 무시하고 몸을 움직였다.

그러자 상황은 더욱 나빠졌다.

야윈 얼굴에 주근깨와 부스러기가 일어나는가 싶더니, 이내 벌겋게 뒤집혔다. 너무 익어서 물러터진 앵두처럼 추해졌다.

"세상에, 중전마마! 옥안이 어쩌다가 이렇게 되셨사옵니까?"

그 사실을 누구보다 빨리 알아챈 수빈 엄씨가 온 궁방이 떠나가라 외쳤다. 그녀의 졸렬한 눈은 기쁨으로 춤추고 있었다.

이와 동시에 전해진 지빈 정씨의 회임 소식은 연씨에게 또 다른 치명타를 가했다.

연씨는 두려웠다.

왕은 골골거리는 원자가 오래 못 살 거라고 믿는 게 아닐까?

왕자를 새롭게 얻으려고 건강하고 쾌활한 후궁들을 가까이하는 걸까?

…정말로 아들이 죽으면 어떡하지?

우울감은 벽에 찬 습기처럼 번져나갔다. 몸과 마음이 망가진 연씨는 하염없이 눈물을 흘렸다.

"이것을 보소서, 중전마마."

수렁으로 빠져드는 그녀를 보다 못한 시비侍婢들이 나섰다.

본방나인인 허옥과 삼월은 사가에서부터 연씨를 따라온 몸종들이었다.

"굿을 하는 책이랍니다."

먼저 허옥이 조그마한 서책을 내밀었다.

"쇤네들은 글자를 못 읽습니다만, 여기에 아기의 병을 고치는 방법이 있다던데요?"

"궁중에서 비방서祕方書는 엄히 금할진대…!"

연씨는 기겁했지만, 이내 삼월이도 거들었다.

"에이, 세상에는 사람을 해하는 나쁜 주술도 있다지만…. 무시하시고 이로운 부분만 취하시면 되지요."

삼월이는 표시한 부분을 열성적으로 펼쳤다.

"이것만 따라 하면 원자 아기씨께서도 뚝딱 나으실 거랍니다."

"부부인(府夫人, 왕비의 어머니의 작호)께서 어렵사리 구하신 물건이옵니다. 요즘 마마께서 너무 우울해하신다며 걱정하시거든요."

속절없이 연씨도 솔깃했다.

"…정말 원자를 건강하게 만들 수 있을까?"

기어이 비방서에 손을 대고 말았다.

그것만이 유일한 위안이었다.

연씨는 염원을 담은 숙배 단자를 만들고, 아픈 아들을 위해 주술을 부렸다.

보름 동안 공을 들이니 신묘하게도 원자가 한결 낫는 기색이었다.

덕분에 우울감이 한결 씻겼다. 시들었던 몸과 마음도 봄을 맞은 꽃처럼 다시 피어났다. 그런 연씨를 보고 후궁들은 가자미눈을 떴다.

다만, 기쁜 와중에도 연씨는 조심했다. 의도가 선해도 남들 눈에 띄면 좋을 구석이 없다.

비방서를 조각조각 찢어 작은 함에 담은 뒤, 쥐구멍에 숨겼다. 그리고 종잇장을 뭉쳐 쥐구멍까지 완전히 틀어막았다.

"…뭘 하고 있었습니까, 중전?"

한 번은 왕에게 들킬 뻔한 적도 있었다. 기별 없이 갑자기 찾아온 그를 맞이하느라, 함을 미처 숨기지 못한 것이다.

"자투리 천을 만지고 있었나이다."

연씨는 어색하게 둘러댔다.

"소일거리로 인형을 만들거든요. 원자를 위해서요."

"어디, 봐봅시다."

"아니 되옵니다."

왕의 흥미를 싹둑 자르며 연씨는 함을 일단 궤짝에 감추었다.

"솜씨가 형편없어 부끄럽사옵니다."

미심쩍은 눈치였으나 왕은 물고 늘어지지 않았다.

"가난한 형편에 삯바느질해서 재주가 뛰어날 텐데…. 중전은 참 겸손한 사람이군."

대신, 또 악의 없이 속을 긁었다.

"회임한 지빈도 잘 챙겨주세요, 중전."

왕이 덧붙였다.

"원자를 돌보듯이 말입니다."

연씨는 주먹만 으스러지게 쥐었다.

"칠거지악을 아시지요, 중전?"

과부의 딸이라서 모를 수도 있겠다 싶었는지, 왕은 가르치려 들었다.

"만일 아내가 자식을 못 낳거나, 순종하지 않거나, 말이 많거나, 투기하거나, 음탕하거나, 나쁜 병이 들었거나, 도둑질한다면…."

"…그런 아내는 버려야 하옵니다."

의도를 눈치챈 연씨가 마무리 짓자, 왕은 흡족하여 웃었다. 반면에 연씨는 억지로라도 웃을 수 없었다.

그저 질식할 것만 같았다.

왕의 비위는 맞추었으나 연씨는 임신한 첩과 접하고 싶지 않았다.

마침 지빈 정씨도 행여 원자의 허약한 기운이 옮을세라, 이런저런 핑계로 중궁전을 피했다.

그러던 어느 날 저녁이었다.

느낌상 왕이 행차할 것 같지 않았다. 요 며칠 연거푸 수빈 엄씨를 찾았다고 들었다. 하여 연씨는 일찍 세수하고 자리옷으로 갈아입었다.

한데 침수 들기 직전에 지빈 정씨로부터 전갈이 왔다.

갑자기 복통이 생겨 어찌할 바를 모르겠다면서, 출산 경험이 있는 중전마마께서 살펴주십사 청했다.

"…아무래도 가봐야겠다."

연씨는 머리카락에 도로 비녀를 꽂았다.

"글쎄요, 중전마마. 쇤네는 영 내키지 않사옵니다."

시중들던 허옥은 난색을 지었다.

"불여우처럼 은근히 피를 말리더니만, 웬일로 마마께 약한 소리를 한답니까. 필시 꿍꿍이가 있을 것이옵니다."

"어차피 거절할 순 없어."

연씨는 씁쓸하게 고개를 저었다.

"무시했다가 정녕 복중 용종이 변고라도 당하면…. 다들 나를 비난하겠지."

"그래도…."

"얼른 들여다보고서 친정 어미의 입궁과 의녀의 진맥을 허락하고 끝내야겠다."

내키지 않지만 연씨는 몸을 일으켰다.

시간이 늦어 궁궐은 어둡고 조용했다. 한데 막상 불 밝힌 지빈방에 당도하자 불길했다. 맞이하는 궁인들의 태도가 예사롭지 않았다.

심지어 벌컥 열린 문간에서 모습을 드러낸 사람은 지빈 정씨가 아니었다.

"…이 늦은 시각에 중전이 무슨 일입니까?"

왕이었다.

"전갈을 받고 왔사옵니다."

이미 대전에도 소식을 전한 모양이려니 짐작했다.

"지빈의 용태는 괜찮은지요?"

왕은 대답하지 않았다. 오묘한 낯으로 물끄러미 바라만 보았다.

"…정녕 믿을 수가 없군."

그러다가 중얼거렸다.

"과인이 여태 중전에 대해 여러 이야기를 들었지만…. 어린 잉첩들이 투정한다고 여겨 귀 기울이지는 않았습니다."

대번에 용안에 노기가 스쳤다.

"한데 후궁이 시침(侍寢, 임금을 모시고 잠)하는 일까지 훼방 놓으려고 불쑥 찾아올 지경이라니, 이 얼마나 경거망동인가?"

연씨는 어이가 없었다.

"신첩은 전하께서 행차하신 줄 몰랐나이다. 지빈이 배앓이한다는 전언을 듣고 왔을 뿐이옵니다."

"하! 그걸 믿으라고? 핑계가 좋습니다."

왕이 코웃음 쳤다.

"중전은 원자 하나도 제대로 못 챙기는 어미 아니던가?"

몽둥이에 얻어맞은 기분이었다.

가장 아픈 구석을 태연자약하게 내리치는 지아비의 말투에 연씨는 휘청였다.

"그래, 자네가 중전에게 와달라고 부탁했나?"

왕이 홱 몸을 돌렸다. 그러자 뒤에 선 지빈 정씨가 보였다.

"소첩이 감히 그럴 리가요?"

부푼 배를 쓸며 그녀는 난처한 표정을 지었다.

"태동은 온후하기만 하옵니다."

"뭐라고…?"

연씨는 기가 막혔다.

"금방 중궁전으로 궁인을 보냈으면서 어찌 거짓을 고하는가?"

"소첩은 내내 주상전하를 모셨사옵니다. 혹 중전마마께서 착각하신

건 아닐는지요?"

지빈 정씨는 눈 하나 깜빡하지 않았다.

"…아, 아니옵니다, 전하! 중궁전의 궁인들도 들었나이다."

상대가 너무 뻔뻔하게 나오자 연씨는 당황했다. 안타깝게도 당혹감에 젖은 주장은 변명처럼 들리기 십상이다.

"중궁전의 궁인들이야 중전이 시키는 대로 말하겠지."

왕이 싸늘하게 반박했다.

급해진 연씨는 허옥과 삼월에게 아까 중궁전에 온 궁녀를 찾게끔 시켰다. 하지만 지빈방을 샅샅이 뒤져도 보이지 않았다.

"…공검하던 사람이 곤위에 오르고서 어찌 이렇게 변했는가?"

이내 왕이 혀를 찼다.

"하긴, 후궁들이 입을 모아 요즘 중전의 눈빛이 이상하다고 고하는 데에는 연유가 있었을 텐데…."

비로소 연씨는 뭇 첩들이 교활하게 친 덫을 깨달았다.

"추태는 충분히 부렸습니다."

왕이 돌아섰다.

"물러가세요, 중전."

패잔병처럼 되돌아온 연씨는 분을 못 이겨 울었다.

마침 중궁전에 약으로 마시는 술이 있었다.

한 잔, 두 잔, 석 잔…. 연거푸 마셨더니 독주를 들이부은 양 속이 아렸다.

맞서 싸워야 한다.

이대로 당하고만 있으면 안 된다.

억울함에 취기가 섞이자 맹렬한 용기로 변모하였다.

연씨는 붓과 먹물로 글씨를 썼다. 지빈 정씨와 수빈 엄씨가 작당하여 중전과 원자를 해하려 한다는 익명서를 만들었다.

"이걸 궐 밖에 가서 던지고 오너라."

연씨는 허옥에게 건넸다. 익명서를 발견하고 조정에서 공론화할 만한 사람이 사는 사택도 짚어주었다.

"마마, 일단 마음을 좀 가라앉히시고…."

허옥은 만류하였으나 주인의 고집을 꺾지 못했다. 시키는 대로 익명서를 품에 조심히 넣고 물러났다.

"…나와 원자를 지킬 사람은 오직 나 자신뿐이야."

상처와 술에 취해 연씨는 밤새도록 홀로 중얼거렸다.

***

무작정 일을 저지르고서 하루 이틀은 의기양양했다.

익명서는 궐 밖에서 발견되어 어전에 올랐다.

도산대비가 특히 노하여 지빈 정씨가 해산하고 나면 친히 심문하겠다고 엄포를 놓았다.

하지만 사나흘이 지나자 연씨는 점점 초조해졌다.

왕이 이를 심각한 역모로 간주하고 본격적으로 수사하기 시작한 탓이었다. 내시부와 금군이 부산스럽게 움직였다.

뒤늦게 연씨는 중대한 실수를 저질렀다고 후회했다.

왕은 유능한 데다가 조정에서 산전수전을 다 겪은 군주였다.

반면에 그녀는 세상 물정 모른 채 얌전한 여인의 미덕만 배운 화초였다.

노련한 임금의 의혹을 속여 넘기기란 불가능할 터였다.

수사망이 좁혀올수록 연씨는 미칠 지경이었다. 중궁전의 궁인이 대전 내시와 이야기하는 사소한 광경만 봐도 기절할 것 같았다.

덩달아 한결 나아졌던 우울감까지 도로 기승을 부렸다.

"오늘 밤은 중궁전에서 머물고자 합니다."

궁지에 몰린 와중에 왕이 찾아왔다.

"함께 다과라도 들까요, 중전?"

살가운 태도였지만 연씨는 불길했다. 도둑이 제 발 저리는 탓이라면 좋으련만…. 차를 따르고 과줄을 내밀면서도 영 석연찮았다.

"고단하니 슬슬 침수에 듭시다."

이내 왕이 기지개를 켰다.

"중전께서는 건넌방에서 세수하고 오셔야겠지?"

연씨가 일어섰다. 삼월이는 시중들러 따라왔지만, 허옥은 침전을 정돈하고 이부자리를 깔기 위해 남았다.

찬물로 씻고 마음을 추슬렀다. 깨끗한 자리옷으로 갈아입자 한결 침착해졌다.

그러나 침전으로 되돌아갔을 때, 연씨는 뜻밖의 상황과 맞닥뜨렸다.

"…여기에 뭘 담아두었다고 했었지요, 중전?"

방이 엉망진창이었다. 왕이 손수 뒤진 모양이었다. 그의 어수에는 연씨가 쥐구멍에 숨겨둔 허름한 함이 들려있었다.

"자, 자투리 천 쪼가리이옵니다!"

무엄함을 무릅쓰고 빼앗으려 했지만, 왕이 함을 든 어수를 높이 들었다. 키가 너무 커서 연씨의 손은 닿지 않았다.

"지빈과 수빈이 연신 무고함을 호소하면서 이르기를, 중전이 혹세무민한 무속에 심취하였다던데…."

왕이 미간을 찡그렸다.

"자꾸 이걸 감추려는 까닭과 관련 있습니까?"

기어코 그가 함의 뚜껑을 열었다.

응당 왕은 숙배 단자와 굿하는 책을 찾아냈다. 용안에 스멀스멀 분노가 올랐다.

"사람을 무자無子하게 만드는 법. 반신불수로 만드는 법. 목숨을 해하는 법…. 죄다 방술이잖아?"

그는 글자가 어려워서 연씨로서는 미처 읽지 못했던 부분까지 이해했다. 비방서를 구해온 허옥과 삼월 역시 까막눈이라 몰랐을 터였다.

"아, 아니옵니다!"

연씨는 펄쩍 뛰며 어린아이의 건강을 비는 축원이 적힌 부분을 가리켰다.

"여기를 보소서. 아픈 원자를 위해서…."

"이건 또 뭐지?"

하지만 왕은 듣지 않았다. 비방서를 잘라낸 조각 아래 놓인 것을 또 발견한 탓이었다.

축원술을 부리면서 쓴 곶감 두 개였다.

"곶감에 뭘 발라놨지?"

연씨는 말문이 막혔다.

"비상(砒霜, 독약)인가…?"

왕은 대번에 알아차렸다.

"투기하다 못해 잉첩을 죽이고자 주술을 부렸습니까?"

험하게 곶감을 내동댕이치며 그가 윽박질렀다.

"질투는 못생긴 여자들이나 하는 줄 알았는데…. 중전처럼 어여쁜 사람도 이러는 걸 보니, 여인이란 참 어쩔 수 없는 족속인가 보군!"

"아, 아니옵니다! 아픈 원자를 축원하였을 뿐이옵니다!"

"하! 좋습니다. 축원에 극약이 필요했다고 칩시다."

눈을 가늘게 뜨며 그가 추궁했다.

"한데 왜 축사가 끝나고도 버리지 않았지?"

더 중대한 의문이었다.

"그것은…."

연씨는 마른침을 삼켰다.

본디 주술을 마치고서 비상을 바른 곶감은 버렸어야 했다.

하지만 출산 후 극단적인 우울감에 시달린 연씨는 그러지 않았다. 오히려 남겨두었다.

혹 원자가 낫지 않으면 그걸 먹고 따라 죽을 작정이었다.

그밖에 살고 싶지 않은 이유도 너무 많았다.

도저히 솔직하게 해명할 순 없었다. 부모님이 주신 신체를 아껴 머리카락도 함부로 자르지 말라 가르치는 세상이다. 거기다 대고 자결을 토로함은 곧 강상죄가 될 터였다.

"설마…, 나를 원망하여 해하고자 하였나?"

그러자 안타깝게도 왕은 전혀 다른 이유를 찾았다.

궐이 발칵 뒤집혔다.

왕은 연씨를 빈(嬪, 정일품 후궁)으로 강등하여 사가로 내쫓겠다고 천명하였다. 도산대비는 언문 교서를 선시宣示했다.

연씨의 본방나인인 허옥이는 온데간데없이 사라졌고, 삼월이는 끌려 나가 심문을 당했다.

다행인지 불행인지, 조정은 연씨의 편이었다.

원자 아기씨를 봐서 참으시라고 성토하거나, 여인이란 본래 질투하는 족속이니 너그러이 봐주라고 달랬다.

첩의 참소에 현혹되어 조강지처를 저버리시는 게 아닌지 반문하기도 했다.

결국 완고하던 왕의 마음이 흔들렸다. 후계자의 앞날을 생각하면 그 생모를 폐하기란 어려울 수밖에 없었다.

곧 적당히 무마하는 수순을 밟았다.

삼월이는 고신 끝에 교형絞刑을 당했다. 연씨의 어머니는 비복을 통해 사가의 비방서를 궁중에 들인 죄로 작첩을 빼앗겼다.

둘 다 중궁전을 대신해 망신당한 셈이었다.

그러나 연씨는 살아남았다.

전보다 더 외롭고, 살아야 할 이유가 없는 처지로 연명하였다.

"…미안하다."

냉궁에서 연씨는 무작금을 안고 울었다.

"이토록 나약하고 한심한 어미라서…."

어린 아들이 어리석은 어미를 구해준 현실만 한없이 자책했다.

소동 이후로 조용히 근신했지만, 연씨는 미운털이 박혀 동네북 신세가 되었다.

먼저 도산대비가 대놓고 연씨를 미워했다. 툭하면 트집 잡고 꾸짖었다.

그녀는 연씨가 바깥바람을 쐴라치면 힐난했다.

"주상께서는 감환感患으로 코를 훌쩍이시는데, 어찌 중전은 꽃 핀 뜰에서 웃으면서 참새를 희롱하며 노는가?"

연씨가 기껏 왕의 수라상 시중을 들어도 비난부터 앞세웠다.

"어선(御膳, 임금에게 올리는 음식)에 독을 타려고 얼쩡대는가?"

과연 시어머니 면박에 연씨는 서러움을 금할 길이 없었다.

응당 후궁들도 숟가락을 얹었다.

감히 적장자를 생산한 국모의 안전에서 사특하게 굴지는 못했다. 대신 잡아떼기 쉬운 뒷구멍에서 수작을 부렸다.

지빈 정씨와 수빈 엄씨를 섬기는 궁녀들의 입을 타고 온갖 이야기가 퍼진 것이다.

연씨가 상감을 모시는 여자를 죽이겠다고 속삭였다는 둥, 왕의 수라 시중을 들다가 분을 못 이겨 국그릇을 엎었다는 둥….

사실이면 죽일 년이고, 아니면 말고 식의 무책임한 소문이 떠돌았다.

그러나 진실로 연씨를 괴롭힌 부분은 따로 있었다.

"…허옥이를 찾았다고?"

삼월이가 처형된 뒤에도 행방이 묘연해진 다른 몸종을 찾던 중 희소식을 들었다.

"예, 찾긴 찾았사온데…."

한데 막상 소식을 전한 궁인은 기꺼운 눈치가 아니었다.

"그게, 승은을 입고 별궁에 있었나이다."

연씨는 귀를 의심했다.

도저히 믿을 수 없어 불러다 보니 사실이었다. 비루먹은 초가삼간에서부터 연씨를 따라온 허옥은 비녀를 꽂고선 숙원 허씨라고 새롭게 불렸다.

"용서해 주시옵소서, 마마…."

허옥이 엎드려 빌었다.

그날, 연씨가 세수하러 자리를 비운 사이에 왕이 물었단다. 중전이 평소에 감추는 함이 어디에 있냐고.

허옥은 모른다고 잡아뗐지만, 왕이 집요하게 다그치면서 손수 연씨의 침전을 뒤졌다. 그리고 막아둔 쥐구멍을 찾아냈다.

즉시 연씨의 심복인 삼월과 허옥은 포박되었다. 왕은 삼월에게는 고신을 가하고, 허옥은 회유했다.

내막을 전부 밝히면 용서하고 승은을 주어 첩지를 내리겠다고.

허옥은 금세 굴복하였다.

"…무서웠사옵니다!"

눈물과 함께 털어놓으며 허옥은 엉엉 울었다.

"죽고 싶지 않았사옵니다!"

연씨는 제 인생만큼이나 지옥일 그녀의 삶을 조용히 응시했다.

"제발 용서해주…."

"나가라."

다만 동질감을 느끼고 싶지는 않았다. 연씨는 삶뿐만 아니라 죽음마저도 박탈당했기 때문이었다.

이제 연씨는 그녀를 충직한 허옥으로 여기지 않았다.

궁중에 숱하게 넘쳐나는 후궁 중 한 명, 숙원 허씨로만 여겼다.

"나가."

그러고는 눈앞에서 치웠다.

숙원 허씨는 도망치듯 물러났다. 연씨는 메마른 가슴으로 지독한 배신감의 상처만 핥았다.

슬슬 왕은 비웃음과 수치심을 조용히 감내하는 연씨의 태도를 반성의 의미로 받아들였다.

"다른 사람들은 중전의 아름다운 겉모습을 보겠지만…."

그는 냉궁에 주저앉은 연씨를 일으켰다.

"난 겉껍데기에 가려진 중전의 검약한 알맹이를 보았지."

그러고는 스스로 감정에 취했다.

"우리, 다시 잘해봅시다."

왕이 붉은 연지가 담긴 사기그릇을 내밀었다. 화해의 선물이었다.

"내가 부족한 중전을 잘 가르쳐 보리다."

연씨는 손가락 끝에 연지를 묻혀 입술에 발랐다. 붉게 펴 바를수록 꼭 어울리는 색깔이었다.

이제 그녀의 입술에서는 지아비가 과시하는 우월감의 쓴맛이 났다.

왕은 위선자였다.

미인을 깎아내리면서 갈구했다. 청빈함을 숭상하는 척 조소했다.

결핍이 있는 여자를 아내로 맞이하고서, 저를 올려 치고 빛내줄 거울로 사용했다.

바깥에서는 너그럽고 청렴한 군자이면서, 안에서는 아내와 아픈 자식을 팽개치고 욕정을 좇았다.

“참으로 부족하고 불쌍해서….”

왕의 어수가 연씨의 뺨을 쓸었다.

그가 규정하고 가둔 틀이 연씨를 옥죘다. 그의 규칙대로만 움직이는 놀이판이 팔다리를 묶었다. 화해의 선물에서마저 묻어나는 이기심이 목을 졸랐다.

“당신을 구해주고 싶어.”

연씨는 숨이 막혀서 아무 말도 할 수 없었다.

그리고 얼마 지나지 않아 두 번째로 임신하였다.

***

이번 잉태는 부부가 불화를 극복한 축복이라 불렸다.

연씨의 의견은 달랐다.

가만히 있어도 체력이 달려서 몸이 축 처졌다. 종일 허기가 져서 먹으면 다 토해냈다. 물을 마셔도 갈증이 가시질 않았다.

무엇보다 태중의 아기가 왕을 닮은 것 같다는 직감이 자꾸만 연씨를 괴롭혔다.

"…주상과 중전의 사주에 원진살이 끼었다더군."

한데 한쪽에서 도산대비는 또 다른 의견을 내밀었다.

"그래서 원자가 허약하고 자주 아프다던데."

"…국무당이 그리 아뢰었사옵니까?"

연씨는 무미건조하게 물었다.

그놈의 할망구는 듣기 좋은 소리를 하는 적이 없다. 일부러 심술을 부리는 것이다.

정말 궁합이 꽝이면 애초에 연씨를 간택했을 리가 없다.

"그래. 일전에 국무당은 내전에 지(止, 멈춤)와 수(水, 물)라는 글자를 두면 주상의 사주에서 부족한 구석을 채워줄 거라고도 했었지."

도산대비가 말했다.

"하여 후정에 지빈止嬪과 수빈水嬪을 봉해 두었건만…."

혀를 끌끌 차는 소리가 잇따랐다.

"주상의 액막이를 대신 할 거울이 하나 있으면 좋겠다더라."

도산대비는 초조하게 무릎을 들썩였다.

"올해부터 나라의 대운이 바뀌어 주상의 사주팔자에서 천간과 지지가 흔들리고, 일주를 치는 형국이 된다는군."

저더러 자식을 핑계로 무속을 가까이했다고 꾸짖더니만, 시어머니가 당신 아드님을 위해 하는 일도 크게 다르지 않은 것 같다.

"거울이라면…?"

"새로이 처녀를 간택해 감빈鑑嬪으로 삼는 게지."

연씨는 속으로 후궁들의 이름을 합해 보았다.

"그래, 마침 감지수鑑止水가 되지?"

도산대비는 꿰뚫었다.

"이는 중전에게도 귀감이 될 글자다."

힐난하듯 덧붙였다.

"감지수란 고인 물에 얼굴을 비추어 늘 스스로 단속하라는 고사임을 아느냐?"

연씨가 대답하기도 전에 도산대비는 고개를 저었다.

"…하긴, 한미한 과부의 집에서 자랐으니 알 턱이 없겠군."

시어머니가 저럴 때마다 당신의 잘난 아드님과 똑 닮았다는 생각이 든다.

"후궁에게 너 자신을 비춰보며 늘 스스로 단속하거라. 알겠느냐?"

"…예, 대비마마."

"주상이 여전히 널 소중히 여기기에 한 번은 참고 넘어갔다만…."

심지어 도산대비는 자꾸만 연씨를 '너'라고 불렀다.

중궁전에 걸맞은 예우를 챙기지 않았다. 어차피 상대가 찍소리도 못할 줄 알기 때문이리라.

"널 용서하는 게 진실로 원자를 생각하는 길인지 모르겠다."

과연 죄인으로 못 박힌 연씨는 토를 달지 못했다.

남씨 문중은 혈맥에 신기가 흐른다고 뒷말이 자자했다.

멀쩡한 양반으로 태어났다가 신병에 걸려 신세가 박복해지는 경우가 더러 있었던 모양이다.

개중에서도 가주 남원술의 셋째 여식은 사주팔자가 정확히 임금의 부족한 부분을 메우고, 액막이하는 구성으로 되어 있답시고 꼽혔다.

하여 그 어린 처녀가 간택되어 첩지를 받으니, 곧 감빈 남씨라 불렸다.

소문을 방증하듯이 감빈 남씨에게는 이상한 구석이 많았다.

허공을 보다가 소스라치게 놀란다든가, 소금을 뿌리면서 중얼거리는 일이 예사였다. 심할 때는 보이지 않는 상대와 대화하듯 혼잣말하기도 했다.

더욱이 감빈 남씨에게서는 늘 어떤 냄새가 났다.

꼭 제사상에 꽂힌 향이 타들어 가며 뿜는 내음 같았다. 맡을 때마다 죽음이 떠오를 수밖에 없었다.

"…정말 기분 나쁜 여자야."

새 후궁을 두고 왕은 곧잘 투덜거렸다.

"어마마마의 강권만 아니었어도 절대 들이지 않았을 텐데…."

그럼에도 불구하고 왕은 감빈 남씨와 많은 시간을 보내야만 했다.

나라에 천재지변이 일어난 날이라든가, 제사를 지낸 직후라든가, 동지와 한식 등 귀신과 관련된 명절이라든가….

아무튼 좀 찜찜할 때마다 그녀와 더불어 앉아 액운을 넘기고 씻어냈기 때문이다.

날이 갈수록 감빈 남씨는 그런 용도로 간택된 후궁이라는 사실이 자명해졌다.

때문에 후궁들 사이에서 따돌림을 당하는 것도 어쩔 수 없는 노릇이었다.

"액막이는 무슨…. 신기가 있는 척 눈속임이나 하는 주제에."

수빈 엄씨가 해괴한 행동을 하는 감빈 남씨를 흘겼다.

"저가 특별한 줄 아나 봅니다."

"나라에 의례가 많은 시기에는 전하의 용안을 도통 뵐 수가 없습니다. 하루 마무리를 꼭 감빈과 하셔야 한다나 뭐라나…."

지빈 정씨도 동조했다.

"어린 마음에 관심 끌고 싶어서 저러는 건 알겠는데…. 가끔 정녕 오싹할 때도 좀 있긴 합니다."

그러다가 문득 지빈 정씨의 낯이 어두워졌다.

"저번 날에 불쑥 지빈방에 찾아와서는, 자식은 꼭 둘까지만 낳으라고 신신당부하더라고요."

"왜요?"

수빈 엄씨가 흥미를 보였다.

"셋째는 낳아봤자 자라나는 모습을 못 보게 될 거라고만…."

찜찜해서인지 지빈 정씨는 말끝을 흐렸다.

"참 나, 그딴 소리는 나도 하겠네."

수빈 엄씨는 코웃음 쳤다.

후궁들이 이러쿵저러쿵 떠들며 감빈 남씨를 배척할수록 연씨는 그녀가 눈에 밟혔다.

감빈 남씨는 자신과 마찬가지로 결함이 있어 왕의 수중에 놓였다. 그리고 오로지 희생하기 위한 존재였다.

왕을 올려 치고 빛내주기 위한 존재인 연씨와 크게 다르지 않았다.

하여 연씨는 곧잘 감빈 남씨를 들여다보았다. 처음에는 못내 어려워하는가 싶더니만, 이내 그녀도 속절없는 동병상련에 화답하였다.

두 사람의 우정은 조용하고 실체가 없었다.

가끔 만나서 마시는 차 한 잔이 고작이었다. 다과상에 곁들여진 대화 주제조차도 알맹이 빠진 껍데기인 경우가 많았다.

그렇지만 주변의 소음이 멎는 시간이었다.

하여 나쁘지 않았다.

"친정에서 또 들깨 강정을 보내주기에 가져왔사옵니다."

오늘도 감빈 남씨는 교태전을 찾았다.

"어릴 때부터 잡귀를 쫓는 과자라고 자주 먹었거든요."

그녀는 어깨를 으쓱하더니 다과 소반을 내밀었다.

"소첩은 질렸사오니 마마께서 다 젓수소서. 맛은 기대하지 마시고요."

확실히 처음 중궁전 문지방을 넘었을 때보다 넉살이 늘었다.

"고맙네."

연씨는 품에서 원자를 고쳐 안으며 끄덕였다.

"무얼 하고 계셨사옵니까?"

감빈 남씨는 떨떠름한 낯으로 원자를 흘끔거렸다.

기분 탓인지 모르겠지만, 노상 감빈 남씨는 무작금을 좀 두려워하는 기색이었다.

그녀의 초조한 시선은 연약한 갓난쟁이인 원자 너머의 미래, 오로지 제 눈에만 보일 법한 환상을 좇는 것 같았다.

그 까닭이 몹시 궁금했으되 연씨는 굳이 하문하지 않았다.

좋은 이야기였으면 진즉 털어놓았을 터였다. 나쁜 이야기라면 자청하여 들을 이유가 없다.

"…배롱나무를 보고 있었네."

조용하고 실체 없는 우정에 걸맞은 대답으로만 응했다.

"벌써 꽃 피는 시기가 되었더군."

멀거니 감빈 남씨의 시선도 교태전 창 너머를 향했다.

붉게 만개한 배롱나무가 보였다. 고결한 절개와 임금의 집을 상징하는 빛깔이라 하여 많이 심어두었다.

"옛날에는 하얀 꽃송이도 많았었는데…."

"본디 배롱나무의 꽃은 붉지 않사옵니까?"

"그렇네. 하나 개중에 하얀 꽃송이를 피우는 묘목이 간간이 있어."

연씨가 말했다.

"흰 배롱나무는 다른 배롱나무들 사이에 섞이지 못한다네."

"하긴, 너무 눈에 띄겠지요."

"순리대로 시들기 전에 죽는 경우도 많고."

"어째서이옵니까?"

"예쁘고 신기하답시고 꽃가지를 꺾어버리는 사람이 많거든."

후텁지근한 여름 바람에 배롱나무의 붉은 꽃잎이 넘실거렸다. 굳센 심지로 못 박은 채 일렁이는 불꽃과 같았다.

하지만 연씨는 하얀 배롱나무였다.

꽃잎이 떨어지고 다시 피기를 반복하며 더운 여름을 빛내는 생명력이 부족했다.

다른 사람의 손에 꺾이는 바람에 도로 피어날 의지를 잃고 시들어버렸다.

제왕의 집을 상징하는 존재이면서도, 막상 그 집에 족쇄가 채워진 채 감금된 망령에 불과했다.

"…꺾이지 않았더라면 좋았을 텐데."

연씨는 채 메마르지 못한 눈물을 흘렸다.

"속으로는 항상 살고 싶었는데…."

미처 먹지 못하고 빼앗긴 독약은 허상이었다.

그렇게라도 빈한한 여자라는 낙인과 실망만 거듭하는 현재를 탈피하고 싶다는 발버둥이었다.

사실은 죽고 싶지 않아서 벌인 사연이었다.

하지만 살고 싶을수록 삶과 죽음을 모두 박탈당할 뿐이었다.

"이 몹쓸 운명을 원자에게도 물려줬을까 걱정일세."

연씨는 새근새근 잠든 무작금을 보았다. 어미를 똑 닮아 용모가 아름다웠다. 벌써 흰 배롱나무의 운명이 옅게 비쳤다.

"…염려하지 마소서."

잠자코 듣던 감빈 남씨가 속삭였다.

"흰 배롱나무의 곁에는 언제나 붉은 배롱나무가 있사옵니다. 비록 흰 꽃송이를 가려주지는 못할지언정, 혼자 꺾이도록 내버려 두지는 않지요."

순간 그녀의 눈빛이 지금까지와 달라졌다.

"오늘로부터 여러 번의 여름을 거듭하다가, 가장 무덥고 힘든 날에 백일홍의 꽃이 핀다면…."

아득한 공상에 사로잡힌 양 무아지경이었다.

"필시 원자 아기씨를 구원할 붉은색일 것이옵니다."

감빈 남씨의 희망찬 예언은 어두운 그림자를 동반했다.

"…제아무리 걸주(桀紂, 폭군의 상징)의 태양이 뜨더라도 포기하지 않을 그런 붉은색이요."

그래서일까, 이미 뱉어놓고도 감빈 남씨는 제 입을 틀어막았다.

"본디 무당은 악담을 뱉어 구업을 지어선 안 된다고 하옵니다만…."

"자네는 무당이 아닌데, 뭘."

연씨는 눈물을 닦았다.

비록 자신은 진즉 꺾여버렸으나, 무작금만은 그 처량한 신세를 면한다면 더 바랄 것이 없다.

설령 허황한 예언일지라도 그저 믿고 싶었다.

"악담도 아니었고. 오히려 좋은 말을 해줘서 고마운걸."

"중전마마…."

감빈 남씨는 뭔가 더 하고 싶은 말이 있는 눈치였지만 이내 삼켰다. 연씨는 굳이 하문하지 않았다.

좋은 이야기였으면 진즉 털어놓았을 터였다.

역시나, 나쁜 이야기라면 자청하여 들을 이유가 없었다.

***

연씨는 두 번째 자식을 생산했다. 이번에도 왕자였다. 그리고 첫 출산의 악몽 같은 과정이 반복되었다.

치아가 다 흔들리고, 벌겋게 뒤집힌 피부는 가려웠다. 해산 중에 피를 너무 많이 쏟은 아랫도리는 쉬이 아물지 않아 불편했다. 머리카락은 한 움큼씩 빠졌다.

연일 통증을 호소하는 연씨를 위해 약방에서는 센 약재를 처방했다.

삼시세끼 탕약을 달고 살았다. 고통은 좀 가셨지만, 머리가 늘 멍했다.

낮과 밤의 경계는 꿈과 현실의 구분만큼이나 의미가 없어졌다.

악몽과 두통은 동반자였다. 안개가 머릿속을 가득 메웠다.

안개 속에는 숭숭 뚫린 빈 구멍도 있었다. 검게 끊어진 기억의 공백이었다.

이 와중에도 후궁들의 매서운 눈씨만은 선명했다.

사람들은 타인의 고통에는 무관심하다. 그렇지만 그 고통이 유희가 된다면 이야기가 다르다.

또다시, 가장 어여쁘다고 콧대 높던 여자가 얼마나 망가졌는지 샅샅이 뜯어보려는 눈초리가 사방에서 득시글했다.

걱정인 척 툭 던지는 한 마디는 모여서 열 마디가 되었다. 그 속에는 연씨가 더 망가지기를 바라는 은근한 소망이 담겨 있었다.

한 번 무너졌다가 간신히 메꾼 둑이 또 터져버렸다.

연씨는 다시 우울해졌다.

무기력함에 빠져 허우적댔다. 아무런 의욕이 생기지 않았다. 아침에 이불을 걷고 일어나는 일마저 버거웠다.

"천하에 바깥양반보다 늦게 일어나는 지어미가 어디 있습니까?"

왕은 연씨가 게으르다고 타박했다.

"과인이 조참(朝參, 정전에서 문무백관이 문후 올림)을 받고 올 때까지도 단장하지 않다니…."

그는 천근만근 무거운 이불 속 안사람의 민낯을 경멸했다.

"후궁들은 중전처럼 유난스럽지 않습니다!"

왕은 억지로 연씨를 일으키고 꾸짖었다.

"여염의 여자들은 김을 매다가도 아이를 낳고 도로 일한다는데, 원!"

아마 다른 지아비들도 그처럼 야박하지는 않을 터였다.

쏘아붙일 수 없는 반박을 삼키며 연씨는 신경질적인 웃음을 터트렸다. 왕은 아연실색하여 그 웃음을 응시했다.

가슴에 새로운 상처가 생긴 연씨는 기이한 행동을 하기 시작했다.

"…중전, 도대체 무슨 일입니까?"

어느 날 밤, 잠결에 인기척을 느끼고 깼다가 왕은 기겁했다.

연씨가 달밤을 등에 지고 앉아 잠든 그를 물끄러미 바라보고 있었기 때문이다.

"잠이 안 와서요."

연씨는 태연하게 대꾸했다.

"설마, 매일 밤 이랬습니까?"

달갑지 않은 표정으로 왕이 물었다.

연씨는 대답하지 않았다. 하지만 그녀의 무언은 정확한 답을 주었다.

저를 끝없는 지옥 속으로 자빠뜨려 놓고선 태연하게 단잠을 자는 사내를 바라보는 심경이 어떤지를.

뭉개진 자존심으로 얼마나 그의 목을 조르고 싶은지를.

과연 왕은 충분히 알아들었다.

섬뜩해졌는지 그는 주춤주춤 뒷걸음질 쳤다. 그러더니 다음날부터는 결코 중궁전에서 침수 들지 않았다.

점점 연씨는 스스로 행한 일과 하지 않은 일의 차이도 구별 못 하게 되었다.

지난밤의 사건이 있고 며칠이 지난 어느 날.

연씨는 무작금을 안고 앉아 있었다. 아들은 또 까닭 모르게 시름시름 앓으며 유모의 젖도 물지 않았다.

어떻게든 달래려고 씨름하는데, 왕이 중궁전 문을 차고 들어왔다.

"어째서 이따위 위서를 만들었지?"

대뜸 그가 고함쳤다.

"난 당신을 때린 적이 없다고!"

왕이 손에 들고 있던 종잇장을 연씨의 얼굴로 내던졌다.

그녀가 쓴 서찰이었다. 왕이 자신에게 손찌검했으며, 두 아들을 데리고 나가서 살고 싶다는 하소연이었다. 친정어머니한테 보내려던 것을 중간에서 가로챈 모양이다.

"…신첩의 사사로운 서찰까지 엿보셨사옵니까?"

"하문에 대답이나 하십시오!"

용안이 펄펄 끓는 아궁이 같았다.

"왜 위서를 써서 과인을 욕되게 하는 겁니까?"

"신첩에게 손을 대셨잖아요."

연씨는 멍하게 기억의 공백을 더듬었다. 약 기운과 우울감의 안개 사이로 떠오르는 것들을 드문드문 짚었다.

"…제발 정신 좀 차려!"

왕이 그녀의 품에서 무작금을 빼앗았다.

"당신은 한참 잘못되었다고!"

"원자를 돌려주소서!"

거친 실랑이에 무작금이 울음을 터트렸다.

"제정신도 아니면서 어디 어미 행세를 하는가?"

"돌려주소서. 원자가 울지 않사옵니까!"

왕이 아기를 안은 모양새가 위태로워서 연씨는 조마조마했다.

"싫습니다! 이러다가 나로는 모자라 원자까지 해칠까 봐 두려워서 살 수가 없다고!"

이내 왕이 연씨를 홱 밀치더니, 무작금을 데리고 건넌방으로 가서 걸쇠를 잠갔다.

"허물을 뉘우치기 전까진 중전의 낯을 보지 않으리다!"

문 너머 자지러지는 울음소리 사이로 왕이 으름장을 놨다.

"…신첩을 내쳐주소서."

하릴없이 연씨는 잠긴 문 앞에 무릎 꿇고 빌었다.

"거제든 요동이든, 어느 비척한 강계로 내치시더라도 달게 받아들이겠사옵니다."

애원할수록 뭉개진 자존심마저 진창에 처박혔다. 궁인들이 뒤에서 소란을 구경하며 수군덕거리기에 더욱 비참했다.

그러기를 한참 만에 왕은 문을 열었다.

"진심으로 하는 말입니까, 중전?"

노여움이 한풀 꺾인, 의기양양한 말투였다.

"무량수불 앞에서 양팔을 불로 태워서라도 맹세하겠사옵니다."

연씨는 슬픔과 분노, 수치스러움과 좌절감이 섞인 눈물을 흘렸다.

왕은 잠시 고민하는 눈치였다.

건강하지도 온전치도 않은 안사람을 향한 혐오감과, 그럼에도 불구하고 여전히 아름다운 용모와 순종적인 약속을 저울질했다.

"…중전은 참 밑 빠진 독 같은 사람입니다."

마침내 그가 중얼거렸다.

"그래도 나는 중전을 돕겠습니다."

왕은 또 선심을 썼다. 결함이 있는 여자를 굽어살폈다.

그리하여 그는 우월해지고, 치켜세워지고, 반짝반짝 빛났다.

"군자로서 여자의 악독한 습성 하나 감화시키지 못하겠습니까?"

그리고 마침내 울다 지친 무작금을 넘겨주었다.

연씨가 아닌, 유모에게.

여자를 품는 이유가 정해진 사내와 그를 한없이 숭배하는 여자들 사이에서 연씨의 존재는 쉽게 대체되었다.

필요에 따라 후궁이 있고, 유모가 있고, 궁녀가 있었다.

그렇게 소모되면서도 지어미는 늘 사랑해야 하는 존재였다.

기다리고 인내하면서, 또한 사내의 호의에 보답해야만 했다.

증오와 분노 등의 다른 감정은 투기로 쉽게 오독되었다.

하여 분노하고, 슬퍼하고, 망가질수록 연씨는 그저 질투로 미친 여자가 되었다. 세상이 받아들일 수 있는 개념으로만 해석되었다.

이제 연씨는 질식할 것만 같았다.

왕은 무작금을 정승의 집으로 피접 보냈다.

이런저런 이유가 많았지만, 중전에게는 병약한 원자를 돌볼 여력이 없다는 말씀이 가장 연씨의 가슴에 박혔다.

완벽한 분신이었던 자식의 빈자리가 컸다.

하물며 왕은 꽃을 찾는 꿀벌처럼 후궁의 전각을 나돌았다. 도산대비는 며느리의 일거수일투족을 감시하다가 트집을 잡았다.

그리고 첩들은 방관자면서 가해자였다.

"…중전마마께서 뜰에 나와 계시니 멀리 돌아서 걷지요."

심약한 숙용 문씨는 수렁에 빠진 괴물을 보듯 중궁전을 슬금슬금 피했다.

그럴 만도 했다. 대개 후궁들은 연씨를 두려워했다. 중전이 질투심에 미쳐 후궁을 죽이려고 독 바른 곶감을 숨겼다는 소문이 퍼진 뒤부터.

반면, 나날이 기고만장해지는 부류도 있었다.

"나 같으면 저러고 사느니 망신스러워서라도 죽고 말겠네."

특히나 수빈 엄씨가 그랬다.

그네들이 뒷구멍에서 던졌을 비수들은 좁은 바닥을 맴돌다가 기어이 연씨를 찔렀다.

등을 따라다니는 온갖 추문에 그녀는 또 흔들렸다.

자신이 하지 않은 일로 몰리면 화가 났다.

의도가 아니었던 일이 부풀려지면 상처를 받았다.

이름만 왕후일 뿐 궁중의 구경거리로 전락한 기분이었다.

다들 연씨를 가파른 벼랑에 세워두고 휘청거리다 떨어질 때까지 돌을 던졌다.

혹은 동정하는 척 뒷짐 지고 돌 맞는 모습을 구경하기만 했다.

내가 미쳐가는 걸까?

아니다.

아닌 것 같은데.

아니겠지?

연씨는 자문했다가도 반박하였다. 멸시와 동정 사이에서 방황하듯 제정신과 미치광이의 경계에서 주춤거렸다.

응당 연씨는 더없이 불행해졌다.

그래서 참고 참다가 폭발하고 말았다.

무심코 수빈 엄씨의 궁인이 주인을 따라 신나게 떠드는 이야기를 들은 탓이었다.

그들은 임금께서 첩을 괴는 데에 샘이 난 중전이 달려들어 용안에 손톱자국을 냈다고 했다.

사소하다면 사소한 계기로써 연씨는 깨달았다.

왕은 연씨의 주장과 달리, 자신은 그녀에게 손찌검한 적이 없다고 말했다. 그것은 역사가 되고, 연씨가 얼마나 악처였는지를 증명할 사초로 남을 터였다.

한데 연씨는 아무리 용안에 손톱자국을 낸 적이 없다고 주장해도 소용없었다. 그것은 역사가 되지 않더라도, 연씨가 얼마나 질투심에 미친 여자였는지 증명할 야사로써 명맥을 이을 터였다.

켜켜이 묵힌 억울함이 솟구쳤다.

연씨는 수빈 엄씨의 처소로 들이닥쳤다.

"아니, 중전마마 어인 일로…?"

기습을 당한 후궁이 엉거주춤 일어섰지만 본체만체했다.

"난 장차 보여주고 싶은 일이 있어 죽지 않기만 바랐다."

연씨는 수빈 엄씨를 섬기는 궁인의 따귀를 후려쳤다.

"비록 지금 당장은 너에게 벌을 줄 수가 없더라도…."

표면적으로는 시비侍婢를 향한 경고였으나 실상 수빈 엄씨에게 하는 말이었다.

"훗날에는 너를 족멸族滅할 것이야."

암시하는 바가 명백했다. 수빈 엄씨의 얼굴이 새파랗게 질렸다. 모처럼 연씨는 승리감을 느꼈다.

하지만 대가를 치러야 할 승리였다. 수빈 엄씨가 즉각 웃전에 일러

바친 것이다.

"원자를 등에 업고 위세를 부리려는 심보가 아니고서야 그런 소릴 하랴?"

도산대비가 분기탱천하여 꾸짖었다.

"…뉘우치겠다던 말은 거짓이었군."

왕의 용안에서는 그보다 더 성성한 노기가 비쳤다.

"밑 빠진 독을 채우려고 용쓴 과인이 어리석었어."

그는 더 이상 연씨를 구원하고 싶지 않은 눈치였다.

그녀의 결함이 너무 커서 임금의 찬란한 빛을 거들기는커녕, 손상케 할 지경이라고 여겼다.

이제 연씨는 단물이 다 빨린 과육이었다.

그렇다면 퉤 뱉어버려야 마땅했다.

***

한동안 연씨는 중궁전에서 근신하였다.

그녀는 또 충동적인 행동을 후회했다. 앞으로 영영 아이들을 못 보면 어쩌나 뒤늦게 걱정이 들었다.

부정적인 생각을 떨치려고 종종 교태전 인근을 거닐었다. 햇빛을 쐬는 것만으로 한결 차분해졌다.

"감빈이 기다리고 있사옵니다."

오늘도 산책을 끝내고 내전으로 돌아오는데, 상궁이 소식을 전했다.

"언제부터? 내가 꽤 오래 걸었는데…."

연씨는 반가웠다. 땅굴을 파는 왕후를 찾는 사람은 오직 감빈 남씨뿐이었다.

"안 그래도 밖에 세워두기가 괴란쩍어 안으로 들였사옵니다."

상궁이 말했다.

"다음에 오라고 권해도 굳이 기다리겠다고 우기기에…."

"잘했네."

과연 감빈 남씨는 중궁전 안에 혼자 있었다.

한데 좀 희한한 모습이었다. 그녀는 주인 없는 내전의 병풍 뒤쪽을 살펴보듯 서성였다.

"…아, 중전마마!"

퍼뜩 맞이하는 표정마저 좀 어색했다.

"뭘 하는가?"

콕 집어 설명할 순 없는 위화감이 들었다. 그렇지만 감빈 남씨는 태연하게 대꾸했다.

"마마께서 안 계시니 앉아 있기가 좀 그래서요."

"사람 참 객쩍기는."

예민한 탓이려니 연씨는 넘어갔다.

두 사람은 차를 마셨다. 연씨는 조용하고 실체 없는 우정을 기대했다. 편안한 침묵 속에서 알맹이 빠진 시시한 대화나 나누며 현실로부터 회피하고 싶었다.

"너무 걱정하지 마소서."

한데 감빈 남씨의 태도가 평소와 달랐다.

"비록 주상전하께서 노하셨으나 금방 마음 푸실 것이옵니다."

위로랍시고 건네는 이야기는 으레 그녀가 뱉을 법한 말이 아니었다. 연신 바닥으로 떨구는 시선도 낯설었다.

"당분간 아무 생각 마시고 푹 쉬소서."

어쩐지 연씨는 마음이 불편했다.

"…원자 아기씨는 앞으로 소첩이 잘 지켜보겠사옵니다."

감빈 남씨의 눈빛이 탁해졌다.

"정 그릇될 것 같으면 어떻게든 손을 쓰겠나이다."

그녀의 오른손을 숨긴 옷자락도 들썩였다. 얼핏 덜그럭거리는 소리로 보아선 염주를 헤아리는 듯했다.

"자네, 오늘 영 이상하군."

연씨는 이제 불편하다 못해 불쾌했다.

"송구하옵니다. 요즘 마마께오서 너무 위태로워 보이시기에 그만…."

새카만 감빈 남씨의 눈동자에서 언뜻 진심이 보였다.

미약한 단서였으나 연씨는 믿기로 했다. 그만큼 외롭고 서글픈 탓이었다.

식어버린 다과상은 미묘해진 관계의 향방과 같았다.

축 가라앉은 분위기 끝에 감빈 남씨가 물러가자, 연씨는 이불을 뒤집어썼다.

안전하고 위안받을 공간은 오직 그뿐이었다.

며칠 동안 연씨는 두문불출했다. 바닥이 구렁텅이로 빨아들이는 늪처럼 느껴졌다. 도저히 딛고 일어설 수 없었다.

억지로나마 햇볕을 쬐려던 시도도 포기했다.

그녀는 다른 빛을 갈망했다. 망가진 마음을 어루만지고 그 찌꺼기를 불태울, 강렬한 붉은 빛이 필요했다.

"단 한 줄기만이라도…."

연씨는 우울감 속에서 약 기운과 함께 몽롱하게 침잠했다.

골방에서 무기력과 신경질만 억겁으로 반복될 즈음, 기어코 봉보부인(奉保夫人, 왕의 유모)이 밀고 들어왔다.

"정녕 계속 게으름이나 피우시렵니까?"

왕을 업어 키웠답시고 그녀는 시어머니처럼 행세했다. 중궁전의 동태를 살피다가 대비전에 고해바치는 데에도 선수였다.

"주상전하께서 못마땅해하시옵니다."

봉보부인은 이불을 홱 걷었다. 걸쇠로 잠근 창도 활짝 열었다. 들이닥치는 햇볕에 타버릴세라 연씨는 웅크렸다.

"아이고, 좀 살겠네. 먼지 날리는 것 봐."

봉보부인은 아랑곳하지 않았다.

"…아니, 이게 뭐람?"

철옹성처럼 둘러친 병풍을 걷던 봉보부인이 문득 멈췄다.

병풍 뒤에 쥐구멍이 있었다. 보수할 시기가 된 궁방에선 흔한 경우였다.

"저게 무엇이옵니까?"

봉보부인은 구멍 안에 감춰진 조그마한 함을 가리켰다.

"나도 모르는 물건인데…?"

멀거니 연씨는 중얼거렸다. 한 차례 곤경에 처한 이후로는 아무것도 숨기지 않았다.

"설마! 몹쓸 버릇을 고치지 못하셨나이까?"

덥석 봉보부인이 뚜껑을 열더니 미간을 찌푸렸다.

"중전마마께서 일전에 감추셨던 것과 똑같은 숙배 단자가 잔뜩 들었나이다!"

"…뭐라고?"

"당장 대전에 아뢰어야겠사옵니다!"

으박지름에 연씨는 당황해서 붙잡았다.

"잠깐만, 난 모른다니까…."

무엄하게도 봉보부인은 왕후를 뿌리쳤다. 뼈와 가죽만 남은 연씨는 휘청거리다가 주저앉았다.

이윽고 나타난 왕은 그런 연씨를 내려다보았다.

"그렇게 타일렀는데도 비방하는 습관을 못 끊었나?"

문간을 넘자마자 그는 힐난부터 앞세웠다.

"얼마 전에도 봉보부인이 새벽에 어침(御寢, 왕의 잠자리)을 살피다가, 중궁전에서 괴상한 소리를 들었다고 했습니다."

왕은 성을 냈다.

"발소리를 듣고 뚝 그쳤지만, 분명 말뚝을 쿵쿵 박는 소리였다더군!"

"그건 신첩이 벽에 머리를 박는 소리였사옵니다."

악몽을 꾸다가 깨어나면 두통이 심해 견딜 수 없었기 때문이다.

"지금 과인을 능멸하는가!"

진실이 단순한데도 왕은 믿지 않았다.

"하면 이 숙배 단자는 무엇인데?"

함을 뒤집더니 안에 든 것을 쏟았다.

"쭉 이딴 해괴한 짓거리에 골몰했나?"

"신첩은 모르옵니다."

"모르기는! 또 질투심에 미쳐 후궁을 해칠 요량이었겠지!"

왕이 발을 쾅 굴렀다.

"아니면 과인과 원자를 해하려 했던가!"

어떻게 어미의 면전에 저토록 참혹한 비난을 가할 수 있을까?

정작 아픈 아들을 품에서 떼어내 궐 밖으로 보낸 사람은 본인이면서 말이다.

왕은 순간 연씨의 눈에 비친 원망을 알아보았다.

"정녕 질리는 여자로다! 더는 못 참겠어!"

즉시 그는 중궁전 문을 박차고 나가버렸다.

비겁하게도 껄끄러운 그 감정으로부터 도망친 것이다.

다음날은 연씨의 탄일이었다. 문무백관이 중궁전에 하례를 올리려는데, 돌연 왕이 정지시켰다.

폭풍전야의 징조였다. 왕이 용단을 내린 것이다.

일전에 한 번 폐서인을 거론하였다가 조정의 반발에 물러섰으나, 이번에는 어떻게든 밀어붙일 터였다.

하면 남은 시간이 많지 않다.

곰곰이 생각한 끝에, 연씨는 감빈 남씨를 불렀다. 아직 후궁 하나 대령하지 못할 정도로 끈 떨어진 두레박 신세는 아니었다.

"중궁전에서 찾은 함을 국무당에게 보였더니, 사람을 해하는 주술로 가득하다고 아뢰었다는군."

오늘도 감빈 남씨는 눈을 피하며 바닥만 보았다.

"…자네가 한 짓인가?"

연씨는 무미건조하게 물었다.

"그때 병풍 뒤에 숨겼어?"

봉보부인이 함을 발견했을 때부터 마음에 걸렸다.

평소 해괴한 언동을 고집하던 감빈 남씨가 희한하게 쭈뼛대던 모습을 곱씹을수록, 이는 구체적으로 가닥이 잡혔다.

"…도대체 왜?"

연씨가 허망하게 중얼거렸다. 동병상련은 일방적인 환상으로 무너졌다.

"소첩은 모르옵니다."

감빈 남씨는 해명은커녕 오리발만 내밀었다.

연씨는 마음이 아팠다.

연정을 다짐하던 왕이 그녀와 어린 자식의 고통을 외면했을 때처럼. 같은 편이라고 믿었던 허옥이 제 살길을 찾아 떠났을 때처럼.

배신감으로 가슴에 피멍이 들었다.

조개처럼 입을 다문 감빈 남씨를 하릴없이 돌려보냈다.

연씨는 다시 고민에 빠졌다.

그러나 여전히 남은 시간은 많지 않았다.

하여 이번에는 숙원 허씨를 불렀다.

"소첩을 찾아계시옵니까…?"

숙원 허씨는 전전긍긍한 기색으로 달려왔다.

여태 연씨는 문후 여쭙겠다는 숙원 허씨를 거절했다. 그녀가 용서를 비는 선물을 보내도 늘 되돌려보냈다.

"너에게 맡길 일이 있다."

그러나 오늘은 숙원 허씨만이 붙잡을 지푸라기였다. 그래서 옛 본방나인 허옥을 대하듯 말했다.

"피접 나간 원자가 궁으로 돌아오면…. 이걸 전해다오."

연씨는 붉은 산호 가락지를 내밀었다. 입궁할 적에 어머니가 없는 살림을 털어 마련해주신 것이었다.

가난한 여자가 가진 유일한 보물이었다.

행여 흠집이라도 날세라 애지중지했다. 그러다 보니 막상 손가락에 껴본 날이 별로 없었다.

"부디 어미를 기억해달라고…."

"예?"

"주상전하께 넘어가지 않도록 반드시 원자에게 직접 전하거라."

"마마, 도대체 무슨…."

"약조해라."

연씨는 숙원 허씨의 의문에 답하지 않았다.

"네가 단 한 번이라도 나한테 진심이었다면!"

어차피 곧 있으면 온 세상이 알게 될 운명이었다.

"소첩은 마마께 낯을 들지 못할 죄인이옵니다."

숙원 허씨는 눈물을 흘렸다.

"무엇이든 명하시는 대로 받들겠나이다."

그러고는 붉은 가락지를 받았다.

연씨는 바보였고 패배자였다. 하여 세상은 그녀의 고통에 아무런 관심도 없었다. 대신, 질투심에 미친 여자라고만 칭했다.

마치 그걸로 전부 설명되는 존재에 불과하다는 듯이.

연씨는 다시 태어나고 싶었다. 그래서 아무도 축하해 주지 않은 탄일의 대미를 장식하기로 했다.

목욕재계 후 상복을 입었다. 벽에 흰 장막도 둘렀다.

자리 잡고 앉아 도판(桃板, 복숭아나무 판)에 자신이 믿는 신의 모습을 그렸다.

"저는 죄인입니다. 하오니 지상의 임금으로부터 심판받겠지요."

연씨는 생일 소원을 빌었다.

"…그렇지만 죄인은 한 명 더 있습니다."

죽어서도 유효할 소원이기를 간곡히 바랐다.

"그이는 천하의 지존이라서 감히 범접할 수 없사오니, 부디 훗날 저승의 임금에게만은 공정하게 심판받기를…."

연씨는 근육이 다 빠진 팔에 마지막 힘을 그러모았다. 그러고는 도봉(桃棒, 복숭아나무 방망이)을 잡고 휘둘러 말뚝을 박았다.

온 궁정에 쩌렁쩌렁 울려 퍼지도록 망치질했다.

해괴하게 구는 주인을 엿보던 궁인들이 놀라고, 살금살금 중궁전을 염탐하던 봉보부인이 헐레벌떡 뛰어가니, 과연 기다린 대로 왕이 들이닥쳤다.

"도대체 뭘 하는…?"

그는 내전에 두른 흰 장막과 연씨의 상복을 보고 말문이 막혔다.

"상감마마를 위해 입었사옵니다."

태연한 대꾸에 왕은 경악했다.

"소장(素帳, 죽은 이를 장사 지낼 때 치는 막)도 쳤사옵니다."

"상복에 소장이라니…. 하물며 이건 신다울루목(神荼鬱壘木, 악귀를 물리치는 신을 나무로 깎은 것)이 아닌가?"

용케 그는 연씨가 잡은 복숭아나무 몽둥이를 알아보았다.

"왜요, 이게 늘 전하의 눈에 비친 신첩의 모습 아니었나이까?"

대놓고 연씨가 빈정거렸다.

"정녕 지긋지긋해!"

왕이 진저리를 쳤다.

"중전이 이러면 남들이 날 어떻게 생각하겠어? 집안도 똑바로 못 다스리는 팔푼이라고 손가락질하겠지!"

여전히 그는 아내를 어여쁘고 조신하게 인내하는 존재로만 규정했다.

위대한 저를 반짝반짝 비춰주는 거울일 뿐, 고통과 슬픔을 느끼는 사람이라고 인정하지 않았다.

"빈한한 여자를 처로 맞아 분에 넘치게 대접했거늘…!"

왕은 연씨의 여윈 어깨를 거칠게 흔들었다.

"임금인 내가 당신을 위해 모든 걸 다 해줬잖아!"

고래고래 악을 써 천지를 뒤흔들었다.

"도대체 왜 이러는데? 말해! 말해보라고!"

그래서 연씨는 처음으로 진심을 말하기로 결심했다.

"전하의 눈을 뽑고, 발자취를 없애며, 양팔마저 끊어버리고 싶기 때문이옵니다."

커다란 충격이 왕을 덮쳤다.

지존으로 군림한 이래, 듣도 보도 못한 폭언이었다.

왕은 귀를 의심했다. 얼른 정정하기를 기다리는 눈치였다.

그는 스스로 좋은 사람이라고 믿어 의심치 않았다. 너그럽고 선량한 군자로서 존경만 받아야 마땅했다.

여자가 총애에 안달하기는커녕 그를 미워하다니, 결코 있을 수 없는 일이었다.

하지만 연씨는 변명하지 않았다. 그저 조용히 웃었다.

한때 왕이 미치도록 갈구했던 아름다운 자태였다.

왕의 충격이 분노를 지나 공포로 변질되는 것까지, 실로 완벽한 마무리였다.

그리고 마침내 연씨는 폐출되었다.

여기서 연씨의 이야기도 끝났다.

이제, 그녀는 폐비라고 불렸다.

왕은 칠거지악의 죄를 천명했다. 정승들과 삼사, 종친들의 거센 반대를 묵살했다. 즉각 종묘에 왕후의 폐위를 고했다. 도산대비도 언문 교서를 내려 거들었다.

폐비의 부모는 봉작을 박탈당했다. 원자와 대군을 생각해 폐비를 사제(私第, 개인 거주지)로 내치지 말고, 별궁에 두시라는 주청 역시 거부당했다.

"저기, 드릴 말씀이 있사옵니다."

폐위되고서 열흘 만에 훨씬 참혹한 소식도 날아들었다.

"임금님께서는 폐서인과 관계없는 왕실의 일이라고 말씀하셨다지만…. 아무래도 도의상 아셔야 할 것 같아서…."

딸의 죄로 덩달아 유배를 떠나기 직전, 마지막으로 인사하러 온 친정어머니가 말했다.

"대군께서 졸하셨사옵니다."

핏덩이 둘째 아들이 죽은 것이다. 어린 것이 숨이 끊어지는데 곁을 지키지도 못했다.

"가엾은 우리 마마…."

어머니는 흐느꼈다.

"미인은 박복하다더니만…."

폐비는 기억했다. 딸을 왕가로 시집보내던 어머니의 얼굴을.

덕분에 곳간에 쌀이 생겨 굶주림을 면했다는 안도감부터, 없는 형편에 구색도 못 맞출세라 한숨 쉬던 근심까지….

"부디 잘 조섭하소서."

안심과 걱정이 전부 박살 난 지금에 이르러서도 어머니는 딸을 생각했다.

폐비는 피멍으로 얼룩진 가슴을 쥐어뜯었다. 그렇게 어머니를 귀양길로, 작은아들을 저승길로 보냈다.

배웅하고 남은 신세라고 썩 나을 구석은 없었다.

소박맞은 여자는 세상으로부터 천대를 받았다. 지존으로부터 버려진 왕비는 말할 것도 없었다.

중궁전에서 별궁으로, 별궁에서 사제로, 한양에서 지방으로….

거듭 쫓겨갈수록 폐비의 집에는 잡초가 우거지고 들짐승이 기웃거렸다. 심지어 도둑이 들어 있지도 않은 세간마저 털어갔다. 도적이 행패를 부리다가 떠날 때까지 폐비는 낡은 걸쇠를 움켜잡고 벌벌 떨었다.

이튿날, 소식을 듣고 대경실색한 신료들이 폐비의 이웃을 심문하고 담이라도 제대로 세워주자고 대전에 청했다.

"스스로 조심하지 않아 도둑을 맞았거늘 뭐 하러 이웃을 추문하겠소?"

왕은 퉁명스레 반박했다.

"아이고, 한양서 도둑맞은 집이라면 죄다 담을 쌓아 줘야겠소이다."

살천스러운 태도에도 불구하고, 폐비를 용서하고 복위시키라는 주청은 끊이질 않았다.

불같이 화를 내며 물리치던 왕은, 급기야 후궁 중에서도 특히 집안이 좋고 심약한 숙용 문씨를 새롭게 중궁전으로 봉했다.

아예 폐비가 돌아갈 자리를 없애버린 것이다.

왕은 용상을 빛내줄 새로운 조강지처를 얻었다.

원자는 흠결 한 점 없는 새어머니를 얻었다.

그럼에도 불구하고 뭇 신료들은 계속 왕을 설득했다.

원자의 미래를 걱정하는 사람들. 폐비를 불쌍한 조강지처라고 동정하는 사람들….

그들이 목소리를 내는 한, 소란은 끊이지 않을 터였다.

결국 왕은 폐비의 존재를 영영 없애버려야만 잠잠해지리라 용단을 내릴 것이다.

"…나를 죽이시겠지."

그는 생자들의 왕이었고, 그녀는 그 질서에 속한 백성이었다.

처절하게 빌었던 생일 소원처럼, 망자들의 임금 앞에 함께 설 무렵에나 서로 동등해질 터였다.

하여 폐비는 소망했다.

죽어서는 생자들의 왕과 겨룰 만큼 강해지기를. 구중궁궐 틈새마다 켜켜이 쌓아둔 한이 자신의 힘이 되어 주기를.

그리하여 오뉴월에도 서리가 내리기를.

비로소 폐비는 숨을 쉬었다.

가슴이 꽉 차도록 들이마셨다. 찌꺼기가 쓸려나가도록 깊게 내쉬었다.

감시와 참견, 기대와 실망, 비방과 이간질의 틈바구니에서 잊어버린 호흡이 소생하였다.

그리고 너무도 어렵게 되찾은 숨결과 함께 남은 인생을 정리했다.

종잇장에 흐르는 것이 먹물인지 눈물인지 헷갈리도록 하염없이 적어 내렸다.

***

신비는 이 음울한 이야기가 어떻게 종지부를 찍는지 잘 알았다.

"…이제 나는 그리운 이름을 써본다."

과연 마지막 장에 다다른 무작금이 소리 내어 읽었다.

"처녀 시절의 아명은 잊었다. 폐비라고 불리기 이전의 칭호도 잊었다. 그저 기억하고 싶은 이름만 기억할 뿐이다."

생전의 폐비를 똑 닮은 얼굴에서 미세한 경련이 일었다.

"…무작금."

그는 떨리는 입술로 폐비가 마지막까지 부른 이름을 읽었다.

그녀가 세상에 남긴 분신이요, 지아비의 손에 죽은 뒤에까지 남긴 영생이었다.

"내 아들."

그리고 마침내 책장을 덮었다.

침묵 속에서 촛불만 타들었다. 촛농이 뜨겁게 흘러내리도록 무작금은 아무 말도 하지 않았다.

용안에서도 균열을 알아차리기 어려웠다. 장황한 글씨들에 압도되어 그대로 멈춘 것 같았다.

"선왕께서는 성군이셨고, 좋은 아버지셨어."

무작금은 한참 만에야 말문을 열었다.

"당신께서는 편찮으셔도 조정에 나아가셨지만…. 내가 아프면 서연書筵도 쉬게 해주시고, 곁에서 손수 탕약도 먹여주셨지."

좋은 추억을 반추하는 속삭임이 연신 이어졌다.

"한데 어째서…?"

그러다가 뚝 그쳤다. 도로 침묵에 빠져들었다. 그 정도로는 의중을 정확히 짚기 어려웠다.

"본디 사람에게는 여러 모습이 있사옵니다."

신비는 조심스럽게 운을 뗐다.

"더욱이 자식은 부모의 좋은 면모를 우러를 수 있사오나, 부부는 서로 나쁜 점만 바라보기 십상이지요."

신중하게 접근해야 했다.

어린 시절의 결핍을 자기 자신에 대한 혐오와 저를 버리고 떠난 생모를 향한 원망으로 풀어내는 그의 습관을 잘 알았다.

"…폐비께서는 편찮은 분이셨사옵니다."

성장기에 잘 먹지 못해 얻은 연약한 체질. 출산 후 극도로 발현한 우울감. 거듭 실패한 인간관계로 인한 고립감. 주체하지 못해 터트리는 어리석고 충동적인 행동….

평생 타인에게 이해받지 못했을 터였다.

선왕과 왕실이 극단적이다 싶을 만큼 폐비에 대한 언급을 틀어막은 까닭도 알 만했다.

신비조차도 의술을 배우고서야 폐비를 온전히 동정할 수 있었다. 원래 건강한 사람은 병자를 헤아리기 어려운 법이다.

"누군가에게 속이나마 터놓고 싶으셨을 테지요."

하여 신비는 무작금 역시 이해하기를 바랐다.

"아드님께서 알아주신다면…. 저승에서도 여한이 없으실 것이옵니다."

간곡하게 덧붙인 까닭은, 여기까지 이르고도 그가 습관대로 생모를 원망할세라 걱정된 탓이었다.

무작금은 비록 폐비의 자식이나 또한 선왕의 아들이었다.

적장자로 태어나 국본으로 길러졌다. 일평생 사내이자 군왕의 시선만 배워온 셈이다.

아프고 취약한 여자의 입장과는 거리가 한참 멀었다.

"이제 자식으로서 부모 양측의 이야기를 들으셨사오니, 어느 한쪽의 의견에 매몰되지 마소서."

신비가 말했다.

"어린 시절의 그늘에서 벗어나 이제 용서하소서."

"…누구를 용서하라는 말이냐?"

무엄한 줄 알면서도, 신비는 말없이 손으로 그를 가리켰다.

그러자 비로소 둑이 터지고 천지가 흔들렸다.

"아바마마는 좋은 분이셨어."

용안이 발갛게 달아오르고 눈물이 흐르기가 꽃의 폭풍 같았다.

"한데도 내 어마마마를 쫓아내고 죽이셨어."

시퍼렇게 멍든 가슴을 부여잡는 모습마저도 폐비를 똑 닮았다.

"그것도 모자랐는지…, 바깥에다가는 폐비가 시름시름 앓다가 제풀에 죽었다고 거짓말까지 하셨어!"

비로소 그는 신비가 오래도록 숨겨온 옷과 책을 똑바로 직시했다.

"…나는 국본이라면서 어미 하나 지켜주지 못했다."

무작금은 폐비의 피 묻은 적삼을 끌어안았다.

그 초라한 옷가지 덕분에 어미가 생전에 얼마나 마르고 왜소한 체구였는지 짐작할 수 있어 더욱 애달픈 눈치였다.

"죄책감에 좀먹히다 보니까…. 언제부터인가 전부 어미가 날 버리고 떠난 탓이라며 원망하는 쪽으로 비틀렸어."

무작금이 오열했다.

"결국에는 그렇게 비뚤어진 나 자신마저 혐오하게 되었는데…."

눈물로 적셔도 폐비의 적삼에 스며든 핏물은 지워지지 않았다.

"…그렇지만 애초에 나의 잘못도, 어미의 잘못도 아니었던 거야."

순간 그의 눈이 붉게 빛났다.

"사실은…!"

비뚤어진 마음이 이제 전혀 다른 대상을 과녁처럼 겨누었다.

"주상전하!"

제 의도에서 벗어나는 것 같아 신비는 화들짝 놀랐다.

하지만 무작금의 행동이 더 빨랐다.

"오늘은 내 곁에 있어라."

어린아이처럼 겁에 질린 손이 신비를 붙잡았다. 길을 잃은 미아처럼 매달렸다.

"제발 오늘은 날 혼자 두지 말아다오."

"전하…."

"다른 것은 바라지 않을 테니 그저 옆에만 있어라."

무작금은 그대로 신비의 품으로 무너졌다.

흰 얼굴을 그녀의 목덜미에 파묻었다가, 옷고름을 꽉 동여맨 가슴을 스치고, 치마폭에 안겼다.

커다랗지만 실상 아이와 다름없는 손으로는 그녀의 옷깃을 그러쥐었다.

"제발…."

신비는 뿌리치지 못했다. 그녀의 무릎에 웅크린 그를 감싸 안았다.

이에 용기를 얻은 무작금이 더욱 절박하게 매달렸다. 유일하게 안전한 공간을 찾는 것처럼 보였다.

"너는 어떻게 용서하였느냐?"

이윽고 그가 물었다.

"의녀가 되고서 넌 전부 도와주려고 애썼어. 네 인생을 망쳐놓다시피 한 아바마마와 어마마마를 음해한 그 후궁들까지도…."

무작금은 인상을 찌푸렸다.

"심지어 관비 시절 널 괴롭혔다던 수령의 딸까지도 잊은 것처럼…."

"살기 위해서 그랬사옵니다."

신비가 말했다.

"원망에 골몰해봤자 가해한 사람들은 아무런 가책 없이 잘 사는 동안, 소인만 망가진다는 진리를 깨달았거든요."

잔인한 현실이었다.

"그러니 차라리 잊고 싶었사옵니다."

신비는 씁쓸하게 웃었다.

"한 가지 나쁜 기억을 덮기 위해서는 천 개의 좋은 기억이 필요하였나이다."

다만 동시에 안락한 이상도 있었다.

"하여 베푸는 사람이 되기로 마음먹었사옵니다. 좋은 기억을 계속 만들어 내려고요."

병자들이 짓던 표정을 떠올렸다. 고맙다고 거듭 반복하던 인사와 이후로 건강히 잘 지낸다며 종종 보내오는 안부까지….

그 하나하나가 중독된 원망을 치유하는 약이었다.

또한 가슴 속 깊이 남은 상흔에 발라 새살이 돋게 할 연고였다.

실로 너무나도 좋은 기억들이었다.

"그런 감정에 용서라는 낱말을 붙여 명명하였을 뿐이옵니다."

덕분에 신비는 여전히 포기하지 않을 수 있었다.

"…나는 용서하는 법을 모르겠다."

무작금은 혼란스러워 보였다.

어린아이 시절에 멈춰 온전히 자라나지 못한 그는 원망하는 법조차 제대로 배우지 못했다.

"분명 전하만의 용서를 찾아내실 것이옵니다."

신비가 속삭였다.

"찾아내실 때까지 소인이 곁에서 돕겠나이다."

무작금은 아무런 대답도 하지 않았다. 그저 그녀의 치맛자락을 꽉 움켜쥔 채로 울다 지쳐 잠들었다.

그리고 신비는 굳이 그를 깨우지 않았다.

불편하지만 조용히 서로 함께인 채로, 그가 꿈속으로 도망가도록 내버려 두었다.

그렇게 하룻밤을 넘겼다.

마지막으로 평온한 시간인 줄 미처 모르고서.

***

나흘이 지났다.

무작금은 조용했다. 멀쩡하게 정사를 보았다.

신하들이 퍼붓는 잔소리에 질색하면서도 경연(經筵, 임금의 공부 시간)에 참석했다. 역린을 찔렸는데도 성숙하게 받아들이는 셈이었다.

그래서 신비는 찜찜했다. 익히 아는 유치한 반응이 아니었다.

더군다나 저녁에 맥을 짚고 탕약을 올릴 때마다 무작금은 골똘히 생각에 잠긴 눈치였다.

기껏 신비가 의중을 떠보아도, 두루뭉술하게 굴다가 손사래만 쳤다.

"…정말 괜찮으실까?"

오늘도 새벽닭 우는 소리에 깨어나 출청하는 내내 신비는 생각했다.

피 묻은 적삼을 끌어안고 울던 그의 모습을 되짚어 볼수록 석연치 않았다.

"아침부터 왜 죽상이야?"

눈치라곤 국 끓일 만큼도 없는 만덕마저 알아차렸다.

"며칠째 한숨만 푹푹 쉬고."

"아무것도 아니야."

어차피 곧이곧대로 털어놓을 수 없는 이야기였다.

"그냥…. 얼마 전에 병자한테 처방을 내렸거든."

그래도 영 답답해서 슬쩍 중얼거렸다.

"한데 제대로 통했는지 확신이 안 서."

"이미 처방했으면 내버려 둬."

예상대로 만덕은 참 성격 알 만한 소리나 했다.

"죽인지 밥인지는 되어 봐야 알지."

"그야 그런데…."

"아무리 옳게 처방했어도 결국 받아들이는 사람의 몫이야."

만덕은 어깨를 으쓱했다.

"네가 백날 확신이 서 봐야 병자 쪽에서 아니면 꽝이지, 뭘."

"반대로 내가 확신이 안 서도, 의외로 병자가 잘 받아들일 수도 있다는 뜻이구나."

신비는 위로를 알아들었다.

"하여튼 만덕이 넌 참 말주변도 없어."

마음이 한결 가벼워진 신비는 혀 차는 시늉을 했다.

"그러니 만날 잘 치료해 주고도 욕만 먹지."

"흥, 원래 세상은 천재를 이해하지 못하거든."

만덕은 귓등으로도 안 들었다.

"언제는 넌 끽해야 노력해서 황새가 되었다면서?"

물을 만난 신비는 깐족거렸다.

"나한테는 타고나기를 황새라고도 했었지."

"내가 언제 그딴 소리를 했어?"

"아, 내가 장원을 차지한 시재 때 그랬…."

의기양양하게 증거를 들이밀었지만, 만덕이 불만스럽게 신비의 옆구리를 쿡 찔러서 가로막았다.

"근데 너 이제 나한테 내의녀 대접을 해줘야 하는 거 아니야?"

신비가 치명상 입은 옆구리를 부여잡고 투덜거렸다.

"존댓말도 좀 쓰고 공손하게…."

"차라리 죽고 말지."

만덕은 참으로 단호하게 잘라냈다.

내의원은 한바탕 전쟁을 치렀다. 궁중에 눈병이 유행한다고 난리였다. 신시申時가 지나서야 소강상태에 접어들었다.

슬슬 대전에 들를 채비를 해야 한다. 신비는 침구를 정리하고 사미다음四味茶飮을 달이려고 기웃거리다가, 문득 해괴한 광경을 목격했다.

아궁이 앞에 어의가 있었다. 심지어 손수 부채질하며 약탕을 달이는 중이었다.

나라에서 으뜸으로 쳐주는 의관이 으레 직접 할 만한 일은 아니었다.

"저기, 어의 영감께서는 퇴청하지 않고 무얼 하신답니까?"

슬쩍 신비는 내의녀 자희를 찔렀다.

"…모르겠다."

약방 사정에 빠삭한 자희마저 어리둥절했다.

"아까 대전에 입진했다가 돌아와서는 쭉 저러신다."

"주상전하께서 뭔가 시키셨을까요?"

"그럴지도."

자희는 미간을 찌푸렸다.

"한데 왜 저렇게 사색이신지 모르겠구나."

과연 어의는 관모 아래로 식은땀을 뻘뻘 흘렸다. 벌게졌다가 퍼레졌다가 오락가락하는 낯빛도 탕기가 내뿜는 열기 때문만은 아니었다.

멀찍이서 의관들까지 술렁였다. 보다 못한 의관 박치수가 나섰다.

"저희가 도와드릴 만한 일이라도 있습니까, 영감?"

"아니, 아닐세…."

도리질 치더니 어의는 목소리를 낮췄다.

"금일은 다들 서둘러 퇴청하도록 해."

"예?"

"속히 궐 밖으로 나가라고!"

어의가 치수의 가슴팍을 밀쳤다. 더는 알려고 하지 말라는 표현이었다.

“집 문을 걸어 잠그고 얌전히 있으란 말일세!”

영문을 몰라 치수는 주춤 물러섰다.

“큰일이 날 거야….”

도로 약탕에 부채질하며 어의가 중얼거렸다.

“기어코 전부 알아버리셨어….”

대중없는 혼잣말이지만 불길한 기운만은 전달되었다.

모여 있던 의관과 의녀들이 앞다투어 퇴청하였다. 약방은 금세 휑뎅그렁해졌다.

“너도 얼른 퇴청해라.”

여간해서는 분위기에 휩쓸리지 않는 치수마저 그렇게 말했다.

“저는 대전에 야다소반과를 살피러 가야 합니다.”

“아, 그렇지….”

치수는 만류하고 싶은 눈치였다.

그러나 무슨 이유로 말려야 하는지를 모르니 행할 수 없는 일이었다.

“하면 내 널 기다리고 있으마. 다녀오거라.”

“오늘 직숙도 아니시잖아요.”

“괜찮다. 그래야만 마음이 편할 것 같으니까.”

치수가 굳게 말했다. 고마운 그의 배려심은 실체를 알 수 없는 불안감 앞에서 메아리처럼 공허하게 흩어지고 말았다.

막상 당도한 대전 분위기도 심상찮았다. 합문 바깥에서부터 내시와 궁녀들이 잔뜩 긴장한 기색이었다.

“까닭을 모르겠지만…. 전하께서 몹시 언짢으시다.”

백 상궁이 말했다.

"더군다나 술상을 올리라고 하셨어."

신비는 어두운 장지문을 흘끔거렸다.

"하면 저도 그냥 물러갈까요?"

"아니, 얼굴이라도 한번 들이밀어 보렴."

뜻밖에도 백 상궁은 문을 열었다.

"동궁 시절부터 전하께선 네 말이라면 좀 들으시니까…."

술 냄새가 풍겼다. 과연 등잔불만 미약하게 남긴 채 무작금은 홀로 술잔을 기울이는 중이었다.

"의녀 신비가 성상을 뵙사옵니다."

일단 문간에서 절을 올렸다.

"마침 잘 왔다."

무작금이 혀 꼬부라진 소리로 반색했다. 그러고는 대뜸 허공을 가리켰다.

"저기 좀 봐라. 너도 보이지?"

"망극하오나 어인 말씀이시온지…?"

손끝이 가리키는 곳에는 아무것도 없었다.

"잘 봐보라니까."

한데도 그는 연신 우겼다.

"어마마마께서 앉아계신다!"

"…폐비께서 여기 계신다고요?"

"그래, 바로 저기 앉아서 날 바라보시잖아."

무작금은 물끄러미 허공을 응시했다.

"내 아들. 너는 어찌 어미를 잊었느냐?"

그러더니 혼자 중얼거렸다.

"너는 어미보다 아비를 더 사랑하느냐?"

폐비를 똑 닮은 얼굴로 그가 속삭이는 힐난이 소름 끼쳤다.

풀벌레 우는 소리가 멎고 공기가 스산해졌다.

"어미의 원한을 풀어다오…."

하얀 달빛이 쏟아져 무작금의 눈에 서린 붉은 기운을 여실히 비췄다.

"전하, 취하셨사옵니까?"

신비는 침착하게 대처했다.

"약주는 치우시고 이만 침수 드소서."

"…봐라, 어마마마께서 우신다!"

덥석 무작금이 신비의 어깨를 잡았다.

"어마마마의 피눈물이 흘러 바닥까지 넘치고 있잖아!"

아비가 어미의 죽음을 결정하였던 이 공간에 붉은 홍수라도 일어난 것처럼, 무작금이 펄쩍 뛰었다.

"…아니, 전하께서는 취하신 게 아닌 것 같사옵니다."

하지만 신비는 간파했다.

그의 혀 꼬부라진 소리는 어색했다. 어미를 위험스럽게 운운하는 술주정에서는 위화감이 느껴졌다. 허공을 가리키며 벌이는 언동은 과장되었다.

"왜 취한 척하시옵니까?"

신비는 의도가 궁금했다.

"뭘 하시려는 것이옵니까?"

분명 음험한 곡절이 숨어있었다.

"…역시 너한테는 통하지 않는구나."

그러자 무작금이 취객 행세를 그만두고 명료하게 말했다.

"하지만 너 아닌 다른 사람들한테는 통할 테지."

넘치도록 한 잔 따르더니 그가 쭉 들이켰다.

"물러가라. 속히 궐 밖으로 나가."

그러고는 내의원에서 선행하였던 불길한 경고를 똑같이 읊었다.

"…오늘 밤부터 나는 스스로 폐비의 아들이라 불릴 테니까."

결연한 그 선언은 명백하게도 위험의 전조였다.

밤중에 갑작스러운 어명이 떨어졌다.

임금이 안안군과 봉양군의 목에 칼을 씌우고 옥에 가두라 천명하였다. 그들은 선왕의 후궁인 지빈 정씨의 소생이었다.

한데 어리벙벙한 와중에 곧 명이 바뀌었다.

안안군과 봉양군에게 장을 팔십 대씩 때리고 외방에 부처付處하라고 했다. 또한 의금부 낭청더러 옥졸을 거느리고 금호문 밖에 대령하라고 덧붙였다.

임금의 심기가 한층 격해진 것이다.

"아니지, 아니야…."

그마저도 또 번복되었다.

"…안안군과 봉양군을 창경궁으로 잡아 와라."

음산하게 최종 선언을 날린 무작금은 친히 대전 문을 박차고 나갔다.

유감스럽게도 두 왕자보다 먼저 끌려온 사람들도 있었다.

바로 지빈 정씨와 수빈 엄씨, 그리고 감빈으로 불리다가 강등된 남씨였다.

그들은 선왕이 승하한 뒤로 법궁 밖의 별궁에서 살고 있었다.

아닌 밤중에 홍두깨를 만난 후궁들의 얼굴이 공포로 새파랗게 질렸다.

다만 그네들은 짐작 가는 구석이 있는 눈치였다.

어쩌면 이런 날이 오리라 평생 걱정했는지도 모를 노릇이었다.

"아바마마께서는 내가 아끼던 것을 빼앗고 망가뜨리셨지."

무작금은 심판자처럼 섰다.

"이제 임금이 된 내 앞에…. 아바마마께서 아끼다가 남겨두고 간 것들이 있구나."

세 후궁을 굽어보며 그가 웃었다.

희고 맑은 살결과 지나치게 고요한 눈동자, 꽃잎처럼 고운 입술이 모여 용안이 되었다.

꼭 붉은 꽃가지들 사이에서 홀로 흰 꽃을 피워 두드러진 별종 같았다.

영락없는 폐비의 유산이었다.

"빈들께서는 생전에 폐비를 참소하고 몰아세웠지요."

무작금이 운을 띄웠다.

"…힘없고 아픈 내 어미가 불쌍하지도 않더이까?"

서슬 퍼런 용안에 그림자가 드리웠다. 모난 돌처럼 정을 두들겨 맞은 여자의 잔상이었다.

염치가 있다면 그 앞에서 낯을 못 들어야 마땅했다.

"당치 않으시옵니다!"

하지만 당사자들의 생각은 달랐다.

"소첩들이야말로 정궁을 헐뜯고 이간질한다는 망상에 사로잡힌 폐비로 인하여 곤욕을 치렀나이다."

수빈 엄씨가 말했다.

"맞사옵니다! 폐비는 첩을 모함하는 익명서까지 투척하였사옵니다."

지빈 정씨도 거들었다.

"혹 궐 밖의 참담한 소문을 듣고 이러시옵니까?"

기세를 잡은 수빈 엄씨가 얼른 덧붙였다.

소문인즉슨, 한때 선왕이 폐비를 용서할까 고민하며 궐 밖으로 내시를 보냈더란다. 그런데 대비와 후궁들이 그를 매수하였다나.

하여 내시는 폐비가 얼굴에 분을 바르고 비단옷을 입으며, 언젠가 궁궐에 돌아가 복수하겠노라 다짐하더라고 보고했다고.

이에 분노한 선왕이 폐비에게 사약을 내렸다는 것이다.

"그건 고약한 음해이옵니다!"

수빈 엄씨가 세차게 도리질 쳤다.

"도리어 소첩들은 고래 싸움에 새우 등 터진 신세였나이다. 선왕께서 만류를 무릅쓰고 적처嫡妻를 죽이셨으니까요!"

"선왕께선 무서운 분이셨사옵니다. 정궁도 아닌 후궁은 더한 꼴도 당할 수 있으니 두려워 평생 살얼음판을 걸었나이다."

지빈 정씨도 재차 거들었다.

"아무렴요, 다들 불안감에 떨다가 죄다 정신이 이상해졌사옵니다!"

얼른 수빈 엄씨가 쐐기를 박았다.

"차라리 궁중에서 귀신이 나왔다면 나았을 것이옵니다. 형체 없는 공포심이었다면 그냥 무시할 수라도 있었을 테니까요!"

필사적인 읍소였다.

"…하실 말씀 없습니까?"

가만히 듣던 무작금이 남씨에게 물었다. 핏대를 세운 두 명과 달리, 그녀는 조용했다.

"소첩은 중궁전 병풍 뒤에 압승서를 숨기고 폐비께 누명을 씌웠나이다."

그러나 막상 기회를 주자 뜻밖에도 남씨는 수긍했다.

"…왜 그랬지요?"

지빈 정씨와 수빈 엄씨가 경악하는 가운데, 무작금은 무표정으로 물었다.

"선왕께서는 정떨어진 아내를 버리고 싶어 하셨사옵니다."

남씨가 말했다.

"하지만 한 차례 추진했다가 실패한 만큼, 조정의 반대를 예상하여 강력한 명분이 필요하셨나이다."

적어도 변명은 아니었다.

"그래서 앞서 중궁전에서 압수하여 보관 중이던 비방서를 소첩에게 주셨사옵니다. 쉬이 발각될 만한 곳에 숨겨두라고요."

"어마마마의 신임을 받아 중궁전에 드나들던 후궁을 이용하셨다는 뜻입니까?"

남씨는 고개를 끄덕였다.

"…하긴, 지아비의 용서와 꾸중에도 뉘우치지 않는 여자라면 칠거지악으로 몰기가 수월했겠지."

무작금은 차라리 변명이기를 바라는 눈치였다.

"그래, 아바마마가 무서워 시키시는 대로 했을 뿐이다?"

"소첩은 산 사람은 두려워하지 않사옵니다. 죽은 것이 훨씬 두렵거든요."

남씨가 무덤덤하게 부정했다.

"선왕의 말씀을 믿었기에 시키시는 대로 한 것이옵니다."

"믿었다?"

"중전마마를 별궁으로 보내려는 의도라고 설득하셨나이다."

순간 남씨가 침착함을 잃었다.

"밖으로 나가야 마마의 용태가 나아지실 거라고요."

그녀는 흙바닥에 머리를 처박았다.

"조정에서는 마마의 병을 이해하지 못하니까 이렇게까지 하는 거라고…!"

오들오들 떨기까지 했다.

"궁중에 갇혀 점점 위태로워지시는 중전마마를 보자니, 소첩도 틀린 말씀은 아니라고 생각하게 되었사옵니다."

특유의 발작과 비슷했다.

"그렇지만, 설마 죽이실 줄은 몰랐사옵니다!"

번쩍 남씨가 고개를 들고 외쳤다.

"정녕 몰랐사옵니다!"

"장난합니까? 폐서인이 어떤 신세인 줄 몰랐다고?"

무작금이 헛웃음 쳤다.

"무슨 요양이라도 보낸다고 철석같이 믿었다고요?"

"국본의 생모시니 차후 복위하시리라고 예상했나이다."

남씨가 항변했다.

"하물며 소첩은 열세 살이었사옵니다!"

"어려서 어리석었다?"

"예, 낯선 왕실에서 겉도는 와중에 지존의 압력까지 받았사오니…. 무엇이든 믿고도 남았사옵니다."

이번에는 좀 변명처럼 들리려는데, 불쑥 수빈 엄씨가 끼어들었다.

"압력이 아니라 회유였겠지요!"

도끼눈으로 야유했다.

"왜 불리한 부분은 쏙 빼놓으실까?"

수빈 엄씨가 아뢰었다.

"당시 폐비가 출궁하자마자, 종친의 첩과 간통한 죄로 유배 갔던 감빈의 부친이 풀려났사옵니다."

예리한 지적에 남씨가 낯을 붉혔다.

"친정의 뒤를 봐줄 수작이었으면서 순진한 척은!"

수빈 엄씨가 쏘아붙였다.

"더군다나 어렸다는 핑계를 대기에는, 영안이라도 틘 것처럼 굴지 않으셨습니까?"

지빈 정씨도 신경질적으로 보탰다.

"소첩은 친정 아비의 구명을 바란 적 없사옵니다."

남씨가 어깨를 축 늘어뜨렸다.

"선왕께서 순종적인 첩은 치하해야 마땅하다며 알아서…."

그러다가 남은 말을 삼켰다.

"어떻게 생각하시든지 상관없사옵니다."

남씨는 중얼거렸다.

"소첩은 평생 죄책감에 시달렸나이다. 차마 허 숙원처럼 스스로 끝낼 용기가 없어 버텼을 뿐…."

죽음 뒤에 무엇이 있는지 잘 알기에 엄두를 못 냈다는 표정이었다.

"차라리 전하께서 죽여주소서."

남씨는 흙을 쥐며 엎드렸다.

"제발 끝내주시옵소서."

정적이 내려앉았다.

"…남씨는 죄를 인정하였다."

한참 만에 무작금이 침묵을 깼다.

이걸로 잘 매듭지었다고 여긴 지빈 정씨와 수빈 엄씨는 화색이었다.

그러나 안도감은 잠시였다.

"마찬가지로 인정할 때까지 엄씨와 정씨를 매우 쳐라."

충격 섞인 비명이 터졌지만, 임금의 뜻을 뒤집을 순 없었다.

두 후궁은 뜰에 묶인 채 매를 맞았다.

이윽고 지빈 정씨의 두 아들인 안안군과 봉양군도 봉두난발 신세로 끌려왔다.

수빈 엄씨가 왕자를 낳지 못한 것은 알고 보니 행운이었다.

"잘 왔다."

무작금이 반색하였다.

"여기 죄인이 있다. 너희의 충심을 보여봐라."

그는 이복아우들에게 몽둥이를 내밀었다.

두 왕자는 널브러진 형체를 보았다. 횃불이 밝지 않아 어두웠다.

하여 안안군은 쭈뼛쭈뼛 장을 받았다. 반면, 봉양군은 용케 생모를 알아보고서 차마 받들지 못했다.

"어미가 귀한 줄 아는가 보다."

무작금이 차갑게 쏘아붙였다.

"나한테도 내 어미가 무척 소중했는데…."

흘러내린 눈물은 반대로 뜨거웠다.

"그토록 소중한 사람을 더 이상 선명하게 기억할 수 없다는 게 어떤 기분인지도 아느냐?"

아무도 대답하지 못했다.

"난 여태 어미가 어떤 고통을 겪었는지 몰랐다."

무작금이 홱 돌아서서 고개를 까딱였다.

"…이제라도 정확히 알아야겠어."

그러자 아까부터 대기하고 있던 어의가 한 발짝 앞으로 나섰다. 세 그릇의 약사발이 담긴 소반을 들고 있었다.

그가 사색이 된 채 내의원에서 혼자 씨름하던 바로 그 약탕이었다.

"이게 무슨 약이지?"

무작금이 아는 답을 물었다.

"소, 소신이 임인년에…."

어의가 눈을 질끈 감았다.

"폐비를 사사하고자 처방한 부자탕附子湯이옵니다."

당시 어명을 받든 좌승지가 궁중의 의관에게 사람 죽이는 약을 물으니, 그가 비상이 섞인 부자탕의 처방문을 일러주었다고 한다.

"그래, 과인이 삼빈三嬪을 위해 준비하였지."

좌중에 충격이 흘렀다.

"세 그릇 중 둘은 영락없는 사약이지만, 하나는 색과 향만 비슷한 맹탕이다."

그가 뒷짐을 지고 노숙한 후궁들을 한 명씩 훑었다.

"어디, 하늘의 뜻이 과인에게 부응하는지 알아보자고."

고여서 썩어버린 감지수 앞에 세 그릇의 약사발이 놓였다.

"잘못하였사옵니다! 용서해 주소서!"

엉망진창이 된 몰골로 수빈 엄씨가 빌었다.

"제발, 늙은 첩을 가엾게 여기소서…."

행여 아들들까지 다칠세라 지빈 정씨는 목 놓아 간청했다.

"소첩은 쭉 고민했사옵니다, 전하."

남씨만은 동요하지 않았다.

"폐비의 불행에 일조했다는 죄책감과, 아내를 죽인 남자를 계속 섬기는 첩이라는 두려움 중 어느 쪽이 더 끔찍한지를…."

오히려 후련하게 중얼거렸다.

"오늘에서야 소첩만의 고민은 아니었다는 걸 알았사옵니다."

남씨는 수빈 엄씨와 지빈 정씨를 동정적으로 돌아보았다.

"하여 다행이옵니다. 구중궁궐에 갇혀 자기변명에 좀먹히다가 정신이 이상해진 게 소첩 혼자만은 아니라서요."

그러고는 중얼거렸다.

"…어쩌면 선왕께서도 마찬가지였을지도요."

마치 그가 승하할 때 터트린 기행을 못 봤어도 안다는 듯한 말투였다.

그러고는 주저 없이, 제일 먼저 약사발을 잡고 들이켰다.

"두 그릇이 남았군."

무작금은 싸늘하게 말했다.

채근하여도 지빈 정씨와 수빈 엄씨는 약사발을 잡으려 들지 않았다. 몽둥이찜질을 다시 하겠다고 엄포를 놓을 때에야, 체념하고 한 그릇씩 골랐다.

비록 상대방이 고른 사발에 미련이 남은 양 흘끔거렸으나, 한 방울도 남기지 않고 마셨다.

스산한 침묵 속에서 약효가 돌기를 기다렸다.

"허, 허헉…!"

수빈 엄씨가 제일 먼저 몸을 뒤틀었다. 고통스럽게 목을 움켜잡고 컥컥거리더니, 바닥에 쓰러져 경기를 일으켰다.

불안하게 지켜보던 지빈 정씨도 곧 비슷한 신세가 되었다. 두 아들에게 유언 한 마디 남기지 못하고 절명하였다.

"죽음을 피하고자 했던 이들은 죽었고…."

무작금은 비참하게 쓰러진 두 여자를 보았다.

"삶을 피하고자 했던 이는 살았으니…."

스스로 고른 약사발을 허망하게 응시하는 남씨도 보았다.

"실로 하늘이 소자의 뜻에 감응하였나이다."

그의 눈빛이 붉게 일렁였다.

"…어마마마께서는 이제 좀 한이 풀리셨사옵니까?"

부슬부슬 비가 내리기 시작했다. 정녕 폐비가 저승에서 흘리는 눈물이라면, 해석에 따라 달라질 대답이었다.

"…시신은 산과 들에 뿌려라."
빗물에 용안을 흠뻑 적신 무작금이 말했다.
"살아남은 남씨는 죄를 사한다."
"아니, 제발 죽여주소서…."
남씨가 애원했으나 그는 듣지 않았다.
"강등되었던 감빈의 직첩도 돌려드리지."
대신, 그녀를 도로 거울로 만들었다.
"죽음보다 괴로운 삶을, 앞으로도 오래오래 살 수 있도록."
전처럼 선왕의 성체를 비추고 액을 대신하는 거울은 아니었다.
궁중에서 말라 죽어가던 옛 왕후의 외로움을 동병상련으로 반사하는 거울도 아니었다.
가없는 복수를 영원히 반추할 거울이었다.

멀찍이서 전부 지켜본 신비는 속이 뒤집혔다. 무작금의 어수를 적신 핏물이 제 손마저 물들인 것 같았다.
하지만 아직 끝난 게 아니었다.
"…과인의 장검을 가져오너라."
고요한 빗소리 사이로 무작금이 명했다.
아무도 나서지 못했다. 내시부터 궁녀들까지 죄다 오들오들 떨었다. 불온한 어명에 지레 겁만 먹었다.
"하여튼 입으로는 나불대면서, 정작 책임은 면하려고 내빼지."
무작금은 이를 경멸하였다.
"하나같이 쓸모없어!"
그는 냅다 대전으로 뛰어들었다. 보관 중이던 장검을 손수 챙겼다.
그러고는 미처 막아 세우기도 전에, 살벌한 칼날을 세우고 내달렸다.

행선지는 계모의 침전이었다.

본디 중궁이었다가 신왕의 즉위 이후 대비로 물러난 문씨가 머무는 전각으로 향했다.

마른하늘에 날벼락처럼 뛰어든 임금을 보고 대비전 궁녀들이 자지러졌다. 서슬 퍼렇게 빛나는 칼날과 형형한 눈빛을 보고 싹 달아났다.

"어마마마!"

무작금은 텅 빈 마당에 섰다.

"소자가 여쭐 말씀이 있사오니 뜰 아래로 나오소서!"

대비 문씨는 대답하지 않았다. 궁인들처럼 도망가지도 못하고 혼자 남아 문고리만 붙잡고 벌벌 떨었다.

"아, 철성대군처럼 친자식이 아니라서 내키지 않으시옵니까?"

무작금이 킬킬 웃으며 허공에 칼을 휘둘렀다.

"왜요, 소자의 얼굴에서 괴물이라 외면하였던 폐비가 보이더이까?"

분을 못 이겨 화단까지 걷어찼다.

"…이제 그만하소서."

마침내 한 사람이 폭주하는 임금의 앞을 막아섰다.

"이러시면 아니 되옵니다."

신비였다.

"속히 궐 밖으로 나가라 하였을 텐데."

"전하를 두고 나가고 싶지 않았사옵니다."

"물러가라."

"싫사옵니다."

결연한 의지로 신비는 맞섰다. 아마 그는 잘 알 것이다.

절대 포기하지 않을 때 그녀의 눈빛이 어떤지를.

"약조하셨잖아요."

신비는 제 결정을 후회하지 않기를 바랐던 마음을 되짚었다.

"마지막 장을 덮고 나면, 절대로 혼자 삭이지 않으시겠다고요."

속절없이 후회하게 되었으므로 실상 부질없는 마음이었다.

"슬프시거든 소인의 품에서 우시고, 분노하시거든 소인에게 화풀이 하시겠다고요."

신비는 실망감을 감추지 않았다.

"왜 어기셨사옵니까?"

무작금은 묵묵부답이었다.

"…차라리 소인을 먼저 베소서."

신비는 양팔을 벌리고 섰다.

"전하의 다친 마음에 바를 약이라 믿은 처방은 도리어 독이 되었나 이다."

그대로 천천히 다가섰다.

무작금이 쳐든 장검의 날이 그녀의 목에 닿았다. 그가 사랑하여 입맞추기를 소망했던 여린 살이 베이고 피가 비쳤다.

"감히 변명할 입이 없사오니 어서 소인을 베소서."

핏물이 검신을 타고 흘러 무작금의 손등까지 닿았다. 그가 자처하였던 어미의 피눈물보다도 구슬펐다.

"…널 베느니 나를 벨 것이다."

무작금은 장검을 바닥에 떨어뜨렸다.

"더 이상 아무도 해치지 마소서."

신비는 그의 어리석고 충동적인 행동을 이해했다. 다음날이면 후회하고 자책하리라는 사실 역시 알았다.

실로 폐비가 아름다운 용모와 더불어 물려준 부족한 자질이었다.

타인이 자신을 이해해 주길 바라면서도, 건강하게 털어내지 못해 스스로 삭이고 좀먹다가 마음에 병이 드는 것이다.

그는 원망할 대상을 갈구한다.

쫓겨남으로써 자신을 버렸다고 생모를 원망하면서 연약한 자아를 지켜왔지만, 눈물 젖은 고백의 글월이 이를 파괴하였다.

서둘러 새로 갑주를 둘러 어린아이에 멈춰버린 자신을 보호하기 위해 그는 화살을 겨눴다.

그렇지만 헛된 공격이다.

충효의 도리에 묶여 감히 탓할 수 없는 부왕과 그가 남긴 것들을 백날 들쑤셔봤자, 누워서 침 뱉기에 지나지 않는다.

"부모의 사연에 매몰되지 마소서."

그는 무조건 패배할 수밖에 없는 놀이에 갇혔다.

"그 해묵은 그늘에서 벗어나셔야 하옵니다."

소생하려면 놀이판 자체를 깨부수어야만 한다. 신비가 폐비의 유품을 건넬 때의 간청은 아직 유효했다.

"제발, 스스로 해하시면 아니 되옵니다."

다시 한번 그녀는 손으로 그를 가리켰다.

여남은 인생마저 망치지 않기 위해서는 받아들이고, 잊고, 덮고, 다른 데에서 삶의 의미를 찾아야 한다.

그렇게 박제된 어린아이를 성장시켜야만 한다.

"넌 그걸 용서라고 했지."

여전히 이해하지 못해 무작금은 찡그렸다.

"예, 필시 전하께서도 자신만의 방식을 찾아내실 것이옵니다."

신비는 손을 내밀었다.

그러나 무작금은 잡지 않았다.

굳건한 표정의 신비와 그녀를 해하지 않기 위해 떨어뜨린 칼 사이에서 방황하더니만, 돌연 옷자락을 떨치며 홱 돌아섰다.

또 붙잡기도 전에 성큼성큼 걸어가 버렸다.

술래잡기였다.

그가 백날 뿌리쳐도 그녀가 포기하지 않고 붙잡던 시절이 있었다.

술래가 바뀌어 그녀가 물러서고 그가 쫓아오던 시기도 있었다.

하여 이 순간, 또 술래가 바뀌었다.

그는 도망쳤다. 그녀가 잡아주기를 기다렸다.

스스로 이해하지 못한 용서를 그녀에게 바랐다.

아무리 그가 주저앉고 내치고 생떼를 부려도, 그녀가 한결같이 용서해 온 습관을 믿었다.

"…정말 잡아도 되는 걸까?"

술래의 눈가리개를 쓰고 무지 속에 빠진 신비는 고민했다.

그의 놀이는 위험했다. 그녀의 처방이 일으킨 역효과보다 더.

하지만 그가 끊임없이 포기하고 그녀는 결코 포기하지 않는 한, 선택의 여지는 별로 없었다.

그래서 신비는 또 무작금이 사라진 어둠을 뒤쫓아 달렸다.

애석하게도 무작금은 꼭꼭 잘 숨었다.

신비가 애꿎은 방향을 헤매는 동안, 그는 안안군과 봉양군의 상투를 움켜쥐고 도산대비의 침전으로 돌격했다.

도산대비는 정월에 초상을 치르려나 싶을 만큼 크게 앓았다. 용케 병석을 털고 일어선 뒤에도 오한과 역절풍(歷節風, 통풍) 탓에 잠을 못 이루었다.

"마침 기침하시어 다행이옵니다, 할마마마!"

무작금은 조모의 안전에 이복아우들을 내동댕이쳤다.

"…주상!"

도산대비의 위엄은 견고하지 않았다. 지존보다 위에 군림했던 암호랑이도 습격 앞에서는 무상했다.

"할마마마께 술 한 잔 올려라."

아랑곳하지 않고 무작금이 안안군을 쿡 찔렀다.

무참하게 끌려온 안안군이 소스라치게 놀라 주억거리자, 궁인들은 허겁지겁 술상을 차렸다.

"자전께서 사랑하시는 손자가 올리는 술잔이옵니다."

무작금이 냉소 섞인 너스레를 떨었다.

술을 건네는 안안군의 손이 벌벌 떨렸다.

도산대비는 행여 맏손자가 이복아우들을 해칠세라 비위를 거스르지 않았다. 술잔을 받아 입술에 댔다.

"술까지 받으셨는데…."

덩달아 술동이를 벌컥벌컥 들이켠 무작금이 말했다.

"보답도 없으시옵니까?"

"…베 두 필을 주상께 드려라."

마지못해 도산대비가 화답했다.

무작금은 뚝딱 생긴 옷감을 손으로 쥐었다.

이렇게 쉬운데도 어미는 낡은 옷을 꿰매어 입었다. 가난한 과부의 딸이라고 괄시나 당했다.

"할마마마께선 어찌 소손의 어미를 죽이셨사옵니까?"

눈물이 세찬 비처럼 흘러내렸다.

"할미와 아비가 작심하여 어미를 죽이고 눈속임이나 일삼은 집구석에서…. 이 손자는 어떻게 살아야 한단 말씀이옵니까?"

충격으로 도산대비의 옥안이 일그러졌다.

"…너를 지키려고 그랬다."

반동으로 말투마저 허물어졌다.

"널 폐비의 아들이 아닌, 성군의 아들로 키우기 위해서."

임금이 아닌 손자를 마주했다.

"감정에 휩쓸리지 말고 군왕답게 생각해라."

무작금이 평생 조모에게 바라온, 어르고 달래는 말씨였다.

"네 어미는 불안정해서 널 지킬 수 없는 사람이었다."

동시에 메마르고 주름진 조모의 손이 무작금의 어수를 잡았다.

엄하고 추상같았던 평생의 태도로 미루어 보건대 놀라운 일이었다.

그 연약한 행위에 순간 마음이 흔들릴 뻔했다.

"우리는 네가 어미가 아닌 아비를 닮기를 바랐다."

그러나 이어지는 설득이 산통을 깼다.

"비록 극악무도한 계집의 피가 네 반쪽을 이루더라도…. 네 나머지 반쪽을 만든 왕가의 피를 믿었으니까."

순식간에 무작금은 유년기 내내 입이 틀어막혔던 어린아이로 되돌아갔다.

그는 조모와 부왕과의 거리를 좁히는 법을 배우지 못했다. 이해할 수 없는 벽 너머로 소통하는 도리만 익혔다. 덕분에 지금 붙잡은 이 손길마저, 손가락 사이로 빠져나가는 서걱서걱한 모래와 같았다.

"…소손이 소중한 적장자가 아니었더라도요?"

무작금은 잡힌 손을 뺐다.

"과연 그랬어도 소손을 지켜주셨을까요?"

위선적인 보호에 질려 숨이 막혔다.

명분과 체면의 틈바구니에서 서서히 질식하던 폐비의 기분을 이해했다.

"넌 네 어미를 닮았구나."

도산대비가 중얼거렸다.

"나와 네 부왕의 짐작보다 훨씬 더."

그녀의 안에서 무언가 무너져 내리고 있었다. 무엇인지 무작금은 몰랐다. 별로 알고 싶지도 않았다.

하여 흘리던 눈물마저 싹 닦고서 신나게 웃었다. 박장대소를 했다.

"할마마마를 위해 춤을 추겠사옵니다!"

대뜸 그는 일어서서 마당으로 내달렸다.

"소손이 추는 처용무를 보고 싶다고 하셨잖아요!"

신명을 내며 팔다리를 휘둘렀다. 눈물을 흘리지 않고선 볼 수 없다는 뛰어난 춤사위를 오로지 조모에게 헌사하였다.

"…주상!"

도산대비가 단말마의 비명을 질렀다. 응당 그녀는 귀신 쫓는 처용무의 의미를 알았다.

하필 벽사辟邪의 춤을 조모에게 바치겠다니 의도가 사특했다.

끝내 도산대비가 혼절했다. 궁인들은 우왕좌왕했다. 그 와중에도 무작금은 춤사위를 멈추지 않았다.

조모의 예감은 옳았다.

무작금은 증오와 함께 배태된 존재였다. 그리고 모순 속에서 성장하였다.

아비는 좋은 사람만은 아니었다. 반면 어미는 나쁜 사람만은 아니었다.

그래서 방황했다.

어미를 죽인 아비를 사랑해도 될지.

어미는 당신을 죽인 사내의 아들을 사랑할지.

"…어마마마!"

무작금은 눈물을 마시며 부르짖었다.

"어마마마!"

쏟아지는 빗물만이 대답이었다.

결국 참혹한 밤은 삼경이 다 돼서야 끝을 맺었다.

그리고 술래잡기에서 패배한 신비는 이튿날 햇볕이 간밤의 비를 바싹 말렸을 때야, 이 모든 이야기를 들을 수 있었다.

***

이튿날, 신비의 예상은 빗나갔다.

무작금은 폐비처럼 억누르던 감정이 폭발해 충동적이고 어리석은 행동을 했다.

그러나 폐비처럼 후회하지는 않았다.

오히려 그는 패도를 걷기 시작했다.

먼저 내수사를 시켜 엄씨와 정씨의 시신을 들에 흩뿌렸다.

대비들에게는 간밤에 욕을 보셨으니 연화대(蓮花臺, 궁중 무용)나 즐기시라고 억지로 놀이꾼을 들여보냈다.

그리고 편전에 나아갔다.

"당시의 일을 과인이 친히 본 것은 아니나, 상황을 그리 만든 자들이 있었소."

선왕의 후궁들이 맞이한 비참한 최후를 음산하게 설명했다.

"과인에게는 불공대천의 원수지. 그리고 이제 그자들은 죽었소."

그러더니 한술 더 떴다.

"여인이 칠거지악을 저질렀던들 그저 내치고 말지, 기어이 죽이기까지 해야 옳소?"

무작금은 이제 폐비의 문제를 정면 돌파했다.

"선왕께서는 명철한 군왕이셨지만 어찌 잘못한 일이 없다 하겠소? 당시에 재상들이 목숨을 걸고 바로잡았다면 필시 성심을 바꾸었을 테지!"

대신과 대간들은 이전과 달라진 임금을 알아차렸다.

훈계와 반대가 먹힐 만한 눈빛이 아니었다. 미치광이처럼 형형하여 다들 꼬리를 내렸다.

비로소 무작금은 어미에게 왕후의 시호를 올렸다. 묘 역시 능陵으로 격상시켰다.

후궁에게 참소당하여 폐위된 사연을 중외에 밝히는 교서를 내리면서, 마음에 찰 때까지 고쳐 쓰도록 하였다.

"여기서 끝내면 안 되지."

무작금은 한풀 꺾인 조정을 내려다보았다.

"…절대로 그럴 순 없지."

그러자 피바람이 불었다.

임인년 당시 좌승지로서 폐비에게 사약을 전달한 이를 처형하고, 그 사약을 처방한 어의도 죽였다.

선왕의 폐비 결정에 동조하였거나 반대하지 않은 자들도 마찬가지였다.

줄곧 폐비의 추숭을 반대한 대간들도 가만두지 않았다.

내친김에 평소 아니꼽던 자들까지 곁다리로 휩쓸렸다.

바른 소리랍시고 성가시게 굴던 대간부터 왕권을 견제한다는 이유로 툭하면 반대를 부르짖던 사림士林, 주제도 모르고 임금을 가르치려 들었던 신료들까지….

전부 죽였다.

이미 죽은 자는 부관참시(剖棺斬屍, 죽은 이후에 죄가 드러난 자에게 극형을 내림)하여 해골을 효수했다.

잔혹한 형벌은 일상이 되었다.

매일 새로운 머리가 효수되어 너울거렸다. 뼈를 빻은 가루가 도성에 흩날렸다. 궁궐의 댓돌에는 아무리 문질러도 지워지지 않는 핏자국이 생겼다.

험악한 공포가 세상을 지배했다. 반발할 만큼 배짱이 두둑한 사람은 진즉 죽었고, 겁쟁이들만 남아 설설 기었다.

그러자 권력이 재편되고, 무작금은 정상에 섰다.

실로 거칠고 험한 산이었지만 기어이 평정했다.

그는 더 이상 질투심에 미친 여자의 아들이 아니었다.

재상을 숭상하고 군약신강君弱臣强을 추구하는 신하들의 등쌀에 시달리는 임금도 아니었다.

그의 손에는 선대왕 중 그 누구도 가져본 바 없는 패권이 쥐어져 있었다.

그리하여 태산의 정상에 이른 철혈의 군주로서 필연적인 선택의 기로에 봉착하였다.

익숙한 한쪽 길은 백성들에게 선정을 베푸는 성군의 길이었다.

즉위한 이래 꽤 괜찮게 임금 노릇을 해온 그에게도 적합한 방향이었다.

한데도 선뜻 선택하지 못하고 멈칫했다. 길목 구석구석에 남은 흔적이 거슬렸다.

바로 후세에 성군으로 남길 갈망하였던 부왕의 자취였다.

"당신 손으로 아들의 어미를 죽여놓고서는…!"

새삼스레 무작금은 외국에 사신을 보내면서, 폐비가 시름시름 앓다가 혼자 죽었다는 거짓말까지 딸려 보낸 부왕을 떠올렸다.

온 궁정을 겁박하고 입막음하여 폐비의 존재 자체를 지워버린 회피성 언동도 되짚었다.

그건 정녕 적장자의 정통성을 지켜주기 위해서였을까?

아니면 밖에서 나쁜 사람으로 보일까 봐 스스로 아내를 죽였다고 인정할 배짱도 없었던 걸까?

그래서일까, 자연스럽게 무작금의 시선은 정반대로 향하였다.

실로 지금까지 아무도 가지 않은 길이었다.

즉위한 이래 평판이 좋았던 임금은 점점 변해갔다.

술에 취하는 밤이 늘었다. 말을 타고 산과 들을 배회하였다. 본분을 소홀히 하여 조참과 경연을 빠지기도 부지기수였다.

한데도 누구 하나 나서서 그를 꾸짖지 못했다. 걸핏하면 도성에 잘린 머리가 효수되는 판국이었다.

"또 술독에 빠지셨사옵니까?"

다만 이번에도 단 한 사람, 신비만은 폭주하는 임금의 앞에서 겁먹지 않았다. 문후를 여쭈는 저녁마다 타이르려고 애썼다.

"경연도 빠지실 만큼 안질(眼疾, 눈병)이 심하시다고 듣고 왔사온데…."

"그래, 심하잖아."

무작금은 멀쩡한 눈알을 굴렸다.

"여기서 심한 것이라곤 만취한 용안뿐이옵니다."

신비는 무람없이 술동이를 빼앗았다.

"금일은 도대체 무슨 대단한 일을 하시느라 꾀병을 부리셨사옵니까?"

"할 일이야 많았지."

아랑곳하지 않고 무작금은 다른 술동이를 집었다.

"어차피 들어주지도 않는 사람 상대하면서 질리지도 않느냐?"
"전하께선 비록 들어주지 않으시지만, 물리치지도 않으시니까요."
"…그래, 참 이상하지."
무작금의 표정이 느슨해졌다.
"대간들이 날 비판하는 건 못 견디겠거든. 내가 집구석에서 뭘 하든 저까짓 놈들이 뭐라고 지적질인지…."
면전에 너나 잘하라고 쏘아붙이고도 남을 심보였다.
"한데 넌 달라."
그가 중얼거렸다.
"하긴, 난 항상 네 앞에선 모자라고 유치한 어린아이였으니까."
한때는 그랬다.
하지만 이제 그는 감당하기 벅찬 힘을 손에 쥔 어린아이 같았다. 훨씬 위험해졌다.
"…시를 쓰고 계셨사옵니까?"
또 그의 연약한 모습에 마음이 약해진 신비는 달래듯 물었다. 술상 옆에 끼적인 종잇장으로 관심을 돌렸다.
"아, 뭐, 그렇지."
어째 무작금은 겸연쩍은 표정이었다.
"어디, 보여주시지요."
"싫다."
분위기나 누그러뜨릴 겸 찔러보았는데, 웬일로 그가 낯을 붉혔다.
그 바람에 신비는 더욱 구미가 당겼다.
"경연도 빠지고 골몰하셨다면 실로 어마어마한 시일 텐데, 왜 오뉴월의 처녀애처럼 빼고 그러시옵니까?"
"지금 비꼬느냐?"

무작금이 눈을 치떴다.

"요사이 날 무서워하지 않는 이가 없거늘, 넌 왜 오히려 기가 살았느냐?"

"전하를 두려워하기에는 이미 못 볼 꼴을 너무 많이 보았나이다."

"뭐, 못 볼 꼴?"

그가 헛웃음을 쳤다.

"내 관옥 같은 풍모 말고 당최 네가 뭘 봤는데?"

"정녕 하나씩 짚어드릴까요?"

모처럼 신비는 웃었다.

"생니는 못 뽑겠다면서 젖니나 덜렁 챙겨와 선물이랍시고 주시던…."

"아, 됐다!"

막상 그녀가 운을 떼자 그는 기겁하며 가로막았다.

"…하여튼 못 당하겠다니까."

이내 그도 웃었다.

"너랑 있으면 정녕 아무 일도 없었던 것 같다."

그렇지만 곧 서로의 웃음을 낯설게 응시하였다.

"…이미 모든 게 변해버렸는데."

그의 시선이 핏물에 물든 제 손을 지났다.

그가 피로 칠갑하기 전에 이미 여자의 눈물로 흠뻑 젖어있던 구중궁궐로 향했다.

"기왕 여기까지 왔는데 재미없는 소리는 그만하고 춤이나 추자."

도리질 치더니 그가 뜬금없는 제안을 했다.

"춤이라고요?"

신비는 정신 나갔냐는 본심을 담아 되물었다.

무작금은 시를 쓰던 종잇장을 곱게 접어 제 가슴팍에 넣어 감췄다. 흥건한 벼루와 서궤도 한쪽으로 밀더니, 덥석 신비의 손을 잡았다.

"아, 망극하오나 됐다고요…."

무람없이 뿌리쳤지만, 잡힌 손아귀가 강해서 허사였다.

정작 그녀가 내밀었을 땐 쳐냈으면서 참 염치도 없다.

"이토록 운치 좋은 저녁은 이 순간뿐이다."

무작금은 창 너머를 가리켰다.

해가 저물어 어두웠다. 하늘은 대체로 짙은 남색으로 캄캄했는데, 저기 서쪽에는 울긋불긋한 빛깔이 남았다.

"해와 달은 내일도 뜨고 모레도 뜰 텐데요."

이대로 말려들기는 싫어서 신비는 핀잔을 줬다.

"내일 뜨는 해와 달이 지금 이 순간의 해와 달은 아니지."

무작금이 지그시 눈을 감았다. 기다란 속눈썹이 흰 뺨에 그림자를 드리웠다.

"…지금까지 내 주변에는 거짓말쟁이들밖에 없었다."

문득 그가 속삭였다.

"한데 너는 희한하게 좀 달랐지."

"어떻게요?"

"떠나는 척하면서 돌아오고, 숨기는 척하면서 털어놓고, 붙잡히지 않는 척하면서 기다렸어."

"…술래잡기였지요."

둘만의 비밀이 새삼스레 공유되었다.

"그래, 잡고 잡히느라 계속 술래가 바뀌었고."

웃음 섞인 음성에는 깊은 구멍이 뚫려 있었다.

"하여 진짜 내 모습을 너한테만 보여주는 거야."

"여전히 보여주지 않는 모습도 많지 않사옵니까."

"쇠털같이 많은 날이 남았는데 벌써 다 보여주면 큰일이지."

정녕 우리 사이에 시간이 많이 남았을까?

무심코 신비는 생각했다.

그가 폭주하면서부터 까닭 모를 초조함이 엄습했다. 발끝 아래 땅이 아찔하게 무너지는 것만 같았다.

신비는 다시 창 너머를 보았다. 남아있던 빛마저 어둠이 전부 삼켜 캄캄했다.

“해는 내일도 뜰 테니까 아쉬워 마라.”

“내일 뜨는 해는 아까 그 해가 아니라면서요.”

“그걸 걱정하느라 지금 이 순간의 달빛을 놓치면 어리석은 노릇이지.”

모순이었다. 세상에서 제일 유치한 사내가 세상에서 제일 성숙한 일침을 놓았으니까.

신비는 눈을 감고 그의 심장 박동을 들었다.

침묵 속의 운율을 따라 살랑살랑 그의 몸이 움직였다. 흰 살갗은 달빛을 받아 반짝였다.

하지만 이 허상과 같은 행복감에 매혹될 수만은 없었다.

그래서 마침내 며칠째 벼른 목적을 꺼냈다.

“…그날 밤, 왜 전하께서 술에 취한 척하셨는지 쭉 궁리했사옵니다.”

순식간에 빛깔 좋은 개살구가 터졌다.

“이제야 그 이야기를?”

기껏 조심스레 연 문두인데도 무작금은 찡그렸다. 그렇지만 지빈 정씨와 수빈 엄씨가 처참하게 죽은 날은 짚고 넘어가야 한다.

“예, 이제야 깨달았으니까요.”

신비가 말했다.

“무엇을?”

“그건…. 명분이었다는 것을요.”

동궁 시절부터 무작금은 선왕의 치세를 답답하게 여겼다. 좋은 임금처럼 보이기 위해 참기만 했다면서.

생전에 내내 간관들의 선 넘는 간언과 간섭에 시달렸던 걸 생각하면 아주 틀린 생각은 아니었다.

심지어 무력하게 병석에 누운 시절에도 그는 선언하기를, 무엇이든 제 의지대로 관철하고 싶다고 했다.

순종은 제왕에게 어울리지 않는 덕목이라 못 박으면서, 상上을 능멸하는 조정의 습속을 못마땅하게 여겼다.

"바로 전하께서 원하시는 대로 조정을 주무르실 명분이었지요."

무작금은 가로막지 않았다.

"전하께서 모후를 긍휼히 여기시는 마음은 분명 사실이옵니다."

덕분에 신비는 망설임 없이 물었다.

"하오나 그 마음을 신권을 억누르고 왕권을 키울 수단으로 이용하신 것도 사실이지요?"

직설적인 질문에 무작금은 웃었다.

"그래, 맞다."

자칫 비난처럼 들렸을 텐데도 그는 부정하지 않았다.

"대간과 대신은 죄다 똑똑한 양반들이라 군자를 상대하는 법을 잘 알아."

허를 찔려 도리어 즐거운 눈치였다.

"하지만 광인은 어떻게 다룰지 모른다."

그가 말했다.

"그것도 나라에서 미덕이랍시고 강조한 효심 때문에 돌아버린 아들이라고 주장한다면…."

전대미문의 사태에 허둥지둥하는 나라 꼴에 흡족했다.

"왜, 불쌍한 어미의 죽음을 정치적으로 이용하는 게 옳지 않은 것 같으냐?"

이내 무작금은 신비의 표정을 보고 말했다.

"어쩔 수 없다. 난 아바마마의 정통성 넘치는 적장자로 태어났는걸."

그는 자조적으로 웃었다.

"…평생 이런 방식만 배웠지."

과연 그는 폐비의 아들이면서도 군주의 아들이었다.

여전히 용서하는 법을 몰랐다. 기어코 찾아낸 방식은 징벌과 보복에 가까웠다.

"알겠사옵니다. 그렇지만…."

신비는 한 수 접으면서 다시 접근했다.

"기껏 강한 군왕이 되시어 하신다는 일이 고작 이런 것이옵니까?"

널브러진 술상을 가리켰다.

"즉위하셨을 때를 떠올려 보소서."

이어서 간곡하게 호소했다.

"곤궁한 백성들을 구제하고서 보람을 느끼셨잖아요?"

"…그랬지."

무작금의 눈빛이 흔들렸다.

그때는 수령들을 엄히 단속하고 백성들을 구호하는 데에 힘썼다. 먹고 살길이 막막하여 머리를 깎고 절에 들어가는 사람들의 사정을 듣고 눈물을 흘린 적도 있다. 누군가 진상해 올리는 값비싼 선물을 거절할 줄도 알았다.

"대신들이 도움이 된다고 생각하기도 하셨고요."

그는 대간들과는 자주 부딪혀도 대신들은 존중했다. 국정을 보다가 잘 모르는 분야에 봉착하면 군말 없이 주청을 따르는 겸허함도 보였다.

"그때의 감정이 지금의 공허한 힘보다 의미 있지 않사옵니까?"

신비는 희망을 구했다.

아직은 괜찮다. 강력해진 왕권을 토대로 임금 노릇만 제대로 한다면 도리어 명군으로 남을 수도 있다.

역사에는 신하들을 무자비하게 잡아놓고도 선정을 베풀었다고 이름을 남긴 왕이 숱하다.

아주 조금만 균형을 맞추면 그는 회생한다.

"여남은 인생마저 망치지 않기 위해서는 잊을 건 잊고, 다른 데에서 삶의 의미를 찾아야 한다니까요."

"…안 돼."

그러나 무작금은 응하지 않았다.

"아바마마께서는 나한테 가장 소중했던 것을 망가뜨리셨어."

눈에서 붉은 기만 어른거렸다.

"그러니까 나도 아바마마께서 아끼신 것을 망가뜨릴 거야."

"…도대체 그게 무엇이온데요?"

"아바마마의 소중한 적장자."

그는 자기 자신을 가리켰다.

"바깥에서는 한없이 좋은 임금이었으면서…."

무작금이 주먹을 쾅 내리쳤다.

"집안에서는 그 허상을 지키기 위해 식구들을 입맛대로 이용하셨지."

부왕이 억지로 그린 화목한 군자의 집에서, 그는 질식하기 직전이었다.

비굴하고 위선적으로 가꿔온 유산을, 아들이 박살 내는 꼴을 보면서 아비가 저승에서 통곡하기만 바랐다.

"실로 난 어쩔 수 없는 아바마마의 아들이군."

그는 어미의 죽음을 이용한 자신의 행보를 다시금 자조적으로 관망했다.

“하니 선왕께서도 진즉 아셨을 거야.”

그러더니 킬킬 웃었다.

“…아비가 어미를 죽인 집구석에서 자란 자식이 정상일 리 없다는 것을!”

우스워서 견딜 수 없는 듯 허리를 꺾어가면서.

“차라리 날 어미처럼 미워하고 내치시지!”

이내 무작금은 잡고 있던 신비의 손을 놓았다. 그러고는 혼자 어깨춤을 추었다.

“그놈의 적장자가 뭐라고 끝까지 사랑하셔서는….”

여태 걸어온 가시밭길과 앞으로 걸어갈 패도의 길에 번갈아 발을 디디며 춤사위를 벌였다.

이 화려한 춤판에서는 자기 파괴적인 충동만이 그의 벗이었다.

여남은 감정일랑 가슴 속의 뻥 뚫린 구멍이 게걸스럽게 집어삼켰다.

도저히 신비의 끈질긴 빛조차 스며들 구석이 보이지 않았다.

며칠 뒤, 내의원은 발칵 뒤집혔다.

임금이 대비들을 모시고 온정(溫井, 온천)으로 행차하겠다고 불쑥 통보한 까닭이었다.

표면적인 이유는 그럴싸했다. 도산대비께서 몹시 편찮으시어 요양을 시켜드려야 한다는 것이었다.

원래도 연치가 많아 건강이 좋지 못했는데, 무작금이 폭주한 밤 이후 그녀는 아예 몸져누웠다.

하지만 어째서인지 진짜 목적이 따로 있는 행보라는 느낌이 들었다.

"대비마마의 환후에 먼 여정은 무리 아닐까요?"

뒤숭숭한 궁중 분위기 속에서 신비가 물었다. 그녀는 어의녀와 자희, 만덕과 함께 어가御駕를 따르기로 선발되었다.

"물론 무리겠지."

자희는 못마땅한 눈치였다.

"뭐, 본디 왕실에서는 기력이 쇠한 환자에게 온정욕을 곧잘 처방하니까…."

어차피 적극적으로 만류할 계제도 아니었다.

어의가 폐비의 사약을 처방한 죄를 치른 이후로, 내의원도 형편이 곤궁했다.

이윽고 예정된 날이 밝자 자전을 모시러 갔다.

도산대비는 궁인의 부축을 받아 간신히 몸을 일으켰다. 쇠한 병자가 내뿜는 죽음의 냄새가 온 전각에서 풍겼다.

"…그 의녀로군."

여정을 떠나기에 앞서 탕약을 올리자 도산대비가 중얼거렸다.

"선왕과 주상이 자꾸만 너를 구중궁궐 한복판으로 끌어들였었지."

신비를 향한 눈빛은 탁했다.

"이제는 그 까닭을 알았느냐?"

"그러하옵니다."

길게 아뢰기도 멋쩍어 간단히 긍정했다.

"과연 네가 무모하게 버틸 만한 가치가 있는 이유더냐?"

다만, 이어진 또 다른 하문에는 아예 말문이 막혔다.

"나는 아직도 그 까닭을 모르겠다."

도산대비는 묵묵부답을 알아서 해석했다.

"그렇지만…. 이제는 알 수 없는 그 곡절에 희망을 걸 수밖에 없겠군."

부족하지만 절박한 결론이었다.
“네가 주상을 바른길로 이끌어다오.”
노숙한 두 눈은 회한으로 물들었다.
“눈앞에 온갖 장난감을 다 흔들어 보아도, 주상은 오직 너만 원했다.”
도산대비가 말했다.
“그리고 너에게는 기묘한 기개가 있지. 하여 이제 믿을 구석은 너밖에 없다.”
혼잣말은 곧 부탁이 되었다.
“부디 내 손자를 구원해다오.”
왕실을 호령하였던 그녀가 얼마나 약해졌는지를 알 만했다.
“…주상은 빼어나진 않아도 나름대로 노력하는 아이였어.”
연이어 그녀는 중얼거렸다.
“날 원망하면서도 다정하게 굴었고.”
평소 같아선 하지 않을 말씀이 쏟아졌다.
“내가 불공을 드릴라치면 아예 불사佛事를 열어주었지. 잔치도 자주 베풀어 주었고.”
약효가 너무 셌는지도 모르겠다. 통증을 덜어준답시고 약재를 듬뿍 달였으니 말이다.
슬슬 도산대비는 오락가락하기 시작했다.
“그 패악한 계집의 피만 안 섞였어도…!”
돌연 며느리의 잔상을 곱씹으며 뻣뻣해졌다.
“…내가 죽고 사흘 뒤부터 주상이 고기반찬을 먹게끔 하여라.”
그러고는 반동으로 또 죽은 아들의 잔상을 갈구했다.
“주상은 내 아들을…. 선왕을 닮아 잘 먹지 않으면 골골거리거든.”
“온정에서 푹 쉬고 쾌차하여 환궁하시지요, 마마.”

이쯤 되자 도산대비의 궁녀가 나서서 정리했다.

"가마에 오르소서."

노쇠한 병자를 부축했다. 무심코 신비는 궁녀의 얼굴을 알아보았다.

한때 세자의 정인이라는 소문의 시절이 무색해진, 나인 이정이었다.

밀려나고 용도를 다한 장기 말이지만, 그대로 남아있었다.

마주친 눈빛에서 안도감을 읽었다. 이정은 더 이상 무작금의 총애를 갈망하지 않았다. 그가 극도로 위험한 임금이 되었기 때문이리라.

패왕의 곁에서 거래하면 대가를 크게 치러야 한다는 사실을 잘 아는 모양이었다. 그리고 그녀는 과연 신비도 그 사실을 아는지 묻는 듯한 기색이었다.

"자전께서는 채비를 마치셨느냐?"

이에 대답할 기회는 미처 없었다.

"서둘러 출발하고 싶은데."

유난히 기분 좋아 보이는 무작금이 나타나서 재촉한 탓이었다. 그는 융복戎服 차림으로 말을 타고 있었다.

이정은 황급히 고개를 숙여 얼굴을 가리며 도산대비를 부축했다.

"아니다, 아니야…."

가마에 오르는 병자의 입술에서 실없는 흐느낌만 샜다.

켜켜이 쌓인 과거를 오락가락 배회하면서 여전히 며느리와의 앙금을 곱씹는 중이라면 안타까운 노릇이었다.

그 앙금의 불씨가 나라를 불사를 화마로 번졌다는 사실을 최후의 여한으로 여긴다면 더욱 그랬다.

"자, 이제 좀 지겨운 궁을 떠나겠군."

어차피 무작금은 귀 기울여 듣지도 않았다.

그저 누구보다도 후련한 뒷모습만 남긴 채 앞장서서 말을 달렸다.

***

온정의 행궁(行宮, 임금이 임시로 머물던 거처)은 안락했다. 살얼음판 같았던 법궁을 떠난 것만으로도 기분 전환이 되었다.

당도하자마자 도산대비는 탕실湯室로 들어갔다. 며느리인 대비 문씨가 의녀들을 물리고 친히 수발하였다.

무작금은 우선 행궁의 관청을 돌아보는 모양이었다.

한편, 신비와 만덕은 행궁 구석의 작은 방에서 행장을 풀었다.

"저기 봐, 철성대군께서도 따라오셨나 본데."

짐보따리를 내려놓던 만덕이 창 너머를 가리켰다.

철성대군은 행차가 끝났는데도 바깥에서 말고삐를 쥐고 가만히 서 있었다. 어명을 기다리는 눈치였다.

"안색이 영 별로다."

과연 특유의 멍한 눈빛과 가슴팍으로 주렁주렁 늘어지는 목걸이는 그대로지만, 몰골은 전과 달리 수척했다.

"하긴, 선왕의 후궁부터 자식들까지 죄다 작살났으니…."

만덕이 혀를 끌끌 찼다.

조정을 풍비박산 내면서, 무작금은 선왕이 거느렸던 후궁들의 죄과도 샅샅이 가렸다.

지빈 정씨와 수빈 엄씨의 최후를 곱씹으며 벌벌 떠느라, 왕실과 종실은 초상집 분위기였다.

"대비마마와 철성대군, 두 분도 납작 엎드려 계신대."

만덕이 말했다.

폐비를 대신하였다는 이유로 눈총을 산 대비 문씨는 처지가 공교로웠다. 행여 제 아들도 안안군과 봉양군 꼴이 날세라 전전긍긍했다.

아니, 철성대군은 적자이므로 서자보다 더 심한 일을 겪기 십상이었다.

자식을 볼모로 잡힌 대비 문씨는 무작금의 비위를 맞추었다.

그를 친아들보다 더 치켜세우고 곰살궂게 대했다. 또한 죽은 폐비를 공손히 왕후라 이르고 연신 칭찬했다.

"팔자 좋게 온정욕이나 즐길 입장은 아니시겠지."

꺼림칙하다는 듯 만덕은 창을 닫았다.

"씻을 물을 내왔습니다."

마침 문이 열리더니 세숫대야를 든 시비侍婢가 들어왔다.

"고맙다."

어린아이인 줄 알고 무심코 신비가 대답했다.

한데 가까이서 보니 아니었다. 노숙한 인상에 비해 체구가 과하게 작은, 어른 여자였다.

그녀는 아예 손발을 씻겨주려는지, 두 의녀의 앞에 무릎 꿇고 앉았다.

"음, 아니, 고맙지만…. 우리는 의녀요."

화들짝 놀라 신비는 만류했다.

"항아님이 아니니 시중 들어주지 않아도 되오."

"대전에서 특별히 하명이 내려왔습니다."

시비는 목소리를 낮추었다.

"의녀 신비를…, 잘 섬기라고요."

재차 거절하기에는 시비의 태도가 묘했다.

그녀는 겁에 질린 눈치였다. 옷깃으로 감추지 못한 얼굴과 목덜미에는 매 자국이 선연했다.

결국 신비는 호의를 받아들였다.

온정에서 떠온 더운물로 피곤한 발을 문질러주니 기분이 좋기는 했다.

"네 덕에 호사를 다 누린다, 야."

만덕이 옆구리를 쿡 찌르며 떠봤지만, 신비는 모른 척했다.

이윽고 행궁의 여종은 다 씻은 세숫대야를 도로 들고 나갔다.

"이제 탕약이나 달이자."

상쾌하게 만덕은 기지개를 켰다. 한데 신비는 떨떠름한 기분을 떨칠 수 없었다.

"금방 저 시비 말이야…. 왠지 낯익지 않았어?"

"아니, 전혀."

만덕은 자다가 봉창 두드린다는 반응이었다.

"우리가 행궁의 계집종을 어떻게 알아?"

"그렇지만…. 옛날에 같이 수련하다가 불통不通을 세 번 때려 맞고 노비로 돌아간 초학의 중 한 명 아닐까?"

신비는 굴하지 않고 주장했다.

"야, 원래 노비들은 다 비슷하게 생겼어."

만덕이 어깨를 으쓱했다.

"하나같이 얻어맞고 욕먹어서 주눅 들어있잖아."

경험상 일리 있는 지적이었다.

"너도 관비 시절에는 저렇게 생겼었을걸."

"그래, 고맙다. 만덕이 넌 참 똑똑해."

하여튼 성격 참 한결같다고 신비는 눈을 흘겼다.

"이제 알았어?"

문자 그대로 알아듣는 만덕은 으스대며 앞장서서 나갔다. 덕분에 웃은 신비도 기분 탓으로 여기고 뒤를 따라갔다.

슬슬 행궁에서의 생활에 익숙해졌다. 지켜야 할 법도가 간소하고, 내의원에 비하면야 훨씬 한가했다.

느긋한 생활에 감화되었는지, 서슬 퍼렇던 무작금도 누그러졌다.

그는 오늘 아침 외정전外正殿에서 잠깐 정무를 보고는, 철성대군과 함께 인근 산으로 사냥을 나갔다.

휴양이 그의 격분을 가라앉혀 준다면야 더 바랄 것이 없었다.

그러나 소망하기가 무섭게 나쁜 조짐이 나타났다.

한낮이었다. 멀리서 다급한 말발굽 소리가 들렸다.

"…이랴!"

벼락 치듯 철성대군이 뛰어들었다. 저가 통과한 문의 현판懸板을 확인하는 얼굴에서 안도감이 엿보였다.

"괜찮으시옵니까?"

마침 근처 우물에서 물을 긷던 신비는 소스라치게 놀라 다가갔다.

"혹 무슨 일이라도…?"

안장에서 내려와서도 철성대군은 헐떡였다.

"허억, 헉, 주상전하께서는 아직 아니 오셨느냐?"

초조하게 두리번대는 그에게 신비는 고개를 저었다.

"…다행이구나. 내가 전하와 말타기 시합을 했거든."

"시합이라고요?"

"그래. 각자 궁장 바깥 오른쪽 문과 왼쪽 문에서 출발해서 누가 먼저 도착하는지 겨루기로 했다."

아니나 다를까, 말발굽 소리가 다시금 천둥처럼 울렸다. 그리고 간발의 차이로 흰 말을 탄 무작금이 도착했다.

"이야, 벌써 와서 기다리고 있었느냐?"

무작금이 말 위에서 철성대군을 내려다보며 웃었다.

"예, 전하."

철성대군은 공손하게 예의를 갖추었다.

"나보다 늦게 오면 군법으로 다스리겠다고 했더니 젖 먹던 힘까지 짜냈나 보군."

가만 보니 무척 싸늘한 냉소였다.

"농담이었는데 참 죽고 살기로 받아들였구나."

당연히 철성대군의 마음에는 여유가 없었을 터였다.

지존이신 형님께서 온 세상을 도륙하는 마당에 농담과 심술의 경계선은 모호했다.

"망극하옵니다."

철성대군이 고개를 조아렸다.

그 바람에 옷깃이 말려들고 까진 상처가 보였다. 정신없이 말을 달리다가 잔가지에 긁힌 모양이었다.

무작금은 피식 웃더니, 그대로 말고삐를 당겨 돌아갔다.

철성대군도 식은땀으로 젖은 이마를 쓸며 조용히 자리를 떠났다.

애꿎은 신비만 종일 마음이 편치 않았다.

하여 노을이 질 즈음 고약을 챙겨 철성대군의 처소를 기웃거렸다.

"저기, 찰상擦傷에 쓸 약을 가져왔사온데…."

그는 외정전에 딸린 곁방에서 묵는데, 종복이 다 어딜 갔는지 조용했다.

망설이다가 슬쩍 고개를 들이밀었다.

"…그 의녀구나."

철성대군이 홀로 조용히 맞았다. 그는 넋이 나간 꼴이었다.

갓이나 관모를 쓰지 않은 상투에서는 머리카락이 삐져나왔고, 고름을 느슨하게 푼 탓에 매무새도 단정치 않았다.

"아까 다치신 것 같아서요."

한데 들어서자마자 철성대군의 앞에 놓인 소반과 바구니부터 보였다. 복숭아가 산처럼 쌓여 있었다.

"방금 주상전하께서 내리셨다."

철성대군이 말했다.

"오늘 경주에서 이긴 것을 치하한다면서…."

"대군께서는 주상전하처럼 복숭아를 못 드시잖아요?"

신비는 느리게 이해했다.

애초에 복숭아를 못 먹는 무작금의 체질을 알려준 사람이 철성대군이었다.

그 달콤한 과실이 두 적자에게는 똑같이 치명적인 간지럼과 호흡 곤란을 선사하는 모양이다.

"한데 왜 전하께서 복숭아를…?"

사실 답은 이미 알았다.

"먹고 죽으라는 뜻이지."

과연 철성대군은 정확하게 짚었다.

"…나는 어려서부터 쭉 전하께 송구했다. 우리 어마마마께서도 어쩔 수 없는 사람이신지라 친자식만 종종 편애하셨거든."

그가 휘황찬란한 목걸이를 벗었다.

"하여 줄곧 우스꽝스러운 방식으로 대신 사죄했지."

실상 가면을 벗은 셈이었다.

노상 멍하던 철성대군의 눈에 낯선 총기가 돌았다. 날카로운 삼백안에 걸맞은 안광이었다.

"여태 미친 사람 시늉을 하셨나이까?"

"그래, 위협이 되지 않는 아우로 어여삐 봐달라 애교를 깨나 부렸지."

비로소 신비는 의문에 확신을 얻었다.

"…그래봤자 이렇게 끝나는구나."

그는 아까와 전혀 다른 표정으로 웃었다.

"괜찮다. 어차피 이제는 지쳐서 좀 쉬고 싶어."

살아남기 위해 버텨온 사내의 얼굴이었다.

"그러게 눈치도 없으시옵니까?"

신비는 그 낯선 얼굴이 두려웠다.

"임금님이랑 말타기 시합을 하면 져드려야지, 왜 기어코 이기셨어요?"

"내 딴에는 살겠다고 머리 굴린 거라니까."

철성대군은 웃었지만 도리어 더 서글퍼 보였다.

"처음부터 모로 가도 죽을 내기였던 것을…."

그게 바로 냉혹한 진실이었다.

"뭐, 사실 왕실에서는 누구나 조금씩 미쳐있단다."

철성대군이 말했다.

"아바마마의 후궁들만 봐도, 폐쇄적인 집단에서 죄책감과 두려움을 공유하다가 한 군데씩 맛이 가지 않았더냐."

마음을 다잡듯 그는 한숨 쉬었다.

"워낙 끔찍한 일이 벌어지는 곳이니까."

그러고는 덥석 복숭아 하나를 잡았다.

"이리 주소서."

잽싸게 신비가 그의 손에서 과실을 빼앗았다. 그러고는 바구니째 전부 챙겼다.

"알아서 처리할 테니 모른 척하소서."

"안 돼. 너까지 곤란해진다."

"알아서 한다니까요."

신비는 철성대군의 만류를 뿌리쳤다. 대신 고약을 떠 그의 까진 상처에 발라주었다.

"…왜 날 살리려 하느냐?"

그의 낯에 생경한 감탄이 피어났다.

"왜 주상전하께서 복숭아를 못 먹는다고 알려주셨사옵니까?"

신비는 당면한 질문을 해묵은 질문으로 받아쳤다.

"널 대하는 전하의 태도가 남달랐다. 거기에 기대를 걸었어."

철성대군이 속삭였다.

"이 세상에 전하의 어둠을 비출 빛이 한 줄기는 있지 않을까 싶어서…."

일부러 형제의 약점을 노출하는 무리수를 던져서라도 시험해 보고 싶었다는 뜻이다.

손에 쥔 무기를 적절하게 쓸 줄 아는 올바른 상대를 찾았는지를.

역시 철성대군에게도 영락없는 선왕의 피가 흘렀다.

의도를 숨긴 채 위에서 아래를 굽어보고, 뒤에서 몰래 지켜보면서 사람을 다루었다.

"그렇게라도 살고 싶으셨던 것이지요?"

하지만 신비는 이해했다.

"그래. 제발 좀 구해달라는 신호였어."

날카로운 철성대군의 눈매에서 눈물이 굴러떨어졌다.

"주상전하께서도 마찬가지이옵니다."

신비가 말했다.

"공허한 마음을 구원해달라고 사방팔방으로 외치고 계신 겁니다."

다만 성장하지 못한 채 너무 큰 힘을 얻은 어린아이라서 그 방법이 틀렸을 뿐이다.

"하오니 맡기소서."

그대로 신비는 복숭아 바구니를 챙겨서 떠났다.

***

해가 저물었다.

임금께서는 탕실에서 목욕하고 계신다고 들었다. 신비는 평소 일과대로 간단한 약차를 챙겼다.

"의녀 신비가 입시를 청하옵니다."

온기가 새어 나오는 문간에 꿇어앉아 고했다.

"긴히 아뢸 말씀이 있사오니 주위를 물리쳐 주소서."

분부가 떨어지자 궁인들은 두말없이 물러났다. 세욕 시중을 들던 봉보부인까지 자리를 피했다.

"난 아직도 너한테 사내가 아닌 병자더냐?"

탕실 안의 무작금은 뜨겁게 샘솟는 온정수에 옥체를 담그고 있었다.

입욕하면서 걸친 얇은 흰옷 아래로 속살이 훤히 들여다보였다.

"이렇듯 부끄러움도 없이 들이닥치니 말이다."

물색없는 투정이었다.

"예, 의녀니까요."

신비는 개의치 않았다. 더 중요한 목적이 있었다.

"전하께선 여전히 구제 불능 수준으로 마음이 병들어 계신 환자고요."

어전에 늘 핑곗거리였던 약차를 치웠다. 대신 복숭아 바구니를 들이밀었다. 철성대군으로부터 챙겨온 것이다.

"어쩐지 내 아우가 죽었다는 소식이 안 들리더라니…."

무작금의 눈이 붉게 번뜩였다.

"기껏 도성을 떠나 조용히 처리하려고 용썼거늘."

음험한 기색이 역력했다.

"…착해 빠진 네가 또 끼어들었구나."

"나중에 후회할 짓을 하실까 봐서요."

"후회 안 한다."

"퍽이나 안 하시겠사옵니다."

되지도 않는 장담도 싹둑 잘랐다.

"우애 좋게 지낸 아우를 냅다 죽이시면, 나중에 땅을 치실 것이옵니다."

"…세자 시절에는 그랬지."

그는 과거를 가슴에서 덜어냈다.

"난 이제 임금이다. 그것도 폐비의 아들이지."

무작금이 말했다.

"반면에 철성대군은 명문가 출신 왕후가 생산한 적자다."

"그래서요?"

"우애 타령하면서 재미 볼 사이는 아니잖아."

"변명이시옵니다."

신비가 일갈했다.

"전하께서는 세상에 둘도 없는 적장자이시옵니다."

"그래도…."

"아니요, 명문가 할아버지가 낳은 적자를 궤짝으로 쓸어와도 터럭 하나 건들지 못할 정통성을 갖고 계시잖아요."

바싹 그에게 다가갔다.

"철성대군을 죽이려는 진짜 이유가 무엇이옵니까?"

비로소 무작금이 오리발을 거둬들였다.

"…그 녀석이 내 약점을 아니까."

용안에서 고독한 아집이 비쳤다.

"나는 피와 공포로써 통치하는 중이다."

모후의 비극을 명분으로 삼은 폭정은 그의 왕권을 강화하는 토대였다. 한번 시작한 이상 멈출 수 없는 굴레이기도 했다.

"내 약점을 아는 사람을 집 안에 두고 나가서 싸운다니…."

그의 입매가 비틀렸다.

"결코 있을 수 없는 일이다."

"…하오시면 소인은요?"

신비는 정당한 의문을 찾았다.

"마찬가지로 전하의 약점을 아는 소인도 죽이시렵니까?"

"…그럴 수 있다면."

무작금의 대답은 서늘했다.

"하지만 그럴 수 없지."

다만 곧 맥이 빠질 만큼 애처롭게 변모했다.

"널 베느니 차라리 나 자신을 벨 거라고 했잖아."

앞을 가로막은 그녀 때문에 장검을 떨어뜨리던 순간을 반추했다.

"…어차피 네 존재 자체가 내 약점이야."

무작금이 속삭였다.

"넌 끝없이 옳은 소리만 해. 그런 네 앞에서 난 항상 어리석고 유치한 어린아이가 된다."

익히 공유한 감상이었다.

"한데도 난 널 내칠 수 없어. 멋대로 취할 수도 없고."

그는 맹목적으로 시작한 술래잡기를 가리켰다.

"내가 도망치는데 네가 쫓아와서 잡아주지 않는다고 생각하면 미칠 것 같으니까."

아무리 술래가 바뀌어도 종전의 규칙은 유효했다.

"반대로 네가 도망치는데 내가 잡지 못한다고 생각하면 또 미칠 것 같고."

그러더니 익숙한 두려움을 내비쳤다.

"내 인생에서 제일 좋은 부분마저 망가지고 불타버리는 꼴이지."

과연 두 사람은 꼬리를 물며 서로를 찾을 뿐, 놀이를 매듭짓지는 못했다.

신비는 고민에 잠겼다.

비록 제 옳은 소리를 들어주지는 않지만, 물리치지도 않는 무작금을 물끄러미 바라보았다.

거기서 갱생의 여지를 구했다.

"…소인이 어떻게 도와드리면 되겠나이까?"

그래서 아예 새롭게 접근했다.

"여태 소인은 전하를 돕기 위해 처방했나이다."

격려와 꾸짖기를 반복하였으나 슬슬 한계에 봉착했다.

"이번에는 전하의 의견을 들어보겠사옵니다."

유치한 그의 투정을 정면 돌파할 차례였다.

"소인이 진실로 전하를 도울 수 있는 처방을 알려주소서."

"…넌 먼저 네 이야기를 들어달라고 했었지."

마침내 무작금이 응했다.

"난 듣고서 이해할 수 없다면 물러서지 않겠다고 했었고."

"헤아리지 못하셨사옵니까?"

"아니, 이해했다. 너무나도 뼈저리게."

그의 눈에서 비친 감정은 집요한 집착이었다.

"다 이해했지만…. 물러서고 싶지 않다."

무작금이 뜨거운 물에 담그고 있던 옥체를 일으켰다. 속살에 달라붙은 얇은 옷에서 물이 뚝뚝 떨어졌다.

"아바마마의 유품은 전부 버렸지만, 마지막에 남기신 유지만은 그대로 간직했어."

신씨 성의 비를 우승지 신병선의 딸로 되돌리고, 이 나라 임금의 왕비로 삼으라는 유언이었다.

엉겁결에 신비는 뒷걸음질 쳤다.

"…내 곁에 있어라."

하지만 곧장 그의 손에 붙잡혔다.

"제발 날 혼자 두지 말아다오."

지난밤과 같아 익숙했다. 어린아이처럼 겁에 질린 손이었다. 길을 잃은 미아처럼 절박하게 매달리는 표정이었다.

한데 다른 것은 바라지 않을 테니 옆에 있어만 달라던 회유는 빠졌다.

분명하게도, 이제 그는 다른 것까지도 바랐다.

"…소인은 전하께서 성군이 되시는 모습을 보고 싶사옵니다."

신비는 마지막으로 그가 넘어오려는 선을 지켰다.

"내 어미를 위해서?"

"예, 동시에 전하를 위해서요."

하지만 그는 어린아이가 흙 위에 그은 선을 밟아 지우듯 손쉽게 넘었다.

"네가 내 곁에 있어야만 한다."

무작금이 신비를 끌어안았다. 그의 육체와 접촉하자 열화가 훅 옮겨붙었다. 동시에 신비의 몸도 뜨겁게 젖어 들었다.

얇은 옷가지를 진즉 흠뻑 적신 정염이었다.

"네가 나의 비여야만 나는 성군이 될 수 있다."

어떤 비를 원하는 걸까?

줄곧 헌신적이었던 천비일까? 아니면 그보다 더 헌신해야 마땅한 왕비일까?

의문의 답을 찾기 전에 그가 무너졌다.

흰 얼굴을 그녀의 목덜미에 파묻었다. 열에 달뜬 입술이 예민한 목덜미를 간질였다. 곧이어 퍼붓는 입맞춤으로 번졌다.

흰 손이 옷고름을 꽉 동여맨 그녀의 가슴에 닿았다. 그대로 스쳐 지나가지 않고 매듭을 자분거렸다.

아주 조금만 힘을 쓰면 전부 풀어 헤쳐질 터였다.

그리고 마지막으로 무작금은 무릎을 꿇고 그녀의 치마폭에 안겼다. 그 자세로 그녀를 우러르며 어수를 뻗었다.

커다랗지만 실상 아이와 다름없는 손이 그녀를 그러쥐었다.

"내가 머무를 집은 오직 너뿐이다."

신비는 곧 자미(紫薇, 백일홍)였다.

덕분에 그는 전보다 더 여실한 붉은색을 응시했다.

"실로 이 가락지는 너에게만 어울린다."

무작금이 더운물에 입수하면서도 품에서 떼어놓지 않은 것을 꺼냈다.

바로 폐비가 남긴 산호 가락지였다.

이미 그녀에게 선물했던 마음이었다. 약지에 놀랍게도 꼭 맞았었다.

하지만 그녀는 잠시 지녀본 것만으로 좋았다며 기어코 돌려줘 버렸다.

"…너의 것이다."

그는 다시 신비의 손에 가락지를 끼웠다.

"그리고 나의 것이다."

가락지를 끼운 그녀의 손을 제 심장에 가져다 대며 또 선언했다.

속절없이 두 사람은 겨울비가 내리던 달밤으로 돌아갔다.

불꽃놀이가 이지러지고, 마지막 남은 불씨마저 흙으로 덮었던 그 밤이었다.

이번에도 그를 밀어내야 할까?

그가 제 가슴 속에서 옮겨 붙이려고 애쓰는 불씨를 무심히 죽여야 옳을까?

정녕 그럴 수 있다면.

하지만 그러지 않았다.

오늘도 그의 밀어는 달콤하지 않았기 때문이다.

여유도 없고, 연약하고 조급하며, 아름다운 껍데기에 걸맞지 않도록 추하고 절박했다. 여실히 노출된 속내는 망가졌다.

아무리 강자인 척해도 그녀 앞에선 속절없는 약자였다.

그리고 그녀는 언제나 약자에게 약했다.

"그것만이 진실로 소인이 전하를 도울 수 있는 처방이라면…."

마침내 신비는 속삭였다.

"그렇다면, 전하의 곁에 있겠사옵니다."

안도감으로 무작금의 숨결이 허물어졌다.

그가 꿇은 무릎을 펴고 일어섰다. 그대로 고개를 숙여 그녀에게 다가갔다.

조심스럽게 시작한 입맞춤이었다. 처음은 아니지만, 처음보다도 애틋했다. 부드럽게 오가던 입술이 점점 격렬하게 접촉했다. 신비는 파고든 침입자를 미숙하게 쓸어올리다가 깨물었다.

아마도 그는 깨물린 자리마저 사랑할 터였다.

이윽고 여태 마음을 감췄던 옷가지를 한 꺼풀씩 벗어냈다.

온정수의 온기가 진즉 마르고 식어버린 육체를 전혀 다른 방식으로 촉촉하게 적셨다.

그는 더 이상 병자가 아니었다.

그녀는 더 이상 의녀가 아니었다.

그리하여 마침내 두 사람은 비구름에 가려진 달을 함께 찾았다.

***

신비는 후회하지 않기로 마음먹었다. 하지만 막상 절정까지 치솟았던 열망이 가라앉자 공연히도 겁이 났다.

분출하고 남은 거친 숨을 몰아쉬는 무작금의 품에서 벗어났다.

뒤로 여덟 걸음을 폴짝 뛰었다. 그렇게 하면 사내와 한 이불을 덮었어도 잉태하지 않는다고 한다.

옛날에 관아의 기생을 진맥하다가 배우기로는 그랬다.

"갑자기 웬 달밤의 체조더냐?"

당연히 무작금은 어리둥절 물었다.

"아무것도 아니옵니다."

사내는 이해하지 못할 감정이라 신비는 구태여 설명하지 않았다.

"하긴, 진짜 체조는 금방 나와 함께 했지."

다행히 행복감에 젖어 괘념치 않는 눈치였다.

"체조는 무슨…."

신비가 눈을 흘겼다.

"같이 해놓고 뭐가 부끄럽다고?"

낯짝 두껍게도 무작금이 빙글거렸다.

"탕실이 흥건히 젖은 게 온정수(溫井水, 온천수) 때문만은 아니지."

"아, 하지 마시옵소서!"

음탕한 암시에 펄쩍 뛰었다. 임금만 아니었으면 주먹이 나갔을 터였다.

"뭘 하지 말라고?"

세모꼴의 눈에도 개의치 않으며 그는 신비의 뺨에 입을 맞추었다.

"참 음란하시옵니다."

신비는 부끄러운 마음에 볼을 감싸 쥐었다.

"그래, 음란한 본성을 감추느라 고생깨나 했지."

철딱서니처럼 웃던 무작금이 한결 진지하게 청했다.

"…침전으로 가자."

권유에 담긴 의미는 명백했다.

"당장 큰방상궁을 불러 너에게 승은을 입혔다고 알리고 첩지를 내리마."

신비는 망설였다.

단연코 운명의 전환점이다.

한 사내의 딸. 한 사내의 아내.

그런 것은 종속된 운명에 덩달아 오르락내리락하는 신세, 빛 좋은 개살구임을 이 밑바닥까지 곤두박질치고서야 깨달았는데….

"괜찮으냐?"

무작금은 그녀의 침묵을 초조하게 응시했다.

"…주상전하."

그렇지만 신비는 그의 구애를 받아들인 이유를 되새겼다.

약조했기 때문이다. 곁에 있어 준다면 성군이 되겠다고. 진실로 마음이 병든 그를 위해 내릴 수 있는 마지막 처방이었다.

너의 것과 나의 것.

깊은 삼경에는 달콤하기만 했던 그 밀어를 되새겼다. 그러면서 손가락에 꼭 맞게 끼워진 붉은 가락지를 매만졌다.

분명한 약속의 징표였다.

"미안하다. 내 생각이 짧았다."

입술 끝에 승낙이 걸렸는데 돌연 무작금이 도리질 쳤다.

"한양으로 환궁하여 조정에 친히 아바마마의 유지를 반포하마."

그가 신비의 손에 끼워진 가락지를 매만졌다. 그것은 떠나지 않고 곁에 있겠다는 또 다른 약속을 증명했다.

"네 아비를 복관하고, 널 중전으로 책봉하는 거야."

굳은 다짐 속에 현실적인 계산이 비쳤다.

"의녀로서 승은을 입는 것보다는, 양반으로서 왕후에 책봉되는 편이 장차 네 운신에 좋을 테니까."

"그렇게 구색을 갖춰주실 것까지야…."

"아니, 속세가 요구하는 모든 절차를 밟아야 마음이 편할 것 같다."

이승을 지배하는 지존으로서도 막을 수 없는 변수를 차단하겠다는 집착에 가까웠다.

"…성은이 망극하옵니다."

신비는 담담하게 응했다. 뭐가 되었든 마음을 정리하고 받아들일 말미가 생긴다면 나쁜 일은 아니었다.

설마 그사이에 더 나쁜 일만 생기지 않는다면 말이다.

***

온정수가 샘솟는 소음이 두 남녀가 얽히고설켜 달을 찾는 소리를 완벽하게 덮은 모양이었다.

온정에 임금을 두고 의녀가 홀로 나올 때, 아무도 의심하지 않았다.

그러기를 시일이 지났다.

온정욕 처방에도 불구하고 도산대비의 용태가 몹시 안 좋았다. 무작금이 공언한 환궁은 거의 달포 가까이 미뤄지는 참이었다.

"…너 무슨 일 있어?"

그러다 보니 눈치라곤 국 끓일 만큼도 없는 만덕으로부터 추궁당했다.

"요즘 좀 이상한데."

그녀는 눈을 가늘게 떴다.

"달리지도 않은 꼬리에 불이 붙은 것 같단 말이지."

"갑자기 뭐래."

"정확히는 내가 밤새 널 기다린 날부터."

어찌나 실눈을 뜨는지 검은자가 안 보일 지경이었다.

"어전에 입시한다고 감감무소식이다가 동트기 직전에 살금살금 들어왔던 날 말이야!"

"아, 전하한테 붙잡히는 바람에 혼났다니까."

신비는 얼버무렸다. 글쎄, 거짓말은 아니었다.

"처음 만났을 때부터 넌 숨기는 구석이 있었지만…."

만덕이 씁쓸하게 말했다.

"비밀이 점점 더 많아지는 것 같아."

제일 친한 벗에게도 가면 쓴 낯만 보여주는 마음도 편치는 않았다.

"…조만간 알려줄게."

신비는 뒷짐을 지는 척 손을 등 뒤로 감췄다.

무작금이 끼워준 가락지는 이미 빼서 숨겨놨는데도, 도둑이 제 발 저리는 꼴이었다.

"너한테 말할 수 없었던 모든 이야기, 전부 다."

폭풍이 불어닥치기 전에 잠깐 고요하고 잠잠한 순간이 있다고 한다. 신비는 지금이 딱 그런 찰나라고 생각했다.

다망한 인연으로 신비는 무작금의 습관을 알았다.

그는 물밑에서 치밀하게 작업하는 동안에는 조용하다. 그러다가 요란하게 펑 터트리면서 소망을 실현한다.

이번에도 그런 전개라면, 선왕의 유지 또한 어떤 식으로든 터트릴 터였다.

"알았어."

다행히 이번에도 만덕은 꼬리를 잡지 않았다. 묵묵히 끄덕일 뿐이었다.

"난 신비 네 말을 믿으니까."

"고마워."

신비는 만덕의 어깨를 한번 굳게 잡았다.

"난 약재를 빻아서 가루를 내야겠어. 넌 얼른 곳집이나 정리해."

석연찮은 분위기를 떨쳐버리려는 듯 만덕이 등을 떠밀었다.

"어제부터 정리 좀 하라고 난리잖아."

하긴, 내의녀 자희가 잔소리를 퍼부었다. 행궁에 온 이래 의관과 의녀들이 마구잡이로 던져둔 잡동사니가 산처럼 쌓여 있다나 뭐라나.

"거슬리시면 직접 좀 하시지."

신비는 투덜거렸다.

"내의녀가 그런 하찮은 일까지 하겠어?"

"나도 같은 내의녀인데."

만덕은 못 들은 척 약재를 빻으러 가버렸다.

뭐, 초조한 마음에는 자질구레한 일을 하면서 보내는 시간이 특효약이다. 신비는 약재 곳집으로 향했다.

빗장을 풀었다. 곳집은 낮인데도 어두웠다. 챙겨온 초에 불을 밝혔다.

"…에구머니나!"

시야가 환해지자 어두운 구석에 웅크린 뭔가가 보였다. 쥐새끼라기에는 너무 컸다. 초를 들이대고 자세히 보니 사람이었다.

그것도 처음 행궁에 당도했을 때, 신비를 맞이하고 발을 씻겨준 관비였다.

"아니, 여기서 무얼 하시오?"

관비의 차림새는 엉망이었다. 봉두난발에다가 의복은 찢기고 구겨졌다. 감추지 못한 얼굴에서는 핏자국과 멍이 비쳤다.

"살려주십시오, 살려주십시오…."

행궁의 계집종은 불빛을 피하는 벌레처럼 기어갔다.

"잠깐만, 다쳤소?"

신비는 붙잡아 놓고 안색을 살폈다. 상처투성이였다.

"얻어맞았나 보네."

솔직히 놀라운 일은 아니었다. 노비란 본디 동네북처럼 치이는 신세다.

"마침 나한테 고약이 있소."

신비는 가슴팍에 매단 작은 주머니에서 바르는 약을 꺼냈다. 계집종의 노르스름한 얼굴 위로 발라주었다.

"어쩌다 이렇게 되었소?"

다정하게 물어도 그녀는 묵묵부답이었다.

대답 대신 눈을 요렇게 뜨고 흘끔거리는 계집종의 표정이 희한하게 익숙했다.

"…잠깐만."

신비는 위화감이 들었다.

"우리 어디서 만난 적 있지 않소?"

아니, 사실은 기시감이었다.

계집종의 찢어진 눈썹 아래의 눈은 작았고, 옹졸하게 벌어진 입술 사이에서는 누런 아랫니가 보였다. 긁힌 귓불에는 한때 장신구를 달아 치장했던 흔적도 있었다.

"…언주 아씨?"

곧이어 참혹한 옛 시절의 잔상이 무의식적으로 터져 나왔다.

"어째서…?"

약을 바르던 신비의 손이 얼어붙었다.

관비는 부정하지 않고 고개만 돌렸다. 수치심과 모멸감으로 벌게진 낯은 곧 긍정이었다.

빌려 쓰고서 으스댔던 감투는 흔적도 남지 않았다. 이방의 딸이랍시고 하늘을 찌르던 콧대는 부러지고 없었다. 악의로 꽉꽉 찼던 동공에는 자기연민만 남았다.

그럼에도 틀림없는 언주 아씨였다.

"…얼마 전에 한양에서 어명이 내려왔어."

마침내 언주는 신비를 마주 보았다.

"무슨 영문인지 깨닫기도 전에 온 가족이 노비로 전락했지."

언주가 악몽을 꾸듯 머리를 감쌌다.

"아버지와 어머니는 백성들에게 맞아 죽었고…. 난 대뜸 여기까지 끌려왔어."

창백한 안색에선 절망감이 넘실거렸다.

"임금님께서는 도대체 왜 그러셨을까?"

언주는 한탄했다.

"이유라도 알면 좋겠어. 난 평범하게 살았을 뿐인데!"

제 행적은 오로지 선했다고 믿어 의심치 않는 눈치였다.

원래 저가 타인에게 저지르는 악행에는 이유가 없어도 되지만, 그 반대가 되었을 때는 입장이 바뀌기 마련이다.

"옛날에 부리던 천비의 발이나 씻어주는 신세가 되다니…."

못내 분한 듯 그녀는 씨근거렸다.

"…처음부터 절 알아보셨습니까?"

신비는 가까스로 한 가지 물었다.

"어떻게 몰라보겠어?"

옹졸한 입매를 일그러뜨리며 언주가 웃었다. 미처 버리지 못한 오만함이 진하게 묻어났다.

"한때 내가 제일 잘 가지고 논 장난감인데."

살아가기 위해 용서라는 미명으로 덮어 두었던 옛 기억이 훅 되살아났다. 신비는 충격으로 주춤주춤 뒷걸음질 쳤다.

"내 꼴이 고소해 죽겠느냐?"

습관처럼 언주는 우위를 점했다.

싸리나무 회초리로 무력한 어머니를 후려치던 그날처럼 바싹 다가왔다.

"아니, 저는…."

역시나 습관처럼 신비는 열위를 인정할 뻔했다.

양갓집 아기씨라는 세상이 부서지고, 밑바닥의 계집으로 억지로 길들던 시절의 후유증이었다.

"네년이 쭉 날 저주했지?"

호의로써 약을 발라주던 신비의 손이 악의에 콱 붙잡혔다.

"너같이 비천한 신세가 되라고 물귀신처럼 들러붙은 게야!"

노골적인 화풀이에 신비가 밝혀 온 불빛이 죽었다.

별 하나 들지 않는 이 공간에서 쌍심지를 켠 언주의 눈만 번뜩였다.

이제는 정녕 옛날의 언주 아씨처럼 보였다.

순식간에 어머니가 죽고, 아우가 죽고, 깨어진 세상에 혼자 남아 절망하던 악몽으로 돌아갔다.

신비는 눈앞이 핑 돌아 언주의 손아귀를 뿌리쳤다. 그러고는 더듬더듬 어둠을 짚으며 필사적으로 달아났다.

그저 어리고 겁에 질린 신씨 성의 비처럼 도망치고 말았다.

신비는 곳집 인근의 구석진 자리에서 숨을 몰아쉬었다.

가슴의 통증이 심하고 뱃속이 메스꺼웠다. 손발이 저리고 어지러운 와중에 죽음과 같은 두려움이 엄습했다.

영락없는 발작이었다.

한양으로 상경한 뒤로 증상이 사라졌다고 안심했는데, 완치는 아니었나 보다.

"…너 왜 그래?"

진정하려고 혼자 애쓰는데, 마침 만덕이 신비를 발견했다.

"식은땀 나는 것 좀 봐!"

만덕이 약초 가루 꾸러미를 내동댕이쳤다. 금방 빻은 것을 곳집에 넣어 두려던 모양이다.

"숨 쉬어!"

어깨를 감싸주며 만덕은 시답잖은 화제라도 계속 말을 걸었다. 발작 외부로 관심을 돌리는 것이다.

주로 이런 종류의 환자에게 통하는 처치다.

덕분에 차츰 신비의 헐떡임이 잦아들었다.

"달거리라서 그래? 너 원래 그날이면 힘에 부치잖아."

안도감으로 누그러진 만덕이 물었다.

"…아니야. 월경은 아직 시작 안 했어."

그러고 보니 달거리할 때가 지났는데 왜 감감무소식인지 모르겠다.

갑자기 터지면 바깥에서 일하기가 곤란하므로 신비는 늘 주기를 헤아리곤 했다.

아무튼 지금 중요한 건 그게 아니다.

“가끔 이래. 관비가 되고 나서부터….”

신비가 숨을 몰아쉬었다.

“있잖아, 우리 시중을 들던 행궁의 계집종 말이야….”

적당히 잘라가며 자초지종을 설명했다.

“…널 괴롭혔던 아전의 여식이 갑자기 관비가 되었다고?”

대강 들은 만덕이 인상을 찌푸렸다.

“게다가 하필 여기서 너랑 재회했다고?”

“그렇다니까.”

“우연치고는 과한데.”

만덕은 꺼림칙한 기색이었다.

“…맞아. 아마도 우연이 아니겠지.”

벗이 제기한 의문으로 신비는 조각을 맞췄다.

악몽 같았던 관비 시절에 대해서는 딱 한 사람에게만 소상히 알려주었다.

그것도 한 여자를 극위極位에 올리는 동시에, 다른 여자는 진창에 빠뜨리고도 남을 만한 힘을 가진 상대였다.

아마도 그가 무대를 꾸몄을 터였다.

“주상전하를 뵈어야겠어.”

신비는 발작의 여파로 온몸을 사시나무처럼 떨었다.

“도대체 무슨 생각이신지….”

“…예전에 이야기했지. 전하는 너한테 위험한 분이라고.”

나지막이 만덕이 속삭였다.

“망가진 사람일수록 환한 빛에 끌린다니까.”

"그렇지만 이미 전하의 곁에 있겠다고 약조했어."

신비는 혼란 속에서 중얼거렸다.

"내가 옆을 지켜주면 나아지실 거라고…."

"여자들은 항상 사내를 고칠 수 있다고 믿지."

만덕이 고개를 저었다.

"사람은 고쳐 쓸 수 없다는 진리를 깨달을 땐 너무 늦어."

그러다가 푹 한숨을 쉬었다.

"…가뜩이나 너처럼 포기할 줄 모르는 여자라면 더더욱."

신비는 아무 말도 할 수 없었다.

내심 만덕과 같은 생각이었기 때문이었다.

해가 저물었다. 행궁에서 지내면서 익숙해진 일정에 맞춰 신비는 약차를 준비했다.

저녁 문후를 핑계로 내정전內正殿으로 향했다.

한데 맞이하는 낌새가 이상했다. 환관과 궁인들은 하나같이 창백한 채로 고요하게 닫힌 문을 외면했다.

그리고 그 문은 오직 신비만을 위해서만 잠깐 열렸다.

"…신비가 성상을 뵙사옵니다."

일단 의례대로 절을 올리려다가 얼어붙었다.

무작금은 정복 차림이 아니었다. 흰 도포에 자색 세조대細條帶를 매고 있었다. 익선관은커녕 갓도 쓰지 않고 상투에 망건만 둘렀다.

거기까지야 대수롭지 않았다.

문제는 무작금의 발치에 꿇어앉은 여자였다. 봉두난발 사이로 오들오들 떠는 안면이 보였다.

"언주 아씨…."

신비는 저도 모르게 또 익숙한 호칭을 중얼거렸다. 용케 가라앉힌 마음이 도로 들끓고 식은땀이 났다.

“그래, 이방 노형식의 딸이지.”

무작금은 신비의 기분을 전혀 몰랐다.

“네가 언제쯤 알아볼지 기대했는데….”

그저 자신의 기분에만 골몰하였다.

“오늘에서야 알아차린 모양이더군.”

“전하께서 언주 아씨를…. 이 사람을 관비로 만드셨사옵니까?”

“그래.”

“일부러 여기 배속시켜 쭉 지켜보셨고요?”

끄덕이는 용안에도 신비는 못내 답답했다.

“소인은 도무지 영문을 모르겠사옵니다.”

“쉬운 이야기다.”

무작금의 두 눈은 형형하게 불탔다.

“착해 빠진 너를 위해 내가 준비한….”

선물꾸러미를 내밀 듯 그가 말했다.

“복수다.”

신비는 말문이 막혔다.

“넌 살기 위해서 과거를 잊었다고 말했지. 나쁜 기억을 보람찬 기억으로 덮고선, 용서라고 명명했다고 말이야.”

여태 그는 골몰해 온 모양이다.

“그리고 난 용서하는 법을 모른다고 했었지.”

신비도 기억했다.

“이후로 한참 고민하다가 결론에 도달했다.”

“결론이라니요?”

"…용서는 나약한 인간들의 자기 위안이야."

서늘한 말씨였다.

"앞으로는 너도 용서 따위 하지 않아도 된다."

"무슨 뜻이옵니까?"

"내 곁에서, 지존의 길을 함께 걸으면서, 더없이 강해질 테니까."

"전하의 패도 말씀이옵니까?"

부정당한 인생의 대변자처럼 신비가 물었다.

"피와 공포로 만드신 그 길을 함께 걷자고요?"

"그래, 오로지 강력한 임금만이 열어줄 수 있는 길이다."

"…그 힘을 지키기 위해 앞으로도 계속 누군가를 죽이고 복수하실 것이옵니까?"

신비는 공포심을 굴레로 삼은 통치의 한계를 잘 알았다.

"머잖아 세상은 그런 임금을 폭군이라 부를 것이옵니다."

"아니, 세상은 늘 강한 임금을 성군이라 불러왔어."

분명 제왕학을 배운 그가 더 잘 알 텐데도, 고집스럽게 부정했다.

"너도 강력한 힘을 진정으로 깨달으면 이해할 거다."

무작금이 몸을 돌렸다. 줄곧 엎드려서 벌벌 떠는 언주의 뒷덜미를 잡아끌어다가 신비의 앞에 무릎 꿇렸다.

"사죄하여라."

무작금이 명령했다.

"옛날에 저지른 죄과를 싹싹 빌어보라고."

놀랍게도 언주는 선뜻 굴하지 않았다. 추상같은 어명에도 침묵으로 버텼다. 자존심이 남은 모양이다.

마치 한때 신비에게도 미처 버리지 못하고 남긴 자존심이 있었던 것처럼 말이다.

"…매는 충분히 맞았을 텐데."

무작금이 싸늘하게 중얼거렸다. 그래도 언주는 미동하지 않았다.

"좋아, 방법을 바꿔 볼까?"

그는 노엽다기보다는 여흥을 즐겼다.

"제대로 사죄하면…. 연좌緣坐 당한 네 어린 자식은 면천해주마."

뜻밖의 회유에 비로소 언주가 움찔했다.

하긴, 신비가 언주의 손아귀를 벗어나고서 많은 시간이 흘렀다. 고을에서 방귀깨나 뀌었던 그녀가 시집가서 아이를 낳고도 남을 만한 세월이었다.

"네 자식은 양인이 될 수 있다."

무작금이 말했다.

"과인을 만족시킨다면 말이야."

기저에 깔린 의도가 명백했다.

"뭐, 신발 밑창을 핥는다든가…. 진심을 증명할 방법이야 많겠지."

달콤한 척하지만 실상 굴욕을 주는 형벌이었다.

"소, 소인은…."

자식만은 구원할 수 있다는 미끼에 언주의 작은 동공이 흔들렸다.

영영 나아질 구석이 없는 신세 속 작은 희망이 최후의 자존심과 갈등을 벌일 터였다.

한참 만에야 언주가 중얼거렸다.

"비천한 사람에게 고개 숙일 순 없사옵니다."

안타깝게도 그녀는 여전히 '모두가 대단하다지만 실상 별것도 아닌 계집애'를 향한 시기심에 사로잡힌 모양이었다.

"…정녕 비천한 사람이 누구인지 아직도 모르는군."

무작금이 사납게 쏘아붙였다.

"역시 매를 더 때려서 분수를 가르치랴?"

"아니옵니다, 전하."

신비는 격분하는 그를 차분하게 막아섰다.

"소인은 이 사람의 사죄를 바라지 않사옵니다."

얄궂게도 돌아가신 어머니가 생각났기 때문이다.

옛날의 자미는 어머니가 포기하지 않기를 바랐었다. 맞서 싸울 용기가 없다면, 살아남는 용기라도 부리기를 소망했다.

일단 굴복하여 상황을 모면하고, 어머니 당신과 자식들을 지켜주시기를 호소하고 싶었다.

하지만 어머니는 그냥 포기해 버렸다. 어려운 삶 대신, 쉬운 죽음을 선택했다.

그리하여 어머니 대신 무릎 꿇고 빌었던 딸을 버리는 길을 선택했다.

"…바라지 않는다?"

무작금은 이해하기 어렵다는 듯 물었다.

"예, 애초에 사죄를 받아낼 가치가 없사옵니다."

비로소 신비는 온전히 과거의 상처를 마주 보았다.

스스로 잘났다고 믿는 언주도, 결국 누군가의 딸이나 아내라는 고삐에 길들어 스스로 일어설 줄 모르는 사람에 불과하다.

언주는 처음부터 아무것도 아니었다.

단지 호랑이의 감투를 빌려 쓴 여우였다. 더욱이 자격지심으로 증오를 선택한 졸렬한 금수였다.

남의 감투마저 빼앗긴 지금, 그녀는 더더욱 아무것도 아니었다.

어렵더라도 삶을 선택할 배짱이 없다. 소중한 사람을 위해 희생할 용기도 없다. 하물며 세상에서 이름 석 자가 지워지는데도 포기해 버리는 얼간이였다.

조그맣더라도 자신만의 감투를 찾아낼 재주조차 없는 노씨 성의 비.

평생 떳떳하게 제 이름을 떨칠 가능성도 없는 존재가 딱할 지경이었다.

하여 처음으로 신비는 타인을 비웃었다.

그녀야말로 진정한 천비였기 때문이다.

"…읏!"

지독히도 못난 언주의 얼굴이 일그러졌다. 한 마디 쏘아붙이지 않아도 신비가 자신을 어떻게 멸시하는지 알아차린 눈치였다.

그것이야말로 언주에게는 가장 끔찍한 형벌일 터였다.

"그냥 용서하겠사옵니다."

마지막으로 신비는 쐐기를 박았다.

"더 상대한다면 시간만 아까울 따름이니까요."

눈앞의 이 비천한 존재는 이제 자신에게 어떤 영향력도 미치지 못한다.

하여 증오할 가치도 없는 상대에게 무관심만 선사했다.

마침내 신비는 상처로 남길 가치 또한 없는 과거로부터 벗어났다.

"…또 용서하겠다고?"

하지만 무작금에게 신비의 무관심은 헤아릴 수 없는 난제였다.

"회초리 한 대 치지 않고서?"

그가 수그린 언주의 머리끄덩이를 확 잡아챘다.

"이 사특한 계집을 능지陵遲하면 어때?"

공포에 질린 비명이 울려 퍼졌다.

"손과 발을 잘라 사방에 전시해 주마. 지은 죄를 비석으로 새겨 만백성에게 알리고, 머리를 잘라 양화문養化門 바깥에 내걸어 본보기로 삼는 거야."

"살려 주십시오, 살려 주십시오…."

언주가 처절하게 빌어도 무작금은 아랑곳하지 않았다.

"이 계집의 사돈에 팔촌까지 낙형烙刑을 써서 형신(刑訊, 죄인을 때리며 캐물음)할 수도 있는데."

그러기를 점점 누구를 위한 보복인지 모를 지경에 이르렀다.

어쩌다가 저렇게 되었을까?

한때는 총명하고 백성을 가엾게 여기는 임금이었다. 인내하거나 겸손할 줄도 알았다.

한데 어미를 살해한 아비를 경애해야 한다는 모순에서 끝내 못 벗어났다.

손에 원망의 피를 묻힌 뒤부터는 급속도로 허물어졌다.

그 피는 신비의 손에도 묻었다. 폐비의 적삼과 글월을 건넴으로써 그의 폭주에 명분을 선물했기 때문이다.

신비는 그가 붉은 가락지를 끼워준 제 손을 보았다.

하릴없는 공범의 손이었다.

"…싫사옵니다."

이윽고 그녀는 조용히 고개 저었다.

"소인은 복수해달라 청한 적 없사옵니다."

용서라 명명한 제 인생을 부정하여도 흔들리지 않았다.

"왜 피해자였던 소인을 가해자로 만들려고 하시옵니까?"

그로서는 생각도 못 해본 일침일 터였다.

"또한 왜 소인이 뒤돌아선 과거를 도로 질척이게 만드시옵니까?"

눈물 젖은 복숭아를 받고 오얏으로 갚아온 족적에 확신만 더 생겼다.

"전부 잊고 앞으로 나아가시라고만 청했사온데…."

신비는 그저 막막했다.

"…대관절 왜 들어주지 않으시옵니까?"

"임금인 내가 다 해줄 수 있는데…."

그래도 무작금은 듣지 않았다.

"한데 넌 또 용서하겠다고?"

대신, 쥐고 있던 언주의 머리끄덩이를 홱 팽개쳤다. 가닥가닥 뽑힌 머리카락이 엉겨 붙자, 더러운 오물처럼 털어내었다.

"…도대체 왜?"

재차 그는 진심으로 모르겠다는 듯 물었다.

"네 인생을 망가뜨린 사람인데 어떻게 그냥 넘어갈 수 있지?"

"소인의 인생은 망가지지 않았사옵니다."

"사대부가의 규수에서 관비 신세로 뚝 떨어졌는데…."

"그래서요?"

신비는 저야말로 모르겠다는 듯 똑같이 물었다.

"고난과 시련이 있었더라도 소인은 포기한 적 없사옵니다."

아니, 삶을 지켜나간다는 것은 죽음보다 훨씬 어려움을 알기에 오히려 더 노력하였다.

"임금님이 잔인한 속셈으로 시험을 가하더라도…."

너야말로 줄곧 찾던 며느릿감이라던 선왕의 유언이 뇌리를 스쳤다.

"겨우 이까짓 인간이 훼방 놓더라도…."

신비는 엎어져 흐느끼는 언주를 가리켰다.

"단 한 번도 포기하지 않았사옵니다."

물꼬를 터트리고 나니 감정이 격해졌다.

"비록 힘들더라도 이 인생은 오로지 소인만의 것이니까요."

불쑥 치솟는 분노와 원망, 슬픔, 후회 사이에서 그녀는 결론을 얻었다.

"하온데 그토록 소중하게 지켜온 이 인생을…. 전하께서 빼앗고 계시옵니다."

"뭐?"

"…신씨 성의 비가 아닌, 선비의 딸이자 지존의 아내로서 곁에 있어 달라고 부탁하셨지요."

솔직히 그 애원이 싫지 않았다. 끝은 쌉싸름할 줄 알면서도 약간의 달콤함을 좇아 자꾸 입에 물고 마는 구애의 맛이었다.

하여 거기까지는 괜찮았다.

하지만 그다음부터는 무척 곤란했다.

"천 개의 좋은 기억으로 덮어둔 한 가지 나쁜 기억을, 기어코 파헤치셨고요."

다시는 마주치고 싶지 않았던 언주의 존재가 가시처럼 그녀를 찔렀다.

"소인이 용서라고 이름 지은 감정은 틀렸다고 우기시면서요."

새살이 돋았던 상흔에서 도로 피가 철철 쏟아졌다. 가까스로 치유한 원망마저 도로 고개를 들었다.

증오심에 골몰하는 중독자의 삶이 얼마나 억울하고 파괴적인지 잘 알기에 신비는 두려웠다.

전부 포기하려고 품에 칼을 넣던 그때로 돌아가고 싶지 않았다.

"…소인이 가꾼 인생 그 자체를 부정하셨사옵니다."

눈물조차 흐르지 않아 스스로 놀랐다.

"진실로 그게 최선이라고 믿으신다면…. 소인은 더 이상 할 수 없사옵니다."

"뭘 할 수 없다는 뜻이냐?"

그는 기어코 서로에게 힘든 확인 사살을 원했다.

"소인은 그 어떤 것도 포기한 적 없지만…."

하여 신비는 말해야 했다.

"전하만은 포기하겠다는 말씀이옵니다."

"…넌 내 편이잖아."

무작금이 신비의 손을 잡았다.

"내가 아무리 도망쳐도 날 잡아주는 사람 아니더냐?"

그 역시 자신을 공범으로 여기는 게 분명했다.

그녀가 폐비의 유품을 그에게 주었다. 이를 말미암아 그가 저지른 일들은 둘이 함께 벌인 행위가 되었다.

피바람을 일으켰을 때 그녀가 곁에 있어 그는 안도했는지 모르겠다.

하지만 신비는 숨이 막혔다. 미칠 것 같았다.

광기 어린 용안에 남은 옛 시절을 보았다.

너무나 오랫동안 스스로 구원할 수 있는 상대라고 믿었던 어린아이의 흔적이었다.

그렇지만 이제 그 어린아이는 없다. 다투면서도 서로를 이해하고 함께 걸으려 애썼던 시절은 물거품으로 무너졌다.

남은 것이라곤, 자신을 이상적인 성역에 몰아넣고는 질식할 때까지 애정을 갈구하는 사내뿐이다.

죽어도 이해하지 못할 피의 동반자에 불과했다.

"…술래잡기는 끝났사옵니다."

신비는 잡힌 손을 빼냈다.

"소인이 졌사옵니다. 전하께서 이기셨나이다."

그리고 승리감을 느끼지 못할 승자를 호명하였다.

"지금 날 버리겠다는 뜻이냐?"

무작금이 거칠게 신비의 어깨를 잡았다.

"임금인 내가 너를 위해 모든 걸 다 해줬잖아!"

떼쓰다 못해 악을 썼다.

“도대체 왜 이러는데? 말해! 말해보….”

그가 멈칫했다. 기시감을 느낀 탓이었다.

거울에 얼굴을 비춰보지 않아도, 그는 자기 자신에 드리운 부왕의 그림자를 알았다.

바로 어미가 질식할 때까지 원하는 틀에 끼워 넣은 아비의 사랑과 똑같았다.

“아, 아니야…. 난 아바마마와 달라….”

황급히 상대가 원하지 않는 사랑의 방식을 거둬들였지만 이미 타격이 컸다.

“전하께서는 오로지 전하 자신을 위해 이 모든 걸 하셨겠지요.”

신비 역시 목격했기 때문이다.

“야망을 이루기 위해 모후의 죽음에 대한 슬픔을 이용하셨던 것처럼….”

그래서 정확히 지적했다.

“원하는 바를 손에 넣기 위해 소인의 동정심도 이용하셨지 않사옵니까?”

“…그렇지 않다.”

부정하면서도 그는 허를 찔린 표정이었다.

“전하의 제일 큰 잘못은 아예 나쁜 사람이 아니라는 점이옵니다.”

신비는 힘없이 속삭였다.

“차라리 아주 못된 분이셨다면, 미워하고 떠나기가 훨씬 쉬웠을 텐데….”

“날 미워한다고 해서 끝낼 순 없어. 알잖아.”

그는 자신을 사랑할 이유를 만들겠다고 다짐했다. 그게 안 되면 미워서라도 못 떠나게 하겠다고 장담했었다.

어쨌든 결과는 같을 선택지 두 개만 주었다.

"소인은 더 이상 전하를 사랑하지도 미워하지도 않사옵니다."

불쑥 신비는 예상치 못 한 세 번째 선택지를 내밀었다.

"그저, 아무런 관심도 없사옵니다."

아까까지만 해도 그녀의 얼굴 위로 넘실거렸던 온갖 표정이 사라졌다.

그러고는 뒤도 돌아보지 않고 돌아섰다.

기어이 그가 붙잡고 놓지 않았다면 어쩔 수 없었을 것이다.

하지만 그는 그러지 않았다. 신비가 등을 돌려 떠나도록 내버려 두었다.

"너 또 왜 그래?"

추적추적 비가 내리는 밤하늘을 등진 신비를 보고 만덕이 펄쩍 뛰었다.

"얼굴이 창백하잖아!"

그녀는 모포를 둘러주고 뜨거운 물을 주었다. 덕분에 격렬하게 솟구쳤던 절망과 체념이 차츰 가라앉았다.

"역시 시작한 거지?"

곧이어 만덕은 개짐(생리대)을 내밀었다.

"달거리 말이야."

"뭐? 아니야. 아직…."

대수롭지 않게 부정하려다가 뜻밖의 가능성과 조우하였다. 마지막 월경을 헤아린 신비는 눈앞이 아득해졌다.

"설마…!"

회임일까?

맥을 짚어 확진하기에는 시기가 너무 이르다.

그렇다고 확진이 가능한 시점까지 기다리면 너무 늦을 터였다.

무작금은 이미 폭군의 운명으로 질주하는 중이다. 그의 편이 되기 위해 사력을 다했지만 무용지물이었다.

그렇다면 폭군의 자식은 어떻게 될까?

순식간에 신비는 뱃속에 깃들었을지도 모를 아이의 운명을 그렸다.

누구보다도 존귀하게 태어나 떠받들릴 것이다. 그렇지만 폭군이 자멸하는 날, 덩달아 나가떨어질 수밖에 없다.

존귀한 국본에서 죄인으로 몰락한다. 비단과 꽃을 빼앗기고 멸시와 굴욕을 얻는다.

종국에는 참형 대신 차라리 사사 당하기를 빌다가 죽는다.

"…정상에서 굴러떨어져 진창을 뒹구는 인생."

신비는 그게 얼마나 괴로운지 잘 알았다.

타인이 망가뜨릴 때마다 자신만의 것으로 열심히 지켜왔기에 더욱 고단한 삶이었다.

도저히 자식에게 똑같이 겪게 할 만한 일은 아니었다.

그리하여 신비는 결정해야 했다.

이대로 포기하고 순응하여 폭군의 패도에 운명을 종속시킬지. 아니면 다시 한번 일어서서 다른 방법을 찾을지.

"…떠나야 해."

마침내 신비는 다시금 스스로 선택했다.

"난 전하의 곁을 떠날 거야."

신비는 어리둥절한 만덕에게 자초지종을 설명했다.

"알았어."

분명 받아들이기 어려울 텐데도 만덕은 토를 달지 않았다.

"그렇지만 어떻게?"

대신, 평소처럼 핵심만 짚었다.

"쭉 신비 넌 빛이고, 전하께서는 불나방이었잖아."

만덕이 말했다.

"계속해서 너라는 불구덩이에 뛰어드실걸."

동족이라서 잘 알고 혐오하는 섭리였다.

"지옥 끝까지라도 쫓아가실 텐데."

"이번 지옥은 따라오기 좀 힘드실 거야."

신비는 씁쓸하게 웃었다.

"연약한 속내를 보호하기 위해서라도 전하께선 회피하셔야만 할 테니까."

"뭘 회피하신다는 거야?"

"그리운 모후를 닮은 걸 넘어서, 원망하는 부왕까지도 닮았다는 진실."

마침내 신비는 임금이 끼워준 가락지를 완전히 손가락에서 뺐다.

그렇다면야 지금까지보다 훨씬 위험한 술래잡기가 또 시작될 터였다.

5부
폭군

이 년이 지났다.

오로지 폭군의 태양만이 만천하를 비추는 세월이었다.

임금은 절대자로 군림하였다. 신료들의 사모(紗帽, 관모)에 충성을 새기고, 입조심하라는 뜻에서 신언패愼言牌를 차고 다니도록 만들었다.

하물며 종잡기 어려운 폭군이었다. 그는 훈계하는 충신을 죽였다. 아부하려고 시를 써서 올리는 간신도 죽였다.

옥사에 자리가 부족해 끌려온 죄인들이 담벼락 바깥까지 즐비하였다.

노환으로 몸을 못 가누는 노신老臣마저 오랏줄에 묶여 질질 끌려오는 수모를 겪었다.

장대에 걸려 흔들리는 머리는 매일 새로 바뀌었다.

한때 임금에게 간언하던 대간들은 굴종하기가 어가(御駕, 임금의 가마)를 메고 다니는 지경에 이르렀다.

줄을 잇는 잔혹한 형벌과 비명에 모두가 넙죽 엎드렸다. 성상의 말씀이 지당하시다고 맞장구치며 목숨만 부지하는 위태로운 시절이었다.

마침내 폭군은 진실로 세상을 지배하였고, 모든 것을 다 가졌다.

그럼에도 불구하고, 단 한 가지 갖지 못한 것이 있었다.

바로 그 단 한 가지가 그를 미치게 했다.

후원에서 벌인 연회는 끝물이었다.

회배回盃를 내리고 어사주를 큰 잔에 담아 여럿이 돌려 마시다 보니 흥이 올라 길어졌다.

팔도를 수소문해 모은 미녀들이 홍청망청 술을 따랐다. 장안에서 최고로 꼽히는 기녀들은 노래하고 춤췄다.

솔직히 무작금은 별로 관심 없었다. 그들은 순전히 연회에 참석한 신료들을 위해 준비한 개살구였다.

신료들 옆자리에 한 명씩 여자를 붙여주고 구경하는 재미가 쏠쏠했다.

대부분 웬 떡이냐며 넙죽 주물렀다. 하지만 개중에 못마땅한 기색을 억지로 감추는 목석도 있었다.

무작금은 특히나 그런 표정이 좋았다.

저승에서 엇나간 후계자를 바라보면서 가슴 치고 통곡할 부왕처럼 느껴졌기 때문이다.

"그래, 경들께선 금일 연회가 즐거우셨소?"

일그러진 마음으로 무작금은 너스레를 떨었다.

"성은이 망극하옵니다!"

화답하는 목소리가 높았다. 신료들은 강퍅한 폭군이 호의를 베풀 때마다 지나치게 감격했다.

미치광이가 아홉 번 쥐어박다가 한 번 얼러맞추는 셈인데도, 좋아서 어쩔 줄을 몰랐다.

정작 성군으로 길든 부왕은 매일 같이 조정의 비판과 훈계에 속이 썩었던 양상과는 정반대였다.

하여튼 인간이란 받아주면 끝이 없다.

지근지근 밟아서 지존의 아래라는 분수를 가르쳐야 한다.

"막상 끝내려니 아쉽군."

음험한 속내와 달리 무작금은 쾌활하게 술을 따랐다.

곧잘 그는 아침에는 신하들을 겁박하고 처형했다가, 저녁에는 극진히 아껴주고 기를 살려주었다.

의도는 명백했다.

어떻게 손을 대야 할지 모를 만큼 미쳐버린 임금이라고 겁을 줘야 하기 때문이다.

그렇지만 또 서로 모여서 속닥이거나 반역할 마음을 먹을 지경까지 겁을 줘서는 안 되기 때문이다.

궁리 끝에 무작금은 전형적인 칠종칠금(七縱七擒, 잡았다가 풀어주며 상대를 요리함)을 썼다.

말을 채찍질하다가 추초(秋草, 꼴)를 먹여 달래는 것과 진배없다.

"마지막으로 딱 한 잔씩만 더 듭시다."

그리하여 오늘도 좋은 놈이었다가 나쁜 놈이었다가, 오락가락하는 임금으로서 명랑하게 술을 권했다.

"…어이쿠!"

차례로 돌아가던 어사주가 삐끗했다. 대신의 곁에서 시중들던 여자가 실수로 쏟은 것이다.

단령(團領, 관원의 집무복)을 적신 고귀한 어주가 바닥으로 아깝게 흘러버렸다.

"소, 송구하옵니다!"

실수한 여인은 허둥지둥 치맛자락으로 술을 닦았다.

"이런 방자한 계집을 보았나!"

즉각 신하들은 두려움에 떨었다. 일전에 임금이 어사주를 흘려 소매를 적셨다는 트집을 잡아 흰머리 성성한 양반을 귀양보내어 사사한 사건을 기억했다.

"부디 용서하소서!"

졸지에 가시방석에 앉은 여인은 오들오들 떨며 빌었다.

"관기는 아닌 것 같은데…. 어디 소속이냐?"

물끄러미 바라보던 무작금이 하문했다. 어리숙한 처신에 짚이는 바가 있었다.

"약방이옵니다."

기어드는 목소리일지언정 폐부를 찔렀다.

"…의녀냐?"

여인은 목멘 듯 갈라지는 옥음에 의아해하면서도 끄덕였다.

"매를 때리지 말고 용서해 주어라."

무작금이 조용히 말했다. 조마조마한 좌중을 외면하는 용안이 한 송이 수선화처럼 처연했다.

그는 짙은 보랏빛 하늘을 올려보았다.

어둠이 집어삼킨 빛. 침묵 속의 운율을 따라 살랑살랑 움직이던 한 쌍의 몸. 달빛을 받아 반짝이던 흰 살갗….

내일도 해는 뜨겠지만, 그녀가 곁에 있던 날에 뜨던 해와 같지는 않을 터였다.

"기왕 어사주가 엎어진 김에 이만 퇴청하시오들."

이내 그는 식어버린 흥마저 깨며 용포 자락을 떨쳤다.

도망치고 싶어서 견딜 수 없었다.

그러나 아무리 도망쳐도 쫓아와서 잡아주던 작은 손이 이제는 없기에, 부질없는 회피에 불과했다.

"괜찮으시옵니까, 전하?"

옛 기억으로부터 달아나 대전으로 숨으려는데, 애교 섞인 목소리가 뒤를 따라잡았다.

무작금은 뒤돌아 익숙한 상대를 확인했다.

"…숙용이로군."

그녀는 노래 실력이 빼어나다는 명성 하나로 발굴된 창기娼妓였다.

첫인상은 별로였다. 보통 수준을 못 넘는 용모와 서른이 넘은 나이에 반신반의했다.

한데 막상 시켜보니 진실로 곡조를 잘 뽑았다. 은쟁반의 구슬처럼 청아한 목소리가 빛을 잃은 임금의 유약한 마음에 파고들었다.

야무지게 첫인상을 쇄신한 숙용은 임금의 깊은 총애를 받았다. 아예 궁중의 기생들을 관리하는 수장으로까지 자리매김하였다.

"심란하신 것 같아서요."

숙용이 스스럼없이 용안을 어루만지며 교태 부렸다.

"우리 전하가 웬일로 술을 마다하고 뛰쳐나가셨을까?"

"눈치 하나는 기가 막히는구나."

"아무렴 아무 기생이나 장안에서 이름깨나 날리겠나이까?"

본디 사람은 높은 곳으로 올라가면 본래 출신을 감추느라 급급하기 마련인데, 희한하게도 숙용은 과거를 부끄럽게 여기지 않았다.

"하여튼 참 직설적이다."

"전하께서 그런 걸 좋아하시니까요."

숙용은 천천히 눈꺼풀을 깜빡였다. 사내가 원하는 어떤 여자라도 흉내 낼 수 있다는 유혹이었다.

"아니시옵니까?"

"맞다. 앞뒤 재지 않고 달려들면서 날 막 대하는 여자를 좋아하거든."

무작금이 속삭였다.

"…아니, 그런 여자를 그리워하지."

그는 그런 여인을 잃어버린 날을 매일 돌이켰다.

마지막으로 눈앞에서 돌아섰을 때 잡지 않았다. 울면서 매달리지 못했다. 즉시 옷고름을 풀어 내리고 몇 번을 취해서라도 주저앉힐 수조차 없었다.

공허해진 그녀의 눈빛이 생경했다.

그를 포기하다 못해 자기 자신마저 포기해 버리겠다는 위협에서는 진심이 느껴졌다.

더군다나 그녀가 지적한 진실을 도저히 받아들일 수 없었다.

평생 어미를 너무 닮았다는 걱정과 의심에 시험당했건만, 결정적인 순간마다 그가 표출한 모습은 부왕과 똑같았다.

상대를 위한다는 명분으로 제 방식을 강요했다. 상대의 반문을 무시하고 질식할 때까지 몰아세웠다.

하여 그녀는 더 이상 그를 사랑하지 않는다. 미워하지도 않는다.

그저 무관심할 뿐.

주장을 증명하듯 그녀는 궁궐을 떠났다. 외방의녀를 자원해 한양에서 멀리 떨어진 곳으로 가버렸다.

사라진 자리에 남은 것이라곤, 한때 그가 선물했던 붉은 가락지뿐이었다. 작별을 고하는 글월 하나 없었다.

어디로 갔는지 찾으라면 찾을 수 있다. 억지로 데려올 수도 있다.

여전히 그는 임금이고, 그녀는 손바닥 위의 계집이다.

하나 임금으로서 행한 최선이 그녀로 하여금 그를 포기하게 만들었다.

그러니 다시 한번 힘을 과시하며 옭아매어봤자 달라지는 게 있을까?

사랑받고 싶었다. 세상 누구도 자신을 감히 버릴 수 없기를 바랐다. 그래서 강한 임금이 되었다.

역설적이게도 그래서 사랑받지 못했다. 버려졌다.

스스로 갇힌 지옥을 외면하기 위해 무작금은 쉽고 편하게 회피하는 길을 선택했다.

그녀는 살아있을까?

아니면 죽었을까?

추억마저 아스라이 흩어지는데 무작금은 도통 붙잡을 방도를 몰랐다.

이러다가는 애초에 존재하지 않았던 사람처럼 우련해질까 두려웠다.

"아까 그 의녀를 침전으로 들일까요, 전하?"

그의 그리움을 욕망으로 해석한 숙용이 능숙하게 물었다. 무작금은 고개만 저었다.

"연회마다 약방기생들을 불러 물끄러미 둘러보시면서, 막상 개중 누구 하나 취하지 않으신다니…."

숙용이 눈을 가늘게 떴다.

"신첩은 도통 까닭을 모르겠나이다."

"사실 그런 의녀들을 원하는 게 아니니까."

무작금은 무뚝뚝하게 대답했다.

"하오시면 이런 의녀는 어떻사옵니까?"

개의치 않고 애교부리며 숙용이 화려한 장옷을 벗었다. 속에 입은 옷은 전혀 달랐다. 수수한 의녀의 의복이었다.

"신첩이 지극정성으로 전하를 돌봐드리겠사옵니다."

교태가 뚝뚝 떨어졌다.

"아니면 우리 까다로운 아기를 좀 혼내드릴까?"

숙용이 무엄한 손길로 감히 무작금의 턱을 붙잡더니 요염하게 흔들었다.

"…날 따라 해봐라."

슬쩍 마음이 동한 무작금이 주문했다.

"소인은 절대로 저하를 포기하지 않사옵니다."

숙용은 그가 시키는 대로 똑같이 말했다.

"세자저하를 위해서 싸워야 할 순간이었사옵니다."

재차 선창하자 또 선뜻 따라 했다.

"전하의 곁에 있겠사옵니다."

의녀의 옷을 입은 여자의 입술이 그의 가장 간절한 소망을 말했다.

사내가 꿈꾸는 여자를 잘 흉내 내는 숙용 덕분에, 절실히도 반추하는 밀어가 생생하게 실현되었다.

"…됐다. 그만해라."

울컥 치솟는 눈물 때문에 무작금은 한 걸음 물러섰다.

"우리 아기가 왜 속상하실까?"

반면에 숙용은 물러서지 않고 다가왔다.

"오늘 밤 이 품에 안겨 울면 달래드릴 텐데."

그러면서 양팔을 활짝 펼쳤다.

순간, 정말로 신비의 잔상이 겹쳐 보였다.

무작금은 굴복하고 싶었다. 그대로 숙용에게 그녀를 투영하고 하염없이 울고 싶었다.

하지만 그럴 수 없었다. 허상을 맛봐봤자 더욱 공허해질 뿐이다.

"물러가라."

무작금은 외면하며 돌아섰다.

"번번이 신첩을 필요로 하시면서…."

숙용은 아까보다 더 눈을 가늘게 떴다.

"어째서 성은으로 품어주시지는 않으시옵니까?"

"…너는 그 사람이 아니니까."

진실로 간결한 정답이었다.

***

이른 아침부터 약방이 입진하였다.

"또 눈병이 난 것 같소."

무작금이 능구렁이처럼 말했다.

"이래서야 경연에는 못 나가겠어. 그렇지?"

"안질眼疾이 아니시옵니다."

의관 박치수는 맞장구치지 않았다.

"과음하시어 눈이 노래졌을 뿐이옵니다."

하여튼 살얼음판 같은 궁중 분위기에 다들 전전긍긍하는데도 혼자 뻣뻣하다.

"술을 줄이셔야…."

"하면 무슨 재미로 살라고?"

무작금은 끝까지 듣지도 않았다.

"맨정신으로 임금 노릇을 하란 말이오?"

썰렁한 농담을 던져 놓고 스스로 웃었다. 농을 못 알아듣는 치수에게 익숙하여 멋쩍지도 않았다.

"아무튼 금일 경연은 빠져야겠군."

"경연에는 충분히 나아가실 수 있으실…."

"아파서 쉬어야겠지?"

이미 답을 정해놓은 무작금은 반박을 싹둑 잘랐다.

"…그리하소서, 전하."

과연 대쪽 같은 치수조차 임금의 뜻을 거스르지 못했다. 한데 꺾인 채로 물러가려나 싶더니 머뭇거렸다.

"보름 전에 단골 약재상에 갔다가 친한 책쾌(冊儈, 책장수)를 만났사온데…."

그러고는 이상한 이야기를 꺼냈다.

"신에게 고성高城에 명의가 나타났다는 소문을 전해주었사옵니다."

"한양까지 와서 떠들 정도면 꽤 용한 의원이겠군?"

"신도 그리 짐작하였사옵니다. 하여 그 명의가 썼다는 의서를 얻었지요."

치수가 챙겨온 서책을 펼쳤다. 표지에는 《여의방女醫方》이라고 적혀 있었다.

"부인병을 치료하는 책인가?"

"그렇지만은 않사옵니다. 여기를 보소서."

무작금은 짚어주는 대목을 읽었다.

"…극심한 면창面瘡으로 앓는 병자를 위한 제법."

어쩐지 익숙했다.

"웅황해독산을 따뜻한 물에 타 얼굴을 씻고서 선응고를 붙인다. 약을 바르고 처음 며칠은 고름이 쏟아진다. 그러다가 깨끗하게 가라앉고 차도를 보인다…."

무작금은 얼어붙었다.

"설마…!"

"예, 의녀 신비가 주상전하의 환후를 고치기 위해 쓴 제법이옵니다."

치수는 그의 충격에 확신을 주었다.

"전하께오서 줄곧 하문하지 아니하시기에 아뢰지 않았사옵니다만…."

동시에 스스로 위안을 받듯 서책의 표지를 쓸었다.

"신비는 고성高城 관아의 외방의녀를 자처하여 떠났사옵니다. 멀리서도 대견하게 잘 지내는가 보옵니다."

"왜…?"

제일 먼저 떠오른 의문을 뱉다가 무작금은 멈칫했다.

"왜 하필 연고도 없는 고성으로 가려는지 신도 궁금했사옵니다."

치수는 임금이 삼킨 질문을 정확하게 유추했다.

"하여 물어봤지만…. 신비는 끝까지 알려주지 않았나이다."

"…경이라면 그 사람이 영영 떠나기를 바랄 줄 알았는데."

덕분에 무작금은 훨씬 중요한 의문으로 넘어갈 수 있었다.

"과인이 없는 곳에서 마음껏 재주를 펼치며 살기를 기원하지 않나?"

날카로운 지적이었다.

"부정한다면 기군망상(欺君罔上, 임금을 속임)이겠지요."

치수는 솔직하게 수긍했다.

"하오나 신은 도무지 한 가지 생각을 거둘 수 없었사옵니다."

다만 낮은 창백했다.

"전하께 신비가 필요한 만큼…. 실은 신비에게도 전하가 필요한 건 아닐까요?"

"뭐요?"

"신비는 포기하지 않는 의지를 습관으로 삼은 사람이옵니다. 상처받을지라도 다시 일어서서 살아가기 위한 일종의 자기방어겠지만요."

치수가 씁쓸하게 설명했다.

"그런 신비에게 주상전하는 실로 도전적인 목표였사옵니다."

"…과인이?"

"예, 그이에게 포기하지 않고 맞서 싸울 상황을 거듭 만들어주셨으니까요."

아무리 어르고 달래도 유치한 어린아이처럼 생떼를 부렸던 모습을 지적했다.

"전하께서 절대 포기하지 않는 그이의 올곧은 심성에 매혹되신 것처럼…."

치수가 말했다.

"신비도 일단 포기부터 하고 보는 전하를 구원하는 역할에 중독되었달까요."

고개를 떨구자 곧 속삭임으로 변모하였다.

"…하오니 지금쯤 신비는 아마 산지옥에 떨어진 심정이겠지요."

그래도 무작금은 갈피를 못 잡았다.

"경은 과인이 그 사람을 찾아오길 바란다는 뜻이오?"

"…예, 전하를 포기하지 않으려는 노력이 곧 신비를 계속 살아가게 만드니까요."

치수는 어쩔 수 없다는 듯 중얼거렸다.

홀로 남아 곱씹을수록 무작금은 도피하던 현실을 기어코 맞닥뜨린 기분이었다.

당장 술이 필요하다.

숙용을 찾았다. 한데 무슨 용무로 궁방을 비웠는지 부름에 응하지 않았다.

다행히 대신할 여자가 있었다. 젊고 예쁜 기녀가 술이며 떡, 과일과 고기가 잔뜩 차려진 술상과 함께 들어왔다.

"백견白犬이 성상을 뵙사옵니다."

한데 간드러지는 웃음은커녕 겁에 질린 눈치였다. 임금의 잔에 술을 따르는 섬섬옥수는 애처로울 만큼 덜덜 떨렸다.

"병이라도 걸렸느냐?"

그 정도에 떨어질 술맛은 아니라서 무작금은 한 잔을 바로 비웠다.

"아, 아니옵니다. 단지…."

"숙용이 두려우냐?"

우물쭈물하는데 무작금은 답을 알았다.

"허락을 받지 않고 어전에 들었으니 가만두지 않을까 봐서?"

꽤 그럴듯한 의심이었다.

안 그래도 며칠 전에 여자 두 명이 잔혹하게 죽어 나갔다.

이름은 각기 전향田香과 수근비水斤非였는데, 넉살이 좋고 가무 솜씨가 빼어났다. 하여 서너 차례 대전으로 불려와 노래하고 춤을 췄다.

겨우 그 정도로 전향과 수근비는 어린 마음에 콧대가 높아졌던 모양이다. 미색도 별로고 나이도 많은 숙용을 제칠 수 있다고 믿었으니 말이다.

결국 그네들은 감히 숙용의 허락도 받지 않고 대전을 기웃거리다가 변을 당했다.

궐에서 쫓겨나 곤장을 맞고 유배를 떠난 것으로도 모자라, 왕과 숙용을 저주하는 익명서를 써 붙인 죄까지 뒤집어썼다.

"소인도 그 여자들의 머리를 봤사옵니다."

겁에 질린 기녀가 중얼거렸다.

"궁중의 기녀들끼리 반드시 돌려 보래서…."

아마도 전향과 수근비의 잘린 머리를 억지로 구경시켰을 터였다.

"그래, 숙용이 화가 많이 났었지."

꼭 남의 일처럼 무작금은 어깨를 으쓱했다.

"…전하, 숙용이옵니다!"

양반은 못 된다. 불러도 없던 숙용이 헐레벌떡 입시하였다.

"신첩을 찾으셨다면서요? 잠깐 멱을 감으러 간 사이에…."

교태 섞인 숙용의 눈웃음은 임금의 술상 앞에 앉은 다른 여자를 보는 순간, 물에 씻은 듯이 사라졌다.

"쯧, 고새를 못 참으셨나이까?"

악의적으로 눈을 흘기자, 겁에 질린 기녀는 더욱 쪼그라들었다.

"당장 술이 급한데 어떡하라고?"

무작금은 대수롭지 않게 대꾸했다.

"에이, 앙탈 부리신다! 우리 전하는 숙용이 따르는 술을 좋아하시면서."

금세 도로 나긋나긋해지면서 숙용은 무람없이 왕의 코를 잡았다. 동시에 겁에 질린 기녀에게 쏘아붙였다.

"전하는 내가 모신다. 넌 나가라."

재까닥 도망치는 뒷모습에 무작금은 혀를 내둘렀다.

"심술부리지 마라. 불쌍할 지경이다."

"신첩이 전하의 심술을 이길까요? 입술에 침이나 바르시지."

숙용은 받아쳤다.

"그래, 오늘은 무슨 사연입니까?"

앙칼진 말본새와 달리 장단은 싹싹하게 맞추었다.

"기쁜 일? 슬픈 일?"

"…글쎄, 기쁘면서도 슬픈 일이랄까."

무작금은 여전히 갈피를 못 잡는 중이었다.

“신첩은 싱숭생숭할 때 쓰는 특효약이 뭔지 알지.”

숙용이 빨갛게 칠한 입술을 살짝 핥았다. 요염하게 허리를 숙이고 무작금에게 바짝 다가갔다.

그녀에게서는 자리공의 향이 짙게 풍겼다.

“근심을 잊고 아찔하게 극락과 이승을 오가는 재미가 여기에….”

두꺼운 옥가락지를 낀 손이 용포의 바짓단으로 향했다.

“안 한다니까.”

하지만 무작금은 무심히 숙용의 손을 쳐냈다.

“정녕 오매불망 성은만 바라는 신첩을 품어주지 않으시렵니까?”

숙용은 부루퉁하게 보챘다.

“신첩이 우리 전하한테 기기괴괴한 여흥을 가르쳐 드릴 수 있사온데….”

“안 돼.”

그래봤자 무작금은 흔들리지 않았다.

“난 자식은 안 가질 거다.”

숙용이 삐쳐서 따라주지 않는 술잔을 손수 기울였다.

“저주받은 대代는 내 차례에서 끊어버려야지.”

종묘와 사직에 대한 전면 부정이나 다름없었다. 스스로 말하고도 가소로워서 무작금은 킬킬거렸다.

“그냥 내일 죽을 것처럼 취하고 싶구나.”

연거푸 들이붓는 술이 달았다.

“촌스럽게 굴지 말고, 노래나 한 곡 뽑아라.”

입술을 삐죽이면서도 숙용은 어명을 따랐다. 구슬픈 곡조가 울려 퍼졌다. 덩달아 취기가 올랐다.

알딸딸하니 기분 좋은 지점을 지나자 서글퍼졌다.

무작금은 습관처럼 제 가슴에 뚫린 구멍을 더듬었다. 절대 그걸 메울 수 없음을 실감하고 눈물을 흘렸다.

“…그립다.”

백 번도 넘게 꽃이 지고 폈지만, 여름이 지나버리자 더는 소생하지 않는 배롱나무를 떠올렸다.

“너무나 그리워서 맨정신으로는 어둠을 견딜 수가 없어.”

“아이고, 우리 전하 또 우시네.”

노래를 뚝 그치고 숙용이 무작금의 어깨를 감쌌다.

“당최 무엇이 만날 그리우시옵니까?”

무작금은 대답하지 않았다.

“어떤 계집이 우리 전하의 연약한 마음에 상처를 입혔답니까?”

연신 숙용이 어르고 달래도 묵묵부답이었다.

그 사연은 오로지 둘만의 이야기였다. 그대로 곪아 썩어버릴지언정 제 가슴 속에만 고이 간직하고 싶었다.

못난 그를 포기하지 않으려는 노력이 곧 신비를 살아가게 한다던 치수의 말이 떠올랐다.

똑똑하고 강직한 사람이 참 물색없는 소리를 할 때도 다 있다.

한데 그보다 더 물색없는 것은…. 그 말을 믿고 싶은 자신이었다.

사랑은커녕 증오도 남지 않았다는 여자를 끝없이 갈구하다니 우스웠다.

“…우리, 고성이나 가볼까?”

그렇지만 우스워도 희망이라서 무작금은 놓지 못했다.

“촌구석은 왜요?”

평생 도성에서만 산 숙용이 질색했다.

“유숙하면서 사냥도 하고, 온천에 몸도 담그고….”

운명처럼 그 의녀와 다시 마주치고 싶다는 소망은 핑계로 감췄다.

아니, 어쩌면 운명이란 흉측하게 비틀려 있을 때가 훨씬 많기에, 핑계로나마 감춰야 했는지도 모르겠다.

***

다음날 술이 깬 무작금은 후회했다. 박치수 나부랭이가 쏘삭인 헛된 희망에 흔들린 제 유약한 심지가 미웠다.

그러나 숙용이 벌써 놀러 간다고 신나서 짐을 꾸리고 궁궐을 들쑤셔 놓았다. 거기다 대고 취소한답시고 손바닥을 뒤집기도 참 모양 빠졌다.

속앓이한 끝에 기어코 무작금은 융복을 입고 말 안장에 올랐다.

가까운 듯 먼 길이었다.

고성 온정의 행궁에 당도하였다. 선대왕들이 자주 유숙하고 증축한 덕분에 몇 밤을 묵어도 아늑했다.

"말을 타고 둘러봐야겠다."

슬슬 행궁 살림에 익숙해진 무작금이 말했다.

"예, 잘 다녀오소서. 신첩은 온종일 온정에서 머물렵니다."

열의 없이 숙용은 대꾸했다.

촌구석이라고 업신여기더니만, 막상 와보니 풍경도 좋고 밥도 맛있다며 좋아했다.

"대신 이 아이가 전하를 모실 것이옵니다."

숙용이 고갯짓했다.

"옥지화玉池花가 성상을 뵙사옵니다."

젊은 기녀 한 명이 튀어나와 절을 올렸다. 순박하고 수더분한 인상이었다.

“고을에서 꽤 알아주는 기생이랍니다. 운평(運平, 궁중의 하급 기생)으로 삼으시면 좋을 듯하옵니다.”

어쩜 저렇게 경쟁자가 될 싹이 보이지 않는 여자로 골라왔는지, 숙용은 참 약삭빨랐다.

“지리에 밝아 전하를 안내하기에 딱 좋지요.”

“그래, 잘됐구나.”

아무래도 상관없는 무작금은 선선히 받아들였다.

“어디를 둘러보고 싶으시옵니까, 전하?”

예법에 서툴게 옥지화가 여쭈었다.

“일단…. 사냥도 할 겸 산을 타자.”

당장 외방의녀가 봉죽한다는 관아로 쳐들어가고 싶은 마음이 굴뚝같았다.

하지만 동시에, 기껏 여기까지 와놓고도 무서워서 회피하고 싶었다.

“쇤네가 호랑이가 얼씬도 하지 않는 명산으로 모시겠나이다!”

옥지화가 자신만만하게 앞장섰다. 내시와 호위무사들은 뒤를 쭉 따랐다.

험준한 산골짜기를 피해 야트막한 동산으로 향했다.

천천히 말을 몰며 산세를 음미했다. 활을 쏴서 꿩 두어 마리도 맞혔다.

“어머나, 솜씨가 참 뛰어나시옵니다!”

기생답게 옥지화는 연신 비위를 맞추었다.

무작금의 행동거지 하나하나를 칭찬하거나, 고을의 재미난 일화를 재잘대며 흥을 돋웠다.

다만 한창 좋던 중 작은 사고가 생겼다.

"…아!"

말에서 내려 수풀 사이를 걷던 무작금의 융복에 나뭇가지가 걸렸다.

그걸 모르고 계속 앞으로 가다가 나뭇가지가 탁 튕기면서 반동으로 그를 넘어뜨렸다.

엉덩방아는 가벼웠지만 제법 높다랗게 자라난 쐐기풀이 문제였다.

까칠까칠한 잎이 무작금의 얼굴에 생채기를 남겼다. 용안에 한 방울 선혈이 비치자 다들 기겁했다.

"죽여주시옵소서, 전하…."

트집 잡기 좋아하는 폭군의 성질머리를 잘 아는 내시들은 아연실색했다.

"괜찮다."

민망해서 무작금은 투정 부리지 않았다.

"쐐기풀에는 독이 있어 걱정이옵니다, 전하."

그래도 다들 전전긍긍했다.

"정전으로 돌아가시어 치료받으시지요."

"고을의 의원을 대령하겠나이다."

내시들이 아우성을 치는데, 옥지화가 끼어들었다.

"저기, 마침 요 인근에 의원이 살고 있사옵니다."

그녀는 까치발을 들고 거리를 가늠했다.

"산골짜기에 살면서 관아에 드나드는데, 때때로 고을로 내려와 의원을 접하기 어려운 백성도 돌봐주거든요."

옥지화가 말했다.

"믿을 만한 사람입니다. 쇤네도 아파서 몇 번 신세를 지다가 친해졌나이다."

"그래, 근처라면 들르자. 성가시지 않아서 좋군."

역시나 아무래도 상관없는 무작금은 무심히 받아들였다.

"앞장서봐라."

옥지화가 장담한 대로 멀지 않은 곳에 초가삼간이 있었다. 허름하지만 정성을 들여 정돈한 집이었다.

대전 내관이 이리 오너라 인기척을 내려는데, 무작금이 저지하였다.

산새의 지저귐 사이로 사람 목소리가 들린 탓이었다.

"…호박 뿌리가 자리 잡도록 쭉 공들였는데 하루아침에 망했다니까요."

먼저 인식한 것은 여자의 볼멘소리였다.

"싹이 올라오기도 전에 찌그러지다니, 참…."

"에이, 잘 됐다. 다 뽑아버려라. 호박은 새벽 서리에도 약하고 기르기 힘들다니까."

호응하는 상대는 사내였다.

"아, 일부러 심은 거잖아요!"

여자가 뚱하게 받아쳤다.

"밤에 할 일 없으면 자빠져서 잘 것이지, 책을 읽는답시고 어두컴컴한 방에 촛불 켜놓고 궁상떨더니만…. 눈이 침침하다면서요?"

무작금은 귀를 의심했다. 생판 남의 목소리인데도 희한하게 낯익었다. 핀잔에 깃든 다정한 격려가 특히 그랬다.

"호박을 달여 먹이면 눈에 좋대서 용썼잖아요. 한데 고마운 줄도 모르고…."

"아, 고맙지, 고마운데…."

사내가 구시렁거림 사이로 비집고 들어갔다.

"넌 농사에는 재주가 영 없으니 측은해서 그렇지."

"재주가 없긴 왜 없어요?"

안타깝게도 그의 의도는 고깝게 전달되었다.

"이렇게 잘 자랐구만!"

"저건 밑이 벌써 썩었잖느냐."

정체 모를 사내가 헛웃음을 쳤다.

"그냥 네 얼굴이 호박인 것으로 만족하지, 무슨 호박을 심는다고…."

"뭐라고요?"

"시간 낭비하지 말고 빨리 뽑아버리는 편이 낫다니까."

"됐거든요. 그냥 먹어요. 좀 썩었어도 입에 들어가면 다 똑같지요, 뭐!"

"아이고, 사람 잡으려고 작정했느냐?"

실랑이가 길어질수록 무작금은 차갑게 피가 식었다.

억겁의 세월 끝에서도 잊지 못할 목소리였다.

심장이 철렁 떨어졌다. 귓가에선 벌떼가 맴도는 소리가 들렸다.

"아, 맞다!"

뒤늦게 옥지화가 무릎을 탁 쳤다.

"깜빡하고 아니 아뢰었사온데…. 저 집에 사는 사람은 여의女醫이옵니다."

그야말로 진즉 언질을 줬어야 마땅한 단서였다.

"…바깥에 누구 있습니까?"

투덕거리던 남녀도 인기척을 알아차렸다. 볏짚을 세워 만든 문이 빼꼼 열리더니 예상한 사람이 모습을 드러냈다.

신비였다.

원래 체구가 저토록 작았는가 싶을 만큼 여위었다. 장밋빛으로 빛나던 뺨은 생기를 잃었다. 애환마저 생명력의 땔감으로 불태우던 활기도 식었다.

그래도 분명한 신비였다.

초상화 한 장 없어 꿈으로만 그리던 용모 또한 그대로였다.

애티인지 순수함인지 분간하기 어렵도록 함초롬하니 뽀얀 얼굴. 어린 갈매기 날개처럼 솟은 눈썹. 물기 어린 눈동자. 시원하게 트인 쌍꺼풀. 짧게 똑 떨어지는 콧대와 도톰한 입술….

익숙한 감정이 가슴에서 샘솟았다.

달콤한 듯하면서도 아릿했다. 포근한 듯 감싸오다가도 싸하게 흩어졌다.

"혹 병자가 오셨다면 이쪽으로…."

익숙하게 반응하려던 신비는 산골짜기와 어울리지 않는 무리를 발견하고서 머뭇거렸다.

낯선 얼굴을 훑느라 움직이던 신비의 눈이 무작금이 선 자리에서 멈췄다.

"설마…!"

몹시 느리게 그녀는 그를 인식하였다.

순식간에 해묵은 사연이 파도처럼 두 사람을 덮쳤다.

좋은 추억이었다. 그러나 나쁜 기억이 그걸 집어삼키고도 남았다.

하여 돌부처처럼 서로를 응시할 수밖에 없었다.

"무슨 일이냐?"

심상찮은 낌새를 알아챘는지 신비의 뒤에서 사내가 나타났다. 희한하게도 그는 신비와 인상이 비슷했다.

"상선(尙膳, 내시부 종2품의 관직)이 어명을 전한다."

내관이 임금을 가리고 나서며 본분을 다했다.

"의원은 상감마마의 어환을 진맥하라."

그 바람에 파도가 쓸려나갔다. 둘만의 사연도 깨지고 틈이 생겼다.

멈췄던 시간이 다시 흐르기 시작했다.

꼭 옛날로 돌아간 기분이었다.

방에는 두 사람뿐이고, 무작금의 환부를 살피는 신비의 손길은 세심하니까 말이다.

"쐐기풀에 찔리셨다고 들었사옵니다."

그러나 정녕 옛날로 돌아갈 순 없다.

두 사람뿐이라서 어색하고, 폭군의 엄살을 받아주는 의녀의 태도는 마지못한 티가 역력하니까.

"따가우시옵니까?"

깨끗한 면포로 용안을 닦아내며 신비가 물었다.

"…조금."

가시방석에 앉은 무작금이 말했다.

"발진이 생겼사오나 경미하옵니다."

이내 신비는 뾰족한 잎을 짓이겨 즙을 냈다.

"물봉선이옵니다. 독이 있는 쐐기풀 근처에는 항상 약이 되는 물봉선이 함께 자라거든요."

그걸로 습포를 적시더니 환부에 얹었다.

"금방 가라앉을 테니 심려치 마소서."

습포가 딱 붙자 신비가 물러서려 했다.

"…일부러 찾아온 건 아니다!"

반사적으로 무작금은 붙잡았다.

"아니, 혹 마주칠지도 모르겠다는 생각은 했지만…."

어린아이처럼 매달리던 시절의 습관이 남은 모양이다.

"네가 붙잡지 말라기에 행방을 쫓지 않았는데, 어쩌다 보니까…."

횡설수설 터진 말문을 틀어막고 싶었지만 여의찮았다.

"알겠사옵니다."

바보 천치가 따로 없는데도 신비는 용케 이해했다.

"안 그래도 소인, 마지막으로 뵈었을 때 모질게 굴었던 게 항상 마음에 걸렸사옵니다."

다행히도 파국으로 작별하던 순간의 감정은 비치지 않았다.

"그동안 소인은 잘 지냈사옵니다."

역시나 그녀는 재회할 때 인사하는 법을 잘 알았다.

"전하께서도 존체 무탈하셨는지요?"

"…옛날에도 이 비슷한 일이 있었는데."

아마 선왕이 승하하고 신비가 갑작스럽게 타국으로 떠났다가 돌아와 마주쳤던 날이었던 것 같다.

울어야 할지 웃어야 할지 모르겠다.

"난 전혀 잘 지내지 못했다."

하여 그때와 마찬가지로 연약한 민낯을 드러냈다.

"…네가 옆에 없었으니까."

잠시나마 신비도 같은 추억을 떠올리는 눈치였다.

"임금님에 대한 소문은 깊은 산골짜기도 훑고 지나가옵니다."

하지만 이어진 그녀의 화답은 냉정했다.

"소인이 듣기로는, 충분히 잘 지내시는 것 같던데요."

필시 폭군의 악명이었을 터였다. 무작금은 낯을 붉혔다.

여봐란듯이 저질렀던 행실이 그녀의 앞에서는 부끄러워 견딜 수 없었다.

"오늘도 기생을 끼고 산에서 사냥하다가 다치셨잖아요?"

차라리 비난하면 좋겠다. 하면 그녀가 아직 어리석은 그를 포기하지 않고 신경 쓴다는 의미일 테니까 말이다.

"뭐, 마침 끼고 계신 기생이 옥지화라서 다행이옵니다. 착한 사람이거든요."

하지만 신비는 무표정했다.

사랑하지 않고 미워하지도 않는, 그저 무관심이었다.

"네가 끼고 사는 사내는 누구냐?"

울컥 화가 났다. 재회만으로도 예전처럼 동요하는 자신과 달리, 정말 다 흘려보낸 것처럼 미동하지 않는 그녀가 원망스러웠다.

"네 서방이더냐?"

무작금은 속을 갉아먹는 의혹을 터트렸다.

"혼인이라도 했어?"

이상하게도 신비는 그의 말을 어렵게 이해하는 눈치였다. 마치 전혀 사리에 닿지 않는 질문을 들은 것처럼 말이다.

신비는 창 너머를 흘끔 보았다. 아까 그녀와 실랑이를 벌이던 사내가 다 죽은 호박밭에서 주억거리는 광경이 보였다.

"소인은 과분한 혼처였던 의관 박치수도 거절했사옵니다."

그러더니 끔찍하다는 듯 웃었다.

"한데 과연 아무나하고 혼인하겠나이까?"

"서방이 아니라면…. 누구냐?"

"잘 생각해 보소서. 답은 빤하니까요."

신비는 어깨를 으쓱했다.

"궁리하실만한 가치가 있는지는 모르겠지만요."

이제 우리는 아무 사이도 아니라는 선언을 에둘렀다.

"박치수 나부랭이를 거절한 건 기억하면서…."

하나 무작금은 그 선언을 부정하고 싶었다.

"임금을 거절한 일은 기억나지 않느냐?"

안타깝게도 자충수였다.

"글쎄요, 전하를 포기할 수밖에 없었던 기억은 나옵니다만."

그 바람에 헤어질 때와 동일한 감정의 골만 다시 한번 드러났다.

"…아직도 날 포기했느냐?"

사리에 맞지 않는 질문으로 매달렸다.

"어떻게 아직도 전하를 포기할 수 있겠사옵니까?"

반면에 그녀는 올바른 소리로 끊어냈다.

"애초에 지속되는 것이 아닐진대요."

비록 신비의 무표정은 약간 흔들렸으나, 단절감이 느껴질 뿐이었다.

"…소인이 마지막으로 어전에서 물러나던 그 시점에 전부 두고 온 것을요."

조심스럽게 그녀는 붙잡힌 손을 빼냈다.

"부디 그날, 모질게 굴었던 소인을 용서하소서."

"그런 건 신경 쓰지 마라."

어떻게든 이어갈 수 있다는 착각으로 무작금이 황급히 화답했다.

"성은이 망극하옵니다."

하지만 신비는 시선을 피했다.

"마음에 걸린 채 남아있던 마지막 사연을 정리하였사오니…. 앞으로 소인은 잘 지낼 수 있을 것 같사옵니다."

그녀가 말하는 미래에 임금이 존재하지 않는다는 점은 명백했다.

"궁궐을 떠난 뒤로 지금껏 잘 지냈던 것처럼요."

심지어 그녀가 말하는 현재에도 임금은 존재할 까닭이 없었다.

"전하께서도 수복강녕 하소서."

신비는 조용히 덧붙였다.

"정녕 지금 그 삶이 행복하시다면요."

축복이 아니었다. 일침이었다.

받아들이지 않는다면 그대로 씹어 삼키고 잊을 만큼의 뼈가 담겨 있었다.

과연 무작금은 이번에도 그녀를 붙잡을 수 없었다.

꿈에 그리던 여자가 어디에 있는지 안다. 몹시도 가까이 있다. 한데 일부러 행방을 찾지 않고 회피하던 때보다 멀게 느껴졌다.

새벽닭이 울었다. 무작금은 상투를 틀고 얼굴을 씻었다. 눈물을 세숫물인 척 흘려보냈다.

그러나 모처럼 맛본 그녀의 충언만은 눈물처럼 흘려보낼 수 없었다. 이미 살점이 발려 드러난 가시처럼 가슴 한구석에 박혀버렸다.

정녕 지금 그 삶이 행복하시다면.

실로 수십 번을 자문하게 만드는 단초斷礎였다.

"…오늘은 나랏일을 좀 봐볼까?"

무심코 무작금은 중얼거렸다.

"마냥 방치하기도 좀 그런데…."

숨죽이고 있던 제왕의 자질이 슬쩍 고개를 들었다.

동궁 시절에 간직했던 패기와 즉위 초반에 베풀었던 선정의 뿌듯함이 어쩐지 그리웠다.

그녀 덕분이었다. 염치도 없고 부끄럽지만 말이다.

"주상전하, 기침하셨사옵니까?"

마음이 흔들리려는데 간드러지는 목소리가 들렸다.

"미인은 잠꾸러기라지만, 해가 중천에 떴사옵니다!"

화려하게 치장한 숙용이 특유의 눈웃음을 치며 나타났다.

막무가내로 밀고 들어오자, 백 상궁이 눈을 치떴다. 제대로 된 후궁도 아니면서 임금의 침전에 멋대로 드나들다니 어불성설이다.

"말을 타러 나갔다 오신 뒤로 쭉 멍하시더니만…?"

바싹 붙어 앉아 숙용이 옆구리를 쿡 찔렀다.

"오늘도 그러시옵니까?"

"아니다."

성가셔서 쳐내려는데, 아랑곳하지 않고 숙용이 그의 턱을 잡고 휙 돌려 보았다.

"잘생긴 용안에 흉이라도 질까 심란하셔요?"

쐐기풀에 긁힌 자국은 이미 가라앉았다.

"에이, 멀쩡하시네."

"누가 너한테 엄살이라도 부렸더냐?"

무작금이 쏘아붙였다.

"오늘은 신첩과 함께 말을 타고 나가십시다."

굴하지 않고 숙용은 아양을 떨었다.

"신첩이라면 우리 전하께서 티끌만큼도 다치지 않게 지켜드리지."

"됐다."

재빠른 거절에 숙용이 눈살을 찌푸렸다.

"왜요, 그 옥지화라는 계집이랑 재미를 다 보셔서 남은 게 없사옵니까?"

"아니다. 오늘은 정무를 볼 생각이다."

행궁에 머무는 임금을 위해 한양에서 보내오는 일감이 이미 한 보따리 쌓였다. 단지 며칠째 그가 외면하였을 뿐이다.

"아무리 그래도 나라의 동향은 좀 살펴야지."

그나마 남은 양심과 책임감이었다.

"아, 선왕처럼 조정에서 인정받는 성군이 되시려고요?"

숙용은 정확히 그의 약점을 찔렀다.

"아무렴 피는 못 속이는 법이지요."

결핍된 구석을 손바닥 위에 올려놓고 불쾌한 유희를 위한 장난감처럼 굴렸다.

"하긴, 전하께서 소싯적에는 부왕을 닮았다는 칭찬을 많이 들으셨다면서요?"

"…난 아바마마 같은 임금이 아니야."

무작금은 도리질 쳤다.

"바깥에서는 호인 소리를 들으면서, 집안에서는 고통받는 처를 외면하고 어린 자식의 어미를 죽이는 사내가 아니라고."

"당연하지요."

숙용이 무람없이 그의 어깨에 팔을 걸쳤다.

"우리 전하께서는 위선자투성이인 양반님네와는 다르시지."

켜켜이 쌓인 앙심이 그녀의 눈에서 쥐불처럼 튀었다. 밑바닥에서 구른 천인이라면 충분히 품을 만한 울분이었다.

애초에 그래서 숙용을 신비가 사라진 빈자리, 제 곁에 두었다.

그 자신과 닮았기 때문에.

이미 이정이라는 나인, 허울뿐이었던 옛 정인을 통해 마음이 모난 여자는 동족이라서 혐오스럽다는 이치를 배웠음에도 불구하고 말이다.

"그래서 내가 우리 전하를 이뻐하지."

숙용은 뒤틀린 거울처럼 무작금의 용안을 반사했다.

"…좋아, 함께 풍악이나 울려보자."

기어이 무작금은 그 뒤틀린 형상에 굴복했다.

이틀 밤낮으로 잔치를 벌였다. 도성에서 데려온 흥청興清과 운평運平으로도 모자라 고을의 기생들까지 동원했다.

수십 여자들의 웃음소리로 한 여자의 일침을 덮고 싶었다.

노래와 춤이 들썩이는 동안 무작금은 한 잔, 두 잔, 석 잔…. 분별을 잃도록 취했다.

하지만 아무리 취해도 아침이면 말짱 도루묵이었다.

무시무시한 숙취와 함께, 더 큰 자기혐오와 죄책감 속에서 불안한 오늘을 맞이할 따름이었다.

아마 숙용도 임금의 그런 마음을 짐작했을 터였다.

“오늘은 신첩이 색다른 계집을 준비했사옵니다.”

모종의 감정이 결코 후회나 반성으로 이어지지 못하도록 계속해서 새로운 자극을 제공하는 것으로 보아선 말이다.

“촌구석 기생들은 다 고만고만하여 전하의 흥을 북돋지 못하기에….”

숙용은 정자 위에 옹기종기 모여 앉은 기생들에게 눈을 부라렸다.

“의기醫妓를 대령했나이다.”

“의기라면…?”

숙취 때문에 천천히 굴러가는 머리가 뒤늦게 위험 신호를 감지했다.

“예, 고을에 몇 명 없는 외방의녀가 죄다 일손이 부족해 바쁘다는 둥 튕겼지만….”

숙용이 자신만만하게 웃었다.

“부르면 튀어와야지 별수 있겠나이까?”

호랑이를 등에 업은 여우의 위세였다.

숙용이 손가락을 탁 튕겼다.

한 여자가 조용히 정자 위로 올라왔다. 화려한 장미처럼 오색빛깔로 치장한 기녀들 사이에서 참하게 피어난 배롱나무꽃 한 송이였다.

신비였다.

얄궂은 인과응보였다. 모처럼 진심 어린 충언을 들어놓고도 또 쉽고 편한 쾌락에 빠져버린 대가였다.

"…예쁘장하네?"

요모조모 신비를 뜯어보던 숙용이 물었다.

"춤을 출 줄 아느냐?"

"재주가 없사옵니다."

"노래는?"

"흥얼거리기도 민망한 수준이옵니다."

"하면 거문고를 뜯어볼 테냐?"

"문자 그대로 줄을 잡아 뜯을 수는 있을 것 같사옵니다."

지존 앞에서도 가리지 않던 솔직함은 그대로였다. 예상치 못한 맹랑함에 숙용은 어이가 없어 웃더니 다시 물었다.

"그럼 넌 뭘 할 줄 아느냐?"

"아픈 사람을 치료하는 법을 압니다."

그 순간, 내리깔던 눈을 들어 신비가 무작금을 응시했다.

"아니, 안다고 생각했었습니다만…."

그녀의 얼굴은 무표정했다. 단지 무표정에 이르기까지 겪었던 지난 한 세월이 그림자처럼 드리워졌을 뿐이다.

"이제는 그마저도 자신이 없사옵니다."

바로 그가 그녀를 기어코 포기하게 만든 여파였다. 무작금의 피가 식었다.

"고을에 어지간히 인재가 없는가 보다."

창백해진 용안을 알아채지 못한 숙용이 혀를 끌끌 찼다.

"기껏 하나 대령한 게 저런 목석이라니!"

"…돌려보내라."

무작금은 고개를 떨구며 중얼거렸다.

"봐라. 네 우중충한 꼬락서니에 전하께서 노하셨잖아."

숙용이 눈을 치켜떴다.

"아무런 재주가 없다면 도대체 무슨 재미를 보란 말이냐?"

기생들이 초조해 무릎을 들썩였다. 일촉즉발이었다.

폭군이 폭발하거나, 아니면 폭군의 애첩이 폭발하거나…. 어느 쪽이든 고약한 노릇이었다.

"에이, 의기한테서는 좀 다른 재미를 찾으셔야지요!"

전전긍긍하던 기생들 사이에서 옥지화가 구색 좋게 나섰다.

"미용법을 물어보소서."

옥지화는 다홍색 치맛자락을 휘두르며 신비의 곁에 섰다.

"예전에 쇤네도 이 의녀를 찾아가서 물었나이다."

분위기를 누그러뜨리겠다는 친절이었다.

"양반님네들은 가슴이 큰 여자는 무식하다고 밉게 여긴다는데, 나한테는 이렇게 큰 것이 두 짝 달렸으니 어쩌면 좋을까?"

옥지화가 저고리 가슴팍을 움켜쥐며 한숨 쉬었다.

"혹시 큰 가슴을 작게 만드는 약이 있소?"

그대로 내밀며 신비에게 묻는 시늉을 했다.

"그러니까 이 의녀가 답하기를 글쎄…."

물론 대답도 본인이 했다.

"겉으로는 조신한 여자를 칭찬하면서, 속으로는 전혀 다른 궁리를 하는 사내가 많으니 걱정 붙들어 매고 생긴 대로 대충 살라더이다."

옥지화는 쥐고 있던 가슴을 탁 놓았다.

"아니, 그것도 모자라서는…."

또한 입을 떡 벌리며 놀란 척했다.

"쓸데없는 고민할 시간에 머릿속이나 채우라며 웬 고리타분한 글자를 읽히지 뭡니까?"

넉살로 먹고사는 만큼 아주 능청스러웠다. 모여있던 기녀들이 와그르르 웃음을 터트렸다.

"사내들은 커다란 가슴을 좋아한다는 게 진짜요?"

분위기를 탄 옥지화는 쪼르르 달려가 다른 기생에게 소곤거렸다.

"에잉, 당연하지!"

그 기생은 부채로 옥지화의 손을 탁 쳤다.

"웃음 파는 년이 여태 선비들 내숭도 몰랐느냐?"

같은 해어화解語花라서 맞장구를 치는 솜씨가 능숙했다.

"가슴 큰 계집은 무식하다는 말이 옳구먼!"

이어서 그녀가 부채로 옥지화의 가슴을 쿡 찌르자 또 웃음이 터졌다.

"어허, 입조심 하시오!"

옥지화가 삐친 척 팔짱 끼더니 대뜸 숙용을 가리켰다.

"임금님 바로 옆에도 큰 것으로 두 짝이 달렸잖소!"

모두의 시선이 숙용의 육감적인 상반신으로 향했다. 은근히 숙용의 비위를 맞추는 익살이었다.

씰룩거리던 숙용의 입매가 유쾌하게 벌어졌다.

"오냐, 여기 아주 큰 것으로 두 짝이 있지."

음란한 상상을 유도하듯 숙용이 무작금을 곁눈질했다.

"나라에서 제일 힘 센 아기를 먹이고도 남는단다."

좌중에서 안도감과 함께 더 큰 웃음이 터졌다.

"…그래, 의기한테서는 다른 재미를 찾으란 말이지?"

옥지화의 열연으로 한결 누그러진 숙용이 다시 운을 뗐다.

"요즘 전하의 곁에서 하도 잘 먹었더니 살집이 붙을까 걱정이다."

숙용이 말했다.

"개미허리를 쉽게 유지할 비법 좀 알려줘 봐라."

"끼니를 거르시면 되옵니다."

신비는 무뚝뚝하게 대답했다.

"과중한 수탈에 굶주리느라 뼈에 살가죽만 붙은 백성들처럼요."

애써 흥한 분위기에 또 찬물을 끼얹을 기세였다. 흠칫 놀란 옥지화가 다시 한번 잽싸게 무마했다.

"에라이, 목석같으니라고!"

옥지화가 야단스럽게 신비의 옆구리를 찔렀다.

"뼈에 살가죽만 붙으면 아니 된단 말이오!"

특유의 능청스러움이 재차 빛을 발했다.

"가슴이랑 엉덩이는 남겨 놔야 어수룩한 선비를 골탕 먹이고 엽전을 뜯지!"

아까처럼 웃음이 터진 덕분에 좋게 넘어갔다.

"…하오시면 연진복수법嚥津服水法을 알려드리지요."

눈물겨운 옥지화의 선의를 무시할 수 없었는지, 신비도 부루퉁한 기색을 거두었다.

"입을 다물고 혀로 속을 구석구석 핥아 침을 모은 후 삼키소서."

신비가 말했다.

"하루에 삼백 번을 반복하면 배고픔을 잊게 되옵니다."

따라 해보느라 사방에서 침 삼키는 소리가 들렸다.

"그리고 아침과 저녁 식후에 초마늘을 세 쪽씩 먹으면 허리가 가늘어지옵니다."

"하나 더 알려줘 봐!"

옥지화가 또 너스레를 떨었다.

"구중궁궐에 오래 머무른 덕에 항아님들이 쓰는 신묘한 미용법을 많이 알잖소?"

하릴없이 신비는 주문에 응했다.

"목욕으로 땀을 빼고서 몸에 간장을 발라 문지르면 마찬가지로 효과가 좋사옵니다."

"아무 간장이나 써도 되오?"

저쪽에서 기녀 한 명이 물었다.

"기왕이면 유서 깊은 씨간장을 써야지!"

다른 쪽에서 통바리를 주자 또 와그르르 웃음이 터졌다.

한데 숙용의 표정이 이상했다.

따라 웃지 않고 곰곰이 생각에 잠긴 낯으로 신비만 물끄러미 응시하였다.

잠자코 있던 무작금은 어째 예감이 좋지 않아 끼어들려고 했다.

"…기대 이상으로 신통방통하구나."

그렇지만 숙용이 더 빨랐다.

"주상전하를 섬기는 이 몸, 서둘러 시험해 보고 싶은 마음을 금할 길이 없사옵니다."

교태를 부리듯 숙용이 상체를 기울였다.

"신첩이 저 의녀를 데리고 잠깐 물러나도 괜찮겠나이까?"

만류하려다가 그만두었다. 괜히 신경 쓰는 기색을 보였다간, 눈치 빠른 숙용이 냄새를 맡을 것이다.

그리고 어떤 냄새인지 깨달을 때까지 뼈다귀를 물고 놓지 않을 터였다.

숙용은 얼마든지 성가셔지고도 남을 사람이다.

"그리 해라."

무작금은 개의치 않는 척 술잔을 기울였다.

"난 술이나 마시련다."

거만하게 숙용이 손가락을 탁 튕겼다. 신비는 폭군과 애첩 사이를 가늠하듯 잠시 바라보더니, 얌전히 숙용의 뒤를 따랐다.

꿀꿀해진 무작금은 아양 떠는 기녀들을 뿌리치고 나왔다. 말 안장에 올라 바람이나 쐬려다가 마음을 바꿨다.

붙잡지 못했지만, 도저히 놓아줄 수도 없는 감정의 편린 때문이었다.

"쇤네를 찾으셨다고 들었사옵니다, 전하."

뒷짐을 지고 서성이는 어전에 슬그머니 소환된 사람은 옥지화였다.

"네가 그 의녀와 친하다고 말했던 것 같은데…."

어떻게 이야기를 꺼낼까 망설이다가 너무 훅 찔렀다.

"그 의녀라면…. 아, 신비요?"

옥지화는 찰떡같이 알아들었다.

"혹 옥체 미령하시옵니까? 대령할까요?"

"아, 아니다! 그런 게 아니고…!"

허둥대는 꼴을 옥지화는 미심쩍게 보았다.

"그냥…. 궁금해서."

"그러고 보니 신비는 본디 대궐의 의녀였다고 들었사옵니다. 익히 아는 사이셨나이까?"

지레짐작하는 눈치더니만, 옥지화는 짓궂게 미소 지었다.

"하긴, 접때 쇤네가 전하를 모시고 신비의 집에 갔을 때도 뭔가 낌새가 이상야릇하던데요?"

"그래, 그 집 말이다!"

궁색한 무작금은 찬밥 더운밥 가릴 처지가 아니었다.

"그 집에 있던 사내는 누구냐?"
"아, 개털 나리요?"
옥지화가 말했다.
"원래 한양에서 잘 나가다가 임금님의 노여움을 사 정배된 양반이옵니다."
"귀양 온 양반이라고?"
"예, 한데 높으신 분들께서 그런 사람 있었다는 사실 자체를 까먹었는지…."
딱하다는 표정이 잇따랐다.
"십수 년째 유배당한 채 개털 신세로 근근이 산답니다."
"그 작자 이름이 뭔데?"
"어미 이름도 모를 만큼 천한 쇤네가 생판 남의 이름을 알겠나이까."
옥지화는 피식 웃었다.
"좋아, 하면 그 의녀와는 무슨 사이더냐?"
"음, 솔직히 잘 모르겠사옵니다."
"뭐?"
"처음에는 임금님께서 한양서 의녀를 내려보내셨다는 소문이 돌았고…."
의원이 부족한 고을에는 엄청난 희소식이었단다.
"언젠가부터는 그 의녀가 긴 유배 생활에 지친 개털 나리의 첩실이 되어 돌봐주고 있다는 소문이 새로 돌았지요."
"…나한테 서방님은 아니라고 했는데."
무작금은 울컥했다.
"쇤네도 그렇게 생각하옵니다."

옥지화는 온화하게 동조했다.

"서로 남녀로 대하는 것 같지 않았거든요."

"너는 그 의녀와 친하다면서 속사정도 모르느냐?"

"신비가 썩 속을 터놓는 사람은 아니라서요."

서운한 듯 옥지화가 한숨을 쉬었다.

"이것저것 떠보고 물어봐도 항상 두루뭉술하게 넘기더라고요."

그러다가 황급히 손사래 쳤다.

"물론 신비가 착하고 따뜻한 사람이라는 건 아옵니다. 다만 가끔 절대 허물 수 없는 벽이 느껴져서…."

"그래, 어떤 느낌인지 안다."

무작금은 깊이 공감했다. 그 역시 옴짝달싹도 못 하던 병상에서 종일 골몰하던 수수께끼였다.

"…잘 생각하시면 빤한 답이라고 아뢰었사온데."

바로 그때, 결코 풀 수 없는 수수께끼의 여자가 모습을 드러냈다.

"그걸 혼자 못 풀어서 옥지화를 괴롭히시옵니까?"

신비였다.

저고리 고름에 침 주머니를 달고서 그를 바라보는 모습이 익숙했다. 저대로 궁궐로 데려다 놓고 아무 일도 없었다고 주장하고 싶을 지경이었다.

"마마님께서 애타게 주상전하를 찾으시옵니다."

숙용을 가리키는 듯했다.

"소인이 마마님의 몸에 간장을 발라 문질러 드렸더니 무척 만족하셨거든요."

어서 가라는 듯 신비는 비켜섰다.

"제발, 잠깐만…!"

덥석 무작금은 신비의 팔을 잡았다. 자제하지 못하고 애원했다.

“나는 천치라서 네가 없으면 간단한 문제 하나 못 푼다. 그러니까…!”

옥지화는 눈치가 빨랐다. 단순히 왕과 의녀가 아닌, 사내와 여인의 심상찮은 분위기를 알아차렸다.

슬쩍 자리를 비켜준 옥지화 덕분에, 두 사람만 남았다. 해묵은 긴장감 속에서 지빠귀 지저귀는 소리가 들렸다.

“현명한 네가 답을 알려다오.”

무작금은 우짖는 산새보다도 처량하게 매달렸다.

“날 떠난 뒤로, 어떻게 지냈느냐?”

덕분에 신비의 낯에 연민이 비쳤다. 착해빠진 사람이라서 또 발목 잡힌 셈이었다.

“…처음에는 어디로 떠날지 막막했사옵니다.”

한참 만에 신비가 말문을 열었다.

“소인에게 가족이라고는 내의원의 의녀들뿐이었으니까요.”

만덕과 자희를 떠올리는지 서글픈 미소를 지었다.

“한데 그러다가 문득 유배 간답시고 산으로 바다로 뿔뿔이 흩어진 오라비들에게로 생각이 미쳤사옵니다.”

신비가 말했다.

“의탁하기에 제격이었사옵니다. 마침 속세로부터 외떨어진 장소와 믿을 만한 피붙이가 필요했으니까요.”

“어째서?”

무작금이 갸웃거렸다. 추임새나 다름없는 질문이었다.

한데도 어째 신비의 낯이 하얗게 질렸다. 스스로 진정하려는 듯 가슴께의 옷고름을 꽉 쥐었는데, 그 손마저 사시나무처럼 벌벌 떨렸다.

“…행여 쫓아올세라 날 따돌리고 싶었느냐?”

야속한 심정으로 무작금은 넘겨짚었다.

"그렇게까지 나한테서 숨고 싶었어?"

재회하고서 처음으로 신비의 무표정이 깨졌다. 작은 균열에서 모종의 감정이 비집고 나왔다.

"…예."

발갛게 달아오르는 눈시울과 코끝으로 보아서는 영락없는 슬픔이었다. 다만 여태 무작금이 마주해 온 슬픔과는 어딘지 모르게 궤가 달랐다.

"그렇게까지 전하로부터 숨고 싶었나이다."

신비는 그가 눈물을 닦아주도록 허락하지 않았다. 그저 한발 물러서며 옷고름으로 제 눈꺼풀을 꾹 눌렀다.

"아무튼 다른 오라비들은 몰라도, 큰오라버니만은 고성 어디론가로 정배 되었다는 것을 기억했사옵니다."

그녀는 견고한 무표정을 되찾았다.

"어려운 도박이기는 했지요."

신비가 말했다.

"천한 계집의 신세로 연고도 없는 지역에 가서 옛날 옛적에 소식이 끊긴 사람을 찾는다니…."

"그래서 하필 고성의 외방의녀를 자원한 거구나."

떠 먹여준 덕분에 무작금은 비로소 답을 찾았다.

"일전의 그 사내는…. 네 오라비겠군."

"예, 소인의 큰오라비이옵니다."

"어쩐지 인상이 비슷하더라니…."

뒤늦게 어리석은 제 안목을 한탄했다.

"다행인지 불행인지, 근호 오라버니가 이 고을의 명물이라서 찾을 수 있었나이다."

신비가 허탈하게 웃었다.

"하긴, 유배당한 채 방치된 양반이라면 뭇 입방아에 오르내릴 만하지요."

"미안하다."

무작금은 들 낯짝이 없었다.

"임금인 내가 두루 살폈어야 했는데…."

"아니옵니다. 전하께서는 분주하셨잖사옵니까."

순식간에 신비는 무미건조해졌다.

"향락에 빠져 국고를 탕진하시느라요."

"잠깐만, 그건…!"

몰염치해도 변명하려고 나섰다.

"예, 아옵니다. 전하 자신을 해함으로써 부왕과 세상에 복수하기 위해서겠지요."

하나 통할 까닭이 없었다. 신비는 그 자신보다도 그를 더 잘 알았다.

그래서 그녀는 그를 포기하겠다는 의사를 번복하지 않았다. 그저 무관심한 표정으로 과거에 빠져 허우적대는 임금을 응시했다.

어수에 강력한 왕권을 쥐고도, 그녀의 마음만은 도저히 사로잡을 수 없었다.

이내 그 무표정마저도 매정하게 돌아선 뒷모습과 함께 사라져 버렸다.

울적한데 해소할 방도를 몰랐다. 하여 무작금은 습관처럼 술상을 들였다.

한 잔에 두 잔, 석 잔을 넘어서자 취기가 올랐다.

"어때, 아침보다 날씬해 보입니까?"

임금이 알딸딸해지는 지점을 정확히 아는 숙용이 때맞춰 아양을 떨었다.

"살결도 아주 매끈해졌는데…. 알아보시려나?"

슬쩍 제 저고리 고름을 풀고 속살을 쓰다듬는 손길이 노골적이었다.

"그래, 그 의녀에게 간장으로 문질러달라고 했다면서?"

암만 노골적일지언정 무작금의 관심은 다른 데에 붙박였다.

"몸에 간장만 칠했느냐?"

약삭빠른 숙용에게 빌미를 주지 않으려고 대수롭지 않은 척했다.

"…다른 이야기는 없었고?"

"흥, 알려드리기 싫사온데요."

숙용은 속지 않았다.

"우리 전하께서 왜 그 의녀를 신경 쓰실까?"

그녀의 눈이 위험스럽게 번뜩였다.

"싫으면 관둬라."

불에 덴 것처럼 무작금은 얼른 물러섰다.

"평소에 전하께서는 근처에 의녀가 있으면 하염없이 바라보시지요."

그러나 숙용은 놔주지도 않았다.

"그쪽이 취향인가 싶어 침전에 밀어 넣어봤자 승은을 입히지는 않으신단 말이에요."

눈썹을 추켜세우며 정곡을 찔렀다.

"분명 의녀를 통해 연상되는 누군가를 그리워하시는 것이옵니다."

무작금은 대답하지 않았다.

"한데 아까 부른 의기가 어여쁜데 아첨할 줄 모르는 목석에다가, 천것이라고는 믿기 어려울 만큼 당당했단 말이지요."

그래도 숙용은 이어갔다.

“더군다나 마침 궁중에 오래 지낸 적도 있다고 하네?”

과연 옥지화가 흘린 작은 단서를 놓치지 않은 모양이다.

“하여 그 의녀를 데려가서 물었지요.”

교활하게 숙용이 말했다.

“네가 혹시 주상전하께서 인사불성으로 취할 때마다 눈물을 흘리며 그리워하는 그 사람이냐?”

심지어 치명상을 입히기 전에 잠깐 뜸을 들였다.

“한데 그런 일 모른다던데요. 매몰차게 간장만 문지르더이다.”

“당연하지. 술맛 떨어지게 웬 개소리냐.”

반면에 무작금은 치명상을 감추기 위해 다급히 화답했다.

“…정 그러시다면야, 뭐.”

잠시 궁리하던 숙용은 다른 식으로 접근했다.

“전하께서는 신첩에 대해 잘 아시지요.”

물론 그렇다.

숙용은 본디 정승댁 가비家婢였다. 일찍이 다른 노비와 혼인하고 아이도 낳았지만, 우여곡절이 많아 길거리에 나앉았다.

그러다가 요행히 어느 대군을 섬기게 되었다. 덕분에 기방에 나아갈 일이 생겼는데, 거기서 타고난 기질이 빛을 발했다.

그대로 승승장구하여 장안에 이름을 떨치다가, 전국에서 재인才人과 미녀를 차출하는 채홍사採紅使에 의해 발굴되어 입궐했다.

임금의 애첩으로선 구설에 오르내릴 만했다.

“처음 만났을 때부터 넌 과거를 부끄럽게 여기지 않았지.”

무작금이 말했다.

“아니, 오히려 아이들을 끼고 창기로 사느니, 품에서 떼놓을지언정 미래를 도모하는 편이 낫다면서 대놓고 알려줬어.”

잘난 사내 무릎에 앉았답시고 저가 양갓집 규수라도 되는 양 콧대 세우는 다른 기생들과는 전혀 달랐다.

“신첩은 자식들을 지키기 위해서는 뭐든 할 수 있는 어미니까요.”

숙용이 웃었다.

“비록 그 자식들이 각자 아비도 다르고, 어미를 따라 천것의 업을 타고났더라도요.”

“…그래, 그런 어미라서 난 네가 유독 마음에 들었지.”

무작금이 착잡하게 중얼거렸다.

“멀리서도 떨어진 자식을 그리워하며 죽도록 애쓰는 어미라서.”

떼놓고 온 아들을 오매불망 그리워했던 모후의 잔상이었다.

“신첩도 전하를 잘 아옵니다.”

충분히 미끼를 물렸다고 여긴 숙용은 본론으로 들어갔다.

“…전하께서는 어딘가 한군데 망가지신 분이옵니다.”

“잘 봤네. 그 소리 자주 들었다.”

“평생 외로우셨지요?”

아기를 어르듯 숙용은 사근사근했다.

“우리 전하는 일반적인 선비들과는 다르시니까요.”

다정한 말씨와 달리 통찰은 제법 예리했다.

“하필 왕가에서 태어나 규격에 본성을 꿰맞추려니 숨이 막히셨겠지.”

“…그래.”

“특히나 기예는 양반들이 천시하는 재주인데, 전하께서는 끼를 타고 나셨잖아요.”

처용무 추는 솜씨를 자부하는 무작금은 끄덕였다.

"오로지 같은 예인만이 그 끼를 알아볼 수 있지요."

숙용이 벅차게 속삭였다.

"하여 기생들에게나 거리낌 없이 자랑하시면서 속을 푸시지 않사옵니까?"

"뭐, 일탈인 셈이지."

"덕분에 신첩은 깨달았사옵니다."

문득 숙용의 음성에서 열의가 식었다.

"전하께서는 그저 노래를 부르고 시를 주고받을 만한 사람으로서 신첩을 원하실 뿐이라는 것을요."

씁쓸하게 가라앉은 감정 때문이었다.

"절대 남녀 간의 정리情理로서 품어주지 않으시잖아요?"

아니, 자못 삐친 기색이기도 했다.

"기생오라비처럼 생겨서 사내 구실을 못 하시는가 아침마다 지켜봤더니, 그건 또 아닌 것 같았고…."

숙용은 그의 아랫도리를 흘끔거렸다.

"술동이와 미녀들이 어전을 휘감아도 전하의 마음에는 오직 한 자리만 있어서 그렇겠지요."

그러다가 체념하였다.

"온갖 멍청하고 미친 짓은 골라서 행하시면서…."

동시에 질시이기도 했다.

"첫사랑을 배신하기 싫다는 양심 하나는 지키고 계신달까?"

"…첫사랑?"

사무치게 잘 아는 낱말인데도 막상 명명되자 아릿했다.

"아마 전하께서는 첫사랑에게만은 친히 지으신 시를 보여주지 않으셨겠지요."

숙용이 지적했다.

"조정 중신들이나 기녀들에게는 마구 뿌리시더라도요."

사실이었다. 예전에 신비가 술상 옆에 끼적인 종잇장을 보여달라고 했지만 끝내 뻗대며 응하지 않았다.

어쩐지 부끄러웠다.

"시나 노래와 같은 기예에는 감정이 담길 수밖에 없지요. 진솔하게 담을수록 좋은 결과가 나오니까요."

놀랍게도 숙용은 그 부끄러움의 까닭을 알았다.

"한데 그 감정이라는 놈은 솔직해질수록 추하거나 없어 보이니 문제지요."

숙용이 혀를 끌끌 찼다.

"그래서 전하께서는 제일 잘 보이고 싶은 상대에게 모양 빠지는 꼴을 내보이지 못하셨던 것이옵니다."

과연 부정할 수 없이 폐부를 찔렀다.

"으레 사내는 여자를 거울로 삼지요."

만족하지 않았는지 숙용은 한 번 더 찔렀다.

"여자들은 사내를 실제보다 크게 비춰주면서 헌신하고 사랑을 갈구하니까요."

말투만은 냉소적이었다.

"한데 희한하게도 전하께서는 사내면서 오히려 거울을 자처하시옵니다."

"…내가?"

"예, 첫사랑을 그리워하다 못해 성역으로 삼고 흠앙하시잖아요."

"그래, 당연히 내가 거울이 되어야지."

마침내 무작금은 인정하고 말았다.

"그 사람은…. 나 따위보다 훨씬 나은 사람이니까."

세월에 풍화될수록 오히려 더 미친 듯이 헌신하고 갈구하고 흠앙해도 모자랐다.

신비는 그의 인생에서 유일하게 좋은 부분이기 때문이다.

그야말로 성역이었다.

막상 그가 인정하자 숙용은 배알이 꼴리는 눈치였다.

"…이게 무엇인지 아시옵니까?"

그녀는 작은 호리병을 내밀었다.

"미약媚藥이옵니다. 그 의녀가 줬지요."

"사내를 홀리는 약이라고?"

"정녕 전하와 아무 사연도 없다면, 신첩이 영원히 전하를 사로잡도록 미약을 처방해달라고 그 의녀를 떠봤사옵니다."

숙용이 말했다.

"하니 조금도 주저하지 않고 바로 내어주더이다."

아니, 간곡히 애원했다.

"전하께서 그리워서 말라 죽어도 그 의녀는 전혀 괘념치 않을 것이옵니다."

애석하게도 의미 없는 간청이었다. 이미 무작금도 알고 받아들인 현실이기 때문이다.

"…너는 왜 이렇게까지 하느냐?"

하여 슬쩍 화제를 비틀었다.

"사내라면 태산처럼 쌓아놓고 가지고 놀아 봐서 우습잖으냐. 서로 다른 지아비의 씨로 자식도 여럿 낳았잖아."

무작금이 말했다.

"한데도 임금의 아랫도리에 왜 그리 목을 매?"

"선비랍시고 콧대 세우는 시원찮은 아랫도리는 아니니까요."

숙용이 딱딱거렸다.

"그냥 함께 술 마시고 노래하면서 재밌게 노는 걸로 만족하면 아니 되느냐?"

"예, 신첩은 그 정도로 만족할 수 없사옵니다."

바투 다가오더니 숙용이 손톱으로 무작금의 가슴팍을 긁었다.

"전하의 시시한 양심을 꺾고, 얼빠진 거울을 부수고, 잘난 성역을 더럽히고 싶사옵니다."

점점 그녀의 손이 아래로 내려갔다.

"성심 한가운데를 차지한 그 계집을 내쫓고 싶다고요."

묵직한 소망을 음란하게 어루만졌다.

"하여 전하의 피를 물려받은 아기씨를 잉태할 것이옵니다."

"한심한 내 자식은 얻어서 뭐하게?"

무작금이 동할 만한 유혹은 아니었다.

"하나 두면 언감생심 왕위야 못 물려받아도, 노후 보장은 되겠지요."

그래도 숙용은 시도했다.

"신첩은 천비에다가 창기 출신이라서 수단과 방법을 가리지 않사옵니다."

과거가 시사하는 교훈이었다.

"어린 자식들을 지키기 위해서라면!"

이번에도 숙용은 그의 약점을 정확히 찌른 셈이었다. 자식을 위해 희생하는 어미를 내세우면 백전불패였다.

"내가 감히 누군가의 어미를 품을 수 있겠느냐만…."

무작금의 결핍된 구석, 또 다른 성역을 손바닥 위에 올려놓고도 남았다.

"…이리 줘봐라."

과연 그는 미약으로 손을 뻗었다.

"그래, 어쩌면…. 그리움을 달래는 데에는 술보다 효험이 좋을지도 모르지."

활짝 핀 숙용의 웃음꽃과 함께 단숨에 들이켰다.

혀끝에서 알싸함이 맴돌며 매운맛과 구수한 맛이 지나갔다. 이어서 숨어있던 단맛이 슬쩍 일어나고 주홍색 꽃잎의 심상이 퍼졌다.

"…이건 미약이 아니다."

단박에 무작금은 특유의 향과 맛을 깨달았다.

"홍화차紅花茶다."

잇꽃의 향이라면 잊으려야 잊을 수가 없다.

"부러진 뼈를 붙이는 효험이 있답시고, 그 사람이 매일 억지로 먹였었지."

냄새가 역하다고 거부해도 소용없었다.

신비는 두 다리가 부러져 저항하지 못하는 세자에게 퍼붓다시피 떠먹였다. 그가 두 손 두 발 다 들고 완치할 때까지 절대 포기하지 않았다.

"…결국에는 날 잡아줄 거라고 너무 당연하게 여겼어."

어떻게 만회해야 할지 모를 후회로 가슴이 아팠다.

"혼자 있고 싶으니 나가라."

빰을 적신 용루 덕분에 그는 찔린 약점을 방어했다. 숙용의 손바닥 위에서 구르는 장난감이기를 그만두었다.

"자, 잠깐만요, 전하!"

"…그 의녀한테는 손대지 말고."

동시에 그 망할 계집한테 한 방 먹었답시고 깨물리는 숙용의 입술을 응시했다.

"네 눈이 정확했다. 그 사람은 내 성역이야."

맹렬한 폭군의 시선이었다.

"감히 선을 넘는다면 주저 없이 참할 것이다."

간덩이가 큰 숙용이라도 움츠릴 만큼 형형했다.

결국 숙용은 그의 양심을 꺾지도, 그가 자처하는 거울을 부수지도, 그의 인생에서 제일 좋은 부분을 더럽히지도 못한 채 물러갔다.

홀로 남아 곰곰이 고민하던 무작금은 붓을 잡았다.

하고 싶은 이야기가 많았지만, 글월은 망설이고 걸러낸 끝에 무척 짧았다.

모처럼 머금은 홍화차가 울긋불긋하구나
속임수로 감출지언정 그때도 지금도 내음만은 같으니
속으려야 속을 수 없고 잊으려야 잊을 수 없지

먹물이 마르자 곱게 접었다. 그리고 백 상궁을 불렀다.

"홍화차를 끓여서 이 어찰과 함께 운평 옥지화에게 하사하여라."

무작금이 명했다.

"…친구와 나눠 마시라는 말도 꼭 전하고."

어리둥절한 표정으로 백 상궁은 받잡았다. 그러고는 한 시각 뒤 돌아왔다.

"분부대로 운평 옥지화에게 홍화차를 내렸사옵니다."

백 상궁은 옷소매에서 쪽지를 꺼냈다. 아까 무작금이 내린 것과는 달랐다. 종잇장이 훨씬 뻣뻣하고 초라했다.

"감히 답서를 올리고 싶다기에 받아왔사옵니다만…."

역시 옥지화가 의도를 이해하고 다리를 놓아준 것이다. 얼른 무작금은 쪽지를 펼쳤다.

꽃말이 배롱나무처럼 붉은색이라서
잇꽃은 음약으로 피어날 수 없었겠지

명백한 신비의 필적이었다. 한없이 넉살을 부리는 것 같으면서도, 결국에는 올곧은 그녀의 말투 그대로였다.

무작금은 신비의 짧은 서찰을 가슴에 소중히 품었다.

염치없지만 거기에 희망을 걸고 싶었다.

이른 새벽, 무작금은 산에 올랐다.

골짜기를 타고 졸졸 흐르는 물길을 따라갔다. 그러자 옥지화가 귀띔해 준 광경과 마주쳤다.

남루한 차림새의 사내가 얕은 물에 그물을 펼친 채 낚싯대를 기울이고 있었다. 자급자족에 익숙한지 그의 어망은 한가득 차 있었다.

“왜 물고기가 싹 도망가나 싶었는데….”

인기척을 깨달은 그가 고개를 돌렸다. 그리고 임금과 그에 딸린 호위 무리를 발견하자 공손하게 흙바닥에 엎드렸다.

“소신小臣 신근호, 감히 주상전하를 뵙사옵니다.”

“경이 신병선의 장남이라면서?”

무작금이 어색하게 운을 띄웠다.

“원자 시절에 하례도 받았던 것 같은데….”

“망극하옵니다.”

“이토록 오래 유배 중인 사대부가 있는 줄은 미처 몰랐소.”

머쓱해진 무작금이 중얼거렸다.

신비의 정체와 마찬가지로 선왕께서 봉인해 숨겨두셨을 터였다.

다만, 신비의 과거를 듣고도 생각이 미치지 못한 것은 제 잘못이었다.

"에이, 절도絶島에 정배하지는 아니하셨으니 감읍할 따름인데요."

근호가 손사래 쳤다.

"하나 암만 감읍해도 신의 누이에 대해 아뢸 순 없사옵니다."

다만 표정은 물고기가 달아난 수면처럼 고요했다.

"전하께서는 만인지상의 지존이시며, 소신이 충으로서 섬길 군왕이시옵니다만…."

근호가 말했다.

"고집 세고 무시무시하기로는 신의 누이에 필적하실 수 없으시옵니다."

"…뭐요?"

"그런 누이가 혹 임금께서 친히 찾아오시더라도 절대 함구하라고 신신당부하던데요."

근호는 어깨를 으쓱했다.

"하여 신은 굴복하고 말았사오니, 부디 아무것도 하문하지 마소서."

넉살을 떤다지만 실상 누이를 보호하는 것이다.

오랜 세월 헤어졌다가 만났을 텐데도 남매의 결속은 단단해 보였다.

"…그이에 대해서라면 과인에게 일절 알려주지 않겠군."

조개처럼 다물린 입술에 무작금은 꽁해졌다.

"답하지 않으면 평생 썩도록 내팽개치겠다고 해도?"

"이미 반쯤 썩어버린 이 몸뚱이야…."

근호가 호탕하게 웃었다.

"간신히 되찾은 누이를 지키는 데에 바쳐도 여한이 없사옵니다."

심술이 났다. 오누이 사이를 훼방 놓고 싶은 마음은 질투심이었다.

하지만 더 이상 신비의 미움을 살 여력이 없었다.

"좋소. 그래도 일단 과인의 신하이니 딱 하나만 대답해 주시오."

무작금은 백기를 들었다.

"홍화의…, 잇꽃의 꽃말이 뭔지 아나?"

쑥스러워서 뒷덜미를 문질렀다.

"그게, 휘하의 궁인들은 다들 모르더라고."

근호는 물끄러미 임금을 보더니 아뢰었다.

"잇꽃의 꽃말은…. 무심無心이옵니다."

가슴이 쿵 내려앉았다. 희망인 줄 알았는데 쐐기만 박힌 꼴이었다.

"한데 동시에 다른 꽃말도 있사오니…."

그렇지만 근호는 또 다른 가능성도 내밀었다.

"불변不變."

혼란스러웠다. 그와 그녀의 사연에서는 양립하기 어려운 두 가지 개념이었다.

"해석은 받아들일 몫이겠지요."

누이를 똑 닮은 수수께끼처럼 근호는 빙그레 웃을 뿐이었다.

"…어린 누이에게 잡혀 사는 신세지만, 말씀하신 대로 일단 전하의 신하이니 한 가지만 더 아뢰겠나이다."

하나 그 웃음은 곧 사라졌다.

"이런 산골짜기까지도 소문이 들리옵니다."

근호는 더없이 진지했다.

"총명하던 임금이 어긋나기가 걸주와 같아 조만간 나라가 뒤집힐지도 모른다던데요."

무작금은 움찔했다.

"부디 경계하시어 옥체를 보존하소서."

근호가 속삭였다.

"아닌 척하지만…. 신의 누이는 전하를 걱정하고 있사옵니다."

"정말인가?"

질문보다 더 난해한 해답, 무심과 불변 사이를 어지러이 오가며 절박하게 되물었다.

그는 확신이 없었다. 지난날 그녀의 감정이 사랑이었는지, 동정이었는지, 혹은 책임감이었는지.

그리하여 오늘날 그녀의 감정은 정녕 무관심에 이르렀는지.

"예, 어쩔 수 없이 착해빠진 녀석이거든요."

안타깝게도 근호의 대답은 홍화의 꽃말이라는 무심과 불변 못지않게 모호했다.

하여 마찬가지로 해석은 받아들일 몫이었다.

***

그날 밤, 무작금은 잠을 이루지 못했다.

사실 용상에 오른 이래 늘 밤잠을 설쳤다. 더 정확히는 공포와 피로 통치하기 시작한 뒤부터 그랬다.

악몽 때문이었다.

피 칠갑한 각양각색의 얼굴들이 밑도 끝도 없이 꿈에 나타나 그를 괴롭혔다. 깊은 새벽마다 비명을 지르며 깨어나기 일쑤였다.

한번 깨어나면 통 잠이 오지 않았다. 벌렁거리는 가슴과 바깥에서 도사릴 적수를 헤아리느라 뜬눈으로 어둠을 견뎠다.

"…거기 누구냐!"

달빛에 스치는 그림자에 소스라치게 놀랐다.

"백 상궁이옵니다, 전하."

익숙한 목소리가 화답했는데도 쉬이 가라앉지 않았다.

"괜찮으시옵니까?"

덩달아 놀란 백 상궁이 뛰어들었지만, 무작금은 물리쳤다. 대신 술병에 손을 뻗었다.

술기운에 의탁하는 날이 많아졌다. 취해버리면 죄책감과 두려움이 날아가고, 몽롱한 안도감을 얻기가 쉬웠다.

위를 멸시하는 습속을 부수고 힘을 추구했다. 덕분에 철혈의 군주요, 만인지상의 지존이 되었다.

하지만 동시에 의심병에 시달리는 새가슴으로 전락했다.

그저 지독하게 강력하고도 위태로운 폭군의 길을 홀로 걸었다.

스스로 추구한 길에 잡아먹힐 지경이라니 우스운 노릇이었다.

"또 악몽을 꾸셨다면서요, 전하?"

한 잔. 두 잔. 석 잔…. 쉼 없이 넘기는데 숙용이 슬쩍 들어왔다.

"우리 전하는 매일 무엇이 그리도 무서우실까?"

숙용은 그를 품으로 끌어당겼다.

거부하지 않았다. 모후의 품처럼 아늑하고 따뜻했다.

"신첩이 지켜드릴 테니 안심하세요."

폭군의 불안감을 타고 숙용이 교활하게 속삭였다. 승은을 탐하다가 내쫓긴 앙심을 만회하려는 듯했다.

"…신첩만 믿으소서."

그러면서 가득 술잔을 따라주었다.

좋은 약은 입에 쓴 법이다. 그 의녀가 한사코 달여 바친 홍화차처럼 말이다.

그렇지만 힘만 세졌을 뿐, 유약하기 짝이 없는 임금은 목전의 공포를 잠재우는 데에만 급급했다.

과연 비뚤어진 안도감처럼 술맛은 또 달았다.

숙용의 품에서 깜빡 잠들었다. 또 다른 악몽을 헤매는데 뺨에 닿는 축축한 감촉에 깼다.

숙취로 메슥거려서 무작금은 어렵게 정신을 차렸다.

"…뭐야?"

복슬복슬한 강아지가 뺨을 핥고 있었다.

"밤마다 우리 전하를 지켜드리라고 데려왔지."

당황한 용안을 보고 숙용이 깔깔 웃었다.

숙용은 강아지의 목에 방울을 달아주었다.

새끼라서 호기심이 많았다. 강아지는 방울 소리를 듣고 귀를 쫑긋 세웠다. 제 목에 달린 줄도 모르고 폴짝폴짝 뛰니 무척 귀여웠다.

"전하를 생각하는 사람은 이 숙용뿐이지요?"

그녀는 웃음을 터트린 무작금의 옆구리를 찔렀다.

"…그래, 넌 항상 날 즐겁게 해주지."

과연 숙용은 보고 싶은 것만 보게 해주고, 듣고 싶은 것만 듣게 해주었다.

싫다는 데도 끝까지 강요하고, 올바른 정답을 제시하며 꾸짖던 신비와는 전혀 달랐다.

그리하여 향락이었다.

혼군과 간신의 난계나 다름없었다.

"잊지 마소서. 전하를 이해하는 사람은 신첩뿐이옵니다."

다 알면서도 무작금은 은쟁반을 굴러가는 옥구슬 같은 밀어에 유혹되었다. 방황하는 마음을 달래주는 그 품이, 평생 바라온 어미와 같아서였다.

무작금은 강아지를 데리고 숙용과 함께 말을 탔다. 꽃이 만연했다. 수풀마다 흐드러지게 만개한 빛깔이 영롱했다.

시를 노래하는지라 숙용은 꽃을 잘 알았다.

"작약지증勺藥之贈이라고, 타국에서는 연인끼리 서로 작약을 선물하여 연정을 다진다 하옵니다."

숙용이 작약꽃을 가리키며 재잘댔다.

"아, 저 꽃은 소담하지만 맹독을 품었사옵니다."

초록빛 은은한 은방울꽃도 가리켰다.

"꽃잎부터 뿌리까지 전부 위험해서 손대선 아니 되지요."

그러면서 정작 본인은 은방울꽃을 꺾어 향을 맡았다.

"어머나, 저기 자리공이 피었사옵니다!"

이윽고 숙용은 짙은 보랏빛으로 빽빽하게 핀 한 송이를 보고 수선을 떨었다.

"신첩이 제일 좋아하는 꽃이랍니다."

"왜?"

"평범해도 눈에 확 띄잖아요."

마치 자기 자신을 비추는 듯했다.

"전하께서는 어떤 꽃을 좋아하시옵니까?"

"글쎄…."

열의 없던 무작금의 시선이 문득 붙박였다. 고요하게 선 나무와 가지마다 붉게 만개한 꽃잎이 손짓하는 방향이었다.

바로 배롱나무였다.

"나는 배롱나무에서 피는 꽃이 좋다."

"점잔 빼는 선비가 숭상하는 꽃이잖아요."

숙용이 뚱하게 대꾸했다.

"더운 시절 내내 피고 지면서 영속하는 백일홍이라나."

"그래, 어릴 때는 샌님들끼리 가식적으로 치레하는 의미라고 여겨 못마땅했거늘…."

무작금은 아련하게 꽃가지를 응시하였다. 밑동 아래 스러진 꽃잎이 즐비했다.

그렇지만 타인의 손길에 꺾여버리고 마는 흰 배롱나무와 달리, 붉은 꽃잎은 절대 포기하지 않고 계속해서 움트는 중이었다.

"다망한 세월을 겪고 나니 나도 좋아지더라."

더없이 아름답고 한결같은 백일홍이었다.

또한 진실로 그녀와 닮은 꽃이었다.

"한때는 저 붉은색이 내 집이었는데…."

비로소 무작금은 불안한 본심을 외면하지 않고 직시하였다.

둘도 없는 성군의 아들로 태어났다. 그리고 둘도 없는 폭군으로 자라났다.

하여 밤잠을 이루지 못한다. 행복할 자격은 더더욱 없다.

쾌락은 늘 최악과 맞닿아 있으니까.

순식간에 신비를 닮아 아름다운 꽃을 발견한 순간 너머, 아직 도래하지도 않은 미래를 상상해 버렸다.

배롱나무마저도 꺾이는 계절을 그렸다.

볕이 들지 않아 황량한 겨울을. 더 이상 스러져도 피어나지 않는 백일홍을.

그리고 결코 영원할 수 없는 권세의 이치를.

언젠가는 반드시 무너진다.

피와 폭력 위에 세운 왕좌의 한계였다. 태어날 때부터 제왕학을 배웠으니 절대 모를 수 없었다.

이는 곧 그가 가장 강력한 순간에도 동반한 두려움이었다.

그럼에도 불구하고 멈추지 못하고 질주할 수밖에 없는 수레였다.

두려움을 표현하면 끝장이다.

장애물을 짓밟고 나아가는 수레가 멈춰도 끝장이다.

진실로 무작금은 스스로 꿈꿔 온 강한 군주의 역설에 갇힌 채 오도가도 못하는 신세였다.

한 발만 삐끗해도 그가 행사한 모든 피와 폭력이 반정反正이라는 미명으로 그에게 돌아올 터였다.

"용안이 창백해지셨나이다."

숙용이 눈썹을 추켜세웠다.

"…아니다. 산골짜기까지 내 소문이 돈다기에 싱숭생숭해서."

속이 도로 메슥거렸다.

"촌뜨기들이 쏘삭이더이까?"

숙용은 콧방귀를 뀌었다.

"그냥 무시하시고…."

한데 대수롭지 않게 묵살하려다 말고, 그녀는 셈을 헤아리는 눈치였다.

숙용은 잽싸게 목을 가다듬었다.

"하여튼 전하의 지척에 밀정이 많아서 탈이옵니다."

"…밀정?"

"예, 어전에 드나들며 전하의 사소한 언행을 전부 기억했다가 외인에게 쏘삭여 꼬투리를 잡는 것이옵니다."

"누가 감히?"

"누구든 될 수 있지요."

숙용이 손가락을 꼽았다.

"내시와 상궁, 나인과 무수리, 그리고…."

다홍색 입술이 비틀렸다.

"기녀들."

"엄히 다스려도 들어먹지를 않는가?"

불안감에 쫓기다 못해 무작금은 쉽게 넘어갔다.

"더욱 엄히 다스리소서."

그의 가슴 속 불꽃이 세상을 불태우도록, 숙용은 부채질했다.

"밀정을 가려내어 목을 베고 효수해 본보기를…."

그때였다.

목에 방울을 단 강아지가 컹컹 짖어대며 숙용의 말을 끊었다. 두려움을 감추기 위해 강한 척하는 울부짖음이 꼭 폭군과 닮았다.

"왜 그러느냐?"

말 안장 위에서 강아지를 굽어보다가 녀석의 시선이 꽂힌 곳을 알아차렸다.

그리고 바로 그 순간, 무작금과 숙용을 에워싼 수풀 사이에서 뭔가 확 튀어나왔다.

찰나에 기시감을 느꼈다.

향락에 찌든 거품 속에 도사리며 암약하던 악몽이 졸지에 현실이 된 것이다.

하여 무작금은 제일 처음 떠오른 두려움을 내뱉었다.

"자객이다!"

내시와 궁녀들이 혼비백산 뛰어나왔다. 멀찍이서 호위하던 금군들이 허겁지겁 달려왔다. 가마꾼들마저 우왕좌왕했다.

반정이다.

도망쳐야 한다.

두려움에 매몰된 무작금은 반사적으로 움직였다. 말이 질풍처럼 달렸다.

소란 속에서도 간담이 서늘해 귀가 들리지 않았다. 오로지 심장만이 왕왕 뛰었다.

"…네 말이 옳다!"

무작금은 시키지 않아도 황급히 임금만 뒤따라온 숙용에게 외쳤다.

"물밑에서 암약하는 놈들이 너무 많아서 탈이지!"

이성을 잃은 그는 타인의 논리를 좇았다.

"다 잡아들여야 해!"

불안감은 어명으로 터졌다.

"궁중의 일을 묻거나 대답하는 자, 이를 알면서도 고하지 아니하는 자를 찾아서, 전부 죄를 물어라!"

고함치면서도 벌벌 떨었다.

"장 백 대를 때리고 식솔까지 변방으로 내치란 말이다!"

"가엾은 우리 전하…."

숙용이 무작금의 어깨를 감쌌다.

"신첩이 지켜드릴 테니 걱정하지 마소서."

그리고 자못 교활하게 속삭였다.

"안 그래도 운평 중에 외인과 사통하는 계집이 있어 걱정하던 참이었사온데…."

"죽여라."

운을 제대로 떼기도 전에 무작금이 화답했다.

"목을 베고 효시해야 해."

인골탑 위에 서서 무너지지 않으려는 폭군의 절박한 욕망에만 매달렸다.

"절대로 위를 능멸하는 습속을 좌시하지 마라."

"알겠사옵니다."

숙용이 옅게 웃었다.

그리고 무작금은 그 의미를 미처 몰랐다.

한참 지나고서야 뒤따라온 내시가 고했다. 살펴보니 수풀에서 뭘 쪼아먹던 황새가 날아갔을 뿐이었다고.

자객도, 악몽도, 반정도 없었다고 거듭 아뢰었다.

하나 이미 스스로 피운 불꽃에 잠식된 폭군에게는 아무런 의미도 없는 진실이었다.

공포심이 그의 귀를 막았다. 모성애로 현혹하는 여자의 품이 그의 눈을 가렸다.

"남는 종자가 없을 때까지 황새를 전부 잡아 죽여라."

어리석게도, 그는 이미 너무 멀리 와버려서 집으로 돌아갈 엄두를 못 내는 어린아이처럼 굴었다.

***

한양의 피바람이 평화롭던 고을에마저 불었다.

행궁 외정전에서 며칠 동안 죄를 묻고 매를 때리는 소리가 이어졌다.

흉흉한 소란의 끝은, 늘 높다랗게 걸린 채 너울거리는 잘린 머리였다.

"사통하는 자들을 샅샅이 추려냈사옵니다."

숙용이 긴장감으로 굳은 임금의 어깨를 주물렀다.

"개중에서도 운평 하나가 사사로운 글월을 품고 드나든다기에, 현장에서 덜미를 잡았나이다."

"나를 비방하는 익명서였나?"

"그런 것 같았사옵니다."

숙용은 글자를 잘 모른다며 얼버무렸다.

"한데 그 계집이 죄를 부인하며 실랑이를 벌이다가 신첩의 치맛자락을 밟았사옵니다."

"…치맛자락?"

"뭐, 신첩이나 그 운평이나 사실 지극히 천한 질그릇이지요."

미끼를 던진 숙용의 목소리가 은근해졌다.

"질그릇으로 요강을 만든다면야 그대로 천할 테지만…. 어전에서 쓸 물건이 된다면 천하게 여길 수 없지 않사옵니까?"

"그렇지."

"하오면 같은 천출이라지만 전하의 소유인 신첩과 그따위 계집이 과연 같은 질그릇이겠나이까?"

한낱 기녀가 임금을 모욕한 것이나 다름없다는 호소였다.

음험하게도 이는 무작금이 동궁 시절부터 줄곧 주장해 온 신념과 일치했다.

"…위上를 능멸하는 습속은 좌시해선 안 된다."

과연 그는 알아들었다.

"역시 그렇지요?"

노골적으로 숙용이 소망을 속삭였다.

"그 계집도 벌하여 주시겠지요?"
무작금은 끄덕였다.
얼마나 무서운 임금인지 모두가 알아줬으면 싶었다.
하지만 도리어 다들 지레 겁을 먹고 털을 부풀리는 고양이인 양 임금을 우습게 보리라는 불안감만 자꾸 엄습했다.

슬슬 잘리고 내걸리는 머리에 무덤덤해질 즈음이었다. 무작금의 공포심도 한결 무뎌지고 진정세에 접어들었다.
하여 뒷산에 과녁을 걸고 활을 쏘았다.
비실비실 날아간 화살이 정중앙 근처에도 못 갔다. 그래도 환관과 기녀들은 연신 환호성을 질렀다.
한창 물이 올랐는데 문득 이상한 낌새가 보였다.
과녁 근처의 수풀이 흔들렸다. 꼭 뭔가가 몰래 지나가는 듯한 움직임이었다.
"또 빌어먹을 황새인가?"
무작금은 시위에 화살을 물렸다.
"…아니면 과인을 음해하는 역적인가?"
호흡을 참았다가 쐈다. 화살은 수풀을 꿰뚫고 사라졌다.
단말마의 비명이 들리지 않는 것으로 보아 명중은 아닌 것 같았다.
가서 살펴보라고 환관의 등을 떠밀었다. 잽싸게 수풀을 뒤적인 내시들은 금방 목표물을 찾아내 대령하였다.
그가 쏜 것은 짐승도, 역적도 아니었다.
신비였다.
옛날보다 무척 여위었다고 생각했는데 오늘은 훨씬 초췌했다.
그녀의 눈두덩이 붉고 눈꺼풀은 촉촉하게 젖어 있었다. 가냘프기가 종잇장 같았다.

그리고 스치고 지나간 화살 때문에 팔뚝에서는 피가 흘렀다.

"왜 네가…?"

무작금은 활을 툭 떨어뜨렸다.

"전부 물러가라!"

속절없이 그녀의 앞에서는 부끄러움을 느꼈다. 치부를 감추고 싶었다.

반문의 여지 없이 환관과 기생이 모두 자리를 피했다.

그러나 숙용만은 당연하다는 듯 물러나지 않고 버텼다.

"상감마마의 여흥을 망쳐 송구하옵니다만…."

힐난 같았으나 신비는 무표정했다.

"소인은 그저 시신을 수습하고 싶었사옵니다."

다만 차마 숨기지 못한 감정이 엳게 드러났다.

"며칠째 여기 인근에 내버려진 상태니까요."

그것은 분노와 슬픔으로 가슴을 태우고 남은 잿가루였다.

"…누구의 시신을?"

얼빠지게 무작금은 물었다.

"너무 많아 일일이 기억하지 못하시옵니까?"

입술을 깨물더니 신비는 손가락으로 저쪽 하늘을 가리켰다.

행궁 외정전 대문에 걸린 높은 장대였다. 거기에 걸려 바람을 타고 흔들리는 잘린 머리들이었다.

어명으로 엄벌하고 효수하라 명령한 결과물이었다.

그녀의 손끝은 정확히 세 번째로 걸린 머리를 가리켰다. 훼손된 면부를 한번 인식하고 나니 깨달았다. 아는 얼굴이었다.

옥지화의 머리였다.

"왜…?"

저도 모르게 무작금은 숙용을 돌아보았다.

"전하께서 처형하라 명하셨잖습니까."

숙용은 눈을 동그랗게 떴다.

"운평 옥지화가 외인과 사통하며 글월을 주고받았다고요. 게다가 신첩의 치맛자락까지 밟았다고 아뢰었는데…. 기억하시지요?"

노상 술에 취해 있어서 명징하게 떠오르지 않았다. 그 죄인의 이름이 옥지화라고 숙용이 언급했었는지도 헷갈렸다.

"…그게 옥지화가 처형당한 이유라고요?"

신비가 메마르게 반문했다.

"옥지화는 오지랖이 넓어 다른 기녀들의 서신을 기둥서방이나 선비들에게 틈틈이 전달해 주었을 뿐이옵니다."

"그 서찰들을 네가 전부 확인이라도 했느냐?"

숙용이 코웃음 쳤다. 개의치 않고 신비는 이어갔다.

"개중 일부는 소인에게 보낸 것도 있었사옵니다. 대개 기녀들이 몸이 아픈데 어떡하면 좋으냐고 묻는…."

"하면 너한테도 혐의가 있구나."

쉽게 숙용은 받아쳤다.

"끌고 가서 장을 때리면 토설하려나?"

"물론 토설할 것이야 많사옵니다."

윽박지르는데도 신비는 수그리지 않았다.

"요사이 옥지화는 시샘을 산 것 같다며 불안해했사옵니다."

오히려 차분하게 맞섰다.

"그저 전하께 따로 잠깐 불려 가 담소를 나누거나 명을 받들었을 뿐인데, 추궁을 당했다면서요."

신비가 말했다.

"옥지화를 눈엣가시로 여긴 사람이 죄를 뒤집어씌운 건 아니었을까요?"

질투의 화신이 누구를 가리키는지는 자명했다.

"혹시 너…. 또 심술을 부렸느냐?"

무작금이 물었다.

"섭섭하옵니다. 신첩은 전하를 지켜드렸을 뿐이옵니다."

숙용은 능숙하게 대처했다.

"자식을 보호하는 어미처럼요."

심지어 초장부터 필살기를 꺼냈다.

"옥지화는 수더분한 자질로 전하의 환심을 샀지요. 거듭 어전에 따로 불려 가고, 감히 어필도 받잡았다고 들었사옵니다."

숙용이 말했다.

"한데 그 환심을 이용해 외인과 결탁하며 우리 전하를 음해한다는 심증이 생겼는데…. 신첩이 어떻게 그냥 둘까요?"

곧 말투가 곡진해졌다.

"신첩이 우리 전하를 너무나도 아끼고 연모하는 마음이 죄가 되겠사옵니까?"

천천히 숙용은 무작금의 가슴팍을 어루만졌다.

"우리 전하는 질투심에 미친 여자라면 누구보다 잘 아시는 분이잖아요?"

만성적인 애정결핍에 시달리는 마음을 주무르는 손길이었다.

"아니, 한 여자가 질투심에 미쳤다고 매도되는 일이 얼마나 불쌍한 노릇인지를 잘 아시겠지요."

"…어불성설이옵니다!"

신비가 흙을 차고 일어섰다.

"염치가 있다면 다른 여자의 비극을 유리하게 끌어다 써선 아니 되옵니다."

무표정의 가면이 깨지고 분노가 일렁였다.

"하물며 정작 세상이 그 여자를 공격할 때는 길 건너 불구경만 했다면요."

마침내 신비는 예전의 익숙한 그 의녀처럼 호소했다.

"제발 정신 차리소서, 전하!"

그녀가 결코 포기할 줄 몰랐던 사연이 조각조각 되살아났다.

"전하의 모후께서는 졸하셨사옵니다."

한 번도 흔들리지 않았던 주장을 재차 꺼냈다.

"전하께서 아무리 대용품을 갈구하셔도, 모후에 대한 그리움마저 패도와 폭정의 명분으로 이용하셔도…."

앞서 몇 번이고 후벼판 정곡이었다.

"그저 전하 자신과 만백성을 해칠 뿐이옵니다."

신비가 말했다.

"아직 늦지 않았사옵니다. 제발 과거를 잊고 미래를 생각하소서."

"듣지 마소서, 전하."

다른 방향에서 숙용이 쏘삭였다.

"힘없고 나약한 벌레의 궤변일 뿐이옵니다."

숙용은 정확히 충언의 반대말을 알았다.

"선왕처럼 밖에선 굴종하다가 집안에서만 기가 사는 성군이 되시렵니까?"

바로 감언이설이었다.

"아니면 천제天帝에게조차 고개 숙이지 않는 절대군주로서 군림하시겠나이까?"

"이것 보시옵소서, 전하…."

신비가 가슴팍의 옷고름을 꽉 쥐었다.

"전하께서 부모님의 사연에 빠져 헤어 나오질 못하시니, 이를 약점으로 잡고 쥐락펴락하려는 사람이 생기지 않았나이까?"

통증을 억누를 수 없었던 모양이다.

"차마 못 보겠으니 차라리 죽여주소서!"

비명처럼 신비가 외쳤다.

"아니, 소인도 저 치맛자락을 밟으면 죽여주시렵니까?"

숙용의 화려한 비단 치마를 가리켰다.

"나는…."

삽시간에 빚어진 충돌에 무작금은 머뭇거렸다.

그 한심한 모습이 경종을 울렸을까?

깊은 절망감이 신비의 낯을 스쳤다. 뒤늦게 떠올린 것 같았다.

백날 치유를 거부하는 불치의 병자를 포기했다는 사실을.

"…마음대로 하소서."

신비는 도로 무표정해졌다.

"소인과 상관없는 일로 감히 성심을 어지럽혔나이다."

이제는 정말 개의치 않듯 말했다.

"다만 옥지화의 시신을 수습하도록 윤허하여 주소서."

그리고 신비는 타인을 위해 눈물을 흘렸다.

"머리가 내걸리고 몸뚱이는 버려졌으니…. 그 착한 사람이 구천을 떠돌까 두렵사옵니다."

무작금은 아무 말도 할 수 없었다.

원래도 그는 신비의 올곧은 애원을 들어주지 않았다. 다만 소중히 여기는 마음에 내치지도 못했을 뿐이다.

그저 홱 돌아서서 성큼성큼 걸었다.

"방자한 꼴을 그냥 두시려고요?"

숙용이 붙잡았지만 사납게 쳐냈다.

"…저 사람은 건드리지 말라고 했다."

동시에 오랜 습관을 꺼내 들었다.

"저녁에 채비를 마치고 동이 트면 한양으로 환궁한다."

바로 회피였다.

"…애초에 여기까지 온 게 실수였어."

무작금은 헛된 희망을 완전히 버렸다.

대신, 다시 한번 신비를 실망시켰다는 절망만 얻었다.

***

동이 트자마자 임금이 고성행궁을 떠났다.

오색찬란한 기생 무리가 길게 궤적을 그리며 어가御駕를 따랐지만, 실상 도망자의 조급한 행차였다.

준비가 미흡했다. 때문에 한낮이 지나고서부터 속도가 느려졌다.

굼벵이처럼 기어가다가 해가 저물었다. 도성으로 가는 길목의 다른 행궁에 유숙해야만 했다.

차갑고 낯선 침전에 들어앉으려니 속이 울렁거렸다. 무작금은 또 쉬운 해법을 찾았다. 술과 여자를 불러 모았다.

"이래야 우리 전하답지."

자연스럽게 옆자리에 앉은 숙용이 속삭였다.

"절대 뒤는 돌아보지 마소서."

임금이 두고 온 양심을 가리켰다.

"뭐, 앞으로는 굳이 돌아보실 일도 없을 것 같지만요."

어쩐지 숙용은 홀가분한 기색이었다.

"…오직 신첩만이 우리 전하를 지켜드린다니까요."

무엄한 섬섬옥수가 용안을 쓸어내렸다. 모종의 교활한 의도를 숨긴 손길 같아서 무작금은 꺼림칙했다.

미처 의문 삼기도 전에 숙용이 일어서서 노래했다. 맑고도 애달픈 미성은 독보적이었다.

다만 오늘따라 무작금의 심금을 울리지는 못했다.

후회와 고통만 극한으로 치달았다. 술이 당기지 않았다. 옆에서 흥을 돋우는 여자도 싫었다.

도망치듯 두고 온 양심이 가슴 속에는 남은 듯 쿡쿡 찔렀다.

맨정신으로 창 너머 달빛만 음미했다.

여전히 그는 그녀가 곁에 있던 날에 뜬 달을 그리워했다.

어쩌면 거듭된 회피 끝에 내일은 아예 달이 뜨지 않을지도 모른다는 걱정이 들어서일지도 모르겠다.

"…주상전하!"

하염없이 달빛만 우러르는데, 갑자기 상선이 뛰어들었다. 알록달록 만개한 해어화를 조심스레 피해 어전에 엎드렸다.

"망극하옵니다만…. 전대미문의 일이라 어찌 처리해야 할지 몰라서…."

"무슨 일이냐?"

"죄인이 배소를 빠져나와서는 전하를 알현하고 싶다고 청하옵니다."

"…멋대로 유배지를 벗어난 자가 있다고?"

허둥대는 환관을 보고 무작금도 얼떨떨했다.

"그게 누구더냐?"

"임인년에 고성으로 정배된 신가 근호라고 아뢰는데…."

날벼락을 맞은 무작금은 벌떡 일어섰다.

익선관도 쓰지 않은 채 뛰쳐나갔다. 외정전 마당에는 정말 신비의 큰오라비가 오랏줄에 묶여 있었다.

"경은 미쳤는가? 도대체 뭐 하시오?"

하도 경황이 없어서 무작금은 선소리처럼 물었다.

"신이 어명을 어기고 배소를 떠나 어가를 따라왔사옵니다."

근호가 말했다.

"대역죄나 다름없사오니 죽여주시옵소서."

먼 길을 기를 쓰고 달려와 윗도리가 땀에 흠뻑 젖어 있었다. 뛰다가 몇 번을 자빠졌는지 바짓단도 진흙투성이였다.

"하오나 소신, 백번 죽어 마땅한 불충을 무릅 쓴 까닭이 있사옵니다."

영 어리둥절한 용안에도 그는 꿋꿋했다.

"신은 이 한 몸의 목숨보다 누이를 먼저 지키겠다고 약조했기 때문이옵니다."

"그 사람에게…, 무슨 일이 있나?"

싸늘한 예감에 모골이 송연해졌다. 이래 봬도 왕실에서 평생 먹은 눈칫밥이 고봉밥이라, 불길한 직감에 도가 텄다.

"오후에 신이 고기잡이를 마치고 귀가했는데, 누이가 혼자 쓰러져 있었사옵니다."

근호가 말했다.

"아침에 집을 나설 때만 해도 멀쩡했사오니, 영문을 모르겠나이다."

조급하지만 횡설수설하지 않으려는 기색이 역력했다.

"의원은 불렀나?"

"고을에 한 명 있는 의원은 멀리 왕진을 나갔고, 관아의 다른 외방 의녀는 호환마마가 번진 집에 드나들다가 격리되었사옵니다."

근호가 읍소했다.

"사경을 헤매는 누이를 도와주실 분은 상감마마뿐이시옵니다!"

"그 사람이…."

무작금은 듣고도 쉬이 이해하지 못했다.

"갑자기 죽을 고비이옵니다. 더 지체했다가는…."

근호는 인내심을 잃지 않았지만, 차마 불길한 전망은 끝맺지 못했다.

"혈혈단신으로 소신을 찾아온 누이는 딱 한 가지만 말했사옵니다."

소매로 눈시울을 훔치며 그가 말했다.

"그저 주상전하의 곁을 떠나고 싶었다고요."

무작금의 가슴이 덜컥 내려앉았다.

"상감께서는 사내인 척하는 어린아이라서 문제라고 하였사옵니다."

잔인할 만큼 직설적으로 박히는 비수였다.

"원하는 장난감을 손에 넣기 위해서 무슨 짓이든 불사하지만, 막상 얻고 나서는 소홀히 여기다가 망가뜨리실 거라고요."

과연 신비가 했을 법한 비판이었다.

실제로 그는 그토록 원했던 강력한 왕권을 손에 넣었다. 하지만 그걸 어떻게 써야 할지 몰라 줄곧 함부로 다루었다.

"누이는 걱정하기를…."

근호가 말했다.

"자신이 막상 전하의 곁을 지켜도 약속대로 행실을 고치시기는커녕, 점차 당연히 여기시다가…."

점점 낮게 이지러지는 한탄이었다.

"끝내 폭군의 운명으로 끌어들이실 테니 무섭다고 했사옵니다."

무엄하게도 어전에서 폭군 따위의 망발을 하는데 무작금은 반박할 수 없었다.

근호의 입술을 빌린 신비의 통찰이었다. 의표를 찌르고도 남았다.

"솔직히 신은 누이의 말뜻을 헤아릴 수 없었사옵니다."

근호가 고개를 저었다.

"하오나 주상전하께서는 필시 아시겠지요?"

"…맞아, 그래서 날 떠났지."

무작금은 가슴 아프게 속삭였다.

"내가 폭군이 되는 모습을 지켜볼 순 없어서."

진즉 신비는 소망했다. 무사히 성군이 되는 모습을 지켜보고 싶다고.

임금이 주로 행차하는 길목에 묻혀 훗날 성군이 된 아들을 보고 싶다던 폐비의 유지를 이어가면서 말이다.

그녀는 복숭아를 받아 오얏으로 갚는 사람이다.

한데도 그는 그녀의 오얏을 뿌리치고, 어미의 복숭아는 뭉개버렸다.

자책감이 둑을 터트렸다.

후회에 사무친 용루가 폭우처럼 퍼부어 용안을 흠뻑 적셨다. 격통을 견디느라 가만히 가슴을 움켜쥐었다.

"…말을 내와라."

곧이어 목멘 어명이 떨어졌다.

"당장 말을 데려오라고!"

버럭 윽박질렀을 때야 궁인들이 우왕좌왕 움직였다.

"…과인을 따르는 여자 중에 의기醫妓가 있지 않느냐?"

향락으로 풀어헤친 옷매무새를 다듬으며 무작금이 물었다.

"당장 대령하라."

내시가 허둥지둥 달려가 의술을 부릴 줄 안다는 기녀를 솎아냈다.

"의, 의녀 남기가 성상을 뵙사옵니다."

얼떨결에 술상에서 끌려온 의기는 침주머니를 옷고름에 고쳐 달았다.

이윽고 무작금은 애마의 안장에 올라탔다. 회피하며 도망친 길을 회고하며 미친 듯이 내달렸다.

호위 무관이며 환관들이 대경실색하여 독주하는 임금의 뒤를 쫓았다.

가마를 타고 온 길을 되돌아갔다. 짙은 어둠이 내려앉아 위험했다. 눈물이 앞을 가려 시야가 선명하지도 않았다.

그래도 무작금은 달렸다.

부러진 다리로 신비를 구하러 가던 날보다도 훨씬 절박하게.

정녕 신비는 초라한 초가삼간에 송장처럼 누워 있었다.

얼굴은 창백하고 입술은 파랬다. 부르거나 흔들어도 깨어나지 않았다.

천천히 오르내리는 가슴팍을 보아 가까스로 숨이 붙어있음을 짐작할 뿐이었다.

어제까지만 해도 비록 여위었으나 멀쩡했던 신비의 얼굴을 매만졌다.

아무리 보고 만져도 믿어지지 아니하였다.

황급히 그녀를 진맥해 본 의녀 남기는 조심스럽게 음독의 가능성을 내비쳤다.

"설마…. 자결이라도 시도했다는 것이냐?"

차라리 죽여달라던 신비의 읍소가 귓가에서 선연히 맴돌았다.

"그럴 수도 있사옵니다. 혹은…."

의녀 남기가 신중하게 덧붙였다.

"다른 누군가에게 당했거나요."

아차 싶었는지 의녀 남기는 한발 물러섰다.

"음, 아마 유독한 음식물을 모르고 먹었을 가능성이 가장 크고요."

그러고는 다시 신비의 눈꺼풀을 까뒤집어 보고, 입을 벌려 살폈다.

"일단 해독약을 쓰겠사옵니다만…."

의녀 남기가 말했다.

“제대로 하려면 어떤 독에 당했는지 정확히 아는 편이 좋사옵니다. 소인은 약을 달이면서 주변을 수색하겠나이다.”

그러고는 조심스럽게 물러갔다.

신비와 단둘이 남은 무작금은 머뭇거리면서 그녀의 손을 잡았다. 포기했으니 더 이상 관심 없다면서 뿌리칠 의식이 없기에 낸 용기였다.

작지만 따뜻한 손이었다.

한데 지금은 너무나도 차가워서 어색했다.

그 체온에 동화되어 마찬가지로 얼어붙어 버렸다. 시간이 얼마나 흘러가는지도 모른 채 눈 감은 그녀의 얼굴만 응시했다.

그러다 보니, 너무나도 현실감이 없어서 이 또한 물색없는 악몽이 아닐까 의심스러웠다.

깨어나고 싶어서 무작금은 제 뺨을 후려쳤다.

그 고통이 가슴의 통증보다 경미한들 꿈은 아니었다.

한 번 더 자해하려다가 문득, 그는 이상한 점을 발견했다.

신비의 가슴팍을 여민 앞섶이 불룩했다.

망설이며 손을 뻗었다. 살짝 들추어 보니 작은 주머니와 종잇장이 나왔다.

먼저 주머니를 열었다. 데굴데굴 쏟아져나온 것은 몇 개의 작은 치아였다.

동궁 시절에 그가 연정의 표시랍시고 억지로 선물한 젖니였다.

“이것을 왜…?”

얼떨떨하다가 불쑥 가슴이 싸해졌다.

분명 신비는 떠날 때, 무작금이 선물한 붉은 가락지는 놓아두었다.

거기에 담긴 함의와 사연에도 불구하고 휘황찬란한 그 보화는 가차 없이 돌려주었다.

그랬으면서 정작, 아무런 가치도 없이 해괴할 뿐인 그의 젖니는 버리지 못했다.

심지어 생니를 뽑을 용기가 없어 궁여지책으로 주섬주섬 모은 것인데도 말이다.

정녕 그의 유치하고 어리석은 모습까지 아껴주는 유일한 사람이었다.

"…정말이지 너한테는 당할 수가 없다."

백 가지의 밀어보다도 더 애절한 노릇이었다.

무작금은 젖니를 다시 주머니에 잘 넣었다.

신비의 의식이 돌아오면 다시 선물하고 싶었다. 비록 해괴할지언정 그가 사랑한 진심이었고, 그녀가 아껴준 진심이니 말이다.

"이건 또 뭐지?"

이제 그는 그녀가 함께 품고 있던 종잇장을 살폈다.

얼마나 물에 씻어 재사용을 했는지 너덜너덜했다. 그걸 또 몇 번을 접었으니 실상 넝마나 다름없었다.

손길만 닿아도 스러질세라 조심조심 펼쳐보니 먹물로 쓴 글씨가 보였다.

분명 신비의 필체였다.

"…주상전하!"

막 읽으려는데 아까 나간 의녀 남기가 헐레벌떡 뛰어들었다.

"어떤 독을 취했는지 알아냈사옵니다!"

응당 무작금의 관심이 돌아갔다.

"은방울꽃이옵니다!"

의녀 남기는 크고 뾰족하게 맺는 잎사귀를 내밀었다.

"부엌에 다기茶器와 남은 찻물이 있어 살펴보았더니, 은방울꽃의 잎을 끓여 마신 흔적이 있었사옵니다."

"꽃차에 중독된다고?"
"고운 겉모습과 달리 맹독성이니까요."
"맞아, 전에도 들은 적이 있는데…."
기시감에 찡그렸다. 생김새가 아름다워도 꽃잎부터 뿌리까지 전체가 맹독이라며 은방울꽃을 가리키던 손끝이 아른거렸다.
"특히나 어린잎은 둥굴레 잎과 유사하옵니다."
의녀 남기가 말했다.
"하여 백성들이 변을 당하는 경우가 왕왕 있나이다."
"이 사람도 둥굴레차로 여기고 마셨다가 이렇게 되었다?"
무작금은 석연찮았다.
"그럴 리 없다. 내의원에서도 손꼽히는 의녀였는데 그런 착각을…."
재차 자결 쪽으로 추가 기우려는데, 의녀 남기는 다른 의견을 제시했다.
"소인도 이상하다고 생각하여 여기저기 수사를 해봤사온데…."
"뭐라도 나왔느냐?"
"관아의 다모茶母가 오전에 심부름으로 들렀다고 하옵니다."
"심부름?"
"예, 주상전하께서 고성행궁을 떠나신 직후였다던데요."
의녀 남기는 눈썹을 추켜세웠다.
"상감께서 떠나시면서 궁인을 시켜 건시단자(乾柹團子, 곶감쌈)와 찻잎을 의녀 신비에게 하사하라고 명하셨다고…."
"무슨…. 난 그런 적 없는데?"
새벽닭이 울자마자 꽁지를 빼는 데에만 몰두하였으니 금시초문이었다.
"다모는 분명 그렇게 분부를 받잡았다고 하옵니다."
의녀 남기는 힘주어 말했다.

"하여 다과를 이 의녀에게 전해주고 관청으로 돌아갔답니다."

필시 누군가가 어명을 사칭한 것이다.

"더 있사옵니다. 다모가 수상쩍은 정황도 알려주었나이다."

의녀 남기가 덧붙였다.

"관청의 다모는 부녀자가 연루된 범죄를 수사할 때도 동원된다는 걸 아시지요?"

"그렇지."

"하여 아까 낮에 웬 기녀의 품을 뒤져보라는 지시를 받았다고 하옵니다."

이야기에 따르면 이랬다.

엊그저께 도망친 노비를 찾느라 검문하던 군졸들이 기녀 한 명을 잡았다. 다른 고을의 잔치에 불려 가는 길이라는데 영 수상했단다.

하여 짐을 수색했더니 출처를 얼버무리는 금붙이가 쏟아졌다나.

미심쩍어서 원님의 판단을 구하고자 관아로 데려왔다고 한다.

한데 기생의 의복을 거두고 몸을 수색하려던 다모는 깜짝 놀랐다.

아침에 의녀 신비에게 다과를 하사하라는 어명을 전달한 궁인이었기 때문이다.

계집의 환심을 사려는 사사로운 어명이라서 운평인 자신이 궁녀인 척 몰래 전달한 것이라고 기생은 둘러댔다.

비천한 다모는 캐묻지 못하고 그러려니 넘겼다.

"…그리고 그 기생에게서는 딱 두 가지 물건이 나왔다고 하옵니다."

의녀 남기가 말했다.

"하나는 은방울꽃이었나이다."

무작금은 신중하게 귀 기울였다.

"몸에 향기가 배도록 지녔다더랍니다."

의심스럽지만 충분히 납득할 만한 이유였다.

"꽃 말고 다른 것은?"

"인근 기방에 전하는 추천서였사옵니다. 재주가 뛰어난 기생이니 거두어 주라는 글월이었답니다."

불안감으로 주변을 흘끔거리던 의녀 남기가 첨언했다.

"그런데 거기에 찍힌 인장印章이…."

도르륵 굴러가는 상대의 눈을 보다가 무작금은 깨달았다.

"…숙용이었구나."

악랄한 가능성에 도달한 무작금의 피가 식었다.

의녀 남기는 조마조마하게 덧붙였다.

"관아에서는 책을 잡을 물증이 없어, 기생을 그냥 보내주었다고 하옵니다."

물론 표면상으로는 잘못은커녕 연결점도 짚을 수 없었다.

하지만 무작금은 기저에 깔린 의혹을 읽었다.

과연 숙용은 꽃을 잘 알았다. 대놓고 은방울꽃의 독에 대해 언급한 적도 있다.

게다가 궁중의 기생을 통솔할 권한을 지녔으니, 지저분한 일을 시킬 수족처럼 부리기도 했다.

"…하긴, 당연히 숙용이겠지."

나지막이 무작금이 중얼거렸다.

심증만으로도 폭군의 마음은 요동쳤다.

거문고 뜯는 소리가 들렸다. 선율이 몹시 서글펐다. 다만 미혹되기에는 가슴이 분노로 철철 끓었다.

"…왜 그랬느냐?"

무작금이 선 채로 숙용을 내려다보았다.

"운평을 사주해 의녀 신비에게 독다毒茶를 전했지."

숙용은 연주를 멈추지 않았다.

"혹 덜미를 잡힐까 봐 추천서와 패물을 쥐여주고서 다른 지역으로 빼돌렸고."

무작금이 말했다.

"심지어 그 사람을 죽일 독다를 내 이름으로 보냈어!"

꽉 쥔 주먹을 필사적으로 다스렸다.

"그래야만 그 의녀가 독다임을 알아차리더라도 마실 테니까요."

숙용은 오리발을 내밀지 않았다.

"…전하를 위해서였사옵니다."

거문고를 뜯던 섬섬옥수가 멈췄다.

"마지막 양심을 잘라내시기를 바랐으니까요."

터진 말문은 청산유수였다.

"그래야만 진정한 패왕이 되실 테니까요."

또한 당당하게 펼쳐지는 논리였다.

"전하의 마지막 양심은 위선이옵니다."

"아니, 그 사람은 그냥 선이다."

무작금은 논파했다.

"위선은 지금 네가 부리고 있지."

폭군의 약점을 틀어쥔 번드르르한 간언이 혐오스러웠다.

"다시 물을 테니까 솔직하게 대답해라. 왜 그랬느냐?"

"…성심을 사로잡은 그 여자가 미웠사옵니다."

고민하던 숙용은 대안을 내밀었다.

"이번에는 전하께서 도망치셨지만, 후일에는 결국 불꽃을 좇는 나방처럼 도로 그 여자한테 돌아가실 테니까요."

적나라한 표현이었다.

"하면 신첩은 낙동강 오리알 신세가 되겠지요. 궐 밖에 두고 온 자식들을 부양하지도 못하게 될 테고요."

숙용이 눈을 내리깔자 금세 눈물이 맺혔다.

"우리 전하께서는 누구보다도 잘 아시잖아요?"

천 갈래로 흘릴지언정 진심에서 비롯된 눈물은 아닐 터였다.

"기댈 곳이 사내의 변덕스러운 애정뿐이요, 두고 온 자식을 그리는 어미의 심경을…."

과연 숙용은 교활하게 옭아맸다.

"그래, 잘 알지. 그러니까 이제 그만 해라."

너무나 예상한 대로 흘러가서 허탈할 지경이었다.

"네 작첩과 가산을 몰수할 것이다."

숙용이 약점으로 문 과거는 정녕 넘기고 잊어야 할 산에 불과했다.

"원래 네가 있어야 할 곳으로 가라."

"…그게 어디이옵니까?"

대번에 숙용이 눈을 부릅떴다.

"푼돈 받고 몸을 파는 창기로 돌아가라고요?"

사형보다 심한 선고로 받아들이는 듯했다.

"왜, 네가 원래 하던 일이잖아?"

무작금의 의도대로였다.

"그래도 네가 악착같이 지키려는 자식들 곁이니 좋지 않으냐?"

허를 찔렸지만 숙용은 버텼다. 반격으로 임금의 인생에 짙게 드리운 부왕의 그림자를 가리켰다.

"여자를 투기한다는 이유로 쫓아내신다니…. 누가 떠오르지 않나이까?"

"그러니 지금 널 살려주는 거다."

휘둘리지 않으려고 무작금은 이를 악물었다.

"도저히 투기한다는 이유로 여자를 죽일 수 없으니까! 또한 어린 자식들을 둔 어미를 죽일 순 없으니까!"

죽을힘을 다해 복수심을 삼키는 형형한 눈빛에 숙용이 한 걸음 물러섰다.

"…만약 아니었다면 진즉 사지를 찢어발겼겠지."

그 한 걸음만으로도 패배였다.

"위선이나 떨면서 한 번뿐인 인생을 낭비하시렵니까?"

숙용에게는 판을 뒤집을 패가 없었다. 하여 고자세를 버리고 최후의 수단을 썼다.

매달리기였다.

"신첩의 품에 기대셨던 날들을 잊으시려고요?"

"잊어야지. 어리석은 날들이었으니까."

무작금은 흔들리지 않았다.

"나와 비슷한 사람은 해롭다는 걸 진즉 깨달았으면서도…."

완전히 사라져 버린 옛 궁녀의 기억을 뒤적였다.

한때 동궁의 정인이라는 평판으로 유명세를 치르던 그녀는 자취조차 없었다.

자신과 닮은 여자는 혐오스러운 거울에 불과했기에 추억 한 점 남기지 않았다.

그저 도산대비께서 승하하실 적에, 궁녀의 본분에 따라 출궁하여 영영 떠났다는 소식만 들었을 뿐이다.

"하여 소첩도 잊으시려고요?"

숙용이 힐난했다.

"전하와 비슷하다 못해 혐오스러운 부류라 추억할 가치도 없는 계집으로 치부하시면서요?"

"…아니, 넌 잊지 못할 거다."

다정한 어투는 아니었다.

"만약 다른 세상이었더라면…. 난 끝까지 너랑 진탕 놀고 퍼마시다가 죽었을 것 같거든."

오히려 매정한 일갈에 가까웠다.

"그리고 넌 성난 백성의 돌팔매질을 맞았겠지."

비로소 회피를 거두고 직시한 현실적인 전망이었다.

"전하께서 곧장 되돌아가시지만 않으셨으면…!"

숙용은 웃었다.

"그대로 한양으로 환궁하셨으면 신첩이 이겼을 텐데…."

착잡하고 신경질적이었다.

"하긴, 신첩의 다 된 밥에 재를 뿌릴 만큼 강력한 운명이라면…."

그러다가 마침내 받아들였다.

"전하와 그 의녀는 인력으로 갈라놓을 수 없는 인연이겠지요."

절을 올리고 떠나는 그녀의 초라한 뒷모습은, 차마 솔직하게 말은 못 해도 붙잡아주기를 바라는 어린애처럼 보였다.

실로 자신과 닮은 꼴이었다. 그래서라도 무작금은 숙용을 잡지 않았다.

그건 훨씬 파멸적인 다른 세상의 자신이 치를 몫으로 갈무리했다.

무작금은 다시 의식이 없는 신비의 머리맡에 앉았다. 그의 마지막 양심은 여전히 사경을 헤매는 중이었다.

가만히 그녀의 창백한 뺨을 어루만지다가, 아까 발견한 글월을 읽을 때가 되었다고 마음먹었다.

신비가 마지막으로 남긴 이야기가 궁금했다. 여러 번을 접은 종잇장을 펼치고 천천히 읽어 내려갔다.

도무지 염치가 없더라도.

정녕 그 이야기가 마지막이 될까 두려우면서도.

5부. 폭군
신비 이야기

외방의녀를 자처하여 내의원을 떠나기는 쉬웠다. 하지만 막상 익숙한 한양을 떠나 낯선 고성으로 가는 길은 어려웠다.

배웅하던 만덕은 백출과 황금의 뿌리를 쥐여주었다.

"혹시 모르니까 잘 챙겨 먹어."

비록 만덕은 언급하지 않았지만, 유산을 방지하는 약재였다.

"험난한 여정이라서 걱정이니까."

신비는 신실한 벗의 손을 꽉 맞잡았다.

"역시 나도 같이 갈래."

작별 앞에서 만덕이 울컥 눈시울을 붉혔다. 신비가 가는 곳이라면 어디든지 따라가겠다는 고집을 미처 떨치지 못한 탓이다.

"안 된다니까."

신비는 고개를 저었다.

"내의원에서 네 인생을 살아야지."

그렇게까지 만덕이 희생하기를 바라지 않았다.

"네가 있는 곳에 내 인생도 있단 말이야."

"…왜 이렇게 내 주변에는 극단적인 사람들밖에 없을까?"

신비가 농담 삼아 한탄했다.

"정 그러면 부탁 하나만 할게."

"뭔데?"

"내의원에서 지내면서 가끔 소식 좀 전해줘."

신비가 속삭였다.

"…혹시 무슨 일이 생겼을 때 내가 대처할 수 있게."

"설령 전하께서 널 쫓아가신다든가 하면 또 도망치려는 거지?"

정답이었다.

곧이어 산길을 빙빙 돌면서 목적지로 향했다. 뭇 걸음에 닦였다지만, 귀양 가는 양반들이 주로 걷던 길이라 가혹한 환경이었다.

거듭 산을 넘는 여로에서, 신비는 속곳에 옅게 묻은 피를 처음 발견했다.

근심을 씻어줄 달거리는 아니었다. 억장이 무너질 유산도 아니었다.

아직은 그녀의 마음이 괴롭고, 태중에 잉태되었을지 모를 용종이 걱정된다는 증거에 불과했다.

회임인지 아닌지.

아이가 태어나는 게 좋은지 아닌지.

근심과 걱정이 휘몰아치는 와중에도 최선을 다했다.

퉁퉁 부은 다리를 주무르며 백출과 황금을 씹었다. 단출하나마 끼니를 거르지 않았다.

그리고 폭군으로부터 멀어지기 위해 쉬지 않고 걸었다.

각오했으나 도성 밖에는 일손이 극심히 부족했다.

임금님께서 의녀를 새로 내려보내셨다는 소문을 듣고 몰려드는 고을 병자를 상대하면 하루가 꼴딱 지나갔다.

그래도 여러 사람을 접한 덕분에, 묻고 물어 큰오라비를 찾을 수 있었다. 실상 승산 없는 도박이었는데 운이 좋았다.

비록 신비의 빛바랜 기억보다 마르고 거칠어졌지만, 여전히 똑 닮은 피붙이였다.

"…이목을 피해 몸을 풀어야 한다고?"

사정을 털어놓았을 때, 근호는 덤덤히 받아들이려고 애썼다.

"예, 이제는 확진할 수 있어요."

신비는 조심스레 배를 짚었다.

"여기, 용종 아기씨가 계시옵니다."

"정녕 왕손이라면…. 숨기는 것만으로도 죄가 된다."

새파래진 근호의 안색에도 신비는 말을 아꼈다.

"그러니 더는 묻지 마세요."

근호는 상투 튼 머리를 헝클었다.

"좋아, 여기서 함께 살자. 누가 물어도 얼버무리면서 아무 말도 하지 말고."

"괜찮을까요?"

"그래. 알아서들 입방아를 찧을 거다. 투미한 사람들이 많거든."

꾀를 부리는 눈치였다.

"점점 네 배가 부르다가 해산하더라도…."

"귀양 와서 외로움에 미친 양반이 천첩을 들여 서자를 얻었다고 여길까요?"

“영 징그럽지만 그게 최선이겠지.”

근호는 어깨를 으쓱했다.

“다행이라면 다행일지, 세간에서 의녀를 바라보기를….”

“더러운 질병을 접하며 내외도 모르는 추잡한 계집이라지요?”

이골이 나서 신비는 피식 웃었다.

그러나 오라비의 잔꾀는 금세 의미가 없어졌다.

석 달도 채 아니 되었을 즈음이었다.

신비는 무척 아팠다.

사실 언주 아씨와 재회한 뒤부터 줄곧 공황과 악몽에 시달렸다. 그러다가 과로까지 겹치면서 연이은 발작과 고열로 이어졌다.

그녀가 어떻게든 과거로부터 지켜주고 싶었던 사내가, 정작 힘과 복수의 쾌감을 알려주겠답시고 맹목적으로 해묵은 사연을 파헤쳐 그녀에게 들이댄 탓이었을까?

그렇게는 생각하고 싶지 않았다.

그랬다가는 필시 그 사내를 닮았을 아이가 태중에서 죽은 현실을 이겨내지 못할 것 같았다.

신비는 하혈로 흠뻑 젖은 속치마와 이불보를 불에 태웠다. 암만 산중이라도 오지랖 넓은 시선이 두려웠다.

약조한 대로 근호는 아무것도 묻지 않았다.

대신, 신비가 허망한 과거의 잿더미를 다 치우도록 곁을 지켰다. 미역을 구해와 보신하라며 국도 끓여주었다.

덕분에 신비는 포기하지 않고 다시 일어섰다. 아직은 자신이 받은 복숭아만큼 세상에 나눠 줄 오얏이 있다고 믿었다.

신비는 병자들을 어루만지는 일에 몰두했다.

의원에게 치를 재물이 없는 환자를 구했다. 아파도 부끄러워서 꽁꽁 싸매고 죽어가는 여자들을 살폈다. 만덕과 서신으로 왕래하며 농민들이 읽기 쉬운 의서까지 썼다.

신비에게 돈이나 명예는 아무런 의미가 없었다. 첩으로 거두어 보살펴 주겠다는 사내도 필요 없었다.

그저 스스로 이름으로 살다가 족적도 남기지 않은 채 사라지고 싶었다.

흘러가는 세월도 모르고 지내던 어느 날이었다.

한양의 만덕으로부터 급보를 받았다. 상감께서 고성행궁으로 행차하신다. 이렇게 딱 한 줄만 쓰여 있었다.

중간에서 가로채일 경우를 우려한 모양이었다. 그럼에도 행간의 경고는 명확했다.

도망칠까?

번거로운 고민이었다.

외지에서 흘러와 겨우 기반을 잡았고, 여기선 오라비와 동고동락할 수 있다.

하물며 임금을 떠나야 했던 가장 큰 이유마저 핏물로 씻겨나갔으니 말이다.

쉽게 결정하지 못하고 갈팡질팡했다.

그 바람에 신비는 기어코 무작금과 재회하고 말았다.

속세를 떠나서도 신비는 임금을 둘러싼 소문을 들었다. 주로 그가 잔인하고 광포하며, 주지육림에서 노닌다는 이야기였다.

하지만 막상 배알한 용안은 기름칠로 번드르르하지 않았다.

생김새야 여전히 옥골선풍이었으되 생기가 없었다. 살이 쪽 빠진 낯가죽이 푸석푸석하기가 송장과 같았다.

유치할 만큼 오만했던 태도는 날 선 예민함으로 변모하였다. 저 잘난 맛에 사는 폭군치고 주눅 들어 보였다.

짧은 대면에도 신비는 가장 큰 문제를 진단하였다.

바로 새롭게 용상의 옆자리를 꿰찬 여자였다.

숙용은 너무나도 무작금과 닮은 사람이었다.

알록달록한 꾸밈 아래 타오르는 분노가 보였다. 어리석은 폭군의 불꽃을 부추겨 온 나라를 전소시킬 땔감이었다.

그녀는 옛날 이정이라는 나인처럼, 목적을 위해 수단과 방법을 찾는 데에 거리낌이 없었다.

아니, 어떤 면에서는 훨씬 지나쳤다.

숙용은 임금이 갈구하는 어미와 닮았다고 주장하는 것으로 만족하지 않았기 때문이다.

아예 임금의 어미 행세를 했다.

진즉 죽고 없는 모후의 품에서 벗어나지 못하는 한, 무작금이 제대로 된 사내가 될 가능성은 없었다.

평생 어미를 흉내 내는 치마폭에 감싸여 회피하다가, 비참한 방식으로 냉혹한 현실과 맞닥뜨릴 공산이 컸다.

하물며 숙용이 무작금을 진심으로 사랑했다면 어쩔 수 없었겠지만, 안타깝게도 그마저도 아니었다.

"…네가 그 의녀지?"

눈을 가늘게 뜬 숙용은 물었다.

그 의녀.

미사여구를 처바른 지칭이 아니었다. 번듯한 첩지로 포장된 존재도 아니었다.

하지만 항상 그 표현에는 모든 의미가 담겨 있었다.

무작금과 신비가 알고, 주변의 모든 사람마저 알아차릴 만한, 그런 의미였다.

“정녕 네가 우리 전하와 아무 사이도 아니라면….”

숙용은 재차 추궁하여도 묵묵부답인 신비를 다그쳤다.

“사내의 아랫도리를 발정한 황소처럼 벌떡 일으킬 미약을 처방해다오.”

음흉한 주문 속에 진실은 하나였다.

바로 숙용은 다른 누구도 아닌, 오로지 자기 자신만 사랑한다는 것이었다.

하릴없이 신비는 무작금을 동정했다. 어머니의 사랑과 같은 진심을 갈구할수록 수렁에 빠지는 그가 안타까웠다.

약점을 잡히지 않겠답시고 가시를 세워봤자, 그는 너무나도 이용해 먹기 쉬운 먹잇감으로 전락하고 말았다.

“…알겠사옵니다.”

거절할 수 없어 승낙했다.

그리고 신비는 지난날처럼 홍화차를 끓였다.

징징거리면서 포기부터 앞세우던 그를 위해 하루걸러 내민 약차였다.

냄새가 역하답시고 도리질 치던 고개를 붙잡고 억지로 밀어 넣었던 숟갈을 모으면 태산을 이룰 터였다.

아주 가끔, 신비는 그 고약한 병상이 그리웠다.

그를 포기하지 않으려는 노력이 자신을 살아가게 만들던 나날이었다.

또한 그를 구원하는 것이 그녀 자신을 구원하는 길이기도 했던 시절이었다.

어긋나버린 길에서 재회하고서도, 도무지 그 마음은 금할 수 없었다.

이제, 신비는 눈앞의 독다를 응시했다.

관아의 다모가 전했다. 성상께서 한양으로 환궁하시면서 마지막 선물로 하사하셨다고.

한데 선물치고 꽤 악랄했다. 찻잎이 문제였다. 둥굴레차인 척 교묘했으나 은방울꽃의 잎이었다.

차라리 죽여달라고 호소했더니 대답을 주신 걸까?

쪽지 한 장이라도 곁들이셨다면 성심을 헤아렸을 텐데….

애석하게도 그런 호의는 없었다. 그저 사람 우습게 보고 눈속임하는 독다뿐이었다.

신비는 무작금의 의중을 관조하는 대신, 제 마음을 천착했다.

그를 떠났다.

그가 주장하는 패도는 구제 불능이요, 그녀의 신념과 삶을 부정하는 폭력이요, 자칫 어린 자식마저도 끌어들일 광풍이었기 때문이다.

다만 그 이유 아래 숨긴 감정이 한 가지 있었다.

사실 신비는 그의 복수심에 감응할 뻔했다.

무작금이 언주 아씨를 밑바닥에 무릎 꿇려 머리끄덩이를 잡았을 때, 어쩔 수 없는 희열을 느꼈다.

제 인생을 망친 간악한 계집이 업보를 치른다니 통쾌했다.

그토록 자극적인 쾌감은 이내 부끄러움으로 표류했다. 선행의 맹세가 시체가 되어 둥둥 떠다니는 자괴감의 바다는 광막했다.

사실 그래서, 끝내 그를 떠날 수 없었다.

무작금이 스스로 해하고, 타인을 망치고, 천하를 무너뜨리더라도 포기할 수 없었다.

그의 비뚤어진 사랑만이 그녀를 살게 했다.

피와 폭력까지 불사하며 그녀를 위하는 그의 방식을 미워할 수 없었다.

여전히 신비는 그를 고쳐주고 싶었다. 하여 독다를 마셨다.

무심하려고 애썼지만 결국 불변하는 마음이었다.

***

여기서 신비의 이야기는 끝났다.

"…사랑하지도 미워하지도 않는다는 작별은 거짓이었사옵니다."

무작금은 글월의 마지막 구절을 읽었다.

"소인은 여전히 전하를 사랑하면서 미워하고 있사옵니다."

무관심의 역방향이었다.

"제발 성군이 되시옵소서."

그래서 무작금은 마지막까지 포기하지 못한 그녀의 진심에 꿰뚫렸다.

"만백성을 위해 그러실 수 없다면 전하 자신을 위해서. 전하 자신을 위해서 그러실 수 없다면 전하의 독에 죽은 소인을 위해서…."

진즉 만신창이가 된 가슴을 후벼파는 비수였다.

"소인을 위해 그러실 수 없다면, 전하를 닮은 얼굴로 세상에 나올 뻔했던 아기씨를 위해서라도…."

눈물로 꽉 막힌 목으로는 더 이상 소리를 낼 수 없었다.

"…제발 성군이 되시옵소서."

마지막의 마지막까지 헌신과 희생으로 꽉 채운 이야기였다.

그녀가 자미의 인생을 끝내던 이야기보다 훨씬 길고 서러운 사연이기도 했다.

몇 번을 다시 읽어도 내용을 고칠 수 없을 글월에 용안을 파묻었다.

신비가 혼자 그 모든 과정을 이겨내야만 했다는 비극에 난도질당했다.

동시에 아파할 자격도 없다는 자책감이 불길처럼 번져 그의 심장을 새카맣게 태웠다.

"내가 어리석었다."

수천 번을 뇌까리고도 늦은 후회였다.

항상 병자는 자신이고, 돌봐주는 사람은 그녀였다. 하지만 무작금의 파괴적인 광증에 휘말리는 바람에 그녀마저 병들어버렸다.

기어코 그의 어둠이 타인을 구원할 때 가장 빛나던 사람마저 집어삼킨 셈이었다.

"…내가 다 잘못했어."

무작금은 메마른 신비의 어깨에 용루를 쏟았다.

"진즉 네 옳은 소리를 들었어야 했는데…."

그녀에게서 더 이상 배롱나무의 향을 맡을 수 없기에 더욱 서글펐다.

아무리 피와 힘으로 군림해도 이 감정만은 다스릴 수 없다.

신비는 의녀로서 옳은 처방을 내렸었다. 슬프고 억울하더라도 과거에 붙잡히지 말고 나아가야 한다고 거듭 설득했다.

한데도 그는 복수와 권력을 추앙하며 충언을 비웃었다.

하물며 그 잘난 복수와 권력마저 밑 빠진 독에 물을 붓듯 허망하게 흘려버렸다.

그래서 전무후무한 패왕이 되었다.

동시에 이불 밖이 두려워 덜덜 떠는 겁쟁이가 되었다.

어리석게도 그는 향긋한 체취와 함께 사라져가는 옛 시절의 잔상을 곱씹었다. 그 추억이 오직 자신에게만 남을세라 애달팠다.

"네가 보고 싶다."

이미 신비의 얼굴을 보면서도 그는 소망했다.

"…염치가 없는 줄 알면서도 나는 네가 너무 보고 싶구나."

눈을 뜨기를, 눈망울에 깃든 자애와 총기를 다시 마주하기를 빌었다.

온데간데없이 사라진 어미가 되돌아오기를 바라던 어린 시절보다도 간곡히 빌었다.

그러나 처음으로, 그녀는 답을 주지 않았다.

의녀 남기가 애썼지만, 신비는 차도를 보이지 않았다.

임금의 독촉에 한양서 의관 박치수와 차비대령의녀 자희가 불려 왔다. 두 사람은 의식불명의 신비를 거듭 진맥하였다.

"치사량까지 취하지는 않아 다행이옵니다만…."

한참 만에 치수가 아뢰었다.

"독성에 기혈이 손상되었으니 이대로는…."

끝맺지 못하고 그는 주억거렸다.

"참으로 믿기지 않사옵니다."

자희는 그런 치수보다도 더 경황이 없었다.

"신비가 은방울꽃과 둥굴레를 구별하지 못할 리가 없사온데…."

무작금은 염치가 없어 고개만 떨구었다.

"일단 할 수 있는 데까지 조처하겠나이다."

울음을 터트린 자희를 무마하려고 치수가 얼른 나섰다.

치수는 밤낮으로 신비의 병석을 지키며 손수 약재를 다듬고 탕약을 달였다.

응당 거기까지는 맡겼으나 이후는 무작금의 몫이었다.

무작금은 메마른 신비의 입술에 약을 한 숟갈씩 조심스레 흘려 넣었다. 여태 그녀로부터 얻어먹은 수천 숟갈의 약을 보상하고 싶었다.

성질 더럽고 성가신 병자였던 자신에게, 그녀가 얼마나 인내심을 발휘했었는지 절실히 실감했다.

그러기를 며칠이 더 지났다.

적신 면포로 신비의 얼굴을 닦아주던 중에 변화가 일어났다.

무의식적으로 신비의 손이 꿈틀거렸다. 곧이어 눈썹과 뺨도 움찔거렸다.

하늘이 간곡한 소망에 응했는지, 기나긴 잠에서 깨어나는 모양이었다.

무작금은 감격으로 어쩔 줄 몰랐다.

하지만 치수와 자희의 반응은 달랐다. 오히려 신비가 의식이 없을 때보다 훨씬 심각한 표정이었다.

"…필시 후유증이 있을 것이옵니다."

치수가 어둡게 예고했다.

천천히 신비가 깨어나는 동안, 무작금은 병상을 기웃거리지 못했다. 감각이 떨어진 병자를 혼란스럽게 만들어선 안 된다는 치수의 권간勸諫 때문이었다.

초조하게 사흘을 꼬박 기다리니 차례가 왔다.

"예상보다 경과가 좋사옵니다. 의식이 또렷한 데다가 걷고 먹는 데에 어려움이 없나이다."

치수가 아뢰었다.

"다만…."

진짜 본론을 여는 문두였다.

"병자 본인이 두통과 가슴의 답답함을 토로하고 있사옵니다. 맥박도 빠르고, 자꾸 다리가 저리다고 하옵니다."

"위험한 거요?"

"워낙 예후가 좋아서 차차 나아질 것 같사옵니다만…."

치수가 망설이더니 단숨에 뱉었다.

"기억 쪽은 확언하기 어렵사옵니다."

"…기억?"

"특히나 온전치 못하옵니다."

"기억을 잃었다는 말이오?"

"예, 신비에게 이것저것 물어보니…. 예닐곱 살 이후의 일은 아무것도 기억하지 못하옵니다."

무작금은 귀를 의심했다.

"스스로 우승지 신병선의 여식이요, 원자 아기씨의 배필로 낙점된 사대부가의 규수라고 믿고 있사옵니다."

이윽고 치수의 시선이 비난처럼 꽂혔다.

"…그게 사실이옵니까?"

무작금의 가슴이 무너졌다.

그때라면 아마 집안이 몰락하기 직전일 터였다.

제일 좋은 부분만 남기고 상처는 전부 지워졌다니 다행이라 해야 할까?

"…과인이 친히 보겠소."

무작금은 집요하게 추궁하는 치수의 눈빛을 피했다.

서쪽 하늘이 울긋불긋 물들었다. 신비는 발갛게 진 노을 아래에 쪼그려 앉았고, 옆에는 곤혹스러운 표정의 근호가 있었다.

인기척을 느낀 두 사람이 동시에 고개를 들었다.

"누구십니까?"

신비가 무작금을 똑바로 보고 물었다. 누구냐는 물음 하나만으로, 더 이상 익히 알던 그녀가 아님은 확실해졌다.

"상감마마시다. 예의를 갖추어라."

근호가 난처해서 옆구리를 찔렀다.

"진짜로 임금님이셔요?"

훅 찔러 들어오는 물음은 천진난만하였다.

대답하기가 어려웠다. 스스로 부정할 수 없는 폭군의 정체성이 낯을 부끄럽게 만들었다.

적어도 그녀에게 당당하게 내밀 감투는 아니었다.

"금방 근호 오라버니한테서 이상한 이야기를 들었사옵니다."

아랑곳하지 않고 신비가 말했다.

"소녀가 기억을 잃어서 그렇지, 세월이 한참 흘렀다던데요?"

그녀는 정말 다른 사람처럼 보였다.

"그사이에 너무 많은 일이 있었지만…. 어쨌든 오라버니는 귀양 중이고, 소녀는 임금님과 아는 사이라고요."

신비가 눈썹을 추켜세웠다.

"뭐, 진짜로 오라버니가 폭삭 늙기는 했는데…."

상대가 지존이든 핫바지든 간에 야무지게 따지는 모습만은 영락없는 그녀였다.

"정말이옵니까?"

무작금은 묵묵히 고개만 끄덕였다.

"…전하께서 정녕 소녀를 아신다고요?"

용안의 울상을 물끄러미 보던 신비가 물었다.

"너무나 잘 알지."

비로소 무작금은 회피하지 않고 솔직하게 현실을 응시했다.

"내가 연모하는 사람이니까."

직설적인 연심의 고백에도 신비의 표정은 흔들리지 않았다.

기억을 잃었다는 그녀의 의중은 전보다 더한 수수께끼처럼 느껴졌다.

"소녀도 전하를 연모하였사옵니까?"

"…글쎄, 잘 모르겠다. 난 항상 너한테 잘못한 게 많았거든."

그 모든 사연을 연심이라 명명하여도 될까?

감히 그럴 자격이 있을까?

"네 감정이 사랑이었는지, 동정이었는지, 책임감이었는지…."

유치한 어린아이라서, 혹은 주체할 수 없도록 커다란 힘을 얻고도 어린아이처럼 구는 사내라서, 그는 여전히 확신이 없었다.

"사과할 일은 애초에 만들지 않는 게 중요하지요."

기민하게도 그녀는 바닥에 처박힌 그의 자존감을 알아챘다.

"전하께서 번번이 잘못하는 사람과 용서하는 사람의 역할을 정해두시는 바람에, 소녀와의 관계가 모호해진 건 아니었을까요?"

아무것도 모른다면서 똑 부러진 조언이었다.

"네 말이 옳다."

무작금은 피식 웃어버렸다. 항상 옳은 소리만 하던 그녀의 잔상이 좋았다.

"잠깐만…."

불현듯 신비가 손뼉을 쳤다.

"접때 그 도련님이네!"

처녀애처럼 말갛게 흩어지는 웃음은 덤이었다.

"궁궐에서 함께 술래잡기했었잖아요."

그 바람에 빼앗긴 나무 공이 가슴 속에서 통통 튀었다.

"헤어지고서 설마 싶었는데…. 진짜 원자 아기씨였나 봅니다."

신비가 말했다.

"우환이 많아 보이더니만 무사히 임금님이 되셨습니까?"

짧은 질문이었지만 대답하려면 너무나 긴 시간이 필요할 터였다.

"그래, 다 네 덕분이었지."

더군다나 이제는 아무리 사과해도 그녀는 용서할 수 없다. 그럴 기억조차 남지 않았다.

하여 무작금은 눈물을 삼켰다.

"네가 외톨이였던 나의 유일한 집이 되어주었으니까…."

그는 대화를 본래 궤도로 되돌렸다.

"…내게 기회를 주겠느냐?"

그녀의 옆에 똑같이 쪼그려 앉았다.

"앞으로는 너한테 사과하지 않을 기회 말이다."

"어어, 옷자락에 흙 묻으시옵니다."

"나와 함께 가자."

딴청을 피우는 신비에게 재차 채근했다.

"우리의 인연이 있었던 곳으로."

익숙한 그녀의 체취에 흠뻑 젖어 들었다.

"…우리의 집으로."

나약해서 좌절할 줄밖에 모르던 한심한 사내에게, 도무지 포기할 줄 모르는 그녀가 끊임없이 들러붙어 만들어 준 자주색 붉은 둥지였다.

만회해야 한다는 난제 앞에서 그는 답을 찾았다.

그녀가 잃어버린 기억 중에는 실망감과 원망, 미움이 있었다. 그녀의 손에까지 피를 묻힌 그로선 도저히 보상할 수 없는 감정들이었다.

한데 그녀 스스로 잊어버렸다.

백지장처럼 새하얘진 그녀를 도로 실망으로 검게 붓질하고 싶지 않았다.

다시는 그녀를 잃고 싶지도 않았다. 그녀에게서 사랑받고 싶다는 파렴치한 꿈조차 삼갔다.

하여 그녀를 속이기로 결심했다.

아무것도 모르는 그녀에게 성군의 모습을 보여줄 것이다.

그녀가 잊어버린 소망을 실현해 주고, 그녀에게 상처 입혔던 폭군의 과정은 말살할 셈이다.

처음부터 다시 시작하는 것만으로는 부족하기 때문이다.

이제, 그는 반드시 성군이 되어야만 한다.

***

삼월 초하루, 경복궁으로 급히 환궁한 임금이 승정원에 전교하였다.

"임인년에 과인의 모후를 사사하는 어명에 반대하다가 벌 받은 신병선을 복권한다."

응당 온 조정이 술렁였다.

"영의정으로 추증하고, 거창부원군居昌府院君이라 추봉하여 문묘에 배향하라."

"망극하오나 부원군(府院君, 왕비의 아버지에게 내리는 작호)이라 하심은…?"

누군가가 용감하게 여쭌 덕에 무작금은 운을 떼기가 쉬웠다.

"신병선의 여식을 후비后妃로 삼을 것이다."

비록 요식 행위라지만, 삼간택도 거치지 않는 파격적인 선발에 모두 놀랐다.

하나 반발은 없었다. 선왕의 유지라는 강력한 명분이 있을뿐더러, 신병선의 여식이 한때 장안 최고의 며느릿감으로 꼽혔던 사실을 다들 기억했다.

무엇보다도 폭군의 신속한 결정에 토를 달 사람들은 이미 다 죽고 없었다.

왕후 책봉은 일사천리였다.

곤위에 오를 규수를 여항閭巷에 둘 순 없으니 궐 내에 맞이하겠다는 뜻을 예조에 밝혔다.

간택을 기념하는 권정례(權停禮, 임금이 참석하지 않고 간소하게 거행하는 의례)도 잽싸게 벌였다.

신부 삼을 규수의 집에 교명(敎命, 왕비를 책봉하는 명령)과 빙재(聘財, 임금이 하사하는 선물)를 내려 아예 쐐기까지 박았다.

그리하여 꽃봉오리 망울망울한 사월에 신비는 궁가宮家의 흙을 밟았다.

이제 그녀는 비씨(妃氏, 왕비로 간택된 규수를 존칭함)라 불렸다.

친영(親迎, 신랑이 나아가 신부를 맞이함) 전까지 그녀는 자수궁慈壽宮에서 머물 터였다.

경복궁 서쪽의 소박한 별궁으로, 어미가 폐위된 직후 머물던 곳이기도 하다.

"…본래 있었어야 할 자리로 참 어렵게 돌아왔군."

무작금이 중얼거렸다. 별궁의 비씨를 생각하는 마음이 참 애달팠다.

"실로 그러하옵니다."

어전에 엎드린 근호가 그 심경을 헤아렸다.

근호 역시 유배를 청산하고 좌부승지左副承旨에 등용된 참이었다.

"…경의 누이는 별궁에서 잘 적응한다던가?"

무작금은 자수궁이 있는 서쪽을 하염없이 바라보았다.

"예, 육례(六禮, 혼인의 여섯 가지 의식)를 준비하며 법도를 익히는 중이랍니다."

근호가 답했다.

"의녀 만덕이 곁에 있으니 심려치 마소서."

"지금쯤 왕실과 종실宗室 계보를 달달 외우고 있겠군."

믿음직한 대답에 한결 마음이 놓인 무작금이 피식 웃었다.

"…희한하군. 경과 있으면 꼭 그 사람과 있을 때와 느낌이 같소."

그러다가 문득 덧붙였다.

"피붙이라서 그런가?"

"소신과 누이는 형제 중에서도 특히 닮은 편이긴 하옵니다."

근호는 어깨를 으쓱했다.

"신은 늙은 호박이고, 누이는 호박 아기씨랄까요."

끼어들 구석조차 없을 만큼 친밀한 말투가 거슬렸다.

"왜 누이를 호박이라 부르지?"

"못생겼으니까요."

근호가 짓궂게 웃었다.

"장안 최고의 며느릿감이라도 신에게는 못난이 호박일 뿐이옵니다."

멸시하는 어조가 아니었다. 오히려 어린 누이가 귀여워서 어쩔 줄 모르다가 괜히 쿡 찔러보는 꺼드럭거림이었다.

"떨어져 지낸 세월이 길었을지언정 누이를 많이 아끼나 보군."

"당연하지요. 눈에 넣어도 아프지 않사옵니다."

근호가 껄껄 웃었다.

"앞으로는 거리를 두고 자중하시오."

무작금은 심술을 부렸다.

"별궁에 들어왔으니 이미 출가외인이요, 고귀한 왕후가 될 사람이니."

질투로 심사가 뒤틀린 탓이다.

"그것도 과인의 비妃요."

"지당하신 말씀이옵니다."

괘씸하게도 근호는 공손한 척 빙글거렸다.

"전하의 배필이 되실 분이니 오직 공경으로만 섬겨야지요."

풋풋한 연심과 자칫 흉하게 망가질 소유욕을, 더 나아가 이제 갸는 내 것이니까 넘보지 말라는 본심까지도 간파한 것 같았다.

"…히죽거리는 낯짝도 꼭 그 사람을 닮았군그래."

폭군을 무서워할 줄 모르는 배짱 하나는 똑같았다. 무작금은 혀를 내둘렀다.

"다만 천하에서 오직 신만이 호박 아기씨라 부를 수 있었던 누이의 자리는…."

아랑곳하지 않고 근호는 제 가슴팍을 쿡 찔렀다.

"이 속에 늘 남겨둘 것이옵니다."

예쁜 누이를 마냥 넘겨줄 생각은 없는 모양이다. 근호가 은근히 걸어온 기 싸움에 무작금은 말려들었다.

"어찌 경만 그리 부를 수 있다 단언하시오?"

"오누이 사이의 섭리라고나 할까요."

근호가 느물거렸다.

"덕성 높은 성상께오서 설마 지어미를 호박이라 이르실 일은 없겠지요."

"그야…."

"감히 누가 또 비씨를 놀리겠사옵니까?"

승기를 잡은 근호가 덧붙였다.

"하오니 오직 천하에서 신만 비씨를 그리 부를 수 있는 게지요."

대단히 거슬리고 얄밉다.

"혹 비씨께 부족한 점이 있더라도 너그러이 봐주소서."

목숨은 아까운지, 살살 긁기를 멈추고 근호는 공손해졌다.

"경이 보기에 누이에게 부족한 점이 있소?"

무작금은 마지막으로 한 번 더 떠보았다.

"그럴 리가 있겠사옵니까."

마치 제 누이는 존재 자체가 완벽하다는 양 근호는 눈을 빛냈다.
"팔불출하고는…."
질려버린 무작금은 말을 그만 섞기로 마음먹었다.

해가 저물자 무작금은 곤룡포를 벗고 미복하였다.
"자수궁으로 간다."
의기양양한 선언에 백 상궁이 기겁하였다.
"대례(大禮, 왕후를 맞이하는 혼례)를 치르기 전까지 신랑과 신부는 얼굴을 맞댈 수 없나이다, 전하!"
고집불통 임금을 잘 알아 항변은 점점 기어들었다.
"친영 전까지는 도리를 지키셔야…."
"잔말이 많다."
아니나 다를까, 무작금은 쌩 무시하고 멋대로 굴었다.
자수궁에 당도하자 그는 호위하는 무리를 전부 물렸다.
별궁 뒤쪽으로 살금살금 숨어들어 그녀가 머무는 방의 창가로 돌멩이를 하나씩 던졌다.
"뭐야, 우박인가…?"
다섯 개쯤 맞히자, 어리둥절한 혼잣말과 함께 창가에 그림자가 일렁였다.
곧 신비가 창을 열고 고개를 빼꼼 내밀었다. 다행히 내실에 혼자 있는 눈치였다.
"…상감마마?"
달빛이 밝아 그녀는 쉬이 손님을 알아보았다.
"소저를 보러 왔습니다."
무작금이 말했다.

그는 더 이상 그녀를 병상에서 만난 신씨 성의 비(婢, 계집종)로 대하지 않았다.

태어나는 순간부터 반려로 정해진 신씨 성의 비(妃, 왕비)로 대했다.

"어때, 이렇게 놀래주는 것은 여인들이 좋아할까요?"

물론 제 마음 씀씀이도 실컷 생색냈다.

"아, 예, 간 떨어져서 죽고 싶은 여인이라면 좋아하겠사옵니다."

반응이야 영 시원찮았지만.

"대례를 치르기 전까진 서로 얼굴을 봐선 안 된다던데요?"

퉁명스럽다가 그녀는 갸웃거렸다.

"아무리 임금님이라도 이러시면…."

"내가 나의 비를 살핀다는데 감히 누가 뭐라 하겠습니까."

딴에는 당당한 논리를 펼쳤다.

"대례를 치르지 않았으니 아직 지아비는 아니시거든요."

"교명과 빙재를 내렸으니 벌써 지아비가 맞거든요."

목청 큰 사람이 이긴다는 이치답게 신비는 뻔뻔한 그의 주장에 말려들었다.

"…진짜 그렇습니까?"

"아, 맞다니까."

기회를 놓치지 않고 무작금은 우겼다.

"뭐, 마침 잘 되었사옵니다. 소녀도 전하께 여쭈고 싶은 게 있었거든요."

"무엇이든 답해드리리다."

기어코 환대를 얻어낸 무작금은 기뻤다.

"자, 바깥으로 나오세요."

"…나오라고요?"

“그럼 나와야지. 사내가 비씨의 방에 들어갈 순 없으니까.”

“아까는 지아비라서 괜찮다면서요?”

뜨끔한 무작금은 얼른 말을 바꿨다.

“아, 기왕 볼 얼굴이라면 운치 좋은 달빛 아래가 좋다는 뜻입니다!”

막무가내로 권하자 신비는 또 얼떨결에 휘말렸다. 치렁치렁한 치맛자락을 꼭 부여잡고 창틀에 다리를 올렸다.

“겁내지 말고 뛰어내리세요. 내가 잡아줄 테니까.”

창 아래에서 무작금이 양팔을 벌렸다.

“저리 비키소서. 바닥으로 뛰겠사옵니다.”

신비는 성가시다는 듯 손을 홱 저었다.

“거참, 잡아준다니까.”

“머리 깨져 죽을 일 있사옵니까?”

“멀쩡한 소저의 머리가 왜 깨집니까?”

“잡아준다면서 장담하다가 막상 무겁다고 소녀를 놓치시면 깨지겠지요!”

“안 놓칩니다. 새털보다 가볍게 잡아준다고.”

옥신각신 실랑이 끝에 신비가 창 아래로 뛰어내렸다.

그의 품을 피하려고 했지만, 무작금은 천상의 선녀처럼 강하하는 그녀를 기어이 붙들었다.

“보십시오. 가볍게 잡아준댔지?”

무작금은 의기양양하게 웃었다.

“힘이 꽤 좋으시옵니다.”

낯을 살짝 붉히면서 신비가 툴툴거렸다.

“생김새는 기생오라비 같으신데.”

“잘생겼다는 칭찬은 하도 많이 들어서 감흥이 없군.”

어차피 무작금은 저 좋을 대로 듣는 데에 도가 텄다.

"…와, 달이 정말 밝사옵니다."

신비는 영롱한 광경에 홀려 핀잔주기도 잊었다.

"괜히 소저더러 나오라고 했겠습니까."

마치 저가 달을 창조하기라도 한 양 그는 으스댔다.

"소녀한테 가장 생생한 기억은…."

신비가 말했다.

"근호 오라버니와 붙박이별을 헤아리던 어느 밤이옵니다."

어깨를 으쓱하더니 덧붙였다.

"다른 기억들은 뒤죽박죽 섞여서 잘 모르겠거든요."

무작금은 또 먹먹해졌다.

"하여 그 마지막 기억만 몇 번이고 곱씹었사온데…."

서글픈 그 마음을 모르고, 신비는 활짝 웃었다.

"오늘의 달밤은 그 별빛에 못지않게 아름답사옵니다."

그의 검은 먹물에 더럽혀지지 않아 하얀 종잇장과 같았다.

"…실은 별궁에 와서 더 정확한 이야기를 들었사옵니다."

달빛에 홀린 채 신비가 말했다.

"소녀의 가장 친한 벗이었다던 의녀 만덕이로부터요."

남의 일처럼 신비는 멀거니 말했다.

"소녀의 집안이 몰락하여 관비가 되었고, 의술을 배워 궁궐에 입직했다가…."

"…나를 만났지."

공유하지 못할 추억을 씁쓸하게 맞장구쳤다.

"소녀는 어떤 의녀였사옵니까?"

"성가시고 괴팍한 병자일지언정 절대 포기하지 않는 사람이었습니다."

"전하께서 그런 병자셨사옵니까?"

"그렇지요. 하여 절대 포기하지 않는 의녀를 은애하게 되었고요."

신비는 달빛으로 물든 용안을 응시했다.

"…소녀는 전하를 전혀 기억하지 못하옵니다. 더 이상 절대 포기하지 않는 의녀조차 아니옵니다."

그녀는 기억을 잃기 전의 자신과 선을 그었다.

"하온데도 여전히 소녀를 은애하시옵니까?"

"당연하지."

무작금은 정해진 정답을 짚었다.

"우리 둘 중에서 한 사람이라도 달빛이 고운 밤에 얽힌 사연을 기억하는 한, 과거는 절대 사라지지 않으니까."

더 명징한 까닭은 없을 터였다.

"마침 묻고 싶었다는 게 그것이었습니까?"

이런 질문이라면야 백 번도 더 답해주겠다는 확신이 있었다.

"아니옵니다."

한데 신비는 고개를 저었다.

"비록 전하께서는 교명과 빙재를 하사하셨고, 소녀는 별궁까지 들어앉았사오나…."

다시금 그녀는 운을 뗐다.

"그래도 임금님이니까 아직은 취소하실 수도 있으실 것 같아서요."

"취소하다니요?"

불길한 단서라서 무작금은 의아했다.

"요 며칠 만덕이가 소녀를 거듭 진맥하더니 알려주었나이다."

문두를 새로 고르느라 신비가 잠시 머뭇거렸다.

"…만덕이는 소녀가 태산보다 큰 지존의 사랑을 버겁게 여겨 궁궐에서 도망쳤다고 알려주었사옵니다."

임금을 부모의 원수보다 못한 상대로 여기는 만덕인데, 꽤 온건하게 얼버무린 모양이다. 아마 참담한 기억으로부터 벗을 보호하려는 의도일 터였다.

"한데 도망치는 길이 순탄치 않아서…."

속눈썹이 뺨에 그늘을 만들도록 신비는 눈을 지그시 감았다.

"소녀가 몹시 앓았다고요."

역시나 보다 온건한 방식으로, 무작금이 들은 이야기와 비슷했다. 태중에 품은 아이를 잃은 과정이었다.

"거기다가 소녀를 시기한 사람의 음모로 독차를 마시는 바람에 또 아팠다던데요."

신비가 말했다.

"그렇게 두 차례 크게 병드는 바람에 소녀는 기억만 잃은 게 아니라 하였사옵니다."

"하면 또 무엇을…?"

"자호(子壺, 자궁)가 상해 다시는 잉태하지 못할 수도 있답니다."

그녀의 표정에는 미동이 없었다.

"…하온데도 여전히 소녀를 은애하시옵니까?"

차분한 의문이라서 오히려 가슴을 후벼파는 칼날이었다.

"앞으로도 달빛이 고운 밤에 얽힌 사연을 소중히 여기실 수 있겠나이까?"

무작금은 눈물을 삼켰다.

"당연하지."

그리고 또 정해진 정답을 짚었다.

"너만 내 곁에 있으면 된다."

그는 병자였다. 동시에 폭군이었다. 그래서 우겼다.

"종묘사직과 빌어먹을 대代 따위는 천 번을 끊어버려도 상관없다."

왕비에게는 후사를 생산할 의무가 있다는 고루한 가르침이라든가, 무자無子의 죄를 지은 아내는 칠거지악을 범한 죄인이라며 손가락질하는 관습 따위는 아무런 의미가 없었다.

갖가지 애욕과 잘난 정통성, 체면 차릴 명분 따위를 둘러싼 욕망으로 집구석을 망친 선대先代로부터 배운 교훈이었다.

"정녕 너만 내 곁에 있으면 된다."

그것만으로도 그녀는 너무나 큰 호의를 베푸는 셈이다.

"…어제의 달빛이 기억나지 않는다면, 오늘의 달빛을 새로이 기념하면 됩니다."

무작금은 다시 현재의 그녀를 마주 보았다. 어렵사리 제자리로 돌려놓은 신씨 성의 비에게 매달렸다.

"내일의 달빛도, 모레의 달빛까지도…."

그녀는 아무 말도 하지 않았다.

"지금의 우리가 처음으로 함께 바라보는 달빛이 참 곱지 않습니까, 소저?"

대신, 그녀의 눈망울에 잠시 눈물이 어른거렸다. 그러고는 조용히 미소 지었다.

배롱나무의 꽃가지 향이 묻어나는 웃음이었다.

백 마디보다 가치 있는 무언이었다.

그리하여 또 다른, 달빛 고운 밤이었다.

국혼에 박차를 가했다.

임금이 인정전에 나아가 고기례(告期禮, 혼인 날짜를 알리는 의식)를 행하였다.

익월에는 선정전에서 초례醮禮를 행하였는데, 아침부터 비바람이 세게 불었다.

천둥이 쾅쾅 치자 하늘이 울부짖는 굉음에 대지가 떨었다.

사돈댁에 흉한 징조라는 근심일랑 하지 말라는 위로의 어찰御札을 써서 꼭두새벽부터 부쳤다.

무작금은 사배四拜를 했다. 방향에 맞춰 무릎을 꿇었다. 술잔을 받았다. 그러고는 서계西階를 걸어 내려갔다.

동문을 거쳐 막차(幕次, 의례 때 임시로 장막을 쳐놓고 머무는 곳)에 나아갔다. 거기서 매무새를 고쳤다.

유시(酉時, 오후 5시부터 7시)를 알리는 소리가 땡 치자마자 돈화문까지 걸어갔다.

연輦이 기다리고 있었다. 그걸 타고 친영하였다.

지난한 세월 끝에야 비로소 백년가약을 맺었다.

땅거미가 내려앉았다. 머뭇거리며 신방新房에 앉기가 무섭게 늙은 상궁의 지시가 들렸다.

"…주상전하께서는 중전마마의 어여머리를 먼저 내려 주소서."

경험 많은 노상궁老尙宮 두어 명이 지존께서 초야를 치르는 침전, 넓게 펼친 병풍 뒤에서 닭을 끌어안고 앉아있었다.

무작금은 배운 대로 주섬주섬 매듭을 풀며 속삭였다.

"음, 오늘 하루 무척 고단했지요, 중전?"

초야를 앞둔 새색시에게 던지기에는 좀 우스운 질문이었다.

하지만 무작금 역시 긴장하고 어색한 새신랑이라서 도리가 없었다.

"배가 고프옵니다."

놀랍게도 훨씬 우습고 새색시답지 않은 대답이 돌아왔다.

“잔칫날이라고 사방에 먹거리가 넘쳐봤자 손도 못 댔거든요.”

피차일반이었다. 정작 두 사람의 몫은 신방에 간소하게 차려진 술상뿐이었다.

“중전마마께서 먼저 주상전하께 합환주合歡酒를 올리소서.”

병풍 뒤에서 상궁이 또 지시했다.

“굶어 죽기 전에 먹으라니 다행입니다.”

무작금이 너스레를 떨자 신비는 작게 웃었다. 그러고는 술잔을 채워주었다.

그는 달게 마셨다. 평소답지 않게 겨우 한 잔에도 취기가 올랐다.

“이제 주상전하께서 중전마마께 합환주를….”

“기다려라.”

무작금은 상궁에게 쏘아붙이더니 술잔 대신 젓가락을 잡았다.

“빈속에 술부터 들이부으면 탈 난다.”

정갈하게 차려진 찬을 둘러보았다. 열구자탕(悅口子湯, 신선로에 어육과 채소를 끓인 탕)과 은행구이, 복숭아정과, 말린 북어가 있었다.

개중에서 무작금은 복숭아정과를 골랐다.

비록 자신은 체질 때문에 먹지 못할지언정 그녀에게는 다디단 맛을 보여주고 싶었다.

“자, 어서요.”

손수 먹여주려는 시늉에 신비는 주저했다. 병풍 뒤에서 경악하다 못해 나자빠졌을 상궁들 쪽을 흘끔거렸다.

“그런 건 사내대장부 체면상 좀….”

“사내대장부 체면은 나 말고 다른 선비들이 열심히 차려줄 테니까 괜찮습니다.”

무작금은 아랑곳하지 않았다.

"어서요. 이러다가 중전은 굶어 죽고, 나는 팔이 떨어져 죽겠습니다."

기어코 우겨서 그녀의 입에 복숭아정과를 밀어 넣었다.

"이제 좀 살겠지요?"

저가 복숭아를 창조한 양 무작금은 으쓱거렸다.

"지아비가 챙겨주니까 맛있지 않습니까?"

"생색만 내지 않으셨으면 정녕 그랬겠사옵니다."

그는 못 들은 척했다.

"자, 한 입 더."

이번에는 열구자탕을 한 숟갈 떠먹였다. 아기새처럼 받아먹는 신비를 보자 기분이 묘했다.

"옛날에는 중전이 나한테 한 숟갈씩 먹여주었는데…. 이제는 반대가 되었군."

그녀가 자신을 돌봐주는 데에 오랜 세월 익숙했다. 하지만 이제는 달라질 터였다.

더 이상 그는 병자도, 어린아이도 아니었다.

앞으로는 좋은 임금처럼, 믿음직한 사내처럼 굴 것이다.

설령 진실로 좋은 임금이나 믿음직한 사내가 될 수 없다면 그런 시늉으로 속이기라도 할 것이다.

이미 상처투성이인 그녀를 보살피고 돌봐줘야 한다.

두 번 다시 잔혹한 세상과 이기적인 임금 때문에 다치지 않도록.

"신첩이 왜 전하를 먹여드렸사온데요?"

"내가 다리를 다쳐서 숟갈을 못 잡았거든."

"다리를 다쳤는데 왜 숟갈을 못 잡으셨사옵니까?"

허점을 잡은 그녀가 짓궂게 물었다.

"순진한 의녀를 꼬시려고 수작 부리신 거 아니옵니까?"

솔직히 틀린 지적은 아니었다.

"거참, 그런 언사는 어디서 배웠습니까?"

부정도 못 하고 무작금은 투덜거렸다.

"빨리 더 먹기나 하시지."

그러고는 옛날에 맹랑한 의녀한테서 배운 대로, 토를 달기 전에 떠먹여 입을 막았다.

"전하와 신첩은 처음에 어떻게 만났사옵니까?"

날아드는 숟갈 세례를 요리조리 피하며 신비가 물었다.

"다치고 절망한 채 방구석에 틀어박힌 내 앞에 중전이 나타났습니다."

무작금은 미소 지었다.

"밀어내려고 탕약을 들이붓고 별짓을 다 해도 굴하지 않고 찰거머리처럼 나한테 들러붙었지요."

"…신첩한테 탕약을 들이부으셨다고요?"

신비가 눈썹을 추켜세웠다.

"아, 아니! 그랬기는 했는데…."

잘 나가다가 헛방을 친 무작금은 허둥댔다.

"그땐 아파서 정신이…. 그게, 말로 들으면 좀 이상한데 실제로는 꽤 귀여운 앙탈을 부렸달까…?"

먹히지도 않을 변명을 앞세우려니 꼴만 더 우스워졌다.

"불쌍한 신첩한테 탕약을 들이부으셨는데요?"

신비는 어디서 귀여움과 앙탈을 찾아야 할지 모르는 눈치였다.

"빨리 합환주나 주소서."

무마하려고 또 떠먹이는 숟갈을 밀치고 그녀가 술잔을 내밀었다.

"우리의 사랑스러운 추억도 더 듣지 않고?"

"첫 만남이 그 모양이면 나머지는 안 들어도 알 만하옵니다."

은근히 떠보았지만 신비는 콧방귀를 뀌었다.

"하긴, 여자를 놀래준답시고 창문에 돌팔매질할 때부터 알아봤사옵니다."

"아니, 처음에만 좀 그랬지, 그 뒤로는 눈물 없이는 들을 수 없는 감동적인 사연이 줄줄이 이어졌다니까!"

"아, 예, 그러시겠지요."

신비는 무시하며 합환주를 들이켰다.

"…이제 주상전하께서는 중전마마의 예복을 탈의하소서."

얼추 절차를 밟는다 싶었는지, 잠자코 있던 늙은 상궁이 또 끼어들었다.

"아, 정말이라니까요."

무작금은 신비의 옷고름에는 손을 댈 겨를도 없이 주장했다.

"못 믿겠으면 내일 보여드리리다!"

그러다가 자폭이나 다름없이 선언했다.

"내가 얼마나 중전을 아끼고 소중히 여겼는지 증거가 다 있다니까."

"아, 예, 그러시던가요."

"두고 보십시오, 중전!"

상대가 영 심드렁하니 무작금은 더욱 골을 냈다.

"내일 소맷자락을 눈물로 잔뜩 적실 준비나 하라고!"

심지어 여남은 산통마저 다 깨버렸다.

"빨리 누워서 잡시다."

"…그냥 침수 드시려고요?"

"그래야 내일이 오지!"

스스로 무슨 소리를 하는지도 모르고 무작금은 우겼다.

"뭐, 정 그러시다면요."

신비는 어깨를 으쓱했다.

"아이고, 전하, 속히 합궁을 치르셔야지 웬…?"

늙은 상궁이 병풍 사이로 고개를 내밀며 질책했다. 어지간히도 당황한 기색이었다. 품에 안긴 닭마저 푸드덕거렸다.

"에이, 눈치 없는 할망구 같으니라고!"

눈에 뵈는 게 없는 무작금이 투덜댔다.

"중전의 환심부터 사야 하는데 무슨 합궁이더냐?"

"아니, 잠깐만…."

"됐다! 오늘은 종 쳤으니까 물러가라."

죄다 쫓아내고서는 침전의 호롱불을 훅 불어 꺼버렸다. 무고한 이불만 팡팡 두들기며 뒤집어썼다.

다음날 새벽닭이 우는 소리에 깨고 나서야, 무작금은 덜떨어진 짓으로 초야를 날렸음을 깨달을 따름이었다.

어쨌든 기세 좋게 질렀으니 수습해야 했다. 무작금은 유치하고 안하무인이었던 옛 자신을 포장할 만한 소재를 주섬주섬 모았다.

신비는 조현례(朝見禮, 새로 간택된 왕후가 왕실 어른께 인사함)를 치르는 중이었다.

그녀를 기다리는 동안 마침 무작금에게도 할 일이 있었다.

더 정확히는 오랫동안 모르쇠로 방치한 일과였다.

바로 경연이었다.

경연이란 허울이 좋아서 글공부지, 실상 신료들이 임금의 기를 꺾는 잡도리에 가깝다.

임금이 교만해지지 않도록 경계한답시고 꼴값 떠는 셈이다.

그따위 드잡이는 내팽개친 지 오래인데, 갑자기 경연장에 나아가려니 영 멋쩍었다.

"아, 아, 아니, 주상전하!"

물론 임금님 행차에 기겁하는 경연관經筵官들에 비하면야 약과였다.

그들은 오늘도 성상께서 납시지 않으리라 믿고 빈둥대다가 날벼락을 맞았다.

"갑자기 여기까진 어인 일로…?"

"군왕에게 글공부보다 더 중한 일은 없으니 왔소."

무작금은 샐쭉하게 쏘아붙였다.

"…적어도 중전은 그렇게 생각할 테니 선수 쳐야지."

"예?"

경연관이 갸우뚱하자 무작금은 눈을 치떴다.

"뭐 불만 있소?"

"성은이 망극하옵니다…."

화들짝 놀라며 경연관들은 입을 모았다.

"빨리 공부합시다. 빨리 끝나게."

투덜거리며 무작금은 털썩 앉았다.

"금일은 《주역周易》의 간괘艮卦를 강하겠나이다."

헐레벌떡 시독관侍讀官이 책을 펼쳤다. 낭독을 마치고서는 뜻을 진언進言해야 하는데, 저쪽에서도 준비가 미흡해 장황히 늘어졌다.

"상구돈간길上九敦艮吉이란 모든 일은 끝맺음이 귀하다는 뜻과 상통하옵니다. 이는 처음에는 부지런하다가 끝에 가서 나태해져서는 아니 된다는 의미이니…."

성질 급한 무작금이 가로챘다.

"《시경詩經》에서도 새롭게 시작하는 이는 많으나 끝맺을 줄 아는 사람은 드물다고 하였소."

모처럼 청산유수였다.

"이는 학문으로 따지면 그치지 않음이요, 정사로 말하자면 게을리 시행하지 아니함이니…."

그나마 성실했던 유년기 덕분에 인용할 구석도 있었다.

"과인은 임금으로서 유념하겠소."

무작금은 손뼉을 쳤다.

"다음!"

비슷한 과정을 두어 번 반복했더니만, 경연관들이 감격의 눈물을 흘렸다.

"성상께서 강론에 열성적으로 임하시고 막힘이 없으시니, 신들은 감읍할 따름이옵니다."

어지간히도 임금에 대한 기대치가 낮았던 모양이다.

"아니, 시커먼 양반들이 왜 울고 야단이야…?"

뜻하지 않은 칭찬에 쑥스러워 무작금은 삐죽였다.

"진짜 울고 싶은 쪽은 과인이니 뚝 그치시오들."

그러고는 또 채근했다.

"자, 빨리, 다음!"

백 번쯤 재촉하니 비로소 경연이 끝났다.

울먹이며 인사하는 경연관들을 본체만체 놓아두고 무작금은 중궁전으로 갔다.

"늦으셨사옵니다, 전하."

진즉 조현례를 마친 신비는 마당에서 기다리고 있었다.

"신첩더러 늦지 말라고 아우성을 치시더니…."

해의 높이를 가늠하며 그녀는 혀를 끌끌 찼다.

"경연이 생각보다 늘어졌지 뭡니까."

무작금은 허둥지둥 변명했다.

"생긴 건 산도적 같은 양반들이 감성은 참 풍부해서, 원!"

"아, 하긴…. 임금님이셨지요?"

새삼스레 신비는 깨달은 눈치였다.

"하도 날파람둥이 같으셔서 까먹을 뻔했사옵니다."

"뭐가 어째요?"

"잘하셨다는 뜻이옵니다."

신비는 얼른 칭찬인 척했다.

"군왕에게 글공부보다 중한 일은 없다잖사옵니까."

"중전이라면 그리 말할 줄 알았습니다."

역시 선수 치기를 잘했다. 무작금은 금세 으쓱거렸다.

"금일은 무엇을 배우셨사옵니까?"

의기양양한 꼴을 보고 신비가 불쑥 물었다.

"초육효初六爻가 어쩌고 하는 대목까지 읽었는데, 왜요?"

그녀는 대충 넘어갈 기색이 아니었다.

"하오시면 홍점우간(鴻漸于干, 기러기는 천천히 물가에 나아간다는 뜻)이 무엇이옵니까?"

"나더러 복습까지 하라는 겁니까?"

무작금은 기가 막혔다.

"일이란 순서에 따라 점차 나아가며 적시를 지켜야 옳으니, 정사를 행할 때 졸속으로 시행하여 백성에게 근심을 끼치는 폐단이 없도록 경계하라는 뜻입니다."

"참으로 박학다식하시옵니다."

신비가 끄덕였다.

"전하께서는 글공부를 소홀히 하지 않는 좋은 임금이 틀림없사옵니다."

곧장 무작금은 헤벌쭉 웃었다.

"중전이 보기에도 티가 나나 보지?"

유치한 사내라서 칭찬에 약했다.

"내가 평소에 책을 엄청 읽거든요."

한동안 펼친 책이라고는 조선팔도 어여쁜 기생을 총망라한 기적妓籍뿐이었다는 사실을 들키지 않기만 바랐다.

어쨌든 내일도, 모레도, 경연에 나아갈 수 있을 것 같다.

낯간지러운 노릇이지만 신비가 상상하는 성군을 흉내 낼 수 있다면야 못할 일은 아니었다.

"아, 예, 그러시겠지요."

하늘을 찌르는 그의 콧대를 보며 신비는 웃었다.

"하온데 신첩과 갈 곳이 있다고 하지 않으셨나이까?"

"아, 그렇지!"

영락없는 바보라서 무작금은 무릎을 탁 쳤다.

"자, 어서 갑시다! 벌써 하루 다 갔네."

그러고는 구시렁거리면서 앞장섰다.

"여기는…. 환취정環翠亭이라 불리는 곳이지요?"

우거진 숲을 둘러보다가 신비는 정자를 발견했다.

"잘 보세요, 중전."

고개를 끄덕이며 무작금이 누각으로 올라가는 층계를 가리켰다.

"계단이 아주 많지요?"

"글쎄요, 그런가…?"

갸우뚱거리는 신비를 무시하고, 무작금은 저가 하고 싶은 말만 했다.

"일전에 내가 부러졌다가 이제 막 붙어 아픈 다리를 이끌고 저 높다란 계단을 올라간 적이 있습니다."

한 치의 과장도 없는 진실이었다.

"위기에 처한 중전을 구하려고 말입니다."

"신첩이 왜 위기에 처했었는데요?"

"웬 용렬한 소인배가 힘없는 아녀자를 희롱하는 바람에…."

자초지종을 대강 설명했다.

"절체절명의 순간에 바로 내가 짠 나타나서 중전을 이렇게 구해냈다니까!"

그는 멋지게 문을 열어젖히고 뛰어드는 시늉을 했다. 너무나 절박했던 탓에 모양이 빠졌던 당시의 모습을 열심히 미화했다.

"정확히 어떻게 구하셨는데요?"

"그 빌어먹을 놈을 두들겨 패서…."

무심코 대답했다가 무작금은 흠칫했다.

"아, 아니…! 그릇된 행실을 수신하라고 점잖게 꾸짖었지요."

"하여 그 용렬한 소인배는 이후로 개과천선했답니까?"

글쎄, 이래저래 거슬리던 이복동생은 귀양 보낸 지 오래라 알 길이 없다.

"중요한 건 그런 게 아닙니다!"

잽싸게 그는 말을 돌렸다.

"내가 중전을 구해줬더니, 중전이 나더러 멋있다면서 반해버린 부분이나 새겨들으라니까!"

신비는 웃음을 터트렸다.

"정녕 신첩이 그런 빤한 수작에 넘어갔사옵니까?"

"원래 남녀 사이에는 빤한 이야기가 제일 잘 먹히는 법이거든!"

미적지근한 반응에 무작금은 씩씩거렸다.

“그때 중전이 한눈에 반했는지, 날 똑바로 보면서 이렇게 물었지요.”

흉내 낸답시고 그는 좀 느끼한 목소리를 냈다.

“왜 소인은 의녀로서 저하의 곁에 머물러야 하옵니까?”

듣자마자 포복절도하는 신비를 무시하고 그는 이어갔다.

“하여 내가 박력 넘치게 중전을 탁 잡고서 말했습니다.”

사실 손을 뻗다가 함께 자빠졌다는 부분은 왜곡하기로 마음먹었다.

“내가 너를 연모하기 때문이다.”

그 필사적인 고백 이후에 저지른 입맞춤의 기억이 선연히 되살아났다.

한동안 우련한 흔적으로 가슴에 품고만 살았건만….

이 순간 그녀의 입술도 그때만큼이나 따뜻해 보였다. 흉으로 남은 사연들마저 흐물흐물 녹여 몽땅 잊도록 부드러울 것도 같다.

“…전하.”

하나 신비의 조용한 음성이 그를 저지했다.

입맞춤의 끝에서 그의 가슴팍을 손으로 밀어내던 지난날의 신비처럼.

덕분에 무작금은 기억했다.

연모한다는 마음부터 증명해 달라던 그녀의 요청을.

저울질이나 허상이 아님을 입증해 달라던 부탁을.

상대가 사탕발림만을 주지 않아도 사랑이라고 이를 수 있다는 확신을.

과연 지금도 반드시 거쳐야 할 절차였다.

“이게 끝이 아닙니다.”

그래서 무작금은 황급히 정신을 차렸다.

“다음 장소로 갑시다, 중전.”

“또 갈 곳이 있사옵니까?”

“당연하지. 눈물 없이는 떠올릴 수 없는 추억이 차고 넘친다니까요.”

어리둥절한 신비를 이끌고 그가 또 앞장섰다.

다음 목적지는 내의원이었다.

"관청인 것 같은데…. 어찌 이리 조용하옵니까?"

신비는 한때 먹고 잤던 애환의 거처를 낯설게 두리번거렸다.

"약방입니다. 중전을 데리고 오려고 싹 다 물려서 사람이 없는 겁니다."

무작금이 친히 안쪽 문을 열었다.

"여기는 의관과 의녀가 직숙하는 방인데…."

구석의 작은 연상을 가리켰다.

"잠깐 저기 가서 엎드려 보세요, 중전."

"왜요?"

"가서 자는 척 엎드려 보라니까."

막무가내로 무작금이 떠밀었다. 하릴없이 신비는 연상에 웅크리고 장단을 맞췄다.

"일하다 지친 중전이 그렇게 깜빡 잠이 든 어느 날 밤…."

만족했는지 그가 분위기를 잡았다.

"숙직을 선다기에 궁금해서 찾아왔다가 잠든 중전을 발견하고서, 철릭을 덮어주었지."

근처에 굴러다니는 모포를 주워 신비의 어깨에 휙 둘러주었다.

"이렇게! 행여 깰세라 아주 조심스럽게 말입니다!"

생색내는 목소리는 우렁차기만 했다.

"참 사려 깊지요?"

"아, 예, 그러셨사옵니까."

신비의 반응은 떨떠름했다.

"그냥 말씀으로 하시지, 꼭 신첩까지 대동하여 재현하셔야 하옵니까?"

"그러면 감동이 없잖아, 감동이!"

무작금은 되지도 않는 논리를 펼쳤다.

"게다가 내가 선물까지 줬는데…."

그래봤자 감동 근처에도 못 간 신비를 그가 흘겼다.

"무엇을 하사하셨사온데요?"

"내 치아를 줬습니다."

"…예에?"

"여염에는 사내가 연모하는 여인에게 이를 뽑아 주는 풍습이 있다더군요."

이번에도 신비의 반응은 경악에 가까웠지만 무작금은 당당하게 어깨를 쫙 폈다.

"부모에게서 받은 신체의 일부까지 내어줄 만큼의 연정을 맹세하는 뜻이라니까요."

무작금은 제 젖니를 모은 주머니를 내밀었다. 다시 줄 수 있어 다행이었다.

"…꼭 이렇게 소름 끼치는 선물이어야만 하옵니까?"

신비의 반응은 예전과 다르지 않았다. 해괴하다는 표정이었다.

하지만 저래 놓고 막상 소중히 잘 간직할 터였다.

예전의 신비가 그랬듯이 말이다.

"소름 끼치도록 멋있다는 뜻이지?"

뻔뻔하게도 무작금은 곡해했다.

"그런데 이게 끝이 아닙니다."

이만하면 충분히 감동적이라서 그는 다시 앞장섰다.

"뭐가 또 있사옵니까?"

신비는 혀를 내둘렀다.

"도대체 언제 끝나는데요?"

"다음 장소로 얼른 가자니까요, 중전."

하릴없이 신비는 또 끌려갔다.

이번에는 경회루였다.

시간이 딱 적당했다. 대지에는 해가 지고 어둠이 깔렸다. 보랏빛으로 물든 하늘에서는 별이 총총 반짝였다.

"또 위로 올라가면 되옵니까?"

신비가 물었다.

"아니, 여기는 그냥 스쳐만 갑시다. 진짜는 저쪽이니까."

무작금이 고개를 저었다.

"우리 둘만의 비밀 명당이 있지."

귀신이 나온다는 괴담으로 인적이 끊긴 정자였다. 높다란 계단을 한참 오르니 시야가 탁 트였다.

인왕산과 북악산은 두 사람이 돌아오기만 기다린 양 어우러졌고, 청명한 호수는 세월을 머금은 채 고요했다.

"왜 여기가 진짜라고 말씀하셨는지 알겠나이다."

신비가 탄성을 뱉었다.

오늘도 무작금은 밤하늘과 달을 바라보지 않았다. 하얗게 쏟아지는 별빛으로 젖은 그녀의 얼굴만을 응시했다.

잠깐이라도 눈을 떼면 사라질 신기루처럼 하염없이.

"뭘 그렇게 빤히 보시옵니까?"

멋쩍은지 신비가 뒷덜미를 문질렀다.

"자미紫微를 보는 중입니다."

무작금은 자연스럽게 신비와 그 너머의 반짝이는 빛을 짚었다.

"북두칠성은 별들의 임금인 자미대제가 머무르는 궁궐…."

언젠가 그녀가 손끝으로 이은 별이었다.

"지상의 지존이 머무는 이 대궐도 별들의 형상을 본떠 지었으니…."

속삭일수록 가슴이 충만하게 차올랐다.

"실로 여기가 내 집이지."

바로 그녀가 곁에 있는 곳이었다.

막막한 어둠과 실체 모를 고통 속에서 외롭게 흰색으로 피어난 배롱나무를, 붉게 만개하여 빛나는 배롱나무가 지탱해 주는 보금자리였다.

그리고 그때, 밤하늘에서 불꽃이 터졌다.

임금이 애꿎은 예조禮曹를 달달 볶아 준비한 절경이었다.

"참으로 아름답사옵니다."

옛날과 똑같이 신비는 넋을 잃었다.

그러나 이제는 모든 게 달라졌다.

더 이상 비밀과 회피 속에서 서로 잡고 잡히는 관계가 아니다. 서로 모든 것을 알았고, 또한 모든 것을 잃었다.

그럼에도 불구하고 다시금 나란히 서서 오색 찬란한 불꽃에 얼굴을 물들인다.

밤하늘에 터지는 것은 단순히 유희의 불꽃일까?

아니면 그녀의 고요한 나무에 옮겨붙을세라 걱정했던 그의 불꽃일까?

"…왜 신첩을 위해 오늘 하루를 이렇게까지 준비하셨나이까?"

그녀가 물었다. 그의 의문과는 방향이 다른 질문이었다.

그러나 서로 다른 갈림길로 빙빙 돌았을지언정 종국에는 같은 자리에서 답을 찾을 의혹이었다.

"궁중에서 여태 살면서 그런 느낌을 받았습니다."

무작금이 말했다.

"사내는 세상으로부터 인정을 받고 싶어 하고, 여인은 세상으로부터 사랑을 받고 싶어 한다고 말입니다."

펑펑 터지는 불꽃을 보는 척 그는 숨을 골랐다.

"…한데 우리 두 사람은 달랐습니다."

"어떻게요?"

"나는 사랑받고 싶었고, 중전은 인정받고 싶어 했지."

무작금은 씁쓸하게 웃었다.

"둘 다 겉으로는 아닌 척하면서 속으로는 열렬히 갈망했달까."

그는 애정결핍에 시달린 어린아이였다. 반면에 그녀는 뛰어난 재주를 지니고도 겸손부터 차리며 살아남던 여자였다.

"기억을 잃고서도 중전께서 세상의 인정을 원하실지는 잘 모르겠습니다."

한 부분에는 확신이 없었다.

"다만 나는 여전히 사랑을 원한다는 것만은 잘 압니다."

요행히 다른 부분에는 확신이 있었다.

"나는 중전의 사랑을 받고 싶었습니다."

그리하여 간절한 소망으로 애원했다.

"하여 오늘 하루를 이렇게까지 준비한 겁니다."

끄트머리에 제일 절실한 속내가 터져 나왔다.

"오로지 중전을 위해서."

이는 곧 나 자신을 위해서라는 본심과 상통하는 이유였다.

너무나 섣부른 고백이었을까?

펑펑 터지던 불꽃이 이지러지도록 신비의 표정은 모호했다. 기쁜지 슬픈지 알 수 없었다. 기쁘면서도 슬픈 것이라면 더더욱 모순이었다.

"…신첩은 오늘 전하께서 어떤 분인지 많이 알게 되었사옵니다."

한참 만에 신비가 운을 뗐다.

"전하께서는 여인의 마음을 얻기 위해 창가에 돌을 던지고, 소름 끼치게도 치아를 주렁주렁 선물하시는 분이시옵니다."

옳은 평가인데도 무작금은 울컥했다.

"아니, 그렇게 말씀하시면 좀 이상한데…."

투덜거렸지만 신비는 멈추지 않았다.

"더 나아가 위기에서 구해주고, 잠든 모습을 지켜보고, 명당에서 불꽃놀이까지 벌이시는 분이고요."

이번에는 좀 긍정적으로 들려 무작금은 으쓱였다.

"한데 오늘 보여주신 모습들 이전에 전하께서는 이미…."

천천히 신비가 덧붙였다.

"설령 대를 끊어버리는 한이 있더라도 너만 옆에 있으면 된다고 장담하시는 분이셨사옵니다."

나긋나긋한 그 말씨는 곧 따뜻한 미소로 번졌다.

"하여 신첩은 지금까지 뵌 전하의 모습이 다 좋았사옵니다."

"…정말입니까?"

믿을 수 없어 무작금은 되물었다.

"정녕 내가 좋아 보였습니까?"

"그렇다니까요."

"앞으로도 좋은 모습만 보여주리다!"

의욕에 찬 그가 가슴을 두드리며 약조했다.

"반드시 중전에게 좋은 사내가 되겠습니다."

이번에는 절대 어기지 않을 맹세였다.

"…또한 반드시 성군이 되겠습니다."

사랑받기 위해서, 하나의 약속에 다른 하나를 더하는 데에만 마음이 급했다.

다행히도 그가 조급하게 내민 약속들은 그녀를 웃게 만들었다.

“믿겠사옵니다.”

그리하여 돌아온 화답은 밀어보다도 달콤했다.

무작금은 그녀의 믿음이 좋았다. 앞선 술래잡기에서 그녀의 믿음을 몇 번이고 무참히 깨버렸기에 더욱 그랬다.

스스로 박살 낸 믿음을 간신히 되찾았다.

앞으로는 그 무엇보다도 소중히 여길 터였다.

“…다만 한 가지만 여쭙겠사옵니다.”

신비가 조심스레 덧붙였다.

“전하께서는 예전의 신첩이 세상으로부터 인정받기를 원하던 사람이라고 하셨사옵니다.”

“그렇지요.”

“하온데 신첩을 사랑받기를 원해야 하는 아내의 자리에 앉히셨사옵니다.”

놀라울 만큼 정확하게도, 그녀의 표정만큼이나 모순이었던 그의 이기심을 짚었다.

속절없이 허를 찔린 무작금은 말문이 막혔다.

“이를 신첩이 어떻게 받아들여야 하는지 알려주소서.”

올곧은 그녀의 시선에는 비난이 섞여 있지 않았다.

“온전히 기억하지 못해 온전히 사유할 수도 없는 신첩에게 답을 주소서.”

“…나를 위해서 그 자리에 앉아 주세요, 중전.”

하여 유치하고 초라한 어리광을 꺼내 들었다.

“내 마음은 중전이 영원히 옆에서 돌봐줘야 할 중병에 걸려 있으니까.”

신비의 표정에는 미동이 없었다.

"…또한 중전 자신을 위해 그 자리에 앉아 주세요."

하나 이어진 구변에는 그녀의 동공이 흔들렸다.

"중전은 나처럼 구제 불능의 병자를 포기하지 않는 데에서 계속 살아갈 의지를 얻는 사람이니까."

바로 쭉 관찰자였던 의관 박치수의 통찰을 말미암아 제 것으로 삼은 이유였다.

"신첩 또한 전하가 있어야만 온전할 수 있다는 말씀이옵니까?"

전혀 생각 못 한 관점인 듯 신비는 놀랐다.

"그건 아니지만…."

무작금은 입술을 달싹였지만 끝내 무음으로 삼켰다.

그녀에게도 생각할 시간이 필요한 것 같았다. 구태여 무작금은 보채지 않았다.

끝물이라 힘을 잃은 불꽃이 차츰 점멸하였다.

그런데도 한참 동안, 두 사람은 빛과 소음이 가라앉은 어둠 속에서 오도카니 서로를 응시하였다.

***

다음날은 외출이 예정된 날이었다. 혼례를 치른 새색시의 친정으로 함께 인사를 가야 하기 때문이다.

이미 사돈댁에 하사할 선물도 바리바리 싸두었다. 무작금은 서대(犀帶, 벼슬아치의 허리띠)를 친히 골랐다.

신비의 큰오라비인 근호가 오랜 귀양살이에 썩어 행색을 갖추기 어려우리라 짐작했기 때문이다.

한양 한복판의 폐가는 주인을 되찾아 생기를 회복하는 중이었다. 근호가 막 보수를 마친 대문 앞에 버선발로 나와 큰절부터 올렸다.

밥과 떡이 나오고 노랫소리가 넘실댔다. 어찰과 하사품을 받고선 온 집안이 감격을 못 감추고 들썩였다.

젊은 내외께서 장차 튼튼한 원손을 낳으시라는 덕담이 끊이질 않았다.

실로 행복이 흘러넘치는 가족이었다.

"…괜찮으시옵니까, 전하?"

이윽고 환궁하는 길에 신비가 물었다. 작별을 고하는 지존 내외께 하나라도 더 챙겨드리려고 소란스럽던 친정 식구들을 간신히 뿌리친 참이었다.

"넋이 좀 나가신 것 같은데요."

"그냥 좀 낯설어서요."

무작금이 멀거니 대답했다.

"여염의 가족은…. 왕실 가족과 분위기가 아예 딴판이다 싶더군."

너무나도 차갑게 그는 회고했다.

조정에서는 겸손하고 집안에서는 군림하던 부왕. 서슬 퍼렇던 조모. 불행하고 주눅 들었던 친모와 계모. 요리조리 눈치 보고 기 싸움 벌이던 후궁들.

거기다 서자에 불과하다고 청승 떨면서도 귀여움을 독차지하던 이복아우들까지….

"나쁜 쪽으로요?"

신비가 조심스럽게 물었다.

"아니, 좋은 쪽으로요."

허망하게 돌이켜본 끝에 무작금의 온도가 올라갔다. 존재 자체만으로 주변을 서늘하게 만들던 그의 냉기가 한결 가셨다.

"뭐, 잘된 일이지."

그가 쾌활하게 말했다.

"이제 나는 중전과 새로운 가족을 만들었으니까."

반대로 신비의 얼굴에는 약간 그늘이 드리워졌다. 어울리지 않게 어두운 전망이었다.

"…평생 단 둘뿐이더라도요?"

그녀가 회의적으로 속삭였다.

"그래도 가족이라고 말씀하실 수 있으시겠나이까?"

"당연히 가족이지요."

너무나도 손쉽게 무작금은 그 하찮은 전망을 걷어찼다.

"평생 단 둘뿐이라면 더더욱."

그녀의 회의감을 확신으로 바꾸면서.

"사돈댁 사람들은 하나같이 중전과 닮았더군요."

그러고는 명랑하게 매듭지었다.

"막무가내로 들러붙어 사람 혼을 쏙 빼놓더라니까."

"근호 오라버니가 전하께 술을 너무 권하기는 했지요."

"원래 누이를 데려가는 놈팡이한테는 그러는 거랍디다."

이내 두 사람은 함께 웃었다. 어제 불꽃놀이와 함께 피어난 의문과 잔여한 어색함까지 잠시 잊어버릴 수 있었다.

오순도순 환궁하는 길에 만발한 웃음꽃이었다.

***

강녕전에서 홀로 잠든 무작금은 꿈을 꿨다.

척박한 풍경이 보였다.

잎이 다 떨어져 휑한 나무 사이로 허름한 집이 한 채 있었다.

안에는 눈도 못 뜨고 골골대는 핼쑥한 낯의 병자가 누워있었고, 턱에 수염 한 올 나지 않은 내시가 그 곁을 지켰다.

"한 모금이라도 삼켜보소서."

내시가 병자의 메마른 입술이나마 축여보려고 애썼으나 허사였다. 병자는 맹물도 역하다는 듯 토했다.

"…궐에서 쫓겨난 지 얼마나 되었지?"

병자가 죽어가는 음성으로 물었다.

"두 달 조금 넘었사옵니다."

"벌써…. 중전은 어쩌고 있다더냐?"

"마마께선 워낙 어질고 인망이 두터우셨던지라 정청궁貞淸宮에서 후하게 대접받으셨사옵니다."

내시가 슬픈 낯으로 대답했다.

"새롭게 즉위하신 임금께서 적극적으로 보호해 주신다고 들었사옵니다."

"그래야지. 중전은 착한 사람이니까."

"다만 얼마 전에 출궁하시어 친정 본가로 가셨다 하옵니다. 아무래도 폐서인을 궁중에 계속 둘 수는 없으니까요."

하필 폐서인이라는 낱말에 무작금은 주춤했다.

"그 착한 사람은 끝까지 날 챙겼어. 고난을 무릅쓰더라도 여기 교동까지 따라오겠다고 했었는데…."

병자가 힘없이 말했다.

"하루도 중전을 생각하지 않는 날이 없다."

눈을 감은 채 상상했다.

"그이는 날 원망하고 있겠지. 나 때문에 우리 아이들이…."

병자의 버석한 뺨을 타고 눈물이 흘렀다.

"그이에게 한 약속은 무엇 하나 지키질 못했어."

한때는 용루라고 불렸을 한 방울이었다.

"중전이 보고 싶다."

유령처럼 꿈속의 사내를 지켜보던 무작금도 함께 눈물 흘렸다.

"…염치가 없는 줄 알면서도 나는 중전이 보고 싶구나."

무의식적으로 그 파리한 소망에 교감한 탓이다.

"주, 중전마마께오서 오고 계시옵니다!"

내시는 사그라지는 생명을 붙잡으려고 절박하게 외쳤다.

"전하를 뵙기 위해 오시는 중이랍니다!"

"정녕 중전을 다시 볼 수 있어?"

죽어가는 입술 사이로 희망이 흘렀다.

병자는 천근만근도 넘는 눈꺼풀을 가까스로 들어 올렸다.

병색이 완연한 얼굴에서 오직 눈만은 무작금이 아는 빛깔 그대로였다.

바로 그 자신의 눈이었다.

"그래, 중전이 왔구나."

병자는, 아니, 꿈속의 죽어가는 폐주(廢主, 쫓겨난 왕)가 울면서 웃었다.

"내가 다 잘못했다. 다시는 안 그럴게. 좋은 왕이 될게."

그러면서 힘없이 손을 뻗었다.

"제발 날 버리지 마."

잡아줄 술래를 잃은 그 팔은 도끼로 쳐낸 나무처럼 쿵 바닥에 떨어졌다.

"…중전."

그리고 다시는 눈을 뜨지 아니하였다.

동시에 무작금은 비명을 지르며 악몽에서 깨어났다.

자시子時를 넘긴 늦은 시각이었다.

완전히 잠이 달아난 무작금은 이불의 무게에 짓눌린 채 메슥메슥 속을 옥죄는 공포심과 싸웠다.

“나 때문에….”

이른 자책감으로 그가 중얼거렸다.

“그 착한 사람까지 수모를 겪을지도 몰라….”

단순한 꿈이 아니었다. 예견된 미래였다.

성마른 두려움에 그는 메마른 제 뺨을 마구 문질렀다. 그리고 잠 못 이루는 밤의 습관대로 술병을 잡았다.

“아니야, 이러면 안 돼….”

그러나 이내 스스로 행동에 놀라 밀쳐버렸다.

“…폭군 행세는 그만두기로 했잖아.”

이런 바보 천치의 곁에 그녀가 있어 유효한 결심이었다.

“밖에 있느냐?”

가까스로 무작금은 천근만근 무거운 이불을 걷어냈다.

“교태전으로 가자.”

“망극하오나 전하, 시각이 너무 늦었사옵니다.”

백 상궁이 난색을 지었다.

“중전마마께서도 이미 침수 드셨을 텐데….”

“불 꺼진 창이라도 보고 싶어서 그런다.”

떼쓰고 우기면 다들 들어줄 수밖에 없다. 부랴부랴 대전 궁인들이 채비를 마쳤다.

무작금은 흰 자리옷에 가벼운 철릭만 걸친 채 침전을 박차고 나섰다.

교태전까지는 문자 그대로 한 걸음이었다.

놀랍게도, 그녀의 창은 불이 꺼지지 않았다.

"늦은 밤에 침수 안 들고 무얼 하십니까, 중전?"

문턱을 넘자마자 무작금이 물었다.

"잠이 안 와서요."

신비는 대수롭지 않게 맞이했다.

"꽃점이나 치고 있었사옵니다."

"…꽃점?"

신비가 잎이 다 떨어진 꽃대를 보였다.

"처녀애들이 곧잘 즐기는 놀이이옵니다."

발치에 싱싱한 꽃이 더 있었다.

"으레 이렇게 점을 친답니다. 한 잎씩 떼면서…."

붉은 꽃잎을 한 점 똑 떼어내며 신비가 말했다.

"그 사람이 날 사랑한다."

꽃잎은 촛불이 미치지 못하는 어둠으로 떨어져 사라졌다.

"날 사랑하지 않는다."

신비가 또 한 잎을 떼어냈다.

"사랑한다. 사랑하지 않는다. 사랑한다. 사랑하지 않는다…."

무작금은 바쁘게 떨어지는 꽃잎을 붙들고 싶었다. 마지막에 남는 한 점이 무엇일지 너무나 두려웠다.

"사랑한다."

마침내 마지막 남은 한 점을 떼어내며 신비가 속삭였다.

"이러면 점괘가 좋게 나온 셈이지요."

그녀는 미소 지었다.

"전하께도 소망이 있으시옵니까?"

그러면서 한 송이를 또 내밀었다. 아까 뗀 꽃잎들만큼 붉은 꽃이었다.

무작금은 그것을 받았지만, 감히 꺾지 못했다.

"내 소망의 점괘는 지금 중전께서 알려주었습니다."

묻고 싶은 것이 많았다. 어떻게 말을 꺼내야 할지 모르는 것도 많았다. 하여 무작금은 부끄러운 방식으로 고백하기로 했다.

"…내가 쓴 시입니다."

품을 뒤적여 종잇장을 꺼냈다.

"옛날에 중전이 나한테 보여달라고 했었어요."

그녀는 더 이상 기억하지 못하는 시절이다.

"하나 보여주지 않았습니다. 다른 사람은 몰라도 중전에게만은…. 내 가장 추한 부분을 내보이기가 싫었거든."

신비는 머뭇거렸다.

"지금은 보여도 괜찮으시옵니까?"

"괜찮지 않습니다. 단지 용기를 낼 뿐이지."

창백한 용안으로 그는 꾸깃꾸깃 구긴 종잇장을 펼쳐줬다. 초라한 글월이 드러났다.

인생이란 풀잎에 맺힌 아침 이슬과 같아서
만날 날이 많지 않은 것

신비의 입술이 해석하자 더욱 연약하게 들렸다.

"…무엇을 두려워하시는 것이옵니까, 전하?"

곰곰이 곱씹다가 그녀는 고요한 나무처럼 근원에 뿌리를 내렸다.

"끝이 두렵습니다."

순순히 대답했다.

"인생의 좋은 부분은 항상 망가지고 불타버리니까요."

어린아이에게 어미가 갑자기 사라진다는 것은 그런 의미였다. 아비에 대한 존경과 사랑을 재정의해야 한다는 의미이기도 했다.

실로 충만했던 온 우주가 통째로 뜯겨 나가는 충격이었다.

어린 시절부터 지금까지 평생, 그의 인생은 그 충격을 받아들이는 과정이었다.

"행우한 순간이 있더라도, 결국 끝나는 날이 올까 두려우신 것이옵니까?"

신비는 금방 이해했다.

"…전하께서는 예전의 신첩이 세상으로부터 인정받기를 원하던 사람이라고 하셨사옵니다."

이내 그녀는 다시 문두를 골랐다.

"하온데 신첩을 사랑받기를 원해야 하는 아내의 자리에 앉히셨고, 이를 어떻게 받아들여야 하는지 여쭈었지요."

남의 의견을 어물쩍 베낀 그의 답을 새롭게 고치기까지 했다.

"…이제, 신첩 스스로 어떻게 받아들여야 할지 깨달았사옵니다."

원래 그런 여자였다.

무조건 맞춰주지는 않지만 비웃지도 않는다. 달래주면서도 아첨하지는 않는다. 기쁠 때나 슬플 때나 자신만의 올곧은 생각이 있다.

과연 신비는 항상 답을 찾는 사람이었다.

"전하께서는 좋은 임금이 되소서."

어리석은 사내를 위해 그 답을 공유할 줄도 알았다.

"신첩은 임금보다도 어질다며 세상의 인정을 받는 왕후가 되겠나이다."

그리하여 간곡한 호소였다.

"우리 둘이서 함께 해나가면 되옵니다."

"함께 해나간다…?"

그저 곁에 있어 달라던 그의 이기적인 호소마저, 그녀는 이타적으로 포용했다.

"예, 하오면 가장 좋은 부분은 망가지거나 불타지 않을 것이옵니다."

신비는 금방 무작금에게 꽃점을 쳐보라며 건네준 꽃을 도로 가져갔다.

"전하를 믿는다."

그리고 한 잎씩 떼어내기 시작했다.

"믿지 않는다. 믿는다. 믿지 않는다…."

꽃대가 손아귀에서 빙그르르 돌았다.

"…믿는다."

곧 결론짓듯 멈추었다.

"정녕 그래도 괜찮겠습니까?"

어린아이처럼 떨며 무작금은 잔재한 자기혐오의 그림자를 드리웠다.

"예, 신첩은 전하를 믿고 싶사옵니다."

물론 그 나약한 그림자는 태양과도 같은 그녀의 빛 앞에서 맥을 못 추었다.

마침내 무작금은 백기를 들었다.

가슴에 음지처럼 심어진 의문과 분노, 억울함, 결핍, 반항심을 전부 들추고 내리쬐는 태양에 항복할 수밖에 없었다.

"…좋은 임금이 되겠습니다."

울먹임 사이로 그가 다시 한번 약조했다.

"오로지 중전을 위해서라도."

좋은 왕이 될게. 도저히 못 하겠으면 그런 척이라도 할게. 거짓말이야 항상 해왔는걸.

당신은 그냥 습관처럼 속아주면 된다. 그렇게 우리는 영원히 함께 하면 된다.

마냥 올곧지만은 못한 맹세와 함께 입맞춤했다.

내심 거절을 각오했다. 그녀가 밀어낼세라 마음을 단단히 먹었다.

첫 입맞춤도 이와 비슷했다. 치기 어린 선전포고였다.

무작정 그녀에게 다가서면서도 가슴이 떨려 죽는 줄 알았었다. 지금과 다르지 않았다.

하지만 그녀는 그를 밀어내지 않았다. 기습에 놀란 성벽처럼 굳게 닫혀있던 입술이 천천히 문을 열었다. 얽혀 들어가는 접촉은 따뜻했다.

"내 가슴을 열어서 보여줄 수 있으면 좋을 텐데."

속절없는 눈물이 뺨을 타고 흘렀다. 무작금은 얼른 손등으로 훔쳐냈다.

"이미 충분히 열어 보여주셨나이다."

신비가 그의 젖은 손등을 어루만졌다.

정식으로 날을 잡은 합궁일이 아니었다. 여차하면 피를 쥐어짤 닭이 없었다. 그 닭을 껴안은 채 병풍 뒤에서 곁눈질할 여관도 없었다.

길일에 잉태해야 아기씨 팔자가 순탄하답시고 유난 떠는 목소리는 들리지도 않았다.

그래도 무작금은 옷을 벗었다. 옅게 밝힌 호롱불과 미래를 알려주기 위해 나뒹구는 꽃잎 사이에서 그의 흰 육신이 아지랑이처럼 일렁였다.

그리고 신비 앞에 무릎을 꿇었다.

그녀야말로 우러러볼 하늘이요, 감사한 마음으로 발을 디딜 땅이었다.

고결한 왕후의 안전에서 자신은 밟아 으스러뜨려도 무방한 미물에 불과했다.

그리하여 울면서 매달리는 그 밤이 실로 곡진하였다.

가없이 뒤엉키던 호흡이 가라앉았다. 영원하기를 바란 순간에는 꼭

끝이 있어서 탈이다.

하지만 몇 번을 지고 다시 피어나는 배롱나무의 꽃을 안다. 이 순간도 끝이 날지언정 다시 시작될 터였다.

"…이만 기침하시옵소서, 전하."

잠깐 눈을 감았다 뜨니 아침이었다.

하물며 신비는 간밤의 흔적이 전혀 느껴지지 않을 만큼 단정했다. 이미 얼굴을 씻고 의복까지 갖추었다.

"조참에 나아가셔야지요."

불과 달포 전이었다면 콧방귀도 안 뀌었을 터였다.

하지만 이제 무작금은 다른 사람이었다. 흐트러진 상투를 매만지며 허둥댔다. 용안을 씻고 의대를 갖추며, 아침 수라상을 받았다.

"…내가 가면 종일 중전 혼자 심심하지 않을까?"

오랜 습관이 남아서인지, 그는 내심 붙잡히고 싶은 어린애처럼 중얼거렸다.

"신첩도 바쁘거든요."

그래봤자 신비는 딱 잘라냈다.

"중전이 없어서 나 혼자 심심하면?"

"조정에 일이 태산처럼 쌓여있을 텐데 심심하시기는요."

한 번 더 찔러봤지만 돌아온 반응은 냉혹했다.

"말을 말아야지…."

무작금은 혀를 내둘렀다.

"하면 내 이것만 남기고 가리다."

굴하지 않고 마지막으로 그는 끼를 부렸다.

"바쁘게 굴러갈 중전의 머리를 위해서."

무작금은 신비의 이마에 입 맞추었다.

"내가 태산처럼 쌓인 정무를 보는 동안 혼자 식사할 중전의 배를 위해서."

허리를 숙여 옷자락으로 덮인 그녀의 배에도 입 맞추었다.

"…그리고 내가 보고 싶어 미칠 중전의 마음을 위해서."

마지막으로 신비의 입술에 입을 맞추었다.

"두 번 보고 싶었다간 손 쓸 수 없이 음란해지시겠나이다."

어처구니가 없는지, 신비는 피식 웃으면서 뺨을 붉혔다.

"늦장 피우지 마시고 속히 가소서."

떠밀리는 등조차 달고 간지러웠다.

약속한 대로 그는 열심히 나랏일을 살폈다.

갑자기 성실해진 임금을 보고 기절초풍하는 중신들을 구경하는 재미도 꽤 괜찮았다.

그러다가 문득, 지난밤 정작 그녀는 혼자 무슨 꽃점을 치고 있었는지 묻지 않았다는 걸 깨달았다.

그녀에게는 무슨 소망이 있었을까?

한밤중에 잠을 못 이루고 어린아이들 장난에 매달릴 만큼 절박한 소원이었을까?

어쩐지 마음에 걸리는 의문이었다.

***

타락했던 시절이 무색하게도, 임금은 꼭두새벽부터 나랏일을 돌봤다.

빠짐없이 경연에 참여하여 글을 읽었다. 백성들의 억울한 송사訟事까지도 친히 굽어살폈다.

산해진미를 곁들이던 술상도 치웠다. 술상을 둘러싼 채 춤추고 노래하던 미녀들은 궐 밖으로 싹 내보냈다.

응당 해가 서쪽에서 뜨려는가 다들 우왕좌왕했다. 저러다가 임금께서 또 뭘 터트려서 죄다 잡아 족치시려나 두려워하기도 했다.

기껏 잘해보겠다는데도 노골적인 불신만 돌아오자, 무작금은 성질이 뻗쳤다.

그렇지만 자업자득이었다. 신뢰를 다시 쌓기 위해 신민들의 닫힌 마음을 천천히 두드렸다.

그렇게 한창 인고의 세월을 견디는 와중이었다.

봄비가 매서운 겨울이 물러간 대지를 부드럽게 적셨다. 새싹이 돋는 시기였다.

무작금은 적전(籍田, 임금이 농사의 모범을 보이고 제를 지냄)을 행하러 나갔다.

선뜻 소매를 걷어붙였다. 한데도 감동하기는커녕 다들 폭군의 기행에 발만 동동 굴렀다.

"고생하셨사옵니다."

한바탕 난리를 치고 돌아오니, 신비가 기다리고 있었다.

"경칩驚蟄이라서 신첩도 올해 농사지을 흙을 받았사옵니다."

그녀는 함에 담긴 흙을 소중히 쥐었다.

"여염에서는 경칩에 흙일하면 한 해 동안 탈이 없다고 믿으니까요."

"그러니 내가 허리가 부러지도록 밭에서 씨름하다 왔지요."

무작금이 툴툴거렸다.

"딱 하루 고생하셨잖아요. 허구한 날 허리가 부러지도록 일하는 백성들이나 안쓰럽게 여기소서."

신비는 유치한 불평을 잘라버렸다.

"자, 시원하게 쭉 들이키소서."

그러고는 대접을 한가득 채웠다.

"구례현(求禮縣, 오늘날 전라남도 구례읍)에서 진상한 고로쇠물이옵니다."

과연 한 모금만으로도 달고 맛있었다.

"그리고 이건…."

곧이어 신비가 또 다른 그릇을 가리켰다.

왠지 미심쩍었다. 진득하고 해괴한 게 알알이 둥둥 떠 있었다.

"개구리 알이옵니다."

"…무슨 알?"

"옥체를 보신할 별식이옵니다. 백성들은 경칩이면 괸 물을 찾아 산과 논을 누비지요. 이걸 건져 먹으려고요."

무작금은 기겁했다.

"나더러, 먹으라고?"

"비단 전하의 안위만 생각해 취하지 마소서."

신비는 아랑곳하지 않았다.

"식솔들이 아프지 않기를 바라는 백성들의 어린 마음을 어루만지면서 젓수소서."

"…누가 들으면 내가 신나서 혼자 다 먹는 줄 알겠네."

준대도 싫어서 그는 손을 내저었다.

"이건 좀…. 그냥 먹은 셈 칩시다, 중전."

"아니 되옵니다. 구중궁궐에만 머무는 군왕이시니 이런 식으로라도 백성들의 삶과 애환을 헤아리셔야지요."

"굳이 먹어야지만 헤아리는 게 아니지 않을까요?"

항변했지만 결국 지는 싸움이었다. 무작금은 눈을 딱 감고 꿀꺽 삼켰다.

"생각보다 괜찮지요?"

"어디 중전도 한번 먹어보시지요, 괜찮은지."

그가 샐쭉하게 쏘아붙였다.

"신첩은 회임한 까닭에 날것을 함부로 취하기가 저어되옵니다."

"술 딱 한 잔만 마실까요? 입 좀 헹구게."

한 귀로 흘리며 무작금이 유난을 떨었다.

"뭐, 애민 정신 하나는 거하게 배웠습니다. 얼마나 먹을 게 없으면 이런 걸 별식이라고 먹는담. 불쌍해서 눈물이 앞을 가리겠…."

그러다가 뒤늦게 깨달았다.

"자, 잠깐만, 뭐라고요?"

무작금은 퉤 뱉으려던 입을 그대로 벌렸다.

"중전이…, 뭘 했다고?"

"회임했다고요."

얼빠진 반응에 신비가 웃었다.

"보경(寶經, 월경)이 멎어 근심하다가 엊그저께 진맥하였사온데…."

"회임이라고?"

하도 놀라서 알알이 목구멍으로 미끄러진 것마저 까먹었다.

"그렇지만 어려울 거라고 했잖습니까?"

"전하의 씨가 집요한가 보지요."

낯을 붉히면서 그녀는 웃었다.

"암, 그렇지요! 내 씨는 날 닮아서 아주 집요하지!"

기쁜 나머지 그는 부끄러운 줄 모르고 주절댔다.

"난 정말…!"

급기야 똑바로 말을 잇지 못할 만큼 벅찼다.

"아, 뭘 울고 그러시옵니까?"

닭똥 같은 눈물을 뚝뚝 흘리는 그를 보고 신비는 당황했다.

“누가 보면 회임은 전하께서 하신 줄 알겠나이다.”

“그래, 차라리 내가 대신했으면 좋겠어요.”

자리 깔린 김에 펑펑 울어버렸다.

“앞으로 몸도 상하고 아플 텐데! 고생길이 훤히 열렸으니….”

“아직 일어나지도 않은 일부터 걱정하시옵니까?”

“일어나지 않았을 때 걱정해야지요!”

두서없이 쏟아지는 한탄을 듣던 신비는 혀를 내둘렀다.

“아이고, 뚝 그치소서. 술이나 한잔 올리겠나이다. 입이나 헹구소서.”

하도 울어대니까 달래볼 요량인 듯했다.

“술은 무슨…. 됐습니다!”

한데 무작금은 펄쩍 뛰었다.

“술은 끊었습니다. 앞으로는 한 모금도 입에 대지 않으리다.”

“아까는 딱 한 잔만 달라시더니….”

“아까까지는 중전이 잉태한 걸 몰랐잖아!”

별안간 무작금은 소매로 용안을 닦고 사내다운 척했다.

“이제는 정신 똑바로 차리고 중전과 어린 딸을 지켜야지.”

“어째서 딸이라 말씀하시옵니까?”

“중전을 닮은 딸일 겁니다.”

미처 부풀지도 않은 신비의 배를 어루만지며 그가 확신했다.

“…아니, 중전을 닮은 딸이어야만 해.”

기저에 깔린 의미를 묻듯 신비가 물끄러미 그를 응시했다.

반면, 무작금은 회피하듯 시선을 돌렸다. 그러고는 남은 개구리알을 훌렁 삼켜버렸다.

“다 안 젓수셔도 되는데….”

안달복달 모양 빠지는 모습에 신비는 웃어버렸다.

"뭐, 잘하셨사옵니다. 준비한 별미가 하나 더 있거든요."

"이번에는 또 무슨 알입니까?"

뭘 주든 다 먹어버릴 기세로 무작금이 물었다.

이내 궁인들이 부산스레 소반을 들였다.

껍데기도 까지 않은 은행이 잔뜩 들어있었다. 또 납작한 그릇에는 양념을 버무려 꼬치로 꿴 은행이 놓여있었다. 제법 먹음직스러워 보였다.

"백성들이 좀 정상적인 것도 먹는다니 다행이군."

무작금이 껍데기가 세모난 것은 제 앞에 두고, 모가 둘로 난 것만 신비에게 건넸다.

"이게 암은행알이니까요."

"은행도 암수가 나뉘옵니까?"

"열매가 맺는 은행나무가 암컷이요, 그렇지 않은 나무는 수컷이랍니다. 껍데기가 세모난 것도 수은행알이고."

"의외로 박식하시옵니다, 전하."

"…왜 의외인지 모르겠는데요."

무작금이 삐죽거렸다. 그렇지만 삐치기에는 기분이 너무 좋았다.

"경칩은 본디 사내와 여인이 묵혀둔 은행을 나눠 먹으며 연정을 확인하는 날이지요."

그는 헤실헤실 웃었다.

"오늘 우리보다 연정이 돈독한 부부는 없을 겁니다, 중전."

"울다가 웃으시면 큰일 나는데…."

따라서 까르르 웃으며 신비가 장난을 쳤다.

그렇게 오순도순 은행을 나눠 먹었다.

기대도 안 한 기쁜 소식이 있어서, 그 소식보다도 좋은 소소한 일상이 있어서, 참으로 행복한 날이었다.

이튿날, 무작금은 약방을 들들 볶았다. 안달복달에 못 견딘 내의녀들이 몽땅 입진하여 다시 중궁전의 맥후를 짚었다.

그러고는 입을 모아 회임이 확실하다고 장담했다.

만덕 역시 예외는 아니었다.

그녀는 수월하게 내의녀가 되었다. 또한 자희가 지닌 차비대령의녀의 호칭을 이을 유력한 후보로 꼽히는 중이었다.

만덕은 신비가 기억을 잃고 돌아온 이후 한결같이 곁을 지켰다.

신씨 성의 비妃로서 새로운 자아를 구축할 수 있도록 쭉 재활을 도왔다.

다만 의식적으로 무작금은 만덕을 피했다.

신비가 잃어버린 기억 속에는 그녀와의 지고한 우정도 있었다. 그걸 홀랑 날려버린 임금을 원망할 터였다.

"…의술이란 경험을 쌓아 가능성을 가늠하는 재주일 때가 많지요."

만덕은 오늘도 차마 눈을 마주치지 못하는 임금에게 무뚝뚝하게 아뢰었다.

"소인의 경험을 토대로 중전마마께서는 잉태하시기 어려우리라 가늠했사옵니다만…."

다행히 그녀는 일전의 의견을 번복했다.

"마마께 경험마저 뛰어넘는 강인한 의지가 있어 새로운 가능성이 열렸겠지요."

그리하여 적절한 표현이었다.

달수가 차기를 기다리는 나날은 고역이었다.

궁인들이 중궁전을 꽁꽁 싸맸다. 바람 들어올 틈새를 죄 막아버렸다. 몸을 덥히셔야 한다는 둥 바깥에서 들려오는 망령된 소리를 막아야 한다는 둥…. 불상사를 염려하여 항상 누워계시라고 야단이었다.

"더 들지 왜 벌써 숟갈을 놓습니까?"

무작금은 오늘 두부와 닭고기를 섞어 끓인 연포탕을 내밀었다. 두부는 진미珍味라서 간신히 구했다.

나라의 기조에 맞춰 근검절약을 미덕으로 삼기로 했지만, 처가 임신했을 땐 예외라고 멋대로 정했다.

"아침부터 종일 먹기만 했사옵니다."

신비는 나날이 늘어나는 허리를 매만졌다.

"그렇지만 중전께서는 공복일 때 입덧이 심하지 않습니까?"

"어떻게 아셨나이까?"

"명색이 지아비인데 그것도 못 알아차릴까."

무작금은 으쓱거렸다.

"잘 먹어야 태중의 아이도 쑥쑥 크지요."

"너무 살이 찌면 오히려 태아에게 해롭사옵니다."

신비는 고개를 저었다.

"가뜩이나 움직이지도 못 해 몸이 무겁사온데요."

"중전마마의 말씀이 옳사옵니다."

옆에서 의녀 자희가 거들었다.

"슬렁슬렁 산책이라도 하면 좀 나으실 텐데…."

잉태한 여자는 무조건 안정을 취해야 한답시고 유난을 떠는 왕실 분위기가 못마땅한 눈치였다.

"그래, 중전의 맥후를 살펴보니 어떻더냐?"

일단 무작금은 생색낼 기회부터 잡았다. 약방더러 매일 중궁전을 살피라고 신신당부했음을 강조했다.

신비가 썩 감격하는 눈치가 아니어서 더 안달복달했다.

"맥박과 태동이 온후하시옵니다."

자희가 아뢰었다.

"중전의 기억 쪽에는 변화가 없고?"

"음독으로 인한 다른 후유증은 쾌차하셨사오나, 잃어버린 일부 기억만은 돌아올 낌새가 보이지 않사옵니다."

솔직히 일부라고 여기기에는 너무나 많은 부분이라서 착잡했다.

"실망하셨사옵니까?"

불쑥 신비가 물었다.

"아닙니다! 그럴 리가요."

무작금은 진심으로 펄쩍 뛰었다.

"기억이야 더 좋은 것으로 새로 쌓으면 그만이지!"

"그렇게 말씀하시니 다행이옵니다."

신비가 미소 지었다.

한데 지켜보는 자희의 표정이 좀 묘했다. 마치 무언가를 재보는 양 골똘한 시선이 왕과 왕비를 오갔다.

"역시 약방은 좀 실망했나?"

자희의 눈빛을 이해하고자 무작금은 갸웃거렸다.

"특히나 자네는 오랫동안 중전을 가르친 스승 아니던가?"

"감히 망극하옵니다만…."

자희가 입술을 깨물었다.

"인연이 깊었사오니 안타까운 마음을 금할 길이 없사옵니다. 아마 의관 박치수도 마찬가지일 것이옵니다."

"송구합니다."

마음이 불편한 듯 신비가 눈을 내리깔았다.

"아니옵니다. 마마께서 고생 끝에 금의환향하셨사오니 다행일 따름이지요."

자희는 단호하게 고개 저었다.

"하온데 이미 여러 차례 아뢰었사옵니다만…. 중전마마께서는 말씀을 높이지 마소서."

그리고 덩달아 불편한 기색으로 만류했다.

"소인은 한낱 의녀이옵니다."

"말도 말라."

무작금이 혀를 끌끌 찼다.

"중전은 물을 긷는 무수리한테까지 존대한다니까. 국모로서 그럴 까닭이 없다고 아무리 타일러도 듣지를 않아."

"아니옵니다. 신첩에게는 그럴 까닭이 있사옵니다."

놀랍게도 신비는 고개를 저었다.

"상대의 신분이 어떻든 간에 겸손하게 대하고 싶사옵니다."

"어째서요?"

"그냥…. 그게 편하옵니다."

신비는 길게 설명하지 않고 잘랐다. 언뜻 미묘한 표정이 비쳤다. 스쳐 지나가기에는 생소했다.

"감히 마마의 스승을 자처하겠사옵니까만은…."

같은 장면을 목격한 자희가 불쑥 말했다.

"소인이 마마를 어려서부터 가르친 것은 사실이옵니다."

그 부분만은 자부하듯 힘주었다.

"하여 마마의 버릇이라면 전부 꿰고 있나이다."

"버릇이라니?"

"마마께는 특유의 표정이 있으시옵니다."

자희가 옅게 미소 지었다.

"주로 속이 켕기실 때 나오던 안색이랄까요."

명확히 설명하기는 어려워도 감으로 느끼는 모양이었다.

"그래서 소인은 일찍이 마마께서 알아도 모른 척하시거나, 재주를 숨기고 핫바지 시늉하심을 간파할 수 있었나이다."

자희는 신비가 인정받을 수 없었던 모든 시재를 돌이켰다.

"…마마의 그 표정만은 절대로 잊을 수 없지요."

점점 목소리를 낮추었다.

"오늘 같은 날이라면 더더욱…."

자희가 고개를 들어 신비와 눈을 마주쳤다.

어째서인지 분위기가 괴상해졌다. 둘 사이에 모종의 시선이 오간 것 같아서 무작금은 어리둥절했다.

"아무튼 중전의 기억은 돌아오지 않고 있다는 거잖아?"

일단 명확히 아는 부분을 다시 꼬집었다.

"예, 그렇사옵니다."

자희는 감히 왕후와 마주친 시선을 거두며 수그렸다.

"중전마마의 말씀대로, 차도는 보이지 않으시옵니다."

영 석연찮았지만 딱히 붙잡을 꼬투리도 없었다.

자희는 침주머니를 도로 옷고름에 달고 물러났다. 신비는 무표정으로 치맛자락을 정돈했다.

기류가 묘하다가 뚝 끊긴 느낌이라서 무작금은 엉거주춤 굼닐거렸다.

"…바람을 쐬고 싶사옵니다."

신비가 자못 기이해진 분위기를 환기했다.

"잠깐만…. 정말 아주 잠깐만이라도 나갔다 올 수 있을까요?"

"그럽시다!"

원한다면 달도 따다 줄 기세로 무작금은 끄덕였다.

"성군도 회임한 처를 위해서라면 하루 정도는 농땡이 치겠지!"

제 딴에는 완벽한 논리였다.

예상보다 반발이 심했다. 궁인들이 죄다 몰려나와 바짓가랑이를 붙들었다.

결국 타협하기를, 콧바람이나마 쐴 창덕궁 후원까지만 가기로 했다. 그러고도 가마를 조심히 타시라는 둥 잔소리가 넘쳐났다.

참 어렵게 비원祕苑에 당도했다.

"…이제 좀 살겠습니다."

신비는 막힌 숨을 토했다.

"저기 보이는 게 남산이옵니까?"

쾌청한 풍경을 음미하던 그녀가 먼 산을 가리켰다.

"아닙니다. 목멱산(木覓山, 남산의 옛 이름)은 저쪽이지."

무작금이 눈을 가늘게 떴다.

"이야, 어릴 때 범이 산에서 내려와 궁궐서 난동을 부린 적도 있었는데."

"민가에서만 호랑이를 두려워하는 줄 알았사온데요."

"뭐, 짐승이 신분을 가려가며 물어 죽이겠습니까."

이런저런 잡담을 나누며 한참을 걸었다. 조마조마하게 지켜보던 궁인들이 제발 좀 쉬시라 사정할 지경에 이르자 나무 그늘에 앉았다.

맑은 물이 흘렀다. 아마 옥류천玉流川의 한 줄기일 것이다. 궁인들이 바리바리 싸 온 먹거리를 펼쳐주었다.

떡을 먹으니 목이 막혀 수정과를 마시고, 수정과를 마시니 시원해서 자두를 또 먹었다.

"이러다가 굴러다니겠사옵니다."

잘 먹던 신비가 뒤늦게 손사래 쳤다.

"에이, 삐쩍 말라서 애를 어떻게 낳겠습니까?"

"급격히 몸이 불어나면 해롭다니까요."

쓸데없이 아옹다옹 다퉜다. 두 분 금슬이 참 좋다며 궁인들이 흐뭇하게 지켜보는 줄도 몰랐다.

"…내가 좋은 아비가 될 수 있을까?"

원 없이 신비를 먹이고 나자, 무작금이 불쑥 물었다.

"아니, 아비 될 자격이 있는 걸까?"

겉껍데기로 잘 감춰둔 본심이었다.

사실 적절한 질문은 아니었다.

신비는 더 이상 그의 결핍된 본질을 꿰뚫고 처방하는 의녀가 아니다. 오히려 물정을 모르고 연약하여 돌봐주어야 할 대상이다.

"…전하께는 평생 받기를 원하시던 사랑이 있으시옵니까?"

한데도 신비는 예전처럼 의표를 찔렀다.

"있었지."

무작금은 상상했다.

바깥에서만큼이나 안에서도 좋은 아버지를. 버림받음으로써 자식을 버리고 떠나지 않는 어머니를. 손자가 궁금해할 때마다 솔직하게 대답해 주는 할머니를….

완벽하지 않더라도 최소한 진실한 가족이기를 바랐다.

"하오시면 전하께서 원하시는 사랑을 용종에게 주시면 되옵니다."

신비가 말했다.

"자식에게 전하께서 가지고 싶었던 아버지가 되어주소서. 전하께서 원하시던 어머니도 되어주소서."

용케도 그의 소망이 신비의 희망과 일치하는 순간이었다.

"좋은 부모가 되기란 성군이 되는 것보다도 어렵겠지만…."

신비는 약간 서글프게 웃었다.

"그래도 노력할 가치가 있지요."

"당장 알겠다고 약조하면 성급한 언동이겠지."

무작금이 말했다.

"그래도 이 자리에서 약조하리다. 좋은 임금이자 좋은 아비가 되겠다고."

신비의 손을 마주 잡았다. 손가락이 얽혀들었다.

"나의 비에게는 무엇이든 약속하고 싶으니까."

함께 걷는 길이기에 지독한 결핍과 불안감이 희석되었다.

두 사람은 나란히 앉아 바람을 더 쐤다. 도래할 미래가 두렵지만 당장 현재가 훨씬 소중했다.

발갛게 저녁노을이 내려앉을 즈음에서야 두 사람은 손을 잡은 그대로 환궁하였다.

***

무작금의 소망은 반쯤 이루어졌다.

첫 아이는 딸이었다. 하지만 신비를 닮지는 않았다. 피범벅으로 쪼글쪼글한 얼굴로도 아비와 판박이였다.

그는 막상 신비가 산통을 느끼자 사색이 되어 벌벌 떨었다.

저러다 중전이 죽으면 어떻게 하냐는 둥, 다시는 애를 낳지 않겠다는 둥 산파를 붙잡고 패악까지 떨었다.

모르는 사람이 봤으면 본인이 애를 낳는 줄 알았을 것이다.

해산방에 뛰어들려는 시도가 몇 차례 저지된 후에는 아기 울음소리가 터질 때까지 마당에서 발만 동동 굴렀다.

"날 닮았으니 커서 미인이 되겠어."

무작금은 갓난쟁이를 안고 싱글벙글했다. 팔불출로는 어디 가서 뒤지지 않을 싹이 보였다.

"어린 것이 벌써 살갗이 희고 팔다리가 길쭉하단 말이야."

"아이고, 그러시옵니까?"

기진맥진할 텐데도 신비는 피식 웃었다.

"아들을 안을까 걱정하다가 얻은 딸이니 눈에 넣어도 아프지 않군."

아랑곳하지 않고 무작금은 팔불출처럼 굴었다.

"아들이 생길세라 겁을 먹는 사내는 오직 전하뿐이겠사옵니다."

신비는 주책에 담긴 뼈를 알아차리고 짚었다.

"…그렇겠지."

과연 대답하기 곤란한 핵심이었다.

무작금은 멋쩍게 웃을 뿐이었다.

***

천우신조로 자식이 줄줄이 더 태어났다.

산실청이 차려질 때부터 용종이 태어나는 순간까지, 무작금은 매번 똑같이 난리를 쳤다.

하도 야단법석을 떨어대니 신비는 성가셔서 아예 대신 낳으시라고 멍석을 깔아주고 싶을 지경이었다.

한데 희한하게도, 가장 중요한 국본이 탄강하던 날에는 양상이 달랐다.

신비는 겨울밤에 아들을 낳았다. 아기는 울기는커녕 갓난쟁이답지 않게 차분한 시선으로 낯선 세상을 바라보았다.

"…원자元子로군."

갓난아기를 품에 안는 무작금의 눈빛이 씁쓸했다. 종전의 팔불출 같던 웃음과 섞이지 않아 스산한 어조였다.

"그렇지만 다행히도…."

발갛고 조그마한 얼굴을 뜯어보던 무작금이 안도의 한숨을 쉬었다.

"내가 아닌 중전을 닮았어."

그걸 확신하고서야 용안에 웃음이 피어났다.

국본의 탄강을 기념하여 신하들의 자급을 올려주고, 내약방(內藥房, 내의원)에도 후한 상을 내렸다.

논상이 과하다는 대간의 비판에 개의치 않았다.

하오시면 사직을 하겠다며 강짜를 부려도 과인이 더 화가 났다며 억누른 성깔까지 되살렸다.

그러기를 문득 정신 차리고 보니, 무작금은 자신이 여우 같은 아내와 토끼 같은 자식들에게 둘러싸여 있음을 깨달았다.

바로 그의 가족이었다.

한때 인생에서 유일하게 좋은 부분은 신비뿐이었다.

한데 그녀는 자칫 작은 부분에 지나지 않을 수도 있었던 행복을 계속해서 확장해 주었다.

그것을 망가지고 불타지 않게끔 지킬 몫은 오로지 그에게 주어졌다.

"정녕 성군이 되어야겠군."

재차 무작금은 다짐했다.

"아내와 자식을 지키려면 살아남는 용기를 내야 하니까."

세상에서 가장 용감한 여자로부터 배운 교훈이었다.

지난날의 회한을 곱씹으며 그는 성군의 길을 걸었다. 죄다 죽이고 찍어 누르는 폭군의 길보다 훨씬 어려웠다.

아니꼬운 놈팡이들까지 살리고 경청하고 타협하는 과정이 길고 지난하게 이어졌다. 비록 끝내 지워지지 않을 짙은 자국을 남겼지만, 핏빛이었던 과거는 다소 씻겼다. 몇 년간의 폭정으로 다진 의심과 불신도 일부 허물어졌다.

그리하여 마침내 임금이 개과천선했다는 평판에 도달하였다.

실로 왕의 개선이었다.

여름이었다. 습한 와중에도 행복한 계절의 내음이 묻어났다.

그래도 정무를 보다가 지친 옥체는 어쩔 수 없었다. 무작금은 시원한 식혜라도 한 잔 얻어 마시려고 중궁전에 들렀다.

"아, 진짜!"

한데 신비는 보이지 않고 첫째 공주의 불평만 들렸다.

"만덕이 네가 읽어주는 이야기는 항상 재미가 없다."

슬쩍 들여다보니 첫째 공주가 의녀 만덕을 괴롭히는 중이었다.

하필 제일 말괄량이인 첫째 공주는 만덕을 놀이 친구로 점찍고 노상 들러붙었다.

"소인의 탓이 아니옵니다."

상대가 공주든 나발이든, 만덕의 안하무인은 그대로였다.

"책을 고르신 공주자가의 안목을 탓하소서."

"그렇지만…. 왜 하나같이 사내가 뽐내는 걸 찬양하는 책밖에 없느냐?"

심통이 난 첫째 공주가 책장을 뒤적였다.

"제대로 된 여인은 나오지도 않고 재미도 더럽게 없다."

"세상이 원래 그렇사옵니다. 사내는 사내의 이야기만 인정하고, 여자도 사내의 이야기를 숭상하니까요."

만덕은 어깨를 으쓱했다.

용케 첫째 공주의 불평 사이로 무작금이 끼어들었다.

"중전은 어딜 가고 없느냐?"

비로소 다들 임금의 행차를 알아차렸다.

"아바마마!"

첫째 공주가 달려와 무작금의 다리에 대롱대롱 매달렸다. 꺅 내지르는 환호성에 맞춰 그가 딸을 번쩍 들어 올렸다.

"중전마마께서는 원자궁으로 행차하셨나이다."

매일 보면서도 유난인 부녀지간의 소란을 뚫고 만덕이 아뢰었다.

"하필 소인에게 공주자가를 맡겨놓고서요."

"중전이 널 제일 믿으니까 그렇지."

무작금은 양심의 가책으로 쭈뼛거렸다.

"마치 중간에 기억을 잃은 적도 없는 것처럼 말이야."

정녕 만덕을 향한 신비의 신뢰는 꺾인 적이 없었다. 어떤 면에서는 오히려 옛날보다 더 견고해졌다는 느낌까지 들었다.

두 사람 사이에는 옛날에도, 지금도, 무작금의 시점으로는 완전히 이해할 수 없는 사연이 있었다.

그걸로나마 만회할 수 있다면 다행이었다. 하여 감히 끼어들거나 숟가락을 얹을 생각조차 하지 않았다.

"중전마마께서는…."

무뚝뚝한 만덕의 낯가죽이 살짝 무너졌다. 틈새로 낯선 감정이 새어 나왔다.

희한하게도 무작금이 예상한 증오나 원망은 아니었다.

뭐랄까, 착잡함에 가까운 감정이었다.

"소인은 중전마마께서 원하시는 대로 따를 뿐이옵니다."

만덕이 중얼거렸다.

"…설령 그게 탐탁잖은 소망이라도요."

사뭇 자조적인 말투였다.

"마마께서는 빛이거든요. 소인은 불구덩이인 줄 알면서도 그 빛을 쫓아 뛰어드는 불나방이고요."

이윽고 만덕이 고개를 들었다.

"전하께서도 잘 아시지 않사옵니까?"

동족을 바라보는 시선이었다.

"그럼. 지옥 끝까지라도 따라갈 수밖에 없지."

온전히 이해하지 못하고도 무작금은 동의했다.

"아, 진짜! 아바마마!"

어른들 이야기가 지루하게 길어지자 첫째 공주가 심통을 부렸다.

"분위기나 깨려고 오셨사옵니까?"

"아니, 내가 무슨 분위기를 깬다고…."

항변은 첫째 공주의 함성에 묻혀버렸다.

"옳지, 책은 관두고 의원 놀이를 하자, 만덕아!"

공주는 부왕을 밀쳐버리고 도로 만덕에게 매달렸다.

딸이 저를 닮아 고약한 것을 어찌 탓할까?

도로 붙잡혀 구시렁거리는 만덕을 뒤로한 채, 무작금은 목적지를 새로 정했다.

원자는 조그마한 공부방에 있었다.

아직 세자 책봉을 받지 않았으므로 본격적인 글공부를 시작하지는 않았지만, 책을 읽고 싶다고 졸라대기에 꾸며준 궁방이었다.

"아바마마!"

똑같은 배에서 나온 자식인데 반응이 제 누이와는 딴판이었다.

원자는 버선발로 달려 나와 공손하게 허리를 숙였다. 혀짤배기 발음조차 없었다.

탄강할 적부터 무작금은 원자가 신비를 닮아 흡족했다. 자라날수록 그러한 자질은 더욱 두드러졌다.

원자의 용모는 관옥 같다. 다만 꽃처럼 곱고 불처럼 화려한 무작금과는 다르다.

태산을 에두르며 생명을 호흡하는 바다처럼 수려하다. 신비가 지닌 기품까지 물려받으니 그윽한 분위기가 더해졌다.

알맹이도 심상찮다. 원자는 글자를 빨리 깨쳤다. 앉아서 책을 잡으면 해질녘까지 흐트러짐도 없다.

그러다 보니 조정에서도 꼭 선왕께서 재림하신 것 같다는 둥 야단이다.

"글이라면 커서 질리도록 읽을 테니, 많이 놀아두라 하지 않았느냐."

무작금은 안타까워했다.

왕가의 적장자로 태어난 아들의 인생에는 어리고 즐거운 시절이 무척 짧을 터였다.

"소자에게는 글 읽기가 놀이이옵니다."

원자는 신비를 닮은 얼굴로 대꾸했다.

"도대체 너는 왜 책을 좋아하느냐?"

무작금은 혀를 내둘렀다.

"하다못해 네 누이처럼 시답잖은 책이라도 읽지, 꼭 경서만 고르니, 원."

"어마마마께서 자꾸 소자를 어린아이처럼 지켜주려 하시기 때문이옵니다."

얼빠진 질문에 비해 조숙한 답이 돌아왔다.

"비록 어리지만 소자도 사내이옵니다."

원자가 덧붙였다.

"소자가 더 똑똑해지고 알아서 수신한다면, 어마마마께서 아들을 지켜주지 못함을 근심하실 까닭이 없어지겠지요."

"…너는 참 날 안 닮았구나."

무작금은 할 말을 잃었다.

"네 누이는 이 아비를 너무 닮아서 탈일 지경인데. 둘이서 반반씩 섞였으면 얼마나 좋았을까."

"아바마마를 닮게끔 소자 더욱 정진하겠사옵니다."

장난 섞인 한탄에도 원자는 엄숙했다.

"됐다. 그만 좀 정진해라. 그리고 기왕이면 나보다 네 어미를 닮는 게 백번 낫다."

어이가 없어서 무작금은 웃었다.

"하긴, 옛날에 내 아바마마께서도…."

그러다가 무심코 그가 중얼거렸다.

"당신께서는 반드시 쉬지 않고 조정에 나아가셨지만, 국본이었던 나한테는 날씨가 더워서 걱정이라는 둥 서연을 빠지게 해주셨었지."

모처럼 선왕의 좋은 부분을 떠올리려니 가슴이 시큰거렸다.

아비의 나쁜 부분에 대한 원망과 반항심으로도 지울 수 없었던 기억이다.

"역시 자식을 걱정하는 부모의 마음은 자애롭사옵니다."

원자가 애늙은이처럼 끄덕였다.

"부모의 마음 같은 소리 한다, 요 녀석아."

무작금은 원자의 보들보들한 볼을 꼬집었다. 원자는 흠칫 놀라면서도 점잖게 당해줬다.

정녕 누가 더 어른스러운지 모르겠다.

"어린아이는 좀 어린아이다워야지!"

무작금은 새삼스레 한탄했다.

"말씀도 마소서."

그때, 줄곧 뒤에서 조용히 지켜보던 신비가 나섰다.

"원자의 고집이 쇠심줄이라서 꾸짖고 달래도 도무지 이길 수가 없나이다."

"그러니 내가 아닌 중전을 닮았다지 않습니까."

무작금이 장난스레 눈을 흘겼다.

"마침 잘 되었사옵니다."

신비는 칭찬으로 여기는 모양이었다. 하긴, 잘난 자식과 판박이라는데 싫어할 어미가 없다.

"신첩이 글공부하는 원자를 위해 먹음먹이를 좀 준비했사온데…."

얼마나 기분이 좋은지 인심까지 썼다.

"오늘은 특별히 주상전하께도 나누어 드리지요."

그러고는 원자의 손을 잡고 내실로 앞장섰다.

"아이고, 황송합니다, 중전!"

이미 지아비에게는 관심을 잃은 신비의 등에 대고 그가 너스레를 떨었다.

"명색이 임금인데, 곁다리 신세가 따로 없습니다."

"선소리 마시고 빨리 오시기나 하소서."

어차피 신비는 귓등으로도 안 들었다.

씨알도 안 먹히는 투정을 그만두고 무작금은 얼른 뒤쫓았다.

용안에 가득 핀 웃음꽃을 두고 궁인들이 팔불출이라고 놀리는 줄도 모르고서 말이다.

신비가 국수상을 차렸다. 정확히는 깻국에 녹두면을 넣어 만든 녹두나화였다. 잔칫날에나 먹는 귀한 밀국수 대신으로 좋았다.

"녹두묵을 만드는 것까지는 좋았사온데…."

짐짓 신비가 쑥스러워했다.

"물컹한 묵이 잘 안 썰려서 모양이 좀 망가졌사옵니다."

과연 대령숙수나 소주방 궁인들의 솜씨만큼 멋들어지지는 않았다.

"보기 좋기만 한데…."

무작금이 운을 떼려는데 원자가 동시에 말했다.

"음식의 도리 역시 인정과 다르지 않사옵니다."

그것도 특유의 진지한 표정으로 말이다.

"외면보다는 내면을 중시해야 옳사옵니다."

원자는 조그만 입술을 참 야무지게도 놀렸다.

"어마마마께서 자식을 사랑하는 마음으로 친히 차리신 음식이옵니다. 옥황상제의 진수성찬보다도 아름답나이다."

"아이고, 작작 해라, 원자야."

무작금이 혀를 끌끌 찼다.

"네 어마마마께서 감동으로 기절하시면 어쩌려고."

"꼭 얄밉게 산통을 깨신다니까."

신비가 눈을 흘겼다.

"어이쿠, 자, 얼른 먹자! 맛있겠구나."

허둥지둥 무작금은 말을 돌렸다.

젓가락질할수록 입 안에 고소한 맛이 풍부하게 퍼졌다. 시원하고 담백하기가 딱 정성으로 만든 집밥이었다.

"맛이 좋…."

"맛이 기가 막히옵니다."

무작금이 점수 좀 따보려는데 원자가 끼어들었다.

"중전 혼자서 만들…."

"정녕 어마마마께서 손수 다 만드신 것이옵니까?"

또 말허리를 잘라먹자 무작금은 눈을 가늘게 떴다.

"너 일부러 그러는 게지?"

"무슨 말씀이시온지요, 아바마마?"

원자는 젓가락을 꼼지락대며 천진난만하게 되물었다.

"착한 아들한테 시비 걸지 마소서."

괘씸한 입을 막으려는 요량인지, 신비가 무작금의 젓가락을 빼앗아서는 녹두면을 마구 떠먹이기 시작했다.

"아, 내가 알아서 먹는다니까…."

어째 탕약 숟갈 세례에 입이 막히던 지난날이 떠올라 무작금은 투덜거렸다.

"아바마마께오서도 더 똑똑해지고 수신하소서."

설상가상으로 원자가 보탰다.

"하오면 어마마마께서 어린아이처럼 지켜주시지 않아도 되는 사내가 될 것이옵니다."

"…뭐가 어째?"

언제부터 아내와 아들이 이렇게 죽이 잘 맞았는지 무작금은 뿔이 났다.

"오냐, 알았다."

그렇지만 어차피 지는 싸움이라서 백기를 들었다.

"협공이라도 당하는 기분이군."

신비와 원자는 그런 무작금을 보고 똑 닮은 얼굴로 킬킬 웃었다.

"큰누님께서 녹두나화를 참 좋아하시는데…."

문득 원자가 젓가락을 끼적거렸다.

"소자 혼자 먹으려니 마음이 쓰입니다."

"걱정하지 마라."

신비가 헛웃음을 쳤다.

"애초에 네 누이가 출출해서 못 견디겠다고 보채기에 만든 것이다."

"누님께서는 이미 젓수셨다는 말씀이옵니까?"

"그래. 두 그릇이나 먹었다. 하긴, 체력이 있어야 만덕이를 못살게 굴겠지."

흡족했는지 원자가 다시 젓가락을 재게 놀렸다.

배를 채우자 무작금과 신비는 억지로 아들을 공부방에서 끌어냈다.

원자의 손을 잡고 후원을 거닐었다. 계절에 걸맞은 꽃이 만발하고, 흙냄새가 물씬 풍겼다.

바깥에서도 원자는 호기심이 많았다. 하늘과 땅의 이치를, 지난날과 앞날을, 궐 안과 궐 밖의 사정을 번갈아 가면서 물었다.

대답할 때마다 비록 전부 이해는 못 하더라도 얼추 알아듣는 눈치였다. 혼자서 곰곰이 생각하는 모습이 기특했다.

심지어 원자는 무작금이 흥얼거리는 콧노래에 대해서도 물었다.

"아바마마의 노랫소리가 참 좋사옵니다."

과연 높은음에서는 청량하고 낮은음에서는 그윽했다.

"하온데 가무는 비천한 재주요, 멀리해야 할 유흥이라고 배웠사온데…?"

원자는 혼란스러운 눈치였다.

"하늘 아래 가치 없는 재주는 없단다."

무작금이 나서기 전에 신비가 타일렀다.

"특히나 춤과 노래는 백성들의 지치고 아픈 마음을 어루만지거든."

장차 군주가 될 아들이 고리타분한 훈계에 사로잡힐세라 염려하는 것 같았다. 후일 원자가 장성해 부왕의 예술적인 기질을 배척할세라 걱정하는 것도 같았다.

"또한 세상이 쳐주는 가치는 달라지기 마련이란다. 오늘날에는 가무가 글 읽는 재주보다 못하지만, 나중에는 모르지."

원자는 신중하게 고민했다.

"가무는 백성들을 이롭게 하는 재주가 맞는 것 같사옵니다."

그러고는 신비를 닮은 얼굴로 말했다.

"고된 일이라고 기피하는 의술이 사실은 아픈 백성을 살리는 귀한 재주인 것처럼요."

"아이고, 작작 하라니까, 원자야."

무작금이 껄껄 웃었다.

"네 어마마마께서 기어코 감동의 눈물을 흘리다가 기절하시겠다."

신비도 아들이 대견해 붉어진 눈시울을 문지르다 말고 웃었다. 그러고는 팔꿈치로 무작금의 옆구리를 쿡 찔렀다.

"신첩은 원자보다는 전하가 대견해서 좀 울고 싶사온데요."

"에이, 그건 힘들지. 내가 원자를 어떻게 이기겠습니까."

무작금이 넉살을 부렸다.

"대신 이 빼어난 용모를 보고 우는 걸로 족하세요, 중전."

단란한 가족은 한바탕 웃음을 터트렸다.

원자는 낮잠을 좀 재우라고 내시에게 업혀 처소로 보냈다.

이대로 끝내기에는 아쉬운 산책이라서, 무작금과 신비는 둘이서 조금 더 걷기로 했다.

"솔직히 신첩은 쭉 걱정했사옵니다."

녹음이 짙은 길에 접어들자 신비가 운을 뗐다.

"처음 회임할 때부터 전하께서 아들을 원치 않는다는 느낌이 들어서요."

"…내가 노골적으로 티를 냈지요."

멋쩍게 무작금은 뒷덜미를 문질렀다.

"하온데 막상 원자가 태어나고서부터는 다른 아이들 못지않게 사랑해 주셨나이다."

신비가 따뜻하게 말했다.

"애늙은이 같은 아이인데 잘 놀아주시기도 하고요. 오늘처럼요."

"…왜 여태 지켜보기만 하고 까닭을 묻지 않았습니까?"

조심스럽게 무작금이 물었다.

"언젠가 내킬 때 털어놓으시겠거니 기다렸사옵니다."

참 그녀다운 인내심이었다.

"글쎄, 아비와 아들의 관계라는 게…."

덕분에 무작금은 천천히 문두를 골랐다.

"난 어릴 때 아바마마를 우러러봤습니다만…. 동궁이 되고서는 너무 유하고 답답하시다고 여겼고, 임금이 되고 나서는 원망하게 되었지요."

날것의 본심이 나왔다.

"아마 아바마마께서도 그걸 다 예상하고 두려워하셨던 것 같습니다."

"어째서요?"

"승하하실 때까지 생모의 진실을 꼭꼭 숨기셨으니까요."

무작금이 말했다.

"거기다가 당신의 삼년상을 다 치르고서야 신병선의 여식을 왕후로 삼으라는 유서를 남기셨지요."

그가 미간을 찡그렸다.

"내가 왕위에 오르면 분통을 터트리리라 짐작하셨던 겁니다."

"하면 그 삼 년이란…."

"삼 년 동안 화를 낼 만큼 내고, 방황할 만큼 하고 나면 그때 딱…."

무작금이 신비를 가리켰다.

"날 달랠 보상으로 중전이 주어지도록 계획하신 겁니다."

"정녕 신첩이 전하께 주어지는 보상이옵니까?"

제 존재에 주어진 가치를 그녀는 씁쓸하게 응시했다.

"아닙니다."

무작금은 단호하게 고개를 저었다.

"중전은 보상이 아니라, 약입니다."

"…약이라니요?"

"아바마마께서는 내가 독이라는 사실을 간과하셨습니다."

그는 외로운 가슴을 중독 시키는 맹독이었다. 아무리 부어도 채울 수 없는 밑 빠진 독이었다.

황량한 밤마다 버림받을 것을 두려워하며 먹이 스민 붓으로 쓰던 홀로 독獨이었다.

사랑보다도 큰 미움이요, 그러한 미움마저도 사랑하게 만드는 원망할 독讟이었다.

"하여 내가 예상보다 더 크게 파멸할 줄 모르셨어요."

문득 그가 걸음을 멈췄다.

"그러니 자괴 파괴에만 골몰하던 내게 주어진 중전은 약이지요."

대신, 신비를 물끄러미 바라보았다.

과연 중독을 중화하고, 밑 빠진 독을 메우고, 종잇장에 먹으로 쓴 독獨을 지우고, 원망할 독讟을 용서할 서恕로 고쳐줄 약이었다.

"구제 불능의 병자를 계속 살려내는 구원의 약."

시선은 곧 용루로 무너져 내렸다.

"…그래서 아바마마의 자리에 선 나는 똑같이 무섭습니다."

가슴 속 추악한 밑바닥을 긁었다.

"지금이야 원자가 날 우러르겠지만…. 자랄수록 의문과 반감을 품겠지요. 그러다가 보위를 물려받으면 날 한심했던 임금으로 치부할 테고요."

이렇게까지 털어놓으니 차라리 시원했다.

"전하의 두려움을 헤아리겠나이다."

신비는 침묵을 길게 끌지 않았다.

"다만 전하께서는 이미 그 두려움을 해소할 방법을 알고 계시지요."

"내가, 안다고요?"

"예, 접때 우리 둘이서 무슨 약조를 했더이까?"

역시나 또 옳은 지적이었다.

앞서 몇 차례고 그는 무수한 질문을 던졌다. 그리고 그녀는 이에 전부 대응하는 한 가지 답을 일러주었다.

"좋은 임금이 되겠다고…."

하여 이번에도 동일한 정답에 이르렀다.

"예, 신첩은 임금보다도 어질다는 인정을 받는 왕후가 되겠다고 했고요."

신비는 온화하게 속삭였다.

"함께 해나가면 됩니다, 전하."

반면에 맞잡은 손은 굳건했다.

"생각을 많이 하지 마소서. 그럴 시간에 차라리 하나라도 더 실천하소서."

"…알겠습니다."

무작금은 더 이상 모자라고 유치한 제 감정을 천착하지 않기로 결심했다. 정직한 답만 찾아내는 여자가 곁에 있으니 말이다.

"앞으로는 아바마마의 그림자에 갇히지 않겠습니다."

그리하여 옛 시절의 여남은 태양마저 완전히 저물었다. 흉포하게 떠올랐던 걸주의 해도 현명한 달빛에 이지러졌다.

이제는 실로 새로운 시대의 여명을 맞이할 순간이었다. 역시나 그 누구도 살아보지 못한 시절일 터였다.

"계속 살아가야 할 우리의 인생을 위해서라도…."

여전히, 그녀의 기억은 돌아오지 않았다.

하지만 다행히 두 사람은 이대로도 함께 해나갈 수 있을 것 같았다.

최종장
배롱나무처럼 붉은색

꽤 오랫동안, 무작금의 반성은 진심으로 받아들여지지 않았다. 저러다가 또 수틀리면 죄다 잡아 족치겠거니 의심하며 뜬 눈들이 세모꼴이었다.

만회하기 위해선 정말 큰 인내심을 요했다.

성실하게 일과에 임했다. 조금만 거슬려도 날파리인 양 잡아 죽였던 대신과 삼사三司의 의견을 존중하고 경청했다.

비록 억지로 생사람을 잡은 과거를 되돌릴 순 없지만, 억울한 사연을 가려 복권하고 보상하는 데에 최선을 다했다.

솔직히 쉬운 과정은 아니었다.

아니, 더 정확히 표현하자면 못 견디게 어려웠다.

그래도 무작금은 버틸 만하다고 생각했다. 세상이 감히 자신의 반성을 받아들이지 못하겠다면, 어떻게든 받아들일 때까지 들이받겠다고 다짐했다.

뒤틀린 그의 심성이 정반대의 효과를 발휘한 셈이었다.

뭐, 이보다 훨씬 심각한 난제, 신비라는 이름의 술래잡기도 기어코 풀어내지 않았던가?

각오를 다잡기를 거듭하던 어느 날, 뜻밖의 사건에서 물꼬가 터졌다.

아주 평범한 하루였다. 무작금은 새벽 일찍 용상에 앉았다.

승지와 중신들이 어전을 지켰다. 인사치레와 헛기침이 오가자 첫 번째 안건이 올라왔다.

"날이 가물어 근심인데 민간에서는 곧잘 잔치를 벌이고 술을 마신답니다. 습속을 절제하기 위해 금주령을 반포하소서."

지평持平이 고하자 무작금은 선선히 끄덕였다. 어차피 술은 끊은 지 오래라서 그에게는 아무런 타격도 없었다.

"그리하라."

장내가 조금 술렁였다. 썩 대단한 전교도 아니었는데 말이다.

"흠흠! 어제 흙비가 내리지 않았사옵니까?"

다음은 승지들의 차례였다.

"선왕께서도 흙비를 맞으셨을 때 재이災異라고 놀라시며 곧장 전지傳旨하셨사옵니다."

요렇게 눈치를 살피더니 승지가 덧붙였다.

"응당 주상전하께서도 측신수행(側身修行, 재난을 두려워하여 덕을 쌓고 조심함)하시어 하늘의 견책에 보답하소서."

"알겠소."

한동안 방구석에서 명상이나 해야겠다고 무작금은 가납했다.

그러자 아까보다 더 장내가 들썩거렸다.

"뭐요?"

무작금이 눈썹을 추켜세웠다.

"아, 아니옵니다, 전하…."

폭군이 쥐어박는 대로 얻어맞던 옛 시절이 생각났는지 즉각 다들 빌빌 기었다.

"경상도 관찰사가 치계(馳啓, 말을 타고 달려 와서 아룀)하옵니다."

서둘러 화제를 돌리는 모양새가 다급했다.

"근자에 웅천熊川 백성 여럿이 떼죽음을 당했사옵니다."

주춤주춤 나선 경상도 관찰사가 아뢰었다.

"뭐, 어쩌다가?"

"인근 섬 근처에서 석화(石花, 굴)를 캐서 먹고 중독된 것 같사옵니다."

"어허, 그럴 수가 있나."

무작금은 혀를 끌끌 찼다.

"고을 노인들이 공초하기를, 일전에도 섬에서 굴을 캐 먹고 사람이 죽는 경우가 더러 있었다고 하옵니다."

경상도 관찰사가 주청하였다.

"백성의 안위를 위해 이제부터라도 인근 섬 등지의 채포採捕를 금지하소서."

"그리하라."

끄덕이다가 무작금은 멈칫했다. 장정과 아낙이 떼로 죽었다면, 노인과 어린아이들이 의탁할 곳을 잃었으리라는 생각이 들었다.

"죽은 사람의 집에 쌀도 지급하도록."

그래서 덧붙였다.

잠시 정적이 맴도는가 싶더니, 해괴하게도 뭔가 터지는 소리가 들렸다.

깜짝 놀라 두리번거리니 승지가 소매에 코를 팽 푸는 소리였다.

"…뭐, 뭐요?"

당황해서 묻기가 무섭게 장내를 가득 채운 사람들이 일제히 울기 시작했다. 흰머리 성성한 노신부터 파릇파릇한 승지까지 대성통곡하기가 초상 치르는 집 같았다.

"아니, 이 양반들이 미쳤나…?"

무작금은 아연실색했다.

"그동안 주상전하께서 곧고 올바른 태도로 정무에 임하셔도 신들은 믿지 아니하였나이다."

어디선가 한 사람이 아뢰었다.

"중전마마께서 관저關雎의 덕으로 전하를 감화시켰다는 소문이 돌아도 도무지 믿을 수가 없었사온데…."

"한데 금일 전하를 뵙고 확신하였나이다."

저쪽에서 또 다른 사람이 거들었다.

"막 즉위하셨을 때의 겸손하고 자애로우신 모습을 회복하셨으니, 신들은 감격을 금치 못하겠나이다."

폭군 시절이 너무 강력하여 지난날이 미화된 모양이다.

즉위 초반에 의욕적으로 통치하기야 했지만, 그렇게까지 겸손하고 자애롭지는 않았으니 말이다.

"전하께서 방황하시는 동안 신들은 어쩔 줄을 몰랐사온데…."

울먹임이 계속되었다.

"성은이 망극할 따름이옵니다!"

"거참, 뚝 그치시오들."

멋쩍어서 무작금은 툴툴거렸다.

"시커먼 양반들이 왜 걸핏하면 울음 바람이야?"

"…전하!"

불난 집에 부채질한 꼴이었다. 중신들은 아예 엎어져서 울먹였다.

"과인이 못난 임금이었소."

무작금은 뒷덜미를 문질렀다.

"눈을 감고 귀를 막은 채 어리석게도 불평하느라 바빴지만…."

어차피 한 번은 짚고 넘어가야 할 문제였다.

"아무리 보지 않고 듣지 않으려 해도…. 포기하지 않고 꾸짖어 준 사람이 있었소."

무작금은 쑥스럽게 웃었다.

"그래, 중전이 과인을 사람으로 만들었소."

하여 오늘날 재차 천명할 수 있었다.

"앞으로는 반성하며 수신하여 덕을 쌓겠소."

당당하게 요청할 수도 있었다.

"만백성과 대소신료들이 과인을 믿어주기를 바라오."

"성은이 망극하옵니다!"

그러자 간절하게 기다리고 있었다는 듯 민심이 따라왔다.

이후로는 나름대로 태평성대였다.

잠시 패도에서 비틀거렸으되 임금은 강력한 왕권과 뚝심을 다져 안정적인 통치 기반을 이루었다. 아직 성군이라고 칭하기는 어렵지만, 꽤 괜찮은 정도正道를 걸어 나갔다.

임금의 후계자인 국본에게는 더욱 기대할 구석이 많았다.

아직 어린 원자가 성군이었던 선왕을 닮았으며, 무척 영특하다는 평판은 마찬가지로 치세를 떠받치는 주춧돌이 되었다.

거기다가 왕비를 빼놓을 수 없다.

민심이 임금을 욕하는 때는 더러 있어도, 신씨 성의 비를 비난하는 경우는 결코 없었다.

오히려 유아독존의 지존을 유일하게 꾸짖을 양심의 사명을 타고 나신 분이라며 칭송하는 목소리만 드높았다.

신씨 성의 비는 임금 위에 군림하는 왕후였다.

그러나 꼬장꼬장한 유학자부터 낫 놓고 기역 자도 모르는 무지렁이까지, 아무도 그 존재를 고깝게 여기지 않았다.

당연하게도, 신비는 그럴 만한 여자였다.

십일월에 무작금은 서른 번째 탄일을 맞았다.

근정전 뜰로 행차하여 신료들이 공궤(供饋, 웃전께 음식을 바침)하는 상차림과 하례를 받았다.

"정성은 고맙지만, 오늘같이 좋은 날 과인이 원하는 바는 따로 있소."

무작금은 고기와 술을 사양했다.

"바로 중궁전을 치하하는 것이오."

대신, 다른 선물을 원했다.

"중궁의 어진 덕은 문왕文王의 후비보다도 뛰어나다. 동궁에서부터 느끼기를, 그 착한 생각과 덕이 진실로 가상하였다."

무작금은 대뜸 팔불출처럼 전교하였다.

"우리 중전께선 한 나라의 국모로 임한 뒤로도 한결같다. 그러한 미덕을 널리 알려 만백성의 풍속을 밝힐 근본으로 삼노라."

얼른 받아쓰라고 연신 승지를 닦달했다.

"선왕께서 안목이 뛰어나시어 현비賢妃를 간택하셨음을 크게 드러내어 제술製述하라."

왕후의 어진 행실을 중외에 널리 반포하였다. 또한 외척들에게 포상을 내려 사대부의 귀감이 되도록 하였다.

"과인의 거조擧措가 사사로운 마음에서 비롯된 것이기는 하지만, 친히 말하지 않으면 바깥에선 알아주질 않으니 깨우치는 것이니라."

받아적던 승지가 혀를 내두를 지경이었다.

그걸로 모자랐는지 무작금은 한술 더 떴다.

옥책을 친히 내리는 자리까지 마련한 것이다. 전례가 없는 일이라 아예 절차까지 만들었다.

내명부와 외명부가 모두 모인 중궁전 뜰에서 그는 옥책을 읽고 건넸다. 신비는 공손히 사배四拜를 올렸다.

옥책문과 보문寶文, 교명문敎命文을 읽고, 내외명부는 모두 중전을 본받으라고 으름장도 놓았다.

"전하의 탄일인데 어찌 신첩에게 인심을 베푸셨사옵니까?"

대뜸 칭찬을 치사량으로 받은 신비의 낯이 붉었다.

"어마마마께서 나를 낳으셨으나, 정작 날 사람으로 만든 건 중전입니다."

무작금은 마음껏 생색냈다.

"만백성도 그 덕을 알아야 마땅합니다."

"하여튼 생색내기로는 선수시옵니다."

신비는 웃어버렸다.

이윽고 무작금은 융복과 주립朱笠 차림으로 환복하였다.

줄곧 주저하다가 오늘에서야 마음먹고 실천하기로 한 일정이 하나 있었다.

"잘 다녀오소서."

용케 신비는 외문까지 그를 배웅했다. 어째 그녀의 눈시울이 촉촉하게 젖었다.

"…신첩 대신 안부도 좀 전해주시고요."

"그리하리다."

무작금은 신비의 손을 굳게 잡았다.

"금방 다녀오겠습니다. 이따가 저녁 수라상은 함께 들도록 하지요."

그러고는 흰 말의 고삐를 잡았다. 안장에 올라 둘러보니 용케 여름 내내 꺾이지 않고 견딘 흰배롱나무가 보였다.

순리대로 자연스럽게 계절을 보내고, 옆에 선 붉은 배롱나무와 함께 시들어 꽃잎이 떨어져 있었다.

덕분에 무작금은 단단히 마음을 먹었다.

이 기나긴 이야기의 필연적인 종지부를 찍으러 갈 순간이었다.

쾌청하다 못해 스산한 바람에 옷자락을 휘날렸다. 말발굽이 울긋불긋한 낙엽을 사박사박 밟았다.

도성으로부터 굽이굽이 이어지는 산등성이 중간에 이르자 왕의 행차가 멈췄다.

무작금은 땅을 딛고 섰다.

"…소자가 왔사옵니다, 어마마마."

그러고는 남동쪽을 바라보았다.

아들에게 좋은 것과 나쁜 것을 모두 물려준 어미, 연씨가 잠든 방향이었다.

어미는 죽어서 길목에 묻히기를 바랐다.

그렇게라도 후일 보위에 오른 아들이 성군이 되어 행차하는 모습이나마 보고 싶다고 간곡히 소망했다.

"어마마마…."

사실 아직 감히 성군이라 자칭할 정도는 아니었다. 그러나 어미 앞에 면목이 없을 정도의 폭군도 아니었다.

"소자를 지켜보시옵소서, 어마마마."

그동안 생모를 추승하거나 못자리를 새로이 단장하는 등, 별짓을 다 해도 채워지지 않던 갈증이 비로소 해갈되는 기분이었다.

속절없이 용루가 흘렀다.

망상에서 그를 괴롭히던 어미의 피눈물이 아니었다.

보란 듯이 엇나가는 그를 하늘에서 내려다보며 아비가 쏟아내는 통곡도 아니었다.

회한과 그리움으로 상처를 씻어내는 치유의 눈물이었다.

바로 그가 간신히 찾아낸 용서의 방식이었다.

***

눈물을 닦고 환궁하니 저녁이었다. 교태전으로 갔다. 석수라를 함께 들기로 한 약속은 꼭 지키고 싶었다.

마당으로 들어서자 마침 내전에서 나오는 사람이 있었다. 반듯하게 갖춘 사모관대와 성실하기 짝이 없어 보이는 얼굴이 익숙했다.

"약방이 중궁전에 저녁 문안을 올리고 공주자가의 용태도 아뢰었사옵니다."

의관 박치수였다.

"그래, 공주는 어떻소?"

딸아이는 엊그제부터 코감기로 찡찡거리는 참이다.

"정말 공주의 주장대로 숨이 꼴까닥 넘어갈 중병이오?"

"아니옵니다."

허무맹랑한 꾀병에 치수는 웃었다.

"약간 미열이 있으셨사온데 그마저도 다 내렸으니 심려치 마소서."

"난 걱정 안 한다오. 아비 몫까지 공주가 사서 걱정하니까."

무작금이 혀를 끌끌 찼다.

"도대체 누구를 닮아 엄살이 심한지…."

"잘 아시지 않사옵니까?"

"뭐요?"

눈을 치떴지만 무작금은 할 말이 없었다.

지나가는 삼척동자에게 물어도 첫째 공주는 임금님과 판박이라서 그 모양이라고 대답할 테니 말이다.

"중전마마를 닮았으면 그러지 않으실 테니까요."

괘씸하게도 치수는 빙글거렸다.

"이야, 감개무량하네. 경은 본디 농담이라고는 몰랐잖소."

무작금이 삐죽거렸다.

"그러게나 말이옵니다."

치수는 선선히 끄덕였다.

"예전에 더 많이 웃었어야 했는데…. 좀 후회하고 있사옵니다."

무심결에 그의 시선이 임금을 떠났다. 중궁전 전각으로 향했다.

사방으로 지엄한 벽을 두른 여자, 다시는 편하게 맞댈 수 없는 얼굴을 헤아렸다.

몹시 그리운 눈빛이었다.

그게 어떤 감정인지 무작금은 잘 알았다.

"난 다른 사내를 질투해 본 적이 별로 없소."

저와 다르게 생모의 사랑을 받았던 이복아우들만 제외하면 그랬다.

"한데 경한테만은…. 가끔 얄미워서 견딜 수가 없었지."

정녕 단 한 명, 박치수만은 도리가 없었다.

"…소신도 마찬가지였사옵니다."

치수도 나지막이 고백했다.

"하오나 지금은 결단코 아니옵니다."

잇따른 선량한 음성이 위험스러운 고백을 무마했다.

"정녕 상대를 위한다면…. 마음 편하게 보내주고 멀리서 지켜보는 것으로 만족하는 법을 배웠거든요."

언뜻 치수가 눈시울을 붉혔다.

"못난 자식을 평생 아들이라 불러보지도 못했던 한 외방의녀로부터요."

어미를 생각하는 아들의 표정이었다.

이번에도 무작금은 그게 어떤 감정인지 잘 알았다.

"그게 무슨 뜻이냐고 물어봐도 알려주지 않겠지?"

답을 알면서도 떠보았더니 치수가 웃었다.

"예, 중전마마 단 한 분께만 알려드린 사연이라서요."

둘만의 비밀이라서 나누고 싶지 않은 눈치다.

"어떡하나. 또 경이 싫어지려고 하는데."

무작금이 심술궂게 중얼거렸다.

"뭐, 괜찮사옵니다. 막상 진실로 소신을 싫어하신 적은 없으셨으니까요."

치수는 대수롭지 않게 받아쳤다.

"…이제 보니까 경도 성격 참 많이 버렸소."

무작금은 어처구니가 없었다.

"아! 하온데 아까 원자 아기씨께서 약방에 찾아오셨사옵니다."

갑자기 떠오른 척 치수는 말을 돌렸다.

"용무가 있으신 것처럼 기웃거리셨사온데…. 끝내 아무 말 없이 돌아가셨나이다."

"아파 보였나?"

"그런 건 아니었사옵니다만…?"

치수 역시 어리둥절한 표정이었다.

"이따가 원자를 보면 물어봄세."

아마도 별일 아니리라고 무작금은 짐작했다.

원자는 어리광을 부리는 첫째 공주와는 다른 의미로 성가시게 굴곤 한다. 책을 읽고 싶으니 더 늦게 침수 들도록 윤허해 달라던가, 그런 식이다.

"다들 원자 아기씨께서 선왕 전하를 닮았다지만…."

치수가 말했다.

"신은 모로 보아도 중전마마와 판박이신 것 같사옵니다."

"과인도 그렇게 생각하오."

서로 동질적인 미소를 주고받았다. 원자에게서 보이는 한 여자의 형상을 은애하는 마음이었다.

그렇지만 이내 치수는 허리 숙여 인사를 올렸다. 공감하더라도 공유할 순 없는 감정을 잘라냈다.

그만 서로 있어야 할 곳으로 가자는 의미였다.

왕은 왕비의 곁으로.

의관은 멀고도 가깝게 떠나 버린 의녀를 추억할 약방으로.

석수라를 받았다. 미역국과 고기, 나물 따위가 정갈하게 차려졌다.

"모후의 능에 가보니까 어떠셨사옵니까?"

신비가 무작금의 숟갈에 고기를 얹어주었다.

"…그냥, 내가 더 잘해야겠지요."

콕 집어 정의하기 어려운 감정 탓에 어물거렸다.

"금일은 전하의 탄신일인데 신첩에게만 후하게 베푸셨사옵니다."

캐묻는 대신, 신비는 화제를 바꾸는 배려를 베풀었다.

"혹 소원이 있으시옵니까?"

구미를 당겨볼 요량인 것 같았다.

"오늘만은 무엇이든 들어드리겠사옵니다."

"정말입니까?"

무작금은 솔깃했다.

"하면…. 내가 황금으로 비석을 세워도 되겠습니까?"

"황금으로 뭘 세우신다고요?"

"아침에 중전한테 옥책을 내리면서 문득 그런 생각이 들었지."

그가 말했다.

"중전의 덕은 곧 공덕이니 금정金鼎으로도 새기면 좋겠다고…."

"미치셨나이까?"

신비는 기겁했다.

"족히 천 냥은 들 텐데…. 나라에 재물이 썩어난답니까?"

"아까는 오늘만은 무엇이든 들어주겠다며?"

"아무리 그래도 정도가 있지요."

신비가 눈을 흘겼다.

"어허, 사내가 준다고 할 때 받아 챙기세요, 중전."

무작금이 살살 구슬렸다.

"금으로 떡칠해 주는 지아비가 어디 흔한 줄 압니까?"

"하긴, 그만큼 정신 나간 지아비가 흔하지는 않겠지요."

그래봤자 신비는 요지부동이었다.

"요사이 우박이 내리는 바람에 만백성의 곤궁함이 극에 달했나이다."

올바른 잔소리로 반격이나 했다.

"전하께서도 근심하시어 중외에 교유(教諭, 왕이 특별히 명함)하셨잖아요. 국고를 아껴야지요."

"알겠습니다, 알았어요."

무작금은 못 이기는 척 손사래 쳤다.

"하면 이거라도 받아주세요, 중전."

그러고는 약삭빠르게 다른 선물을 내밀었다. 품에서 세심하게 세공한 봉황 첩지를 꺼냈다.

파란을 입혀 꽃봉오리로 조각했는데 아주 예뻤다.

"…전하!"

신비는 또 경악했다. 수수하고 단정한 왕후에게는 사치스러운 장신구였다.

"치장하지 않아도 됩니다. 그냥 받아만 두세요."

무작금은 억지로 쥐여주었다.

"내 소원입니다."

생일을 맞은 주인공의 간곡한 청에 신비는 더 이상 사양하지 못했다.

"좋아, 지아비로서 면이 사는군."

무작금은 으쓱거렸다.

이내 사이좋게 찬을 나누어 먹었다. 무작금이 기름에 지진 전유화煎油花를 신비의 숟갈에 얹어주었다. 신비는 그에게 장아찌와 월과채 따위를 덜어주었다.

"종일 고생하셨사오니 쉬소서."

숟갈을 내려놓자 신비가 일어섰다.

"신첩은 첫째 공주를 들여다보고 오겠나이다."

손수 작두콩차를 끓여 먹일 생각이라고 했다.

"죽기 전에 유언을 남기겠답시고 난리거든요."

신비는 눈을 굴렸다.

"전하를 닮아 엄살이 심해 못 살겠사옵니다."

"음, 그래도 날 닮아서 예쁘고 사랑스러우니 다행이지요?"

신비는 못 들은 척 나가버렸다.

무작금은 의복을 거두고 깨끗한 물에 씻었다.

진실로 긴 하루였다. 생일은 매년 돌아온다지만, 올해는 길이 기억에 남을 터였다.

"…아바마마, 소자이옵니다."

자리옷으로 갈아입는데 원자의 목소리가 들렸다.

"저녁 문안을 왔느냐?"

어린 아들에게서 또 신비의 얼굴이 비쳤다. 무작금은 활짝 웃을 수밖에 없었다.

"이를 어쩐다. 중전은 네 큰누이를 살피러 갔는데."

"마침 잘 되었사옵니다."

원자는 괴이하게 운을 띄웠다. 주변을 흘끔거리며 망설이는 눈치였다.

"무슨 일이냐?"

무작금은 아들에게 바싹 당겨 앉았다.

"안 그래도 아까 내의원을 기웃거렸다기에 궁금하던 참이다."

대번에 원자의 얼굴이 창백해졌다.

"실은, 금일 소자가 어마마마의 말씀을 어겼사온데…."

앳된 목소리가 기어들었다.

"금일이 아바마마의 탄강일이라 소자도 간식을 많이 먹었사옵니다. 하온데 낮에 받은 음식상에 말린 복숭아가 있었사옵니다."

원자가 고사리 같은 손을 내밀었다. 말린 복숭아 다섯 조각을 쥐고 있었다.

"하여 무심코 소자가 먹어버렸사옵니다."

"그게 뭐 어때서?"

무작금은 갈피를 못 잡았다.

"일찍이 어마마마께서 타이르셨는걸요."

원자가 울상을 지었다.

"복숭아는 함부로 먹지 말라고요. 혹 소자가 아바마마의 체질을 닮아 탈이 날 수 있어 걱정이라 하셨사옵니다."

동시에 목소리를 낮추었다.

"어디 가서 그런 이야기를 해서도 안 된다고요."

비로소 무작금은 이해했다.

"아, 어린아이에게 복숭아는 조심해서 먹이라는 말이 있지."

그는 천천히 아들의 얼굴과 목, 팔다리를 비롯한 피부를 살폈다. 발진이라든가 두드러기 따위는 보이지 않았다.

"혹 몸이 간질거리느냐?"

"아니옵니다."

"목구멍이 부었으면 진즉 알았을 테고…."

무작금이 중얼거렸다.

"털 달린 껍질도 없고 말린 과육이니 뭐…. 괜찮다. 걱정할 것 없어 보이는데."

어린 아들의 공연한 근심이 귀여워 무작금은 껄껄 웃었다.

"…잠깐만."

한데 뒤늦게 걸리는 구석이 있었다.

"네 어미가 뭐라 했다고?"

웃음이 씻은 듯이 사라졌다.

"내 체질을 닮아 복숭아를 먹으면 탈이 날 수 있다고 했어…?"

"예, 그러하옵니다만…?"

부왕의 싸한 반응에 원자는 주눅 들었다.

"정녕 네 어미가 그렇게 말했느냐?"

무작금은 믿지 못해 되물었다.

그것은 이치상 있을 수 없는 일이기 때문이다.

충격이 뒤통수를 때렸다. 하지만 내색하지 않았다.

어린 아들의 앞이다. 부모라면 당장은 불안한 아이부터 안심시키는 게 옳다.

"…그래, 어마마마의 말씀을 잘 들어야지."

무작금은 억지로 웃었다.

"복숭아는 가려 먹어라. 웬만하면 껍질에는 손도 대지 말고."

원자의 머리를 쓰다듬었다.

"혹 유모나 궁인들이 까닭을 묻거든, 맛이 없어서 싫다고만 둘러대거라."

"소자를 용서해 주시는 것이옵니까?"

"용서는 무슨. 넌 잘못한 게 없는데."

무작금이 조심스럽게 덧붙였다.

"다만…. 오늘 일은 우리 둘이서만 알고 있자."

"비밀이옵니까?"

천진난만하게 원자가 물었다.

"그래, 어마마마나 누이한테도 말하면 안 된다."

무작금이 마른침을 삼켰다.

"사내들끼리 비밀이야. 지킬 수 있겠느냐?"

"물론이옵니다, 아바마마!"

영락없는 어린아이라서 원자는 들떴다. 주눅 들었던 기색이 싹 사라졌다.

"꼭 지키겠사옵니다!"

새끼손가락을 건 아들은 신바람을 내며 물러갔다.

어린 자식을 배웅하고 나서야 비로소 무작금은 뜻밖의 진실에 골몰하였다.

그는 복숭아를 못 먹는다.

털 달린 껍질에 닿기만 해도 피부가 간질거리기 때문이다.

하지만 스스로 약점을 인정하는 데에 병적인 두려움이 있어 비밀로 지켜왔다.

그와 복숭아의 사연을 아는 사람은 천하에 단 셋뿐이다.

첫째로는 그 자신이다.

무작금은 즉위하고서도 철저히 함구했다. 다들 그가 복숭아를 싫어해서 안 먹는 줄로만 안다. 이딴 거 올리지 말라고 수라상을 몇 번 엎은 뒤부터는 권하지도 않는다.

둘째로는 이복아우인 철성대군이다.

철성대군은 같은 체질을 숨기지 않았다. 딱히 그럴 이유도 없었을뿐더러, 오히려 동정과 동병상련을 사기 위한 수단으로 이용했다.

뭐, 좋은 발상이었다. 무작금은 폭군 시절에도 그런 아우를 죽이지 않았으니 말이다.

요즘 철성대군은 멀리서 쥐 죽은 듯 살고 있다. 간간이 자식을 얻었다는 둥 서신을 보내올 뿐, 입궁한 적은 없다. 여전히 넙죽 엎드려 눈치를 보는 것이다.

그렇다면 셋째로는…. 신비다.

모종의 사연으로 그녀는 무작금의 약점을 알게 되었다. 그리고 재치 있고 싹싹한 방식으로 그를 보호해 주었다.

다만, 그것은 그녀가 기억을 잃기 전의 일이었다.

"어떻게…?"

이해하려고 무작금은 머리를 굴렸다.

살 부대끼며 사는 동안 그녀에게 말한 적이 있던가?

아니다. 그런 적은 없었다.

현명한 그녀가 주위에서 단서를 모아 유추했을까?

그것도 아닌 것 같다. 그나마 유의미한 언질을 줬을 만한 대비들과 봉보부인은 진즉 다 죽고 없으니 말이다.

임금의 약점은 지금의 신비로서는 절대로 알 수 없는 비밀이다.

부정적인 단정 끝에 저울의 추가 반대 방향으로 기울었다.

순식간에 모든 석연찮음이 뇌리를 스쳤다.

십수 년의 기억을 잃고도 빠르게 적응했던 신비의 모습.

신비의 표정만 봐도 안다던 자희의 의구심.

신비가 탐탁잖은 소망을 품더라도 함께 하겠다던 만덕의 착잡함….

무작금은 항상 제 감정에 골몰하느라 바빴다. 그래서 신비의 감정에 대한 단서들은 막연히 흘려버렸다.

한 마디 아뢸 때마다 지나치게 신중하던 신비의 입술을 떠올렸다. 깊은 밤에 그녀가 홀로 꽃점을 치며 빌던 비밀의 소원도 되짚었다.

아무것도 모를 텐데도, 모든 것을 아는 것처럼 보였던 그녀의 품을 파헤쳤다.

"설마…!"

그러자 한 가지 가능성에 생각이 미쳤다.

신비는 기억을 잃지 않았다.

단지 잃은 척했을 뿐이다.

“신첩이 많이 늦었지요?”

딸에게 한참을 시달리다 온 신비는 기진맥진했다.

무작금은 뒷짐을 선 채 창 너머 달을 바라보는 척했다.

아직 마음이 가라앉지 않았다. 어떤 얼굴로 그녀를 대할지 모르겠다.

“공주가 아바마마께 올려달라며 유서를 써주었사옵니다만….”

신비는 비뚜름하게 접은 종잇장을 연상에 올려두었다.

“엄살이오니 괘념치 마소서.”

“…하여튼 날 너무 닮은 것도 문제로군.”

애정 섞인 불평을 던졌지만 다소 어색했다.

“웬 복숭아이옵니까?”

신비는 알아차리지 못했다. 아까 원자가 두고 간 말린 복숭아에 정신이 팔렸다.

“금방 원자가 저녁 문안을 왔다가….”

무작금은 마른침을 삼켰다.

“맛 보여드리고 싶다며 두고 갔습니다.”

그녀를 떠보기로 마음먹었다.

“원자의 씀씀이가 기특하니 중전께서 꼭 다 드세요.”

믿을 수 없는 가능성을 회피하고 싶기 때문이다.

“…난 복숭아라면 먹을 수 없으니까.”

비로소 무작금은 몸을 돌려 신비를 똑바로 보았다.

어쩌면 기억의 일부나마 돌아온 게 아닐까? 그런 실낱같은 희망을 품었다.

그녀가 줄곧 기억을 잃은 척했다는 괴악한 현실보다는 나을 터였다.

그때, 신비의 낯에 어떤 표정이 스쳤다.

그녀는 눈을 내리깔았다. 숨을 깊게 들이마시듯 가슴팍이 높게 올라왔다. 그리고 입술을 깨물었다가 혀로 살짝 핥았다.

직감적으로 무작금은 깨달았다.

바로 자희가 가리킨, 특유의 표정이었다.

"전하께서는 복숭아를 아니 젓수시옵니까?"

찰나의 끝에 신비가 물었다.

"하긴, 유난히 질색하신다는 이야기를 큰방상궁한테서 들은 것도 같사온데…."

원자의 이야기와 어긋나는 반응이었다.

역시나, 그녀는 알면서 모르는 척하고 있다.

…그렇지만, 왜?

따져야 한다. 어디서부터 거짓이고 어디까지가 진실인지를.

처음부터 기억이 있었는지, 아니면 정말로 기억이 없어졌다가 도중에 회복했지만 그대로 병자 행세를 했는지를.

"반찬 투정을 하셔서야 어린 자식들 앞에 면이 서시겠나이까?"

신비는 패착을 깨닫지 못했다.

"어리광 심한 전하한테서 이토록 조숙한 아들이 나다니, 운명이 따로 없사옵니다."

원자의 고사리 같은 손바닥 온기가 남은 복숭아 조각에 따뜻하게 웃을 뿐이었다.

"…운명이라."

순간, 무작금의 마음에 짚이는 구석이 있었다.

"중전께서는 운명을 믿으십니까?"

오직 자신만 아는 맥락으로 무작금이 물었다.

“그럼요.”

현명하게도 그녀는 따라잡았다.

“운명은 인간이 만드는 것이라고 믿사옵니다.”

그리하여 이제 그가 신비의 맥락을 따라잡을 차례였다.

더 이상 사랑하지도, 미워하지도 않는다던 작별은 거짓이었다.

그녀의 마음은 무심하려 애썼으나 끝내 불변하여 스스로 독을 삼키고 말았다.

그렇게까지 해서라도 그를 포기하고 싶지 않았던 것이다.

아마 그녀는 정녕 죽을 작정이었을 터였다.

제 죽음과 태중에서 잃은 자식이 경종을 울리고, 이에 감응한 폭군이 개과천선하기를 바랐을 것이다.

그야말로 당시 그녀가 내밀 수 있었던 최후의 처방이었다.

하지만 하늘은 얄궂었다.

그녀는 죽지 않았다.

자칫 원점으로 돌아갈 상황이었다. 실패로 끝난 독살은 폭군의 나약한 마음을 송두리째 뿌리 뽑지 못하리라고 저어했을 터였다.

하여 완전히 다른 계략을 새로 짜야만 했으리라.

그녀는 신비를 버렸다. 포기하지 않기 위해 자미를 버렸던 것처럼.

백지장처럼 새하얗게, 궁궐에서 함께 술래잡기했던 왕자의 손을 잡을 준비가 된 양갓집 아씨로 재탄생했다.

예상한 대로 죄책감의 늪에 빠진 폭군이 손을 내밀자, 그녀는 딱 두 개의 말만 놓고 판을 깔았다.

기억을 잃은 여자.

만회하고 싶은 남자.

각자 역할에 충실한 장기짝이 진퇴하며 겨룰 대국對局이었다.

그는 그녀로부터 사랑받기 위해 성군이 되려 애쓰고, 그녀는 기억을 잃은 척 계속해서 그를 구원한다.

그리하여 영원히 끝나지 않을 술래잡기였다.

"…괜찮으시옵니까, 전하?"

신비는 창백해진 용안을 걱정했다.

"아무것도 아닙니다. 단지…."

무작금은 창 너머 울창한 나무를 가리켰다.

"옛날에 저 근처에서 중전과 했던 술래잡기가 생각나서요."

얼버무리면서도 참담했다.

기억을 잃은 척함으로써 그녀가 너무나 큰 희생을 불사했기 때문이다.

다른 사람의 인생에 좌지우지되지 않겠다는 신념을 꺾었다. 힘들고 어렵더라도 제 이름을 지키며 살겠다는 꿈을 잃었다. 바람처럼 살다가 족적마저 남기지 않고 가겠다는 소망도 버렸다.

대신, 내키지 않는다던 본래의 길로 회귀하였다.

곁에 선 사내의 오르막과 내리막으로 존재가 정의되는 삶. 누군가의 아내나 어머니라는 칭호로서 남는 인생.

"아, 그렇사옵니다."

아예 그 술래잡기에 스스로 발을 묶어놓고도 신비는 웃었다.

"그날처럼 훤한 밤이옵니다."

캄캄한 밤하늘 한구석에 붙박여 반짝이는 자미성紫微星을 가리켰다.

덕분에 무작금도 처음 발견했을 때와 같은 빛을 보았다.

"운명은 인간이 만드는 것…."

그리고 무심코 깨달았다.

아니다.

비록 희생했지만 그녀는 꺾지도, 잃지도, 버리지도 않았다.

신비는 화염에 휩쓸린 세자를 살리기 위해 목숨을 걸었던 것처럼, 구제 불능의 병자를 고치기 위한 극한의 처방으로 자아를 걸었다.

그녀는 다른 사람의 인생에 좌지우지되지 않으려고 타인의 앞길마저 개척했다. 힘들고 어렵더라도 제 이름을 지키며 살기 위해 임금과 함께 걸었다. 바람처럼 살다가 족적마저 남기지 않고 가기 위해, 과거에 미련을 두지 않았다.

이는 거듭되는 실망과 고통에도 절대 포기할 줄 모르는 한 인간이 만들어 낸 운명이었다.

원래 이런 사람이라서 이렇게까지 하는 것을, 도대체 무슨 수로 설명할까?

"앞으로는 나도 그렇게 믿겠습니다."

무작금은 눈물을 삼켰다.

"운명은 인간이 만드는 것이라고…."

그리고 속으로 자문하였다.

그녀가 진실로 사랑하는 대상은 누구일까?

나인가?

아니면 죽음보다 어려운 삶에 불을 붙인 내 어미인가?

그것도 아니라면…. 절대 포기하지 않는 그녀 자신인가?

영원히 잡고 잡혀야 하는 이 술래잡기가 계속된다면 답을 구하기 어려울 터였다.

하물며 그녀는 승리를 목전에 두었다.

그가 성군의 행보를 걷도록 만들었다. 죽어서라도 성군이 된 아들의 모습을 보고 싶다던 폐비의 유언도 이루었다.

무작금은 신비의 계략을 간파하고도 판을 뒤집지 않았다.

그녀가 승리하도록 내버려 두었다.

“나 또한 운명을 만들어 좋은 임금이 되겠습니다.”

신비는 끝까지 못난 사내를 고쳐 쓸 수 있다고 믿었으니까.

그 믿음을 입증하기 위해서 자신의 일부마저 죽이는 방법을 불사했으니까.

그러니까, 이 순간을 깨고 싶지 않았다.

그 역시 자신의 일부를 죽여서라도 호응하고 싶었다. 그녀가 고안한 술래잡기 속에서 영원히 살고 싶었다.

그렇게라도 사랑받고 싶은 마음뿐이었다.

“내일 뜨는 해가 오늘 본 해와 같지는 않겠지만….”

무작금은 신비를 품으로 끌어당겼다.

“그걸 걱정하느라 지금 이 순간의 달빛을 놓치면 어리석은 노릇이지.”

신비가 눈을 감고 그의 심장 박동을 들었다. 침묵 속의 운율을 따라 함께 살랑살랑 움직였다.

그녀가 이 행복이 허상만은 아니라고 매혹되어주기를 바랐다.

두 사람 앞에 쇠털같이 많은 날이 남아 다행이었다. 얼마든지 서로 잡고 잡힐 수 있을 테니 말이다.

“이대로 영원했으면 좋겠습니다.”

무작금의 어둠이 말했다.

“신첩도 그렇사옵니다.”

신비의 빛이 화답했다.

천하의 밑바닥에서부터 슬금슬금 올라와 태산의 정상까지 밝히도록 환하다. 어둠을 섬멸하고 거기에 깃든 추악하고 비틀린 감정까지 직시하게끔 올곧다.

눈이 멀어버릴 줄 알면서도 갈구할 만큼 집요하다.

여전히, 그녀는 빛이었다.

그리고 그 빛은 배롱나무처럼 붉은색이었다.

<배롱나무처럼 붉은색>

끝.

특별 외전
구름에 가린 빛

내의원 의관 박치수는 옹기종기 모인 어린 의녀들을 쭉 둘러보았다.

하나같이 초조한 기색이었는데 딱 두 사람만 남달랐다.

한 명은 얼른 자신을 지명하기를 바라듯 눈을 번뜩였다.

반면, 다른 한 명은 행여 귀찮은 일에 휘말릴세라 시선을 피하려고 용을 쓰고 있었다.

"이번에 새로 내의원에 봉죽하게 된 의녀들입니다."

내의녀 자희가 말했다.

"그래, 이따가 홍 숙원 마마님께 문안을 여쭐 참인데…."

치수는 고개를 끄덕였다.

숙원 홍씨는 극진히 총애받는 후궁 중 한 명이다. 요사이 그녀의 기운이 가라앉았다나 어쨌다나 성상께서 걱정하는 마음으로 약방을 닦달하셨다.

하여 진맥할 의원으로 치수가 낙점되었다.

"간병의를 한 명 데려가고자 하네."

"하오면…."

자희가 어중이떠중이들을 못마땅하게 훑어보다가 조언했다.

"만덕이를 데려가시지요."

턱을 까딱이며 한 사람 가리켰다. 눈을 번뜩이는 의녀였다.

"여기 애송이들 사이에서 그나마 뛰어난 아이거든요."

치수는 벌겋게 화농이 오른 얼굴 한가운데에서도 가장 뜨겁게 타오르는 만덕의 눈빛이 꽤 마음에 들었다.

"하면 내 한 가지 물어봐도 괜찮겠느냐?"

시험이라면야 누구보다 자신 있다는 듯 만덕은 응했다.

"요즘 홍 숙원께서 밤마다 연신 수정과를 찾으시는데, 이를 어떡하면 좋겠느냐?"

한데 막상 치수가 묻자 만덕은 벙찐 표정이었다.

"…그걸 어쩌긴 뭘 어쩐답니까?"

잠시 당황한 끝에 만덕이 말했다.

"후궁께서 젓수신다는데 말리겠나이까."

참으로 냉랭한 말투였다.

"정 귀찮다 싶으면야 수정과는 많이 먹을수록 살이 찐다고 겁을 줘서 막을 순 있겠지요."

덕분에 치수마저 당혹스러울 지경이었다.

"다른 생각이 있는 사람 혹시 있느냐?"

그의 시선이 만덕을 떠나 다른 의녀들에게 향했다.

하지만 다들 마찬가지로 얼빠진 표정이었다. 질문의 의도 자체를 이해하지 못했다.

자진하여 답하는 이가 없으니 지목해야 했다.

"네가 한번 말해 봐라."

치수는 아까부터 시선을 피하려고 용쓰던 의녀를 대뜸 택했다.

"…음, 저요?"

눈에 띄는 게 싫은지, 그 의녀는 떨떠름한 기색이었다.

"예, 뭐…. 침수 드시기 전에 자꾸 수정과를 찾으신다면, 숙원 마마님의 중초中焦를 짚어봐야 하지 않을까요?"

마지못해 내민 대답이 용하게도 치수의 귀를 사로잡았다.

"어째서?"

"저녁 진지 잡수시고 잠들 때까지 소화가 안 되어 수정과를 찾으시는 것 같아서요."

그 의녀가 멀뚱하게 말했다.

"며칠째 그러신다면 만성으로 소화 능력이 불량하신 것 같은데요."

치수는 빙그레 웃었다.

"정답이다."

좌중 사이에서 감탄이라기보다는 미심쩍음에 가까운 반응이 터졌다. 심지어 답을 맞힌 그 의녀마저 꺼림칙한 표정을 지었다.

"아니, 갑자기 웬 정답이랍니까? 시험이었습니까?"

"병자를 대하는 모든 게 시험이다."

치수가 말했다.

"병자가 스스로 인지하고 토로하는 증상 외의 사소한 단서도 놓치면 안 된다."

힘주어 강조했다.

"그래야 병의 근원을 찾고, 치료할 수 있음을 명심하여라."

어린 의녀들이 비로소 고개를 주억거렸다.

“이를 위해 길러야 할 자질은 달달 외는 지식뿐만이 아니다.”

치수는 특히 만덕에게 너그럽게 미소 지었다.

“병자의 입장에 공감하고 관찰하는 사려 깊은 마음이 필수지.”

사려 깊은 마음이라면 죽을 쑬 만큼도 없는지, 만덕은 입술을 삐죽였다.

“너, 이름이 무엇이냐?”

치수는 아까 그 의녀를 응시했다.

“신비라고 합니다만…?”

그 의녀는 정말 가르쳐주기 싫은 표정이었다.

“음식을 먹고 좀처럼 소화하지 못하는 환자에게는 어떤 약을 처방할 수 있지?”

예상한 대로 귀찮아졌다는 기색으로 신비는 중얼거렸다.

“이진탕二陳湯이나 평위산平胃散 정도면 괜찮지 않을까요?”

“그래, 평위산을 달일 때 들어가는 약재를 읊어 봐라.”

곧장 대답할 듯 신비가 입술을 달싹였다. 한데 눈을 데굴데굴 굴리더니 웅얼거렸다.

“감초랑 생강에다가 후박(厚朴, 후박나무 껍질)…. 또 뭐더라?”

능청스럽지만 일부러 모르는 척하는 느낌이 역력했다.

“진피(陳皮, 묵힌 귤껍질).”

만덕이 조용히 속삭였다.

“맞다, 진피에다가….”

시원찮게 신비가 이어갔다.

“뭐, 그렇습니다.”

그렇기는 뭐가 그런지 전혀 모르겠지만 신비는 거기서 대답을 끝냈다.

"하여튼 우리 만덕이는 사려 깊다니까요."

게다가 불쑥 딴소리나 했다.

"모르는 것도 알려주고, 필기한 것도 선뜻 빌려주고…."

저가 들은 칭찬을 자연스럽게 돌릴 심산인 것 같았다.

"빌려준 적 없어. 네가 항상 몰래 훔쳐 가는 거지."

만덕이 퉁명스럽게 반박하자 신비는 옆구리를 찔렀다.

"아이고, 농담도 잘하셔."

그러자 자연스럽게 다른 의녀들 사이에서도 웃음이 터졌다.

치수는 물끄러미 신비를 응시했다. 생전 처음 보는 얼굴인데, 희한하게 눈길을 끄는 구석이 있었다.

단순히 외모적 아름다움 때문만은 아니었다.

인정받으려고 애쓰기보다는, 오히려 자기 자신을 겸손하게 낮추는 사람만이 내뿜는 매력을 느꼈달까?

필시 단단한 내면에서부터 비롯된 자질일 터였다.

비록 그걸 표현하는 방식은 바람 든 무처럼 싱겁지만 말이다.

"이 아이를 데려가겠네."

치수가 말했다.

"진심이세요?"

감격하기는커녕 싫어 죽겠다는 듯 신비가 손사래 쳤다.

"다시 한번 생각해 보시지요?"

그래도 치수는 마음을 바꾸지 않았다.

사실, 그때부터 신비가 좋았다.

임금께서 왕세자의 목숨을 구한 신비의 공을 인정해 양인으로 삼아 저와 혼인시키겠다는 소문이 돌 즈음, 치수는 몰래 장에 나갔다.

도성에서 유명한 방물장수(여자의 화장품과 장신구 등을 파는 행상)가 딱 사흘만 매대를 세운다는 소문을 들은 탓이었다.

아파(牙婆, 방물장수)는 보통 대감댁 위주로 방문하는 것을 고려하면, 흔치 않은 기회였다.

"음, 혹시…?"

하나 막상 찾아가 놓고도 치수는 쭈뼛거렸다.

아낙네들 사이에 끼여 하얀 분과 알록달록한 노리개 따위를 구경하려니 정신이 다 혼미했다.

"아이고, 뭘 찾으시는데요, 나리?"

다행히 눈치 빠른 방물장수는 싹싹하게 접대했다.

"젊은 여인들은 뭘 좋아하오?"

제 입으로 뱉고도 부끄러워 치수는 낯을 붉혔다.

"그, 그게…. 조만간 혼인할 수도 있어서…."

애꿎은 목덜미만 문질렀다.

"기왕이면 좋아할 만한 걸 선물하고 싶은데…."

목석같은 사내가 어렵사리 표현하는 순정을 흐뭇하게 듣던 방물장수가 웃었다.

산전수전 다 겪은 노파라서 더욱 귀엽게 여기는 듯했다.

"어떤 여인인뎁쇼?"

"예쁘고 똑똑하고 착하고 처신도 잘하고…."

떠오르는 대로 읊었더니만 방물장수는 물론, 옆에서 듣던 다른 아낙네들까지 몸을 배배 꼬며 탄성을 질렀다.

"한데 그걸 섣불리 드러내지 않으려는 여인이라오."

그 바람에 얼굴이 화끈거려도 치수는 말을 끝맺었다.

"구름에 가린 빛이랄까?"

새삼스레 그는 생각했다.

"그렇지만 가렸어도 빛이라서 티가 날 수밖에 없지."

분명 치수에게만 보이는 빛은 아니었다.

뭉게뭉게 현혹하는 구름을 가르고 진실을 보는 안목을 지닌 사람들은 결코 신비를 놓치지 않았다.

"듣자 하니 화려한 걸 좋아하는 아씨는 아니겠습니다."

방물장수가 제 보따리를 뒤적였다.

"요게 딱이겠는데…. 어때요?"

그녀가 내민 것은 참빗이었다. 고요한 나무를 세심하게 깎아 자개로 은은하게 장식하여 몹시 아름다웠다.

"딱 어울리겠군."

치수는 조금도 고민하지 않고 비싼 값을 치렀다.

하지만 결국 치수는 그 예쁜 빗을 선물하지 못했다.

신비는 그와의 혼담을 거절하였고, 스스로 의녀로 남기를 선택하였다.

치수는 질척하게 매달리지 않았다. 그러는 대신, 미처 못 건넨 선물만 손으로 한번 꽉 쥔 다음, 제 가슴팍에 밀어 넣었다.

하물며 그녀는 치수의 곁에 오래 머물지도 않았다.

평생 옆에서 실없는 소리로 까불 것 같더니만, 하루아침에 훌쩍 떠났다가 왕후가 되어 돌아왔다.

"야속하구나."

이제는 임금의 곤룡포 자락이 떨친 붉은 구름에 영영 가려버린 빛을 원망했다.

"내가 좀 다가갈 수 있는 사람으로라도 남아주지…."

하나 가렸어도 그녀는 여전히 빛이었다. 원망은 오래 품을 수 없었다.

치수는 중궁전 주렴 뒤로 흐릿하게 보이는 형체만으로도 만족했다.

세월이 흘러 원숙해지는 그녀의 목소리만으로도 거기에 담긴 추억을 반추했다.

만백성이 그녀를 영양가 넘치는 보약 같은 왕비라고 칭송해도, 치수는 늘 바람 든 무처럼 싱겁던 한 여자를 기억했다.

하여 치수는 오늘도 멀리서나마 신비를 바라보았다.

그리고 그는 구름에 가린 빛을 언젠가 다시 마주하기를 기다렸다.

미처 주지 못했던, 그녀를 닮아 예쁜 빗을 선물할 수 있기를 소망했다.

설령 그것이 다음 생일지라도, 분명 기다릴 가치가 있었다.

외전 '구름에 가린 빛'

끝.

작가 후기

아마 읽으면서 짐작하셨겠지만, 〈배롱나무처럼 붉은색〉은 연산군과 폐비 신씨의 기록을 모티프로 삼은 이야기입니다.

저는 사료를 통해 접한 '폐비 신씨'라는 인물을 묘사할 핵심적인 낱말을 '헌신'이라고 생각했습니다. 다만 그것을 해석하고 표현하는 데에는 고민이 많았습니다.

가장 유의미한 순간은 〈중종실록〉을 읽던 때에 있었습니다.

당대에 '신비'라는 의녀가 존재했다는 짤막한 기록을 접했습니다. 여기서 저는 신씨 성의 비를 중의적으로 표현해보자는 생각을 떠올렸습니다.

그리고 의녀라는 특수한 직업 자체를 폐비 신씨의 헌신을 비유할 장치로 써보자고 결심했습니다.

이와 함께 연산군의 모티프 역시 옅게 희석하면서, 이번 장편은 가상의 이야기 혹은 대체역사물로써의 성향이 강해졌습니다.

〈배롱나무처럼 붉은색〉의 시작은 대학 신입생 시절의 단편이었습니다. 수업 중에 이 이야기의 결말부가 될 짧은 장면을 쓰면서 딴짓을 했던 것 같습니다.

시간이 흐른 뒤, 옛 전공서를 괜히 들춰봤다가 잊었던 기억을 떠올렸습니다. 확장해서 장편으로 써보고 싶다는 생각도 들었습니다.

사실 2020년 12월에 처음 완성했을 때에만 해도, 이번 장편은 제 전작인 〈옷소매 붉은 끝동〉과 훨씬 유사한 스타일이었습니다. 제목도 지금과 달랐습니다.

그런데 그때는 도저히 끝낼 수가 없었습니다. 어딘가 마음에 들지 않았기 때문입니다.

이후로 이 장편을 쓴다는 것은 올바른 방향을 찾아가는 험난한 여정이나 다름없었습니다.

〈배롱나무처럼 붉은색〉은 제가 쓴 모든 장편 중에서 가장 힘든 글이었고, 상황이 달랐다면 영원히 미완성으로 남았을 것입니다.

오랜 시간이 걸렸기에, 오늘날 한 권의 책으로써 독자님께 선보인다는 것은 더욱 큰 기적입니다.

하고 싶은 이야기가 많습니다. 하지만 독자님의 인내심에는 한계가 있고 지면도 너그럽지 못할 것입니다.

그래서 제 노트 페이지(kangmikang.com)에 자잘한 메모를 게시했으니, 심심풀이용 읽을거리가 될 수 있었으면 좋겠습니다.

저는 항상 이번이 마지막일 수도 있겠다는 생각으로 뭔가를 시작합니다만, 끝낼 때는 정말 마지막이라면 참 슬프겠다는 느낌이 듭니다. 그런 마음을 담아 인사드립니다.

이 긴 이야기를 읽어주셔서 진심으로 감사합니다.

2025년 12월

강미강 올림

참고 문헌

김남일·신동원·여인석, 한 권으로 읽는 동의보감, 들녘, 1999

이석간·채득기·박렴·허임, 사의경험방四醫經驗方, 한국한의학연구원, 안상우·박상영·차웅석·윤석희·노성완 옮김, 미상

이창우, 수세비결壽世祕訣, 한국한의학연구원, 안상우·이정화·김봉남·양원석·안세현 옮김, 1929

한재덕, 본초유함요령本草類函要領, 한국한의학연구원, 안상우·권오민·오준호 옮김, 1833

이진태, 단곡경험방丹谷經驗方, 한국한의학연구원, 안상우·이정화·김홍균·권영배·강동윤·정현철 옮김, 미상

의성당 편집부, 신농본초경, 의성당, 2012

작자미상, 경보신편輕寶新篇, 한국한의학연구원, 오준호·구민석 옮김, 미상

맹선, 국역 식료본초, 한국한의학연구원, 구자훈·한민섭 옮김, 2018

노화, 국역 식물본초, 한국한의학연구원, 구자훈·한민섭 옮김, 2018

이경화, 광제비급廣濟秘笈, 한국학의학연구원, 한민섭 옮김, 1790

국립문화재연구소, 국역 호산청일기, 민속원, 2007

국사편찬위원회, 성종실록

국사편찬위원회, 연산군일기

국사편찬위원회, 중종실록

국사편찬위원회, 순조실록

박훈평·오준호, 15-16세기 조선 의학 관료의 신분 변천: 양성이씨 세전 사례를 중심으로, 대한의사학회, 2018

정승호·김수진, 음식과 질병을 통해 본 조선왕들의 생로병사에 관한 연구, 한국외식산업학회, 2016

한희숙, 의녀, 문학동네, 2012

박시백, 박시백의 조선왕조실록 6 예종.성종실록, 휴머니스트, 2005

박시백, 박시백의 조선왕조실록 7 연산군일기, 휴머니스트, 2005

김범, 연산군 그 인간과 시대의 내면, 글항아리, 2010

신봉승, 시인 연산군, 선, 2000

김상보, 조선의 밥상, 가람기획, 2023